LE FAUCON DE SIAM

AXEL AYLWEN

Le Faucon du Siam

TRADUIT DE L'ANGLAIS PAR JEAN ROSENTHAL

ÉDITIONS ANNE CARRIÈRE

Titre original :

THE FALCON OF SIAM

© Axel Aylwen, 1988.
© Éditions Anne Carrière, 1990, pour la traduction française

ISBN : 2-253-14452-5 - 1re publication - LGF
ISBN : 978-2-253-14452-6 - 1re publication - LGF

*Pour ma famille si chère à mon cœur,
Mère, Bennie, Sasha et Christopher*

Ce livre s'inspire de l'histoire mais il ne prétend pas la suivre fidèlement. Toutes les archives du Siam ont été détruites au XVIIIe siècle quand les envahisseurs birmans ont mis à sac sa capitale, Ayuthia, et les récits laissés par les étrangers de l'époque — jésuites, missionnaires et aventuriers — sont pour la plupart contradictoires. Trois cents ans plus tard, qui donc pourrait prétendre rapporter ce qui s'est vraiment passé ?

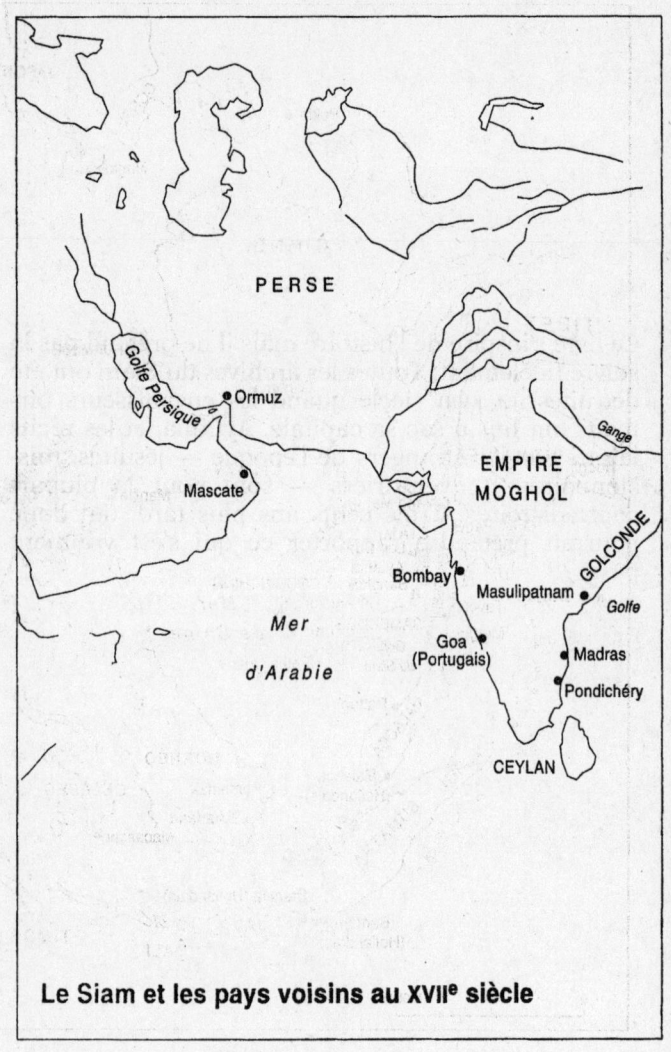

Le Siam et les pays voisins au XVIIe siècle

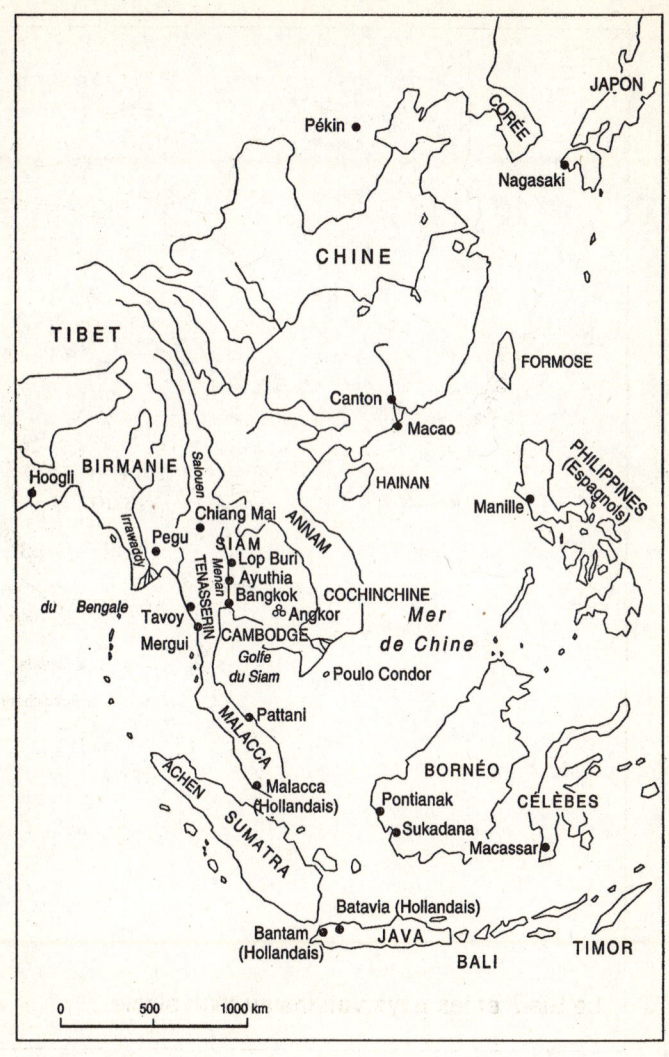

1

Bantam, Java, 1676

C'était un matin lourd dans les rues bruyantes et encombrées de Bantam. De souples paysannes de Sumatra, portant en équilibre sur la tête des cruches en terre, se mêlaient à des colporteurs coiffés de chapeaux de coolie chinois, des perches posées sur leurs épaules nues, au bout desquelles étaient suspendues des jarres de riz et de thé. Des nobles, drapés dans des batiks multicolores, étaient suivis d'esclaves javanais à la peau sombre, à demi nus et qui tenaient des ombrelles au-dessus de la tête de leur maître pour le protéger, selon les circonstances, du soleil brûlant ou des averses de pluie. Des gardiens de troupeaux conduisaient des bœufs pâles aux yeux nostalgiques dans les rues encroûtées de boue, les aiguillonnant avec des bâtons affûtés, une main nerveuse posée sur leur croupe couverte de mouches afin de les guider dans la foule. Des chiens méfiants et efflanqués flaireraient le sol, en quête de subsistance.

Dans une petite ruelle, sans se soucier de toute l'agitation autour d'eux, deux hommes étaient assis à une véranda en bois, plongés dans une longue conversation. L'un d'eux, manifestement l'aîné, plein de vie, doté d'un gros ventre et d'une barbe bouclée, était sans doute le plus grand marchand d'Asie. L'autre, un jeune homme d'environ vingt-cinq ans au regard ardent et aux traits énergiques, avec un teint de Méditerranéen, penché en avant sur sa chaise de rotin, buvait chaque parole de son interlocuteur. Sous l'auvent de la véranda, ils avaient bavardé toute la nuit jusqu'à l'aube en buvant du cognac à petites gorgées dans de délicats verres vénitiens. Cela faisait un an que les deux hommes ne s'étaient pas vus et ils avaient beaucoup de choses à se raconter : les femmes, les potins sur la Compagnie, les rêves et les déceptions.

Le plus âgé changea soudain d'expression et se pencha sur son fauteuil. Un moment, il observa d'un air songeur son élève, comme pour s'assurer une dernière fois que le jeune homme méritait sa confiance. Puis il reprit :

« Nous allons bientôt recevoir la visite d'un Espagnol de noble ascendance qui est en proie à des problèmes financiers. Il affirme avoir cinq magnifiques canons à vendre.

— Des canons ? demanda Phaulkon surpris.

— Parfaitement, mon garçon. Et j'envisage de les acheter. » George White marqua un temps. « Pour que tu les transportes jusqu'au Siam.

— Au Siam ! » Constantin Phaulkon siffla entre ses dents. Le seul nom de cet endroit l'avait toujours impressionné : bien mieux, il sentait que son destin était lié à cette terre exotique et à demi interdite, dont les vastes ressources étaient encore intactes et qui ne faisait qu'entrouvrir sa porte au monde extérieur.

Il avait écouté avec émerveillement les récits des voyageurs et de la poignée de marchands qui étaient allés jusque là-bas. Aussi disparates qu'elles fussent, les rumeurs à propos du Siam avaient au moins un point commun : tous les visiteurs s'étaient déclarés fascinés par tout ce qu'ils y avaient vu. Phaulkon brûlait d'envie de découvrir lui-même la vérité.

Et puis, voilà presque six mois jour pour jour, ici même, à Bantam, il avait rencontré ses premiers Siamois. Un ambassadeur et son secrétaire, coiffés de chapeaux coniques portant un certain nombre d'anneaux d'or, les doigts chargés de rubis et de diamants, avaient débarqué d'un vaisseau hollandais. Ils avaient attiré une attention considérable, avec leur démarche gracieuse et leur perpétuel sourire. Durant toute l'audience que leur avait accordée le gouverneur, ils étaient restés respectueusement à plat ventre comme des lézards étincelants. Leur séjour à Bantam avait été de courte durée mais ce spectacle avait laissé dans l'esprit de Phaulkon une marque indélébile.

Et maintenant, George White, le célèbre marchand aux méthodes peu orthodoxes, dont il avait été l'élève pendant presque toute sa vie de marin, venait de lui ouvrir des perspectives propres à combler ses rêves!

« Le Siam! répéta Phaulkon, incapable de maîtriser son excitation. Quand? Bientôt?

— Très bientôt, si tout se passe bien à Londres, répondit George White. Le grand roi Naraï lui-même a invité tous les négociants anglais à reprendre leurs activités dans son pays.

— Par votre intermédiaire, George? »

Ce dernier sourit et alluma son cigare. « On pourrait dire ça. Mais pas à titre officiel, tu sais. Il ne conviendrait pas à Sa Majesté de paraître trop impatiente. Il a tout d'abord fait tâter le terrain à Madras. Je m'y trouvais à l'époque et j'avais parié que Sa Majesté siamoise était sacrément plus inquiète que ne voulaient bien en convenir ses émissaires vêtus de soie. » Il baissa la voix. « C'est à cause de ces arrogants Hollandais. Ils ont eu le toupet de bloquer l'estuaire de sa rivière sainte, le Menam, et d'exiger l'octroi de concessions. » White se donna une claque sur le genou. « Figure-toi qu'ils les ont eues! Ça a dû accroître encore davantage la colère de Sa Majesté. Ces salauds de Hollandais ont maintenant le monopole du commerce des peaux du Siam vers le Japon. Ça représente une fortune! »

Phaulkon avait entendu parler de cette affaire. Pas étonnant, se dit-il, que George eût baissé le ton. Après tout, ils étaient à Bantam, l'année dernière encore territoire du sultan de ce nom, aujourd'hui colonie hollandaise à part entière, administrée, officiellement du moins, depuis la Hollande.

George lut dans ses pensées : « C'est seulement par

la grâce de Dieu — et d'un petit coup de main que nous avons donné aux Hollandais contre l'Espagne catholique — que les Anglais sont encore autorisés à maintenir un comptoir. Mais pour combien de temps ? Nous ne sommes pas plus en sûreté ici qu'ils ne le seraient si nous contrôlions la région. En vérité, ils nous ressemblent trop. » George s'interrompit et tourna les yeux vers la rue. Phaulkon suivit son regard. Un mendiant famélique, de quinze ans à peine, rampait à quatre pattes vers eux en tendant un bras décharné. Une de ses jambes amaigries était moitié plus courte que l'autre. « À Madras, expliqua George, ils mutilent les pauvres diables à la naissance pour exciter la compassion. Ils doivent en faire autant ici.

— Je le crains, dit Phaulkon. Quand une famille ne peut pas nourrir une bouche de plus...

— Eh bien, Dieu merci, il n'y a pas de mendiant au Siam ! À l'exception du roi et de ses courtisans. »

Phaulkon prit un air étonné. « Que voulez-vous dire ? »

George lança une pièce au jeune garçon squelettique et sourit. « C'est un drôle de pays, je t'assure, mon garçon. Là-bas, ils sont tous bouddhistes et, pour apprendre l'humilité, tous autant qu'ils sont, du roi jusqu'au dernier de ses sujets, ils se rasent le crâne et passent six mois de leur vie dans un temple. Pendant cette période, le Siamois sort chaque matin à l'aube avec une petite écuelle en bois et mendie sa nourriture. » George hocha la tête. « Certains de nos aristocrates anglais devraient prendre des leçons auprès d'eux, à commencer par le conseil d'administration de notre honorable Compagnie. »

Fasciné par la vue de la pièce de monnaie, le mendiant fit un sourire édenté à George et s'éloigna en sautillant au milieu d'un groupe d'enfants nus qui s'aspergeaient avec l'eau des mares en poussant des cris ravis.

« Le roi de Siam a donc invité les Anglais à ouvrir une factorerie à Ayuthia, dit Phaulkon, impatient de reprendre la conversation. Mais comment quelques marchands pourraient-ils résister à la menace hollandaise ?

— Il ne s'agit pas seulement d'une poignée de marchands, mon garçon. C'est un symbole : ces quelques marchands au Siam seront comme le bout des doigts du long bras de Sa Majesté le roi Charles d'Angleterre, puisse-t-il régner longtemps. » George cligna de l'œil. « Malgré le perfide comportement de certains de ses employés, la Compagnie représente bel et bien le bon roi Charlie et quiconque s'en prend à elle ne doit pas l'oublier. »

La Compagnie, songea Phaulkon. Si vaste que nul ne se donnait la peine d'utiliser son nom complet : la Compagnie anglaise des Indes orientales, le plus puissant monopole commercial jamais créé. En 1661, le roi Charles II en avait rédigé la dernière charte. Voilà dix ans, Phaulkon l'avait apprise par cœur : c'était une lecture obligatoire pour tous les employés.

Nous, Charles II, par la grâce de Dieu roi d'Angleterre, d'Écosse et d'Irlande, avons concédé à la Compagnie de marchands faisant commerce dans les Indes orientales, à eux et à leurs successeurs, le privilège seul et entier de faire affaire et le seul usage de la liberté et privilège de négocier avec les Indes orientales. Et à tous nos autres sujets, en vertu de notre prérogative royale, nous interdisons de se rendre dans les Indes orientales et d'y commercer...

Imposer des édits royaux dans les eaux de l'Asie du XVIIe siècle était plus facile à dire qu'à faire : une foule de marchands, plus flibustiers que gentlemen, sillonnaient les eaux de la Perse jusqu'au Japon, attirés par l'appât de bénéfices substantiels et prêts à se remplir les poches comme celles de Sa Majesté britannique. Les directeurs de la Compagnie eux-mêmes, bien installés dans leurs bureaux de Madras sur la côte orientale de l'Inde — et loin des regards de Londres —, négligeaient parfois le règlement et commerçaient pour leur propre compte, tout en qualifiant d'*intrus* le commun des mortels qui s'aventurait à en faire autant.

« La Compagnie va-t-elle vraiment ouvrir un

comptoir au Siam ? » demanda Phaulkon, le cœur battant.

D'un geste, George lui imposa le silence. « J'y arrive. Pas tant d'impatience, mon garçon. Vous autres, Méditerranéens, il faut que vous appreniez à vous maîtriser. » Il secoua la tête d'un air accablé. « Quand je pense à toutes les années que j'ai passées à tenter de faire de toi un véritable Anglais. » George avait l'expression d'un professeur que son élève préféré vient de décevoir, et Phaulkon sentait bien qu'il s'amusait. « Savoir se contrôler, mon garçon, est essentiel pour se débrouiller au Siam. Tu ne dois pas crier, ni fulminer ni tempêter, Dieu me pardonne, ni même élever le ton. Tu dois sourire chaque fois que tu es furieux, blessé ou embarrassé et ravaler ta déception. Ne laisse jamais autrui connaître tes sentiments. En toute occasion, tu dois manifester de la courtoisie — et davantage encore.

« Il faudra que tu désapprennes tout ce que tu as jamais appris, que tu repartes de zéro comme un nouveau-né. » George se pencha en avant. « Tiens, quand j'étais là-bas, j'ai vu un pauvre diable fouetté presque à mort sur la place publique. À peine s'était-il remis, par la grâce de Dieu, qu'il a envoyé un somptueux présent à Sa Majesté pour la remercier de lui avoir montré ses fautes et d'avoir ordonné son châtiment. Le malheureux n'avait jamais poussé un cri, car ç'aurait été protester contre l'équité de la sentence qui l'avait frappé et cela lui aurait valu double punition. » George s'arrêta et soupira. « Ah, les bruits et les odeurs de l'Asie ! Comme ils vont me manquer en Angleterre. »

Et comme vous allez me manquer, songea Phaulkon. Car, au fond de son cœur, il savait qu'une fois George de retour à Londres, il serait trop vieux pour revenir. La vie sans lui ne serait plus jamais la même.

Le vieil homme avait été un père pour Phaulkon : le père qu'il n'avait pas eu depuis le jour où il s'était embarqué comme passager clandestin sur ce navire de commerce britannique ancré en rade de Céphalonie. À neuf ans, il brûlait déjà de voir le monde et de se faire une place au soleil. Sa vie en mer avait commencé ce jour-là où, caché et tremblant dans la cale, il priait le Ciel que le vaisseau appareillât avant qu'on ne le découvrît. Il s'était efforcé de ne pas penser à sa mère qui lui manifestait une réelle tendresse, mais seulement aux rossées que lui administrait son père et à la vie ennuyeuse qu'on menait sur la petite île.

Au moindre prétexte, et surtout quand il était ivre, ce qui lui arrivait souvent, son père le frappait avec sa grosse ceinture de cuir. Le jeune Phaulkon avait le sentiment que son père était malheureux d'être descendu jusqu'au bas de l'échelle sociale : les gens parlaient encore du grand Andreas, le grand-père de Constant, qui jadis avait été gouverneur de l'île alors que son fils perdait au jeu la fortune de la famille au point d'en être réduit à ouvrir une auberge sur le front de mer.

« Vous savez pourquoi, bien sûr ? ricanaient les villageois. Parce que là-bas il peut boire gratis ! »

Le jeune garçon avait entendu ces commérages qui l'avaient blessé au vif. Il s'était juré de ne jamais être lui-même un raté et de rétablir un jour le prestige de la famille.

C'était à tout cela et à l'image de sa mère, si bonne et si généreuse, qu'il songeait au fond de la cale où il était blotti.

« Tiens, qu'est-ce que nous avons ici ? » Le marin barbu qui l'avait découvert derrière des caisses l'avait regardé avec un mélange d'amusement, de surprise et d'irritation. « Le plus jeune matelot que j'aie jamais vu, par Dieu ! Tu ferais mieux de venir avec moi, mon gars. Le capitaine va avoir quelques mots à te dire. »

Le cœur serré, le jeune Phaulkon avait suivi le géant aux cheveux couleur de paille mais, en débouchant sur le pont supérieur, il avait remarqué avec un sursaut d'espoir que l'on n'apercevait plus la côte. Peut-être seraient-ils trop loin pour que le capitaine revînt au port.

« Je vous demande pardon, capitaine, mais j'ai découvert ce jeune matelot qui se cachait dans la cale. »

Sans laisser le temps de répondre à l'homme sévère planté devant lui, dans son uniforme bleu, les mains derrière le dos, le jeune garçon était tombé à genoux et avait débité tout le flot de mots d'anglais qu'il avait péniblement traduits du grec et appris par cœur : c'était la première fois qu'il cherchait à convaincre quelqu'un.

« Monsieur, je vous en prie, monsieur, je suis petit mais vigoureux. J'ai l'air d'un petit garçon mais je travaille comme un homme. Je travaille comme un homme mais vous pourrez me payer comme un jeune garçon. » L'équipage curieux s'était rassemblé et, encouragé par le rire des hommes, Phaulkon avait poursuivi avec un beau culot : « Et quand votre équipage aura faim, monsieur le capitaine, je sais faire le meilleur ragoût grec. J'ai appris la recette de ma tante qui est célèbre dans toutes les îles. » Une fois les rires calmés, le capitaine donna un ordre que Phaulkon ne comprit pas. À neuf ans, il ne parlait que le grec et l'italien : le grec à cause de ses parents et l'italien appris auprès des Vénitiens qui régnaient sur Céphalonie.

Le capitaine lui posait maintenant une foule de questions — et lui restait agenouillé là, tête baissée, répétant sans cesse : « Pardonnez-moi, monsieur le capitaine, je ne comprends pas encore. Mais j'apprendrai à parler votre langue. Je vous en prie, donnez-moi une chance. »

Il regarda autour de lui. Un homme lui souriait avec bonté. Phaulkon lui rendit son sourire, se rappelant les leçons de sa mère. Puis il leva vers le capitaine un visage rayonnant d'espoir et regarda tour à tour chaque membre de l'équipage qui se trouvait là. Il vit surtout des expressions amicales. Il attendit le moment opportun, puis se releva et ôta sa chemise. Un murmure parcourut le petit groupe. Il avait les épaules et le dos couverts de vilaines traces de coups.

« Mon père... », dit-il. On ne comprenait que trop bien. « Je vous en prie, monsieur le capitaine, permettez-moi de rester avec de braves gens. » Une larme roula sur sa joue et il lut sur le visage du capitaine qu'il avait gagné la partie.

« Comment t'appelles-tu, petit ? » demanda le capitaine, d'un ton radouci.

Cela, le jeune homme le comprit. « Constantin Gherakis, monsieur le capitaine.

— Gherakis ? Ça veut dire faucon, observa le second, qui avait étudié le grec ancien.

— Nous ne nous souviendrons jamais de ce nom-là. Nous l'appellerons Constantin Faucon », annonça le capitaine.

Très vite, il était devenu la mascotte du navire et, de Faucon, l'orthographe de son nom s'était transformée en Phaulkon à cause de ses origines grecques. Après avoir servi six longues années comme mousse sur toute une série de navires marchands, il avait fini par être engagé comme apprenti par le capitaine White de la Compagnie des Indes orientales. Au cours des dix années suivantes — les plus heureuses de sa vie —, il avait sillonné la Méditerranée, des côtes de Barbarie à l'Asie, avec son exubérant gaillard de maître, glanant au passage les connaissances qui l'aideraient à satisfaire son ambition et — comme son mentor — ne suivant les règles que quand elles étaient justes.

À vingt-six ans, sa vie avait changé. Grâce à son zèle et aux recommandations de George, il avait été nommé sous-chef de bureau à l'agence de Java de la Compagnie des Indes orientales, à Bantam. C'était là que se trouvait la direction de l'empire des Indes orientales hollandaises, le plus vaste d'Asie. Il y avait beaucoup à apprendre.

« Tu as assez vu d'océan pour toute une vie, mon garçon, lui avait dit George. Et, sur l'eau, tu n'iras pas beaucoup plus loin que capitaine. À terre, c'est autre chose. Des gens comme toi ont besoin d'espace pour manœuvrer. »

Le vieil homme commençait depuis peu à sentir le poids des années. À cinquante-cinq ans, même s'il gardait l'esprit toujours aussi vif, son corps se fatiguait de plus en plus vite. Mais il avait encore des plans à réaliser, des affaires à régler et il avait choisi Phaulkon pour s'en occuper. Il aimait le jeune homme comme un fils. Il savait que, s'il parvenait à canaliser son énergie et son talent dans la direction qu'il souhaitait, ses chances de réussite seraient imparables.

George était convaincu que, pour les Anglais, le Siam était la clé qui déciderait s'ils allaient ou non dominer l'Asie : car si le Siam tombait aux mains des Hollandais, l'emprise des Provinces-Unies deviendrait trop forte. D'ailleurs le temps pressait. Ces cervelles d'oiseau de Madras étaient incapables de voir plus loin que le bout de leur nez rougi par le rhum. C'est pourquoi il allait s'adresser directement au conseil d'administration, à Londres...

George n'était resté que trois mois à Bantam et il avait profité de cette période pour instiller discrètement l'idée du Siam dans l'esprit de son protégé : il voyait maintenant qu'il avait aiguisé son appétit.

Phaulkon fut d'abord désolé quand on rappela George pour une « mission spéciale », d'autant que le vieil homme ne pouvait lui en révéler aucun détail. Plus grave encore, il ne savait même pas quand George reviendrait. Puisque Phaulkon était avec George depuis dix ans sans interruption, cela revenait donc à perdre tout à la fois son père et son meilleur ami. Phaulkon réagit en se plongeant dans son travail — la comptabilité, la gestion des entrepôts et le classement des archives — et acquit aussi la maîtrise du malais et du hollandais, glanant au passage tous les renseignements possibles concernant le Siam, même si malheureusement aucun livre n'était disponible sur la langue que l'on parlait là-bas.

Comme les Hollandais contrôlaient le commerce avec le Siam, sa connaissance de plus en plus poussée de la langue hollandaise permit à Phaulkon de dévorer tout ce qu'il pouvait trouver sur le sujet. Ainsi plongé dans ses études, il avait attendu des nouvelles du vieil homme.

Et voilà qu'un an plus tard George était de retour, et justement du Siam! D'instinct, Phaulkon sentit qu'il était arrivé à un tournant de sa vie. Il regardait le vieil homme.

« Et au Siam, George, avez-vous rencontré le roi ? » C'était une question qu'il brûlait de poser. Le richissime potentat, objet de tant de légendes, l'avait toujours fasciné.

« Rencontrer le roi ? répliqua George avec un petit rire. Mais, dans son royaume, le roi de Siam a plus de pouvoir que même le Roi-Soleil, le vieux Louis de France. Au simple énoncé de son nom, les gens se prosternent, face contre terre. Personne n'a jamais contemplé le visage de Sa Majesté, sauf peut-être des femmes de son harem, quand elles s'allongent auprès de lui, et l'évêque d'Héliopolis qui lui apportait des lettres du pape et du roi Louis. » Il se pencha en avant d'un air complice, savourant l'excitation de Phaulkon. Tout cela n'avait rien de confidentiel mais Phaulkon écoutait avec passion. « Il paraît que les négociations ont traîné six mois entiers avant que l'évêque ait finalement été autorisé à rester debout en présence de Sa Majesté. C'était la première fois qu'un être humain n'était pas à plat ventre devant le roi de Siam.

« C'est une société ligotée par des règles comme par des anneaux de fer, avec le roi au sommet et tous les autres en dessous suivant une hiérarchie bien définie. Je te le dis, soupira-t-il, il n'y a rien de plus splendide de ce côté-ci de Cathay. Quand Sa Majesté quitte son palais, vingt mille esclaves sont à son service et les mandarins de la Cour s'inclinent bien bas sur leurs éléphants couverts de joyaux.

« Personne ne rencontre le roi, mon garçon. Le protocole ne permet à Sa Majesté de s'adresser qu'à des nobles. » Il ricana. « Sage précaution. Ses ancêtres pratiquent depuis deux mille ans la foi bouddhiste mais les jésuites français s'efforcent de faire de lui un catholique, l'ambassadeur de Perse un musulman et les marchands hollandais un protestant. » D'un geste large, George retira d'entre ses lèvres son cigare de Manille et approcha son visage de celui de Phaulkon. « Et toi, mon garçon, il faut que tu lui construises une flotte !

— Une flotte ? » s'exclama Phaulkon.

Une lueur de défi brilla dans les yeux de George. « Parfaitement, mon garçon. Il n'en a pas. Ce grand pays n'a pas de flotte, répéta-t-il. Les Siamois sont un peuple agricole. Ils ne voyagent pas. Ils ne commercent pas.

— Que font-ils alors ?

— Ils vivent, mon garçon. Voilà tout. Ils savent s'amuser. La bonne chère, les femmes — les plus plaisantes du monde —, les jeux, la danse, les fêtes : c'est un pays riche, petit. » Il haussa les épaules. « Quand il y a largement assez de nourriture, d'amour et de toits pour tout le monde, pourquoi s'ennuyer à travailler et à commercer ?

— Voilà donc pourquoi ce sont les Maures qui tiennent le commerce extérieur du pays ? » murmura Phaulkon entre ses dents. Les Maures, tous musulmans, descendaient des marchands indiens et persans qui s'étaient installés au Siam depuis des générations.

« Les Maures ont le commerce dans le sang, mon garçon. À partir du port occidental de Mergui, ils font commerce à travers le golfe du Bengale avec leurs cousins d'Inde et de Perse. C'est un monopole de vampires. Et ils volent le roi comme dans un bois.

— Mais pourquoi Sa Majesté le tolère-t-elle ? » interrogea Phaulkon. Il s'était souvent posé la question. Il se montrait d'autant plus curieux maintenant que George lui confirmait la rumeur.

George haussa les épaules. « Parce qu'il en a toujours été ainsi et que les traditions au Siam ont la vie dure. Parce que ses sujets ne s'intéressent pas au commerce. Il y en a d'autres qui pourraient les remplacer. » Il marqua un temps. « Ils pourraient laisser Sa Majesté en tirer un meilleur profit et avoir quand même de quoi remplir leurs propres poches. Aucun nom ne te vient à l'esprit, Constant ?

— Vous et moi, encore une fois ? rétorqua Phaulkon en riant. La vieille équipe.

— Ah, mon garçon, fit George avec un large sourire, voilà qui est parler.

— Mais comment, George ? »

Le vieil homme se pencha vers lui. « J'ai appris de bonne source que ces adorateurs d'Allah commencent à se montrer trop gourmands, à s'adresser plutôt à l'ambassadeur de Perse qu'au roi de Siam pour avoir des instructions. Je me suis même laissé dire qu'une grande concentration de fidèles se préparait pour amener le Siam sous l'aile du Prophète, comme Achen, Golconde, Java, la presqu'île Malaise, Bornéo et les Philippines du Sud...

— Qui soutient les Maures ? l'interrompit Phaulkon.

— Toute une équipe, mon garçon. Le shah de Perse à Ispahan, le Grand Moghol à Delhi et le Grand Turc à Istanbul. »

Phaulkon poussa un léger sifflement. Il resta un moment silencieux, puis son regard s'alluma. « Ne pourrions-nous pas compter sur la Compagnie pour fournir les navires ? »

George secoua la tête avec tristesse. « S'ils avaient seulement le bon sens de nouveau-nés, nous le pourrions. Mais ces crétins de Madras sont si occupés à s'enrichir qu'ils ne peuvent pas prendre le temps de réfléchir. Et ils sont terrifiés à l'idée de déclencher une guerre avec la Hollande, surtout sans l'accord de Londres.

— Pourquoi les Portugais n'ont-ils pas offert leurs services ? On m'a dit qu'il y en a environ quatre mille au Siam. »

George cracha par-dessus la balustrade de bois. « Les Portugais sont lessivés, mon garçon. Ils n'ont plus le pied marin. » Une ombre passa sur son visage. « Et dire qu'ils étaient autrefois les meilleurs navigateurs du monde. Que ce soit une leçon pour nous tous ! Ces pauvres diables au Siam sont ivres d'opium, de vin et du chant des sirènes.

— Ce n'est pas un si triste sort, rétorqua Phaulkon en souriant. On dit que là-bas les femmes sont les plus belles d'Asie.

— Les femmes, mon garçon, fit le vieil homme, les yeux brillants, ce sont les plus belles créatures sur la terre du bon Dieu. Minces, gracieuses, toujours souriantes. Avec l'appétit que tu as, tu vas toutes les adorer. Que Dieu les préserve ! » Il leva les yeux au ciel. Puis il les ferma un moment, en souriant. Phaulkon se demanda s'il rêvait à quelque récente rencontre.

Il avait l'esprit tout plein de pensées : les Portugais, les Hollandais, les Maures, les femmes du Siam, le roi et sa flotte. Il avait lu avec fascination les récits des voyageurs portugais, De Barros et De Couto, qui les premiers avaient décrit le Siam et sa superbe capitale Ayuthia, bâtie sur une île, une métropole plus vaste que Paris. Son réseau de canaux lui avait fait donner le surnom de « Venise de l'Orient », et l'on racontait que ses trois cents pagodes aux coupoles dorées étincelaient comme des joyaux.

En 1511, quand les envoyés de don Alfonso d'Albuquerque avaient les premiers appareillé de la colonie portugaise de Malacca pour débarquer sur le sol de Siam, ils avaient été reçus par le roi Ramatipodi II avec une hospitalité somptueuse — et une curiosité sans bornes devant le spectacle qu'offraient les Européens. Des relations amicales et profitables s'étaient nouées entre les deux pays. En échange de comptoirs et de concessions lucratives pour le commerce du bois de sampang, de feuilles d'or, de salpêtre, de peaux de buffles, de nids d'hirondelles et de corne de rhinocéros, des mercenaires portugais servaient comme officiers dans les armées du Siam quand deux cent cinquante mille fantassins et vingt mille éléphants de guerre se lancèrent à l'assaut de l'ennemi héréditaire, la Birmanie.

Il n'y avait plus aujourd'hui qu'un vice-roi encore en poste à Goa et deux gouverneurs à Macao et à Timor. Le Portugal n'était plus qu'un nom, même s'il occupait une place glorieuse dans l'Histoire : les premiers à doubler le cap Horn, le cap de Bonne-Espérance, les premiers à faire le tour du monde par la mer. Phaulkon aimait bien les Portugais. Il était allé à Lisbonne et avait commercé avec eux en Afrique du Nord. Il avait appris leur langue et s'était perfectionné en Asie — c'était encore la *lingua franca* du commerce asiatique ; il admirait leur vaillance et leur bonne humeur. C'étaient, pour la plupart, des gens honorables. Après être restés cent cinquante ans en selle, ils se cramponnaient désespérément aux relations privilégiées qu'ils entretenaient avec la Couronne siamoise et s'efforçaient par tous les moyens d'endiguer l'avance des Hollandais qu'ils dénommaient les gitans de la mer.

Comme les rênes du pouvoir sont fragiles, songea Phaulkon, avec quelle rapidité on détrône les grands rôles de l'Histoire! Enfant, on lui avait enseigné la gloire de la Grèce antique, alors même que les envahisseurs vénitiens régnaient sur son île natale. Voilà qu'aujourd'hui le grand royaume bouddhiste de Siam était à la merci de nouveaux prédateurs : les Maures à l'intérieur, les Hollandais à l'extérieur...

Et comment pourrait-il bâtir une flotte pour Sa Majesté? Un moment, il se demanda si George n'avait pas perdu la raison. Mais non, décida-t-il, le vieil homme était aussi sain d'esprit et rusé que jamais. L'idée était excellente. S'il avait demandé aux Anglais de reprendre leur commerce avec le Siam, cela laissait penser que l'habile roi Naraï cherchait à faire pièce aux Hollandais. Si les Anglais parvenaient à se gagner les bonnes grâces du roi et à profiter de ses besoins immédiats, on pouvait parfaitement envisager qu'il leur demande de construire et de faire naviguer pour lui une flotte commerciale dans le golfe du Bengale — d'autant plus que les Maures le volaient comme dans un bois. On pourrait charger de cette mission quelqu'un ayant l'expérience du commerce en Asie et qui connaissait très bien les langues de la région...

Phaulkon regarda George. Ce vieux matois, il a lancé l'idée et maintenant il me laisse la digérer. C'est ainsi que le vieil homme l'avait toujours éduqué et c'était ainsi que Phaulkon avait appris à réfléchir tout seul.

Mais construire à Sa Majesté une flotte sans l'aide de la Compagnie? George avait totalement exclu cette coopération. Pourquoi d'ailleurs les aiderait-elle? « Bon sang, s'écria-t-il, c'est quand même Madras qui vous a envoyé enquêter au Siam!

— Bah, on voulait qu'un vieux chien fasse son dernier numéro. » Le vieil homme sourit. « Eh bien, mon garçon, je m'en vais faire plus que cela. Je vais passer par-dessus Madras et m'adresser directement au conseil d'administration de Londres. J'ai encore un peu d'influence là-bas et le vieux Sir Joshua m'écoute avec assez d'attention quand je parle. Avant de prendre ma retraite, je vais veiller à ce que le Siam ouvre largement ses portes au commerce anglais et que toi, ajouta-t-il en brandissant un doigt sous le nez de Phaulkon, toi, tu surveilles l'opération. »

Phaulkon, pour une fois, resta sans voix. « Mais... la Compagnie ne voudra jamais... je n'ai que vingt-sept ans, je suis trop jeune...

— Pour être promu chef de factorerie ? interrompit George, c'est exact. Et l'idée ne me viendrait pas non plus de le proposer. C'est pourquoi je m'en vais recommander Richard Burnaby, avec toi comme second. » Il lui fit un clin d'œil. « Tu sauras le manœuvrer. »

Phaulkon sentait ses pensées tourbillonner dans son esprit. Si quelqu'un était capable d'arranger ça, c'était bien George. Certains des bureaucrates du conseil d'administration de Londres méprisaient peut-être les méthodes peu orthodoxes de George, mais d'autres l'admiraient et le président, Sir Joshua Childe, était un homme d'action.

« Maintenant, reprit George, n'oublie jamais ceci : les Siamois cherchent quelqu'un pour contrer la puissance des Hollandais. Ce quelqu'un, ce doit être nous, car les Jésuites toujours assoiffés d'âmes font déjà pression en faveur de la France. "La grande Alliance" et toutes ses extravagances gauloises. Et ces rusés Jésuites sont les seuls à avoir maîtrisé cette langue impossible. Maintenant, doué comme tu es pour les langues... »

Phaulkon sourit. Une fois de plus, George avait fait mouche. Phaulkon avait très envie d'apprendre le siamois : on ne trouvait nulle part de professeur ni de manuel utilisable. Plus il entendait parler de l'impossibilité d'apprendre la langue, plus il était déterminé à la maîtriser.

« Apprends-la vite, mon garçon. Et apprends de nouvelles manières. » Il sourit. « Oublie toutes celles de l'aristocratie anglaise que je me suis donné tant de mal à t'inculquer et attache-toi plutôt à celles de la noblesse siamoise. Ne montre jamais quelqu'un du doigt, cache-lui la plante de tes pieds. Ne traverse pas un pont quand d'importants personnages passent au-dessous.

— Et la flotte, George, obtiendrez-vous du conseil de Londres qu'il la finance ?

— Non, répondit George avec fermeté. Trop de paperasseries. Il y a un meilleur moyen. C'est *moi* qui t'enverrai ton premier vaisseau, commandé par mon frère Samuel ; il travaille pour la Compagnie à Madras. Il sera pris quelque part dans une tempête au milieu du golfe du Bengale et viendra chercher abri à Mergui, sur la côte ouest du Siam. À toi de trouver de quoi acheter la cargaison pour remplir ce navire... et tu le trouveras, dès l'instant où je t'aurai envoyé au Siam.

— Et le reste de la flotte ?

— Il ne faudra pas plus d'un chargement pour montrer au Trésor siamois ce que les Maures se mettent dans la poche. Ensuite les Siamois eux-mêmes se précipiteront pour financer le reste. Tu n'auras qu'à acheter — officiellement, attention, au Trésor siamois — un plein chargement de marchandises pour la Perse et à embarquer sur le vaisseau de Sam. Ensuite, tu l'envoies en Perse au lieu de laisser les Maures le faire, tu verses la moitié des profits de cet unique voyage à la Couronne siamoise. Je peux te dire, mon garçon : c'est plus qu'ils n'en auront jamais obtenu des Maures de toute leur vie. » George éclata de rire. « Tiens, tu pourrais même bien être le premier roturier à qui le roi adressera la parole ! »

George se leva et s'approcha de Phaulkon. Il le prit affectueusement par les épaules. « Je veux que tu fasses vivre mes projets pour l'Asie, mon garçon. Alors rends-toi aussi indispensable à ces Siamois que tu l'as été pour moi tout au long de ces années... »

Il y eut une certaine agitation dans la rue en bas et une voix irrésistible vint les interrompre.

« *Ola, señores !* »

White et Phaulkon regardèrent du haut de la véranda. Quelqu'un ôtait un grand chapeau de style espagnol, tournant vers eux un large sourire rayonnant.

« Ce doit être l'homme dont l'intermédiaire est venu me proposer les cinq canons, s'empressa de dire George. Je ne l'ai jamais rencontré, mais je suis intrigué. Je lui ai demandé de venir ici plutôt qu'au bureau. »

Phaulkon connaissait assez bien George pour savoir que, si une proposition l'intriguait, cela voulait sans doute dire qu'il avait déjà un plan précis en tête.

« C'est l'aristocrate qui a eu des malheurs ? murmura-t-il.

— Ça pourrait nous arriver à tous », gloussa George.

Le grand Espagnol borgne, planté sous la véranda, levait les yeux vers eux. Outre un bandeau noir sur l'œil, il avait une barbe de plusieurs jours et les cheveux emmêlés. Sa chemise de dentelles à jabot et sa culotte noire étaient couvertes de poussière. Il ne manquait qu'un drapeau avec un crâne et des tibias entrecroisés flottant au-dessus de lui pour compléter le tableau.

« Montez donc, *señor*, dit George. Vous devez être le marquis d'Alcatraz ? »

Le sourire de l'Espagnol s'épanouit encore. L'homme monta en boitillant les marches de bois qui menaient à la véranda : il s'écroula avec reconnaissance dans le fauteuil en rotin qu'on lui proposait.

C'est l'un de mes noms, *señor*, dit-il. Il est plus facile de XXX les gens de cette façon.

Phaulkon jeta un coup d'œil à George : il restait impassible.

L'Espagnol s'épongea le front avec un mouchoir crasseux et regarda autour de lui d'un air important. Son œil unique se posa avec concupiscence sur la bouteille de cognac à moitié vide posée sur une table.

« Un verre de cognac, *señor* ? demanda poliment George.

— Pourquoi pas ? »

George emplit avec soin trois verres. La véranda avait beau être ouverte sur trois côtés, il faisait chaud et lourd. Des mouches bourdonnaient alentour mais, Dieu merci, les moustiques étaient allés se cacher pour la journée.

« *Salud, señores.* » L'Espagnol vida son verre d'un trait et le tendit pour que George le remplisse à nouveau. « Nous sommes très heureux de faire votre connaissance. » Son œil valide allait de l'un à l'autre des deux hommes. « Vous êtes avec la Compagnie anglaise, non ? »

George acquiesça.

« Désolé, mon anglais n'est pas très bon, reprit l'Espagnol.

— Vous vous en tirez très bien, *señor*. Au fait, mon nom est Constantin Phaulkon. »

L'Espagnol inclina légèrement la tête. « Don Pedro de Alcatraz y Mendoza est à votre service. Ah, *señores*, c'est une longue histoire que la mienne. *Muy larga !* » Il leva les bras pour prendre le ciel à témoin. « Vous voyez devant vous un officier de la marine impériale espagnole. Je servais sur le grand vaisseau *Santa Cruz* quand on transportait des fortunes en or de la Nueva España à Manila. Maintenant... » Il haussa les épaules et désigna sa jambe. « Depuis l'accident, je suis, hum, comme qui dirait, à la retraite. Mais j'ai des relations, *señores*, de nombreuses relations...

— Des relations avec des marchandises particulières, ai-je cru comprendre, suggéra George.

— Ah, *si, muy especial.* » Il tendit de nouveau son verre comme s'il avait besoin d'un soutien avant de poursuivre. Il attendit qu'on l'eût empli puis le vida de nouveau d'un trait. « J'ai à vendre, dit-il en se penchant d'un air de confidence, cinq des plus beaux canons hollandais. Des pièces qui viennent droit de chez De Groto. » Il se baisa le bout des doigts d'un air de connaisseur. « *Preciosos !* »

White et Phaulkon échangèrent un regard.

« Des canons venant de qui ? interrogea Phaulkon.

— De Groto, *señor. El numero uno* à Amsterdam.

— Il doit vouloir dire De Groot ! s'exclama George, impressionné.

— *Sí, sí,* De Groto », confirma l'Espagnol, apparemment ravi de voir qu'ils étaient sensibles à la qualité de sa marchandise. Il les regarda d'un air de conspirateur. « En raison de circonstances particulières, je peux les vendre à un prix *especial.* »

Phaulkon se demandait comment cette canaille avait bien pu acquérir un article aussi précieux, sans doute les plus beaux canons du monde. Et pas seulement un, mais cinq !

« Comment êtes-vous tombé sur ces canons ? demanda George.

— *Perdón,* tombé ?

— Euh, comment les avez-vous trouvés ?

— Ah, *señor,* dans mes affaires, la discrétion c'est tout. La réputation, vous comprenez. Je ne peux pas dire où j'achète, je ne peux pas dire où je vends. » Il tendit devant lui ses mains ouvertes. « C'est juste, *no ?*

— *Señor,* dit George, je crois malheureusement que nous ne sommes pas intéressés. »

L'Espagnol eut l'air dépité. Il resta un moment silencieux. « Si j'en dis plus au *señor,* puis-je compter sur sa discrétion ?

— Peut-être bien, répondit George.

— *Bueno.* » Son œil unique brillait d'orgueil. « J'achète au prince Daï et puis il s'enfuit pour le Siam. Ses partisans capturent les canons des Hollandais ; seulement, quand il s'évade, il a besoin d'or, pas de canons. »

C'était tout à fait imaginable, se dit Phaulkon. Le prince Daï, chef des tristement célèbres Macassars, une tribu de musulmans fanatiques de Célèbes, qui avalaient de l'opium avant la bataille et se battaient toujours jusqu'au dernier, faisait à Bantam l'objet de spéculations sans fin. Son peuple avait été massacré par les Hollandais quand ils avaient débarqué à Célèbes et le prince avait fini par fuir en exil avec ce qu'il lui restait de ses hommes. Il s'était embarqué pour le Siam où le roi avait la réputation d'accorder volontiers asile aux réfugiés politiques ou religieux.

Une idée germait dans son esprit. Phaulkon se tourna soudain vers George, adoptant un patois écossais qu'il avait appris dans la marine. « Il existe encore un certain nombre d'Etats vassaux qui doivent allégeance à la Couronne siamoise, n'est-ce pas ? » Phaulkon comprit à l'expression stupéfaite de l'Espagnol qu'il n'entendait pas un mot.

« Il y en a pas mal, mon garçon. Pourquoi ?

— En existe-t-il qui soient actuellement en rébellion ? »

George réfléchit un moment. « On m'a raconté que la reine de Pattani se montre de plus en plus hostile, même si à mon avis on ne peut pas dire que sa révolte soit d'ores et déjà déclarée. Ses sujets sont musulmans et acceptent parfois mal de devoir faire allégeance à un roi bouddhiste. »

Phaulkon avait l'air ravi. « Pattani est l'un des États vassaux les plus riches, non ?

— Certainement. Le petit royaume de Sa Majesté contient d'immenses réserves d'étain. »

Phaulkon semblait intrigué. Il se tourna vers l'Espagnol. « Combien pour les canons ? demanda-t-il d'un ton naturel.

— Cinquante souverains d'or, *señor*. C'est une véritable occasion, *no* ?

— Je vous en donnerai vingt. » Pour la première fois, Phaulkon passa à l'espagnol. « Avec une commission de vingt pour cent. Nous pourrons la partager entre nous. » Il lui fit un clin d'œil. « Nous autres, Latins, devons nous serrer les coudes. Après tout, nous sommes frères. Le vieil homme ici est le seul autorisé à acheter. Je peux peut-être le persuader. Ça dépend... » fit-il avec un sourire engageant à l'intention de l'Espagnol.

« Vous êtes portugais ? » interrogea l'Espagnol d'un ton méfiant. Phaulkon acquiesça. Ils se dévisagèrent un moment, chacun semblant prendre la mesure de l'autre. Puis le marchandage commença.

George regarda avec fascination son protégé : le jeune homme, dont il avait toujours dit en plaisantant qu'il allait faire de lui un vrai gentleman anglais, renonça à toute retenue et se lança, avec un plaisir évident, dans un marchandage acharné où des familles ruinées, des mères mourantes et des enfants sans ressource tenaient les premiers rôles. Les deux hommes levaient les bras au ciel, en appelaient à la Sainte Vierge et juraient qu'ils étaient ruinés : l'un pour payer plus qu'il ne pouvait se le permettre, l'autre pour recevoir moins qu'il n'avait acheté les canons. Ils finirent par se mettre d'accord sur vingt-sept souverains d'or et se donnèrent l'accolade.

« Nous sommes convenus d'examiner les articles ce soir après la tombée de la nuit, dit Phaulkon en se tournant vers George. On pourra toujours trouver des défauts à la marchandise », ajouta-t-il à voix basse.

George arborait un large sourire.

« Qu'est-ce qu'il y a ? demanda Phaulkon.

— Oh, rien, mon garçon. Tu sembles avoir énervé notre ami. Pourquoi ne pas lui montrer où il peut faire un peu de toilette ? »

En aidant l'Espagnol à se lever de son fauteuil, Phaulkon crut voir George faire un clin d'œil à ce dernier. L'Espagnol s'éloigna en claudiquant et se retourna sur le pas de la porte pour s'incliner dans leur direction.

« Alors, de quoi s'agissait-il ? interrogea George dès que le pirate eut disparu. On aurait dit deux commères déchaînées dans un souk de la côte de Barbarie.

— Vingt-sept souverains d'or avec une commission de deux souverains pour moi. Reste vingt-cinq, fit Phaulkon rayonnant. Tout juste cinq souverains d'or par canon. Si ce sont vraiment des pièces originales de chez De Groot, alors c'est l'affaire de la décennie. Qu'en dites-vous, George ?

— Et comment comptes-tu les payer, mon garçon ? fit George avec une lueur d'amusement dans les yeux.

— Sur les fonds de la Compagnie, George. Avec votre autorisation personnelle. En tant que chef de la comptabilité, je me ferai un plaisir d'enregistrer la transaction. » Phaulkon sourit. Même George était déconcerté.

« Et pourquoi la Compagnie achèterait-elle des canons ? De fabrication étrangère par-dessus le marché ?

— Pour assurer la protection de la nouvelle factorerie d'Ayuthia. Si les autorités siamoises posent la question, on leur dira que les Anglais installent toujours des canons devant leurs entrepôts comme symbole du prestige qui convient à une aussi grande nation. Dans un but strictement défensif, évidemment. »

George hocha la tête d'un air approbateur. « Ils pourraient bien avaler ça, reconnut-il. Mais des canons hollandais? Depuis quand les Anglais ne fabriquent-ils pas chez eux d'assez bons canons?

— C'est vrai, George. Mais puisque les Hollandais menacent le Siam, si nous allions fournir à un vassal rebelle leurs propres canons, ne semblerait-il pas que ces traîtres de Hollandais arment les rebelles? Et si ces canons n'étaient guère de nature à menacer le Siam, l'argent de leur vente pourrait suffire à emplir le navire de Sam White.

— Par Dieu, mon garçon, je crois que tu es prêt à diriger le Siam. Tu es une vraie canaille. Tu me ressembles trop : c'est sans doute pourquoi tu as toujours tant représenté pour moi.

— Et vous pour moi, George. Mais vous m'aiderez à lire les poinçons sur ces canons? N'oubliez pas, dit-il en riant, que l'avenir de l'empire hollandais est en jeu.

— Je les ai déjà lus, mon garçon. Ce sont d'authentiques De Groot.

— Quoi?

— Je les ai déjà achetés. Avec la même idée que toi. »

Phaulkon resta muet.

« Il n'y a qu'un problème, reprit George. J'en ai offert trente souverains et tu t'es mis d'accord pour vingt-cinq. » Il éclata de rire.

Phaulkon allait retrouver sa voix quand don Pedro de Alcatraz y Mendoza réapparut sur le seuil. Il le dévisagea, bouche bée. Disparu le bandeau sur l'œil de l'Espagnol, il était coiffé avec soin, sa culotte n'était plus poussiéreuse et seules quelques petites coupures montraient qu'il s'était rasé en hâte.

Il tendit les bras vers George. « Que c'est merveilleux de se retrouver après toutes ces années, mon ami, fit-il dans un anglais impeccable.

— Ça fait douze ans, n'est-ce pas, don Pedro ? Je suis sûr que Manille n'est plus la même depuis lors.

— On parle encore de vous là-bas, mon ami, surtout dans... » Il regarda Phaulkon et se ravisa.

Phaulkon vit avec stupéfaction les deux hommes s'étreindre chaleureusement.

Don Pedro se tourna vers Phaulkon. « La morale de l'histoire, *señor* : ne jamais juger sur la mine. Mais permettez-moi, je vous en prie. » Il tendit les bras et étreignit à son tour Phaulkon.

« Avez-vous toujours deux identités, *señor* ? demanda Phaulkon, retrouvant enfin sa voix.

— De telles précautions sont indispensables quand on vend... hum... une marchandise délicate. Si les Hollandais avaient vent de cette affaire, ils rechercheraient un pirate borgne, et non le marquis d'Alcatraz, ami du gouverneur. Je suis aussi un ami du prince Daï. C'est moi qui l'ai persuadé de se réfugier au Siam pour sauver sa race de l'extinction et c'est moi qui lui ai acheté les canons pour payer son passage. Vous comprenez, ils ne valaient pas grand-chose pour lui. Même s'il les avait capturés aux Hollandais, aucun de ses hommes n'était disposé à s'abaisser à une forme aussi dégradante de combat. Et quel déshonneur pour un Macassar de se battre autrement qu'au kriss ! Les canons, je puis vous l'assurer, sont magnifiques... et authentiques. Si je n'avais pas besoin... si je n'avais pas besoin d'argent, je les rapporterais en Espagne avec moi. Mais depuis que j'ai perdu mes terres au jeu, j'en suis réduit à gagner ma vie. Et, à propos d'argent, *señor*, on peut dire que vous êtes un rude marchandeur. Et même pas dans votre langue maternelle.

— Je vous remercie. Mais avec un accent portugais.

— Peut-être, fit don Pedro en souriant. Et votre patois écossais est parfait.

— Vous autres Espagnols, vous êtes incorrigibles,

fit George. Vendre deux fois la même marchandise ! Je crois que je vais retirer mon offre. »

Don Pedro éclata de rire. « Ah mais, George, je préfère votre offre à celle de votre ami.

— Alors, demanda George, comment allons-nous régler cela ?

— Il n'y a qu'une façon équitable, dit Phaulkon. Nous allons les payer vingt-sept souverains et demi.

— Ah, mon ami, je vois que vous êtes le digne successeur du célèbre George White. C'est exactement ce qu'il a dit. Monsieur, je suis honoré de faire votre connaissance. » Il serra chaleureusement la main de Phaulkon. « Maintenant, *señores*, il y a une histoire attachée à ces canons et j'estime de mon devoir de vous la conter. Voyez-vous, il y a bien des années, en Espagne, une gitane, en me lisant les lignes de la main, m'a dit qu'un jour je vendrais des armes de guerre à deux étrangers dans un pays lointain. C'était une prophétie étrange et peu vraisemblable pour un noble Espagnol qui n'avait encore jamais quitté son pays. Mais, reprit don Pedro, détail intéressant : elle a affirmé que ce n'était pas moi qui ferais fortune avec cette vente, mais eux.

— Je bois à cette prophétie », dit George. Il remplit trois verres et leva le sien. « Au Faucon du Siam », déclara-t-il.

2

Golfe du Siam, 1679

Ce fut l'éclat soudain de l'acier qui le sauva, un rayon de soleil qui se reflétait sur la lame : il le perçut à travers ses paupières closes et s'éveilla aussitôt. Un instant, il vit la pointe du poignard malais incurvé briller derrière le mât de teck : une seconde plus tard, son assaillant plongeait sur lui.

Phaulkon s'attendait à une mutinerie générale, mais pas à cette attaque isolée : il sommeillait sur le pont, adossé au second mât, les jambes écartées. D'instinct, il roula sur la gauche au moment précis où le Malais filait devant lui comme un javelot et où son kriss venait s'enfoncer dans le mât, juste à l'endroit où une fraction de seconde plus tôt le Grec appuyait sa tête. Phaulkon se releva précipitamment et pivota pour faire face à son adversaire. À trente ans, Constantin Phaulkon, capitaine du *Royal Lotus*, jonque siamoise de cent vingt tonneaux, dépassait d'au moins une tête le matelot malais qui faisait des efforts désespérés pour arracher son kriss du mât dans lequel il était planté. Il poussa un cri de fureur, renonça et se retourna vivement vers Phaulkon.

Un moment, les deux hommes s'affrontèrent, désarmés, chacun jaugeant son adversaire. Ils étaient seuls sur le pont. Autour d'eux, une mer d'huile et, au loin, dans la brume du matin, le contour montagneux du rivage.

Les deux hommes étaient torse nu. Phaulkon portait le large pantalon noir des Chinois tandis que Faiçal, le Malais, n'était vêtu que d'un pagne. Dans les premières et incertaines lueurs de l'aube on aurait pu les croire parents, tant leurs cheveux noir de jais et leur teint brun se ressemblaient : l'un de par sa naissance et l'autre après des années passées en mer. Puis le soleil émergea de derrière un nuage et l'illusion se dissipa : un rayon vint souligner les pommettes hautes et le nez court du Malais qui offraient un saisissant contraste avec les traits résolument méditerranéens du Grec.

Ils s'observaient dans l'espace dégagé entre les mâts. Phaulkon envisagea d'appeler à l'aide ses collègues, les deux Anglais qui se trouvaient dans l'entrepont, mais il se ravisa. Et si les autres Malais s'éveillaient les premiers ? Il y en avait trois là-bas et ils se retrouveraient trois Européens contre quatre Orientaux. Il lui sembla soudain bizarre que Faiçal lui-même n'eût pas appelé les autres à la rescousse.

« Je suis surpris de te voir agir seul, sale bâtard, lança Phaulkon dans un malais parfait.

— Et pourquoi donc, mangeur de porc ? Je n'ai pas besoin d'aide pour répandre ton sang d'infidèle, fit Faiçal en crachant de côté.

— Avant la fin de la journée, je te ferai pendre haut et court.

— Si tu es encore vivant pour en donner l'ordre, capitaine », dit le Malais avec un sourire méprisant.

Le premier réflexe de Phaulkon avait été de réduire ce chien en bouillie. Mais il lui fallait d'abord savoir pourquoi Faiçal l'attaquait maintenant et pourquoi il le faisait seul. Les enjeux étaient trop gros. Si par hasard le Malais était au courant de la cargaison cachée...

« Pourquoi tes amis ne sont-ils pas avec toi ? interrogea-t-il.

— À quoi ça t'avancerait de le savoir, répliqua Faiçal, quand tu pourriras en enfer avec les autres infidèles ? »

S'excitant lui-même, le Malais chargea, décochant un méchant coup de pied vers l'entrejambe de Phaulkon. Le Grec esquiva et avança les mains pour se protéger, mais n'amortit qu'en partie le coup. Grimaçant de douleur, il saisit le pied du Malais, le tira de toute sa force d'un côté. Faiçal poussa un hurlement mais, avec une agilité d'acrobate, il fit rouler tout son corps et libéra son pied. Quelque peu chancelant, il était apparemment blessé au pied droit et le Grec attaqua. Il décocha au plexus de Faiçal un formidable coup de poing mais, même si le Malais ne réagissait pas avec sa vivacité habituelle, il parvint à faire un pas de côté : le Grec ne fit que lui effleurer la cage thoracique.

C'était quand même suffisant pour lui couper le souffle et, tandis que Faiçal s'efforçait de reprendre haleine, Phaulkon plongea sous son épaule et passa le bras droit par-dessus la tête du Malais, l'emprisonnant dans une étreinte d'acier. L'étau se resserra et les premiers cris de Faiçal s'étranglèrent bientôt dans sa gorge.

« Si tu veux garder la vie, tu ferais mieux de parler, cria Phaulkon. Pourquoi cette attaque ? » Son étreinte se resserra. Le Malais avait les yeux exorbités. Puis, lentement, son adversaire relâcha la pression pour lui permettre de s'exprimer.

« *Berhenti disitu! Jengan dekat!* Reste où tu es! »

Les cris étaient venus de derrière. Phaulkon pivota, entraînant Faiçal avec lui. À quelques pas de là, en haut de l'escalier des cabines, Achmed et Mohammed avaient surgi, kriss à la main. Les deux hommes hésitèrent un moment, puis une expression soucieuse se dessina sur le visage d'Achmed. Il remit le kriss dans son pagne, faisant signe à son compagnon d'en faire autant.

« Tuan Kapten, ça va? demanda-t-il sur un ton obséquieux. Nous avons entendu des cris et nous sommes accourus. Est-ce que ce chien s'est mal conduit? » fit-il en désignant Faiçal.

Phaulkon dévisagea Achmed, le second qui dirigeait l'équipage : faux comme un jeton, mais habile marin. Étais-tu derrière ce coup-là, vermine? se demanda-t-il. Et pourquoi?

« Ton camarade a essayé de me tuer alors que je sommeillais, si c'est ce que tu appelles mal se conduire, répondit sèchement Phaulkon.

— Laisse-le-moi, Tuan Kapten, s'exclama Achmed furieux, je t'en prie. Ce chien nous a déshonorés. » Il approcha et Phaulkon se crispa, s'attendant à quelque traîtrise.

« Ne bouge pas, Achmed. Je l'interrogerai moi-même.

— C'est un membre de mon équipage, Tuan. J'en suis responsable et je dois le punir pour que nous retrouvions notre honneur. » Achmed avançait toujours, avec l'air de vouloir s'excuser.

« Ne bouge pas, lança Phaulkon. Tu l'auras quand j'en aurai terminé avec lui. »

Là-dessus, on entendit un bruit de pieds nus et la silhouette dégingandée de Richard Burnaby apparut sur les dernières marches de l'escalier, vêtu d'une chemise de nuit blanche qui lui tombait jusqu'aux chevilles et armé d'un mousquet. Juste derrière lui, Thomas Ivatt, un petit Anglais avec une épaisse crinière de cheveux bruns et crépus. Tous deux étaient hors d'haleine.

« Que diable se passe-t-il ? » demanda Burnaby, braquant son mousquet sur les Malais. Achmed s'arrêta à deux pas de Phaulkon. « Ça va, Constant ? cria Burnaby.

— Oui, Richard. Seulement un petit malentendu avec Faïçal.

— Je vous en prie, expliquez à Son Excellence que nous ne pouvons pas supporter un tel déshonneur », demanda Achmed à Phaulkon d'un ton suppliant. Pas question pour lui de communiquer directement avec Burnaby : l'honorable responsable de la Compagnie des Indes orientales au Siam ne comprenait pas un mot de malais.

« Richard, dit Phaulkon, Achmed tient beaucoup à faire justice lui-même. Tenez-le en joue.

— Tuan Kapten, fit Achmed s'adressant à Phaulkon. Faïçal que voici est, pour ma honte éternelle, mon frère de sang. Permettez-moi de l'interroger en votre présence. Il me révélera ce qu'il ne vous avouerait jamais, même sous la torture.

— Qu'est-ce qu'il dit ? demanda Burnaby.

— Il veut interroger Faïçal lui-même, répondit Phaulkon. Il prétend que de toute façon cette vermine ne me révélerait rien. Tenez-les tous en joue, Richard, et vous aussi Thomas, mais ne tirez que si vous y êtes obligés. Pour notre malheur, nous avons besoin de chaque membre de cette pourriture d'équipage pour manœuvrer la jonque. »

C'est vrai, Faïçal n'avouerait jamais, se dit Phaulkon. Ces Malais pouvaient avoir un air servile mais ils avaient un cran incroyable. Peut-être parviendrait-il à le comprendre à demi mot si Achmed l'interrogeait. Il poussa Faïçal vers le second.

Achmed saisit Faïçal par le bras et l'entraîna hors de portée de Phaulkon. Désignant le ciel, il lui murmura quelque chose à l'oreille. Au moment où Faïçal levait la tête, le kriss d'Achmed jaillit et Faïçal s'effondra sur le pont, le sang jaillissant de sa gorge. Il n'eut pas même le temps de pousser un cri.

« Bonté divine ! s'exclama Ivatt, en se cramponnant au bastingage.

— Pardonnez-moi, Excellence, dit Achmed en s'inclinant devant Phaulkon. Quiconque insulte le Tuan m'insulte également. C'était la volonté d'Allah. Que son nom soit glorifié.

— Maudit sois-tu, lança Phaulkon en se précipitant vers lui.

— Inutile, Constant, répliqua Burnaby. Maintenant nous ne saurons jamais la vérité. »

Non sans mal, Phaulkon parvint à se maîtriser. Le vieil homme avait raison. Pour une fois, sa prudence proverbiale se justifiait. Burnaby « pas-de-risque », le surnommait-on. Inutile de punir Achmed. De toute façon, cette canaille était le seul parmi les Malais à s'y connaître en navigation. Mais avaient-ils découvert la cargaison ? se demanda-t-il. Son estomac se serra à cette idée.

Achmed fit signe à Mohammed : tous deux soulevèrent le corps ensanglanté de Faïçal et le portèrent jusqu'au bastingage. « Que la volonté d'Allah soit faite », pria Achmed en balançant le cadavre par-dessus bord. Au même instant, comme s'il avait assisté en témoin invisible à toute la scène, Abdul, le corpulent cuisinier, apparut sans un mot sur le pont avec une bassine d'eau et une brosse. Il s'accroupit et entreprit nonchalamment de rincer le sang qui tachait le pont. Puis il se dirigea vers l'arrière pour reprendre sa place habituelle derrière d'énormes chaudrons noirs dont, de l'aube au crépuscule, il agitait fréquemment le contenu. Une odeur de curry flottait perpétuellement autour de lui.

« Bon, dit Phaulkon en jetant un coup d'œil au ciel et en respirant avec reconnaissance la brise. Nous appareillons. »

Ils s'étaient ancrés pour la nuit au large de la côte de Ligor et il avait soudain hâte de laisser ce rivage derrière lui. C'était là que les Malais avaient commencé à montrer un comportement bizarre, qui avait abouti à l'attaque de Faïçal. « Achmed, Mohammed, hissons les voiles et levons l'ancre. Vous aurez maintenant sur les bras le travail de trois hommes. » Il se tourna vers Ivatt, toujours appuyé au bastingage et qui observait les Malais. « Comment ça va, Thomas ? Si vous voulez, vous pouvez descendre vous reposer.

— Merci, mais je crois que je vais rester ici. » Il eut un pâle sourire. « Je ne voudrais surtout pas manquer quoi que ce soit. J'ai mené jusqu'à maintenant une vie paisible et retirée. Il est temps que ça change. » Phaulkon sourit. Il aimait bien le petit homme, même s'il ne le connaissait que depuis peu. Il savait que l'existence d'Ivatt n'avait guère été paisible et retirée.

Thomas Ivatt avait eu plus que sa part d'expériences fascinantes ou horribles. Né dans une famille d'artistes de ménagerie du Yorkshire, il avait vu son grand-père lacéré par un tigre alors qu'il n'avait que neuf ans. Quand son partenaire au trapèze, John Matthews, avait fait sous ses yeux une chute mortelle, il avait quitté le théâtre ambulant pour entrer à la Compagnie des Indes orientales. À vingt-deux ans il espérait commencer une nouvelle vie et oublier tout le passé. Il se demandait pour l'instant s'il avait été bien avisé de renoncer aux dangers de l'acrobatie pour la vie « plus calme » de l'Asie.

« Que diable s'est-il passé avec Faiçal ? » interrogea Burnaby en s'approchant de Phaulkon qui tenait toujours son mousquet à la main. Des mèches de cheveux de couleur paille pendaient en désordre sur sa tête d'ordinaire coiffée avec soin. Il n'avait pas eu ce matin le temps de se pomponner. Comme le lui imposait sa fonction, à laquelle il était parvenu par lentes étapes, l'agent général au Siam se piquait d'être toujours impeccable. À quarante-huit ans, c'était devenu une obsession.

« Il a attendu que je m'assoupisse et il a essayé de me tuer. J'aurais dû lui arracher des aveux quand j'en avais l'occasion, répondit Phaulkon d'un ton amer.

— Est-ce que les autres étaient complices ? demanda Burnaby.

— Difficile à dire. Ils étaient dans l'entrepont quand c'est arrivé. Mais, à mon avis, ils attendaient le signal de Faiçal pour vous attaquer, Thomas et vous.

— Alors, ils savent pour la cargaison ? »

Phaulkon éluda la question. « Descendons pour en discuter. Cette côte-là me met mal à l'aise. »

Il désigna le rivage à une dizaine de milles : le ruban blanc de la plage en bordure de la jungle. Au loin, des montagnes que les derniers nuages de la mousson commençaient à arroser de pluie. Quelque part à l'intérieur, se dit-il avec inquiétude, se trouvait la rivière de Ligor.

« Je veux que vous ayez à l'œil chacun des Malais, reprit Phaulkon. Ne les perdez de vue à aucun moment. Même le cuisinier. Je ne me fie pas plus à lui qu'aux saloperies qu'il jette dans son fichu chaudron. »

Il régnait maintenant une intense activité : on hissait les grandes voiles de jonc du *Royal Lotus* qui commençaient à se gonfler sous le vent. En teck robuste, le navire avait été construit dans les chantiers navals d'Ayuthia, la Venise de l'Est et la légendaire capitale du Siam, sur le modèle des jonques de l'Empire du Milieu, dont les marchands apportaient depuis des siècles au Siam du thé, des soies et des porcelaines puis revenaient à Canton chargés de bois de sampang, de corne de rhinocéros, d'épices et d'os de tigres.

On hissa l'ancre de bois lestée de pierres et, quelques instants plus tard, le *Royal Lotus* était en route. Avec ses deux mâts, ses larges flancs, son fond plat, ses énormes voiles en nervure de bambous semblables à des ailes de chauve-souris et sa coque brune vernie à l'huile de tung, la jonque mit cap au sud dans le golfe du Siam.

« Alors, Constant, vous prétendez toujours qu'ils ne savent rien de la cargaison ? » Depuis quelques minutes, ils s'interrogeaient sur les raisons de l'attaque des Malais et l'exaspération perçait dans la voix de Burnaby. Il était certain que pour une fois Phaulkon avait tort. Mais le plaisir que Burnaby aurait pu normalement en tirer était quelque peu terni à l'idée de ce que pourraient être les conséquences si les Malais savaient vraiment quelle marchandise était dissimulée dans les cales. Tout près de lui, Ivatt écoutait en silence, surveillant les Malais du coin de l'œil.

« J'ai pris toutes les précautions, Richard, répondit-il. J'ai accordé une permission aux Malais le jour du chargement et j'ai fait suivre chacun d'eux.

— Pourquoi alors ce macaque a-t-il essayé de vous tuer ? » insista Burnaby.

Phaulkon haussa les épaules. « Il est possible que je l'aie offensé. Vous savez combien ces Malais peuvent être susceptibles.

— Ne pensez-vous pas qu'il serait peut-être temps de m'expliquer ce qui se passe ? demanda Ivatt en souriant. Ça pourrait m'aider à décider si je me range de votre côté ou dans le camp des Malais. »

Burnaby jeta un coup d'œil à Phaulkon, mais le Grec secoua discrètement la tête. Non qu'il n'eût pas confiance en Ivatt, mais moins les gens savaient ce que contenait la cale, mieux cela valait.

Ivatt attendait. Ce n'était pas la première fois qu'il constatait que le Grec avait toujours le dernier mot. Même si Phaulkon se montrait respectueux envers son chef, il était de plus en plus évident que c'était lui qui commandait. Il en avait assurément le physique, songea Ivatt en observant sa carrure athlétique, son port assuré. Les grands yeux noisette exprimaient tour à tour l'amusement et le défi et il avait un sourire à charmer un buffle enragé.

« Il n'y a vraiment rien à vous dire, Thomas, dit Burnaby. Vous en savez autant que nous. Un des Malais a attaqué Constant ce matin et nous devons évidemment être sur nos gardes. Nous avons malheureusement besoin des autres pour manœuvrer le navire. » Phaulkon aperçut Achmed et Mohammed qui descendaient l'escalier menant aux cabines et il fit un bref signe de tête à Burnaby et à Ivatt. Ils tournèrent les talons et suivirent les Malais dans l'entrepont.

Phaulkon tira sur le cordage qui maintenait la barre pour rectifier le cap et leva les yeux vers le ciel. Il était à peine neuf heures passées et le soleil était déjà haut : il enfila sa chemise de mousseline blanche par-dessus son pantalon flottant afin de se protéger des ardeurs tropicales. Il était seul maintenant sur le pont avec Abdul, le cuisinier, qui continuait, impassible, à touiller sa marmite. Ils suivaient la côte, descendant vers l'isthme étroit qui séparait le golfe du Siam du golfe du Bengale, c'est-à-dire le Pacifique de l'océan Indien.

Surveillant d'un œil Abdul et de l'autre le vaste océan qui s'étendait devant lui, il repassa dans son esprit les événements de la veille qui avaient abouti à l'attaque de ce matin, cherchant l'indice qui lui échappait.

La jonque était à dix jours de l'embouchure du Menam Chao Phraya : la Noble Rivière ou Rivière des Rois était pour le royaume de Siam ce que le Nil représentait pour l'Égypte ou le Gange pour l'Inde. Une douce brise du nord avait soufflé les neuf premiers jours mais elle avait cessé pendant la nuit. Le soleil brûlant s'était levé sur des voiles qui pendaient mollement et sur une mer lisse comme du verre. La jonque flottait sur des eaux immobiles en vue du rivage : on n'entendait même plus le craquement des madriers. Rien ne semblait devoir troubler cette tranquillité.

Enfin, rien sauf l'instinct de Phaulkon. Deux choses le tracassaient. L'une était l'impressionnant calme de l'océan qui semblait rassembler ses forces dans quelque redoutable intention. L'autre, un subtil changement, à peine sensible, dans le comportement de l'équipage depuis qu'on avait aperçu la pointe de Ligor à l'aube ce matin-là.

Phaulkon s'attendait à trouver les Malais serviles. C'était une attitude qu'ils adoptaient avec une astuce magistrale : mais Achmed s'était approché de lui au lever du jour en arborant un large sourire encore plus appuyé que d'habitude.

« Nous devons approcher de Ligor, n'est-ce pas, Tuan ? fit Achmed d'un ton légèrement interrogateur.

— Pourquoi me le demandes-tu ? avait répliqué Phaulkon qui parlait couramment malais. C'est à Songkhla que nous faisons escale, pas à Ligor. »

Le Malais avait observé le ciel et Phaulkon avait suivi son regard. Si loin que l'œil pouvait porter, les cieux avaient la couleur d'un été sur la mer Égée et l'océan était un immense lac scintillant qui s'étendait sans une ride jusqu'à l'horizon.

« Avec un temps aussi calme, Tuan, ne serait-il pas sage de relâcher à Ligor ? Nous n'avançons pas et nous pourrions au moins nous réapprovisionner.

— Nos documents autorisent une escale à Songkhla, pas à Ligor. Songkhla n'est qu'à deux jours d'ici et nous avons bien assez de provisions. »

D'après leurs documents officiels, portant l'auguste sceau du Barcalon, le Premier ministre du grand roi Naraï de Siam, le *Royal Lotus* avait droit de naviguer de la capitale, Ayuthia, jusqu'aux États malais, au sud de la frontière siamoise. La jonque avait la permission de relâcher à Songkhla, un port siamois du Sud, pour commercer et se réapprovisionner. Outre l'équipage malais de quatre hommes, le registre comportait les noms de trois farangs, ainsi qu'on appelait au Siam les étrangers blancs : Richard Burnaby, chef du comptoir de la Compagnie anglaise des Indes orientales à Ayuthia. Constantin Phaulkon, son adjoint et capitaine du navire. Et Thomas Ivatt, une nouvelle recrue venue de la direction de la Compagnie à Londres.

Le manifeste mentionnait une cargaison de drap anglais de qualité supérieure, teint avec le plus beau vermillon : tissu très apprécié par les rajahs et sultans de Malacca dont beaucoup devaient obéissance au puissant monarque du Siam. Toutefois le *Royal Lotus* ne transportait pas seulement cette cargaison officielle. Dissimulés parmi les grandes balles de tissus — et dont seuls Phaulkon, Burnaby et un certain capitaine Alvarez connaissaient l'existence — se trouvaient cinq des meilleurs canons hollandais, fondus à Amsterdam par De Groot lui-même. La direction régionale de la Compagnie des Indes orientales à Madras ignorait tout autant leur présence à bord que les autorités siamoises d'Ayuthia. Ces canons étaient assez puissants pour détruire — ou pour créer — un royaume et, à Pattani, leur ultime destination à dix lieues au sud de Songkhla, ils n'avaient pas de prix. Ils devaient permettre à la reine musulmane qui gouvernait cet État de se défendre contre le royaume bouddhiste du Siam et même de s'en libérer. La reine de Pattani avait refusé d'envoyer à Ayuthia le tribut annuel d'une fleur d'or, que l'on exigeait de chaque État vassal et, d'ici peu de temps, les régiments royaux d'éléphants de guerre arriveraient du Siam pour la chasser. Voilà deux mois à peine, le capitaine Alvarez, émissaire secret de Phaulkon à la cour de Pattani, avait annoncé que...

Phaulkon se mit à rire tout haut. L'évocation de la triste situation d'Alvarez le mettait encore en joie. Pauvre Alvarez ! Il s'était vanté une fois de trop de ses conquêtes amoureuses. L'impérieuse reine de Pattani, dont les désirs dépassaient largement les frontières de son minuscule royaume, s'était entichée du beau marin portugais que lui avait envoyé Phaulkon pour discuter les termes de cette dangereuse entreprise : elle l'avait obligé à rester avec elle dans le cadre de l'échange. Dans le message désespéré apporté jusqu'à Ayuthia par un jésuite itinérant, le père Coelho, Alvarez s'était lamenté sur son triste sort : la reine le gardait nu dans sa chambre, en laisse comme un chien, et avait ordonné qu'on le nourrisse d'abondantes quantités de viande saignante pour entretenir sa virilité et qu'on lui donne de bonnes doses d'opium pour atténuer sa résistance. Alvarez était si préoccupé de son infortune qu'il en avait presque oublié de mentionner la somme prodigieuse que la reine rebelle avait accepté de payer pour l'achat des canons.

Plus qu'assez pour réaliser mon plan auquel je tiens tant, songea Phaulkon. Il ne restait que quatre mois avant le rendez-vous avec Samuel White à Mergui, le grand port occidental du Siam sur le golfe du Bengale. Quand Samuel, flibustier et habile négociant, atteindrait Mergui avec un grand navire de commerce « emprunté » à la Compagnie des Indes orientales à Madras, Phaulkon devrait tenir prête la marchandise qui ferait leur fortune en Perse : soies et poteries chinoises, paravents japonais, bois parfumés et pierres précieuses du Siam, autant de produits très recherchés à l'opulente cour des shahs. La vente des canons de contrebande à l'excentrique reine de Pattani fournirait l'or qui permettrait d'acheter la cargaison destinée au vaisseau de Sam White.

Le temps comptait : l'arrivée de Sam à Mergui et son départ étaient liés aux marées du golfe du Bengale et son navire ne pourrait faire qu'une brève escale.

« Combien de temps faudra-t-il aux armées siamoises pour chasser la reine ? demanda Burnaby, toujours sceptique, dès que Phaulkon lui eut traduit le message d'Alvarez. Quand elles arriveront, ne pensez-vous pas qu'elles seront curieuses de découvrir auprès de qui elle s'est procuré ses canons ? »

Mais le plan de Phaulkon était minutieux. « Auprès de moi, Jan Federman, libre marchand hollandais de Bantam. C'est le nom qu'Alvarez a mentionné à la reine. Quand les Siamois reconnaîtront le poinçon hollandais, ils ne douteront pas un instant qu'il y a là-dessous ces traîtres de Hollandais. » Tout le monde savait que les autorités siamoises avaient suivi avec une inquiétude croissante la progression des Hollandais : à la recherche de colonies, ils avaient mis la main sur de vastes étendues de Java et de Sumatra, sur les riches îles à épices des Moluques, sur les fertiles îles Célèbes et maintenant, encore plus près, sur la province de Malacca, à l'extrémité sud-ouest de l'archipel malais. Personne dans les milieux gouvernementaux d'Ayuthia ne doutait que les avides Hollandais avaient des vues sur le Siam. Quelle protection cent mille éléphants de guerre de Sa Majesté siamoise apporterait-elle contre l'artillerie et les navires de guerre des Provinces-Unies ? Bien faible, se dit Phaulkon. Seules la diplomatie et d'habiles manœuvres politiques pourraient permettre de prendre l'avantage sur les Hollandais. Voilà pourquoi Jan Federman, marchand hollandais fictif, devrait fournir ces canons aux rebelles de Pattani : jamais on ne soupçonnerait Constantin Phaulkon, directeur adjoint de la Compagnie britannique des Indes orientales. C'était un plan risqué, mais dont la réussite l'enrichirait au-delà de ses rêves et lui permettrait de mettre en action ses plans politiques — « si les dieux, le temps et les maudits Malais le permettent », grommela-t-il en son for intérieur.

Il avait fait venir en contrebande les canons de Bantam un an plus tôt, quand il était arrivé au Siam comme adjoint de Burnaby pour y ouvrir le comptoir britannique. Alors que ce dernier s'inquiétait de la présence d'un aussi dangereux produit de contrebande dans l'entrepôt officiel de la Compagnie des Indes orientales, Phaulkon avait patiemment attendu le moment d'utiliser les armes au mieux de leurs intérêts et d'exploiter leur poinçon hollandais. Les Siamois savaient peut-être confectionner de splendides caparaçons ornés de joyaux pour leurs éléphants de guerre, mais fondre un canon c'était une autre histoire. Les armes de fabrication locale avaient autant de chances d'exploser dans leurs propres rangs que de décimer l'ennemi.

Phaulkon respira la brise et ses pensées revinrent au présent. Il sentait le vent tourner. Des nuages effilés couraient très haut dans le ciel et des masses sombres enveloppaient l'horizon. Les membrures du navire commençaient à craquer et à gémir de façon inquiétante. Il va y avoir une tempête, songea-t-il, celle qu'il redoutait depuis la veille. Il empoigna le cordage de la barre et maudit les dieux de ce pays au climat si changeant. Il leur fallait un vent régulier pour les amener à Pattani, pas une bourrasque. Une tempête les obligerait peut-être à relâcher à Ligor et, sans document pour faire escale là-bas, peut-être allait-on inspecter la cargaison.

Mohammed apparut sur le pont, Burnaby sur ses talons. Le Malais s'approcha nonchalamment d'Abdul et Burnaby vint rejoindre Phaulkon. Comme toujours, l'Anglais était habillé à l'européenne : culotte grise s'arrêtant aux genoux, tunique lacée blanche. La tête levée, il se protégeait les yeux de la lumière aveuglante.

« Que pensez-vous du temps, Constant ? demanda-t-il avec un rien d'ironie. Je croyais que c'en était fini des moussons. » Burnaby n'était pas d'avis de prendre la mer maintenant, au lieu d'attendre la fin de la saison des moussons, mais Phaulkon, inquiet d'apprendre que, malgré de sévères rappels à l'ordre, la reine de Pattani refusait toujours de payer à la cour d'Ayuthia son tribut en or, tenait à conclure le marché avant l'intervention de l'armée siamoise. Il avait donc assuré à Burnaby qu'à la fin octobre les moussons seraient terminées. On était le 25 novembre 1679 et, de toute évidence, une mousson se préparait.

« Je me suis peut-être trompé, Richard. Les pluies ne sont pas toujours ponctuelles. Mais c'est un vaisseau solide et l'on aperçoit la côte... » Phaulkon avait parfois du mal à supporter la perpétuelle inquiétude de Burnaby. Si l'on avait écouté ce dernier, ils ne seraient jamais allés nulle part depuis un an qu'ils étaient au Siam.

« Je crois que nous devrions de toute façon nous rapprocher du rivage. Inutile de risquer notre peau au large, insista Burnaby.

— Plus près de la côte, fit Phaulkon en riant, nous courrions de plus grands risques. Ici, au moins, nous sommes à l'abri d'une inspection. Aucun Siamois ne prendra le large par ce temps. »

Du coin de l'œil, Phaulkon regarda Achmed déboucher sur le pont et se glisser sans bruit pour rejoindre Abdul à la poupe. Ivatt le suivait de près. Le Malais s'accroupit auprès du cuistot et se mit à lui parler rapidement.

« Richard, dit Phaulkon, nous devrions être bientôt à la hauteur de Ligor. » Il élevait la voix pour se faire entendre des Malais, même s'il savait que ces derniers ne parlaient pas anglais. « Si les choses tournent mal, nous aurons le temps d'entrer dans le port. » Il observa Mohammed qui frottait le pont arrière et leva les yeux vers Achmed. D'un bref signe de tête, le second signala que lui aussi avait entendu le mot « Ligor ».

Ligor ? s'interrogea Phaulkon. Pourquoi cet endroit

les intéresse-t-il tant ? Ligor était un port, une rivière et une importante province du Siam.

« Ligor ? fit Burnaby. Jamais ! Ces maudits Hollandais ont une factorerie là-bas. Ils sont déjà furieux que les Siamois nous aient invités à reprendre le commerce à Ayuthia. Ils ne manqueraient pas de procéder à une fouille approfondie. Et quand on découvrira les canons...

— Je n'ai pas plus envie que vous de relâcher à Ligor, l'interrompit Phaulkon. Mais les Malais semblent y tenir beaucoup.

— Ils doivent connaître l'existence des canons », murmura Burnaby. En tant que chef de comptoir, c'est évidemment lui qui aurait à répondre aux questions si jamais on découvrait les pièces.

« Ils se conduisent presque comme si c'était le cas, mais je ne vois pas comment ils pourraient être au courant. » À Ayuthia, Phaulkon avait choisi lui-même les hommes qui avaient peiné pour hisser les lourdes caisses depuis l'entrepôt de la compagnie jusque dans la cale du *Royal Lotus*. Tous des Siamois qu'il connaissait, en qui il avait confiance et qu'il avait bien payés. On n'avait fait monter à bord l'équipage malais qu'une fois les caisses soigneusement scellées et la cale refermée.

« Si Faiçal agissait seul quand il vous a attaqué, alors quel était son motif ? insista Burnaby.

— Je n'ai pas dit qu'il agissait seul, répondit Phaulkon en lançant un coup d'œil aux trois Malais. J'ai l'impression que nous saurons sans doute bientôt à quoi nous en tenir. Ces maudits mutins préparent quelque chose ici même, au large de Ligor. Si nous n'avions pas besoin de matelots, je serais d'avis de nous débarrasser d'eux sans tarder. »

Phaulkon aurait préféré un équipage siamois, mais c'était impossible. Tout en étant peut-être les gens les plus charmants du monde, les Siamois se montraient les pires marins qui soient. Ils n'étaient à l'aise que sur les innombrables canaux qui sillonnaient leur beau pays. Ils ne voyaient aucune raison d'aller défier le sort sur des mers déchaînées. Seul un très gros salaire pouvait amener un Siamois à quitter sa paisible rivière. Examinant son équipage de coupe-gorge, Phaulkon se dit que cela en aurait peut-être valu la peine. Les Malais présentaient toutefois un avantage : comme les sujets de la reine rebelle de Pattani, ils étaient musulmans ; si les choses tournaient mal, ils risquaient moins de coopérer avec les autorités bouddhistes du Siam.

Soudain, il fut sur ses gardes : les trois Malais se dirigeaient vers lui. Ivatt et Burnaby le regardaient, quêtant ses instructions. Achmed s'arrêta devant Phaulkon et s'inclina. Mohammed et Abdul restèrent à distance respectueuse derrière leur chef. Burnaby et Ivatt étaient plantés derrière eux.

« Tuan Kapten, Votre Excellence, commença Achmed, je n'ai pas peur de la mer, mais mes hommes » — il désigna d'un geste les deux autres — « n'ont pas envie de naviguer dans cette tempête qui s'annonce. Ils craignent que la colère d'Allah ne soit sur eux après la lâche attaque de leur frère Faïçal. Ils veulent qu'on les débarque à Ligor avant qu'il ne soit trop tard. Je crois que nous n'en sommes pas loin, n'est-ce pas, Tuan ? Ils sont même prêts à renoncer à leur paie. Mais Allah est miséricordieux, Kapten, car il se trouve que j'ai un cousin à Ligor et que je peux sans mal vous trouver un équipage de remplacement. Bien sûr, je continuerai à naviguer avec vous. » Il s'inclina de nouveau. « Il n'y a pas un endroit sur cet océan où je ne m'aventurerais pas avec le Tuan Kapten. »

Phaulkon le dévisagea un instant avec insistance.

« Achmed, tes hommes ont été engagés pour faire un travail et toi pour les diriger. Ils ne devraient pas prendre la mer s'ils n'aiment pas les tempêtes. Ils seront débarqués quand et où je le dirai.

— Comme vous l'ordonnerez, Tuan Kapten », fit Achmed en inclinant docilement la tête. Puis il se tourna brusquement vers les deux autres. « Vous, poules mouillées, fils de putain ! rugit-il. Voyez comment vous avez mis en colère le Tuan et m'avez rendu ridicule. » Il tira son kriss et le brandit au-dessus de sa tête. « Au travail avant que je vous fasse partager le sort de Faiçal. » Il se tourna un instant vers Phaulkon. « Pardonnez-moi, Tuan. Leur honte est la mienne. »

Il s'éloigna à grands pas, poussant les deux autres devant lui.

« Qu'est-ce qu'il racontait ? » s'empressa de demander Burnaby.

Phaulkon réfléchit un moment, puis regarda le ciel qui s'assombrissait. « Je crois qu'ils ont probablement... »

Un hurlement jaillit de l'entrepont. D'un coup d'œil Phaulkon inspecta le pont : personne sinon le cuistot, accroupi derrière sa marmite comme si de rien n'était. « Vite, allez voir ce qui se passe en bas ! » cria Phaulkon aux deux Anglais.

Ils dévalèrent l'escalier. Un autre hurlement, plus aigu cette fois-ci. Puis des cris étouffés et enfin le silence. Phaulkon sentit un frisson lui courir le long du dos. Il fit quelques pas en avant, sans cesser de surveiller Abdul, et regarda prudemment par-dessus le panneau d'écoutille. L'entrepont était plongé dans l'ombre.

« Richard ? Vous êtes là ? Thomas ? » Il n'entendit que le battement de son cœur.

Les nerfs à fleur de peau, Phaulkon descendit pas à pas, tendant l'oreille à chaque marche. Il atteignit enfin le pont inférieur. Il avança, les bras en avant, prêt à frapper. Il entendait des bruits de respiration, tout proches, mais ses yeux n'étaient pas encore accoutumés à la pénombre. À sa droite, il le savait, se trouvait la petite cabine à deux couchettes où dormaient les Anglais et, sur la gauche, la grande porte coulissante donnant accès à la cale où étaient entreposés les canons.

Comme l'obscurité se faisait moins dense, il distingua une forme allongée à moins de deux mètres devant lui. Le corps n'était pas assez long pour être celui de Burnaby, mais ce pouvait être celui d'Ivatt ou de l'un des deux Malais. Puis l'ombre s'épaissit et, levant les yeux, il aperçut le cuisinier accroupi au-dessus de lui, sa masse bloquant la lumière venant du pont. Il tenait par les deux poignées le chaudron noir bouillant qu'il inclinait légèrement vers la tête de Phaulkon.

Soudain la porte de la cale s'ouvrit en grinçant. Phaulkon pivota sur les talons. Sur le seuil, à genoux, Burnaby que tenaient solidement les deux Malais. Il avait les poignets ligotés devant lui et une corde enroulée autour de la poitrine et des bras. Deux kriss étaient pointés sur chaque côté de sa gorge. Burnaby voulut parler, mais Achmed approcha aussitôt son couteau et du sang se mit à couler sur le cou de l'Anglais. Même dans la pénombre, Phaulkon vit que Burnaby ouvrait de grands yeux affolés.

Phaulkon maîtrisa son envie de foncer sur eux. Il ne faudrait qu'un instant aux pointes acérées des kriss pour trancher la gorge de Burnaby. Ivatt était-il encore en vie? se demanda-t-il.

Mohammed retenait Burnaby à la pointe de son kriss. Achmed s'avança vers Phaulkon.

« Si vous coopérez, vos amis vivront », dit-il. Toute trace de son obséquiosité habituelle avait disparu. Il tenait à la main une grosse corde. Les Siamois, pas plus que les Malais, n'avaient de chanvre, mais Phaulkon savait que les fibres du cocotier pouvaient être tressées en une corde tout aussi solide. Il réprima sa rage tandis qu'Achmed le ligotait et le poussait brutalement sur le plancher.

« Achmed! cria la voix du cuistot sur le pont. Il commence à faire très sombre. Tu ferais mieux de monter voir! »

Phaulkon entendait maintenant la pluie qui déferlait. Le *Royal Lotus* se mit à rouler et à tanguer avec une violence accrue.

Achmed se pencha sur Phaulkon, ses yeux noirs le fixant d'un air mauvais. « Maintenant, Tuan Kapten, dites-nous comment gagner Ligor.

— C'est désormais ton bateau, fais-en ce que tu veux », dit Phaulkon.

Achmed cracha au visage de Phaulkon. « Infidèle mangeur de porc, ton ami va payer ton insolence. Mohammed! Aide le Kapten à retrouver sa langue. »

Mohammed avança son couteau et Burnaby se mit à hurler.

« Constant ! » interrogea Burnaby d'une voix haletante, sentant le sang couler lentement de son cou sur sa poitrine et sur ses bras, « qu'est-ce qu'il vous demande de faire ? »

Sans répondre à la question, Phaulkon parvint à conserver son calme. « Si tu touches encore une fois à mon ami, sauvage sans mère, je ne t'aiderai pas et la mousson t'entraînera avec ton équipage puant jusqu'à une tombe d'où tu n'iras jamais au paradis d'Allah.

— Quelle mousson ? ricana Achmed. Les moussons sont passées. »

Malgré son arrogance, Phaulkon décela un rien de nervosité dans le ton du Malais.

« Celle qui est sur le point d'engloutir ce navire et de nous entraîner tous par le fond avec lui. » Comme pour confirmer ses dires, la jonque se balança de façon menaçante et Achmed dut se cramponner à la coursive.

« Nous allons mettre le cap sur Ligor. Maintenant ! aboya-t-il.

— Que ce sauvage lâche d'abord mon ami.

— Mohammed, rejette-le dans la cale. Et l'autre aussi. » Du doigt, Achmed désigna le corps inerte d'Ivatt.

« Il est vivant ? interrogea Phaulkon.

— Peut-être, fit Achmed en haussant les épaules.

— Ça vaudrait mieux. Et tu ferais bien de gagner la côte tant qu'il en est encore temps. » Le bateau pencha plus violemment encore cette fois. « S'il est encore temps », répéta-t-il.

Achmed eut un rire forcé. « Vous vous croyez indispensable, hein, Kapten ? Vous pensez que moi, Achmed, je ne peux pas gouverner un navire ? Eh bien, vous aurez tout le temps de méditer sur votre importance dans la cale. »

Achmed et Mohammed traînèrent et poussèrent Phaulkon jusqu'à l'entrée de la cale et le jetèrent brutalement à l'intérieur.

La porte glissa et l'épaisse cheville de bois de fer se referma derrière eux.

Il faisait noir dans la cale, mais des rais de lumière

apparaissaient à brefs intervalles par le caillebotis de teck, des éclairs illuminaient les lourdes masses des caisses occupant presque tout l'espace. Le vent hurlait sans répit. De plus en plus fréquemment, des coups de tonnerre retentissaient dans un grondement assourdissant. Au-dessus de la tête des prisonniers se trouvait la grande trappe donnant directement sur le pont et par laquelle on chargeait la marchandise : devant eux, la porte coulissante qui ouvrait sur la coursive inférieure.

Dès que la serrure se fut refermée, Phaulkon se traîna péniblement jusqu'à Ivatt. Il se pencha sur le petit homme et colla l'oreille contre sa poitrine.

« Il est vivant ? demanda Burnaby.

— Dieu merci, il a simplement perdu connaissance. Que s'est-il passé ?

— Ces salauds nous attendaient dans l'ombre au pied de l'escalier. Ils nous ont sauté à la gorge avant que nous ayons le temps de les voir. Ivatt a résisté et Achmed l'a frappé sur la tête avec un taquet. Ils m'ont fouillé et m'ont pris les clefs de la cale. » Il marqua un temps. « C'est une violente tempête ?

— Sérieuse.

— Ces crétins sont incapables de naviguer. Je savais que ces maudits canons causeraient notre perte, se plaignit Burnaby d'un ton amer.

— Mais vous avez quand même donné votre approbation », répliqua Phaulkon.

Oui, songea Burnaby, grâce à votre langue habile et persuasive. « De toute évidence, les Malais ont été prévenus », dit-il tout haut.

Phaulkon garda le silence.

« Savez-vous, grommela Burnaby, pourquoi ou par qui ?

— Je ne peux pas encore vous répondre. »

Le bateau fit une violente embardée. « Nous ne le saurons peut-être jamais », lança Burnaby.

Les membrures gémissaient de plus en plus fort. Dans l'espace confiné les corps des hommes se heurtaient sans cesse.

« Allons-nous rester ici comme des porcs qu'on

conduit au marché ? demanda Burnaby d'un ton furieux. On ne peut donc rien faire ? » Le sang coulait encore de ses coupures au cou, mais moins qu'auparavant.

Phaulkon cessa de tirer sur les cordes qui lui ligotaient le poignet et songea à la question de Burnaby.

« Pas aussi rapidement que la tempête. Quand il va faire noir là-haut comme si c'était la nuit, les Malais vont croire que c'est la fin du monde. Achmed tiendra le coup mais les autres le harcèleront pour qu'il vienne nous chercher. Je parierais qu'ils ne vont pas tarder à venir demander notre aide.

— Espérons que ce sera avant que nous ayons sombré et... »

Le bateau roula et tangua brutalement, interrompant Burnaby au milieu de sa phrase et le précipitant contre les autres. Il poussa un juron. Puis, au milieu des craquements et des bruits divers, on entendit une série de gémissements étouffés. Ivatt remuait.

« Oh, Seigneur, ma tête ! gémit-il. Où suis-je ?

— Dieu soit loué, Thomas, fit Burnaby. Nous étions inquiets.

— Merci, dit le petit homme en se tournant vers la voix. Ça n'est pas du tout ce qu'on m'avait promis quand on m'a engagé.

— Ce sont les femmes dociles qui vous manquent ? » demanda Phaulkon qui connaissait bien le tableau enchanteur que les gens de la Compagnie des Indes orientales à Londres avaient dû lui brosser de la vie sous les tropiques. « Ou les sorbets glacés ?

— Pour l'instant, en fait rien que les femmes. »

Le bateau fit une terrible embardée puis parut s'écraser sur sa proue. Les trois hommes trébuchèrent les uns sur les autres.

« Qui gouverne ce navire, au fait ? demanda Ivatt. Ce cuisinier barbouillé de curry ?

— À mon avis, pour l'instant, rien que la marée et la tempête », observa Phaulkon en s'efforçant de garder son calme. Il réfléchissait désespérément à des solutions au cas où les Malais ne les relâcheraient pas de sitôt.

Burnaby poussa un gémissement et une violente nausée le secoua.

« Oh, doux Jésus, murmura Ivatt. J'étais mieux quand je n'avais pas repris connaissance. »

La lourde cheville au-dessus d'eux se déplaça et le panneau se souleva de quelques centimètres. Un peu de lumière grisâtre filtra soudain et le visage trempé de pluie d'Achmed apparut. « Bon, Tuan Kapten, grommela-t-il. Montez. » Le panneau se referma sur eux. Aucun des trois hommes ne parlait, mais tous envisageaient des possibilités d'évasion. Quelques instants plus tard, la porte du fond de la cale s'ouvrit en grinçant et Achmed se planta sur le seuil, une main cramponnée à la cloison, l'autre brandissant d'un air menaçant son kriss devant lui. Il s'approcha pour couper les liens de Phaulkon.

« Il me faudra les autres avec moi, dit celui-ci d'un ton ferme. Nous aurons besoin de tous sur le pont si nous voulons survivre à cet ouragan.

— Les autres resteront ici », riposta Achmed. D'un mouvement sec, il trancha les cordes qui ligotaient Phaulkon. Puis il désigna l'escalier. « Vous d'abord. Avancez ! »

Phaulkon ne bougea pas. « À qui obéis-tu ?

— J'ai dit : avancez ! »

Phaulkon le dévisagea, évaluant la distance qui les séparait. « À qui ? » répéta-t-il.

Le Malais ne quittait pas des yeux Phaulkon et il s'apprêtait à abattre son kriss. Puis le navire donna violemment de la bande et une vague déferla par l'escalier. Au-dessus d'eux, on entendit un grand fracas : on aurait dit qu'un des mâts s'effondrait. Le Malais perdit l'équilibre et tomba sur le côté. Il se releva et dévisagea Phaulkon.

Le Grec n'avait pas bougé : lui avait le pied marin.

« Infidèle fils de putain, balbutia Achmed, c'est le gardien de votre entrepôt qui t'a vendu aux farangs hollandais à Ayuthia. Ils vous attendent à Ligor. Maintenant, avance ! »

Phaulkon mit le pied sur la première marche, des idées se bousculant dans son esprit. C'était donc ça.

On avait acheté les Malais pour les amener à Ligor, à la factorerie hollandaise sur la côte. Il grimpa lentement, attendant le moment opportun. Résistant aux rafales de pluie qui se déversaient sur sa tête, il aperçut Burnaby qu'une embardée avait projeté contre la cloison de la cale. Ligotés comme ils l'étaient, Ivatt et lui se trouvaient à la merci des vagues.

« Avance ! » hurla Achmed juste en dessous de lui. On sentait de plus en plus la panique dans la voix du Malais. Phaulkon leva le pied vers le barreau suivant, comme s'il cherchait où le poser dans la houle qui le secouait de plus en plus fort. Son pied s'immobilisa enfin : au même instant, une violente douleur lui traversa la cheville et, quelques secondes plus tard, il sentit une lame lui déchirer la peau du jarret. Le misérable le poussait à coups de kriss. Il repartit quand il entendit un cri perçant : la silhouette ligotée d'Ivatt dévala vers la coursive. Achmed se retourna pour voir ce qui se passait et, à cet instant, Phaulkon lui décocha un violent coup de pied dans la tête. Les deux hommes perdirent l'équilibre et basculèrent en arrière.

Le Malais, serrant toujours son kriss, tomba de tout son poids sur Ivatt, lui coupant la respiration. Puis Phaulkon dégringola sur les deux hommes. La jonque fit une embardée et ils furent projetés ensemble dans un coin. Le bras du Malais s'arrêta à quelques centimètres du visage d'Ivatt : il s'apprêtait à plonger la lame entre les yeux de l'Anglais. Mais le réflexe d'Ivatt, aiguisé par des années d'acrobatie, fut immédiat. Il planta ses dents dans le poignet du Malais et serra de toutes ses forces. Achmed hurla et essaya de libérer le bras qui tenait le kriss, mais Ivatt tint bon jusqu'au moment où il dut reprendre haleine. À cet instant, Phaulkon empoigna le kriss, le retourna et l'enfonça jusqu'à la garde dans le cœur du Malais. Le corps d'Achmed fut secoué de quelques convulsions puis retomba inerte.

Phaulkon dégagea le poignard ensanglanté et trancha les liens d'Ivatt. Le petit homme cracha un peu de sang. « Ça n'a pas de goût, marmonna-t-il.

— Bien joué, mon garçon. Et ça n'est que le premier acte. Tenez, prenez ce couteau et libérez Richard. Je remonte sur le pont. »

Il gravit rapidement les échelons et regarda par-dessus la trappe. Bien qu'il fût midi, le ciel était presque noir et les rafales de pluie lui giflaient le visage. Le grand mât s'était abattu au milieu du pont et la mer se brisait sur le navire avec de furieux rugissements. Phaulkon aperçut Mohammed et Abdul tapis à l'arrière, cramponnés au bastingage.

Sans s'occuper d'eux, il parvint jusqu'à la barre et l'empoigna. Il mit toute sa force à faire tourner le gouvernail mais le vent et la mer étaient plus puissants et la barre ne répondait pas. Il sentit sa colère monter et maudit les Malais qui avaient attendu trop longtemps.

Si seulement il pouvait rapprocher la jonque de la côte : au moins pourraient-ils essayer de gagner le rivage à la nage. Étaient-ils à cinquante, à cent mètres ? Le navire ne s'était pas trop écarté de son cap. Avec un peu d'aide, Phaulkon pourrait peut-être faire virer le vaisseau au moins de quelques degrés à bâbord. Désespérément agrippé à la barre, il tendit le cou pour voir où étaient les autres, mais les embruns lui piquaient les yeux. Puis une énorme vague déferla sur la poupe, soulevant le navire dans les airs avant de le précipiter dans le creux tourbillonnant. Il faillit lâcher prise. Il appela à grands cris Ivatt et Burnaby, mais sa voix était sans doute noyée dans le fracas de la tempête. Soudain il aperçut le grand Anglais qui émergeait de l'escalier.

« Tenez bon », hurla Phaulkon. Entre deux torrents d'eau qui se déversaient sur le pont, il leva le bras pour faire signe à l'Anglais de venir le rejoindre. Mohammed et le cuisinier, qui avaient les yeux fixés sur lui, crurent qu'il leur faisait signe et, se fiant à la sagesse de ce marin, ils se précipitèrent vers lui. Mais la mer déferla sur eux, les entraînant vers le plat-bord. Mohammed fut précipité contre le solide bastingage de teck et ses entrailles se répandirent sur le pont. Abdul, quant à lui, fut emporté sur la crête d'une vague : cela lui permit de voir d'en haut le sort de son collègue avant d'être irrésistiblement avalé par les eaux tourbillonnantes.

Un instant pétrifié par le sort des Malais, Burnaby et Ivatt se traînèrent tant bien que mal jusqu'à la barre et se précipitèrent vers la main que leur tendait Phaulkon. « Aidez-moi à virer à bâbord, hurla-t-il. Chaque degré compte. »

Ils s'acharnèrent sur le gouvernail tandis que la mer semblait redoubler de furie. Mais le navire virait lentement de bord alors que chaque lame les poussait un peu plus près du rivage. Puis Burnaby lâcha prise et la barre repartit en sens inverse. Phaulkon s'y cramponna tout en s'efforçant avec Ivatt d'empêcher Burnaby de tomber à la mer.

Le vaisseau avait de nouveau perdu son cap et embarquait rapidement de l'eau. Phaulkon sentait le navire s'alourdir : il savait qu'en quelques instants la mer l'engloutirait définitivement.

Rien à faire, comprit-il, le cœur serré. Ils allaient devoir quitter le navire — et sa cargaison — pour gagner la côte à la nage.

« Il va falloir nager jusqu'à la rive, hurla-t-il dans le rugissement des vagues. Je vais sauter le premier. Suivez-moi. Essayez de vous laisser porter par la crête des vagues. Nous sommes à moins de cinquante mètres. Thomas, vous savez nager ?

— Oui, encore que je ne sorte pas beaucoup par un temps pareil », cria-t-il, souriant malgré tout.

Si seulement Burnaby avait quinze ans de moins, songea Phaulkon. Il arracha une planche à demi détachée du pont et la lança à son aîné. « Vous aurez plus de chances avec ça, Richard. »

Il jeta un dernier regard autour de lui et laissa passer une vague gigantesque qui déferla sur toute la longueur du pont. Puis il murmura une brève prière au Tout-Puissant, enjamba le bastingage et sauta dans l'eau bouillonnante. Burnaby et Ivatt plongèrent après lui : l'instant d'après, une énorme lame s'abattait sur le vaisseau blessé et le cassait en deux. Dans le tonnerre fracassant de centaines de membrures qui se brisaient, la coque céda. Les vagues s'acharnaient sur la jonque qui s'enfonçait peu à peu : d'abord la proue, puis les mâts... Un moment, la poupe se dressa fièrement au-dessus des remous puis elle céda à son tour et s'enfonça dans l'océan.

Sans trop se rendre compte de ce qui se passait autour de lui, Phaulkon fut emporté par une lame gigantesque et aspiré jusqu'à la crête. Après les rafales glacées de la pluie de la mousson, la mer semblait tiède. Au prix d'un immense effort, il parvint à se mettre à plat ventre et battit frénétiquement des bras en direction de la côte. Si seulement il parvenait à couvrir une distance suffisante avant d'être épuisé, se disait-il, le courant serait peut-être moins fort à proximité du rivage.

Il eut tôt fait de comprendre qu'un tel espoir était insensé : la vague géante qui l'emportait se brisa dans un fracas assourdissant, le projetant, impuissant, dans un déferlement d'écume. Ses genoux heurtèrent son menton. Il eut l'impression qu'on l'écartelait. Une fraction de seconde, il crut apercevoir le rivage, il imagina même qu'il y avait des gens là-bas : des mains qui se tendaient vers lui. Il s'efforça de mieux regarder, mais ses forces l'abandonnèrent. L'eau salée lui envahit la gorge, il s'étrangla dans cette âcre douceur.

Puis l'océan vorace le reprit et un courant irrésistible l'emporta. Un instant, il connut la griserie de l'abandon. La paix. Il ne voulait plus lutter. Il cédait à la puissance de la mer et la laissait l'entraîner à son gré.

Le courant l'emportait vers le large quand Phaulkon repéra une énorme lame de fond qui fonçait vers lui, grossissant à mesure qu'elle approchait. Dans un dernier sursaut, la colère le reprit, ainsi que l'envie de vivre. Il ne pouvait pas mourir ici, pas maintenant, alors qu'il avait encore tant à accomplir. C'était terrifiant d'être aspiré par la vague géante, mais il se laissa entraîner à toute vitesse et fila vers le rivage sur la crête écumante. Elle le portait de plus en plus vers l'avant : il comprit alors que si plus loin il y avait des rochers, il allait se fracasser sur eux. Mais renoncer maintenant, c'était se vouer à une mort certaine. Il fallait se laisser entraîner jusqu'au bout.

La vague se brisa et le projeta sur une surface dure : le rugissement qui retentissait à ses oreilles était effrayant et il crut qu'il était mort.

Des mains l'empoignèrent, le relâchèrent et il avala d'énormes quantités d'eau. Comme un grand poisson pris à l'hameçon, il se souleva une dernière fois, fut projeté en l'air, et se retrouva le nez dans le sable. Après cela, plus rien.

3

Prostré, Phaulkon leva respectueusement les yeux vers le puissant personnage, l'homme qui pouvait l'anéantir. C'était le Premier ministre du roi de Siam, responsable du Trésor et des Affaires étrangères : pour tous les farangs, il était connu sous le nom de Grand Barcalon.

Le Barcalon était allongé à la manière des aristocrates siamois, prenant appui sur un montant vertical, les deux jambes élégamment repliées sous lui. De loin, il semblait emboîté sur son estrade de bois noir laqué installée au fond de la spacieuse salle d'audience lambrissée. Les montants savamment travaillés de cette estrade s'achevaient par des garudas sculptés, les oiseaux mythiques du Siam. Les doigts effilés de la main libre du potentat, étincelants de bagues, pianotaient doucement sur la tête des oiseaux.

On ne lui avait jamais coupé les ongles et, même à cette distance, cette longue excroissance était clairement visible. C'était le signe qu'il appartenait à la classe dirigeante et un éclatant rappel qu'il ne s'était jamais abaissé à des tâches serviles.

Le Grand Barcalon paraissait grand pour un Siamois et d'une élégance royale. Il avait une verrue sur la joue droite où poussait un unique poil que l'on avait laissé se développer sans le couper. Le nez droit et aristocratique, les cheveux bruns et brillants, des oreilles plus larges que celles d'un Européen. Le visage lisse et imberbe, avec une peau plus claire que celle d'un Indien et moins jaune que celle d'un Chinois. Il observait Phaulkon d'un regard acéré qui évoquait d'impitoyables châtiments pour quiconque était déclaré coupable.

Il était vêtu d'un panung, le vêtement siamois de coton descendant jusqu'aux genoux, passant entre les cuisses et noué devant. Il portait par-dessus une tunique richement brodée et sans col avec de larges manches trois quarts et des boutons d'or. Les parements brodés indiquaient qu'il s'agissait d'un cadeau de Sa Majesté le roi que l'on ne pouvait porter que par permission royale et quand on traitait des affaires officielles.

Un somptueux tapis persan ornait le sol autour de lui. À son côté, un crachoir en cuivre.

Dans l'ombre, derrière le Barcalon, un groupe d'esclaves tremblants attendait un signe de leur maître. La chaleur était accablante et, chaque fois que le Barcalon levait la main, ils s'avançaient à quatre pattes pour l'éventer. D'autres rampaient pour lui tendre humblement sa boîte à bétel incrustée de diamants. D'autres encore soulevaient de temps en temps jusqu'à sa bouche son narguilé de cuivre.

Phaulkon ne put maîtriser un frisson. En Angleterre, cet homme serait considéré comme le Premier ministre. Le Barcalon faisait deux fois par jour son rapport à Sa Majesté sur les affaires de l'État, en prenant bien soin de ne pas omettre le moindre détail. Il était directement responsable de chaque farang et une légion d'espions lui rapportaient les activités de tout personnage ayant une certaine importance. Pour l'instant, la terrible perte des cinq canons de Phaulkon était oubliée, dépassée par la crainte du présent. Et si même une seule des caisses s'était échouée sur le rivage ? Sans la moindre autorisation pour transporter des armes de guerre dans les eaux siamoises, le châtiment du Grec serait certainement la mort. Son Excellence avait la réputation d'être extrêmement perspicace. On disait même qu'il ne se laissait jamais acheter : Phaulkon n'avait pas encore rencontré pareille honnêteté chez les potentats d'Asie. Et si c'était vrai ? Et, de toute façon, quel argent lui restait-il pour acheter qui que ce soit ?

Au côté du Grand Barcalon, un prêtre farang aux cheveux bruns — portugais sans doute — était assis en tailleur, portant l'ample robe des Jésuites. Prosternés de l'autre côté de Son Excellence, deux serviteurs musclés, vêtus seulement d'un pagne, attendaient l'ordre de commencer, haletant comme des chiens impatients d'être lâchés.

Le Barcalon lança un ordre et les deux hommes s'avancèrent vers Phaulkon. Ils portaient les sinistres instruments de leur métier : le cercle de fer qui lentement broyait les tempes et, doux Jésus, les longues lames de bambou affûtées comme des rasoirs que l'on insérait dans les parties les plus sensibles du corps comme autant d'aiguilles. Ils prirent place de part et d'autre de Phaulkon et l'interrogatoire commença en siamois.

« Monsieur Phaulkon, vous êtes capitaine de la jonque *Royal Lotus*, affrétée par la Compagnie commerciale anglaise, le neuvième jour de la lune décroissante du onzième mois de l'année de la Grande Jument, n'est-ce pas ? » Le Barcalon avait une voix de basse dont les intonations résonnaient dans la salle comme les notes d'un piano. En comparaison, la voix de l'interprète jésuite paraissait frêle et éteinte.

Le Barcalon eut une toux distraite et se pencha pour entendre la réponse de l'accusé.

Phaulkon s'entendit déclarer : « En effet, Excellence.

— En tant que tel, vous êtes responsable de ses déplacements ? ainsi que de sa cargaison ? » Le Barcalon se pencha et tira longuement sur son narguilé. Un nuage de fumée bleue flotta au-dessus de sa tête et l'odeur douceâtre du camphre envahit la pièce. Il fixa de nouveau Phaulkon.

« C'est exact, Excellence.

— Que transportiez-vous exactement sur votre navire quand vous vous êtes échoué ?

— Du drap, Excellence, pour les États malais du Sud. » Même Phaulkon perçut que sa voix sonnait creux.

« Vraiment ? » Le Barcalon caressa pensivement l'unique poil qui poussait sur la verrue de sa joue. « J'ai cru comprendre que votre vaisseau s'était échoué non loin de Pattani. Connaissez-vous Pattani, monsieur Phaulkon ?

— J'en ai entendu parler, Excellence. Le souverain de ce royaume n'est-il pas une reine ?

— En effet. Une dame ambitieuse qui a deux passions : les hommes farangs et les armes de guerre farangs. » Le Barcalon eut soudain un sourire. « Elle paierait généreusement pour avoir l'un ou l'autre. Et si jamais elle réussissait à mettre la main sur les deux en même temps, eh bien, sa munificence ne connaîtrait plus de limites.

— Ah oui, Excellence ? répondit Phaulkon en essayant de prendre un ton détaché.

— Assurément, monsieur Phaulkon. À telle enseigne que, lorsque nos pêcheurs ont découvert des caisses à marée basse sur la côte de Ligor, la nature de leur contenu nous a évidemment intrigués. » Phaulkon sentit son cœur battre plus vite et son estomac se contracter. « Elles provenaient, semble-t-il, de votre navire, monsieur Phaulkon. Voudriez-vous avoir l'obligeance de nous en révéler le contenu ? Ou souhaiteriez-vous que je vous y aide ? »

Phaulkon avala sa salive. « Si les caisses provenaient de notre navire, Excellence, elles ne devaient contenir que du drap. » Phaulkon fut surpris de la fermeté de son ton.

Le Barcalon le regarda, impassible. « Poursuivez, monsieur Phaulkon.

— Je ne peux que répéter, Excellence, affirma résolument Phaulkon. Si elles contenaient autre chose que du drap, elles ne venaient pas de mon navire. »

Le Barcalon prit une expression irritée. « Sans

doute la pénible expérience que vous avez vécue vous a-t-elle provisoirement fait perdre la mémoire. » Le Barcalon esquissa un signe : les bourreaux surgirent comme des bêtes enchaînées soudain libérées. À la façon bouddhiste, ils joignirent respectueusement les mains devant leur front et s'inclinèrent devant Phaulkon comme pour lui demander pardon de la souffrance qu'ils allaient lui infliger. L'un d'eux bloqua par-derrière les bras du Grec tandis que l'autre déployait sur une serviette tout un assortiment de lames de bambou acérées. Il en choisit une et en tâta la pointe. Puis il se leva, se tourna vers Phaulkon et promena nonchalamment l'aiguille de bambou devant les yeux de sa victime, comme pour s'assurer au préalable de son approbation.

Le second bourreau rampa alors jusqu'au Barcalon et lui présenta la lame de bambou. Le Barcalon l'examina, en tâta le bout de son doigt et eut un sourire approbateur. Derrière lui, les serviteurs accroupis sourirent comme leur maître. Ces sourires se transformèrent en rire et bientôt la salle retentit de joyeux éclats.

Le bourreau recula en rampant et se tourna pour s'incliner une dernière fois devant Phaulkon. Puis, lui tenant solidement le cou d'une main, il perça la peau de la nuque pour y insérer lentement l'aiguille de bambou. Phaulkon eut beau se rappeler George White lui disant que l'on ne criait jamais sous la torture au Siam, il ne put réprimer un hurlement.

Il se redressa brusquement et cligna des yeux, tous ses nerfs tendus, la sueur ruisselant sur son visage et sur son cou. Dieu merci, ce n'avait été qu'un rêve. Pourtant, la vague forme du bourreau planait encore au-dessus de lui et semblait s'apprêter à lui planter la lame de bambou dans l'aine. Phaulkon sentait son cœur battre à tout rompre. Déconcerté, il vit soudain se préciser la silhouette. Les traits d'une jeune fille, penchée sur son bas ventre et renouant nerveusement les pans de son panung, se précisèrent peu à peu. La curiosité avait dû l'emporter chez elle. Se sachant découverte, elle eut un sourire coupable révélant une rangée de dents bien droites noircies par la constante mastication de noix de bétel. Ses épais cheveux noirs étaient coupés court à la façon paysanne. Pas une ride n'abîmait son visage dont la peau avait une magnifique nuance de teck clair. Elle portait un simple panung bleu et son torse était dénudé, à l'exception d'une écharpe de couleur vive qui pendait sur ses seins — non pas par pudeur, il le savait : la plupart des paysannes allaient les seins nus. C'était l'amour des couleurs qui en incitait certaines à porter ce vêtement supplémentaire.

Ses longs doigts effilés effleurèrent avec douceur ses épaules, en le repoussant sur les coussins. Il sentait son torse, son bas ventre et l'intérieur de ses cuisses trempés. Elle entreprit d'éponger son corps moite. Une vague de soulagement l'engloutit.

Un flot de souvenirs lui revenait soudain. Il sentait les vagues le frapper et le pousser vers le fond de l'océan. Il voyait des mains tendues vers lui.

Il se rassit péniblement et bougea tour à tour les bras et les jambes pour tâter chacun de ses membres. Miraculeusement, et malgré de multiples contusions, il n'avait apparemment rien de cassé.

La fille lui désignait un petit plateau de porcelaine où étaient disposés des légumes, du riz, du poisson salé et un assortiment de fruits frais : ananas, bananes miniatures et papayes. Mais il secoua la tête et jeta péniblement un coup d'œil autour de lui.

Les détails de la pièce se précisèrent lentement. À peine meublée : un petit paravent de bambou, une grande jatte d'eau en terre cuite décorée de dragons, une épaisse natte en jonc et les coussins sur lesquels il était allongé. Des cloisons de bois et deux panneaux faisant office de porte étaient ouverts, laissant filtrer une brise bienfaisante. Le soleil entrait à flots et l'on entendait les cris des enfants qui jouaient dehors. D'un côté de sa natte, des fleurs fraîches étaient disposées dans un élégant vase blanc et, de l'autre côté, un pot de thé de Chine au milieu d'un plateau posé sur le sol, auprès des aliments.

La fille agitait maintenant devant lui un éventail de

bambou recouvert de papier de riz et il se rallongea, savourant l'air frais et s'efforçant de rassembler ses pensées.

Il se demandait avec angoisse si les autres avaient survécu et ce qu'il était advenu des canons. Puis il se rappela le rendez-vous avec Samuel White et son cœur se serra. Comment allait-il maintenant se procurer des marchandises pour remplir le navire de Sam ? Trois mois seulement le séparaient du rendez-vous et il était là, sans le sou, dans une petite ville perdue, sans doute en état d'arrestation, et les autorités devaient attendre de l'interroger. Les canons avaient pu lui paraître autrefois le moyen de réussir : vu les circonstances, il ne pouvait que prier le ciel pour qu'ils fussent engloutis au fond de l'océan. Il lui fallait à tout prix savoir où il était, où se trouvaient les canons et si ses amis avaient survécu, mais il se demandait comment s'y prendre.

Il examina toutes les hypothèses. Les Malais susceptibles de témoigner qu'il connaissait la langue siamoise étaient tous morts. Il se trouvait maintenant dans la province de Ligor où personne sans doute ne parlait un mot d'anglais : devrait-il plutôt s'adresser aux autorités en siamois et risquer d'avoir à répondre à des questions embarrassantes ? Ou bien devrait-il feindre l'ignorance et peut-être surprendre les autorités chargées de statuer sur son sort ? Les Siamois parlaient très librement devant des farangs dont ils supposaient qu'ils ignoraient leur langue. Peut-être serait-il mieux placé pour les manœuvrer s'il connaissait d'avance leurs intentions. En outre, les Siamois seraient moins disposés à employer la torture s'ils ne pouvaient pas comprendre la langue dans laquelle il avouerait !

Il fit des signes à la fille. « Farang », dit-il en se désignant et en dessinant de ses bras deux autres créatures. Elle répondit par un joyeux sourire, mais il savait que cela pouvait signifier n'importe quoi. Les Siamois souriaient quand ils étaient heureux, déconcertés, embarrassés ou même en colère. Cependant elle le montra de la main et répéta son geste en levant deux doigts.

« *Farang yu noon* », dit-elle gaiement. Il fit semblant d'avoir l'air ahuri, mais son cœur battait de joie. Ils étaient « par là », avait-elle dit. Elle désigna l'extérieur puis ferma les yeux pour indiquer qu'ils dormaient. Il eut un rire soulagé et elle se mit à rire à son tour.

Son corps lui semblait être en compote, mais il parvint à se relever et, malgré les protestations répétées de la fille, il s'approcha péniblement de la porte ouverte. Quand il essaya de mettre un pied dehors, elle le retint toutefois à bras-le-corps et, comme il insistait, un serviteur surgit et lui barra le chemin. L'homme souriait aimablement, mais il n'y avait pas à se tromper sur ses intentions. Phaulkon montra le ciel et le soleil, mais l'homme secoua la tête et pointa du doigt le lit de Phaulkon. « *Nai ja thong pai pop Puwa Rajatkan prungnee. Thong norn korn.* »

Phaulkon haussa les épaules avec l'air de ne pas comprendre et rentra dans sa chambre. Le gardien reprit sa faction au-dehors. Il devait donc se reposer avant de rencontrer le gouverneur le lendemain. C'était un sage conseil, se dit-il. Il lui fallait du temps pour retrouver ses forces et pour réfléchir.

Il revint d'un pas chancelant vers le lit, mais il avait eu le temps de jeter un coup d'œil à l'extérieur. La chambre donnait sur une petite cour couverte de gazon et entourée d'une épaisse haie de bambous. Un sentier la traversait menant à un grand bâtiment dont on apercevait au loin les toits de tuiles orange à plusieurs étages. Sans doute le palais du gouverneur. De l'autre côté, des rizières verdoyantes et gorgées d'eau étincelaient au soleil et, plus loin, des bananiers et d'imposants palmiers animaient le paysage.

Il alla se rallonger sur la natte et fit signe à la fille qu'il voulait boire. Elle parut soulagée de constater qu'il était redevenu raisonnable et lui adressa un grand sourire avant de porter jusqu'à ses lèvres la petite tasse de thé tiède. Le breuvage avait un goût amer mais rafraîchissant et il but avec gratitude. Puis il fit semblant de chercher le mot siamois pour la remercier : *korb, korb*...

« *Korb jai* », termina-t-elle pour lui, rayonnante de

plaisir. Elle était jeune, pas plus de seize ans peut-être, avec un joli visage. Ses dents noires n'étaient pas gênantes. La plupart des femmes les noircissaient : cela les plaçait au-dessus des bêtes sauvages de la forêt qui utilisaient leurs crocs blancs pour tuer. Les humains, eux, ne tuaient pas.

Phaulkon agita les bras et fit semblant de chercher le mot siamois pour Ligor. « *Nakorn...?*

— *Nakhon Si Thammarat*, s'écria-t-elle, ravie de le comprendre. *Ban pu Rajatkan.* »

Ils se trouvaient donc dans la maison des invités du gouverneur de Ligor. Rajatkan désignait Son Excellence le gouverneur. Au Siam, les noms étaient moins importants que le titre. Ainsi le gouverneur n'était-il connu que par son rang et par son titre.

La fille mélangea un morceau de poisson salé avec du riz et des légumes et, lui tendant une petite cuiller en coquillage, approcha le bol de la bouche de Phaulkon.

L'appétit de celui-ci s'accrut avec la première bouchée et, malgré ses mâchoires endolories, il parvint à tout avaler.

Ravie de son exploit, la jeune fille joignit les mains devant son front avant de se lever pour aller chercher d'autres plats. Il se rallongea, agréablement rassasié et envahi d'une douce somnolence. Le bruit des enfants qui jouaient entrait par la porte ouverte. Il ferma les yeux et ses pensées revinrent à sa propre enfance...

Il avait huit ans et courait tout excité jusqu'au grand rocher, comme il l'avait fait chaque jour, aussi loin que remontaient ses souvenirs. Il grimpait jusqu'au sommet et contemplait l'étendue bleue de la Méditerranée. Il attendait avec impatience. Puis, peu à peu, le grand paysage marin commençait à s'ouvrir : des îles mythiques émergeaient de l'océan. Le rivage avec des palais mauresques tout blancs et des pagodes chinoises rouges se dessinait devant ses yeux. Il attendit encore un peu : la vision des îles disparut de nouveau dans l'océan et la mer reprit sa place. Ce n'était que le lendemain, à la même heure, que les îles se montreraient de nouveau : pour lui seul et son imagination.

Il redescendit du rocher. Ce serait bientôt le soir, quand les marins reviennent à terre pour raconter leurs récits devant une interminable succession de verres d'ouzo, à la taverne de son père, sur le quai. Il suivit le dédale des petites rues étroites et déboucha sur le port où le long du quai s'alignaient des rangées de maisons blanches et toutes identiques. Il jeta un coup d'œil vers la chambre, au-dessus de la taverne, qu'il partageait avec ses deux sœurs et un petit frère, et il soupira. Il vit un prêtre orthodoxe barbu en longue robe noire et chapeau noir entrer dans la chapelle couronnée d'une coupole blanche là-haut sur la colline. Rien ne changeait jamais ici, rien sauf les saisons.

On sentait déjà dans l'air les premiers froids de l'automne lorsqu'il ouvrit la porte et avança d'un pas hésitant dans la taverne bruyante. Il jeta autour de lui un regard inquiet. Son père lui avait interdit d'entrer ici et, si on le voyait, il recevrait une bonne correction. Mais, pour l'instant, son père n'était pas là. Il y avait encore plus de bruit que d'habitude et, bien qu'il fût encore tôt, toutes les tables étaient occupées. Suivant le regard joyeux des marins, il découvrit la source de toute cette agitation. Une vieille femme rabougrie, vêtue de l'inévitable robe noire, le visage plus ridé qu'une toile d'araignée, était plantée au milieu de la foule et disait la bonne aventure.

Un groupe d'habitués vit entrer le jeune garçon. « Tiens, c'est le petit Costas, le fils du patron. Que cette vieille chouette dise donc l'avenir à ce jeune homme ! » Tout le monde se mit à rire. « Et si on mettait chacun sa pièce ? » cria l'un d'eux, un barbu avec une casquette de marin. Plusieurs exprimèrent leur approbation, ralliant tout le monde à cette idée.

« Allons, grand-mère, dit le barbu en levant la main pour réclamer le silence. Raconte à ce garçon ce que l'avenir lui réserve. Mais tâche que ça en vaille la peine, car on s'est tous cotisés pour te payer ! »

Les rires redoublèrent tandis que Costas cherchait en vain un endroit où se cacher. Si jamais son père apprenait ça... Une main soudain le saisit par le col et il sentit son cœur se serrer. Mais ce n'était que le marin barbu qui l'empoignait pour le déposer sur une table au milieu de la salle. « Place, place, déblayez le terrain », rugit-il.

On débarrassa les chopes et les verres qui encombraient la table pour y installer Costas qui se sentait nerveux et gêné. Le silence se fit dans la salle. La vieille bohémienne prit entre ses mains osseuses la paume tremblante du jeune garçon et la contempla longuement. D'un doigt elle suivait les lignes et ouvrit bientôt de grands yeux. Elle jeta finalement un regard dédaigneux autour d'elle, comme pour faire comprendre aux spectateurs qu'auprès de ce jeune garçon ils n'étaient que de la racaille.

« Écoutez bien, commença-t-elle, ce garçon a devant lui un grand destin, mais loin de ces rivages. Il sera un jour potentat dans un pays lointain. Il jouira d'un grand pouvoir et d'une richesse inouïe. Un pouvoir comme vous autres abrutis n'en n'avez jamais rêvé. Mais il devra prendre garde... »

Le rugissement de la foule noya la fin de sa phrase. Costas avait les oreilles cramoisies. « Elle est bonne, celle-là ! » cria un des hommes. « Ma foi, on en a eu pour notre argent ! » vociféra un autre. « Longue vie au petit Costas, le Premier ministre ! » La foule reprit le refrain en chœur et chacun leva son verre devant le jeune garçon mortifié...

Phaulkon se redressa, furieux de ces railleries, et la douleur le fit tressaillir. Il était tout étonné de ne pas se trouver dans la taverne. Au lieu de cela, une belle jeune fille aux seins nus lui souriait d'un air compatissant en lui proposant d'autres mets. Il refusa. Il s'essuya le front et tenta poliment de mimer la douleur qu'il ressentait à la mâchoire.

Elle prit un petit flacon de bambou et entreprit de frictionner doucement ses meurtrissures avec un onguent. Le liquide sentait la noix de coco et piquait un peu, mais cela le soulageait. Les Siamois, il le savait, connaissaient remarquablement bien les herbes.

Elle lui massa doucement la poitrine et le ventre, puis dénoua son panung et appliqua le baume sur la région autour de son sexe. Il sentit une infime excitation et sourit de soulagement. C'était un pas dans la bonne direction. Il allait retrouver la santé. Elle s'en aperçut aussi et eut un petit sourire provoquant : « *Ik noi kong ja tham dai* », imaginant qu'il ne comprenait pas. « Bientôt, tu pourras prendre du plaisir. »

C'est à cet instant qu'il décida de ne pas avouer qu'il parlait le siamois.

4

« Vous êtes tout à fait sûr, Excellence, que les farangs n'ont pas communiqué entre eux ? » demanda pour la seconde fois Joop Van Risling, l'agent hollandais à Ligor. Il s'exprimait en malais et s'adressait au jeune interprète de la factorerie hollandaise qui, prosterné, traduisait ses propos en siamois à l'intention du gouverneur.

Le corpulent mandarin haussa imperceptiblement ses sourcils noirs en s'efforçant de réprimer son agacement.

On ne posait pas deux fois la même question au Seigneur de la Province, un homme qui n'avait pas moins de dix mille marques de dignité. Ces farangs avaient peut-être de grands navires de guerre et des armes puissantes, mais ils n'avaient pas de manières ni de patience. Jamais il n'échangerait tout leur pouvoir pour une grossièreté aussi exécrable.

« Ils ne se sont pas parlé, monsieur Lidrim », répondit courtoisement le mandarin. Même si le farang était depuis onze mois déjà dans sa province, il n'arrivait toujours pas à prononcer ce nom impossible. Par bonheur le Hollandais ne remarquait pas qu'on déformait son nom puisqu'il ne parlait pas le siamois. Quand l'interprète l'avait retraduit en malais, le nom avait presque retrouvé sa consonance normale. Joop Van Risling comprenait parfaitement le malais. Il avait été en poste comme marchand à Batavia, dans l'île de Java, bien avant que les Hollandais ne colonisent la région.

« On les a logés séparément, monsieur Lidrim, précisa Son Excellence.

— Et aucun d'eux ne parle siamois ? » demanda encore une fois le Hollandais.

Le mandarin regardait fixement devant lui tout en observant discrètement les oreilles du farang. Quelle horreur d'avoir de si petites oreilles ! Les siennes étaient naturellement grandes et non pas étirées depuis l'enfance comme celles des Laotiens, dont le lobe pendait parfois jusqu'aux épaules. Sa Majesté en personne l'avait un jour félicité de la taille de ses oreilles.

« On m'assure que l'un d'eux parle siamois », reprit le Hollandais, en secouant la tête.

Le gouverneur de la province de Ligor, un mandarin de première classe, jeta un rapide coup d'œil au farang. Ce serait mal élevé de le dévisager trop ouvertement : c'était en l'occurrence une chance, songea-t-il, car le spectacle était des plus déplaisants. Le grand Hollandais au teint coloré transpirait abondamment : la sueur ruisselait de son crâne chauve jusqu'à sa barbe orange pour couler à l'intérieur de sa ridicule tenue de farang et jusqu'à ses bas à l'odeur infecte. Même le buffle après une rude journée de labour n'émettait pas une puanteur aussi déplaisante. Grâce en soit rendue au Seigneur Bouddha, il était le seul farang séjournant à Ligor.

Non, se rappela-t-il, il y en avait un autre : un prêtre portugais qui sentait presque aussi mauvais. Mais, conformément à la longue tradition de tolérance religieuse du Siam, le gouverneur lui permettait d'exercer en paix son ministère qui n'avait que peu de rapports avec lui.

« Mes esclaves m'ont rapporté que les nouveaux venus parlent à peine trois mots de siamois entre eux », répondit aimablement le mandarin. Ils se trouvaient dans la salle d'audience lambrissée de teck du palais du gouverneur. Torse nu, l'interprète malais, dont la mère était siamoise, était accroupi auprès du premier assistant du mandarin, le Palat. Tous deux étaient appuyés sur les genoux et sur les coudes aux pieds du gouverneur, tandis que des serviteurs restaient humblement accroupis dans les coins. Le mandarin et le Hollandais étaient tous deux debout, position adoptée à la suite d'un compromis. Le Hollandais trouvait inconfortable de demeurer longtemps assis en tailleur. Au lieu de fauteuils, que l'on n'utilisait pas au Siam, la salle d'audience contenait des nattes de paille et des coussins ainsi que de superbes tapis persans, d'exquises porcelaines Ming, cadeaux pour la plupart de Sa Majesté le roi au plus méritant de ses courtisans.

Normalement, Son Excellence devrait être confortablement assise, les jambes repliées sous elle et allongée d'un côté, comme il convenait à un homme de son rang. Les autres seraient prosternés devant lui, la tête bien au-dessous du niveau de la sienne. Mais voilà, songea-t-il avec écœurement, qu'il était contraint de rester inconfortablement debout auprès de cet énorme farang. Ce rustre qui sentait si mauvais avait une tête de plus que lui et cela était tout à la fois offensant et humiliant. Qu'allaient penser ces gens ? La tête du marchand farang ne devrait jamais être plus haute que la sienne.

« Je dois vous le répéter, Excellence, j'ai reçu voilà quatre jours une dépêche urgente d'Ayuthia m'informant que les membres de la Compagnie commerciale anglaise ont profité de la bienveillance de votre gracieux roi... »

À la mention de Sa Majesté, le gouverneur se prosterna. Le Palat, l'interprète et les serviteurs se recroquevillèrent encore davantage tandis que le Hollandais, abandonné au milieu d'une phrase, attendait avec agacement que le gouverneur se relève.

« ... et que ces Anglais ont transporté illégalement des canons le long de la côte du Siam, conclut-il.

— Nous ne songerions pas à mettre en doute l'exactitude de vos rapports, monsieur Lidrim, répondit aimablement le gouverneur, mais nos lois exigent malheureusement des preuves.

— Le gardien de leur propre entrepôt les a vus charger sur le navire ! » s'exclama le Hollandais. L'apathie de ces Siamois l'exaspérait. Il n'y avait aucun doute quant à l'exactitude de ses informations. Son supérieur à Ayuthia, l'*opperhoofd* en personne, avait signé la dépêche que l'on avait envoyée par courrier à dos d'éléphant pour en souligner l'urgence. Il y avait des canons à bord de la jonque anglaise, précisait le message. Il avait ordre d'intercepter à tout prix le navire au large de la côte de Ligor et de dénoncer les Anglais pour ce qu'ils étaient : des fourbes et des contrebandiers. Van Risling serra les poings. C'était l'occasion qu'il attendait depuis si longtemps, la chance d'écraser ces maudits Britanniques et de les faire jeter hors du Siam comme ils allaient l'être de Bantam. Quelle satisfaction de voir ce petit empire de parvenus s'écrouler, de voir chassés ces impudents intrus qui s'imaginaient pouvoir défier la puissance des Provinces-Unies !

Le gouverneur attendit que le Hollandais eût recouvré son calme et sa dignité. « Mais à ce que j'ai compris, monsieur Lidrim, le navire pas plus que sa cargaison ne sont disponibles pour une inspection. » Le mandarin joua avec un des magnifiques boutons sculptés qui fermaient sa tunique de soie brodée d'or.

Van Risling se maîtrisa non sans mal et considéra la situation. Ces clowns n'apercevraient le tigre que quand ils auraient la tête entre ses mâchoires.

« Je trouverai la preuve qu'il vous faut, Excellence, et à ce moment-là votre pays sera trop heureux de se débarrasser une fois pour toutes de ces traîtres d'Anglais. Quant à celui qui parle couramment le siamois, j'ai envoyé une dépêche urgente à ma direction pour demander une description de l'homme. Le gardien siamois de l'entrepôt n'a pu donner aucun nom :

le rapport mentionne seulement que l'un des trois parlait la langue. J'attends dans les trois semaines une réponse d'Ayuthia, Excellence. » Joop Van Risling était furieux d'avoir à attendre aussi longtemps : d'ici-là, il allait au moins s'assurer que les farangs ne quittent pas Ligor.

« Bien. Nous attendrons avec intérêt. » Le gouverneur marqua une pause. « Et, dites-moi, monsieur Lidrim, je suis curieux... Si, comme vous le suggérez, il y avait des canons à bord du vaisseau anglais, où pensez-vous qu'ils les transportaient ? »

Le Hollandais n'hésita qu'une fraction de seconde. « Je ne serais pas surpris que ce soit aux rebelles de Pattani, Excellence. On les paierait un bon prix là-bas.

— J'en suis certain. Mais leur poinçon ne permettrait-il pas de remonter facilement jusqu'aux Anglais ? Serait-ce bien sage de la part d'une nation qui a sollicité la réouverture de comptoirs sur nos rives ? »

Le gouverneur savait pertinemment, comme peut-être une douzaine des mandarins du plus haut rang dans le pays, que c'était en fait le roi de Siam qui avait sollicité les Anglais. La politique officielle affirmait que les Anglais étaient venus en suppliants. Bien sûr, si ces gens s'étaient rendus coupables de transporter des canons en contrebande, comme le prétendait ce farang hollandais, cela leur coûterait cher. Ce serait son devoir en tant que gouverneur de la province de les faire tous exécuter pour trahison et, s'ils étaient reconnus coupables, il n'hésiterait pas un instant. Mais il lui fallait d'abord la preuve qui, d'après le farang hollandais, était en route.

Van Risling dut s'avouer que cette évidente contradiction le déconcertait. Pourquoi les Anglais iraient-ils compromettre leur installation en fournissant des canons aux rebelles ? Il éluda donc la question du mandarin.

« Ainsi, Excellence, nous allons mettre à exécution notre petit plan, n'est-ce pas ? Les trois Anglais, pour la première fois depuis l'accident, vont être réunis ici dans votre salle d'audience. Ils auront beaucoup à se dire et, à n'en pas douter, nous en apprendrons beaucoup. Puis votre adjoint arrivera et leur annoncera solennellement qu'une partie de la cargaison s'est échouée sur la côte... » Le Hollandais souriait d'avance. Au Siam les maisons étaient toutes bâties sur des pilotis de teck pour éviter d'être inondées à l'époque de la mousson : le plancher se trouvait donc à un mètre vingt ou un mètre cinquante au-dessus du sol. Il y avait toute la place nécessaire pour se cacher sous le parquet. Van Risling, assis juste sous les Anglais, ne perdrait pas une de leurs paroles.

« Vous parlez leur langue, n'est-ce pas ? » questionna poliment le mandarin. Il se demanda dans quelle mesure il pourrait faire confiance à la traduction de ce Hollandais. Son plus habile espion, Snit, serait bien sûr posté hors de vue pour guetter les réactions de ce dernier. Si le visage du Batave exprimait le plaisir, c'était sans doute qu'il entendait ce qu'il avait espéré entendre. Sinon...

« Suffisamment pour notre affaire », répondit le Hollandais. Lui aussi se demandait comment le mandarin pourrait contrôler l'exactitude de sa traduction. « Et ils n'auront pas le droit de quitter la ville ni même leur maison avant notre épreuve, Excellence ? »

Il était fatigant, ce farang, à répéter toujours la même chose. « Exact, monsieur Lidrim. Ils resteront jusque-là chacun séparément dans la maison des invités. Ils devraient être rétablis pour demain. C'est maintenant le quatrième jour depuis le naufrage et, à l'exception du grand qui, me dit-on, est blessé au pied, ils se sont remis. Et vous avez mon assurance, monsieur Lidrim, qu'ils resteront à Ligor jusqu'à ce que je sois certain que l'on a établi la vérité », ajouta le gouverneur.

Van Risling se força à sourire. « Alors, très bien. Je serai ici demain matin, Excellence. »

Il inclina brièvement la tête et le mandarin frémit devant ce manque d'éducation. Le farang n'observait même pas les principes les plus élémentaires de respect. Les farangs anglais allaient-ils se révéler aussi mal élevés ? Il n'en n'avait jamais rencontré, mais il n'en doutait pas.

On n'avait assurément pas l'air de s'aimer entre ces deux nations farangs, songea-t-il. C'est pourquoi il faudrait soigneusement trier les propos pour découvrir la vérité. Mais il avait ses méthodes. Évidemment, ce serait là une confrontation qui manquerait singulièrement de subtilité. Rien qu'à les observer, il devrait pouvoir se faire une idée de la vérité. Faute de quoi, les méthodes d'interrogatoire plus subtiles du Palat auraient tôt fait de la découvrir. Une chose était certaine : le farang hollandais était si déterminé à dénoncer les Anglais, persuadé que cela aboutirait à les faire tous expulser du Siam, qu'il avait aidé à leur sauver la vie. À vrai dire, sans doute n'auraient-ils pas survécu si ce diable à la barbe rousse ne s'était pas trouvé sur le rivage pour diriger les opérations.

« Kling ! » appela le mandarin. Son adjoint accroupi arriva à quatre pattes.

« Puissant Seigneur, la poussière de vos pieds attend vos ordres », murmura le Palat. Il utilisait la formule prescrite pour s'adresser à un mandarin de première classe.

« Envoie un esclave sur le terrain de boxe. Tchai ou Wan, un des plus fiables. Je veux un rapport sur l'état du terrain.

— Je reçois vos ordres, Puissant Seigneur.

— Il s'est écoulé quatre jours depuis la grande tempête. Je veux savoir jusqu'à quel point exactement le sol est humide et quelles sont les chances d'organiser le tournoi après-demain.

— Je reçois vos ordres, Puissant Seigneur. » Le Palat savait quelle importance avait le tournoi pour le seigneur de la province. Le gouverneur adorait la boxe thaïe. Le rapport devrait être précis et détaillé.

« Et puis, Kling, il va me falloir une enquête fouillée sur ces farangs. Je souhaite en particulier m'assurer de la nature précise de la cargaison qu'ils transportaient. Je te laisserai t'occuper des détails quand nous aurons examiné les preuves fournies par le farang hollandais. »

Son adjoint rayonnait de plaisir. « Puissant Seigneur, je reçois vos ordres. » Il sortit à reculons, ne voulant pas offrir au seigneur le spectacle offensant de son arrière-train.

5

Le Palat entra dans la petite maison sur pilotis où séjournait Phaulkon. Il était pieds nus, comme presque tous les Siamois. Seuls les mandarins portaient des babouches musulmanes quand ils voyageaient. Il salua poliment Phaulkon : une inclinaison de la tête, les mains jointes au-dessus du front, la forme traditionnelle de salutation entre égaux.

Phaulkon lui rendit son salut.

« *Choen, chiao* », dit courtoisement le Palat. Phaulkon prit un air étonné. Le Palat lui fit signe de le suivre. De temps en temps, l'adjoint du gouverneur se retournait comme pour s'assurer que Phaulkon était toujours derrière lui : le Grec avait la nette impression qu'on le jaugeait.

C'était l'après-midi, mais Phaulkon ne savait pas quel jour on était : il avait perdu la notion du temps pendant lequel il avait dormi. Il se sentait incroyablement mieux. Les herbes et les onguents avaient fait merveille pour ses meurtrissures : il se sentait de nouveau en forme. On lui avait donné des vêtements : un panung pour lui ceindre les reins, une chemise de mousseline et même une tunique de cérémonie en brocart, mais il ne savait pas très bien pour quelle occasion. À plusieurs reprises, il avait essayé d'apercevoir les autres ou de se glisser dehors pour découvrir si les flots avaient apporté sur le rivage quelques débris de leur navire. Mais à chaque fois des gardes lui avaient barré le passage. On ne l'avait pas autorisé à dépasser la petite cour herbeuse devant la maison. Il sentait que ses compagnons n'étaient pas loin et il aurait été grossier de crier ou d'insister : inutile de vexer ses hôtes. Il avait passé son temps à manger, à dormir et à prendre de l'exercice.

Il suivit le Palat par une ouverture dans l'épaisse haie de bambous qui entourait la cour et passa dans une autre, une grande cour rectangulaire au milieu de laquelle était planté un superbe vieux banyan. Avec ses bordures plantées de gardénias, c'était un lieu agréable et ombragé. Il y fut accueilli par les cris joyeux d'enfants nus qui jouaient autour du gros arbre. La plupart portaient des bracelets d'argent aux poignets et aux chevilles. Les plus jeunes avaient le visage recouvert d'une pâte jaune à base de safran qui éloignait les moustiques et autres insectes. Charitablement, les Siamois bouddhistes appliquaient aussi cette poudre sur les chiens et les chats et il n'était pas rare de voir des enfants au visage jaune jouer avec des animaux domestiques tout aussi jaunes qu'eux. Tous interrompirent leurs jeux pour le dévisager : manifestement il représentait une distraction inédite.

Phaulkon et son guide arrivaient maintenant dans une partie plus animée de la propriété. Des serviteurs nu-pieds vêtus d'un pagne allaient et venaient en s'inclinant bien bas sur leur passage. Certains se prosternaient, d'autres se penchaient en avant comme pour défier les lois de la gravité.

De l'autre côté de la cour se dressait la résidence du gouverneur, véritable palais pour les Siamois, bâti sur vingt-quatre piliers de fondations au lieu des quatre habituels. C'était un robuste édifice de teck et de bois de fer avec de jolis toits en gradins qui se recourbaient vers le haut à chaque angle. Tout l'édifice était construit sur pilotis et une succession de marches, telle une large échelle, menait à l'entrée principale, deux lourds panneaux de teck servant de porte.

Ils gravirent les marches et entrèrent dans une vaste salle aux murs lambrissés, élégamment meublée de paravents japonais laqués, de vases de porcelaine Ming, de magnifiques tapis persans et d'un grand crachoir en cuivre. Il y eut soudain un cri de ravissement : une silhouette jaillit de l'ombre tout au fond de la salle.

« Thomas ! » cria Phaulkon en tendant les bras vers le petit homme. Ivatt se précipita et se retrouva dans les bras de Phaulkon, ses jambes entourant solidement la taille de celui-ci.

« Thomas, dit Phaulkon, vous paraissez indemne.

— Oh, au théâtre nous simulions des naufrages, répondit Thomas. J'ai cru que c'était juste une répétition !

— Étiez-vous conscient quand vous avez atteint le rivage ? Avez-vous vu ce qui s'est passé ? interrogea Phaulkon.

— Je crois malheureusement que j'étais dans un autre monde, répondit Ivatt.

— Moi aussi. »

Le Palat s'était maintenant discrètement retiré et ils étaient seuls dans la grande antichambre. Le Grec prit Ivatt par les épaules et l'entraîna à l'autre bout de la pièce. Il s'était pris d'affection pour ce petit homme qui, avec guère plus d'un mètre cinquante, avait à peu près la même taille que la plupart des Siamois.

« Faites très attention à ce que vous dites, chuchota Phaulkon à l'oreille d'Ivatt.

— À propos du drap, vous voulez dire ? » répondit Ivatt sur le même ton.

Phaulkon ne put s'empêcher de sourire.

« À propos de tout, murmura Phaulkon. Les murs peuvent avoir des oreilles. Avez-vous vu Richard ? demanda-t-il d'un ton normal.

— Non, mais mon esclave m'a fait comprendre par signes qu'il y avait un géant dans les parages. Ce doit être lui.

— Vous aussi êtes logé séparément ? »

Ivatt acquiesça. « Il n'y a que moi et mon esclave. Elle semble s'intéresser davantage à mon anatomie qu'à toute autre chose. Et surtout aux parties qu'on montre le moins. »

Phaulkon se mit à rire. « J'ai eu la même expérience. Les farangs sont manifestement une nouveauté par ici. » Il marqua un temps. « Je pense que vous n'avez pas entendu dire si l'on avait sauvé une partie de notre drap, non ?

— Seulement à peu près la moitié, à ce que j'ai cru comprendre », lança Ivatt d'un ton moqueur. Il se sentit aussitôt compris en voyant pâlir Phaulkon. « Pardonnez-moi, Constant. C'est une mauvaise plaisanterie. Je suis simplement content d'être en vie. »

Phaulkon eut un sourire forcé. Sur ce, on entendit clopiner au-dehors et ils se tournèrent vers la porte. La silhouette de Burnaby, voûté et s'appuyant lourdement sur une canne en bambou, apparut sur le seuil.

« Richard ! » s'écrièrent-ils tous les deux en se précipitant à sa rencontre. Il avait le pied gauche très enflé et enveloppé dans du tissu de coton. De sa jambe émanait une forte odeur d'huile de coco.

« Qu'est-il arrivé à votre pied ? » demanda Phaulkon en l'aidant a s'asseoir sur une pile de coussins.

« Je crois que c'est une foulure. J'ai dû heurter un rocher ou je ne sais quoi. Je n'ai pas un souvenir très précis des événements. Mais, Dieu merci, nous sommes tous vivants. J'aimerais rentrer à Ayuthia pour me faire soigner. Ces maudits médecins d'ici ont essayé d'appliquer je ne sais quelle pommade à base de bile de vautour ou d'aigle. Heureusement, j'ai réussi à les arrêter et à leur montrer comment on bandait une foulure.

— Ah, comme vous dites, Richard, nous pouvons nous estimer heureux d'être en vie et d'avoir atterri chez des hôtes aussi accueillants. Dommage qu'aucun de nous ne parle la langue pour les remercier.

— Qu'est-ce que vous... ? commença Burnaby, mais Phaulkon lui coupa la parole.

— Il nous faudra faire de notre mieux en nous exprimant par gestes, Richard.

— Vous êtes devenu fou ? Il faut partir de...

— C'est drôle, l'interrompit Ivatt. Moi non plus, je ne garde guère de souvenirs de notre petite baignade. Sauf que, bizarrement, je m'imaginais sans cesse qu'un monstre à la barbe rousse me tendait les bras depuis le rivage.

— Des mains tendues ? s'exclama Phaulkon. C'est ce dont je me souviens aussi.

— On nous a peut-être aidés à gagner la rive, suggéra Burnaby. Vous n'êtes pas descendu voir si la mer avait ramené une partie de notre cargaison,

Constant ? » Lui non plus n'avait pas été autorisé à sortir de sa chambre.

« Non, mais je suis certain que nous avons perdu tout le drap. Même si la marée le déposait sur le sable, il serait maintenant invendable.

— C'était votre idée, grommela Burnaby. Alors, Constant, que faisons-nous ?

— D'abord, nous remercions Dieu de nous avoir gardés en vie, répondit Phaulkon. Puis nous examinons la situation.

— Et comment nous y prendre quand aucun de nous ne parle la langue ? demanda sèchement Burnaby.

— Nous trouverons un moyen, Richard, dit Phaulkon tout en s'efforçant de rester calme. Ensuite nous verrons de quelle autre façon nous pourrons remplir le navire de Sam.

— Avec quoi ? ricana Burnaby. Une manne tombée du ciel ? Vous allez rassembler une autre fortune en trois mois, je suppose ? Je n'aurais jamais dû vous écouter.

— Qui est ce Sam, au fait ? interrogea Ivatt. Je le connais ?

— Il doit être à Mergui dans trois mois. Au train où nous allons, il va être terriblement déçu, dit Burnaby d'un ton amer. Peut-être pourrirons-nous encore en prison à ce moment-là.

— Mais au moins nous sommes en vie, insista Ivatt. D'ailleurs, cet endroit me plaît. Il doit appartenir à un gros bonnet. La maison est plantée sur plus de pilotis qu'un mille-pattes. »

Phaulkon se mit à rire. « C'est le palais du gouverneur, j'imagine. Sans doute un mandarin de première classe, avec peut-être huit ou dix mille *sakdina*.

— Quoi donc ? s'exclama Ivatt.

— Des marques de dignité, expliqua Phaulkon. Chaque fonctionnaire au Siam a des marques de dignité qui correspondent à sa position. Cela permet à chacun de savoir avec précision quelle est sa place dans la hiérarchie.

— Combien de marques de dignité est-ce que je possède ? demanda Ivatt.

— Trop peu pour qu'on les compte, répliqua Phaulkon. Et d'ailleurs, Thomas, qu'avez-vous fait de vos cheveux ? » Il remarqua pour la première fois que la crinière de cheveux bruns et bouclés d'Ivatt brillait d'un bel éclat.

« Mon esclave me les a enduits d'huile et les a parfumés, répondit-il en prenant un accent des plus snobs.

— Vous mentez, Thomas Jvatt. Pas une Siamoise ne toucherait la tête d'un homme, surtout pas la vôtre, rétorqua Phaulkon.

— Pourquoi pas ? fit Ivatt en riant. Elle a touché tout le reste. Qu'est-ce qu'elle a de mal, d'ailleurs, ma tête ? Elle n'est pas aussi chauve que celle de Richard.

— C'est votre extrémité sacrée, répliqua Phaulkon.

— Vraiment ? Je l'aurais située ailleurs. »

Même Burnaby esquissa un sourire.

Quiconque écoute cette conversation, songea Phaulkon, ne va guère en savoir plus long sur nos intentions.

« Croyez-vous que nous allons rencontrer le gouverneur ? Et, dans ce cas, comment s'adresse-t-on à lui ? reprit Ivatt.

— Vous ne vous adressez pas à lui. Vous vous prosternez et vous restez silencieux.

— Il n'a pas de nom ?

— On connaît les fonctionnaires par leur titre, pas par leur nom.

— Comment alors peut-on distinguer un homme de son prédécesseur ? insista Ivatt.

— Justement. Le système empêche de susciter des héros — à part le roi, évidemment. Par exemple, on oublie aussi vite la personnalité que les exploits d'un Barcalon quand tous ceux qui l'ont précédé ou suivi portent le même nom que lui.

— Vous devriez plutôt dire que le système les dissuade de se faire une réputation, railla Ivatt.

— Pourquoi, après tous ces jours, nous a-t-on réunis pour la première fois ? demanda Burnaby se tournant vers Phaulkon comme s'il pouvait répondre.

— Nos hôtes sont manifestement pleins de considération et ils nous laissent d'abord le temps de nous remettre avant de rencontrer le gouverneur, répondit Phaulkon.

— À quelle heure doit avoir lieu la réception du gouverneur ? demanda sèchement Burnaby.

— À en juger par votre tenue, Richard, je ne pense même pas que vous soyez invité », lança Ivatt d'un ton railleur.

Phaulkon regarda Burnaby. C'était vrai. On ne lui avait même pas donné une chemise de mousseline : il n'avait qu'une écharpe autour des épaules, comme celle que portaient en général les femmes. Puis il comprit. Burnaby avait plus de six pieds de haut. On n'avait tout simplement pas pu trouver de vêtements assez grands pour lui. « Peu importe, déclara Phaulkon, vous allez venir avec nous. Nous expliquerons que vous avez perdu vos bagages.

— Ça va être une réception à tout casser, dit Ivatt. Quelqu'un m'a prêté sa tunique brodée d'or. Juste à ma taille. Je voulais la porter tout de suite, mais mon esclave n'a pas accepté. Ce doit être pour plus tard. » Il se leva soudain. « Toute cette conversation me donne envie de me soulager. Où me conseilleriez-vous d'aller ? » Phaulkon le vit lorgner un des vases Ming du gouverneur et s'empressa de le pousser dehors. Il n'y avait pas trace de serviteur nulle part.

Ivatt descendit les marches et, sans même avoir à baisser la tête, s'avança sous le plancher surélevé de la salle d'audience où ils étaient assis.

Au même instant, le Palat arriva, flanqué du jeune interprète malais. Il s'apprêtait à monter les marches quand il aperçut Ivatt debout sous le plancher et nu depuis la taille. Il regarda avec stupéfaction le petit homme lever les yeux, faire un bond et pousser un hurlement de frayeur.

Aussitôt des serviteurs jaillirent de partout. Phaulkon qui descendait les marches faillit heurter le Palat. Burnaby clopinait derrière lui.

À la vue du Palat, serviteurs et esclaves se prosternèrent et tous les regards se tournèrent vers Ivatt.

Le petit homme, encore à demi dévêtu, braquait un

doigt devant lui en répétant sans cesse : « C'est le géant à la barbe rousse ! Le monstre que j'ai vu dans l'eau, la main tendue ! »

Voyant tous les regards fixés sur lui, Ivatt rajusta tant bien que mal son panung tandis que l'apparition à la barbe rousse sortait de sa cachette et se déployait de toute sa hauteur, visiblement gênée.

« Joop Van Risling, chef de factorerie de la Compagnie royale hollandaise à Ligor. À votre service, *mijn heeren*, dit-il en s'adressant à l'assemblée en général avec un fort accent hollandais. J'attends mon tour pour m'entretenir avec Son Excellence. »

Phaulkon éclata de rire, le Palat l'imita poliment et le reste des esclaves s'empressa d'en faire autant.

Sur ces entrefaites, le Seigneur de la Province, le Pu Samrec Rajakara Meuang, fit son entrée et, à l'exception du Hollandais, ceux qui n'étaient pas encore prosternés se plaquèrent aussitôt au sol et chacun se figea sur place.

Le mandarin promena longtemps son regard autour de lui et l'arrêta sur les nouveaux venus. L'un d'eux était prosterné dans la position correcte, le front touchant le sol. Il en fut tout à la fois surpris et ravi. Il remarqua aussi que cet homme avait des cheveux noirs raides et normaux. Un autre, un géant plus âgé aux cheveux jaunes, s'était également prosterné, mais un peu plus difficilement que le premier : c'était celui qui s'était blessé au pied. Le troisième homme, de taille normale, faisait de ridicules efforts pour nouer son panung, mais du moins s'efforçait-il de se montrer courtois. Le gouverneur surprit le regard du Hollandais et se tourna vers les autres farangs comme pour montrer que malgré tout certains pouvaient se comporter comme des gens civilisés.

Phaulkon remarqua que le gouverneur semblait mal à l'aise : il constata que le grand Hollandais était toujours debout, dominant d'une tête le mandarin.

Bien qu'il sût qu'il ne devait pas parler avant le Seigneur de la Province, Phaulkon se hasarda à faire une entorse au protocole. « *Heer* Van Risling, dit-il rapidement au Hollandais, mon chef, M. Burnaby, de la

Compagnie anglaise des Indes orientales, est honoré de rencontrer son célèbre homologue hollandais. Il s'est malheureusement blessé au pied et est donc incapable de se tenir debout. Mais il vous serait reconnaissant de bien vouloir vous asseoir pour lui parler. » Était-ce le ton flatteur ou la facilité inattendue avec laquelle Phaulkon s'exprimait en hollandais, mais le stratagème eut l'effet désiré. Le gros Hollandais se posa sur l'herbe auprès de Burnaby et, sans s'être prosterné, du moins avait-il maintenant la tête plus basse que celle du mandarin. La tension se dissipa : les convenances étaient maintenant respectées.

Le mandarin jeta un coup d'œil au farang aux cheveux raides comme les siens et vit qu'il souriait. Ce farang aux manières étonnamment correctes avait-il prononcé les mots qui avaient amené Barbe-Rousse à s'asseoir? Le mandarin était intrigué.

« Kling! lança-t-il au Palat.

— Puissant Seigneur, la plante de vos pieds attend vos ordres.

— Explique ce qui s'est passé.

— Puissant Seigneur, je reçois vos ordres. Le farang qui ne sait pas nouer son panung était descendu satisfaire un besoin pressant et a découvert la barbe rousse qui l'espionnait. Il a crié...

— Qui ça?

— Puissant Seigneur, je reçois vos ordres. Le farang qui ne sait pas nouer son panung a crié.

— Bien : nous l'appellerons le petit farang. Celui qui a les cheveux normaux, nous l'appellerons le farang moyen et le vieux aux longues jambes sera le grand farang. Barbe-Rousse restera comme avant. Alors, que s'est-il passé?

— Puissant Seigneur, je reçois vos ordres. Après cela, le farang qui ne... le petit farang a oublié la raison pour laquelle il était descendu et a de nouveau essayé de nouer son panung à cause du public.

— Quel public?

— Puissant Seigneur, je reçois vos ordres. Le public qui a entendu son cri était rassemblé ici : le farang moyen, le grand farang, Barbe-Rousse, la poussière de vos pieds et l'auguste Seigneur, ainsi que quelques esclaves.

— Bien. Comment est l'odeur du petit, du moyen et du grand farang ? Est-elle semblable à celle de Barbe-Rousse ?

— Moi, qui ne suis qu'un cheveu de votre tête, ne l'ai pas trouvée aussi forte. Mais moi, un simple cheveu, crois que les esclaves du Puissant Seigneur les ont peut-être préalablement nettoyés.

— Bien. Alors rassemble-les dans ma salle d'audience pendant qu'ils sont encore frais. Les nouveaux farangs et Barbe-Rousse. Appelle l'interprète malais pour que je puisse leur parler. Commande un repas, fais venir des musiciens et des danseuses.

— Puissant Seigneur, je reçois vos ordres. »

Sur ces entrefaites, le grand mandarin sourit gracieusement à l'assemblée et s'éloigna d'un pas solennel. Tous alors se levèrent, sauf les esclaves tant que le Palat resta là. Phaulkon se demandait s'il avait eu raison de cacher sa connaissance de la langue. Il connaissait en effet toutes les formules de politesse qu'il avait entendues. Cela dit, le gouverneur avait parlé du Hollandais en termes très peu flatteurs et c'était bon à savoir. Il pouvait juste donner à Ivatt quelques leçons de bonne conduite et s'assurer que Burnaby et lui se lavaient plus fréquemment... Même si le fait que Phaulkon connaisse l'étiquette pouvait éveiller la méfiance des Siamois, ils n'avaient aucune preuve qu'il parlait leur langue. L'évolution de la situation allait justifier qu'il ait dissimulé sa connaissance de la langue, songea-t-il avec optimisme. Puis il suivit le Palat qui les entraîna vers un autre endroit du palais où une nouvelle succession de marches conduisait à la grande salle d'audience.

6

« Ainsi vous parlez le hollandais », dit Van Risling lançant à Phaulkon un regard où se mêlaient la méfiance et le respect. Il semblait soulagé de converser de nouveau dans sa langue natale car il parlait mal l'anglais.

« Un peu, répondit modestement Phaulkon. J'ai passé deux ans à Bantam avant de venir au Siam. »

Assis sur le plancher en teck de la salle, ils attendaient l'arrivée du gouverneur et le retour du Palat et de l'interprète.

Un somptueux tapis persan couvrait presque toute la pièce. Le Hollandais s'assit maladroitement en tailleur auprès de Phaulkon. Il était vêtu à l'européenne, culotte de cheval et tunique, mais il avait laissé au-dehors ses longues bottes, par déférence pour la coutume locale. Phaulkon comprenait que le mandarin fût préoccupé par l'odeur des nouveaux venus. Les Siamois étaient un peuple obsédé de propreté : ils se lavaient plusieurs fois par jour et lui-même se sentait souvent incommodé par la mauvaise odeur de ses compatriotes européens, dont l'habitude de ne pas se baigner était particulièrement mal venue sous les tropiques. « Les Anglais avaient un comptoir commercial là-bas, ajouta-t-il.

— Je m'en souviens. Mais c'est le passé. Maintenant, toute la région appartient à la Hollande, fit Van Risling avec un sourire satisfait.

— Je me rappelle en effet : vous commerciez avec le roi de Bantam et, l'instant suivant, il était votre vassal. »

Le vaste réseau de comptoirs des Hollandais n'avait pas son pareil. Les Espagnols, affaiblis par la défaite de leur Armada que leur avait infligée Drake, étaient accaparés par les Philippines. La puissance du Portugal déclinait. Les Anglais étaient occupés à développer leur commerce avec l'Inde. Et jusqu'à maintenant les Français avaient concentré leurs efforts sur l'Afrique.

« Avez-vous aussi appris le malais pendant que vous étiez là-bas ? demanda innocemment le Hollandais.

— Guère plus de deux mots, répondit sans vergogne Phaulkon. La plupart de mes amis étaient Européens. » Il savait que, quand le mandarin serait arrivé, la conversation passerait alternativement du siamois au malais et il voulait faire semblant d'ignorer les deux langues.

« Mais vous n'êtes pas anglais, *heer*... Phaulkon, c'est bien ce que vous avez dit ? » Le Hollandais l'observa. Il n'avait pas le type anglais : plutôt méditerranéen, et hâlé. Un peu plus grand peut-être que les gens du Sud en général.

« Non, je suis grec, mais je travaille pour les Anglais depuis l'âge de neuf ans. Alors, aujourd'hui, je suis probablement davantage comme l'un des leurs, dit-il avec un sourire.

— Un Grec ? Vous êtes le premier que je rencontre dans ces régions. Les deux autres, demanda-t-il en se tournant vers Ivatt et Burnaby, ils sont anglais tous les deux ?

— J'espère que tous les deux vous dites des choses aimables à notre sujet », dit Ivatt s'apercevant qu'ils les regardaient. Ni lui ni Burnaby ne comprenaient le hollandais.

« Oui, dit Phaulkon répondant à la question du Hollandais, nous appartenons tous à la Compagnie des Indes orientales, *heer* Van Risling.

— Vous voulez dire la Compagnie anglaise ? Il faut préciser, *heer* Phaulkon. Comme vous le savez, il existe une Compagnie hollandaise des Indes orientales et une Compagnie française aussi. Dans cette région, la véritable Compagnie des Indes orientales, c'est la hollandaise.

— Pour le moment peut-être, *mijn heer*. Mais rien ne dure éternellement. Regardez ce qui est arrivé aux Portugais. Il y a cent cinquante ans, qui ne les aurait pas crus invincibles ? »

C'était vrai. Les industriels hollandais avaient inversé le courant. Dès 1630, les Hollandais contrôlaient pratiquement le commerce extérieur du Siam et les Portugais étaient réduits au rôle de gardes du corps et de mercenaires.

« Alors profitez-en pendant que vous le pouvez, *mijn heer,* ajouta Phaulkon.

— Qui peut nous arrêter ? répliqua le Hollandais. Quelques pirates anglais de Madras ? *Godverdomme, heer* Phaulkon, vous autres Anglais vous perdez votre temps au Siam. Vous feriez mieux de rentrer à Madras pour commercer avec vos Indiens.

— Depuis quand détenez-vous le monopole du commerce au Siam, *mijn heer* ? Vous seriez bien avisé de vous habituer à notre présence.

— Je doute que vous soyez ici assez longtemps pour que ce soit nécessaire, *heer* Phaulkon, riposta le Hollandais. Les autorités siamoises ne tolèrent pas la contrebande. »

Phaulkon sentit son cœur battre plus vite mais son visage demeura impassible. « Que voulez-vous dire ? demanda-t-il nonchalamment.

— Je veux dire que transporter des armes sans permission est un crime contre l'État. Pour ce qui est de fournir des canons aux rebelles, *heer* Phaulkon », reprit le Hollandais guettant une réaction sur le visage de son interlocuteur, « ma foi, les autorités d'ici ont d'intéressantes formes de châtiments dans ces affaires, toujours liées à la nature du crime, vous comprenez. Savez-vous que, dans le cas des conspirateurs, le moins important des deux est d'abord décapité et sa tête tranchée attachée à celle du meneur encore vivant afin qu'il puisse la porter quelques jours et songer tout à loisir à sa faute ? Je me demande, poursuivit le Hollandais en ricanant, qui serait considéré comme le principal conspirateur, vous ou la reine de Pattani... Et dire qu'elle voulait toujours un farang pendu à son cou. Ha, ha !

— Vous êtes resté trop longtemps dans cet avant-poste lointain, *heer* Van Risling : je crains que le soleil n'ait affecté votre imagination », observa Phaulkon. Il réfléchissait rapidement. Si Van Risling avait la preuve qu'il lui fallait, alors pourquoi avoir estimé nécessaire d'écouter auparavant leur conversation ? Mais comment diable pouvait-il savoir pour la reine ? Il devait bluffer, mais Phaulkon en avait quand même froid dans le dos.

« Vous vous posez peut-être des questions sur les preuves que j'ai, *heer* Phaulkon ? N'ayez crainte, elles sont en route. En attendant, vous et vos amis resterez détenus ici.

— J'ai du mal à croire que les autorités siamoises nous garderont prisonniers sur le caprice d'un Hollandais, alors qu'elles nous ont invités à venir tempérer votre arrogance. Voyez-vous, *heer* Van Risling, on nous a demandé de rétablir l'équilibre des forces.

— Vous feriez mieux de ne pas vous mettre sur le chemin de la Hollande, déclara l'autre en haussant le ton.

— Est-ce que je ne perçois pas chez vous un certain emportement ? lança Ivatt en se tournant vers eux.

— *Ja, ja,* de l'emportement », répliqua le Hollandais en anglais tout en se tournant vers les deux autres. « Et vous », lança-t-il à Burnaby, « pourquoi vous vous prosternez devant les indigènes ? Un farang ne doit pas se comporter comme un esclave devant les Siamois. Vous êtes des animaux comme eux », dit-il en désignant les serviteurs, « ou bien vous êtes chefs de comptoir, *Godverdomme* ? Alors pourquoi, maudits Anglais, vous revenez au Siam ? demanda-t-il à Burnaby.

— Constant, intervint Ivatt, qu'avez-vous dit à ce charmant homme ? Vous l'avez visiblement agacé.

— Nous sommes venus prendre la relève des Hollandais, répondit Burnaby avec un calme glacial. D'abord, ça a été le tour du Portugal, puis le vôtre. Maintenant, c'est à nous.

— *Zwijn !* » lança le Hollandais.

Sur ce, le Seigneur de la Province, précédé de son porte-épée, de son porte-boîte à bétel et de quatre esclaves à demi nus apparut sur le seuil.

« Vous irez en prison, vous, les Anglais, poursuivit le Hollandais, et ensuite au tombeau, vous verrez. »

Le mandarin fronça les sourcils. Quels rudes accents venaient troubler l'harmonie de sa maison ! Encore le farang hollandais.

À la vue du mandarin, Phaulkon se prosterna aussitôt, imité par Burnaby et Ivatt. Le Hollandais resta assis, le souffle rauque. Le mandarin eut un gracieux sourire puis s'assit, les jambes repliées sous lui. Ce n'était manifestement pas un homme qui avait l'habitude de se priver, se dit Phaulkon. Les paysans siamois étaient pour la plupart des hommes minces et athlétiques, mais le gouverneur avait le ventre bien rond et des plis de graisse sous le menton.

Le gouverneur était coiffé d'un chapeau blanc, de forme conique, attaché par un cordon sous le menton. On ne le portait que dans les cérémonies ou les entrevues officielles. Il était cerclé d'un anneau d'or indiquant le rang de mandarin de première classe. Il y avait cinq grades dans le mandarinat, le premier étant le plus élevé. Il existait aussi quatre classes de provinces. En tant que province de première classe, Ligor devait avoir sous sa juridiction une dizaine d'autres provinces. Le gouverneur de Ligor était incontestablement le Siamois le plus important que Phaulkon eût jamais rencontré.

Le Palat apparut alors en compagnie de l'interprète malais du Hollandais. Ils se prosternèrent dès l'entrée et traversèrent toute la longueur de la salle à quatre pattes : cela rappela à Ivatt deux chasseurs approchant de leur proie et s'efforçant de passer inaperçus. Il avait grande envie d'exprimer tout haut ses observations quand il se rappela sa promesse à Phaulkon de garder le silence en présence du mandarin.

Le gouverneur ouvrit la séance : « Nous sommes heureux de constater que vous avez eu le temps de faire connaissance », dit-il en regardant d'abord le Hollandais et les trois autres d'un air amusé. « Nous saluons les nouveaux arrivants et nous remercions le Seigneur Bouddha de ne pas avoir mis prématurément un terme à leur cycle de vie. Et nous remercions naturellement M. Lidrim des efforts qu'il a déployés pour les sauver. » Il salua courtoisement de la tête le Hollandais.

Ivatt avait donc raison, se dit Phaulkon.

Seigneur miséricordieux, faites que son discours soit bref, pria Ivatt qui n'avait pas l'habitude de cette position inconfortable. Il avait imité tous les gestes de Phaulkon et était maintenant appuyé sur les genoux et sur les coudes, le front juste au-dessus du sol et les paumes jointes dans une attitude de prière.

Burnaby se demandait quand ils pourraient rentrer à Ayuthia. Indépendamment de sa douleur au pied, il avait hâte de retrouver la sécurité de la factorerie anglaise. Il y avait trop d'éléments inconnus ici. Si l'une des caisses était échouée sur le rivage ? Il regretta de ne pas comprendre ce qui se disait. Malgré plus d'une année passée au Siam, c'était à peine s'il parlait un mot de cette langue.

Van Risling avait l'air content de lui. Il allait prendre au piège et dénoncer le Grec. Le grand Anglais était peut-être officiellement le chef, mais il sentait que la véritable tête, c'était le Grec... Il lui jeta un coup d'œil : l'homme était prostré, servile. Un vrai Méditerranéen, songea-t-il, suave et onctueux. Ce devait être celui qui parlait siamois. Dans moins de deux semaines il aurait la réponse, mais peut-être en attendant pourrait-il le prendre au dépourvu. Peut-être serait-il plus facile de faire trébucher le grand Anglais.

Il se tourna vers Burnaby, traduisant directement du malais en anglais : « Son Excellence dit que vous avez une sacrée chance d'être vivant.

— Dites à Son Excellence que c'est grâce à elle et à ses médecins, répondit Burnaby. Remerciez-la, je vous prie, de sa gracieuse hospitalité et dites-lui que nous sommes maintenant suffisamment rétablis pour retourner à Ayuthia. S'il voulait avoir l'obligeance de nous prêter un bateau et un équipage, nous le remboursarions dès notre arrivée à Ayuthia.

— Le chef de la factorerie anglaise dit qu'ils sont maintenant rétablis. Ils veulent un bateau, un équipage, des provisions et de l'argent », traduisit le Hollandais.

Phaulkon se hérissa et le mandarin tressaillit en entendant la traduction du malais. Le grand farang avait-il pu réellement s'exprimer ainsi ? se demanda le gouverneur. Il semblait en avoir dit beaucoup plus long. Dans quelle mesure le farang hollandais traduisait-il vraiment ? Il se tourna de nouveau vers lui.

« Dites au chef des farangs anglais que nous n'avons malheureusement pas de bateaux disponibles pour l'instant mais que, dès que nous en aurons, il leur en sera fourni un. » Le mandarin inclina gracieusement la tête vers Burnaby.

Phaulkon savait que c'était absurde : le Seigneur de

la Province pouvait rassembler dix bateaux en autant de minutes.

Le Hollandais traduisit dans son mauvais anglais :

« Le gouverneur dit : pas de bateau. Vous restez ici jusqu'à ce que vous ayez avoué.

— Avoué ? s'étonna Burnaby.

— *Ja.* Quelle cargaison vous transportiez. Mieux vaut dire la vérité maintenant. Tout le monde ici le sait. »

Burnaby sentit son cœur battre plus vite. « Sait quoi ? demanda-t-il calmement. Je ne comprends pas.

— Vous voulez que j'en dise plus ? Très bien. Avouez donc pour les canons. » Il marqua un temps. « Vous comprenez, les canons qui se sont échoués devant ma factorerie. Sur la plage. Mieux vaut avouer maintenant. Je dis au mandarin : pas torture, bon ? »

Burnaby se sentit pâlir. Du coin de l'œil il guetta Phaulkon. Mais le Grec fixait sur lui un regard impassible.

« Je ne sais pas de quoi vous parlez », répéta Burnaby, l'air perplexe.

Derrière son expression impénétrable, les idées se bousculaient dans l'esprit de Phaulkon. Il s'adressa au Hollandais d'un ton qui semblerait courtois aux oreilles du mandarin. « Maintenant, écoutez bien, Hollandais. De toute évidence, vous avez une peur bleue des Anglais. Et vous avez bien raison. Nous sommes plus malins, plus honnêtes et meilleurs commerçants que vous. » Le Hollandais allait se rebiffer, mais Phaulkon continuait à lui sourire d'un air affable, sachant pertinemment que le mandarin l'observait. « La politique du gouvernement anglais, poursuivit-il en hollandais d'un ton charmant, est de faire jeter dans les six mois hors du Siam tous les vampires, toutes les pourritures de fils d'Érasme. C'est à nous trois qu'on a confié cette tâche. Quant aux canons, oui, nous avions des canons à bord. » Il s'arrêta. Le Hollandais resta bouche bée, puis il se leva précipitamment et déversa un flot de malais.

« Il déclare qu'il y avait des canons à bord ! Dis-le à Son Excellence ! Il a avoué ! » hurla-t-il en désignant

Phaulkon. Déconcertés, Burnaby et Ivatt regardaient tour à tour Phaulkon et le Hollandais.

Manifestement mécontent, le gouverneur, après avoir entendu l'interprète, se tourna vers Phaulkon. « Demandez au farang moyen s'il transportait des canons sur son navire », ordonna-t-il.

L'interprète traduisit en malais la question du gouverneur et le Hollandais, tout content, se tourna vers Phaulkon.

« Transportiez-vous des canons sur le *Royal Lotus* ? » demanda-t-il solennellement en hollandais.

Phaulkon regarda le gouverneur puis secoua catégoriquement la tête.

« Absolument pas. Qui vous a mis cette idée en tête ? »

Le Hollandais, déconcerté, bondit et frappa du pied sur le sol. « *Godverdomme*, traître fils de putain grecque ! tonna-t-il. Esclave châtré des Turcs, vous venez d'avouer que vous aviez des canons à bord. Je vais ordonner au mandarin de vous mettre aux fers jusqu'à ce que vous répétiez ce que vous avez dit.

— Vous allez ordonner au mandarin ? » Phaulkon aurait donné n'importe quoi pour traduire ça. « Vous vous conduisez donc déjà en maître, hein, Hollandais ? Nous sommes ici en territoire siamois et nous veillerons à ce qu'il le reste. »

Mais le Hollandais l'écoutait à peine. Il secouait la tête avec rage. « *Godverdomme*, mais vous venez de reconnaître... »

Le mandarin se tourna alors vers l'interprète, avec une expression d'évidente répugnance.

« Voudriez-vous m'expliquer ce qui se passe ?

— Puissant Seigneur, je ne sais pas parler leur langue, mais il semble que *heer* Risling croie que le *Royal Lotus* transportait des canons, alors que leur chef le nie.

— Alors, demande au farang moyen ce qu'il transportait exactement à son bord, quelle était sa destination et s'il a des papiers pour le prouver. »

Le Hollandais posa la question à Phaulkon.

« Excellence, répondit celui-ci tout en adressant un

aimable sourire au gouverneur, nous transportions du drap anglais vers les États malais au sud des frontières. Nos documents officiels sont toujours enfermés dans le coffre. Ce coffre est pratiquement étanche, alors, si l'on pouvait retrouver l'épave... »

Le gouverneur surveillait Phaulkon tout en écoutant la traduction. Puis il s'adressa de nouveau à lui par le truchement de l'interprète. « Malheureusement, monsieur Phaulkon, votre navire n'a pas encore été retrouvé. Mais nos gardes-côtes sont à l'affût de tout ce qu'ils pourront récupérer. Soyez assuré que nous vous tiendrons au courant. » La version finale de la traduction donnée par Van Risling lui parut plus menaçante que le gouverneur ne l'avait voulu.

« Merci, Excellence. »

Le mandarin scruta le visage de Phaulkon. Peut-être que tu dis la vérité, songea-t-il. Peut-être la haine que le farang hollandais porte à ta nation est-elle si grande qu'il doit t'accuser à tout prix. Nous verrons bien. La cargaison de ton navire repose peut-être au fond de l'océan mais si Ayuthia confirme que toi ou n'importe lequel de tes compagnons parle notre langue, alors nous saurons que tu ne dis pas la vérité et qu'on ne doit pas te faire confiance. Et l'on te torturera jusqu'à ce que tu révèles tout. Pourquoi d'abord cacher que tu connais notre langue ? Serait-ce que tu crains nos méthodes d'interrogatoire ? Tu n'as pourtant pas l'air d'un lâche. Ou peut-être, une fois de plus, le farang hollandais invente-t-il tout cela. Nous verrons. Pour ton intérêt, j'espère que ce n'est pas vrai. Tu as de bonnes manières, meilleures que ce que je croyais possible chez un farang.

Phaulkon se tourna vers Burnaby. « Malheureusement, Richard, on n'a rien retrouvé de ce qui était à bord du *Royal Lotus*, mais Son Excellence a gracieusement consenti à poursuivre les recherches. »

Burnaby sourit pour la première fois tandis que le Hollandais secouait de nouveau la tête.

« *Zwijn*, mais il y a encore un moment, vous reconnaissiez...

— Peut-être bien, dit calmement Phaulkon, mais si

j'étais à votre place je garderais le silence sur ce point. Parce que les canons étaient tous hollandais, *mijn heer*, et si on les découvrait, vous auriez autant d'explications à donner que moi. M. Burnaby a simplement reçu une grosse somme d'argent de votre factorerie à Ayuthia pour transporter vos armes de contrebande à bord d'un vaisseau anglais. Sinon, comment les Anglais se trouveraient-ils en possession de canons hollandais ? Les Anglais possèdent une excellente artillerie de leur fabrication. »

Le Hollandais explosa : « Vous mentez !

— Vous êtes un sot de le croire, *mijn heer*, répliqua Phaulkon, très calme.

— Vous n'êtes même pas habile menteur, le Grec. Et les dépêches que j'ai reçues de ma direction me demandant de vous arrêter avec vos canons ?

— Simple précaution de leur part au cas où nous serions pris. Vous montreriez naturellement votre dépêche et vous nieriez toute notre histoire.

— Et les poinçons ?

— De toute façon, les Siamois ne pourront pas les lire. »

Le mandarin en avait assez. L'atmosphère était détestable. Non seulement le Hollandais restait debout mais sa méprisable absence de maîtrise de soi était devenue intolérable. En revanche, le farang moyen avait toujours gardé son calme. C'était manifestement lui le vrai chef de leur groupe, non pas le grand. Il aurait aimé savoir combien de marques de dignité il pouvait bien avoir dans son pays. Il se demanda pour la première fois s'il n'existait peut-être pas d'autres farangs, d'autres pays, ayant plus de noblesse que les grossiers échantillons venus commercer sur ses rives. Et s'il y en avait, peut-être pourraient-ils contrer le pouvoir des Hollandais et empêcher le retour de ce jour d'infâmie où les Hollandais avaient bloqué l'embouchure du Menam Chao Phraya en réclamant le monopole du commerce des peaux. Sa Majesté avait été scandalisée, mais les canons hollandais l'avaient obligée à céder. C'était la première fois qu'une puissance farang avait osé défier la souveraineté du Siam. Il frémit à ce souvenir.

« Kling !
— Puissant Seigneur, la poussière de vos pieds attend vos ordres.
— As-tu préparé le spectacle ?
— Puissant Seigneur, je reçois vos ordres, les musiciens attendent dehors.
— Bien. Nous allons manger et assister au spectacle.
— Puissant Seigneur, je reçois vos ordres. » Le Palat ne comprenait que trop bien que son maître souhaitait mettre un terme à la séance. Il était surpris que son auguste personne eût laissé tant de barbarie se poursuivre aussi longtemps.

7

On fit entrer les Européens dans une salle voisine et on les invita à s'asseoir en tailleur sur des nattes de jonc, position qu'ils trouvèrent tous plus confortable que celle qu'ils avaient dû garder jusque-là. Avec ses murs lambrissés de bois, la pièce avait à peu près les dimensions et la forme de la salle d'audience, à cela près qu'une moitié était occupée par une estrade surélevée d'environ soixante centimètres au-dessus du sol : c'était manifestement une scène. D'ailleurs, une très bizarre collection d'instruments de musique était disposée sur un côté du plateau.

On avait placé Ivatt en tampon entre le Hollandais et Phaulkon, qui constata avec soulagement qu'avec l'arrivée imminente de nourriture l'ours hollandais avait d'autres préoccupations. Une période de calme semblait s'annoncer. Burnaby s'assit de l'autre côté de Van Risling, puis le mandarin, installé dans cette position particulière qu'il semblait trouver si agréable.

Il ne restait maintenant plus de son escorte que le Palat et l'interprète, accroupis aux pieds de leur maître. Il n'y avait pas de table, mais chaque hôte avait devant lui un petit support rond en bois chargé de vaisselle d'or sur lequel des servantes disposaient maintenant le contenu de divers plats fumants.

Ivatt se demanda où se trouvait l'épouse ou les épouses du mandarin, mais sans doute au Siam les femmes n'assistaient-elles pas aux réceptions officielles. Ce fut une jeune esclave aux seins nus qui s'agenouilla auprès de chaque convive pour lui préparer sa nourriture et emplir sa coupe.

Il examinait le contenu de ses assiettes quand le gouverneur dit à l'interprète malais prosterné à ses pieds : « Vous allez informer nos hôtes du contenu de chaque plat. » L'interprète débita alors un torrent de termes malais, ce qui obligea bien malgré lui le Hollandais à s'interrompre alors qu'il dévorait une grosse crevette.

« Son Excellence veut que vous sachiez ce que vous mangez, dit-il en désignant rapidement chaque plat. Voici des bébés tortues, des anguilles à l'ail, des œufs de crocodile, des crevettes au curry, du poisson de rivière, du potage au citron, des lézards grillés, des sauterelles frites et des émincés de chauves-souris. *Smakelyk etem, mijn heeren!*

— Qu'est-ce que c'était, ce dernier plat ? demanda Ivatt. Du hareng fumé ?

— Quoi ? fit le Hollandais.

— *Smakelyk etem* veut dire bon appétit », fit Phaulkon en riant.

Les farangs regardèrent avec ahurissement le Hollandais se relancer à l'assaut des plats disposés devant lui, y plongeant tour à tour le coquillage qui lui servait de cuiller pour en enfourner le contenu dans sa gueule béante. Il eut bientôt le nez, le menton et les joues couverts de sauce. Même les émincés de chauves-souris ne paraissaient pas le rebuter.

L'esclave d'Ivatt lui adressa un sourire timide et désigna d'un air encourageant le bol de riz et une petite soucoupe contenant une sauce à base de laitance de poisson dont se dégageait une odeur poissante. Puis elle souleva jusqu'à ses lèvres une petite coupe en or et lui versa dans la gorge un alcool de riz qui lui mit aussitôt les entrailles en feu. À peine l'avait-il vidée qu'elle remplit la coupe en y versant le liquide d'une grande cruche bleu et blanc.

Ivatt était en train d'écarter ce qu'il pensait être des œufs de crocodile pour s'assurer qu'on ne lui demandait pas d'en avaler un quand le gouverneur remarqua son geste.

« Les œufs de crocodile sont très prisés », fit ce dernier en souriant gracieusement à Ivatt.

Le Hollandais écouta la traduction du malais et grogna : « J'ignore comment cela se dit en anglais.

— Dites-le en hollandais, lui suggéra Phaulkon, et je traduirai. »

Le gouverneur reprit : « Les œufs sont très appréciés parce qu'ils coûtent très cher à ramasser. Plus d'un pêcheur a laissé son bras entre les mâchoires d'une mère en colère. Les hommes qui reviennent sains et saufs de ces expéditions ont tous les mêmes techniques pour se procurer les œufs et s'en tirer vivants : un cheval rapide. Ils se penchent très bas et surtout en gardant l'équilibre. Mais je vois que vous conservez ce mets délicat pour la fin, dit-il à Ivatt d'un ton de connaisseur. Monsieur Lidrim, ajouta-t-il en se tournant vers le Hollandais, vous devriez insister pour que notre jeune ami goûte les œufs avant que les autres sauces ne lui aient gâté le palais. »

Le Hollandais se tourna vers Ivatt. « Il faut manger les œufs de crocodile maintenant. Ordre du gouverneur », fit-il en levant brièvement le nez d'une grande assiette de curry.

Devant l'insistance du gouverneur, l'esclave d'Ivatt disposa devant lui ce mets tant recherché et il se retrouva nez à nez avec un énorme œuf cru. Il le découpa alors en quatre parties égales et les arrosa d'une sauce marron foncé. Rassemblant son courage, il en avala un morceau. Comme le gouverneur le regardait, il fit de son mieux pour garder une expression d'extase : quand la dernière bouchée lui glissa dans la gorge, il se demanda si les Siamois passaient la moitié de leur temps à ramper sur le ventre parce qu'ils mangeaient des œufs de crocodile...

« Délicieux », soupira-t-il en se léchant les lèvres et en buvant une bonne rasade d'alcool de riz pour faire passer cette substance gélatineuse. Bizarrement, le reste des plats lui parut bien meilleur après cela.

Phaulkon jeta furtivement un regard amusé à Burnaby ; celui-ci se tourna pour observer le mandarin qui, rayonnant, présidait ce petit banquet. Ce n'était pas un homme à contrarier, songea Phaulkon. Si l'on découvrait la vérité sur les activités du *Royal Lotus,* cet homme aux manières si affables et toujours soucieux du confort de ses hôtes deviendrait sans doute l'ennemi le plus implacable.

En pensant à la découverte des canons, Phaulkon eut l'impression qu'une nuée sombre s'abattait sur lui. Qu'avait donc insinué le Hollandais en affirmant que les preuves étaient en route ? Quelles preuves ? C'était évident, se dit Phaulkon, on les retenait prisonniers, malgré toutes ces manifestations d'hospitalité : sinon, pourquoi le gouverneur n'aurait-il pas accédé à la demande d'un bateau que lui présentait Burnaby ? Un mot du mandarin aurait suffi à leur faire retrouver le confort d'Ayuthia. Manifestement, ils attendaient quelque chose. Au prix d'un grand effort, Phaulkon se força à se concentrer sur le déroulement du festin et à faire chorus à la gaieté ambiante.

« Oui, nous respectons le crocodile, disait le gouverneur, et nous ne lui faisons aucun mal à moins qu'il ne vienne dans un village et n'emporte l'un de nos gens. On organise alors une cérémonie spéciale, présidée par un charmeur de crocodiles. Accompagné d'un certain nombre d'hommes embarqués sur des bateaux et armés de lances, il part à la recherche de l'animal. Quand il l'a repéré, il saute agilement sur son dos et lui écrase les yeux avec ses doigts pendant que ses assistants lui ligotent la gorge et les pattes avec des cordes et le ramènent au village. Là, on l'attache à l'un des piliers de la maison du chef en expiation de ses crimes.

« Dans d'autres parties du pays, à ce qu'on m'a dit, on ligote le crocodile coupable et on lui tranche un bout de la queue. Suit alors une fin cruelle. » Le mandarin promena son regard sur ses invités et baissa légèrement le ton. « On insère une longue pointe de bambou aiguisée à l'endroit où on lui a tranché le bout de la queue et on la pousse jusqu'au cerveau en attendant que l'animal expire. » Il y eut un silence et Phaulkon sentit un frisson le traverser.

Ce fut à cet instant du récit qu'Ivatt mordit dans un piment bien camouflé. Il s'étrangla, suffoqua et son visage devint cramoisi. Interrompu par ce bruit, le Hollandais diagnostiqua aussitôt la cause du problème et assena une grande claque dans le dos d'Ivatt. Le petit bonhomme fut précipité la tête la première dans son curry.

« Ah, ah! il ne veut pas en perdre une bouchée, hein ? » Le Hollandais éclata de rire, quêtant l'approbation autour de lui. Devant le sourire poli du mandarin, il se tourna vers les deux autres. « Allons, allons, *heer* Phaulkon, profitez-en pendant que vous le pouvez, la vie est courte. Surtout la vôtre, ah, ah! »

Phaulkon avait jeté un coup d'œil au mandarin pendant qu'Ivatt s'étranglait : il remarqua que le potentat ne trouvait pas l'incident drôle et il réprima un brusque accès de gaieté. Les Siamois aimaient rire, mais ils ne partageaient pas toujours le sens de l'humour des farangs. Ils étaient plus sensibles aux jeux de mots que permettaient si facilement les variations d'accent tonique de leur langue. Ils se tenaient les côtes en écoutant un farang tenter de maîtriser l'exemple classique du « *Khai khai khai khai na khai* », qui signifiait : « Quelqu'un a-t-il des œufs à vendre dans cette ville ? » Le nouveau venu aurait cru qu'on répétait cinq fois le même terme : mais, pour une oreille siamoise, l'inflexion de chaque mot en modifiait complètement le sens.

Joop Van Risling finit par se calmer. Une esclave lava le curry qui maculait le visage d'Ivatt et le Hollandais se tourna vers le gouverneur en inclinant légèrement la tête, ce qui représentait pour lui le maximum de courtoisie dont il était capable.

« Très bon, *ja*. Les cuisiniers de Votre Excellence sont de première classe. » Il se frotta les mains puis vida un autre verre d'alcool de riz. « Et maintenant, les danseuses ? »

Le gouverneur inclina la tête et lança un ordre au Palat. Les serviteurs débarrassèrent aussitôt pour apporter un superbe assortiment de fruits : tamarins, goyaves, pamplemousses et les petites bananes que l'on appelait dents d'éléphant.

À la vue du finale si éblouissant de ce festin, Phaulkon se tourna vers le gouverneur et exprima ses remerciements en claquant des lèvres et en s'inclinant profondément. Le mandarin accepta le compliment avec un petit salut et, quelques instants plus tard, les danses débutèrent.

La maîtrise de la danse classique siamoise exigeait un entraînement dès la petite enfance : on s'en aperçut dès l'instant où les danseuses entrèrent gracieusement en scène.

D'abord les instruments jouèrent une longue introduction, chaque musicien exécutant un solo qui soulignait les qualités de son instrument. Il y avait le *khong-bong*, sorte de xylophone semi-circulaire au centre duquel était assis le musicien qui jouait avec deux maillets. La *saw-an*, genre de cithare dont la valeur se trouvait rehaussée par la difficulté de se procurer une noix de coco ayant précisément la courbe nécessaire pour former le corps de l'instrument. *Klui*, une ravissante flûte traversière. Et le *takhe*, semblable à une guitare, posé sur le sol et dont une musicienne jouait avec des ongles artificiels en cuivre. Pour une oreille occidentale, la musique, fondée sur une gamme de cinq notes au lieu de sept, paraissait à certains moments discordante, parfois vibrante, ou encore lugubre, mais elle comportait toujours quelque chose d'hypnotique.

Après un crescendo auquel participa tout l'orchestre, les danseuses surgirent de derrière un rideau. Coiffées de hauts chapeaux pointus étincelants de feuilles d'or, avec des fleurs dans les cheveux et vêtues de somptueux costumes dans les verts, les rouges et les bleus, les filles oscillaient au rythme envoûtant du petit orchestre. Leurs doigts souples se pliaient pour venir toucher leurs poignets, elles papillonnaient d'un côté à l'autre, leurs cous ondulaient comme des cobras devant le charmeur de serpents et leurs pieds s'élevaient sur la pointe tels des oiseaux prêts à s'envoler. Le corps tout entier participait à ces mouvements parfaitement coordonnés.

Le rythme bientôt changea et les filles disparurent derrière le rideau pour être remplacées, quelques instants plus tard, par un singe guerrier qui bondit sur la scène dans un roulement de tambours et posa une main en visière sur le front de son masque affreux afin de fouiller du regard la forêt et découvrir les ennemis de la princesse en détresse. Phaulkon reconnut des scènes de l'épopée classique hindoue, le *Ramayana*. Puis la musique s'adoucit et la princesse fit son entrée. C'était une fille d'une beauté remarquable, beaucoup plus grande que le reste de la troupe, et qui forçait aussitôt l'attention. Elle avait de grands yeux innocents, des épaules larges mais qui restaient féminines en accentuant la finesse de sa taille, et une peau couleur de miel aussi lisse que la plus belle soie de Chine.

Les ondulations de ses bras faisaient penser à une statue de divinité hindoue qui se serait animée. Qu'elle dansât le rôle d'une biche gambadant dans la forêt ou d'une princesse fuyant les avances du méchant roi, ses mouvements étaient exquis et son rythme sans défaut. Phaulkon, soutenu par quelques bonnes rasades d'alcool de riz, avait de plus en plus de mal à maîtriser son admiration. Ce serait grossier, il le savait, de dévisager trop ostensiblement la fille et il fut presque soulagé quand elle quitta la scène.

L'orchestre continuait maintenant tout seul et, à ses accents, s'ajoutait désormais un son fort peu classique : celui d'un ronflement bruyant et régulier. Van Risling dormait profondément, le menton appuyé sur la poitrine. Phaulkon jeta un coup d'œil au mandarin et leurs regards se croisèrent un instant. Le Grec secoua la tête d'un air d'excuse et le mandarin baissa les yeux pour montrer qu'il avait compris. Phaulkon remarqua que le gouverneur ne buvait pas une goutte d'alcool.

De nouveau, le rythme s'accéléra, soutenu par un tambour en peau de buffle. Le Hollandais s'éveilla en sursaut tandis que deux jeunes et souples athlètes portant des masques effrayants, l'un celui d'un singe, l'autre celui d'un démon, bondissaient soudain sur la scène et commençaient un duel avec de vraies armes dans un tourbillon frénétique qui exigeait une absolue précision. C'était la fameuse danse des sabres.

Alors que les danseurs torse nu se démenaient sur l'estrade, le gouverneur, pour la première fois de la soirée, engagea la conversation avec son assistant. « Tu sais, Kling, ce farang moyen est bien bâti. Je crois qu'il ferait un excellent boxeur. C'est dommage que les farangs ne boxent pas. Ne serait-il pas excitant d'en entraîner un et de l'envoyer en tournée pour représenter notre province ? Quelle sensation ! » Le gouverneur gloussa à cette idée.

« Mon Seigneur », répondit le Palat. La simple répétition du titre indiquait l'affirmative. Il n'existe pas de mot en siamois pour dire « Oui », pas plus qu'il n'y en a pour dire « Non » puisque l'on considérerait comme offensant de contredire directement quelqu'un. Lorsque le Palat était absolument obligé d'exprimer une opinion, des phrases comme « Je ne pense pas qu'il pourrait en être ainsi » pouvaient être utilisées pour indiquer la négative.

« Crois-tu que le farang moyen serait rapide sur ses pieds comme le lézard, ou fort et maladroit comme le buffle ? poursuivit le gouverneur.

— Puissant Seigneur, je reçois vos ordres. Moi, un simple cheveu, je crois qu'il serait plutôt comme le tigre, tout à la fois rapide et fort. » Les yeux du mandarin étincelaient. « Mais, Auguste Seigneur, ne serait-il pas plus grand et plus lourd que ses adversaires ? Et un tel combat serait-il équitable ?

— Est-ce que le petit scorpion éléphant ne cause pas d'intolérables douleurs au puissant pachyderme ? » Le scorpion éléphant était le plus grand de la famille des scorpions. Sa piqûre faisait pousser aux éléphants des barrissements de douleur. Le mandarin soupira. « J'imagine que nous ne le saurons jamais. »

Bien qu'il parût totalement absorbé par le spectacle, Phaulkon entendit les remarques du gouverneur. Il les nota dans sa mémoire tout en regardant les merveilleux danseurs quitter la scène pour un changement de costumes.

Pendant que l'orchestre poursuivait sa musique discordante, il ferma un moment les yeux en songeant à ce peuple qu'il aimait. Les Siamois étaient tellement plus gracieux que les Européens! Non seulement leurs danses, mais même leurs rencontres de boxe étaient une forme d'art comparées aux lourds échanges de coups qu'on voyait en Occident. Certes, le système social et politique des Siamois, fondé sur le rang et l'autorité despotique était strict et rigide, mais tempéré par d'autres traits : l'amour de la gaieté, naturel chez ces gens, la générosité bouddhiste, cette même générosité qui amenait les gens à déposer des aliments et de l'eau devant leur porte pour que des passants anonymes puissent se servir sans avoir à demander.

La morale bouddhiste enseignait aussi l'humilité. Même le tout-puissant gouverneur, dont chaque parole était un ordre, avait dû à un moment se raser le crâne, endosser la robe couleur safran et passer quelque temps dans un temple. Comme tous les hommes de la nation, du plus riche des princes au plus humble des mendiants, ce potentat avait dû abandonner tout ce qu'il possédait en ce monde pour mener l'existence d'un simple moine et se rappeler que tout dans la vie n'était qu'éphémère, comme la vie elle-même. Ainsi, son autorité apparemment inébranlable. Qui se serait douté que cet aristocrate despotique était lui aussi soumis à des obligations et à des contrôles? Le roi, qui l'avait nommé, le faisait espionner. Dans toutes les provinces arrivaient des espions royaux, désignés par Sa Majesté. Déguisés en voyageurs ordinaires, ils posaient des questions discrètes pour vérifier si le peuple était satisfait de l'administration du gouverneur. S'il enregistrait trop de plaintes, le commissaire était autorisé à se faire connaître, à juger le gouverneur sur-le-champ et même, dans des circonstances extrêmes, à le faire exécuter. Car le gouverneur était le serviteur du roi, nommé par lui parmi ses mandarins et responsable devant lui seul.

Un grognement du Hollandais tira Phaulkon de sa rêverie. Il se retourna et vit que le gros ours était maintenant bien réveillé : il engloutissait de l'alcool de riz avec une ardeur renouvelée, son visage avait la couleur d'une tomate mûre. Les yeux brillants, il jetait un regard lascif sur les danseuses qui étaient revenues, arborant de charmantes tenues de filles des rizières pour un numéro dépeignant la vie rurale.

La grande, au milieu, lui paraissait maintenant plus ravissante que jamais. Son pantalon flottant qui s'arrêtait aux genoux, couleur de ciel tropical, était noué à la taille par une écharpe blanche ; une chemise de coton sans col, d'un bleu assorti, suivait fidèlement les contours de son corps bien proportionné. Phaulkon n'arrivait pas à détacher d'elle son regard. Pas plus que ce rustaud de Hollandais. Ils lui sourirent en même temps et elle leur répondit de manière fort gracieuse. Chacun des deux convives était certain que ce sourire lui était destiné. Ivatt, quant à lui, contemplait une fillette qui ne devait pas avoir plus de treize ans ; elle aussi lui répondit par un sourire timide. Burnaby n'arrivait pas à choisir : en fait, il les voulait toutes.

La grande danseuse, qui semblait avoir environ seize ans, mimait maintenant avec les autres la préparation, le labourage du sol puis les semailles. Ses longs doigts minces semaient à la volée des graines imaginaires et ses yeux d'un noir éblouissant lançaient des regards enflammés à Phaulkon et à Van Risling, du moins chacun d'eux l'imaginait-il. Le cœur de Phaulkon battait plus vite maintenant et il sentait le désir monter en lui. C'était une danse joyeuse et le Hollandais se mit à battre des mains en mesure. Bientôt les autres farangs se joignirent à lui, applaudissant bruyamment et faisant aux danseuses des signes sans équivoque.

Ivatt soudain se leva d'un bond, emporté par la passion et annonça à la petite de treize ans : « Je vais te ramener en Angleterre avec moi. Tu seras une actrice ! » Phaulkon le foudroya du regard mais Ivatt lui lança un coup d'œil qui signifiait : mêle-toi de tes affaires. L'alcool de riz ayant fait son effet, Ivatt bondit sur l'estrade en criant : « Encore mieux, nous allons tous les deux donner un spectacle au gouverneur ! »

Les danseuses abasourdies interrompirent brusquement leur numéro et la fillette échappa de justesse aux griffes de l'Anglais : celui-ci s'inclina devant le gouverneur et se lança dans une exhibition impromptue d'acrobatie à laquelle se mêlaient des numéros de clown, souvenirs de ses années de théâtre ambulant. Phaulkon lança un regard inquiet vers le mandarin : l'expression de Son Excellence demeurait inchangée.

Ivatt finit par se rasseoir et l'on servit une nouvelle tournée d'alcool de riz. Le Hollandais leva son verre vers la danseuse étoile déjà fort embarrassée. « *Proost !* » lança-t-il bruyamment.

Les cinq danseuses paraissaient plus gênées que flattées de l'attention qu'on leur prodiguait. Ne sachant que faire, elles se contentaient de regarder les spectateurs en souriant. Impatientes de quitter la scène, elles joignirent les mains devant leur front et s'inclinèrent profondément. Torrent d'enthousiasme chez les Européens qui se levèrent comme un seul homme en battant des mains, en poussant des vivats et des rugissements.

Quand le tumulte se fut enfin calmé, le Hollandais annonça à la ronde en anglais : « La grande, elle est à moi. » Comme pour bien manifester ses intentions, il tendit les bras vers elle. « *Kom mijn kleine schat,* viens avec oncle Joop. » Il possédait déjà deux Siamoises qui vivaient dans sa maison en brique de style européen auprès de la factorerie, la seule construction de brique de la province, comme il le proclamait fièrement, et cette superbe danseuse allait fort bien agrémenter son harem. Comme c'était étrange, se dit-il, qu'il ne l'ait encore jamais vue : il est vrai qu'il n'assistait pas souvent aux danses du gouverneur. Sinon, il se serait sûrement souvenu d'elle.

La danseuse se pencha en avant, jusqu'à se plier quasiment en deux, pour contourner respectueusement les farangs et venir se prosterner devant le gouverneur. Son Excellence murmura quelque chose au Palat, lequel dit à son tour quelques mots à la fille. Elle fit un signe de tête discret dans la direction de Phaulkon. Celui-ci surprit le geste et se tourna vers le Hollandais : « Je crois que la dame dont vous parlez est déjà retenue.

— *Ja, ja,* je sais. C'est moi qui l'ai réservée, répondit le Hollandais avec conviction.

— *Heer* Van Risling, je crois que vous ne comprenez pas. La dame est engagée ailleurs. » Phaulkon sentait que son sang commençait à bouillir.

« Ailleurs ? Qui oserait... ? » Le Hollandais promena autour de lui un regard belliqueux. La fillette de treize ans était timidement blottie auprès d'Ivatt. Une autre, un peu plus âgée, était assise auprès du chef de la factorerie anglaise. *Godverdomme,* ce maudit Grec devait parler de lui-même. Van Risling, furieux, se tourna vers Phaulkon : « Vous êtes donc aveugle ? Vous ne voyez pas que c'est à moi qu'elle a souri tout le temps ? » Elle souriait en réalité comme tous les Siamois lorsqu'ils sont embarrassés.

Phaulkon se trouvait dans une situation délicate. Il ne pouvait guère insulter le gouverneur dans son propre palais en provoquant un incident à propos de la danseuse étoile. D'un autre côté, du diable s'il allait laisser cet ours mal léché de Hollandais en faire à sa tête ! Au prix d'un effort, il s'obligea à reprendre un ton suave. « Allons en discuter dehors, suggéra-t-il au Hollandais en se forçant à sourire.

— Discuter de quoi ? riposta Van Risling. Il n'y a rien à discuter, elle est à moi. »

Phaulkon avait l'esprit en ébullition. En dépit des apparences, les femmes au Siam étaient remarquablement indépendantes. Elles étaient libres d'accepter un homme ou de le quitter. Il se rappelait comment, juste après son départ d'Ayuthia, une jeune personne avait causé pas mal de remous en divorçant de son mari, un juge éminent, en arguant qu'il sentait des pieds. Il regarda la danseuse. Il doutait qu'elle parte avec le Hollandais contre son gré, à moins peut-être que le gouverneur ne le lui demande expressément, ce qui semblait peu probable. Il avait vu Son Excellence lui murmurer quelques mots par l'intermédiaire du Palat, mais il comptait bien voir la fille revendiquer ses droits avant qu'il ne fasse une scène. Il fallait à tout prix respecter les convenances. Il allait d'abord feindre de se retirer.

« *Heer* Van Risling, je m'incline », dit-il poliment, tout en désignant la fille d'un geste de la main et en tournant le dos au Hollandais comme s'il renonçait à l'affrontement. Le mandarin parut impressionné par son geste et sourit à Phaulkon. Le Hollandais prit pour argent comptant cette retraite : le Grec, manifestement, reconnaissait qu'il était battu. Van Risling s'avança vers la fille pour réclamer son dû. Comme il posait les mains sur ses épaules, elle lança un coup d'œil à Phaulkon, puis tourna vers le Palat un regard suppliant, exprimant qu'elle ne voulait pas offenser l'hôte distingué de son maître mais qu'il y avait des limites à l'indignité.

Phaulkon était sur le point de se lever. Le mandarin chuchota quelques paroles à l'oreille du Palat et le fonctionnaire quitta précipitamment la pièce. Son Excellence s'inclina poliment devant le Hollandais tandis que Phaulkon, sur un genou, attendait, les poings serrés. « Monsieur Lidrim, même s'il est clair que ma danseuse étoile est prête à vous accompagner, c'est la coutume au Siam, quand plus d'un hôte convoite le même prix, de décider du résultat par un jeu de hasard. » C'était la première fois que Phaulkon entendait parler d'une telle coutume. À mesure que l'on traduisait, le Hollandais semblait contrarié, mais le gouverneur ne lui laissa pas le temps de protester.

« Monsieur Lidrim, comme vous avez le rang le plus élevé, il serait convenable que vous acceptiez de deviner le premier. Mon Palat a un étrange défaut de naissance. L'une de ses oreilles est plus grande que l'autre. Il croit, pour sa part, que c'est dû à une hésitation de dernière minute des dieux, qui se demandaient s'il devait retourner dans ce cycle terrestre en tant qu'éléphant ou en tant qu'être humain. Il est de fait qu'aucun homme, dans cette province, ne comprend les éléphants mieux que lui. Alors, monsieur Lidrim, peut-être avez-vous déjà remarqué qu'une des oreilles de mon Palat est plus grande que l'autre ? » Van Risling secoua la tête avec agacement. « Non ? Eh bien alors, que ce soit là l'élément qui décidera. Veuillez deviner de laquelle il s'agit, monsieur Lidrim. »

Le Hollandais marmonna quelque chose à propos de jeux puérils et répliqua brusquement : « La gauche. » Le gouverneur appela un esclave et lui ordonna d'aller chercher le Palat. Un lourd silence s'abattit sur la salle.

« Que se passe-t-il ? » demanda Ivatt, qui avait suivi la scène tout en gardant un œil sur sa fillette.

« Il semble que le Palat ait des oreilles de taille différente. Si la gauche est plus grande, notre ami hollandais a droit à la danseuse. Sinon, c'est moi, répondit Phaulkon.

— Je n'ai jamais remarqué ça chez ce nez plat, remarqua Ivatt.

— Moi non plus, intervint Burnaby. Laquelle est-ce ?

— Je n'en sais rien, reconnut Phaulkon. Mais nous n'allons pas tarder à le savoir. »

Sur ce, le Palat revint et tous le dévisagèrent. C'était vrai : une de ses oreilles était en effet beaucoup plus grande que l'autre... la droite. C'est curieux, se dit Phaulkon, que personne ne l'ait remarqué auparavant.

Van Risling poussa un juron et promena autour de lui un regard mauvais.

« Monsieur Lidrim », reprit le mandarin en feignant de ne pas remarquer la déception du Hollandais, « j'espère présider demain un tournoi de boxe, si le temps le permet. Je compte que vous me ferez l'honneur d'y assister. Je suis moi-même grand amateur de ce sport ».

Le Hollandais inclina sèchement la tête et remercia brièvement le mandarin de son hospitalité. Puis il tourna les talons, entraînant l'interprète malais dans son sillage.

Courbant la tête et sans prononcer un mot, la danseuse étoile s'approcha de Phaulkon. Elle s'agenouilla et prit place à ses côtés, levant vers lui un visage éclairé par un sourire timide. Le Grec, suivi de Burnaby et d'Ivatt, vint se prosterner devant le mandarin qui sourit avec courtoisie.

« Kling !

— Puissant Seigneur, la plante de vos pieds attend vos ordres.

— Escorte les farangs jusqu'à leur chambre. Et demain matin, à la première heure, je veux que tu ailles vérifier l'état du terrain de boxe. Si le sol est encore humide, n'oublie pas qu'une journée de soleil supplémentaire peut faire toute la différence. Et invite les farangs à assister à la rencontre avec Barbe-Rousse. Ils ont l'air de s'être liés d'amitié.

— Puissant Seigneur, je reçois vos ordres. »

Les chandelles vacillaient, faisant trembler des ombres au plafond. Les feuilles d'or de la petite armoire laquée luisaient faiblement. Des fleurs fraîches et du thé de Chine tiède étaient disposés de part et d'autre de la natte de jonc. On avait déplié les couvertures de soie. Avec des mouvements très doux et en souriant timidement, la danseuse commença à déshabiller Phaulkon. Elle éprouvait un mélange d'excitation et de crainte à l'idée de cette intimité imminente avec ce farang, le premier qu'elle eût jamais connu. Ce n'était pas seulement de la curiosité. Depuis qu'elle l'avait vu sourire quand elle était sur la scène, elle s'était sentie étrangement attirée vers lui. Il avait un sourire si charmant !

Elle lui caressa la peau tout en lui ôtant sa chemise de mousseline et se sentit frémir. Il était si bien bâti, avec de si larges épaules ! Il lui fit un grand sourire. On lisait le désir dans ses yeux et, quand il posa doucement la main sur son panung, elle frissonna de la tête aux pieds. Elle avait envie de respirer son odeur, mais il était encore trop tôt. Elle allait d'abord l'oindre d'huile et le masser, le détendre et le préparer à l'ultime plaisir. Elle avait entendu une étrange rumeur. Les farangs ne respiraient pas chacun l'odeur de l'autre mais se suçaient mutuellement les lèvres. Que c'était grotesque ! Comme il était triste de ne pas connaître l'extase de poser son nez contre la joue d'un amant et de humer le délicat parfum de sa peau. Elle espérait qu'il n'allait pas lui demander de poser sa bouche à elle sur la sienne : la même bouche que Dieu lui avait donnée pour avaler la nourriture !

Elle lui effleura les omoplates pour le pousser doucement vers le matelas et elle le regarda. Il n'était pas gras mais il avait une ossature manifestement plus forte que les gens de sa race. Il avait quelques poils sur la poitrine, qu'elle aurait préféré ne pas remarquer, mais il avait certainement l'air moins simiesque que le démon de farang roux qui l'avait dévisagée d'une façon aussi effrontée pendant les danses. Jamais elle n'aurait accepté l'intimité avec cet affreux homme — même par curiosité. Il puait. Celui-ci, au moins, était propre — hormis son haleine, qui sentait ces terribles liqueurs que les farangs aimaient boire. Elle brûlait d'envie de lui ouvrir son panung, mais chaque chose en son temps !

Il soupira tandis qu'elle le caressait et leva vers elle ce merveilleux sourire qui lui donnait, plus que jamais, l'envie de sentir son odeur. Elle aurait voulu lui dire comment Son Excellence avait truqué le jeu : le Palat était bien sûr doté de deux oreilles identiques et l'esclave qui était allé le chercher avait pu lui révéler laquelle recouvrir d'une fausse. Sarit, le faiseur de masques, était un véritable artiste.

De toute évidence, Son Excellence s'était prise d'amitié pour ce farang. Elle l'avait remarqué et l'avait même entendue déclarer qu'il ferait un grand boxeur. Imaginer un farang dans l'arène ! Le Puissant Seigneur aimait tant le sport qu'il imaginait n'importe quoi.

Elle laissa glisser sur le sol l'écharpe qui lui couvrait vaguement les seins et sentit son regard la dévorer : ce devait être sa peau claire qui excitait le farang. Ce ne pouvait pas être ses seins : elle avait toujours été gênée par leur grosseur, ainsi que par ses longs membres plus développés que ceux de ses amies. Du moins se félicitait-elle de voir qu'ils ne semblaient pas le rebuter.

Il lui demandait maintenant quelque chose : il se montrait du doigt en prononçant des mots qu'elle ne comprenait pas. Puis il la désigna en la regardant d'un air interrogateur. Elle finit par comprendre.

« Sunida ! répondit-elle, toute contente. Mon nom est Sunida ! » Mais son nom à lui, si c'était cela qu'il répétait, paraissait imprononçable. Quel dommage qu'il ne comprenne pas le siamois. Il y avait tant de choses qu'elle aurait aimé lui demander. Il était courtois et bien élevé : elle devinait qu'elle n'avait rien à craindre de ce farang. Elle ouvrit une petite fiole en bambou, répandit de l'huile parfumée sur la poitrine et sur le ventre de Phaulkon et la fit doucement pénétrer. Elle agit ainsi avec une grande douceur puis se mit à pétrir son torse et son ventre. Après cela, elle effleura sa chair sous le panung. Elle constata avec fierté que cela l'excitait. Elle lui adressa un grand sourire et ses mains se firent plus sensuelles encore. Bientôt, incapable de maîtriser plus longtemps sa curiosité, elle lui dénoua son panung et resta là, bouche bée. Que le Seigneur Bouddha nous protège ! Tous les farangs étaient-ils comme ça ? Plutôt montés comme des chevaux que comme des humains ? Et tant de poils partout ! Elle se demandait avec inquiétude si sa lance d'amour lui ferait mal en la pénétrant quand on entendit des bruits derrière la porte. D'une voix affolée, quelqu'un demandait à entrer.

Elle eut à peine le temps de le recouvrir que la petite Maew se précipita, le visage ruisselant de larmes. « Je n'ai pas pu, sœur aînée », dit-elle en sanglotant. Elle utilisait le terme de respect que l'on emploie avec une fille plus âgée. Sunida avait vingt ans. « Sa lance était si... si grosse... ça m'a fait mal. »

Pauvre Maew, songea Sunida. Elle avait à peine quatorze ans. Bien que l'autre farang fût plus petit que celui-ci, peut-être leurs lances d'amour étaient-elles toutes les mêmes.

« Oh, sœur aînée, gémit Maew, que va dire le Puissant Seigneur quand il l'apprendra ? Il voulait tout savoir sur leurs habitudes amoureuses.

— Je te soufflerai, petite souris, ne t'inquiète pas. Contente-toi d'écouter. Hoche la tête et dis que ton expérience est exactement comme la mienne.

— Oh, merci, sœur aînée », répondit Maew avec gratitude.

Ivatt apparut sur le seuil, l'air tout décontenancé. Il allait parler mais Phaulkon ne lui en laissa pas le temps.

« Ne vous inquiétez pas, Thomas, dit-il en se levant et en prenant le petit homme par les épaules. Ça n'est pas qu'elle ne vous aime pas. Vous lui avez fait peur, voilà tout. Elle est très jeune.

— Elle a poussé un hurlement quand elle a dénoué mon panung. Quel effet croyez-vous que ça m'a fait ? On aurait cru que c'était infesté de vermine. »

Phaulkon se mit à rire, heureux de constater qu'Ivatt n'avait pas perdu son sens de l'humour.

« Écoutez, Thomas, j'ai le même problème.

— Elle a crié aussi ? demanda Ivatt l'air presque soulagé.

— Elle allait le faire quand votre fillette est entrée. Les Européens sont bâtis différemment, voilà tout. Et nous sommes beaucoup plus poilus que les Siamois. Retournez dans votre chambre et soyez doux. N'insistez pas si elle ne veut pas. Elle s'habituera à vous. De toute façon, elle doit faire un rapport au gouverneur sur vos attributs physiques.

— Bonté divine ! s'exclama Ivatt. Il pourrait m'arrêter sur une simple description !

— Vous êtes déjà en état d'arrestation, Thomas, fit Phaulkon en riant. Nous le sommes tous. On pourrait doubler votre sentence, c'est vrai.

— Bah, reconnut Ivatt avec philosophie, il doit y avoir des prisons pires que celle-ci. »

Phaulkon se tourna en souriant vers Sunida qui bavardait à voix basse dans un coin avec la petite Maew. Il s'approcha d'elles et serra doucement l'épaule de la fillette effrayée. Ses sanglots s'arrêtèrent et Sunida l'observa d'un air reconnaissant. La petite Maew souriait maintenant timidement. Phaulkon la prit par le bras et la conduisit jusqu'à Ivatt.

« Occupez-vous d'elle, Thomas. Et n'oubliez pas ce que je vous ai dit.

— Si vous entendez d'autres hurlements, dit Thomas en souriant, ce sera moi qu'on poursuit à travers la pièce ! Bonne nuit. »

Phaulkon se retourna : Sunida était debout devant lui, les bras tendus. Il s'approcha et pressa tout son corps contre le sien, enfouissant son visage dans le creux de son cou. Il la serra fort un long moment puis la ramena lentement jusqu'à la natte. Il la fit s'allonger auprès de lui et attira son corps contre le sien. Elle était sculpturale pour une Siamoise, se dit-il : de longs bras et de longues jambes, des seins ronds, presque comme ceux d'une Européenne, associés aux traits délicats et à la peau soyeuse d'une Siamoise. Le corps de Sunida s'adaptait au sien comme si un sculpteur les avait coulés dans le même moule. Lentement, elle dénoua son panung et, voyant la force de son désir, elle porta un doigt à ses lèvres et lui accorda un sourire éblouissant, comme pour promettre que cette fois il n'y aurait pas de cris.

Avec une infinie douceur, il entra en elle tandis qu'elle enfonçait les doigts dans le dos de Phaulkon pour oublier sa douleur. Il crut un moment qu'il lui faisait trop mal et tenta de se retirer : elle secoua alors la tête avec véhémence, insistant du regard pour qu'il continue. Puis elle ferma les yeux, un sourire de soulagement s'épanouissant sur ses lèvres pleines. Il posa le nez sur ses joues et les huma profondément, l'une après l'autre. Elle rouvrit des yeux brillants de plaisir et de gratitude : il respectait ses coutumes à elle.

Elle le repoussa ensuite et, toujours plaquée contre lui, ce fut elle qui l'enfourcha avidement. Elle lui tendit les bras au-dessus de la tête. Elle respira voluptueusement son visage, sa poitrine et son ventre jusqu'à lui faire éprouver dans tous ses membres sa passion à elle. Il s'abandonna complètement à cette merveilleuse chaleur, comprenant que ce qu'il éprouvait maintenant n'était pas une émotion ordinaire. La ravissante danseuse de la cour de Ligor l'avait atteint jusqu'au tréfonds de son âme.

8

Il n'y avait pas un nuage dans le ciel quand le cortège franchit les grilles du palais pour s'engager dans les rues étroites — certaines pavées, d'autres en terre battue — qui traversaient la ville et menaient jusqu'aux arènes. C'était peu après l'aube du premier jour de décembre 1679 et la saison sèche s'était solidement installée après la mousson exceptionnelle qui avait failli coûter la vie à Phaulkon, Burnaby et Ivatt. Phaulkon respira à pleins poumons l'air agréablement frais et embaumé.

Les Siamois ne nommaient cette période saison sèche que par contraste avec les jours d'humidité moite de mars à mai, avant que le retour de la mousson en juin ne vienne rafraîchir et irriguer la terre desséchée et remplir les voies d'eau stagnante. C'était la saison la plus agréable, la période la plus idyllique de l'année. Une succession de journées sans nuages et embaumées qui rappelaient un été européen sans pluie.

Huit hommes aux épaules nues portaient le palanquin d'or du gouverneur et quatre autres étaient là pour les relever. Les rideaux de soie ouverts montraient Son Excellence assise en tailleur sur une petite estrade d'où elle contemplait avec intérêt la foule qui se pressait vers les arènes. Vêtu de sa robe brodée d'or, l'homme portait son chapeau conique et ses sandales musulmanes incurvées. Auprès de lui, mais quelque peu en retrait, marchait le Palat. Derrière lui, et sur la droite, s'avançaient trois adjoints ayant chacun seize cents marques de dignité et qui étaient chargés des départements de la Cour, de l'armée et de l'administration. Ils étaient suivis de huit fonctionnaires de quatorze cents marques de dignité, responsables de la gestion du palais du gouverneur ainsi que de la direction de son personnel et de sa maison : médecins, scribes, astrologues, juristes, gardes du corps, artisans, moines, pages, danseuses, cuisiniers, serviteurs et esclaves.

Une dizaine d'esclaves couraient en tête du cortège, écartant la foule et ouvrant la voie au Seigneur de la Province, tandis que les farangs, flanqués de deux esclaves chacun, étaient groupés autour d'un autre palanquin qui fermait la marche. Phaulkon se trouvait juste devant cette chaise à porteurs, bien plus petite que celle du gouverneur et que quatre hommes seulement portaient. Elle était occupée par Richard Burnaby, incapable de marcher à cause de sa blessure au pied. Ivatt trottinait à côté.

Il régnait ce jour-là à Ligor une atmosphère de carnaval : des centaines de paysans, pieds nus, vêtus seulement de pagnes, sortaient en foule de leurs petites cabanes de bois bâties sur pilotis pour descendre les rues, traverser la place du marché, déboucher sur des artères plus larges, bordées d'arbres, et parvenir enfin à la lisière de la ville où les attendaient les arènes et leur fortune — ou leur destin. Ce serait un grand jour pour jouer et parier, songea Phaulkon. Des moines en robe safran, le crâne rasé, des fonctionnaires aux châles drapés sur les épaules, des esclaves à la peau sombre et des citoyens vêtus de leurs plus beaux atours allaient tous dans la même direction. Il y avait aussi des femmes, certaines avec les seins découverts, d'autres enveloppées dans une écharpe, les unes balançant un bébé sur la hanche, d'autres menant par la main des enfants nus.

Des chiens décharnés essayaient de se glisser dans cette procession : mais ils étaient promptement chassés par les esclaves tandis que des enfants nus et bruns, à qui on avait enseigné dès leur plus jeune âge à respecter leurs aînés, interrompaient leurs activités et se prosternaient sur le côté pour saluer le cortège. Le défilé se poursuivait au milieu des cris de « Farangs! Farangs! ». Les spectateurs stupéfaits restaient bouche bée avant de s'affaler, le nez dans la poussière.

Ils traversèrent la place du marché qui semblait étrangement déserte. La plupart des étals étaient à l'abandon et seule flottait dans l'air l'odeur forte du durian, qui rappelait celle d'un fromage bien fait. Car toute l'activité commerciale s'était déplacée dans les alentours des arènes. Là-bas, tout le monde dépenserait son argent. Ceux qui étaient en chemin avaient de la monnaie dans leur bourse, aussi bien pour acheter à manger que pour jouer. Plus tard, les vainqueurs viendraient chercher des aliments qu'ils porteraient en offrandes aux temples.

« Toute la ville doit être là! s'exclama Ivatt en rattrapant Phaulkon. Et j'adore la façon dont ces garçons nous ouvrent la voie. Ça me donne l'impression d'être un véritable seigneur! »

Phaulkon eut un pâle sourire. Si seulement ils étaient des seigneurs en visite, songea-t-il, honorables hôtes du gouverneur invités à partager son passe-temps favori, et non pas des prisonniers en sursis dont la condamnation à mort était suspendue au-dessus de leur tête. Il lui fallait absolument se gagner les bonnes grâces du gouverneur, influencer le potentat en leur faveur.

Au-delà des rangs de fonctionnaires subalternes du palais, il jeta un coup d'œil vers le palanquin du gouverneur. Un bras impérieux dépassait de la fenêtre, saluant de temps en temps majestueusement la foule, tandis qu'en avant les esclaves frappaient les gongs pour annoncer le passage de Son Excellence. De légers nuages de poussière s'élevaient de part et d'autre de la route et là où les gens se prosternaient pour attendre le passage du cortège. Phaulkon sentait certaines affinités entre le mandarin et lui : cet homme était assurément la clé de leur libération prochaine, à condition bien sûr que l'on ne retrouve pas les canons.

Il avait cruellement conscience qu'il lui fallait retourner le plus vite possible à Ayuthia pour y chercher d'autres moyens de remplir les cales du vaisseau de Sam White — même si, à ce stade, il ne savait pas très bien par où commencer, et si chaque jour passé à Ligor représentait un jour de moins pour mener à bien cette tâche. Hier, il ne restait plus que quatre-vingt-dix jours avant le rendez-vous à Mergui. Aujourd'hui, il n'y en avait plus que quatre-vingt-neuf et le navire de Sam n'attendrait pas. Pas question non plus qu'il reparte à vide.

Plongé dans ses réflexions, Phaulkon regardait de robustes matrones aux cheveux blancs tondus et aux seins pendants, moins vigoureuses que le reste de la foule, s'agenouiller avant de se prosterner : il se demanda un moment combien d'entre elles avaient pu être autrefois des Sunida. La belle danseuse de la nuit précédente occupait encore ses pensées. Il avait cherché à savoir si elle serait aux arènes, mais elle n'était pas parvenue à comprendre ce qu'il voulait dire. Il espérait la voir là-bas. À sa connaissance, des spectatrices assistaient parfois aux rencontres de boxe, même si ce n'était que dans les derniers rangs. La tradition interdisait leur présence au bord de l'arène où elles risquaient de détourner l'attention des combattants et où leur aura féminine ne manquerait pas de troubler l'atmosphère. Pourtant Phaulkon avait entendu raconter que dans certaines lointaines provinces les femmes combattaient également dans l'arène : elles obéissaient aux mêmes règles que les hommes et parfois assommaient pour le compte leurs adversaires féminines. Il sourit. Elles avaient de fortes personnalités, ces femmes du Siam : fières et indépendantes, et pourtant loyales et féminines en même temps. Elles possédaient des maisons, des bateaux et des esclaves comme les hommes. Elles divorçaient comme les hommes. Elles portaient presque les mêmes vêtements qu'eux. Elles avaient des droits égaux et, même quand un homme riche possédait plus d'une épouse, c'était une femme, sa première épouse, qui régnait sur les autres, dirigeant sa maison, ses esclaves et tout le personnel. Dans les familles du peuple aussi, où les hommes devaient servir obligatoirement le roi six mois par an, c'étaient les épouses qui géraient leurs affaires.

Il s'interrogeait sur les antécédents de Sunida : d'où pouvait-elle venir et comment s'était-elle retrouvée au service du gouverneur ? On avait dû l'envoyer dans une école de danse dès son jeune âge : les danseuses classiques commençaient leur apprentissage presque aussitôt qu'elles savaient marcher. Le gouverneur l'avait-il choisie au hasard dans quelque pauvre village béni par la munificence du Seigneur de la Province, ou bien ses parents étaient-ils de riches aristocrates qui la destinaient à une respectable carrière de danseuse ? C'était difficile à dire. Les femmes du Siam étaient toutes douées d'une même grâce naturelle, elles avaient un port des plus majestueux.

« Comment vous êtes-vous arrangé avec votre petite fille au bout du compte, Thomas ? demanda-t-il, se rappelant les événements de la veille au soir.

— J'ai suivi votre conseil, Constant, et il ne s'est pas passé grand-chose. » Le visage du petit homme prit l'expression d'un soudain désespoir. « Dites-moi, suis-je voué à un éternel célibat dans ce pays en raison de la taille inusitée de ma lance d'amour ? » interrogea-t-il en ne plaisantant qu'à moitié.

Phaulkon se mit à rire. « Nous arriverons sûrement à vous trouver quelqu'un qui fasse l'affaire, Thomas. Peut-être à Ayuthia. Dès notre retour, je solliciterai des recommandations de mes amis portugais.

— Allons-nous vraiment regagner Ayuthia ? » demanda Ivatt d'un ton pour une fois grave et teinté de mélancolie. Il n'avait jamais posé de questions sur la marchandise, même si Phaulkon était certain qu'il était au courant. Il appréciait vivement la discrétion du petit homme.

« J'ai bien l'intention d'y veiller, Thomas, d'autant plus que, de nous tous, vous êtes le seul innocent. » Phaulkon lui jeta un sourire rassurant et vint rejoindre la litière de Burnaby. « Comment va votre jambe, Richard ?

— Pas trop mal, merci. Je suis malgré tout content de ne pas faire ce trajet à pied. Quand, à votre avis, pourrai-je consulter mon médecin à Ayuthia ?

— Pas de si tôt, j'en ai peur, Richard. Pas avant qu'ils ne soient persuadés de notre innocence. Et si nous insistons trop, cela ne fera qu'aiguiser leur méfiance. Détendez-vous, amusez-vous. Vous n'êtes pas en trop mauvaise compagnie et, de toute façon, vous n'êtes pas en état de voyager.

— Comment voulez-vous que je me détende quand je sais que nous sommes retenus ici ? Et d'ailleurs pourquoi nous gardent-ils prisonniers si l'on n'a pas découvert les canons ? »

Phaulkon n'avait pas encore parlé à Burnaby de la preuve de leur complicité qui, selon le Hollandais, n'allait pas tarder à lui parvenir. Burnaby ne ferait que s'énerver davantage en lui demandant sans cesse quelle pouvait bien être cette preuve. À cette heure-là, Phaulkon en ignorait tout, mais cela ne l'empêchait pas de s'en inquiéter.

« Ils nous gardent sans doute parce qu'ils veulent s'assurer de notre innocence.

— Et comment vont-ils s'y prendre ?

— Par défaut. Si l'on ne découvre pas les canons, ils n'ont plus aucune raison de nous soupçonner. Ils attendent simplement encore un peu.

— Et si on les retrouve ? »

Phaulkon contrôla son agacement. « Si c'est le cas, Richard, nous avons un sérieux problème. Je préférerais l'affronter quand il se posera.

— Au bout de combien de temps, à votre avis, vont-ils renoncer à retrouver nos marchandises ?

— Pas plus de quelques jours, me semble-t-il. Juste le temps nécessaire pour que votre pied aille mieux. »

Burnaby ricana. « Mon pied guérirait bien plus vite s'il reposait sur le pont d'un navire à destination d'Ayuthia.

— Si nous parvenons à conserver les bonnes grâces du gouverneur et à l'impressionner par nos manières

— rappelez-vous, Richard, que les manières sont essentielles pour les Siamois —, je crois que nous pourrons accélérer notre libération. Dites-vous bien que ça n'arrangera rien si vous avez tout le temps l'air sinistre et préoccupé.

— Bon sang, répliqua Burnaby avec irritation, vous n'êtes pas préoccupé, vous ?

— Bien sûr que si. Mais je ne veux pas le montrer. Ça ne collerait pas avec l'apparence d'innocence que j'essaie d'afficher. »

L'arène du combat de boxe apparut alors au centre d'un vaste champ à la lisière de la ville. Elle était légèrement surélevée et les limites en étaient marquées par quatre poteaux de bambou réunis par des cordes en écorce de cocotier. La surface était plantée d'herbe : cela signifiait qu'il avait bien fallu ces cinq journées de franc soleil après la tempête pour l'assécher suffisamment et permettre la rencontre. Dans la boxe thaïe, il était exclu de patauger dans la boue pour la faire gicler au visage d'un adversaire.

L'arène était bourrée de spectateurs accroupis. Le Hollandais les attendait auprès de l'estrade surélevée qui marquait la place d'honneur du gouverneur, une plate-forme de bois dominant la foule. Il s'avança pour les saluer et présenter ses respects au gouverneur. Puis il se tourna vers Phaulkon et s'inclina avec raideur. « J'imagine que vous avez passé une agréable soirée avec la danseuse, dit-il d'un ton acerbe.

— Des plus agréables, je vous remercie. Au fait, elle nous a tous distraits », répliqua Phaulkon sur un ton ambigu. Il n'avait pas pu y résister.

Le Hollandais se crispa et le rouge lui monta au visage. Mais il n'eut pas le temps de répondre car un fracas de cymbales se fit entendre, puis un coup de gong : toute activité soudain cessa. Des milliers de gens se prosternèrent sur le sol. Le Seigneur de la Province s'était montré au peuple et prenait place sur son siège en forme de trône.

Il invita les membres de sa suite à occuper chacun la place qui leur revenait à ses côtés, par ordre décroissant dans la hiérarchie. Ce fut seulement quand tous furent installés que l'énorme foule se rassit et que le brouhaha put reprendre.

Un frisson d'excitation parcourut l'assemblée et des milliers de regards curieux se tournèrent vers Van Risling, Phaulkon, Burnaby et Ivatt lorsqu'ils vinrent s'asseoir en tailleur à la gauche et aux pieds du gouverneur. Des farangs! Personne n'avait donc jamais vu de farangs auparavant? Même une fois leur curiosité rassasiée, Phaulkon surprit à plusieurs reprises les coups d'œil lancés dans leur direction

Plusieurs dignitaires, hauts fonctionnaires de la ville, collecteurs d'impôts, juges et membres importants de la commission de boxe, venaient maintenant rendre hommage au gouverneur : il échangea brièvement quelques mots avec chacun d'eux tandis qu'ils restaient prosternés à ses pieds. Cependant le Hollandais tournait ostensiblement le dos aux autres farangs et faisait de son mieux pour les ignorer. Burnaby, suivant les leçons de bonnes manières de Phaulkon, fit des tentatives répétées pour engager la conversation avec lui.

Des hordes de spectateurs, pour la plupart torse nu et pieds nus, étaient assis en tailleur en rangées régulières ou bien accroupis : ils échangeaient des paris et discutaient des mérites de chaque combattant. Des marchands passaient en vendant des plats de nouilles fumantes, d'insectes frits, de beignets de riz, de poisson et de fruits, tout cela servi sur des assiettes de feuilles de palme, et il flottait dans l'air une lourde odeur de poisson séché et la puanteur du durian.

« C'est de l'argent ce que je vois ? » demanda Ivatt. Il contemplait la foule avec fascination et avait remarqué les objets cylindriques qui changeaient de main.

« En effet, répondit Phaulkon. Et vous allez sans doute voir aussi des coquillages. Ils les utilisent comme petite monnaie. »

Il y avait cinq sortes de monnaie d'argent en usage au Siam. La plus grosse unité était le tael. Le baht, ou tical, une pièce d'argent cylindrique ayant une fente au milieu et la double gravure d'un cœur et d'un petit cercle sous la fente, valait un quart de tael. Le salung, de taille plus petite, valait lui-même un quart de tical ; le fouang valait la moitié d'un salung et le sompai, la moitié d'un fouang. On comptait la petite monnaie en coquilles de cauris, un petit coquillage marin : il en fallait huit cents pour faire un fouang, ce qui révélait combien la vie était peu chère au Siam où les produits de base se trouvaient en abondance. Phaulkon se rappelait les paroles du vénéré monarque du XIIIe siècle, Naruesan le Grand : « Il y a du riz dans les champs, du poisson dans les rivières, le peuple est satisfait. » Les choses n'ont guère changé, songea-t-il.

« Ils jouent gros ? demanda Ivatt.

— Gros ? Ils parient bien au-delà de leurs moyens. D'ici le coucher du soleil, la plupart des gens seront réduits en esclavage par leurs créanciers. Et ils auront sans doute jeté dans le lot leurs épouses et leur famille. Ce sont des joueurs invétérés.

— Des familles entières mises en esclavage ?

— Mais oui. S'ils perdent, la famille tout entière sera dès demain matin au service du créancier.

— Et peuvent-ils se libérer ? fit Ivatt, manifestement abasourdi.

— Oui, dès qu'ils ont remboursé leur dette. Ce n'est pas aussi terrible que ça en a l'air, vous savez. Un esclave qui peut se racheter garde cinq marques de dignité et conserve la plupart de ses droits. Il n'y a pas de honte à cela. Il peut même se marier et avoir des enfants : le second, le quatrième et tous les rejetons de chiffre pair sont libres à la naissance.

— Qu'arrive-t-il alors aux chiffres impairs ? On les étrangle à la naissance ?

— Non, le premier, le troisième et le cinquième deviennent la propriété du maître. La plupart des bouddhistes traitent les esclaves de manière charitable : ils sont bien soignés. Certains choisissent même de rester après s'être acquittés de leur dette, d'autant plus que l'esclavage leur évite les six mois par an dus au service du roi.

— Et tous les esclaves peuvent se racheter ?

— Non, pas ceux qui ont été acquis directement ou ceux qui ont été capturés à la guerre. Contrairement aux esclaves pour dette, eux et leurs enfants sont à jamais asservis et dépendent totalement de la bonne volonté du maître.

— Alors, si je parie contre un de ces types et que je gagne, je peux le garder pour la vie ?

— S'il n'arrive pas à rembourser sa dette, oui. » Phaulkon sourit. « Mais si vous perdez, le pauvre diable vous aura sur les bras. Quel triste destin ! Se retrouver avec un esclave aussi peu docile que vous ! »

Ivatt se mit à rire. « Ça pourrait lancer une nouvelle mode. Posséder un esclave farang représenterait alors le fin du fin ! J'aimerais bien que nous puissions parier un peu, ajouta-t-il d'un ton nostalgique, mais je n'ai pas un sou. À la réflexion, c'est notre cas à tous. Vous croyez que Nez-Plat pourrait nous faire crédit ? Il pourrait empocher la moitié de nos gains.

— Ça pourrait l'amuser de voir un farang perdre sa chemise. Mais peut-être pas avec son argent, dit Burnaby, qui avait fini par renoncer à faire poliment la conversation au Hollandais.

— Si j'avais su qu'on utilisait ici les coquillages comme monnaie, j'en aurais apporté de chez moi. La côte du Yorkshire en est jonchée. Je serais riche comme un mandarin, lança Ivatt.

— Thomas, je crois qu'on vous aurait arrêté pour contrefaçon, répliqua Phaulkon. Ils utilisent ici une espèce particulière de coquillages, importés des Maldives et des Philippines.

— Je vais devenir fou à voir tous les autres parier. Imaginez que vous alliez aux courses en Angleterre sans un penny en poche. Combien y a-t-il de rencontres, au fait ?

— Je l'ignore, dit Phaulkon. Mais à Ayuthia les champions passent à la fin et rencontrent les vainqueurs des premiers combats. Il y a même des spectateurs qui sautent dans l'arène pour défier un vainqueur. Cela ajoute à l'excitation et au caractère imprévisible de la rencontre. »

Leur conversation fut interrompue par l'apparition d'un homme robuste et trapu, à la tête carrée et aux cheveux coupés en brosse, qui dévisagea d'un air peu amène les farangs avant de les bousculer pour passer. C'était rare pour un Siamois de se montrer discourtois envers des inconnus, surtout des étrangers ; ce comportement inhabituel frappa Phaulkon. Il y avait chez cet homme quelque chose de menaçant : une présence hautaine et glaciale qui fit frissonner le Grec. L'aspect physique de l'homme ne faisait que souligner cette impression. Il était bâti comme un taureau, avec un cou épais et court, des bras et des jambes musclés au point d'en être pratiquement déformés. À un moment, ses petits yeux au regard venimeux fixèrent ceux de Phaulkon et un sourire méprisant se dessina sur ses lèvres. Il considéra longuement les farangs l'un après l'autre, puis son regard revint à Phaulkon. Comme s'il avait décidé que c'était lui qui méritait le plus son mépris. À le voir, on aurait dit qu'il examinait un poisson au marché.

« Je ne voudrais pas avoir affaire à cette brute, observa Ivatt. Dieu merci, c'est vous qu'il a à l'œil et pas moi, Const... »

Le gaillard se retourna vers Ivatt avec une telle violence que les mots se figèrent dans la bouche du petit homme. Il regarda autour de lui d'un air penaud, craignant soudain qu'on ne l'eût compris. Lançant un dernier regard noir, l'homme tourna les talons et s'éloigna. Ils le virent en silence se fondre dans la foule.

« Qui était-ce donc ? demanda Ivatt, encore tout secoué.

— C'est peut-être lui qui est chargé de retrouver notre navire, suggéra Burnaby, tout aussi démonté.

— Espérons que nous n'aurons pas à le revoir », ajouta Phaulkon. Il fut soulagé quand il entendit sonner un gong et put de nouveau tourner son attention vers l'arène.

Un orchestre de quatre musiciens s'était mis à jouer : une flûte de Java aux notes grêles, deux tambours de taille identique mais à la sonorité différente et une paire de cymbales de cuivre. L'excitation de la foule monta.

Puis, sur un signal de l'assistant du gouverneur, deux jeunes gens à l'air athlétique s'avancèrent jusqu'à l'arène et un silence s'abattit sur la foule. Pieds nus, les hommes n'étaient vêtus que d'un pagne et avaient chacun un bout de corde enroulé autour du poignet. Ils passèrent sous les cordes et entrèrent dans l'enceinte d'un pas souple. Ils se prosternèrent vers le gouverneur quelques instants dans cette position de soumission totale. Puis ils se tournèrent en direction de leur domicile ou de leur lieu de naissance et, portant les mains à leur visage, touchèrent trois fois le sol avec leur tête, en hommage aux maîtres et aux parents qui leur avaient transmis leur savoir. Après une courte prière, chacun regagna son coin pour se livrer au rituel précédant le combat : une série de pas sur un rythme lent comme une danse, avec un déhanchement, tout en implorant les puissances qui gouvernent toute chose de leur venir en aide. Puis ils firent une fois le tour de la petite enceinte, jetant autour d'eux des regards de défi tandis que cymbales et tambours se déchaînaient. À chaque coin, ils s'arrêtaient pour baisser la tête jusqu'aux cordes et piétiner furieusement le sol afin d'écarter tout mauvais esprit qui pourrait rôder entre les cordes. Ils finirent par se saluer et regagnèrent chacun leur coin. À peine s'étaient-ils accroupis qu'un certain nombre de spectateurs se précipitèrent vers les cordes en interpellant furieusement les deux adversaires.

« Qu'est-ce qui se passe ? demanda Ivatt.

— Ça fait partie du pari, expliqua Phaulkon. Les spectateurs promettent à chacun des boxeurs une part de leurs gains s'il réussit à battre son adversaire. Ils espèrent que cela lui donnera un regain d'ardeur. Dans certains cas, des spectateurs font même venir un sorcier pour affaiblir l'autre champion. »

Phaulkon aimait bien ce sport et avait souvent assisté à des combats à Ayuthia. Il avait expliqué à Ivatt et à Burnaby que, dans la boxe siamoise, on pouvait donner des coups de poing et de pied à son adversaire, se servir de ses genoux et de ses coudes, et frapper n'importe quelle partie du corps. La corde enroulée trois ou quatre fois autour de la main servait de protection. On n'en autorisait aucune autre, à part le coquillage qui recouvrait l'entrejambe. Chaque fois que le boxeur touchait une partie du corps de son adversaire, il marquait un point. La rencontre se terminait quand l'un des participants était mis au tapis ou s'affalait tout bonnement d'épuisement. Il y avait aujourd'hui deux juges assis auprès de l'enceinte pour décompter les points.

Un arbitre, pieds nus et vêtu seulement d'un pagne, fit son entrée dans l'arène et amena les adversaires au centre. Il s'adressa tour à tour à chacun d'eux, pour leur rappeler les règles et les exhorter à faire de leur mieux devant le gouverneur. Puis il sortit de l'enceinte.

Un gong résonna : aussitôt les combattants se jetèrent l'un contre l'autre, dansant sur leurs jambes pour tenter de frapper leur adversaire à la tête ou au creux de l'estomac. Un coup droit, un brusque mouvement du coude : l'un ou l'autre faisait un mouvement d'esquive ou un saut de côté. C'était très beau à voir. Le rythme de la musique changeait selon le déroulement du combat, que les talentueux musiciens suivaient de près.

Ivatt avait assisté à de nombreux matchs de boxe à main nue en Angleterre mais, en comparaison, ces combats européens lui semblaient être des rencontres brutales. En Angleterre, il arrivait généralement qu'un des adversaires perde des dents ou ait la mâchoire fracturée, et la rencontre se terminait toujours par un k.o. Ce qu'il voyait aujourd'hui était également un combat sans pitié, mais dans un mélange artistique de boxe et d'acrobatie, exigeant plus d'agilité et d'habileté que de force brutale. Les combattants se précipitaient, esquivaient et se décochaient des petits coups précis, plutôt que de s'assener des coups de poing à assommer un bœuf.

Phaulkon avait pourtant prévenu Ivatt : il ne fallait pas sous-estimer l'impact des coups. Les pieds des boxeurs étaient des armes redoutables, préparées par des mois passés à marteler les robustes troncs des bananiers. À la fin de la période d'entraînement, les jarrets et les cous-de-pied des combattants avaient la dureté du roc. Leur rapidité et leur agilité étaient poussées jusqu'aux plus extrêmes limites car ils s'entraînaient à maintenir une bûche en l'air pendant plusieurs minutes grâce à une rapide succession de coups de pied à droite et à gauche.

Ils étaient en fait d'une incroyable agilité et avaient un extraordinaire sens de l'équilibre. Par moments, ils pivotaient sur une jambe. À d'autres, les deux pieds quittaient le sol tandis qu'ils bondissaient de côté pour décocher un coup. On utilisait plus fréquemment les jambes que les mains, mais on pouvait se servir des deux. Les combattants étaient souples comme des singes et ils lançaient leurs jambes en avant comme la langue de ces lézards qu'Ivatt avait vus attraper des insectes au plafond de sa chambre. Il jeta un coup d'œil à Phaulkon, étrangement pensif, l'air lointain. À côté de lui était assis le Hollandais au visage rougeaud, qui suait sans rien dire dans sa tenue européenne. Au-dessus de lui, le gouverneur arborait l'expression d'un incontestable ravissement. À la gauche d'Ivatt, Burnaby regardait le spectacle, le front plissé, comme s'il pensait davantage à leurs canons qu'à ce qui se passait dans l'enceinte.

Ivatt estima qu'il était aussi passionnant d'observer la foule que les boxeurs. Les spectateurs poussaient des hurlements d'approbation chaque fois qu'un coup touchait au but et prodiguaient aux adversaires leurs cris et leurs exhortations. Le bruit ne s'atténuait jamais et l'on voyait sans cesse de l'argent changer de main. Par moments, des spectateurs se levaient et lançaient à travers l'arène des paris à ceux qui étaient de l'autre côté, proposant ou acceptant un défi. L'excitation était à son comble. Les femmes étaient accroupies aux derniers rangs, criant tout autant que les hommes, mais il n'y avait pas trace des danseuses de la cour du gouverneur.

Quand, au bout du compte, un des garçons se mit à vaciller sur ses pieds, on déclara son adversaire vainqueur. Un rugissement monta des spectateurs qui avaient parié sur lui et les autres se turent.

Il y eut ensuite trois autres rencontres. Ivatt

commençait à percevoir les finesses de la boxe siamoise quand les juges arrêtèrent le dernier combat et se réunirent pour proclamer un champion parmi les vainqueurs des quatre premiers combats. Ce champion allait maintenant devoir se planter au milieu de l'arène et accepter tous les défis : mais si personne ne venait le défier il serait déclaré ultime vainqueur.

Les juges choisirent le vainqueur de la troisième rencontre, un brillant boxeur au style affirmé, avec des réflexes vifs comme l'éclair, qui avait envoyé au sol son adversaire : des acclamations montèrent de la foule. On l'appelait « jeune lion » et Ivatt constata avec plaisir qu'il aurait également choisi ce combattant. Le « jeune lion » se planta au milieu de l'enceinte et salua la foule, remerciant les spectateurs de leurs acclamations. Il attendit, mais personne ne se présenta. Ivatt maîtrisa son envie d'applaudir — cela ne se faisait manifestement pas au Siam — et regarda les autres.

Le gouverneur poussait des cris ravis, tout comme sa suite. Phaulkon était assis là, comme dans un rêve. Il y avait quelque chose dans son expression qui rendait Ivatt soucieux.

Quand celui-ci se retourna vers l'arène, le rugissement de la foule se tut brusquement et un silence de mort s'installa. On aurait dit que Sa Majesté le roi en personne venait soudain de faire son apparition.

Phaulkon avait ôté sa chemise et, sans un mot, se dirigeait vers l'enceinte. Ivatt et Burnaby échangèrent des regards incrédules.

Phaulkon faisait maintenant signe au champion de rester où il était : quelques instants plus tard, il enjambait les cordes pour pénétrer dans l'arène. Le silence était impressionnant. Le champion le dévisageait, surpris, ne sachant trop comment réagir. Phaulkon se tourna alors vers l'arbitre non moins stupéfait et, d'un geste expressif, posa ses mains sur son entrejambe. Il demandait la protection à laquelle il avait droit. L'arbitre le dévisagea un moment, comme abasourdi, puis reprit ses esprits. Un murmure monta de la foule qui comprenait soudain ce qui était en train de se passer.

L'arbitre passa sous les cordes et fouilla dans le sac de toile qu'il avait laissé à la garde des juges. Au bout d'un moment, il en tira un coquillage de belle taille et un morceau de cotonnade auquel était attachée une cordelette. Il revint vers l'arène et proposa la coquille à Phaulkon tout en le saluant. Celui-ci examina le coquillage, le retourna entre ses mains et secoua la tête. Puis il désigna son entrejambe et décrivit par gestes un coquillage beaucoup plus gros. Des éclats de rire jaillirent de la foule et, quand Phaulkon sourit à son tour, on l'acclama follement. On entendait en particulier la clameur de cris ravis : « Le farang en veut un plus gros ! Le farang a besoin d'un plus grand coquillage ! » Le gouverneur devait être enchanté, se dit Phaulkon avec satisfaction. Si je ne me fais pas tuer dans l'affaire, je pourrai peut-être lui demander un ou deux services. Il sentait son estomac noué, mais ne cessait de se répéter que c'était la meilleure chance de faire pencher en sa faveur la décision du gouverneur. De toute façon, il était maintenant trop tard pour faire marche arrière.

Il se demanda avec appréhension dans quelle mesure son expérience des combats dans la marine allait lui servir contre ces athlètes souples comme des démons. Certes, il avait remporté quelques championnats, et contre des adversaires assez coriaces, mais il s'agissait ici d'un tout autre exercice. Ces boxeurs étaient plutôt des acrobates capables de donner des ruades comme un cheval. Il était bien plus grand et bien plus lourd que son adversaire, il s'en rendait compte : mais l'issue du combat dépendrait beaucoup pour lui de la possibilité de décocher des coups assez violents.

L'arbitre revenait maintenant avec un coquillage beaucoup plus grand. La foule cria son approbation tandis que Phaulkon le disposait entre ses cuisses et hochait la tête d'un air satisfait. L'arbitre recouvrit le coquillage du morceau de cotonnade qu'il avait apporté et l'attacha solidement avec une cordelette. Puis il enroula un bout de corde autour des poignets de Phaulkon et, après un salut respectueux, se retira.

Phaulkon porta alors les mains à son front et, se tournant vers le gouverneur, se prosterna profondément à la siamoise. Un murmure parcourut la foule. Le gouverneur joignit les mains devant son visage et lui rendit son salut avec un grand sourire. Le trône surélevé de mandarin n'était qu'à quelques mètres de l'arène et l'espace devant lui était dégagé pour que rien ne vînt gêner la vue. Même à cette distance, Phaulkon crut lire une expression de ravissement sur le visage de Son Excellence. Ivatt et Burnaby poussaient des acclamations et faisaient de grands gestes dans sa direction ; le Hollandais demeurait morne et silencieux.

Phaulkon se tourna tour à tour vers chaque partie de la foule et la salua. On lui répondit par un déchaînement d'enthousiasme et des vivats, les gens criaient et tapaient des pieds. Il remarqua alors quelque chose d'insolite. Tous les paris avaient cessé. Impossible d'estimer les chances et personne n'osait prendre de risques sur l'issue du combat. Ils allaient bientôt se guérir de leur hésitation, songea-t-il avec un sourire amer, dès qu'ils l'auraient vu se battre.

Il aperçut brièvement le mandarin glisser quelques mots à l'oreille du Palat : celui-ci s'approcha alors des farangs et leur mit quelque chose dans les mains. De l'argent ! On leur donnait de l'argent pour parier ! Sur qui allez-vous le mettre, salopards ? se demanda-t-il. Et toi, Van Risling ? Je parie que je sais qui tu vas soutenir. Il vit alors le mandarin plonger la main dans sa bourse et remettre au Palat une poignée de pièces en lui murmurant quelque chose. Phaulkon aurait donné n'importe quoi pour savoir ce qui se disait à cet instant.

Il s'agenouilla et fit à trois reprises le signe de croix. Le spectacle du rituel farang parut plaire à la foule. Une nouvelle rumeur la parcourut, comme si cette étrange mimique était justement ce qu'elle espérait. Le « jeune lion », qui tout ce temps était resté accroupi dans son coin sans rien dire, se livra de nouveau à son rituel, l'air toujours surpris par ce qui arrivait.

L'arbitre amena alors les adversaires au milieu de l'enceinte et leur fit signe, omettant toutefois de leur prodiguer les exhortations habituelles. Un coup de gong retentit. Phaulkon sentit son estomac se crisper, et le silence tomba sur l'assemblée.

Le Siamois avança prudemment et tourna un moment autour de Phaulkon. Auprès du farang, il paraissait petit et sec, mais il était musclé, et Phaulkon savait à quel point il était terriblement agile. Son torse nu luisait de l'huile de coco qu'on venait de lui appliquer. Ses cheveux noirs étaient coupés très court et il portait un bandeau blanc autour du front. Phaulkon devait lui sembler un géant : large d'épaules avec une bonne allonge et une tête et demie de plus que lui.

Phaulkon l'observa attentivement, décrivant avec ses mains de petits cercles devant lui, le bras gauche précédant le droit. Cela parut surprendre son adversaire qui décida d'approcher et de tenter un coup de pied. Sa jambe gauche se détendit pour venir s'enrouler autour de la taille de Phaulkon. Celui-ci sentit dans ses côtes le pied de l'homme, dur comme la pierre, mais le « jeune lion » n'enchaîna pas. Il restait hors de portée de l'allonge de Phaulkon. Celui-ci estima que l'homme aurait du mal à le frapper au visage en raison de sa taille, dont il n'avait pas l'habitude. Le « jeune lion » visa alors plus bas. Il donna un coup violent du pied gauche et toucha Phaulkon à la cuisse. Celui-ci ne cessait de l'observer attentivement, tournant toujours les bras devant lui, attendant de l'avoir à sa portée. Peu à peu le Siamois s'enhardit. Il approcha plus près cette fois et décocha une série rapide de coups de pied sur les jambes et les côtes de Phaulkon. Ce dernier ne réagissait toujours pas.

Puis, soudain, le Siamois fonça comme l'éclair, levant le genou pour frapper Phaulkon au plexus solaire. Mais un poing se détendit et heurta avec un bruit sourd la mâchoire de l'attaquant qui fut catapulté en arrière et se retrouva sur l'herbe, étourdi. Un cri monta de la foule. Phaulkon lui aussi avait le souffle coupé : il se penchait en se tenant l'estomac. La fièvre des paris reprit soudain avec ardeur, comme si les spectateurs s'efforçaient de rattraper le temps perdu. L'arbitre ordonna à Phaulkon de reculer tandis que le Siamois, assommé, essayait de se relever. Un spectateur bondit dans l'arène et se proposa pour frictionner les jambes de Phaulkon avec de l'huile de coco. Ivatt alors se précipita, arracha le flacon des mains de l'homme ahuri et se mit à masser lui-même Phaulkon.

« Bien joué, Constant, dit-il en lui massant les jambes. Nous sommes à fond avec vous. Mais, au nom du Ciel, faites attention. Nous avons joué de l'argent sur vous. Le gouverneur est excité comme un gosse dans une confiserie. Je crois qu'il envisage de vous décorer. Vous vous en tirez à merveille. Continuez. »

L'arbitre ordonna à Ivatt de quitter l'enceinte et Phaulkon eut le temps de lui jeter : « Il va falloir que j'essaie un coup de pied ou deux. Pour sauver les apparences. Empêchez-les de rire de moi si je tombe.

— Je me chargerai d'eux s'ils font ça », cria Ivatt en enjambant les cordes.

On lançait maintenant des paris de tous les côtés et Phaulkon ne pouvait s'empêcher de se demander en faveur de qui penchait l'opinion. Le « jeune lion » s'était relevé. La musique monta en crescendo tandis qu'il sautillait d'un pied sur l'autre pour retrouver son équilibre. Sans crier gare, il fonça comme un boulet de canon, tout en se penchant. Une série de coups de pied se mit à pleuvoir sur Phaulkon et des élancements douloureux lui traversèrent le corps. À peine avait-il esquivé un coup que son adversaire en décochait un autre ailleurs, filant comme une mouche chaque fois qu'il essayait de riposter. Déterminé à arrêter le massacre, Phaulkon prit un grand élan avec sa jambe droite, perdit l'équilibre et atterrit carrément sur les fesses. Le public tout d'abord resta silencieux, puis quelques spectateurs se mirent à rire et bientôt toute l'assistance fut secouée d'une gaieté sans retenue. Mais il fallait leur rendre cette justice : à peine Phaulkon, l'air penaud, mais calmé, s'était-il relevé que la foule l'encouragea de nouveau.

En un instant le « jeune lion » fut de nouveau sur lui. Mais cette fois Phaulkon eut la sagesse de ne pas utiliser ses jambes. Les coups lui faisaient mal et il en amortit autant qu'il put. L'homme se servait de ses pieds plutôt que de ses mains en raison de l'allonge supérieure de Phaulkon et celui-ci savait que, s'il voulait avoir une chance, il devait attirer son adversaire plus près. Soudain le « jeune lion » inclina le corps comme pour lancer sa jambe de côté mais, à la dernière minute, il changea de direction et décocha son pied en avant, droit dans l'entrejambe de Phaulkon. Sous le choc, le coquillage entailla douloureusement le bas-ventre de Phaulkon. Le Grec se mit en colère.

Abandonnant toute prudence, il chargea, esquivant et feintant, évitant les coups de pied et passant sous la garde de son adversaire. Un puissant crochet du droit vint frapper le Siamois à la tête. Au moment où ce dernier trébuchait d'un côté, un formidable uppercut le cueillit en pleine mâchoire et le fit voler en l'air. Il resta allongé, cherchant son souffle, s'efforçant en vain de se relever.

Phaulkon était planté devant lui comme un taureau furieux et le spectacle qu'il offrait devait être plutôt impressionnant. Le Siamois fit une dernière tentative pour relever la tête, puis s'affala dans l'herbe. L'arbitre mit fin au combat et proclama Phaulkon vainqueur.

Un rugissement monta de la foule. Un agile spectateur sauta dans l'enceinte et passa au cou de Phaulkon une guirlande de jasmin. De l'argent changeait rapidement de main : les gens réglaient leurs dettes et Phaulkon se demanda combien de familles allaient se trouver réduites en esclavage à cause de lui. Deux hommes soulevèrent le « jeune lion », assommé mais conscient, et l'entraînèrent hors de l'arène.

Phaulkon enjamba les cordes et, passant au milieu de la foule en délire, s'avança lentement vers le gouverneur. Son cœur battait de joie, mais il s'efforçait de ne pas arborer un air triomphant et de ne manifester que la modestie qui lui paraissait convenable. Il n'en avait pas encore fini avec le gouverneur. Il s'arrêta devant lui et se prosterna. Le mandarin était au comble de l'excitation. Il fit un grand sourire à Phaulkon et lâcha une bordée de questions par le truchement de l'interprète et de Van Risling. « Dis au farang... Stupéfiant... A-t-il jamais boxé ? Dans son pays ? Est-ce là qu'il a appris ? Je n'ai jamais... pas un moment... Merveilleux... Quel spectacle ! »

Phaulkon fit un pas vers la gauche et se planta devant le Hollandais, tout en faisant semblant d'attendre la traduction. « Son Excellence dit qu'il n'est pas convenable de boxer si on n'utilise pas ses pieds. Il vous prie de vous asseoir », lui dit Van Risling en anglais.

Phaulkon écouta poliment les paroles de Van Risling.

« Mais tout d'abord voulez-vous me faire l'honneur, *mijn heer* ? » demanda-t-il, en désignant l'arène avec un sourire.

Le Hollandais resta bouche bée.

« Quoi, moi ?

— Oui, vous, *mijn heer*. »

Sans laisser à Van Risling le temps de protester, Phaulkon se tourna vers le gouverneur et décrivit par des gestes ce qu'il comptait faire. Il vit le gouverneur ouvrir de grands yeux puis, à mesure qu'il saisissait toutes les possibilités qu'offrait la situation, une expression ravie se peignit sur le visage de Son Excellence. Il hocha la tête d'un air approbateur et se tourna vers le Hollandais pour attendre sa réaction. Phaulkon l'entendit murmurer à plusieurs reprises : « Barbe-Rousse dans l'arène avec le farang boxeur. Quelle journée ! Quelle journée ! Kling !

— Puissant Seigneur, la poussière de vos pieds attend vos ordres.

— Note l'heure précise. Ce soir, nous ferons une offrande spéciale au temple.

— Puissant Seigneur, je reçois vos ordres. »

Pendant ce temps le Hollandais était devenu cramoisi et balbutiait : « Je... je ne suis pas un boxeur, monsieur, je vous assure, pas du tout.

— Mais assurément, *heer* Van Risling, vous voulez démontrer à notre hôte combien vous autres Hollandais êtes braves, et que vous n'êtes pas des lâches comme les Anglais? Son Excellence est déjà convaincue de votre vaillance et insiste pour que vous entriez dans l'arène. »

Le Hollandais évita le regard du gouverneur et tourna la tête. Burnaby et Ivatt, comprenant la situation, commencèrent à pousser des cris moqueurs et des sifflets. Bientôt la foule, sans en saisir la raison, fit chorus. En un instant, toute l'assemblée lançait des lazzis et le Hollandais demeurait immobile, tout rouge, la tête entre ses mains, en attendant que le tumulte se calme.

Sur ces entrefaites, un personnage bâti comme un taureau, celui que Phaulkon avait déjà aperçu, s'approcha de lui, le salua cérémonieusement et le désigna du doigt, puis lui montra l'arène. Son propos était clair. Phaulkon jeta un regard à l'homme : il sut tout de suite qu'il allait avoir des ennuis. Avec la même expression méprisante qu'il arborait au début de la journée, le Siamois était planté devant lui, les bras croisés sur la poitrine.

Il recommença ses gesticulations, puis se tourna vers l'enceinte comme pour signifier qu'il ne pouvait attendre plus longtemps. Certains spectateurs avaient remarqué son manège et commençaient à psalmodier des encouragements. D'autres lançaient en chœur : « Que le champion farang se batte encore ! » Bientôt, la foule tout entière insistait. Phaulkon ne pouvait plus reculer.

Sur le visage du Hollandais, l'humiliation qu'il éprouvait quelques instants plus tôt avait cédé la place à un soulagement évident. « Je parie cinquante ticals sur le taureau ! » cria-t-il, plongeant de nouveau la main dans sa bourse, malgré ses pertes de tout à l'heure. C'était la seconde fois qu'il allait parier contre Phaulkon.

« Et nous, nous allons jouer tous nos gains sur Constant », crièrent en chœur Burnaby et Ivatt. Ils jetèrent un coup d'œil au mandarin. Celui-ci paraissait fasciné par la tournure que prenaient les événements. Il avait apparemment oublié le refus du Hollandais de relever le défi précédent.

Le colosse se dirigeait maintenant vers l'enceinte et, sans préambule, se lançait dans le rituel d'avant combat. La cérémonie fut plus brève qu'elle ne l'avait été avec ses prédécesseurs : on aurait dit qu'il avait hâte de voir commencer la rencontre.

Phaulkon se signa de nouveau. Il pria cette fois avec plus de ferveur qu'il se souvenait l'avoir jamais fait. Les pensées se bousculaient dans son esprit. Il ne pouvait pas se permettre une défaite, surtout pas une défaite rapide. Mais cette brute avait l'air d'un adversaire sérieux : si sa célérité était à la hauteur de sa force, alors Phaulkon se trouvait dans une situation peu enviable. Il allait devoir recourir à tous les artifices pour se montrer plus rusé et plus habile que l'autre et s'efforcer de le fatiguer.

L'arbitre les amena au centre de l'arène et les fit se saluer. Un instant, leurs regards se croisèrent et Phaulkon sentit un frisson le traverser. Ce qu'il voyait sur le visage de l'autre était de la haine pure. Le colosse ne se battait pas simplement pour le sport. Ses yeux semblaient briller d'une haine farouche contre les farangs, incarnés maintenant en la personne de Phaulkon. Ce Siamois avait-il jadis été insulté par quelque farang, ou peut-être avait-il horreur des tentatives des Jésuites pour éloigner son peuple de leurs traditions religieuses? Phaulkon le savait, il y avait des gens pour estimer que le libéralisme du roi de Siam vis-à-vis des étrangers était allé trop loin.

Au coup de gong, ils se mirent en position de combat. Le colosse se précipita vers son adversaire, son corps tout entier venant appuyer et renforcer ses coups de pied. Phaulkon avait espéré que l'homme se déplacerait lentement : ses espoirs furent vite déçus. Il était vif comme une panthère et tout en muscles. Bien que rendant une tête à Phaulkon, il devait peser au moins autant que le Grec. Aussitôt après son premier assaut, il s'attaqua de nouveau au farang, lui décochant un coup de pied gauche, puis du pied droit, un autre encore du gauche, son corps tourbillonnant comme un sabre.

Tous ses nerfs tendus, Phaulkon esquivait la grêle de coups, en encaissant quelques-uns, en évitant d'autres. Même si le Siamois frappait des bras et des jambes en décochant des coups qui se succédaient à la vitesse de l'éclair, Phaulkon se défendait bien, incitant délibérément son adversaire à user ses forces.

Comme il ne parvenait pas à l'effet désiré avec ses extrémités seulement, le colosse se rapprocha encore pour se servir de ses genoux et de ses coudes. De près, l'attaque du coude était la plus difficile à parer. Les corps des combattants se heurtaient et Phaulkon grimaçait de douleur à chaque fois que son adversaire lui martelait impitoyablement les côtes de ses genoux puissants. Fermant son esprit à la douleur, le Grec saisit la cuisse de l'homme et lui fit perdre l'équilibre. La brute tomba sur un genou, un instant déconcertée, puis reprenant son souffle. Comme le tonnerre au loin, Phaulkon entendit le rugissement de la foule. Il chargea, décochant un terrible crochet du droit en plein visage du Siamois. L'homme s'écroula en arrière.

Il resta là allongé un instant, puis s'ébroua comme un fox-terrier un peu sonné et se remit sur ses pieds. D'un geste rapide, il s'essuya le front avec son bras, ses yeux noirs lançant des flammes. Puis, avec un cri à vous glacer le sang, il fonça en avant. Se tournant sur la gauche comme s'il s'apprêtait à décocher un coup du pied droit, il modifia de façon incroyable son geste à mi-parcours, pivotant de l'autre côté et assénant un formidable coup de pied à la tempe de Phaulkon. C'était une ruade redoutable.

Phaulkon sentit sa vision se brouiller. Instinctivement il battit en retraite, esquivant juste à temps de sorte que le coup suivant du colosse le manqua de peu. Au moment où la tête de son adversaire se penchait en avant, emporté qu'il était par son élan, Phaulkon lui asséna sur le crâne un violent coup de coude : il l'assomma mais sentit en même temps un élancement douloureux lui traverser le bras.

Le Siamois s'effondra en avant avec une horrible grimace, cherchant sa respiration. Phaulkon savait qu'il n'avait pas un instant à perdre mais son bras avait perdu toute force. Il s'empressa de décocher un coup de la plante du pied dans le dos du colosse prostré. Le Siamois poussa un cri de douleur mais, toujours agile, roula hors de portée jusqu'au coin. Phaulkon le poursuivit. Là, l'homme se retourna et, bondissant soudain sur ses pieds, il fit front. Au moment où le Grec plongeait en avant, le Siamois esquiva et l'empoigna par le cou, le secouant vers le bas tandis qu'en remontant son genou frappait Phaulkon en plein visage. Il y eut un horrible craquement et le Grec tomba en arrière sur l'herbe, se tenant le visage à deux mains. L'arène recula devant lui et, quand il distingua de nouveau la silhouette de la brute, l'homme était planté au-dessus de lui, furieux, ayant retrouvé toute sa confiance et impatient de porter le coup de grâce. Phaulkon constata que l'homme saignait abondamment du nez et qu'il se passait sans cesse la langue sur les lèvres pour étancher le flot de sang. Si seulement je pouvais rassembler mes forces, se dit-il.

Au prix d'un suprême effort, il oublia sa peur et son épuisement et se remit tant bien que mal sur ses pieds. Aussitôt un coup de coude le frappa en pleine mâchoire et une aveuglante série de coups de pied sur les côtes et sur les reins provoqua dans tout son corps un élancement douloureux.

Tout commençait à devenir flou. Il lançait ses poings de façon désordonnée dans la direction d'où venaient les coups : parfois il faisait mouche mais souvent ne rencontrait que le vide. Il entendait vaguement le rugissement de la foule. Il n'avait plus l'énergie de se défendre pour parer les coups de pied et les coups de coude qui pleuvaient sur lui de toutes parts. Puis un véritable coup de massue le frappa au plexus et lui coupa le souffle ; tout se mit à danser autour de lui et il s'effondra. Il n'entendit pas l'arbitre annoncer la fin du combat.

Ivatt et Burnaby se précipitèrent tandis que le gouverneur ordonnait à son médecin personnel de soigner Phaulkon sans tarder. Les deux Anglais écoutèrent avec angoisse la traduction : masquant à peine sa satisfaction, Van Risling annonça que Phaulkon souffrait de nombreuses contusions, avait une lèvre ouverte, les deux yeux au beurre noir et une foulure au coude. Des porteurs le déposèrent avec précaution sur un brancard de bambou et, sur l'ordre du gouverneur, le transportèrent jusqu'au palais. Ivatt et Burnaby le suivirent.

Le colosse se dirigea vers le gouverneur et se prosterna brièvement. Sans même laisser à Son Excellence le temps de lui demander d'où il venait, il se glissa dans la cohue et disparut.

Tandis qu'on emportait la civière, la foule éclata en bruyantes acclamations. Le Hollandais et le gouverneur se levèrent tous deux, l'un pour lancer un regard haineux, l'autre pour rendre hommage au farang qui s'était battu comme un tigre.

9

Lorsque Phaulkon s'éveilla, il était dans l'obscurité la plus totale. Il avait le corps moulu, le crâne endolori et le moindre mouvement lui faisait mal. Ses yeux peu à peu s'habituèrent à la pénombre. Il tourna lentement la tête et distingua une silhouette pelotonnée au pied de sa paillasse. Il la considéra un moment, mais elle ne bougeait pas. Il ne se souvenait pas qu'un meuble se soit trouvé si près de son lit : sans doute s'agissait-il d'un être humain, peut-être un garde ou un médecin qui s'était endormi. Il s'obligea à se concentrer malgré la migraine qui lui martelait les tempes. Les événements des dernières heures — il n'avait pas un sens précis de leur durée — lui revenaient par bribes. L'arène de boxe, sa première victoire, puis sa défaite devant cette brute. L'image du boxeur au cou de taureau se dessina devant lui avec précision. Il revit le regard mauvais, les yeux froids et étroits sans la moindre lueur d'humanité.

Malgré toutes les souffrances, il savait d'instinct que ses efforts dans l'arène n'avaient pas été inutiles. Il avait nettement remarqué un air de contentement dans les yeux du mandarin. Son exploit ne pouvait que lui servir. Il devait en faire le prélude de son retour à Ayuthia.

La perte des canons était évidemment un désastre. Deux années d'attente et de projets... pour rien. Mais s'il s'était noyé ? Et si l'on avait découvert les canons ? Ou encore, s'il avait été torturé sans répit jusqu'à être contraint de révéler la vérité ? Pour un moment, du moins, il avait attiré sur lui l'attention du gouverneur. Si le potentat était désormais dans une disposition plus favorable aux farangs, peut-être consentirait-il à les libérer plus tôt ? Dès l'instant où Phaulkon aurait obtenu cette faveur, il ne serait plus guère difficile de solliciter une introduction — voire une recommandation — auprès de gens haut placés à Ayuthia, les amis et les collègues de Son Excellence : le Barcalon par exemple.

Un rai de lumière filtra sous la porte et au pied du lit la forme s'agita. Puis elle se souleva apparemment sur un coude et se tourna vers lui. À la lueur croissante de l'aube, Phaulkon reconnut le chaleureux sourire de sa danseuse préférée, Sunida. Malgré ses souffrances, il sentit un élan de bonheur.

Elle se leva et s'approcha de la fenêtre : elle poussa vers l'extérieur le bas du volet de bois et fit glisser la baguette de bambou qui la maintenait ouverte. La lumière envahit la pièce. La jeune femme revint au chevet de Phaulkon, examina ses blessures, plissant le front d'un air préoccupé à chaque nouvelle découverte. « *Pai ha mor* », expliqua-t-elle en tendant d'abord le doigt vers l'extérieur, puis en désignant ses plaies.

Trop faible pour discuter, il la vit se relever et ajuster les pans de son panung avant de se glisser dehors d'un pas gracieux. Elle allait donc chercher le médecin. Il se demanda avec appréhension quel traitement on allait bien pouvoir lui appliquer. Il espérait que le docteur n'irait pas jusqu'à le piétiner sur tout le corps, comme il l'avait souvent vu faire afin de répartir plus équitablement les forces de l'organisme. Les Siamois connaissaient sans doute admirablement les plantes locales et leurs pouvoirs curatifs, mais il y avait des aspects de leur médecine qui reposaient essentiellement sur le mythe et la superstition.

En voyant l'état de faiblesse dans lequel il se trouvait, ils allaient sans doute diagnostiquer un déséquilibre des quatre éléments composant le corps humain : le feu, la terre, l'air et l'eau. La maladie était en effet provoquée par la moindre perturbation de ce délicat équilibre. On allait attribuer sa fièvre à la prépondérance du feu dans son organisme et sa migraine à un excès d'air se précipitant vers le haut. Il se rappelait un médecin d'Ayuthia lui expliquant, un jour où il se plaignait de sérieux troubles intestinaux, que c'était dû à un excès d'eau dans le corps qui amenait les entrailles à se vider ainsi.

Le médecin au visage ridé et aux cheveux blancs qui entra dans la chambre avec Sunida n'était heureusement pas assez fort pour piétiner énergiquement le corps de Phaulkon. Il s'agenouilla auprès de lui et ouvrit un grand coffre de voyage. Avec un regard rayonnant de bonté, il palpa délicatement les blessures de Phaulkon. Il examina les yeux gonflés de son patient et assura qu'il n'y aurait pas de dommage durable. Mais, lorsqu'il lui tâta le coude droit et que, sans avertissement, il remit en place l'os déboîté, Phaulkon poussa un hurlement de douleur. Sunida cria également, comme si c'était elle qui avait souffert. Le docteur expliqua à la jeune femme que l'os du coude était brisé, qu'il venait de réduire la fracture et qu'il faudrait maintenir le bras du patient étroitement serré dans un bandage. Les contusions finiraient pas disparaître. Il prescrivit un onguent à base de feuilles de citronnier et d'huile de coco, en lui disant de masser doucement les plaies toutes les six heures. Enfin, il confirma que le patient se sentait faible car l'équilibre de ses éléments organiques était perturbé. Il n'avait pas assez d'air dans le corps, ce qui provoquait la faiblesse, tout comme cela pourrait être le cas lors d'une journée d'été sans vent. Sunida devait veiller à ce que le patient fût à tout moment bien aéré : garder les fenêtres ouvertes et l'éventer constamment pour rétablir un niveau d'air correct dans son organisme.

Sunida remercia le médecin et lui murmura quelque chose, mais il fronça les sourcils et secoua la tête. « Honorable Docteur, insista-t-elle, Son Excellence et toute la Cour attendent. » Le médecin réfléchit un moment et secoua de nouveau la tête. « Si vous voulez qu'il guérisse, il ne faut pas le déplacer. D'ailleurs, le moindre mouvement lui causera de grandes souffrances. Son Excellence comprendra certainement que le farang n'est tout simplement pas assez bien. »

Sunida semblait désemparée. « Je suis d'accord, Honorable Docteur, mais Son Excellence insistait tellement pour que le farang soit présent. Après tout, cela révélerait toute la vérité sur son naufrage. »

Phaulkon comprit et l'angoisse le saisit. Évidemment, qu'est-ce qui pouvait être urgent au point qu'il faille le déplacer immédiatement ? On avait retrouvé le *Royal Lotus !* Ou peut-être avait-on découvert les canons. Ou les deux. Il frémit. Dans quel triste état il se trouvait pour affronter un nouvel interrogatoire ! Il jeta un coup d'œil à Sunida. Elle semblait si préoccupée. Était-ce l'état où elle le voyait qui barrait son front d'un pli soucieux ? ou bien la certitude du sort qui l'attendait dehors ?

Mieux valait être fixé. Des retards ne feraient qu'irriter le gouverneur. Du moins l'exécution mettrait-elle un terme aux horribles souffrances qu'il ressentait, se dit-il avec amertume. Le cœur lourd, il se força à se lever. Mais ce seul mouvement parut réveiller en même temps toutes les contusions de son corps et il fut soudain pris de faiblesse. Sunida et le docteur se précipitèrent pour lui venir en aide : mais c'était trop tard. Il retomba sur la paillasse, inconscient.

Le messager, hors d'haleine, se prosterna à l'entrée de la cour. L'homme était vêtu d'un pagne couvert de poussière. Son torse et son dos ruisselaient de sueur.

Il fit quelques pas tout essoufflé et s'arrêta non loin des pieds du gouverneur. Sa poitrine se soulevait par saccades tandis qu'il cherchait à reprendre son souffle. Tous les courtisans étaient penchés en avant. Sur un signe du gouverneur, les paysans qui venaient de terminer leur numéro rampèrent à reculons comme une armée de crocodiles battant en retraite. Burnaby et Ivatt échangèrent un regard inquiet : leurs pires craintes se rallumaient. C'était, à n'en pas douter, le messager venu annoncer la découverte du *Royal Lotus*. S'agissait-il simplement du bateau ou également des canons ?

« Ô Grand et Puissant Seigneur, commença le messager, la poussière de vos pieds apporte de grandes nouvelles. Votre Excellence a été trois fois bénie. Dans les forêts du Sud des fermiers ont capturé un éléphant blanc. » Le messager s'arrêta pour reprendre haleine au milieu d'un silence respectueux. L'assemblée attendait, fascinée. « Le noble animal est en route pour venir ici, Puissant Seigneur. Les foules s'amassent dans chaque village qu'il traverse. La gloire et l'honneur sont sur Votre Excellence. »

Un murmure de joie monta de l'assemblée, le gouverneur semblait ravi. La Cour tout entière se tourna dans un geste spontané d'obéissance. Perplexes, Ivatt et Burnaby imitèrent les autres et s'inclinèrent bien bas devant le mandarin. Puis tous les courtisans se levèrent, chacun parlant avec volubilité à son voisin : on allait se retirer pour accueillir comme il convenait ce merveilleux présage. Chacun devait revêtir ses plus beaux atours pour la grande cérémonie qui allait suivre. Le gouverneur lança un bref coup d'œil aux farangs, comme s'il regrettait de ne pouvoir leur faire comprendre l'importance de la nouvelle qu'il venait de recevoir. Mais la barrière de la langue l'arrêta. En l'absence du farang hollandais, qui avait prétexté une indisposition quand on l'avait invité à assister à la représentation donnée par les paysans, l'interprète malais n'était pas là. Avec un haussement d'épaules résigné, le gouverneur ordonna au Palat d'accompagner les farangs jusqu'à leur logement et d'essayer de leur expliquer l'admirable événement.

Prudemment, Burnaby et Ivatt regardèrent par la fenêtre de la petite maison où se trouvait Phaulkon. Constatant qu'il était éveillé, ils entrèrent.

« Dieu merci, mes amis, vous êtes encore en vie, s'écria Phaulkon soulagé de retrouver ses deux compagnons indemnes. Je croyais qu'on nous appelait pour notre exécution.

— Nous l'avons cru aussi, Constant, avoua Burnaby. Mais comment vous sentez-vous ?

— J'ai l'impression d'avoir été piétiné par tout un troupeau, mais la douleur me dit que je suis vivant.

— Rappelez-moi de ne jamais entrer dans l'arène avec vous, s'exclama Ivatt, toujours aussi jovial.

— Qu'est-ce qui s'est passé là-bas ? demanda Phaulkon.

— Une trentaine de paysans ont participé à une étrange cérémonie dans la cour, expliqua Burnaby. Tout d'abord, quand ils se sont tournés en s'inclinant vers nous, j'ai cru que ces robustes gaillards étaient nos bourreaux. Mais pas du tout : ils se sont mis sur deux rangs et se sont attaché un long bout de corde autour de la taille, pour former une chaîne humaine. Ils se sont ensuite tournés de côté en battant des mains. Pour finir, ils se sont mis sur deux rangs de quinze hommes chacun tandis que le premier de chaque rang tendait les mains vers nous. Ils donnaient apparemment une représentation de notre sauvetage en mer.

— Vraiment ? C'est bien aimable de la part du gouverneur de se donner tout ce mal, observa Phaulkon. J'espère qu'au moins vous les avez remerciés.

— Nous nous sommes inclinés en souriant et dans l'ensemble nous nous sommes rendus assez ridicules, si c'est ce que vous voulez dire, déclara Ivatt. Mais du moins avons-nous compris cette partie-là. Car la suite nous a laissés totalement interloqués. Un messager est arrivé à quatre pattes en annonçant quelque chose de si mémorable que toute la Cour s'est pâmée. On aurait dit que chaque homme venait de mourir et qu'on lui avait proposé les clés du paradis.

— Le gouverneur ne cessait de nous lancer des

regards comme s'il regrettait de ne pouvoir nous expliquer, fit Burnaby. J'ai eu la nette impression qu'il voulait nous faire partager leur joie. »

Phaulkon était intrigué. « Vous ne pouvez me donner aucun indice ? Que s'est-il passé ensuite ?

— Le Palat au nez camus nous a raccompagnés et s'est livré à une ridicule pantomime, reprit Ivatt. À un moment, il nous a emmenés voir un éléphant, puis il a désigné le bras de Richard. Il a répété ce geste inlassablement comme s'il venait de découvrir qu'ils étaient tous les deux apparentés. Richard continuait à sourire et à saluer, sans savoir quoi faire d'autre. Mais l'éléphant n'a pas pris la chose comme ça : il a soulevé la queue et a lâché un monticule de crottin sur le sol de l'écurie. »

Phaulkon se mit à rire. « Comme c'est curieux que le Palat n'ait désigné que Richard et pas vous, Thomas. »

Ivatt baissa la tête. « Je suis trop petit pour être parent d'un éléphant.

— Chut ! Silence ! souffla Phaulkon. J'entends des voix. »

Ivatt et Burnaby se turent. Sunida et le docteur arrivaient, bavardant avec excitation.

Phaulkon tendit l'oreille et perçut nettement la voix de Sunida.

« ... Pas moyen d'expliquer. Le gouverneur aimerait tellement leur dire. Pensez-vous qu'il pourrait y avoir un rapport, Honorable Docteur ?

— Entre les farangs blancs et l'éléphant blanc ? C'est possible. Le Seigneur Bouddha nous donne souvent des signes. C'est assurément curieux que les farangs aient surgi au moment précis où l'on découvrait ce noble animal.

— Comme c'est merveilleux pour notre province, s'exclama Sunida, tout excitée. Mais il ne faut pas faire de bruit, il dort peut-être encore.

— J'ai entendu des voix il y a un instant », répliqua le médecin.

Ils jetèrent un coup d'œil à l'intérieur et regardèrent Phaulkon. Il avait les yeux fermés. Ivatt posa un doigt sur ses lèvres pour indiquer qu'ils attendaient en silence le réveil de leur ami.

Le médecin parut comprendre : il hocha la tête et fit signe à Sunida de partir avec lui.

À peine eurent-ils disparu que Phaulkon ouvrit les yeux. Burnaby et Ivatt s'approchèrent.

« Oh, mon Dieu, observa Ivatt, il a le même air extasié que les courtisans il y a quelques instants. Ce doit être contagieux. »

Les pensées se bousculaient dans l'esprit de Phaulkon : il oubliait un instant ses souffrances devant les immenses possibilités que l'événement semblait lui offrir.

« Qu'est-ce que vous avez entendu ? demanda Burnaby en se penchant.

— Éclairez-nous, ô oracle », supplia Ivatt.

Phaulkon se souleva péniblement sur un coude et dévisagea ses compagnons.

« Il semble qu'on ait découvert un éléphant blanc fort rare dans les forêts de Ligor, commença-t-il. C'est l'un des plus heureux présages qui puisse survenir pendant le règne d'un monarque. On doit aussitôt faire cadeau de l'animal au roi ; et cet événement apporte honneur et privilèges à la province où il a été découvert.

— Et ce pourrait être un bienfait pour nous ? demanda Burnaby dans un de ses rares instants d'optimisme.

— Assurément », répondit Phaulkon. Il sourit car soudain une idée lui était venue.

« Cela fera-t-il personnellement honneur au gouverneur ? demanda Ivatt, qui commençait à son tour à entrevoir mille possibilités.

— Je pense bien, répondit Phaulkon. La gloire de cette découverte va rejaillir directement sur lui. Vous ne pouvez pas savoir avec quel sérieux les Siamois envisagent un tel événement. On mesure souvent la grandeur d'un souverain au nombre d'éléphants blancs qu'il possède dans ses écuries. On a livré des guerres pour s'emparer de ces bêtes. On dit que l'âme d'un ancien prince y habite et qu'ils sont l'une des incarnations d'un futur Bouddha.

— Sont-ils vraiment rares ? » interrogea Ivatt, de plus en plus intéressé. Il se voyait déjà ramenant un éléphant blanc dans une ménagerie d'Angleterre.

« J'ai cru comprendre qu'il n'y a qu'un seul animal de cette sorte à la cour du roi actuel et, à ce qu'on m'a dit, la bête dispose jour et nuit pour son service de quarante-huit esclaves. Elle ne mange et ne boit que dans des coupes en or massif.

— Bonté divine, ricana Ivatt, je changerais de place n'importe quand avec cet éléphant. Mais est-il vraiment blanc ?

— Je crois que c'est un albinos. En fait, je n'en ai jamais vu, mais il semble que l'occasion va bientôt nous en être offerte. »

Burnaby était d'une gaieté inhabituelle. « Voilà qui devrait mettre le mandarin de bonne humeur, observa-t-il. Ce doit être le moment de lui demander quand nous allons pouvoir partir, n'est-ce pas Constant ?

— Évidemment, Richard. »

Les pensées se pressaient dans l'esprit de Phaulkon. Il devait bien y avoir un moyen de profiter de la superstition des Siamois. Si seulement il pouvait leur faire associer sa présence ici à celle de l'éléphant blanc... Puis l'idée qui s'était vaguement esquissée dans sa tête prit consistance. Il se tourna vers Ivatt.

« Thomas, y avait-il des éléphants dans votre ménagerie ?

— Oui, il y en avait deux venus d'Inde. Un mâle et une femelle. Mais malheureusement ils étaient d'un gris classique.

— Et vous êtes-vous occupé un peu de leur dressage ?

— J'étais trapéziste. Mais je passais beaucoup de temps avec les dresseurs et les animaux. » Il sourit. « Les animaux, en particulier, m'aimaient beaucoup.

— Sauriez-vous faire s'agenouiller un éléphant ? demanda Phaulkon, essayant de dominer son excitation.

— Il me semble que oui, du moins s'il était raisonnablement dressé. Mais ne faut-il pas voir là une nouvelle manifestation de votre mégalomanie, Constant ? » Le petit homme trouva l'idée très drôle. « Le grand éléphant blanc s'agenouillant devant le grand boxeur blanc ! » Il rit en imaginant cette scène.

« C'est ça, précisément, répliqua Phaulkon. Seriez-vous capable d'y parvenir ?

— Oh, mon Dieu, non ! gémit Ivatt. Vous parlez sérieusement ?

— Tout à fait », répondit Phaulkon.

C'était le début de la soirée à la Cour. Le gouverneur avait revêtu sa tenue de cérémonie. Son chapeau conique blanc avec son unique anneau d'or était maintenu en place par un cordon qui passait sous son menton. Il portait son habit broché d'or aux larges manches flottantes et un superbe panung de soie brodé d'un filet d'or. Le vêtement était coupé dans un de ces superbes tissus des Indes peints à la main tels qu'on en fait dans la région de Masulipatnam. Comme c'était un cadeau de Sa Majesté le roi, il était strictement réservé aux grandes occasions. Le gouverneur avait aux pieds ses babouches musulmanes plates au bout retourné comme l'étrave d'un bateau. Son officier porte-glaive tenait son épée de cérémonie incrustée de diamants. Un autre esclave était chargé de sa boîte à bétel en or, contenant la noix de bétel et d'areca préparée et prête à être mâchée dès que Son Excellence en éprouverait l'envie.

Ses courtisans n'étaient pas moins resplendissants, même si le gouverneur était le seul à porter le panung de soie avec le filet d'or. Pour cette grande occasion, les dames de la Cour, les épouses, filles et nièces des dignitaires du palais ainsi que leurs esclaves femmes se montraient pour la première fois, arborant des panungs plus amples que ceux des hommes. Sunida était là aussi, magnifique dans un panung noir. Le noir, rehaussé de broderies d'or ou d'argent, était manifestement la couleur dominante : Phaulkon se demanda si c'était la mode du jour ou simplement la couleur préférée des femmes. Elles avaient le teint un peu plus pâle que celui de la paysanne moyenne car elles passaient moins de temps en plein air. Mais, contrairement aux hommes, elles avaient le torse nu, couvert seulement d'une écharpe de mousseline blanche nonchalamment drapée sur leurs seins. Des boucles d'argent ou d'or en forme de poire pendaient à leurs oreilles et les trois derniers doigts de chaque main étaient lourdement chargés d'une multitude de bagues : diamants ou autres pierres précieuses. Elles avaient aussi les ongles excessivement longs : on ne les avait jamais coupés, comme c'était la coutume dans l'aristocratie, et l'ongle du petit doigt de chaque main était peint en rouge. Leurs cheveux noirs luisaient d'une huile à l'odeur douce et une pommade parfumée faisait paraître plus pâles leurs lèvres. Des marques de craie blanche au-dessus de leurs seins indiquaient qu'elles venaient de prendre un long bain rituel et qu'elles étaient donc prêtes pour une visite aussi importante que celle-ci. Les dames étaient d'une propreté impeccable, inondées de parfum et fort séduisantes.

Un murmure d'approbation salua les trois farangs quand ils arrivèrent, revêtus de leurs habits de cérémonie brochés. Celui de Burnaby était ridiculement court pour lui, mais personne ne parut s'en soucier. Le gouverneur leur indiqua des coussins auprès du Palat. On remarquait l'absence du Hollandais.

À peine l'assemblée s'était-elle assise en tailleur qu'on fit entrer, pour les installer au premier rang, une file de douze vierges aux seins nus dans tout l'éclat de leur jeunesse, leurs cheveux noirs coupés court et bien huilés. Leurs simples panungs blancs contrastaient nettement avec la tenue généralement noire des dames de la Cour.

Une sonnerie de trompettes et un fracas de cymbales annonça alors l'arrivée du grand animal blanc devant les murs du palais. On ouvrit toutes grandes les portes, les gardes se prosternèrent et l'animal sacré fit son entrée dans l'enceinte du palais. Il était orné de guirlandes de jasmin et précédé de six prêtres brahmaniques psalmodiant des prières, et tout de blanc vêtus. Pour le protéger du soleil on tenait au-dessus du jeune éléphant un immense parasol rouge et quatre mahouts marchaient d'un pas déférent à ses côtés pour le guider. Toute autre bête aurait été montée par son mahout : mais le roi lui-même n'aurait pas songé à chevaucher un ancien prince, peut-être — qui sait — un de ses propres ancêtres.

Toute l'assemblée était face contre terre. Du coin de l'œil, Phaulkon regarda les douze vierges choisies parmi des volontaires des villages à proximité desquels on avait découvert l'éléphant. Elles s'avançaient et se prosternaient dans son sillage. L'animal avait une taille d'environ deux mètres cinquante et il avait la peau d'un blanc crème. Ses ongles et le bord de ses oreilles semblaient plus blancs encore. Il s'arrêta devant la cohorte silencieuse des vierges et les examina de ses petits yeux roses, comme s'il mesurait leurs divers mérites. Les jeunes filles se mirent à genoux et inclinèrent la tête, attendant son verdict. Sans une hésitation, il se dirigea vers une jolie fille au milieu de la rangée et leva sa trompe jusqu'à ses seins nus.

La jeune vierge s'offrait volontiers à la caresse de l'animal, frémissant de l'honneur d'avoir été choisie. Elle ferma les yeux et joignit les mains respectueusement au-dessus de sa tête, s'abandonnant de tout son cœur aux avances espiègles de l'éléphant. Immobile, elle le laissa lui passer la trompe sur les seins et sur le nombril et humer ses épaules nues. Quand il fut apparemment rassasié de la jeune fille, la bête royale jeta un bref regard aux autres, puis passa son chemin. L'heureuse élue qui avait eu l'honneur d'être caressée par l'animal allait maintenant être choisie comme compagne de Sa Majesté le roi.

Guidé par le mahout, l'éléphant se dirigea vers le gouverneur. Le Palat accroupi tendit à son maître un plateau en or chargé de cannes à sucre, de gâteaux et de fruits. Le gouverneur s'agenouilla alors devant l'éléphant et brandit les offrandes dans sa direction. L'animal dévora avec avidité ce qu'on lui proposait, balayant de deux coups de trompe rapides le contenu des plateaux sur lesquels des esclaves s'empressèrent d'entasser de nouvelles friandises.

Pour la première fois sous les yeux de ses courtisans, le gouverneur se retira, rampant à reculons par égard pour le haut rang de ce prince des animaux. C'était maintenant au tour du Palat d'apporter son offrande. Mais voilà qu'à la consternation de la foule Ivatt s'avança soudain, briguant apparemment l'honneur de servir l'offrande suivante. Déconcerté, le Palat se tourna vers le gouverneur qui reculait toujours, pour solliciter son avis. En même temps, devant ce manquement inattendu au protocole, deux gardes s'avancèrent, la main sur le pommeau de leur épée. Toute la Cour était pétrifiée.

Ivatt fit aux gardes un sourire rassurant avant de se prosterner devant l'éléphant dans une attitude de prière. Puis il entreprit d'imiter les appels des femelles en chaleur qu'il avait si souvent entendus dans la ménagerie. Poliment, il prit la coupe des mains du Palat encore déconcerté et rampa un peu plus avant jusqu'à se trouver pratiquement sous le ventre du grand animal. Un des gardes dégaina son épée et marcha sur Ivatt. Mais, chose incroyable, l'éléphant se tourna vers le garde : le soldat superstitieux s'arrêta net, interloqué et ne sachant que faire. Le gouverneur, qui entre-temps s'était redressé, demeurait immobile, le regard fixé sur Ivatt.

De son bras libre, Ivatt se mit à caresser avec un bout de canne à sucre la partie située derrière le genou droit de l'éléphant. Simultanément, de l'autre main, il présentait le régime de bananes assez bas afin d'obliger l'éléphant à se pencher pour l'attraper. Puis brusquement, avec son bout de canne à sucre, il donna à l'animal un grand coup derrière le genou.

À cet instant précis, Phaulkon s'avança. Il s'inclina devant le gouverneur et se prosterna devant l'éléphant ; par trois fois sa tête toucha le sol : c'était le salut royal. Au même moment, la bête tomba à genoux et prit dans sa trompe le régime de bananes. Un silence religieux s'empara des spectateurs superstitieux qui regardaient, fascinés, Phaulkon et l'animal royal semblant se rendre un mutuel hommage.

Un instant surpris par la tournure des événements, le gouverneur tenta d'y remettre un peu d'ordre. Il fit signe à Phaulkon et à Ivatt de regagner leurs places, puis Son Excellence demanda qu'on lui amène le jeune fermier qui avait découvert l'animal. Suivant une tradition millénaire, l'heureux paysan se trouvait désormais dispensé, avec toute sa progéniture, de tout paiement d'impôts à la Couronne. Il était également dispensé des six mois de service qu'il devait au roi. Il avait déjà servi un autre prince en le faisant sortir de la forêt pour lui faire adopter une vie plus confortable et plus conforme à son rang. Après avoir prodigué ces récompenses, Son Excellence ordonna qu'on balayât et qu'on aspergeât d'eau bénite les routes que le royal pachyderme emprunterait pour sortir de la ville. Il conféra aussi à plusieurs hauts dignitaires le privilège d'éventer l'animal pendant la nuit. Il ordonna enfin qu'on logeât l'éléphant dans sa plus belle écurie avec des prêtres et des esclaves pour s'occuper de lui en attendant le voyage d'un mois qui le conduirait à la capitale.

Le gouverneur estimait désormais qu'il s'était acquitté de toutes les tâches relevant de son autorité. À Sa Majesté maintenant, se dit-il, d'anoblir le royal animal, de lui donner un nom imposant tel que « Gloire de la Terre » ou « Rayonnement du Monde », de poser sur sa tête le diadème de diamants et de passer des anneaux d'or dans ses royales défenses.

Le mandarin eut un sourire satisfait en songeant à l'honneur qui venait d'échoir à sa province et aux récompenses dont il allait personnellement bénéficier. Sa Majesté à n'en pas douter lui conférerait l'ordre de l'Éléphant blanc de première classe, et Ligor allait presque certainement être désignée comme province de l'année. Peut-être même y aurait-il une augmentation de son sakdina. Son plaisir s'en trouva accru. Avec douze mille marques de dignité, il serait non seulement le gouverneur de province bénéficiant du rang le plus élevé mais, dans tout le royaume, il n'y aurait avant lui que le Barcalon.

Il ne pouvait pourtant s'empêcher de s'interroger

sur le farang moyen. Se pouvait-il que cet homme venu d'un pays lointain, qui boxait, se prosternait et se comportait presque avec la dignité d'un Siamois, fût pour quelque chose dans ces événements propices ? Était-il une sorte d'émissaire ? On aurait pu croire un moment que le visiteur blanc et le grand animal blanc se prodiguaient mutuellement des marques de respect.

Tout en regardant le royal éléphant qu'on emmenait vers son écurie et l'assemblée prosternée qui se dispersait, il décida de consulter ses plus éminents astrologues. Il donna ensuite l'ordre qu'on laissât Phaulkon se reposer toute une journée et qu'on le conduisît à la salle d'audience le lendemain soir avant le coucher du soleil.

Les derniers rayons du soleil tropical dansaient à travers le feuillage du grand banyan. La douce lumière du soir baignait les cieux de tons pastel tandis que, sur les pas du Palat, Phaulkon traversait la Cour jusqu'à la salle d'audience du gouverneur. Il avait dormi, même si ce n'était que par intermittence, presque toute une nuit et toute une journée, et ses souffrances encore aiguës lui semblaient moins pénibles.

On l'avait convoqué seul et il se demandait si son numéro du jour précédent avec l'éléphant blanc y était pour quelque chose. Les Siamois, songea-t-il, connaissaient sans doute mieux les éléphants que n'importe quel autre peuple. Selon toute probabilité, ils avaient percé à jour le subterfuge d'Ivatt pour amener l'animal à s'agenouiller devant lui. Pourtant, si grande était sur eux l'influence des signes et des augures qu'ils auraient pu négliger la simple vérité pour s'attacher à une interprétation plus complexe. Quand il s'agissait du légendaire éléphant blanc, la superstition des Siamois ne connaissait pas de bornes.

Tout en avançant péniblement dans la cour du gouverneur, Phaulkon se rappelait le père Morin, trottinant auprès de lui une certaine nuit dans le quartier portugais d'Ayuthia, ses courtes jambes ayant du mal à suivre son pas. Tous deux venaient de dîner chez leur ami commun, *mestre* Phanik, le négociant japonais. Le petit jésuite poursuivait avec entrain la conversation qui avait occupé presque tout le dîner. « Mon cher Constant, lui disait-il en faisant vers le ciel des gestes dépités, comment peut-on apprendre les voies du Seigneur à un peuple qui croit que la vérité consiste à entrer dans un temple et à poser des questions à l'effigie du Bouddha ? » Le bon père secouait la tête d'un air découragé. « Et savez-vous comment vous pouvez obtenir une réponse ? Eh bien, vous posez tout simplement votre question. Vous priez un moment, puis vous sortez pour entendre les premiers mots prononcés par le premier passant que vous rencontrez. Dans ces mots se trouve la réponse à votre question ! Je vous jure que c'est vrai ! » Il haussa les épaules et secoua de nouveau la tête. « Bon Dieu, si seulement la vie était aussi simple ! Mais impossible de persuader les Siamois du contraire. Depuis leur plus tendre enfance on leur instille ce genre de superstitions et rien, par la suite, ne peut ébranler leur conviction. Vous connaissez, bien sûr, l'histoire de ce roi d'autrefois qui s'enquérait de son avenir ?

— Je ne crois pas la connaître, mon Père, répondit Phaulkon.

— Oh, allons donc, monsieur Constant. Tous les enfants la connaissent.

— Ah, mon Père, mais je ne suis pas un enfant.

— Alors, mon jeune ami, je vais vous la raconter : elle illustre parfaitement les problèmes qui se posent à moi. Voyez-vous, ce roi d'antan envoya au temple son messager pour s'enquérir à sa place de l'avenir de la royauté, car seuls des gens du commun pouvaient se charger d'une telle mission. Quand le messager sortit du temple, il rencontra un vieil homme qui s'arrachait des poils du visage avec des pinces. « Regarde ce grand poil sur le sol ! » dit le vieil homme en voyant un long poil flotter jusqu'à terre. « Le roi interpréta alors cela comme le signe que son propre corps gisait devant lui : bien que n'étant pourtant pas d'un âge avancé, il tomba malade et mourut peu après. Impossible de persuader les Siamois qu'il ne s'agissait pas là d'une simple coïncidence. Pour eux, l'oracle du temple avait parlé. » Il leva les bras au ciel. « Chacun, depuis le roi jusqu'au dernier des balayeurs, continue à consulter en toute occasion les astrologues et à régler sa vie conformément à leurs prédictions. »

Phaulkon ne pouvait que compatir aux problèmes du jésuite. Ça ne devait pas être facile pour lui. Mais, au fond, pourquoi tenter de convertir ces gens parfaitement heureux de leur sort?

Un jeune Malais attendait Phaulkon à l'entrée de la salle d'audience. En l'apercevant, le garçon s'inclina et s'adressa à lui dans un hollandais hésitant mais compréhensible.

« À la demande de Son Excellence le gouverneur, on m'a fait venir de la factorerie hollandaise pour vous servir d'interprète, monsieur. Mon maître, M. Joop, m'a prié d'exprimer ses regrets au gouverneur de n'avoir pu venir en personne. Il ne se sent pas très bien. » Le garçon s'inclina encore et précéda Phaulkon dans la salle d'audience.

Phaulkon grimpa les marches du perron et s'arrêta devant les lourds panneaux de teck qui constituaient la porte. Il pria pour que les superstitions dont le père Morin déplorait si fort l'existence puissent lui servir en cette occasion. Il prit une profonde inspiration, s'efforça de maîtriser la douleur qui l'habitait et entra. Il s'arrêta sur le seuil pour regarder devant lui. La Cour tout entière était de nouveau rassemblée, étincelante de joyaux et en grande tenue de cérémonie. Il aperçut Sunida qui le regardait, l'air fier. Dans ce cadre, assis en tailleur sur de somptueux tapis persans et entourés de la magnifique collection de porcelaines Ming de Son Excellence, les courtisans offraient un spectacle encore plus éblouissant que celui de la veille pour accueillir l'éléphant blanc.

Phaulkon se prosterna sur le pas de la porte et rampa péniblement sur ses genoux et sur un coude en direction du gouverneur : celui-ci était assis comme d'habitude au-dessus des autres et il l'observa un moment en silence. Quand il parut satisfait, il s'adressa à l'interprète.

« Il n'a pas échappé à notre attention, monsieur Phaulkon, que votre visite ici a apporté bien des honneurs à ma province. Mes astrologues m'ont en outre assuré que votre arrivée chez nous n'était pas un simple accident. La découverte du plus noble des animaux peu après que mon peuple vous eut sauvé de la mort est un présage que l'on ne saurait négliger. » Le mandarin marqua un temps. « Indépendamment de tels auspices, votre bravoure dans l'arène m'a personnellement procuré un grand plaisir. Il n'y avait pas de honte dans votre défaite. Tout au contraire, vous vous en êtes remarquablement tiré contre l'un des meilleurs boxeurs que j'aie jamais vus. J'ai cherché à savoir qui il était, mais il a disparu aussi discrètement qu'il était arrivé. Il n'était pas d'ici. » Un léger sourire plissa les lèvres du gouverneur. « Si je puis me permettre ce conseil, vous devriez travailler votre coup de pied. »

Phaulkon s'apprêtait à répondre mais le gouverneur poursuivit.

« Il est en mon pouvoir d'accorder certains honneurs à ceux qui ont bien servi ma province. Bien que vous soyez un farang, je ne vois pas en quoi cela vous en priverait. Mon pays a toujours honoré ceux qui lui ont rendu service, quelle que soit leur origine.

« J'ai préparé aujourd'hui une dépêche pour Son Excellence le Pra Klang d'Ayuthia et l'on vient de lui envoyer un rapport complet sur vos activités. » Le gouverneur s'arrêta pour laisser le Malais interpréter : mais Phaulkon n'écoutait même pas la traduction. Une dépêche au Barcalon! Une recommandation pour celui qui était probablement le plus haut fonctionnaire du pays! Peut-être avait-il perdu ses précieux canons, mais voilà qu'on lui offrait sans doute un autre moyen de parvenir à son but! Pourrait-il obtenir par la persuasion ce qu'il n'avait pu se procurer par la contrebande? Existait-il après tout encore une chance de charger les cales de Sam White? Il avait près de trois mois devant lui. La voix du gouverneur, sur un ton plus solennel que jamais, vint interrompre ses pensées.

« En ma qualité de gouverneur et de premier représentant de Sa Très Gracieuse Majesté dans la province royale de première classe de Nakhon si Thammarat, je décore par la présente M. Kosatanine Forcone de l'ordre de l'Eléphant blanc de troisième classe. »

À l'annonce d'une telle distinction un murmure monta de la Cour assemblée. Phaulkon était sans voix. L'ordre de l'Éléphant blanc de troisième classe! C'était la plus haute récompense qu'un gouverneur de province avait le pouvoir d'octroyer. Seule Sa Majesté pouvait décorer de la première et de la deuxième classes. Cela n'allait-il pas lui conférer le prestige de traiter directement avec le Barcalon, l'occasion de dénoncer avec tact la duplicité des Maures et de solliciter la faveur de diriger lui-même une mission commerciale jusqu'en Perse?

« Il me paraît convenable que vous et vos amis fassiez partie de l'escorte qui va accompagner le noble éléphant blanc dans son voyage jusqu'à Ayuthia. Dans des circonstances normales, il devrait partir dès maintenant, mais je suis prêt à retarder d'un jour son départ pour vous permettre de mieux vous remettre de vos blessures. »

Il fallut un moment à Phaulkon pour retrouver sa voix. « L'extraordinaire distinction que Votre Excellence attribue à son humble serviteur m'accable. Mon cœur est empli de gratitude et mon immense plaisir n'est troublé que par la tristesse que j'éprouve à quitter la province d'un gouverneur aussi distingué et aussi éclairé. »

Le mandarin inclina la tête en écoutant l'interprète traduire les paroles de Phaulkon. Sous les regards de toute l'assemblée, le Palat passa au cou de Phaulkon un pendentif en argent, une médaille étincelante frappée de l'image d'un éléphant blanc et surmontée, en lettres d'or, du nom de la province.

Le Palat venait de regagner sa place auprès de son maître quand on entendit des éclats de voix. Tous les yeux se tournèrent vers la porte. Un garde éperdu se prosternait à l'entrée, implorant le pardon de Son Excellence.

« Puissant Seigneur, un messager de la factorerie hollandaise a pénétré de force dans le palais en insistant pour voir personnellement Votre Excellence. Le garde l'aurait tué s'il n'avait cessé de proclamer que le message était d'une grande importance pour Votre Excellence. » Le garde tremblait de peur, se demandant si ses collègues et lui avaient bien fait d'agir ainsi.

« Où est-il maintenant ? » demanda le gouverneur avec agacement. Il était fort inconvenant d'être ainsi interrompu au milieu d'une cérémonie.

« Puissant Seigneur, on le retient dehors.
— Faites-le entrer !
— Puissant Seigneur, je reçois vos ordres. »

Un jeune messager, moitié hollandais moitié siamois, apparut alors dans l'encadrement de la porte, promenant sur l'éblouissante assemblée un regard nerveux. Sur son visage oriental, des yeux d'un bleu intense ressortaient de façon stupéfiante.

Il se prosterna en direction du gouverneur et commença dans un siamois parfait.

« Puissant Seigneur, mon maître M. Joop m'a demandé d'informer Votre Excellence qu'il a reçu d'Ayuthia une lettre importante. Il n'est pas assez bien pour se présenter en personne devant Votre Excellence mais il vous implore de venir d'urgence lui rendre visite à la factorerie hollandaise. Il s'agit des farangs anglais. » Il marqua un temps pour souligner son effet, comme son maître le lui avait recommandé. « Mon maître possède maintenant toutes les preuves qu'il vous faut. »

Phaulkon écouta avec inquiétude les paroles du messager. Était-ce là la preuve que le Hollandais avait prétendu attendre ? Mais de quoi pouvait-il bien s'agir ? Allait-il échouer maintenant, à la dernière minute, juste au moment où le cours des choses semblait tourner en sa faveur ? Mais comment une lettre d'Ayuthia avait-elle pu arriver si vite ? Même le transport maritime le plus rapide mettrait quatorze jours : or il ne s'en était écoulé que neuf depuis le naufrage. Ou bien s'agissait-il d'une lettre expédiée avant la catastrophe et contenant des informations qui l'incriminaient ?

Il vit le gouverneur lancer un regard furieux au messager tandis que la Cour se prosternait, dans l'expectative.

« Nous sommes occupés maintenant. Vous informerez votre maître que nous tenterons de le voir demain matin.

— Puissant Seigneur, je reçois vos ordres. »

Le messager allait s'en retourner quand il aperçut la décoration accrochée au cou de Phaulkon. Il se souvint du message que son maître lui avait donné pour le farang si jamais il tombait sur lui. Il se tourna vers l'homme blanc et dit en hollandais : « Mon maître sait maintenant que vous êtes l'homme qui parle parfaitement le siamois. Il m'a chargé de vous dire que votre heure avait sonné, monsieur Phaulkon. »

Le gouverneur congédia l'assemblée et tourna les talons. Il laissa Phaulkon réfléchir à l'étendue de la fureur du potentat lorsqu'il aurait découvert qu'il avait été totalement abusé.

10

Pieter, le jeune employé de Van Risling, l'interprète qu'on avait envoyé au palais la veille pour apporter le message du Hollandais, descendait le couloir nu de la grande factorerie de brique qui constituait l'avant-poste de l'empire hollandais à Ligor. Il frappa à la porte du bureau de son chef. Manifestement, il était très excité. Ce n'était pas tous les jours que le gouverneur de la province, le Pu Samrec Rajakara Meuang, avec dix mille marques de dignité, leur rendait visite. La mère de Pieter, une Siamoise du village de Ban Seri, près de Ligor, lui avait inculqué depuis l'enfance le respect de la hiérarchie officielle : l'idée de se prosterner avec le comité d'accueil du grand gouverneur le laissait haletant. Déjà la veille, il avait été très impressionné quand on l'avait envoyé au palais pour la première fois, en raison de l'indisposition de Hassan, l'interprète malais. Il avait tenté de dominer sa peur en entrant avec assurance et en prenant une attitude hautaine comme il avait vu son maître le faire. Mais son estomac lui avait paru aussi mou qu'une banane trop mûre. Il était étonné et effrayé de constater que son maître, *heer* Joop, semblait manifester un dédain presque sans retenue pour les Siamois, même pour le puissant gouverneur : Pieter s'était souvent demandé si son propre père, un négociant hollandais itinérant, mort alors qu'il n'était qu'un jeune enfant, avait eu la même attitude. Il en doutait. Il n'avait jamais vu personne se comporter comme *heer* Joop. En vérité, son maître avait des manières épouvantables. Même les farangs anglais se conduisaient avec plus de dignité. Il faut reconnaître que *heer* Joop le payait bien et que cet argent permettait à Pieter d'entretenir sa mère veuve avec laquelle il vivait. Être le seul à parler hollandais à Ligor, songea-t-il, offrait certains avantages pécuniaires, même s'il savait que sa connaissance de la langue était loin d'être parfaite.

Le jeune Pieter soupira. Il aurait voulu être comme tout le monde, et non pas un demi-farang. Il se sentait tellement plus siamois. Et les Siamois avaient beaucoup plus de dignité que les farangs. Il ne connaissait guère des manières hollandaises que celles de son rustaud de maître et du bon vieux chirurgien — mort aujourd'hui — qui lui avait enseigné tout ce qu'il connaissait de la langue.

« Entre ! » La voix bourrue de son maître interrompit le cours de ses pensées.

Heer Joop s'était montré fort maussade et irritable ces temps-ci, surtout depuis le match de boxe dans lequel le tigre farang s'était surpassé. Depuis la veille, quand la nouvelle du grand honneur conféré au farang combattant était parvenue jusqu'à l'usine, son humeur s'était encore assombrie. L'ordre de l'Éléphant blanc de troisième classe ! *Heer* Joop avait tout bonnement explosé. Pieter l'avait regardé par le trou de la serrure : il arpentait son bureau en fixant d'un œil vide les cartes collées aux murs, en jurant et en marmonnant tout seul.

Pieter ouvrit la grande porte en bois du bureau de son maître : elle n'avait qu'un seul battant et s'ouvrait vers l'extérieur, contrairement aux autres portes.

« Oui, Pieter, qu'y a-t-il ?

— Pardonnez-moi, Monsieur, mais Son Excellence le gouverneur est en route. Un esclave est venu en éclaireur annoncer son arrivée. »

Le visage de Van Risling s'illumina. Sa généreuse corpulence s'étala sur le bureau de bois tandis qu'il se penchait en avant. Ses doigts pianotaient nerveusement le plateau verni.

« Bon. Veille à ce que Son Excellence soit reçue avec tous les honneurs et préviens-moi dès qu'elle arrivera. » Le Hollandais était ravi d'avoir la visite du gouverneur. Cela montrait en tout cas que le mandarin s'intéressait suffisamment aux révélations du Hollandais pour venir le voir en personne. Cela n'aurait pas été tout à fait la même chose, se dit Van Risling, si c'était lui qui avait rendu visite au gouverneur. Il voulait le voir ici, sur son terrain : il avait donc feint une indisposition.

« Très bien, Monsieur », répondit Pieter en dissimulant sa surprise. Cela ne ressemblait guère à son maître de montrer tant de respect.

« T'es-tu assuré que le hall d'entrée est bien balayé ? demanda le maître. Son Excellence devrait passer par là.

— C'est fait, Monsieur. Tous les employés sont alignés et prosternés de chaque côté du vestibule en attendant l'arrivée de Son Excellence.

— Bien. Maintenant, apporte-moi ma veste de brocart blanc, celle de cérémonie », ordonna Van Risling.

On entendit dehors sonner une trompette. Pieter s'inclina et quitta précipitamment la pièce.

« Fais vite », lança derrière lui la voix de Van Risling.

Quelques instants plus tard, Pieter revint avec la veste de cérémonie de son maître : la même tunique sans col et aux manches brodées d'or que portaient les hauts dignitaires pour les cérémonies officielles. Au même instant, Son Excellence le gouverneur entra d'un pas majestueux dans le seul édifice de brique de Ligor et les employés impressionnés s'allongèrent, sur son passage, le nez dans la poussière.

Le négociant hollandais enfila précipitamment sa tunique et se planta d'un air important derrière son bureau, arborant un grand sourire à l'intention du gouverneur qui apparaissait sur le pas de la porte. Puis il s'inclina très bas. Plus bas, sembla-t-il à Pieter, qu'il n'avait jamais vu son maître le faire auparavant.

« Pieter, le fauteuil! » ordonna Van Risling en se redressant. Pieter se remit debout et approcha un fauteuil d'osier qu'il plaça maladroitement derrière le gouverneur.

« Les coussins, Pieter. Apporte d'autres coussins, imbécile. Tu sais que Son Excellence aime être assise plus haut que tout le monde. »

En fait, Son Excellence n'aimait pas du tout s'asseoir dans ces engins horriblement inconfortables qu'utilisaient les farangs. C'était si peu pratique. On ne pouvait ni s'y accroupir, ni croiser les jambes : les maudits accoudoirs vous en empêchaient. On était contraint de garder une position ridicule, les jambes pendant devant, à l'image d'un singe accroché à une branche. Surtout quand le siège était si haut que vos pieds ne touchaient même pas le sol. Évidemment, les farangs, avec leurs jambes démesurées, parvenaient à les poser à terre, mais même ainsi ils avaient l'air ridicule.

Son Excellence s'installa avec répugnance dans le fauteuil tandis que son porteur de bétel et son Palat s'installaient sur le sol à ses côtés. Une demi-douzaine d'esclaves s'accroupirent à distance respectueuse derrière leur maître. Son porte-glaive brillait par son absence, signe que Son Excellence ne considérait pas qu'il s'agissait là d'une visite officielle.

« Bienvenue, Excellence, dans notre humble factorerie, dit Van Risling avec une modestie qui ne lui était pas coutumière. Puis-je vous offrir un rafraîchissement ? » Le jeune Pieter traduisit, soulagé de voir pour une fois l'étiquette respectée. Jusqu'à maintenant il avait toujours eu l'impression que son maître n'avait aucun usage.

« Pas pour l'instant, je vous en remercie, monsieur Lidrim. » Le mandarin observait le Hollandais en se demandant ce qui le rendait si nerveux. « J'ai de nombreuses affaires à régler et seule l'urgence de votre message m'a persuadé de renoncer à ces engagements. Ma visite, malheureusement, ne saurait être que brève.

— Bien sûr, Excellence, je comprends et je vous suis reconnaissant de m'avoir fait cet honneur. Je vais en venir droit au fait. » Il se pencha en avant, l'air important. « Excellence, il est de mon devoir de vous informer que, malgré toutes ses protestations, l'un des membres de la Compagnie anglaise parle couramment le siamois. » Il marqua un temps. « Et nous savons maintenant de qui il s'agit. Il m'est douloureux d'avoir à dénoncer une telle traîtrise quand j'ai vu de mes yeux la grande courtoisie avec laquelle Votre Excellence a reçu cette personne. Mais il vaut mieux que Votre Excellence apprenne la vérité avant qu'il ne soit trop tard. »

Le gouverneur plissa les lèvres. « Ah oui ? Et quelle preuve avez-vous de cette accusation ? »

Le Hollandais ouvrit le tiroir de son bureau et y prit une lettre. Elle portait le sceau officiel de la Compagnie hollandaise des Indes orientales et elle était datée d'Ayuthia, 4 décembre 1679. Seize jours auparavant. Le texte était en hollandais.

« Pieter, dit-il en se tournant vers le jeune employé, voudrais-tu traduire pour Son Excellence, je te prie. »

Pieter prit la lettre d'une main tremblante. Restant prosterné sur ses genoux et sur ses coudes, il se mit à lire tout haut la traduction qu'il avait passé une partie de la nuit à préparer.

Mon cher Van Risling,

À la suite de ma récente dépêche urgente concernant les activités clandestines de la Compagnie anglaise, j'ai maintenant terminé des enquêtes approfondies et je suis en mesure de confirmer sans aucun doute possible qu'un de leurs agents parle couramment le siamois. C'est le jeune homme du nom de Thomas Ivatt, qui se fait passer pour une nouvelle recrue. C'est un linguiste accompli et j'ai eu la confirmation de sa parfaite connaissance de la langue siamoise par plusieurs sources : deux jésuites français, trois négociants portugais, tous ses domestiques et un haut fonctionnaire du ministère du Commerce, Naï Prasert, avec lequel heer *Ivatt a été en affaires.*

Vous voudrez sans doute transmettre cette information à Son Excellence, le gouverneur de Ligor, qui dans sa sagesse souhaitera prendre toute mesure appropriée. Heer *Ivatt ne manquera certainement pas de nier toute connaissance de la langue, mais je suis sûr que Son Excellence, qui a toute ma confiance, trouvera les moyens de lui arracher la vérité.*

Nous avons maintenant la certitude que la jonque Royal Lotus *transportait en contrebande des canons le long de la côte du Siam et nous sommes convaincus que ces armes étaient destinées aux rebelles de Pattani.*

Nous sommes heureux d'avoir découvert à temps cet acte de trahison et d'avoir pu rendre service à notre vieil ami et allié le Siam, avec qui nous avons toujours entretenu des relations si étroites.

Vous êtes donc prié de donner immédiatement suite à cette information et, si besoin, vous êtes autorisé à montrer cette lettre, portant notre sceau officiel, à Son Excellence le Gouverneur, dont nous connaissons la réputation d'homme de valeur et l'efficacité.

Pieter releva la tête : « La lettre est signée Aarnout Faa, agent en chef de l'honorable Compagnie hollandaise des Indes orientales à Ayuthia. »

Durant toute la lecture, le gouverneur avait gardé un air grave.

« Et cette lettre vient d'arriver ? Est-elle parvenue en réponse à l'une des vôtres, monsieur Lidrim ?

— Non, Excellence, répondit le Hollandais, évitant soigneusement de tomber dans le piège. Le rapport que j'ai envoyé après le naufrage n'aurait guère eu le temps d'arriver déjà à Ayuthia.

— Puis-je voir cette lettre, monsieur Lidrim ?

— Bien sûr, Excellence, répondit Van Risling. J'ai pris la liberté d'ajouter au verso une traduction en siamois, que Pieter ici présent vous a lue. » Il s'inclina respectueusement et tendit le document au mandarin.

« Je vous en suis très obligé. » Le gouverneur parcourut la lettre et l'examina un moment. « Ah, oui, je reconnais le sceau de votre honorable compagnie. J'aimerais, monsieur Lidrim, emporter ce document avec moi comme preuve, avec votre permission, bien entendu. »

Le Hollandais était tout sourire. « Mais naturellement, Excellence. »

L'utilisation du mot « preuve » était des plus prometteuses. « Et si je puis encore vous aider en quoi que ce soit, Excellence, n'hésitez pas à faire appel à moi.

— Je n'y manquerai pas, je n'y manquerai pas, monsieur Lidrim. En attendant, peut-être auriez-vous la bonté de m'envoyer ce soir votre interprète au palais ?

— Avec plaisir, Excellence, s'empressa de répondre Van Risling.

— Très bien, je vais maintenant prendre congé. Ce fut une visite très instructive, monsieur Lidrim. Je vous en remercie.

— Votre Excellence est trop bonne. C'est moi qui remercie Votre Excellence d'avoir pris le temps de venir au milieu des nombreux engagements qui l'accablent. »

Le gouverneur se leva et, toujours prosterné, le jeune Pieter regarda avec stupeur *heer* Joop s'incliner avec obséquiosité et raccompagner le gouverneur jusqu'à la porte.

Quelques instants plus tard, le Hollandais regagna

son bureau, l'air extrêmement satisfait, comme s'il venait de remporter une grande victoire. Le jeune Ivatt allait plus facilement succomber à l'interrogatoire que ce démon de Phaulkon. La tension et l'angoisse qui semblaient l'accabler depuis ces deux derniers jours tombaient de ses épaules comme une mangue mûre de l'arbre.

Phaulkon était allongé sur son lit, ses pensées se bousculant dans son esprit. Juste au moment où il semblait que le danger était passé, voilà que Van Risling était revenu le hanter. Que savait donc vraiment ce maudit Hollandais ? Se pourrait-il qu'il bluffât ? Quelle nouvelle information avait-il découverte ? Se pouvait-il que, voyant la tournure que prenaient les choses et prévoyant la libération imminente de Phaulkon, il eût fait une dernière tentative désespérée pour l'empêcher de lui échapper ? Une chose était sûre : quels que fussent les renseignements arrivés d'Ayuthia, ce ne pouvait être une réponse à une lettre envoyée par Van Risling depuis la date du naufrage. La réponse n'aurait pas eu le temps de parvenir jusqu'à Ligor.

Phaulkon savait que le gouverneur ne pouvait retarder plus longtemps le départ de l'éléphant blanc. Pas même un seul jour. L'animal princier aurait dû être envoyé à Sa Majesté aussitôt après sa capture. Demain à l'aube le cortège s'ébranlerait. Et Phaulkon devait en faire partie.

Sunida était déjà venue par deux fois s'assurer de son état et était repartie sur la pointe des pieds quand il avait fait semblant de dormir.

Il aurait voulu avoir l'air détendu et reposé, plutôt que nerveux et sur ses gardes : il était certain qu'elle allait faire au gouverneur un rapport sur son état. Il aurait aimé lui demander si Son Excellence avait rendu visite à la factorerie hollandaise, mais il aurait été trop difficile de s'exprimer par gestes et d'ailleurs ce genre de questions aurait éveillé la méfiance de la jeune femme. Comment était-il censé être au courant de la visite ?

Un moment, elle s'était agenouillée auprès de lui. Elle lui avait doucement caressé les tempes pour prolonger son sommeil et il l'avait entendue murmurer : « Comme j'aurai le cœur lourd quand tu seras parti, mon beau farang. Te reverrai-je jamais ? » Il aurait voulu lui faire l'amour à nouveau, mais il était supposé dormir. Le chagrin qu'il sentait dans sa voix lui avait déchiré le cœur et à cet instant il avait maudit sa décision de ne pas parler sa langue. Il aurait voulu lui dire tant de choses ! Il était stupéfait de découvrir que son impatience à regagner Ayuthia était bel et bien tempérée à l'idée de la laisser ici. Ne pourrait-il pas l'emmener avec lui ? se demanda-t-il.

Il souleva la tête des coussins et regarda par la fenêtre ouverte. La porte aussi était ouverte, sans doute selon les instructions du docteur, afin de rétablir l'équilibre de l'air dans le corps du patient. Un éventail de bambou était posé près de son lit, prêt à servir dès qu'il s'éveillerait. D'après la hauteur du soleil, il devinait que l'on était en fin d'après-midi. Encore une nuit de plus à passer et il pourrait être en route pour Ayuthia, en sûreté pour un temps. Ce soir, Ivatt préparait un numéro d'adieu pour distraire le gouverneur avec ses acrobaties.

Phaulkon tâta la décoration qui pendait à son cou. Cette récompense lui vaudrait-elle une entrevue avec les potentats d'Ayuthia ? Était-ce son introduction auprès du Barcalon ? se demanda-t-il. Une idée soudain le frappa et il sentit l'angoisse l'envahir. Comment pourrait-il parler siamois au Barcalon après avoir nié aussi longtemps connaître cette langue ? Mais la question était de pure forme, se dit Phaulkon. Maintenant qu'il avait été honoré de façon si évidente, le puissant Barcalon ne manquerait pas d'enquêter sur lui et, avec sa horde d'espions, il découvrirait que le farang connaissait leur langue. Il faudrait que Phaulkon trouve une explication fichtrement convaincante.

La ravissante silhouette de Sunida, vêtue d'un panung bleu flottant, apparut de nouveau. Le trouvant éveillé cette fois, elle eut un sourire ravi et s'assit gracieusement à côté de lui en ramenant sur ses jambes les pans de son panung.

Avec un petit rire elle tira une lettre de sa poche et la montra gaiement. Puis elle étendit largement ses bras et dessina une barbe imaginaire sur ses joues en même temps qu'elle les gonflait. Il n'était pas difficile de reconnaître la corpulente silhouette de Van Risling. Une lettre du Hollandais à Sunida ! Phaulkon la lui prit des mains : tout en faisant semblant de lire la signature en hollandais, il laissa son regard parcourir brièvement le texte en siamois. Il resta impassible en lisant l'invitation du Hollandais : il lui proposait de devenir sa compagne et de venir vivre à la factorerie hollandaise avec lui. La lettre était rédigée en siamois, sans doute par l'interprète, et signée de Van Risling.

Elle désigna le griffonnage enfantin que représentait sa signature et dit en riant : « M. Lidrim ! » Elle hocha la tête et essaya d'indiquer par gestes qu'il lui avait demandé de devenir sa seconde épouse. Elle eut alors une grimace de dégoût et secoua énergiquement la tête.

Il se mit à rire, mais il sentait son sang bouillir et il éprouva une brusque envie de l'emmener loin d'ici. Il fit un geste à peu près dans sa direction, car il était grossier de montrer quelqu'un du doigt, puis il se désigna lui-même et prononça : « Toi et moi, Ayuthia ? »

Elle l'observa un moment en silence, comme si elle s'efforçait de comprendre ce qu'il voulait dire, puis elle répéta : « *Nai leh dichan? Pai Ayudhya?* »

Il acquiesça avec entrain et vit son visage s'illuminer.

« *Pai! Duey!* » Oh oui, j'irai avec toi !

Instinctivement, il lui tendit les bras mais ce brusque mouvement lui fit mal : le voyant tressaillir, elle l'obligea à les baisser. Elle le regarda tendrement et, posant un doigt sur ses lèvres, lui imposa le silence. « *Ja mee okat* », dit-elle avec chaleur. Il y aura bien d'autres occasions. « *Pai, pai Ayudhya!* » répéta-t-elle tout heureuse. Il souriait encore au moment où un serviteur entra pour annoncer le Palat.

L'adjoint fit un signe bref à Phaulkon avant de se tourner vers Sunida. « Son Excellence désire voir le farang immédiatement », dit-il.

Quelque chose dans le ton du Palat fit frissonner le Grec.

Phaulkon demeurait prosterné devant le gouverneur. Comme c'est étrange, songea-t-il, qu'il n'y ait pas d'interprète. Le mandarin l'accueillit sèchement, puis se tourna vers le Palat.

« Kling !

— Puissant Seigneur, je reçois vos ordres.

— Kling, nous avons reçu d'étonnantes nouvelles. La factorerie hollandaise vient de me fournir la preuve irréfutable qu'un des farangs, le petit, parle couramment notre langue. » Le mandarin tira de sa bourse une lettre pliée et la tendit vers la forme allongée du Palat. « Comme c'est extraordinaire qu'il ait voulu tout ce temps garder le secret à ce sujet. Il devait avoir quelque chose d'important à cacher. Ce sera ton devoir, Kling, de découvrir exactement de quoi il s'agit. »

Le Palat eut un grand sourire à l'idée de rendre service à son maître, et surtout dans un domaine où il excellait.

« Puissant Seigneur, je reçois vos ordres.

— Pour commencer, tu vas chercher le petit farang et le faire conduire au cachot. » Le gouverneur marqua un temps et fit une grimace de dégoût. « Veille à ce que la porte soit bien fermée. Tu sais comme j'ai horreur de ces bruits.

— Puissant Seigneur, je reçois vos ordres.

— Tu vas t'adresser au petit farang en siamois et si, après quelques tentatives, il refuse toujours de répondre, tu lui trancheras la langue pour le punir de son insolence. Si c'est le silence qu'il recherche, nous veillerons à ce qu'il ne parle plus jamais aucune langue. Tu m'apporteras ensuite la langue pour que nous puissions la montrer à son ami ici présent. » Le gouverneur désigna Phaulkon. « Peut-être M. Forcone pourra-t-il jeter quelque lumière sur la situation et nous expliquer pourquoi son ami a tenté tout ce temps de nous tromper. Va maintenant. Et envoie-moi l'interprète pour que je puisse en attendant converser avec M. Forcone.

— Puissant Seigneur, je reçois vos ordres. » Le Palat sortit à reculons.

Le gouverneur se tourna alors vers Phaulkon et lui adressa un aimable sourire. Au prix d'un grand effort, le Grec sourit à son tour. Il se sentait malade. Pauvre Thomas ! Il ne pouvait pas laisser pareille chose lui arriver. Après tout, le petit homme était innocent. Mais comment empêcher cela sans se trahir lui-même ? La tête lui tournait. Même ce stupide Hollandais n'aurait pas pu en arriver à la conclusion que c'était Ivatt qui parlait siamois. On devait savoir à Ayuthia qu'il venait d'arriver au Siam, même si le gouverneur l'ignorait. C'était manifestement un piège tendu par Joop Van Risling. Mais si le gouverneur croyait ce mensonge, Ivatt se trouvait dans de beaux draps !

L'interprète eurasien entra en rampant dans la pièce et vint se placer auprès du mandarin.

« Je vous ai fait venir ici pour m'enquérir de vos blessures, monsieur Forcone, lui dit cordialement le gouverneur par le truchement de l'interprète. Pensez-vous être assez bien pour voyager demain ?

— Je le crois, Excellence, je vous en remercie. J'ai encore toute une nuit de repos devant moi et je compte bien en profiter pleinement. Je regrette seulement de manquer le spectacle que M. Ivatt, notre plus jeune collègue, prépare pour Votre Excellence. Les enfants du palais sont avec lui en ce moment : ils sont fascinés en le regardant s'entraîner. Je les ai aperçus en traversant la cour. Ils ne veulent pas le laisser tranquille.

— Comme c'est charmant, monsieur Forcone. J'attends avec impatience ce spectacle. » Le mandarin marqua un temps. « Au fait, monsieur Forcone, la factorerie hollandaise a reçu d'Ayuthia des nouvelles extraordinaires. » Un moment il dévisagea Phaulkon.

« Il semble qu'un membre de la Compagnie anglaise parle couramment notre langue. » Il brandit la lettre.

Phaulkon avala sa salive et fit un effort pour prendre un ton détaché. « Vraiment, Excellence ? Si seulement c'était vrai ! Les farangs hollandais, malheureusement, n'hésitent devant rien pour nous calomnier, nous, leurs rivaux. Sans doute ont-ils encore inventé une nouvelle histoire pour nous accuser. Votre Excellence me permettrait-elle de voir la lettre ? » Il écouta l'interprète et fut surpris de la précision de la traduction. Le jeune Eurasien n'était pas encore corrompu par la politique.

« Je ne vois aucune raison de ne pas le faire, monsieur Forcone. Dans notre pays l'accusé a toujours le droit de se défendre. » Le mandarin eut un sourire aimable pendant qu'un esclave remettait la lettre à Phaulkon.

On entendit un hurlement venu d'en bas et le bruit d'une porte qui claquait. Le mandarin plissa les lèvres devant ce bruit inconvenant. « Snit, ordonna-t-il, veillez à ce qu'on n'entende pas ça.

— Puissant Seigneur, je reçois vos ordres. » L'esclave Snit recula rapidement en rampant.

La sueur perlait au-dessus des lèvres de Phaulkon. Il allait devoir avouer. C'était fini. On ne pouvait pas les laisser faire ça à Thomas. Il jeta un bref coup d'œil à la lettre et il s'apprêtait à tout révéler quand un détail sur la page le frappa. Un vertige le prit. Il y avait dans ce texte quelque chose de bizarre, mais évident. Soudain la vérité lui apparut.

« Sunida ! Qu'on aille me chercher Sunida ! cria-t-il en hollandais. Excellence, ce sont des mensonges, et je vais vous en donner la preuve. » Il y avait dans sa voix des accents si scandalisés que le gouverneur ne put s'empêcher de le remarquer. Oh, Thomas, Thomas, laisse-moi encore quelques instants. Tout ce qu'il me faut, c'est du temps. Résiste, Thomas, je t'en prie, résiste. Il entendit le gouverneur donner un ordre : un esclave disparut pour aller chercher Sunida.

Phaulkon parcourut de nouveau la lettre. Salaud de

Van Risling! se dit-il. Si on a touché à Ivatt, je t'arracherai les membres un par un. Bon sang, où était Sunida?

« Excellence, reprit Phaulkon en s'obligeant à garder son calme. J'ai entendu des cris. Quelqu'un souffre-t-il?

— J'ai aussi entendu, dit le gouverneur. Je viens d'envoyer Snit pour se renseigner. Il ne devrait pas tarder à revenir. Mais vous disiez, monsieur Forcone? Oh, oui... que les accusations du Hollandais n'avaient aucun fondement, je crois?

— Exactement, Excellence. Et je sais qu'au Siam on ne condamnerait jamais un innocent sans preuve. » Il jeta au gouverneur un regard appuyé. « Cette lettre ne venait pas d'Ayuthia, Excellence. Elle a été écrite ici même, à Ligor, et par nul autre que l'agent hollandais lui-même, *heer* Van Risling.

— Vraiment? Et comment en arrivez-vous à cette conclusion, monsieur Forcone? demanda le mandarin intrigué.

— Je vais vous montrer, Excellence. »

Où diable était Sunida? Pourquoi mettait-elle si longtemps? Et pourquoi le gouverneur n'ordonnait-il pas à quelqu'un de libérer Ivatt ou du moins de ne pas commencer la torture? Phaulkon sentait les battements de son cœur s'accélérer. Il était sur le point d'interpeller le mandarin en siamois. Mais là-dessus Sunida apparut sur le seuil et se prosterna respectueusement.

Le mandarin se tourna vers elle. « Sunida, M. Forcone a réclamé ta présence. Il semble avoir quelque chose à te dire. »

Inquiète, Sunida parvint à afficher un timide sourire. Phaulkon allait-il maintenant demander à Son Excellence la permission de l'emmener à Ayuthia? L'émotion la gagna.

« Sunida, commença Phaulkon par le truchement de l'interprète, tu m'as montré tout à l'heure une lettre. L'as-tu encore avec toi? » Il avait le plus grand mal à rester calme.

« Vous voulez dire: la lettre du farang hollandais? demanda-t-elle surprise.

— Oui, c'est ça, dit brusquement Phaulkon. Je t'en prie, est-ce que je peux la voir ? »

Sunida était déconcertée. Elle ne s'attendait pas à cela : elle lui avait montré la lettre en toute confiance. Toutefois l'expression qu'elle lut sur le visage de Phaulkon la décida à agir. Elle prit la lettre dans son sac de coton et s'empressa de la lui tendre.

Il rampa rapidement jusqu'au gouverneur, sans rien montrer de la douleur qui lui déchirait le coude.

« Avec votre permission, Excellence. » Il étala les deux lettres sur le sol devant le gouverneur. Même si la signature de la prétendue lettre en provenance d'Ayuthia annonçait « Aarnout Faa » alors que celle de la lettre adressée à Sunida portait « Joop Van Risling », elles étaient à n'en pas douter de la même main. L'encre et la plume étaient identiques, tout comme les caractères à l'écriture enfantine. Même pour le gouverneur qui ne pouvait lire le hollandais, il était évident que la lettre ne provenait pas d'Aarnout Faa, le directeur de la Compagnie hollandaise à Ayuthia.

Le gouverneur hocha la tête d'un air approbateur : il semblait presque soulagé de cette découverte.

« Très convaincant, monsieur Forcone. Il semblerait que le farang hollandais nous ait abusé. Ce genre de fausse accusation ne restera pas impuni. Ah, mais voici Kling. » Il se tourna vers le Palat qui venait de se prosterner devant lui.

« Eh bien, Kling, t'es-tu occupé du prisonnier ?
— Puissant Seigneur, en effet.
— Et où est-il maintenant ?
— Puissant Seigneur, il a regagné sa chambre. Je lui ai mis une noix de coco fraîche dans la bouche pour arrêter le saignement.
— Bien, ce sera tout. » Il se tourna vers l'interprète. « Tu peux dire à ton maître qu'il aura de mes nouvelles. Reposez-vous bien, monsieur Forcone. »

Phaulkon était si inquiet du sort d'Ivatt qu'il ne remarqua même pas l'air déçu de Sunida. Oh, Thomas, Thomas, que t'ai-je fait ? Comment ai-je pu être la cause de tes souffrances ? Jamais je ne me le pardonnerai. Furieux et accablé, Phaulkon accepta le bras de Sunida et s'en alla en clopinant aussi vite que ses blessures le lui permettaient. Il fallait trouver rapidement Ivatt. Oh, mon Dieu ! Quand Sunida essaya de lui faire ralentir le pas, il se tourna vers elle d'un air furieux et elle baissa les yeux pour cacher une larme silencieuse.

Le rire des enfants se faisait plus bruyant quand, hors d'haleine et moulu de courbatures, Phaulkon approcha de la cour qui entourait la maison d'Ivatt. Il s'arrêta, bouche bée, devant le spectacle qui s'offrait à lui.

Ivatt faisait le poirier, entouré par des enfants ravis qui essayaient à tour de rôle de se tenir en équilibre alors qu'ils reposaient allongés sur la plante de ses pieds dressés vers le ciel. En voyant Phaulkon, ils sautèrent à terre et s'écartèrent. Ivatt se remit debout en faisant un saut périlleux.

Phaulkon le regardait avec de grands yeux.

« Impressionné par la qualité du numéro, hein, Constant ? Richard et moi sommes passés vous voir il y a un moment, mais vous étiez sorti. Vous ne deviez pas vous reposer ?

— Mais, Thomas, votre langue... ?

— Qu'est-ce qu'elle a, ma langue ? Vous croyez que je devrais la peindre en bleu pour le spectacle ? »

Maudit soit ce rusé mandarin au triple visage, jura Phaulkon. Il enfouit sa tête contre l'épaule de Sunida et s'effondra.

11

Le cortège s'ébranla au lever du jour. Au total seize éléphants et cinquante hommes, avec généralement trois hommes par animal, sans compter les bêtes de somme. Un homme était assis à califourchon sur le cou de l'éléphant et le guidait avec un crochet de fer acéré ; un autre, assis sur sa croupe et un troisième, installé au milieu. On avait installé des hoddhas pour les farangs et pour le naï qui dirigeait l'expédition. Les autres montaient à cru. Le hoddha de Phaulkon était un large fauteuil de bois orné de sculptures et attaché par une sangle qui passait sous le ventre de l'éléphant. Un toit de bois le protégeait du soleil et, de là-haut, il avait une excellente vue sur la campagne. Le Grec n'avait jamais fait de longs trajets à dos d'éléphant auparavant et le rythme un peu saccadé lui parut tout d'abord déplaisant. Puis il s'habitua progressivement à ce roulis qui n'était pas sans rappeler celui d'une petite embarcation sur une mer un peu houleuse.

Les trois farangs montaient chacun un animal séparé, avec un mahout juché entre les énormes oreilles pour les conduire. Ils avançaient en file indienne : cela ne permettait guère la conversation, mais la nouveauté du transport et le spectacle suffisaient à les occuper.

Le voyage commença à travers la plaine côtière, la mer d'un côté, et les vertes rizières étincelant au soleil de l'autre. La route, une chaussée de boue séchée sur de l'argile rouge, suivait le bord des rizières et était à peine assez large pour que deux éléphants puissent cheminer de front. Des buffles indolents regardaient passer le cortège et les petits garçons juchés sur leur dos sautaient à terre pour courir tout excités à leur rencontre. Des paysans brunis par le soleil et coiffés de grands chapeaux s'arrêtaient de repiquer le riz pour relever la tête et regarder sans un mot la procession. Puis, devinant soudain l'objet de tout ce cérémonial — car la rumeur qu'on avait découvert un éléphant blanc s'était répandue dans toute la campagne comme le feu le long d'une traînée de poudre —, ils se laissaient tomber à terre, pour se plonger dans l'eau des rizières où ils travaillaient.

Pour les modestes fermiers, ce magnifique cortège devait en effet être imposant. Deux des éléphants étaient chargés de somptueux présents du gouverneur à Sa Majesté le roi et à Son Excellence le Barcalon : rubis ramenés des mines de la région, épices venus de la colonie hollandaise de Batavia, kriss au manche incrusté de joyaux importés des États malais plus au sud et magnifiques porcelaines chinoises récemment déterrées dans les environs de Ligor. Mais le plus beau de tous les cadeaux, c'était l'éléphant blanc qui voyageait sans aucune charge, au milieu du cortège. Une douzaine d'esclaves veillaient sur lui, deux mahouts l'encadraient et il était accompagné d'une jeune éléphante pour le distraire pendant le trajet. Chaque fois que l'on s'arrêtait pour un repas ou une brève halte, chaque homme se tournait vers l'animal tout blanc aux yeux roses et s'inclinait respectueusement.

De rares nuages mouchetaient un ciel clair et, pour se protéger du soleil, les hommes portaient sur la tête des bouts de tissu comme on l'aurait fait d'un mouchoir. De loin en loin, le feuillage d'un aulne répandait un peu d'ombre sur la route. Des bosquets de bambous et de bananiers parsemaient le paysage et l'on apercevait des palmiers sur le rivage tout proche.

Phaulkon éprouvait un énorme soulagement d'être parti, mais le choc de la veille l'obsédait encore et l'absence de Sunida le harcelait comme une épine dans son flanc.

Profitant d'une halte, il avait mis pied à terre et s'était précipité sur Ivatt. Il voulait absolument avoir des nouvelles de la langue du petit homme.

« Constant, répondit Ivatt intrigué, ma langue vous obsède étrangement. Comment va donc la vôtre ? » Phaulkon n'avait pas osé répéter à Ivatt ou à Burnaby l'épisode de la langue : au premier parce qu'il avait honte d'avouer qu'il aurait pu laisser une chose pareille se produire, et au second parce que Burnaby n'en serait devenu que plus nerveux. Maintenant que Phaulkon s'était finalement convaincu que tout cela n'était qu'une ruse du gouverneur, il décida de l'oublier.

Plusieurs des hommes avaient soudain abandonné leur monture et se dirigeaient vers la tête du cortège où un énorme python bloquait le passage. Il avait avalé un cochon tout entier, dont on distinguait clairement la forme. Le python avait la peau tendue à éclater et semblait incapable de bouger.

« Il ne va pas être content d'être dérangé en pleine digestion », fit observer Phaulkon à Ivatt. Les deux hommes étaient venus rejoindre le groupe animé à l'avant de la procession.

« Exactement comme mon père après son déjeuner dominical, gloussa le petit homme.

— À votre place, cria Burnaby de l'arrière, je regagnerais ma monture. C'est là que vous serez le plus en sûreté. La région grouille de scorpions et il y a toutes sortes de petits serpents qui se fondent de façon extraordinaire dans leur environnement.

— Encore les conseils de Tantine, remarqua Ivatt.

— Il a pourtant raison, rétorqua Phaulkon. Regardez où vous marchez. »

Après des efforts répétés pour inciter le python à quitter la route, on fit venir à la rescousse l'éléphant de tête. Guidé par deux mahouts, il enroula sa trompe autour du python et souleva comme une grue les six mètres du serpent. Le python resta allongé immobile sur le bas-côté, regardant d'un œil indigné le long cortège de grosses bêtes grises tandis que les hommes remontaient sur le dos de leur monture et que la procession poursuivait son chemin.

Des oiseaux aux couleurs extraordinaires — vert doré, jaune vif et rouge rubis — s'envolaient sur leur passage, des singes jouaient avec eux. Ils passaient maintenant devant des rangées de cotonniers qui servaient aux Siamois à tisser leurs éternels panungs. Le coton était le tissu le plus populaire, non seulement parce qu'il était bon marché et facile à se procurer, mais aussi parce que, quand il était trempé de sueur, il ne devenait pas froid et ne collait pas à la peau comme la toile ou la soie.

En songeant aux magnifiques panungs de coton turquoise et azur qu'elle aimait porter, les pensées de Phaulkon revinrent à Sunida.

Il s'en était allé trouver le gouverneur de bonne heure ce matin-là pour lui demander la permission d'emmener Sunida avec lui. Le mandarin avait envoyé un messager à la factorerie hollandaise pour faire venir l'interprète, mais l'homme était rentré bredouille. Impossible de trouver l'interprète. Phaulkon soupçonnait Van Risling d'avoir interdit à celui-ci de retourner au palais après avoir entendu le récit des événements de la veille.

Faute d'interprète, il avait été difficile de deviner les raisons précises du refus opposé par le gouverneur. Phaulkon était certain que celui-ci avait bien compris sa requête car il avait commencé par hésiter puis, comme si sa décision était prise, il avait secoué la tête en faisant semblant de ne pas comprendre. Phaulkon avait la nette impression que, quelle qu'en fût la raison, cela arrangeait le gouverneur d'avoir l'air de ne pas saisir le sens de sa demande.

Sunida avait passé toute la nuit auprès de lui, à lui caresser doucement le front et les tempes, en évitant soigneusement les zones meurtries. Il était certain qu'elle n'avait pas fermé l'œil. De temps en temps, elle massait les blessures avec l'onguent prescrit par le médecin et approchait de ses lèvres une tasse de thé. Il s'était éveillé pour la toucher à son tour. Il avait humé son parfum, éprouvant une nouvelle extase devant ses gestes doux, caressants et réconfortants.

Au lever du jour, il avait tenté de la convaincre de l'accompagner chez le gouverneur pour lui demander l'autorisation de partir pour Ayuthia : elle avait refusé en indiquant qu'il devait y aller seul. N'osait-elle pas dire au gouverneur qu'elle voulait quitter son service pour s'en aller avec le farang ? Telle était l'impression de Phaulkon. En tout cas, elle avait insisté pour qu'il présentât lui-même sa requête. Peut-être, à ses yeux, cela laisserait-il entendre que l'idée venait de lui et non pas d'elle. Il voyait pourtant qu'elle était prête à l'accompagner, qu'elle ne demandait même que ça.

Quand il était revenu lui annoncer le refus du gouverneur, elle avait baissé les yeux tristement et lui avait serré très fort le bras. Il lui avait expliqué de son mieux que le moment était mal choisi pour affronter le gouverneur mais qu'il n'était pas près de l'oublier et qu'à la première occasion il reviendrait la chercher.

Elle parut comprendre : elle se désigna du doigt et esquissa toute une série de petits pas de danse pour montrer que, partout où elle serait, elle l'attendrait aussi longtemps qu'il faudrait. Il avait failli éclater en sanglots, sachant que l'absence de cette fascinante danseuse serait pour lui une perte aussi cruelle que celle de ses canons. Il allait déployer les efforts nécessaires pour récupérer le tout.

Elle l'avait accompagné jusqu'à la lisière de la ville et avait souri fièrement quand le gouverneur avait remis cérémonieusement à Phaulkon une lettre pour le Barcalon.

Phaulkon pensait maintenant à la missive qui se trouvait dans sa poche en se demandant dans quels termes elle était rédigée. Une lettre au grand Barcalon ! Voilà qu'on lui accordait un sursis, une nouvelle occasion d'atteindre son but. Avec de la chance et des paroles choisies avec soin, peut-être parviendrait-il encore à persuader le Barcalon d'emplir le navire de Sam White de marchandises appartenant au Trésor — et à crédit, car il n'avait pas d'argent pour les acheter. Dans un mois, il serait à Ayuthia et, en comptant deux semaines de plus pour le transport des marchandises d'Ayuthia à la côte, cela ne laisserait qu'un mois et demi pour accomplir sa mission : dénoncer les Maures et convaincre le Barcalon. Il n'y avait pas de temps à perdre.

La journée s'écoula rapidement : il ne pensait qu'à Sunida et aux richesses de la Perse. Le terrain maintenant devenait plus sauvage et la route plus étroite. Des broussailles avaient remplacé les rizières et l'on apercevait au loin des montagnes. Le crépuscule approchait. Ils ne tardèrent pas à faire halte pour dresser le camp dans une clairière auprès des premières pentes boisées. Demain ils allaient pénétrer dans l'épaisseur de la jungle et le véritable voyage commencerait.

On alluma des feux, le plus grand au milieu du camp et trois autres sur le périmètre, pour éloigner les bêtes sauvages. C'était la région du tigre et du rhinocéros, comme lui expliqua poliment le naï en esquissant dans la poussière avec son bâton un croquis sommaire des animaux. Il ne fallait pas quitter les parages du camp. L'homme sourit courtoisement aux farangs et leur remit des matelas bourrés de kapok ainsi que des filets de mousseline pour les protéger des moustiques. D'un instant à l'autre maintenant, Phaulkon le savait, les insectes allaient jaillir de nulle part par nuées entières pour se gaver de ce festin imprévu. Pour une raison qu'il ignorait, les farangs semblaient à ces suceurs de sang un mets plus délicat que les indigènes.

Les cuisiniers s'affairaient à préparer le repas du soir. Les esclaves éventaient et aspergeaient d'eau l'éléphant sacré quand on entendit un cri au loin : un groupe de cavaliers, leurs montures ruisselant de sueur, apparut soudain. Ils étaient une demi-douzaine et avaient trois chevaux supplémentaires qu'ils menaient à la longe. Les cavaliers étaient puissamment armés d'épées et de harpons semblables à des fourches dont on trempait la pointe dans du poison ; l'un d'eux portait même un mousquet.

Étrange spectacle que de voir des chevaux dans un tel endroit, se dit Phaulkon. Même s'ils étaient nombreux au Siam, la nature du climat et le terrain faisaient des éléphants le moyen de transport terrestre le plus adapté au pays. Eux seuls avaient la force et la masse nécessaires pour affronter les jungles touffues qui couvraient une bonne moitié de la surface du Siam. Le roi lui-même, disait-on, ne possédait pas plus de deux mille chevaux : des persans, offerts pour la plupart par le shah de ce pays. Mais la chaleur souvent torride et le manque d'herbe minaient leur énergie et ils n'étaient bon que sur de courtes distances, en terrain relativement plat. Phaulkon se demandait où se dirigeait ce petit groupe.

Les cavaliers mirent pied à terre et saluèrent le capitaine qui commandait l'expédition. Ils jetèrent un bref regard aux farangs avant de se prosterner devant l'éléphant blanc. Ils étaient maintenant à une certaine distance et Phaulkon n'arrivait pas à entendre la conversation : mais ils semblaient avoir l'intention de rester là car ils attachèrent leurs chevaux et vinrent rejoindre le naï autour du grand feu.

Les Européens étaient fatigués et courbatus après les heures passées à dos d'éléphant, pratique dont ils n'avaient pas l'habitude : les blessures de Phaulkon et le pied de Burnaby étaient loin d'être guéris. Il n'était sans doute pas plus de sept heures du soir quand ils eurent terminé leur repas de riz, de légumes et de poisson salé arrosé de thé, mais ils étaient néanmoins prêts à dormir. L'incessant bourdonnement des moustiques les garda encore un moment éveillés, puis même ce bruit ne parvint plus à les empêcher de sombrer dans le sommeil.

Phaulkon passa une nuit agitée et ouvrit les yeux avant l'aube. Il avait un mauvais pressentiment. Il repensait aux cavaliers. Pourquoi n'étaient-ils pas venus le saluer ? se demanda-t-il. Ne savaient-ils donc pas qu'on lui avait décerné la plus haute décoration de la province, l'ordre de l'Éléphant blanc de troisième classe ? Peut-être n'osaient-ils pas l'aborder, sachant que toute communication avec lui était impossible.

Il regarda autour de lui. Toute la troupe dormait encore, à l'exception des hommes de garde qui entretenaient les feux. Le bruissement de milliers de cigales rivalisait avec les craquements du feu de bois.

À plusieurs reprises cette nuit-là il s'était réveillé et avait vu les cavaliers bavarder avec le naï jusqu'à une heure avancée de la nuit. Il s'était efforcé de suivre leur conversation, mais les rumeurs de la jungle et du feu l'en avaient empêché. S'il s'approchait d'eux maintenant, ils se tairaient tout simplement, il en était certain. Il se reprocha de se montrer aussi méfiant : pourquoi l'arrivée de ces hommes à cheval le concernerait-elle ? Le fait qu'ils soient armés n'avait rien d'extraordinaire. Les bandits de grand chemin étaient peut-être rares au Siam, mais le danger de rencontrer des bêtes sauvages expliquait facilement le besoin d'armes. Pas étonnant que la population se fût installée partout sur les rives des fleuves et qu'elle se limitât au transport par voie d'eau, songea-t-il. Mais pourquoi ces trois chevaux supplémentaires ? lui soufflait une voix. Sans doute comme bêtes de rechange, se persuada-t-il.

Il sommeilla, sans trop savoir pendant combien de temps, puis d'instinct s'éveilla de nouveau. Un cavalier s'était levé et s'approchait du grand feu. Il dit quelques mots aux gardes qui tournèrent les yeux dans la direction de Phaulkon. Cette fois il ne rêvait pas. Les paupières mi-closes, il les examina. Un des chevaux poussa un hennissement, puis il entendit un bruit derrière eux. Un faible bruit : un bruissement de feuilles, le craquement d'une petite branche. On approchait également de l'autre côté. Burnaby et Ivatt dormaient à poings fermés. Burnaby avait allongé ses longues jambes et son pied blessé reposait sur une bûche. Ivatt était pelotonné sur lui-même comme un chat.

Phaulkon fit semblant de s'agiter dans son sommeil. Il se mit sur le dos et tourna la tête de l'autre côté. Immobile, il scruta l'obscurité. Retenant son souffle, il tendait l'oreille. À part les bruits de la nuit, c'était le silence. Puis il entendit de nouveau. Quelque chose bougeait par là. Était-ce une bête sauvage ? Ou quelqu'un qui rampait prudemment vers lui ?

Il scruta les ténèbres dans la direction d'où venait le bruit. Peu à peu il distingua une silhouette à peine visible dans l'obscurité mais proche. Elle s'élevait à une grande hauteur : c'était un arbre, mais quelque chose derrière le tronc se déplaçait. Il fixa l'ombre mouvante. Elle se tenait debout. C'était un être humain, pas un animal.

Un cri étouffé jaillit de ce côté-là. Phaulkon se souleva sur un coude et guetta le bruit : ce n'était plus maintenant qu'une série de gémissements sourds. Il aperçut une silhouette pliée en deux, se tenant la cheville à deux mains. Basculant sous la moustiquaire, il approcha avec lenteur. La silhouette leva les yeux. « *Maengpong !* » entendit-il murmurer avec angoisse. Un scorpion. Le pauvre diable ! songea Phaulkon.

Il se retourna pour alerter les gardes mais les mots se figèrent sur ses lèvres. Burnaby, assis sur son séant, clignait des yeux. Un des cavaliers était planté devant lui, brandissant une épée au-dessus de sa tête. Ivatt regardait le canon d'un mousquet braqué sur lui. Trois autres hommes maintenant pointaient sur Phaulkon leurs harpons empoisonnés. Une vague lueur commençait à éclairer le ciel. Le camp s'agitait peu à peu.

« Sombat a été mordu par un scorpion ! cria quelqu'un à l'arrière-plan.

— Ces morsures sont presque toujours fatales, dit une autre voix.

— Je crois qu'il est mort, fit un troisième.

— Qu'on le brûle, ordonna le chef des cavaliers, son mousquet toujours braqué sur Ivatt. Ensuite, en route. » Il désigna les ballots posés sur le sol : les quelques vêtements que le gouverneur avait donnés aux farangs pour le voyage. « Ramasse ça », ordonna-t-il en regardant Phaulkon d'un ton qui ne laissait pas de doute sur ses intentions.

Phaulkon ramassa lentement les paquets tout en considérant le cadavre qu'on transportait maintenant jusqu'au feu. À la lueur des flammes, Phaulkon surprit le regard du naï : mais le capitaine détourna la tête, reconnaissant tacitement sa complicité. Il était donc avec eux, songea Phaulkon le cœur serré. Les chances étaient bien minces de s'attaquer à une armée de cinquante hommes.

« Que diable se passe-t-il, Constant ? demanda Burnaby maintenant parfaitement réveillé.

— Faut-il les attaquer, Constant ? cria Ivatt. Vous n'avez qu'à me donner l'ordre.

— Pas maintenant. Ils ont largement l'avantage du nombre. Le capitaine est aussi dans le coup, j'en ai peur.

— Dans quel coup ? interrogea Burnaby.

— Du diable si je le sais, répondit Phaulkon. Mais, si ces chevaux sont venus de Ligor, ils ont fort bien pu partir une demi-journée après nous pour nous rattraper à la tombée de la nuit. Peut-être Van Risling a-t-il encore inventé quelque chose.

— Vous voulez dire que ces canailles pourraient

être ici en mission officielle ? » demanda Burnaby avec inquiétude.

Plusieurs hommes les dévisageaient d'un air furieux en leur faisant signe de se taire. Le chef des cavaliers psalmodiait une prière : quelques instants plus tard, on jeta dans les flammes le corps de son compagnon. Le camp tout entier regarda le cadavre se consumer dans le feu. Puis le chef remonta en selle et fit signe aux farangs de le suivre.

Le camp était maintenant réveillé : les hommes observaient la scène dans une étrange indifférence. Il n'était guère utile de demander de l'aide de ce côté-là, songea Phaulkon. Une fois de plus, il lança au naï un coup d'œil interrogateur, mais le capitaine évita de nouveau son regard.

Manifestement tout cela avait été préparé, ou du moins avait fait l'objet d'un accord. Pourquoi donc ?

« Où nous emmène-t-il ? interrogea Burnaby. Nous devons exiger une explication.

— Dans quelle langue ? dit Phaulkon.

— Vous ne croyez pas qu'il serait temps que vous vous mettiez à parler siamois ? demanda Burnaby d'un ton amer. À quoi bon avoir appris cette foutue langue si vous ne devez jamais l'utiliser ? Je n'arrive pas à comprendre pourquoi vous ne l'avez pas voulu : ç'aurait pu nous épargner pas mal d'ennuis.

— Constant s'en est assez bien tiré jusqu'à maintenant, intervint Ivatt. Tâchons d'abord de savoir où nous allons. »

Le chef détacha les chevaux qui se mirent à hennir. On approcha les trois bêtes de rechange des farangs auxquels on donna l'ordre de se mettre en selle. Les cavaliers armés n'étaient pas discourtois mais ils ne semblaient pas disposés à ce qu'on les fasse attendre.

« Pour l'instant, dit Phaulkon aux autres, contentez-vous de suivre les ordres. La moitié du camp est armée. » C'était vrai. Un homme sur deux portait une arme pour se protéger des bêtes sauvages. Ivatt et lui aidèrent Burnaby à grimper sur sa monture, en évitant la moindre pression sur son pied blessé. Les jambes de l'Anglais pendaient de chaque côté presque jusqu'au sol.

Dans une odeur de chair carbonisée, ils quittèrent le camp en prenant la direction d'où ils étaient venus. Des traînées orange commencèrent à strier l'horizon et, à travers les arbres, on apercevait peu à peu le ciel éclairé par l'aube naissante. Le chef chevauchait en tête avec un de ses compagnons tandis que les trois autres fermaient la marche, les farangs entre eux.

À mesure que le jour se levait, on hâta le pas et bientôt ils se retrouvèrent à galoper dans la forêt, avançant deux fois plus vite que la veille. À cette heure matinale, l'air était pur et frais et, dans de tout autres circonstances, ç'aurait été une charmante promenade. Phaulkon évalua les possibilités de s'échapper : mais le chef avait passé le mousquet à l'un des cavaliers de l'arrière-garde et le Grec n'avait pas envie de recevoir presque à bout portant une balle dans le dos. D'ailleurs, Burnaby était blessé et lui-même n'était pas au mieux de sa forme pour se battre ou pour courir.

Ils débouchèrent de la forêt : un vaste ciel orangé se déployait majestueusement devant eux et ils mirent leurs montures au pas pour les faire souffler un peu. Pour la première fois depuis le départ du camp, Phaulkon prit la parole.

« Nous suivons la même route qu'hier. Il semble que nous retournions à Ligor. Je ne vois guère l'intérêt de nous y précipiter. Même si nous pouvions nous échapper dans l'état où nous sommes, nous ne tarderions pas à nous perdre. Je ne pense pas qu'ils comptent se débarrasser de nous, sinon ils nous auraient abandonnés aux bêtes sauvages.

— Je parie que le maudit Hollandais est derrière tout ça, marmonna Burnaby. Barbe-de-carotte a dit que nous aurions de ses nouvelles. » En apprenant leur départ, le Hollandais déçu avait envoyé un billet dans ce sens. Il n'était pas venu leur dire adieu.

« Croyez-vous que le gouverneur soit de mèche ? demanda Ivatt. Finalement, il avait l'air d'un homme très convenable.

— Qui voulez-vous que ce soit d'autre ? répliqua Phaulkon. Ces gens ne nous ramèneraient pas à Ligor sans instructions. J'ai bien peur que nous n'ayons quelques ennuis.

— Notre meilleure chance serait de tomber sur un autre éléphant blanc », observa Ivatt. Malgré leur pénible situation, ils éclatèrent tous de rire. Les cavaliers se retournèrent pour les regarder d'un air méfiant.

Vers midi, ils firent halte à l'ombre d'un grand banyan et mirent pied à terre. Les cavaliers allumèrent un feu et commencèrent à cuire du riz dans un chaudron noir. Ils le parsemèrent de pousses de bambou et en offrirent aux farangs dans de petits bols. Pas de cuiller : ils mangèrent avec leurs doigts.

Phaulkon espérait glaner des informations en écoutant leur conversation, mais c'était à peine s'ils échangeaient quelques mots. Il envisagea un moment de se mettre à parler siamois pour leur demander ce que tout cela signifiait, puis il se ravisa. De toute façon, il y avait peu de chance pour qu'ils révèlent quoi que ce soit, surtout qu'il n'avait rien pour les acheter : mieux valait donc garder un peu plus longtemps secret le fait qu'il connaissait leur langue. Ils se reposèrent un peu après le repas et, quand ils repartirent, le soleil brillait bien haut dans le ciel. Les farangs enroulèrent des bandes de tissu autour de leur tête pour se protéger le crâne.

Burnaby reconnut un carrefour de la route où la veille il avait aperçu un centipède noir d'un pied de long, une créature venimeuse dont il savait que la morsure était aussi mortelle que celle d'un scorpion : il en déduisit qu'ils n'étaient plus qu'à une heure ou deux de Ligor. Ils chevauchèrent en silence jusqu'au moment où ils aperçurent quelques cabanes de paysans avec des animaux de ferme — poulets, porcs et buffles — et ils comprirent qu'ils approchaient des faubourgs de la ville.

Trois cavaliers apparurent au loin, barrant la route avec leurs montures. Deux d'entre eux étaient torse nu tandis que le troisième portait une chemise de mousseline blanche avec des manches trois quarts. Un haut fonctionnaire escorté de deux esclaves, se dit Phaulkon. Aucun d'eux ne semblait armé.

En approchant, les Européens reconnurent

l'homme à la chemise. C'était l'un des aides de camp du gouverneur, un subalterne du Palat : il avait un nez particulièrement épaté facilement reconnaissable. Phaulkon se rappela qu'Ivatt s'était demandé comment on pouvait arriver à respirer avec un tel appendice.

L'homme salua les farangs avec le minimum de politesse et donna un ordre à l'escorte. Les cinq cavaliers remirent mousquets, épées et harpons empoisonnés aux deux nouveaux venus au torse nu qui les emportèrent au galop. L'aide de camp du gouverneur fit signe aux farangs de le suivre et leur ancienne escorte, maintenant désarmée, recula à une cinquantaine de pas. Ils suivirent le groupe de tête à bonne distance, tandis que l'aide de camp, seul avec les farangs, prenait un itinéraire apparemment tortueux qui évitait à la fois le palais du gouverneur et le centre de la ville.

Phaulkon comprit soudain que leur petite troupe devait passer aussi inaperçue que possible. Voilà qui pouvait expliquer l'escorte à quelque distance et l'abandon des armes. Pour on ne sait quelle raison, ils ne devaient pas attirer l'attention. Ils tournèrent à gauche en direction du bord de mer et débouchèrent bientôt sur une vaste plage qui s'étendait aussi loin que pouvait porter le regard. Ils avancèrent en silence et sans hâte le long du rivage bordé de palmiers. Puis l'aide de camp finit par s'arrêter et mit pied à terre au sommet d'un tertre sablonneux d'où la vue s'étendait assez loin sur l'océan. Il fit signe aux deux autres d'en faire autant. L'escorte les suivait toujours. L'aide de camp mit sa main en visière et regarda vers le large. Tous suivirent son regard. Un horrible soupçon les envahit. Avec une inquiétude croissante, ils regardaient, ils attendaient. La mer s'était retirée très loin : à bonne distance, de petites vagues se brisaient et reculaient encore. Puis, un instant, la mer resta lisse.

Ils l'aperçurent soudain. Quelques secondes plus tard, une vague vint de nouveau le submerger mais ce spectacle leur avait glacé le cœur. Ils regardaient, pétrifiés, espérant malgré tout qu'ils avaient été victimes d'une illusion d'optique. Mais l'objet réapparut et, cette fois, bien plus longtemps.

La gueule d'un canon pointait distinctement au-dessus de l'eau. Une des cinq pièces du maître fondeur De Groot qui auraient dû faire leur fortune par l'intermédiaire de la reine rebelle de Pattani.

12

« Toi, le criminel, avance ! » Pétrifié de terreur, le Siamois demeurait figé sur place. Il n'avait pour tout vêtement qu'un pagne et une image de Haminan, le dieu singe, était tatouée sur son bras droit.

« J'ai dit : en avant ! »

Le prisonnier avança.

« Sors ta langue ! »

Lentement, la langue apparut. Le corps du prisonnier était secoué de tremblements spasmodiques. Il ouvrait les yeux et les refermait comme s'il ne savait pas s'il voulait ou non regarder.

« À genoux ! » Le prisonnier s'effondra sur le sol. Deux robustes gaillards s'approchèrent et empoignèrent solidement le criminel qui poussait des gémissements. L'un d'eux lui maintint la tête tandis que l'autre lui écartait brutalement les mâchoires afin de coincer contre son palais une baguette de bambou qui lui maintenait la bouche ouverte.

Le bourreau s'avança alors, brandissant un poignard soigneusement affûté. Le prisonnier avait les yeux fixés sur la lame incurvée. D'un mouvement brusque, le bourreau leva le bras et plongea la lame dans la bouche de la victime, par-delà la baguette de bambou. D'un geste vif, il lui trancha la langue.

Il y eut un cri étouffé. Le bourreau agita un instant la langue vers le Palat avant de la tendre à un esclave accroupi à ses pieds. Un autre apporta une noix de coco fraîche : le bourreau la prit pour l'introduire solidement dans la bouche du criminel. Cela arrêta provisoirement l'hémorragie et on entraîna l'homme.

L'adjoint du gouverneur se tourna ensuite vers les farangs. Tous trois étaient alignés à un endroit où ils ne perdaient rien du spectacle. Il les regarda attentivement tour à tour comme s'il hésitait avant de se décider. Son regard s'arrêta enfin sur Ivatt.

« Celui-ci d'abord ! » lança-t-il.

Ils étaient dans la cour du gouverneur, auprès du grand banyan. Des gardes armés étaient postés à toutes les issues. Le gouverneur lui-même n'était pas présent et c'était le Palat qui faisait exécuter les sentences. Hormis le bourreau et son équipe, il n'y avait là que deux des assistants du Palat et une douzaine d'esclaves. Il ne s'agissait manifestement pas d'une exécution publique.

On emmena Ivatt jusqu'à l'endroit où le criminel se trouvait quelques instants plus tôt, juste devant le grand arbre. Les mêmes mains robustes empoignèrent la tête du petit homme. On lui écarta violemment la mâchoire et on glissa dans sa bouche une baguette de bambou. L'esclave accroupi tenait une noix de coco toute prête. Ivatt lança à Phaulkon un regard désespéré.

Les pensées se bousculaient dans l'esprit du Grec. Il avait le visage et le corps baignés de sueur. Si Ivatt résistait, si l'un d'eux tentait de s'échapper, il savait que leur châtiment serait encore plus pénible : on tiendrait pour la pire des insultes de mettre en cause la justice du gouverneur. D'ailleurs, avec toutes les issues barrées et des gardes armés à quatre contre un, il ne fallait pas compter s'échapper. Néanmoins, si Ivatt se débattait, il faudrait finalement courir à son secours et tenter sa chance. Sinon...

L'expression qu'on lisait sur le visage d'Ivatt était comme un couteau planté dans le cœur de Phaulkon. Le petit homme était devenu un ami en même temps qu'un loyal collègue et, pour la première fois depuis que Phaulkon le connaissait, le pétillement malicieux avait totalement disparu de son regard. Phaulkon ne tourna pas la tête mais il entendit Burnaby secoué de nausées à ses côtés.

Les lourdes portes en teck de la salle d'audience s'ouvrirent toutes grandes : le gouverneur apparut en costume de cérémonie, coiffé de son chapeau conique. Sur ses talons, Sunida, le visage hagard et désemparée.

Le mandarin contempla un moment la scène du haut des marches, les mains croisées sur son ventre rebondi. Il n'avait plus son air courtois habituel et il toisait les farangs d'un regard glacé comme s'il ne remarquait même pas leur présence. C'était la première fois que ceux-ci le voyaient depuis leur retour à Ligor, quelque trois heures plus tôt. Sunida jeta un regard inquiet à Phaulkon. On lisait la peur dans ses yeux et un léger tremblement secouait ses lèvres.

Le gouverneur descendit les marches. « Coupez-lui là langue ! » tonna-t-il.

Les deux gaillards obligèrent Ivatt à se mettre à genoux. Le bourreau s'avança. Un silence de mort s'abattit sur la cour et l'homme leva son poignard.

« *Y oooot ! Mai tong !* » Les mots brisèrent le silence. Le couteau du bourreau s'immobilisa. Phaulkon se jeta aux pieds du gouverneur. « Arrêtez ! répéta-t-il en siamois. Je vous en supplie, Excellence, je vais tout vous expliquer. Ne faites pas de mal à cet homme. » La formulation était impeccable, le vocabulaire parfait. Les spectateurs et le mandarin restèrent abasourdis.

« Je suis un envoyé de Sa Très Gracieuse Majesté le roi. » En entendant prononcer le nom de Sa Majesté, chacun sauf Burnaby se prosterna le visage contre terre. Seul Ivatt restait à genoux, désemparé au milieu de toute cette confusion.

Sur ces entrefaites, Joop Van Risling, suivi de l'interprète malais, sortit tout essoufflé de la salle d'audience du gouverneur. « Qu'est-ce que je vous disais ? balbutia-t-il d'un ton triomphant. Je savais bien que c'était lui. »

Son regard ravi alla de Phaulkon au gouverneur prosterné. Puis il se tourna vers l'interprète. « Nous n'aurons plus besoin de vos services pour un moment, hein, Pieter ! Ha, ha ! »

Le gouverneur fut le premier à se relever et Phaulkon, toujours allongé à terre, s'adressa aussitôt à lui.

« Moi qui ne suis qu'un esclave indigne, je sollicite l'honneur d'un entretien en tête à tête avec Votre Excellence. Concernant des affaires de la plus haute importance. »

Malgré sa fureur manifeste, le gouverneur ne pouvait s'empêcher de montrer son étonnement devant la facilité avec laquelle Phaulkon s'exprimait. Ce farang utilisait avec précision les formules correctes pour s'adresser à un personnage de son rang, ce que même ses propres courtisans n'arrivaient pas toujours à faire. Le gouverneur n'hésita qu'une fraction de seconde puis il acquiesça de la tête et se dirigea vers la salle d'audience. Arrivé au haut du perron, il congédia Sunida et se tourna vers le Palat.

« Le bourreau va attendre ici avec le prisonnier. Personne ne doit quitter la cour sans y être autorisé. Et veillez à ce qu'on nettoie le grand farang. »

Phaulkon suivit le gouverneur, le Hollandais sur ses talons et traînant l'interprète malais avec lui. À l'entrée de la salle, Phaulkon se retourna vers le Hollandais.

« Van Risling, dit-il en hollandais, votre présence ici n'est pas nécessaire. J'ai à discuter avec Son Excellence d'affaires confidentielles.

— Nous allons voir ça! s'exclama le Hollandais. Qui êtes-vous, d'ailleurs, pour donner des ordres? Vous n'aurez bientôt plus de langue pour le faire. » Il se tourna vers l'interprète. « Dis au gouverneur que je dois assister à cette rencontre. Il ne faut pas faire confiance à ce démon. Absolument pas. »

Sans laisser au Malais le temps de traduire, Phaulkon s'était adressé directement au gouverneur. « Excellence, moi qui ne suis qu'un grain de poussière, j'ai des affaires d'État délicates à révéler au Puissant Seigneur. Seule Votre Excellence peut les entendre. »

Ils étaient maintenant sur le seuil de la salle d'audience. Le gouverneur réfléchit un moment avant de se tourner vers l'interprète. « Demande à M. Lidrim d'attendre dehors. »

En entendant la traduction, le Hollandais devint cramoisi. Il ouvrit la bouche, puis se ravisa. Jurant sous cape, il se précipita à grands pas dans la cour, non sans avoir jeté à Phaulkon un regard venimeux. « Je ne serai peut-être pas présent à cette entrevue, esclave de Turc, ni même dans l'arène avec toi, mais, *Godverdomme*, je te promets d'être là à ton enterrement. »

Sans se soucier de cette sortie, Phaulkon suivit le gouverneur à l'intérieur. Il se prosterna sur le tapis persan tandis que le mandarin, maîtrisant sa colère, donnait l'ordre à ses gardes de rester dehors en état d'alerte. Il se tourna vers Phaulkon d'un air méprisant. « Vous avez beaucoup d'explications à me fournir et très peu de temps pour le faire. Commencez.

— Excellence, moi, un modeste cheveu, je sais ce que vous devez éprouver et je ne saurais vous dire combien cela a été difficile pour moi. Votre hospitalité sans pareille, votre nature généreuse, votre infinie sagesse et votre sens de la justice ont rendu ma tâche d'autant plus déplaisante. Et si je ne m'étais pas vu confier une mission par le Seigneur de la Vie lui-même par le truchement de Son Excellence le Pra Klang, j'aurais sûrement commencé par refuser. » Il marqua un temps. « Voyez-vous, Excellence, on m'a envoyé vous espionner. »

Il y eut un bref silence, puis le mandarin éclata de rire.

« Compte tenu du peu de temps que vous avez devant vous, vous seriez bien avisé de l'employer plus intelligemment. » Il se pencha en avant : « Car c'est bien là la proposition la plus ridicule que j'aie jamais entendue. » Il eut un nouveau rire qui s'arrêta brutalement. Son regard se durcit. « C'est aussi de la trahison. »

Malgré le ton menaçant et l'indignation du gouverneur, Phaulkon crut percevoir chez lui un soupçon d'hésitation. Il luttait maintenant pour sa vie elle-même et, si mince qu'elle fût, c'était sa seule chance. Il lui fallait poursuivre jusqu'au bout. « On m'a choisi, Excellence, car personne ne soupçonnerait jamais un farang de... jouer le rôle d'un envoyé. »

Au cas où l'on découvrirait sa supercherie à propos de son ignorance de la langue, c'était là la stratégie que Phaulkon avait décidé d'appliquer et il avait répété son rôle une douzaine de fois. Son ami, *mestre* Phanik, qui connaissait mieux la hiérarchie du pouvoir au Siam que n'importe quel autre étranger, lui avait dit un jour que la crainte des espions royaux était le talon d'Achille de tout gouverneur de province.

« Vous voudrez bien m'excuser, Excellence, reprit Phaulkon, on ne s'attend pas à voir un farang connaître votre langue. Aucun honorable gouverneur ne risquerait donc de se surveiller en présence d'un misérable grain de poussière comme moi. C'est Sa Très Gracieuse Majesté en personne qui a conçu ce plan, ajouta-t-il sur le ton de la confidence. Et je pourrais être exécuté pour l'avoir révélé.

— Allons donc, ricana le gouverneur, pour qui me prenez-vous ? Nous perdons le temps de tout le monde, y compris celui du bourreau. Et les canons alors ? » La colère du mandarin ne faisait visiblement que croître. « Pourquoi avez-vous nié leur existence ?

— Je les transportais à Songkhla, sur ordre de Son Excellence le Pra Klang, répondit Phaulkon sans hésitation. J'avais juré de ne pas révéler leur existence.

— Leur existence ? Il y en avait donc plus qu'un ?

— Il y en avait cinq, Excellence.

— Et pourquoi avez-vous gardé le silence ?

— Pour avoir un effet de surprise complet. Comme Votre Excellence ne l'ignore pas, les habitants de Songkhla sont de fidèles sujets de Sa Majesté. J'avais l'ordre de leur enseigner le fonctionnement du canon pour qu'ils puissent assener un coup mortel aux rebelles de Pattani qui ont osé défier le Seigneur de la Vie.

— Vous avez naturellement une lettre royale dans ce sens ?

— Hélas, Excellence, elle est au fond de la mer, avec tout ce qui m'appartenait.

— Comme c'est commode », observa le gouverneur d'un ton moqueur. Il prit une noix dans sa boîte à bétel en or. Il la mâcha d'un air songeur. Il n'avait pas eu la vie facile, se dit-il, depuis que ces pêcheurs avaient signalé la présence d'un objet bizarre émergeant de l'océan. Être dans l'obligation d'exécuter un homme à qui il venait de décerner la plus haute distinction de la province allait le rendre parfaitement ridicule. Le peuple pourrait bien ne pas faire la différence entre un canon et une longue-vue, mais le dernier des paysans aurait entendu parler des honneurs prodigués au boxeur farang. Pis encore, il avait envoyé un rapport plein d'éloges au Pra Klang d'Ayuthia, vantant non seulement les mérites du farang mais suggérant même que le gouvernement trouve un moyen d'utiliser ses services. Au diable ce farang beau parleur et fourbe ! Et dire qu'il l'avait trouvé sympathique ! Son rapport était parti voilà deux jours par courrier à dos d'éléphant et il n'y avait maintenant aucun moyen de l'intercepter. Toute cette affaire était extrêmement gênante et risquait de se révéler dangereuse. Comment pourrait-il s'attendre à conserver son poste de gouverneur quand le Pra Klang découvrirait qu'il avait conféré à un contrebandier la plus haute distinction de sa province ? Même s'il tentait d'étouffer l'affaire, le farang hollandais, qui cherchait à faire évincer du pays ces Anglais, ne manquerait pas d'attirer l'attention sur les canons et de raconter la chose dans tout Ayuthia.

Déjà, par crainte de provoquer des rumeurs, il avait dû faire désarmer l'escorte qui avait ramené les farangs à Ligor. On avait fait jurer le secret à tous les gardes sous peine de mort pour eux-mêmes et pour leurs familles. Voilà maintenant que venait s'ajouter le problème de tous ceux qui avaient entendu le farang parler siamois dans la cour. À eux aussi il faudrait imposer le silence.

Y avait-il une ombre de vraisemblance dans le récit fantaisiste de ce farang ? se demandait-il. Une partie en lui commençait presque à le souhaiter. Cela éviterait assurément pas mal de problèmes. Mais un farang travaillant à la sécurité intérieure du royaume ? L'idée était grotesque. Jamais Sa Majesté ne s'abaisserait à de telles pratiques, quand bien même ce farang parlerait la langue comme un natif du pays. Mais, il fallait bien le reconnaître, sa maîtrise du siamois était stupéfiante.

Le farang semblait lire ses pensées. « Excellence, moi, un grain de poussière, je comprends fort bien vos raisons de mettre en doute mes explications. Je n'ai aucune lettre royale m'autorisant à transporter les canons, rien qui prouve mon statut d'envoyé de Sa Majesté. Je vous ai caché ma connaissance du siamois et je n'en ai fait la révélation que quand vous avez livré mon collègue à la torture. Si vous voulez bien pardonner ma présomption, à la place de Votre Excellence je n'aurais pas eu d'autre réaction. » Il marqua un temps. « Il y a peut-être pour moi un moyen de prouver mon innocence, mais ce sera délicat de l'expliquer plus tard à Son Excellence le Pra Klang. » Il hésita, tandis que le mandarin l'observait impassible. « Excellence, je propose de rester sous votre garde tandis que vous ferez demander à Ayuthia confirmation de mon statut. Je vous supplierai toutefois de limiter vos questions aux seuls canons car, si l'on savait que j'ai révélé mon rôle d'envoyé de Sa Majesté, je ne manquerais pas d'être exécuté. Quand la vérité sera confirmée à propos des canons, peut-être Votre Excellence voudra-t-elle bien croire que je ne lui ai pas menti non plus quant à mon autre rôle. » Phaulkon se rendait bien compte du formidable risque qu'il prenait, mais dehors le bourreau attendait toujours des ordres. Avant tout, il fallait gagner du temps. La fureur du mandarin d'avoir été dupé et d'avoir perdu la face de façon aussi honteuse pouvait faire à tout moment qu'il ordonne son exécution.

Un sourire narquois plissa les lèvres du gouverneur. « Ainsi, monsieur Forcone, si je vous comprends bien, on vous a donné l'ordre de livrer les canons à Songkhla, à deux jours de voyage au sud, et d'espionner en même temps ma province ? Vous êtes vraiment un homme remarquable.

— Excellence, il ne fallait faire escale à Ligor qu'afin de me ravitailler en route pour Songkhla. Quoi de plus naturel ? Et je devais rester quelques jours ici pour faire mon rapport. Si vous aviez insisté pour inspecter ma cargaison, vous auriez trouvé mes documents parfaitement en ordre. Je me permettrai d'ajouter, Excellence, que mon rapport n'aurait contenu que des éloges pour la sagesse et la justice de votre gouvernement. »

Le gouverneur reprit de nouveau son air impénétrable et se mit à mâcher une deuxième noix de bétel. La proposition du farang de rester en otage à Ligor pourrait faire davantage que maintenir un peu plus longtemps la tête de cet homme sur ses épaules, se dit-il. Cette décision pourrait aussi fournir au gouverneur une solution qui lui sauverait la face. Il pourrait renvoyer le grand farang à Ayuthia pour obtenir un nouveau jeu de documents — si tant est qu'ils aient existé — et garder ici le boxeur en otage. S'il envoyait également le petit farang à Ayuthia, il n'aurait pas l'impression de garder quelqu'un prisonnier. Il trouverait une excuse publique raisonnable pour retenir un peu plus longtemps le boxeur dans sa province, en qualité d'invité naturellement. Il eut un petit sourire. Il allait renvoyer les deux autres par bateau. Voilà qui expliquerait pourquoi ils n'avaient pas poursuivi leur voyage par voie de terre. N'ayant pas l'habitude des éléphants, les farangs avaient été très malades. En même temps, il adresserait une nouvelle dépêche au Pra Klang, l'informant de la découverte des canons, demandant confirmation de l'histoire du farang moyen et expliquant que lui-même avait pris la précaution de le garder en otage. Il regarda Phaulkon et sourit pour la première fois.

« Votre proposition, monsieur Forcone, me semble raisonnable. Je vais renvoyer vos amis à Ayuthia par mon bateau. Vous n'aurez plus le droit de communiquer avec eux avant leur retour, munis des documents appropriés fournissant la preuve de la mission dont vous êtes chargé. Jusque-là, vous serez mon "hôte" et l'on vous aménagera un appartement dans le palais. Sunida pourra vous tenir compagnie si vous le souhaitez. » Il serait précieux d'avoir cette fille vive et loyale pour l'espionner, maintenant qu'ils pouvaient converser ensemble, songeait avec satisfaction le mandarin. « Ah, encore une chose. Ce rapport que vous prépariez sur ma province, voudriez-vous le terminer pour demain à l'aube ? Nous l'enverrons à Ayuthia par le même bateau. »

Telle avait toujours été la méthode siamoise : garder toutes les options ouvertes.

« Bien sûr, Excellence », répondit Phaulkon, trop content de voir la tournure que prenaient pour l'instant les événements. Du moins lui et les autres allaient-ils rester pour un temps en vie.

Le gouverneur se leva. « Kling ! » appela-t-il.

Le Palat arriva sans bruit en rampant depuis la pièce voisine.

« Je veux qu'on amène ici tous les hommes qui se trouvent dans la cour, tous les esclaves qui ont été témoins des récents événements. Qu'on ramène les autres farangs à leurs appartements. Le boxeur va séjourner au palais. Il ne devra pas communiquer avec les autres.

— Puissant Seigneur, je reçois vos ordres. »

Le soleil du soir brillait par la fenêtre ouverte, illuminant une traînée de poussière sur la table basse où Phaulkon était en train d'écrire. Il était maintenant au palais, dans une pièce presque identique à celle de la maison des invités.

Il rédigeait son rapport au Pra Klang, le Grand Barcalon, un homme qu'il n'avait en fait jamais rencontré. La seule certitude qu'il avait, c'était la formulation. Le reste, il devrait peut-être le concocter avec l'aide, spontanée ou involontaire, de Sunida. Et si l'on envoyait vraiment le rapport au Barcalon ? Il ne faisait que surseoir à son exécution : il le savait. Pourtant, s'il n'écrivait pas ce rapport, ce serait admettre sa supercherie et cette fois le gouverneur n'hésiterait pas. Mieux valait être exécuté plus tard. Au fond de son esprit, il y avait toujours la chance infime, le lointain espoir que, s'il le formulait à la perfection, le rapport n'arriverait jamais jusqu'au Barcalon.

Bien qu'il lui tournât le dos, il sentit dans la pièce la présence de la jeune femme. Elle toussota et il se retourna. « Sunida ! Comme je suis heureux de te voir ! »

Elle avait complètement disparu depuis l'horrible expérience dans la cour cet après-midi.

« Mon Seigneur », répondit-elle simplement. Elle s'accroupit pour ne pas se trouver plus haute que lui. Puis son visage prit une expression peinée. « Pardonnez-moi, dit-elle avec appréhension, pourquoi mon Seigneur ne m'a-t-il pas dit qu'il parlait notre langue ? »

Phaulkon s'attendait à cette question. « Je ne suis malheureusement pas en mesure de l'expliquer. Sache seulement que cela n'a rien à voir avec le grand respect que je te porte. »

Sunida inclina la tête. « Peut-être mon Seigneur voulait-il découvrir des choses qu'il n'aurait pas découvertes autrement ? »

Phaulkon ne releva pas sa remarque, mais il était impressionné par l'intuition dont elle faisait preuve.

« J'ai demandé la permission de t'emmener avec moi, Sunida. Je t'aurais parlé siamois dès que nous serions arrivés à Ayuthia. »

Sunida parut quelque peu réconfortée. « Son Excellence m'a demandé si j'aurais accepté de vous accompagner, reprit-elle d'un ton mutin.

— Et qu'as-tu répondu ?

— J'ai dit que cela dépendrait de Son Excellence, bien entendu.

— Parce que Son Excellence est ton maître ? »

Sunida hésita. « Parce que c'est mon oncle. »

Phaulkon fut pris au dépourvu. « Ton oncle ? »

Sunida hocha la tête. « Il est le frère cadet de mon père qui... qui a été tué par les farangs... Je veux dire les farangs hollandais, durant le blocus du Menam Chao Phraya. »

Phaulkon était abasourdi. « Tu veux dire : il y a vingt ans, quand les Hollandais ont bloqué le fleuve pour exiger des concessions ?

— C'est exact, mon Seigneur. » Elle baissa tristement la tête. « Je venais de naître et mon honorable père était le général qui commandait les troupes.

— C'est terrible. À cause de cela tu dois haïr les Hollandais et tous les farangs, dit Phaulkon.

— Je ne hais personne, mon Seigneur. Il y a des bons et des méchants partout. Dans mon pays aussi.

— Et ta mère, Sunida, qu'est-elle devenue ?

— Elle s'est remariée : elle a épousé un mandarin birman quand j'étais très jeune. Mon oncle ne voulait pas me voir élevée à Ava, parmi les Birmans. Vous savez, ce sont nos rivaux. Il m'a donc gardée ici. L'épouse de mon oncle est morte en couches : j'ai donc été comme une fille pour lui. Sous son aspect sévère, c'est un homme bon et généreux.

— Il a aussi de la chance de t'avoir, Sunida. » À la lueur de ces révélations, Phaulkon voulait lui demander pourquoi son oncle l'avait laissée devenir sa compagne à lui, un farang. Mais il estima que le moment n'était pas venu de poser une telle question.

Sunida le regarda calmement. « Au cas où mon Seigneur se demanderait pourquoi Son Excellence m'a permis de passer du temps avec vous, c'est parce qu'il s'est pris personnellement d'une grande amitié pour vous. Il déteste les Hollandais et il estime que notre pays est de plus en plus à leurs ordres. Il est convaincu que vous et vos compatriotes pourrez nous aider à retrouver notre dignité. »

Phaulkon songea à la découverte des canons et maudit sa malchance. Que n'aurait-il pu obtenir, soutenu par la bonne volonté d'un aussi puissant mandarin ?

« Et Son Excellence a-t-elle donné une raison pour refuser de te laisser m'accompagner ? » demanda Phaulkon.

Sunida baissa modestement la tête. « Son Excellence a été infiniment gracieuse. Elle a dit que j'étais irremplaçable dans sa troupe de danseuses. »

Comme dans son cœur, faillit ajouter Phaulkon. Il la regarda. Elle était incroyablement belle, tout en étant sage et intelligente. Il sentait que, derrière sa timidité naturelle et son apparente soumission, se cachait une forte volonté qui savait très bien comment et quand se faire entendre. Elle était l'incarnation même de la féminité siamoise. Il se demandait maintenant si on ne l'avait pas envoyée l'espionner. Sinon, pourquoi le gouverneur l'aurait-il laissée lui tenir compagnie ? Il lui fallait prendre garde à ce qu'il lui disait, mais en même temps il avait besoin de davantage de renseignements pour son rapport. Et puis il aimait se trouver avec elle.

Il l'observa sans rien dire. Cette douce et sensible créature pourrait-elle vraiment le trahir ? Il eut soudain le cœur serré à l'idée de la perdre. Il devait trouver un moyen de s'échapper d'ici mais le gouverneur, l'oncle de la jeune femme, pourrait bien ne jamais la libérer. Cela l'attristait de penser combien il avait dû la vexer — la ridiculiser même — en ne lui avouant pas qu'il parlait sa langue. Il se souvenait des efforts qu'elle avait faits pour s'exprimer par gestes. Et voilà maintenant que, gentiment et sans rancœur apparente, elle semblait accepter l'explication qu'il lui donnait. Ou plutôt son absence d'explication. Avec un sourire timide, elle croisa son regard : il éprouva l'envie de la serrer contre lui — et d'implorer son pardon.

« Je suis désolé des choses terribles dont tu as été témoin aujourd'hui, dit-il avec sincérité.

— J'ai eu très peur, mon Seigneur. Pour le petit farang et pour vous. » Elle hésita. « Son Excellence m'a ordonné d'oublier tout ce que j'ai vu et de ne plus jamais en parler. Je dois obéir.

— Tout cela était un terrible malentendu, dit Phaulkon.

— Mon Seigneur, répondit Sunida en levant les yeux vers lui, mon Seigneur va-t-il rester longtemps ? » Il y avait dans sa voix tout à la fois de l'espoir et de la crainte.

Phaulkon hésita. « Encore un peu, de toute façon.

— Mon Seigneur.

— J'ai encore des affaires dont je dois discuter avec Son Excellence. » Il parut réfléchir. « Son Excellence est un homme si remarquable. Il doit être bien aimé dans la province.

— Oh, oui, mon Seigneur. Il est juste et le peuple l'aime. Il est comme un père pour nous tous. Même le plus pauvre fermier peut venir se plaindre à lui. » Une ombre passa sur son visage. « On m'a dit que ce n'était pas toujours le cas dans les autres provinces. Le Seigneur Bouddha nous a vraiment bénis.

— As-tu jamais visité d'autres provinces ? interrogea Phaulkon.

— Oh non, mon Seigneur. Mais peut-être qu'un jour je verrai Ayuthia. Qui sait ? » Elle soupira. « Il paraît que c'est la plus grande ville du monde. Mais vous, mon Seigneur, qui avez tout vu, dites-moi si c'est vrai ?

— Mais oui, Sunida : il n'y a pas de plus bel endroit au monde. Et un jour, si Dieu le veut, je t'emmènerai là-bas. » Sunida inclina la tête. « S'il plaît à mon Seigneur.

— Peut-être que, si tu apprends à danser un peu moins bien, Son Excellence te laissera partir. »

Elle se mit à rire. « Oh, mon Seigneur, je ne pourrais pas faire ça. » Elle lui lança un regard malicieux. « Mais peut-être existe-t-il d'autres moyens.

— Quels pourraient-ils bien être ? demanda-t-il, sincèrement intéressé.

— Je ne suis malheureusement pas en mesure d'expliquer. » Elle eut un rire d'enfant. Phaulkon rit à son tour. Il aurait tant voulu la prendre dans ses bras. Mais son corps était encore très endolori et il avait des affaires urgentes à régler.

« Dis-m'en davantage sur cette merveilleuse province et sur son gouverneur si bon et si juste. Il faut que j'aie quelque chose à raconter à mes amis quand je rentrerai. » Il devait paraître convaincu que, sitôt le nouveau jeu de documents arrivé pour confirmer son récit, il allait retourner à Ayuthia.

Sunida réfléchit un moment. « Je ne sais pas si je devrais vous raconter tout ça. C'est vraiment un secret. Mais je tiens tant à ce que Son Excellence et vous... n'ayez plus de "malentendus". » Elle s'interrompit. « Vous comprenez, Son Excellence vous aime vraiment. C'est elle qui vous a sauvé.

— Que veux-tu dire ?

— Pendant la grande tempête, des pêcheurs sont accourus pour annoncer à Son Excellence qu'un navire était en difficulté. Son Excellence est descendue sur le rivage avec son gros œil.

— Quel gros œil ?

— Mais si, vous savez, ce que les farangs hollandais tiennent devant eux pour que les choses aient l'air plus grandes.

— Une longue-vue, murmura Phaulkon en anglais.

— Eh bien, les farangs hollandais ont offert à Son Excellence un gros œil pour son anniversaire. Quand Son Excellence est arrivée sur le rivage, le farang hollandais regardait déjà dans son gros œil à lui. Il a dit à Son Excellence que le navire battait pavillon britannique et que, d'après un rapport qu'il avait reçu, le bateau transportait de la contrebande. Il fallait le laisser couler avec tout l'équipage.

— Comment sais-tu tout ça ? demanda Phaulkon surpris.

— Le Palat... dit-elle d'un ton hésitant.

— Comment ça, le Palat ?

— Il... il s'intéressait à moi », fit Sunida d'une petite voix.

Phaulkon sentit un pincement de jalousie inattendu. « Alors il t'a raconté tout cela pour t'impressionner ? »

Sunida baissa la tête. « Mon Seigneur.

— Continue », dit Phaulkon d'une voix soudain dure. Il savait qu'il n'était pas le premier dans la vie de Sunida, mais jamais encore il ne s'était trouvé confronté à cette idée. Cela le troublait.

« Son Excellence avait besoin du cordage spécial que les farangs hollandais gardent dans leur entrepôt. Mon oncle est un bouddhiste dévot qui a un grand respect pour la vie humaine. Il a convaincu le farang hollandais que, si celui-ci l'aidait à sauver le navire anglais et s'il y avait vraiment de la contrebande à bord, on demanderait à tous les farangs anglais au Siam de partir. Après cela, le farang hollandais s'est mis en quatre pour sauver les hommes qui se noyaient. »

Phaulkon écoutait d'une oreille distraite. Ses pensées revenaient sans cesse au Palat. Qu'avait voulu dire Sunida en racontant qu'il s'intéressait à elle ? Cela signifiait-il... Son regard se durcit.

Sunida remarqua son changement d'expression. « Pardonnez-moi, mon Seigneur, si je vous ai offensé », ajouta-t-elle en se prosternant.

Phaulkon se domina. Que lui arrivait-il ? Pourquoi était-il à ce point affecté ? Il ne se rappelait pas s'être auparavant autant laissé emporter par les émotions. Puis il vit l'air consterné de la jeune femme et sentit son cœur fondre. Malgré ses douleurs et ses courbatures, il la prit dans ses bras. Discrètement, il respira la peau de ses joues et de ses épaules. « Oh, mon Seigneur », murmura-t-elle doucement. Il l'attira jusqu'au matelas. Elle se débarrassa de son panung et vint s'allonger auprès de lui. Elle ferma les yeux et s'abandonna totalement à lui. Il la prit dans ses bras et lui fit l'amour avec plus de tendresse et de douce passion qu'il n'en avait jamais connu de toute sa vie.

Prosterné, le Palat tendit au gouverneur le rapport de Phaulkon.

« Tu es sûr qu'on peut le cacheter de nouveau sans qu'on s'en aperçoive ? demanda Son Excellence.

— Tout à fait sûr, Excellence.

— Bien. Tu peux aller maintenant.

— Puissant Seigneur, je reçois vos ordres », dit-il. Et il rampa discrètement hors de vue.

Au rapport rédigé sur du parchemin de riz était jointe une lettre d'introduction. Le gouverneur commença à la parcourir et, à chaque ligne, il ouvrait plus grands les yeux. La missive était adressée à sa Très Haute Excellence, le Pra Klang, ministre royal des Affaires étrangères et du Trésor, à Ayuthia. Elle était datée de ce douzième mois, du vingtième jour après la pleine lune de l'année de la Grande Jument. Le rapport portait la mention « confidentiel ».

Votre Excellence, moi qui ne suis qu'un grain de poussière, j'ai l'honneur de présenter le rapport sur mes découvertes dans la province royale de Ligor.

Humble grain de poussière, je dois à mon grand regret commencer par informer Votre Excellence qu'à la suite d'un regrettable malentendu, le gouverneur de cette province a jugé bon de me retenir ici : je ne pourrai donc reprendre mon service au ministère avant que Votre Excellence ait eu la bonté de régler cet incident. Moi, la poussière de vos pieds, déplore infiniment cette absence qui n'est pas de mon fait, et je supplie Votre Excellence de comprendre les circonstances.

Suivant les instructions explicites de Votre Excellence, j'ai nié l'existence des canons après le naufrage. Mais, quand on a fini par les découvrir, Votre Excellence comprendra que je ne pouvais guère faire autrement que révéler la vérité. Malgré mon aveu et sans tenir compte du fait qu'il venait de me décerner la plus haute distinction de sa province, le gouverneur n'était pas disposé à me croire.

Le gouverneur pâlit et poursuivit sa lecture.

L'Honorable Gouverneur est, à tous autres égards, un administrateur si sage et si bienveillant que je dois avouer être déconcerté par une erreur de jugement aussi flagrante. En dépit de ma détention, je n'en veux pas au gouverneur et, si Votre Excellence accepte de pardonner tant de présomption à son esclave, j'ai même envisagé d'offrir le canon en cadeau au gouverneur. À mon avis, Son Excellence devrait apprécier ce geste pour deux raisons : tout d'abord, un seul canon ne suffirait pas à lui tout seul pour anéantir les rebelles pattanis. Ensuite, en l'offrant au gouverneur comme cadeau de la Compagnie anglaise, cela pourrait être une leçon pour les impudents Hollandais.

Enfin, Excellence, moi, un grain de poussière sur votre pied, je joins un rapport sur mes découvertes dans la province tout en assurant Votre Excellence que mon plus cher désir est de regagner mon poste le plus vite possible pour servir ce pays que j'aime si fort. Puisse le Seigneur Bouddha et Votre Haute Excellence pardonner au gouverneur son erreur de jugement.

Le gouverneur était dans un état de grande agitation. Les termes employés pour s'adresser à un personnage d'un rang aussi élevé étaient impeccables. Comment un farang pouvait-il donc les connaître à moins d'avoir l'habitude de s'adresser fréquemment à lui ? se demanda-t-il avec quelque nervosité.

Il passa alors au rapport proprement dit, qui contenait un compte rendu du naufrage ainsi que de la découverte du canon. Venait ensuite une description remarquablement détaillée de tout ce que le farang avait observé à Ligor depuis son arrivée : la satisfaction des habitants, l'état du marché, l'importance des paris lors de la réunion de boxe et le respect dans lequel on tenait en général le gouverneur.

Le mandarin reprit la page d'une main plus ferme et relut le paragraphe précédent. Ce n'était pas possible ! Oh Seigneur Bouddha, le farang était-il on ne sait comment parvenu à obtenir cette information du Palat ? Car seul le Palat était au courant. Mais comment s'y était-il pris ?

Après la description de la cérémonie dans la cour où les pêcheurs avaient mimé le sauvetage du farang, on trouvait un compte rendu précis de la discussion qui s'en était suivie entre le Hollandais et le gouverneur à propos du sort des Anglais. Le farang hollandais était d'avis de les laisser se noyer, mais le gouverneur avait protesté. Le rapport montrait sans équivoque que c'était le gouverneur qui avait insisté pour sauver la vie des farangs anglais. Stupéfiant ! Pour la première fois, le gouverneur commençait à croire sérieusement au récit de Phaulkon. D'ailleurs, le canon serait un spectacle imposant dans sa cour. Aucune autre province ne pourrait prétendre à un tel prestige.

« Kling ! » appela-t-il.

Le Palat accourut à quatre pattes. « Puissant Seigneur, je reçois vos ordres.

— As-tu parlé à l'un des farangs ?

— La poussière de vos pieds est incapable de converser dans leur langue, Excellence.

— Et celui qui parle siamois ?

— Moi, un grain de poussière, n'ai pas eu l'occasion de lui adresser la parole depuis qu'on a découvert qu'il connaissait notre langue, Excellence.

— Comment alors pourrait-il connaître les détails du sauvetage sur la plage ? » Le gouverneur désigna le rapport en claquant des doigts.

Le Palat avait l'air embarrassé. « Moi, un grain de poussière, suis incapable de l'expliquer, Puissant Seigneur. »

Le gouverneur eut un grognement mécontent et rendit le rapport au Palat. « Veille à ce qu'il soit convenablement scellé et garde-le en lieu sûr. Envoie-moi immédiatement le farang !

— Puissant Seigneur, je reçois vos ordres. »

Les deux hommes étaient assis l'un en face de l'autre. Ils observaient tout le cérémonial de l'étiquette, mais chacun réfléchissait à la situation.

« Alors, monsieur Forcone, vous avez terminé votre rapport. Il partira bientôt avec vos amis. Ainsi que je vous l'ai dit, vous resterez sous ma garde jusqu'à leur retour. » Il marqua un temps. « Comme votre canon. »

C'était l'ouverture qu'attendait Phaulkon. Le gouverneur avait évidemment lu son rapport, même s'il n'avouerait jamais avoir ouvert un document aussi confidentiel.

« J'implorerai l'honneur d'offrir le canon à Votre Excellence en cadeau de la part de la Compagnie anglaise. Si je puis me permettre, il serait splendide dans la cour de votre palais. Il rappellerait à tous les visiteurs la toute-puissance de cette grande province. »

Le gouverneur le dévisagea un moment. « Et vous seriez capable de le transporter jusqu'ici ?

— Ce devrait être possible, Excellence.

— Bien, alors il faudrait le faire aujourd'hui, avant le départ des autres farangs, au cas où on aurait besoin de leur aide. »

Phaulkon marqua un temps. « Excellence ?

— Oui, monsieur Forcone ?

— Tout en rédigeant mon rapport à Son Excellence le Pra Klang, je ne pouvais m'empêcher de songer à quel point le Très Haut Ministre va être en colère de ne pas me voir rentrer immédiatement à Ayuthia pour signaler la perte du canon. Maintenant que ses troupes à Songkhla ne vont plus recevoir de livraisons d'armes, il va sûrement vouloir prendre d'autres mesures pour écraser les rebelles pattanis.

— Tout cela sera dans mon rapport, monsieur Forcone : Son Excellence sera pleinement informée.

— Certes, Excellence. Mais je ne serai pas là pour répondre personnellement aux questions ni pour recevoir les ordres de mon maître. Imaginez que le Ministre royal veuille m'envoyer aussitôt à Songkhla avec un autre plan ?

— Où voulez-vous en venir exactement, monsieur Forcone ? demanda le gouverneur en esquissant un sourire.

— À ceci seulement, Excellence : je pense qu'en toute justice je devrais être disculpé. Je vous demande humblement d'écrire une lettre exposant ma position : pour dire que l'on me retient ici sur vos ordres et que l'on n'a pas voulu accéder à ma demande de revenir personnellement à Ayuthia reprendre mon service. Ainsi, la colère qu'à n'en pas douter manifestera le Ministre royal ne s'abattrait plus sur moi. C'est tout ce que je demande, Excellence. »

Le gouverneur fit un effort pour dissimuler son embarras. Si par hasard la mission de ce farang était réelle ? Les rebelles de Pattani s'étaient bel et bien soulevés et Ayuthia s'apprêtait à les écraser : il le savait. Et si ce farang avait été choisi en secret pour être la clé de toute l'entreprise ? C'était concevable. Il avait assez de talent pour ça, c'était évident. Et à Ayuthia on aurait voulu éviter à tout prix de mêler les Hollandais à l'affaire. D'un autre côté, si le farang était un imposteur, une canaille culottée possédant un sens dramatique hors du commun? C'était une situation terriblement déplaisante. Existait-il une alternative, un compromis, une façon de garder ouvertes toutes les options? se demanda-t-il. Une idée lui vint.

« Vous n'êtes pas vous-même le chef de la Compagnie anglaise, n'est-ce pas, monsieur Forcone?

— Non, Excellence, c'est M. Burnaby.

— Hum. » Le gouverneur marqua une pause. « Il serait peut-être plus convenable que ce soit le chef de poste qui reste ici en otage plutôt que son second. Il serait évidemment relâché dès que son adjoint serait revenu avec les copies des autorisations appropriées. »

Phaulkon sentit son cœur bondir de joie, même s'il imaginait déjà la consternation de Burnaby. Mais, des deux, c'est lui qui aurait les meilleures chances de les tirer de ce guêpier à Ayuthia.

« Comme vous le voudrez, Excellence. M. Burnaby, ainsi que vous le dites, est le responsable. Mais pourrais-je demander que M. Ivatt parte avec moi? On a terriblement besoin de lui à la factorerie britannique.

— Je crois, monsieur Forcone, répondit le mandarin d'un ton sournois, que M. Burnaby aura davantage besoin de compagnie que vous durant cette période.

— Comme vous le souhaitez, Excellence, dit Phaulkon, qui ne voulait pas risquer de remettre en cause ce qu'il avait déjà obtenu. Puis-je alors vous demander d'avoir la bonté de me rendre l'exemplaire de mon rapport destiné à Son Excellence le Pra Klang. Je devrai le présenter au Ministre royal dès mon arrivée.

— Ne vous préoccupez pas de ça, monsieur Forcone. Le rapport sera envoyé par courrier spécial et parviendra bien avant vous. »

Phaulkon resta un moment silencieux. Fâcheux contretemps! Il aurait dû se douter que le rusé gouverneur ne lui rendrait pas si facilement le document.

Mais allait-il vraiment l'envoyer avant lui ? Dans ce cas, quel genre d'accueil lui ferait-on à Ayuthia ? Phaulkon frémit à cette idée.

« Et combien de temps mes collègues vont-ils rester ici, Excellence ? demanda-t-il en essayant de ne plus penser aux conséquences de son rapport.

— Jusqu'à ce que leur départ soit autorisé par Ayuthia.

— Puis-je m'entretenir avec eux avant mon départ ?

— Il ne saurait y avoir de communication entre vous.

— Sunida peut-elle m'accompagner ?

— Pas pour l'instant. Plus tard peut-être, quand tout se sera calmé.

— C'est sûr alors ?

— Peut-être.

— Mais sera-t-elle totalement libre ici ?

— Comme avant votre arrivée. Elle est à la tête de ma troupe de danseuses.

— Puis-je utiliser votre navire pour regagner Ayuthia ?

— Naturellement, mais il me faudra le récupérer.

— Puis-je partir immédiatement ?

— Dès que vous aurez transporté le canon jusqu'au palais.

— Votre Excellence est infiniment gracieuse. »

Les deux hommes s'inclinèrent bien bas l'un devant l'autre, les paumes respectueusement jointes au-dessus de leur front. Phaulkon savait qu'un accord verbal valait tous les contrats écrits. Au Siam on n'avait jamais besoin de compter sa monnaie au marché. Les farangs nouvellement arrivés qui le faisaient par inadvertance offensaient irrémédiablement les Siamois.

Cet après-midi-là, à marée basse, avec l'aide de trois éléphants, six longueurs de double cordage tissé avec l'écorce verte de cocotiers et une armée de paysans équipés de pelles et prononçant des prières, on retira le canon de la mer et on le hissa sur un chariot renforcé tiré par des buffles.

Au cours d'une grandiose cérémonie en présence de la Cour et de tous les dignitaires de la ville, Constantin Phaulkon, au nom de la Compagnie anglaise, offrit officiellement le canon à Son Excellence le gouverneur. Durant tout ce temps, on utilisa les services de deux interprètes malais. On excusa l'absence de Burnaby et d'Ivatt en expliquant que leur état de santé ne leur permettait pas d'être présents. Le trajet à dos d'éléphants les avait rendus sérieusement malades et ils étaient actuellement incapables de faire le voyage jusqu'à Ayuthia. Il en allait de même du chef de factorerie hollandais. En fait, ce dernier était occupé à rédiger un rapport furieux destiné à son supérieur à Ayuthia. Ce rapport recommandait vivement qu'on envoie à la direction britannique à Madras une dépêche racontant par le menu les activités clandestines de leurs agents au Siam. On insistait aussi sur la nécessité de les expulser immédiatement du pays.

Le gouverneur et toute sa cour, installés sur la jetée, assistèrent au départ de Phaulkon. Le navire du gouverneur, arborant fièrement le pavillon bleu et blanc de Ligor, se balançait doucement sur la houle, tandis que des esclaves transportant avec adresse sur leur tête des sacs de provisions grimpaient sur les marches de bambous menant au pont.

On avait soigneusement gardé le silence sur les événements de la veille. La nouvelle du départ de Phaulkon fit accourir sur la jetée tous les personnages importants chargés de cadeaux pour Son Excellence le Pra Klang. L'honorable farang, qui s'était vu décerner l'ordre de l'Éléphant blanc de troisième classe, était chargé d'une lettre d'introduction pour le puissant Pra Klang de la part de leur noble gouverneur.

Contrairement à l'habitude, les dames de la Cour étaient présentes : couvertes de bijoux, pieds nus et de nouveau vêtues de leurs élégants panungs noirs. Sunida, radieuse au milieu d'elles, s'efforçait d'attirer l'attention de Phaulkon. Ils avaient passé leur dernière nuit ensemble et tous deux envisageaient la séparation le cœur gros. Il se tournait fréquemment dans sa direction et les regards qu'ils échangeaient étaient plus éloquents que tous les mots. « Je reviendrai pour toi », disaient les yeux du Grec. « J'attendrai », répondaient ceux de Sunida.

On remarquait une fois de plus l'absence de Van Risling, de Burnaby et d'Ivatt. Le Hollandais avait adressé à Phaulkon un billet furibond pour lui dire que, même si celui-ci avait pu tromper les Siamois, lui-même n'avait assurément pas l'intention d'en rester là. Il n'aurait de cesse que le dernier Anglais et tous leurs laquais méditerranéens reposent six pieds sous terre ou aient été chassés du Siam.

On avait interdit à Phaulkon toute communication avec Burnaby : cela lui avait épargné les récriminations dont ce dernier l'aurait assurément accablé. Le vieil homme, il en était convaincu, devait penser qu'il avait on ne sait comment échangé sa liberté contre celle de son chef. Phaulkon regrettait de ne pas avoir l'occasion de lui confirmer, ainsi qu'à Ivatt, que son premier objectif une fois arrivé à Ayuthia serait de les faire libérer. Il était certain qu'Ivatt s'en doutait, mais l'irritabilité de Burnaby fausserait sans doute son jugement.

Le gouverneur s'approcha alors du Grec avec son interprète. C'était de nouveau Pieter : Phaulkon lui sourit, sachant d'instinct que le jeune homme le trouvait sympathique. Phaulkon n'oublierait pas comment l'Eurasien avait traduit mot pour mot ce qu'il avait dit la veille, si peu flatteurs que fussent ses propos pour le Hollandais. Le jeune homme jeta un coup d'œil à Phaulkon, observant avec admiration la décoration qu'il portait autour de son cou. Il pensa à la vivacité d'esprit du Grec et à ses bonnes manières. Peut-être, songea Pieter avec nostalgie, son père à lui était-il un farang comme celui-là.

« Alors, monsieur Forcone, dit le mandarin en s'adressant à lui par le truchement de l'interprète, votre séjour parmi nous est arrivé à son terme. Ce fut une rencontre fructueuse et animée, et votre visite nous a honorés. Je pourrais ajouter que certains de nos boxeurs ici vont étudier de nouvelles techniques en prévision de votre retour. » Il y eut des rires amusés dans la foule. « Nous sommes persuadés que vous serez bientôt parmi nous », ajouta-t-il à dessein. « En attendant, puisse le Seigneur Bouddha et vos dieux vous protéger durant ce voyage. »

Phaulkon se prosterna une dernière fois.

« Votre Excellence m'a prodigué sa somptueuse hospitalité et mon seul regret est de lui laisser la charge de mes collègues encore retenus par leur indisposition. J'espère qu'ils seront bientôt capables de faire le voyage.

— Nous l'espérons tous, monsieur Forcone. »

On hissa la grand-voile en forme d'aile de chauve-souris et on remonta la pesante ancre de bois. Phaulkon monta à bord, jetant un dernier regard à Sunida. Puis la jonque glissa doucement sur les eaux bleues du golfe du Siam.

13

Lek, la petite esclave, était assise en tailleur dans les cuisines royales où elle terminait son repas de riz et de poisson matinal. Elle ajouta une dernière touche de sauce de laitance et mélangea le tout avec ses doigts dans le petit bol. Le tenant d'une main, du pouce et de l'index de l'autre main, elle fit glisser le contenu dans sa bouche. Autour d'elle, une dizaine d'esclaves terminaient leur repas, tous assis en tailleur d'un côté des vastes cuisines. À l'autre extrémité, des cuisiniers en gants blancs étaient occupés à plumer des poulets avant de les disposer dans des marmites noires fumantes. Les gants indiquaient que les volailles étaient destinées aux appartements royaux : aucun des mets préparés pour la bouche royale ne pouvait être touché par des mains humaines. Lek posa son bol vide dans une grande bassine pleine d'eau, salua les cuisiniers et s'en alla.

Courbant l'échine, elle suivit aussi discrètement que possible les couloirs qui montaient jusqu'aux appartements de sa maîtresse, la reine princesse. Au bout de chaque couloir, elle grimpait une autre volée de marches jusqu'à l'étage suivant : il y avait sept niveaux dans le Palais intérieur et plus on montait, plus on approchait des appartements royaux. Ceux de la reine princesse étaient au sixième niveau et seul le Seigneur de la Vie lui-même occupait un étage supérieur.

Elle était maintenant parvenue au cinquième niveau : déjà les couloirs étaient plus spacieux, le décor plus impressionnant. Les statues de bois qui bordaient les couloirs inférieurs avaient cédé la place à d'autres, en porcelaine bleue et blanche. Les murs peints en blanc étaient remplacés par des panneaux laqués et les planchers de bois étaient recouverts d'épais tapis persans qui amortissaient le bruit que faisaient en passant les pages extérieurs, les esclaves et les eunuques. Çà et là, une fenêtre donnait sur des ruisseaux étincelants, des jardins soigneusement entretenus, et le soleil de fin de matinée entrait à flots pour remplacer l'austère éclairage des lanternes de cuivre des couloirs inférieurs.

Encore une volée de marches et elle parviendrait au sixième couloir qui desservait les vastes appartements de la reine princesse. Lek éprouvait toujours un frisson d'appréhension en approchant de ces lieux vénérables. La reine princesse était sévère et exigeante, et plus encore récemment, depuis qu'elle se consumait d'amour pour le prince Chao Fa Noi, le frère cadet du Seigneur de la Vie. Elle était d'humeur imprévisible : plus que jamais, elle cherchait conseil et consolation dans les aventures de Sita, cette autre princesse qu'évoquaient les pages du *Ramayana*.

Lek était la première lectrice de la reine princesse : même si elle savait qu'elle s'acquittait bien de sa tâche, pour pouvoir se détendre, elle devait attendre d'avoir passé les premières pages et constaté que sa maîtresse était fascinée par le récit. Durant les quelques heures suivantes, la reine princesse allait être plongée dans l'univers que la voix mélodieuse de Lek recréait pour elle.

D'une main hésitante, la jeune esclave poussa les panneaux de teck sculptés de la première porte à droite et pénétra dans l'antichambre. Le grand miroir doré que les prêtres farangs avaient offert à sa maîtresse était posé au-dessus du coffret ancien à manuscrits, très haut pour la petite Lek. Elle regarda subrepticement autour d'elle puis se dressa un instant sur la pointe des pieds pour contempler son image dans le miroir. La glace lui renvoya le reflet de son visage brun et sans beauté, encadré de cheveux coupés court. Quelle différence, songea-t-elle, avec le visage soigné de la reine princesse : celle-ci avait de grands yeux noirs, des cheveux huilés et parfumés, les lèvres ointes de pommade blanche, et des rubis étincelants pendaient à ses oreilles. La grande et imposante reine princesse n'avait pas besoin, elle, de se mettre sur la pointe des pieds pour se regarder dans le miroir. Il est vrai que le sang le plus noble du pays coulait dans ses veines : sa mère, la défunte reine Achamalisee, était après tout la sœur de son père. Depuis la mort de la reine, le Seigneur de la Vie avait jugé bon de l'élever au rang de reine princesse, en lui confiant toutes les charges de sa défunte mère. Ainsi, à vingt et un ans, la fille unique du roi était reine souveraine, régnant sur les cinq cents femmes du palais — concubines, eunuques et esclaves — et parfois même elle accompagnait le Seigneur de la Vie dans ses déplacements.

C'était à Sa Majesté qu'incombait le devoir de fixer les châtiments : elle faisait raser le crâne de certains et trancher les lèvres d'autres. La fillette tremblait en songeant à son frère Tawee... Depuis quelque temps, la maîtresse de Lek semblait troublée et la jeune esclave craignait que le jugement de la princesse ne s'en ressentît. Toutes les femmes de l'entourage de Sa Majesté en connaissaient la cause, même si personne n'osait en parler tout haut devant elle. La reine princesse était amoureuse de celui de ses deux oncles qu'il ne lui fallait pas aimer : Chao Fa Noi était le cadet des frères du Seigneur de la Vie ; or, c'était l'aîné, Chao Fa Apai Tot, plus proche par l'âge du souverain, qui traditionnellement lui succéderait sur le trône. Le Seigneur de la Vie s'attendait à voir sa fille unique épouser Chao Fa Apai Tot, son successeur légal, et respecter ainsi la tradition.

Lek traversa l'antichambre, approcha de la porte qui menait aux appartements de sa maîtresse et fut prise d'un frisson involontaire. Elle aurait préféré ne pas avoir à franchir le seuil aujourd'hui. Il était devenu si facile de déplaire à la maîtresse ! Kalaya, l'amie de Lek, jeune esclave comme elle, qui appliquait sur les ongles de sa maîtresse le vernis rouge et qui tamponnait le cou royal de son parfum aromatisé au bois d'aloès, venait d'être punie pour avoir répandu des rumeurs traîtresses. À titre d'avertissement toutes les esclaves avaient été obligées d'assister au châtiment.

La courageuse Kalaya n'avait pas poussé un cri. Mais ses traits s'étaient tordus de terreur et de douleur tandis que l'aiguille lui traversait les lèvres d'un bout à l'autre de la bouche jusqu'au moment où elles avaient été cousues en symbole de silence. Bien sûr, Kalaya était une incorrigible commère et cela lui ressemblait bien de répandre n'importe quelles histoires. Mais avait-elle vraiment accusé la concubine favorite du Seigneur de la Vie d'avoir des relations avec un farang ? Voilà qui paraissait bien invraisemblable. Comment cela serait-il possible quand aucune concubine n'était autorisée à franchir les murs du palais et qu'aucun farang ne pouvait y pénétrer ? Lek se demandait si la moindre histoire ayant un vague rapport avec des rencontres interdites ne suffisait pas à mettre en rage la reine princesse.

« Lek, c'est toi ? cria la voix sévère de l'autre côté de la porte. Qu'est-ce que tu attends ? Entre donc. »

La princesse Yotatep reposa son épisode favori du *Ramayana* et, comme son héroïne Sita, elle poussa un long soupir. Qui irait jamais croire que la fille unique du grand Naraï pouvait se sentir aussi misérable ? Car elle, qui depuis la mort de sa mère avait été élevée au rang de reine princesse et que beaucoup appelaient maintenant « Votre Majesté », elle, qui au fond avait tout, se dépérissait d'amour.

« Lek ! » appela-t-elle encore. La petite esclave aux grands yeux affolés s'avança en rampant et attendit respectueusement les ordres de sa maîtresse.

« Lis et ne t'arrête que quand je te le dirai », ordonna Yotatep. Elle lui tendit avec grand soin le gros volume délabré que sa grand-mère lui avait légué sur son lit de mort. Le papier de riz était usé, les caractères souvent effacés, mais la princesse préférait ce vieux volume à n'importe laquelle des éditions plus récentes. Il semblait que chaque page était empreinte du caractère sacré de l'âge et de l'amour du scribe. Il lui serait plus facile, songea Yotatep, de mettre de l'ordre dans ses pensées en ayant comme fond sonore la voix apaisante de Lek. La fillette était une lectrice douée : inlassable, elle restait prostrée sur ses genoux et ses coudes à lui faire la lecture trois ou quatre heures d'affilée. Lek, elle le savait, tenait tout particulièrement à faire plaisir à sa maîtresse : surtout depuis que le frère de la petite esclave, Tawee, un des pages de Sa Majesté, avait déshonoré la famille en montrant du doigt un plat somptueux sortant des cuisines royales pour être apporté à la table du Seigneur de la Vie. Même si l'on avait selon l'usage tranché le doigt fautif, la honte n'en demeurait pas moins dans l'esprit de Lek. Il était fort naturel que le jeune Tawee ait été impressionné à la vue du tigre de rivière fumant, à peine plus gros qu'un chien, qui s'étalait sur le grand plateau d'or : il aurait dû pourtant savoir que l'on ne montre pas du doigt un plat destiné à la table royale.

La princesse sourit. La leçon infligée au frère lui donnait au moins l'assurance que sa petite esclave ne montrerait jamais du doigt quelque chose appartenant à la reine princesse, pas plus qu'elle ne lui tendrait directement un objet de toilette, comme l'avait fait cette imbécile de Som. Imaginez l'effronterie de tendre le peigne aux dents d'ivoire directement vers les mains royales, sans l'avoir au préalable déposé dans la coupe au long manche d'or et en le tenant à distance respectueuse!

Yotatep soupira tandis que la voix de Lek continuait de débiter les récits familiers. Quel réconfort elle trouvait dans le *Ramayana*, et quelle source infinie de sagesse! Là aussi, on voyait une princesse troublée, quelqu'un qui en apparence semblait avoir tout, comme elle. Cette héroïne si haut placée connaissait-elle la véritable amitié? Ou bien n'était-ce autour d'elle que simple adulation et pure flatterie?

Yotatep aimait à évoquer la pureté de son ascendance. Fille de la propre sœur de son père, elle était d'une lignée sans reproche et reconnue de tous en vertu d'un privilège réservé à la royauté. Car l'inceste évidemment n'était pas autorisé dans le peuple, et à juste titre. Quel besoin avait la racaille de préserver une lignée sans tache, comme le faisaient les Chakravatine, ces rois-dieux descendus des cieux? Quel que fût celui qu'elle épouserait parmi les membres de sa famille, songea la princesse, les prétentions de son mari au trône seraient d'autant plus renforcées par cette union avec la fille unique du Seigneur de la Vie. Comme toujours, ses pensées revenaient au prince Chao Fa Noi. Si seulement son père n'était pas aussi conservateur! C'était là un trait de caractère qui s'accentuait encore avec l'âge. À cinquante-quatre ans, il était déjà presque à la moitié de son quatrième cycle. Devrait-elle prendre le risque d'en appeler à lui, se demandait-elle, comme elle l'avait fait déjà si souvent? Elle adorait son père. Elle respectait son intelligence et admirait son sens de la justice. Malgré la charge de toutes les affaires de l'État qui pesaient sur lui, il trouvait toujours du temps pour elle. Parfois même, il la convoquait pour l'aider à choisir une concubine parmi les femmes de haute naissance envoyées en guise de présents au palais. Ils avaient souvent décidé ensemble quelles filles conviendraient le mieux pour une existence à la Cour : car, une fois recrutées, plus jamais elles ne connaîtraient la vie hors des murs du palais. Mais à chaque fois son père permettait que les moins impatientes soient rachetées par leurs parents pour rentrer chez elles. C'était un moyen fort commode de lever des impôts.

Devrait-elle alors s'adresser à son père, d'ordinaire si compatissant ? Non, elle n'en avait pas le courage. Elle redoutait même de lui laisser entendre qu'il devrait enfreindre les lois de succession. Elle savait combien il pouvait être redoutable quand on le contrariait et elle ne voulait pas courir le risque de perdre son estime. Mais comment pourrait-elle épouser le frère de l'homme qu'elle aimait ? Si seulement la tradition siamoise n'insistait pas pour que la succession se fasse du roi à son frère aîné... Son père lui avait dit un jour qu'en Europe c'étaient les fils, et non pas les frères, qui succédaient au roi. Mais quelle absurdité ! Un fils de roi était trop jeune, à coup sûr pas assez mûr, et d'ailleurs un frère était de sang plus pur qu'un fils. Il fallait l'absence d'un frère pour qu'on envisageât un fils comme héritier du trône.

Quelles étranges créatures, en fait, que ces farangs ! Elle avait été stupéfaite d'apprendre que le roi de France, dont son père parlait comme d'un grand monarque, n'avait qu'une épouse et apparemment pas un seul éléphant ! Comme c'était triste : même si son pays était censé être riche, on lui avait raconté que ses champs ne donnaient pas un seul grain de riz ! Il y avait décidément dans la vie des choses bien difficiles à comprendre : et notamment que son père, que le monde entier vénérait, en admirât secrètement un autre, justement ce roi farang. Elle l'avait plus d'une fois surpris à contempler le portrait du farang — Rouii le quatorzième ou quelque chose comme ça — que les pères jésuites français lui avaient offert en présent. Se pouvait-il qu'il y en ait eu vraiment treize avant lui à porter le même nom ? Avaient-ils tous une coiffure comme celle d'une femme et un nez qui faisait penser à un lézard goulu ?

Yotatep essaya de ramener ses pensées à ce que lui lisait Lek, afin de trouver l'apaisement dans cet antique récit, mais elle n'arrivait pas à fixer son attention sur les mots. Ces derniers jours, elle avait du mal à se concentrer sur autre chose que sur sa triste condition.

Elle était plus accablée encore à l'idée que celui qu'elle chérissait risquait d'être cousu dans un sac de velours et matraqué à mort, comme l'imposait la loi royale. En des temps anciens, et récemment encore, des monarques fort brillants s'étaient débarrassés de toute la parenté mâle du roi précédent et avaient épousé chacune des femmes survivantes de sa famille afin d'assurer solidement leur emprise sur le trône. Chao Fa Apai Tot avalait ces dangereux alcools qui rendaient difficilement supportable un caractère déjà fragile : il était bien capable de remettre en vigueur cette vieille pratique pour se débarrasser de son frère, dans la mesure où celui-ci serait convenablement mis à mort dans un sac cramoisi et où pas une goutte du sang royal ne toucherait le sol. Les gens pleureraient peut-être le prince, mais ils verraient avec satisfaction qu'on avait au moins respecté la tradition.

Allait-elle donc être forcée de devenir la compagne de Chao Fa Apai Tot ? Il était vieux et difforme. Il la battrait si elle lui déplaisait, ce qui ne saurait manquer d'arriver puisque, rien qu'à le voir, elle en éprouvait du dégoût.

Cette dernière pensée réveilla son énergie. Si elle ne pouvait se risquer à affronter elle-même son père, du moins pouvait-elle sonder ses sentiments par des voies détournées. Elle résolut d'en parler à Thepine, de lui demander son avis, peut-être même de lui suggérer d'aborder le problème — de façon plutôt détournée — avec le roi.

De toutes les femmes du harem de son père, aucune n'était plus voluptueuse que Thepine, sœur du général Petraja, commandant en chef du régiment royal des éléphants. Elle était aussi sage que belle et nulle autre concubine n'avait comme elle l'oreille du roi. Elle était sans conteste sa favorite, mais elle était aussi une fidèle amie de la reine princesse. C'est ça : Yotatep allait se servir de sa vieille amitié avec la favorite de son père pour obtenir son aide. Bien sûr, elle devrait prendre garde à ne pas avoir l'air de lui demander un service. Pas question pour une princesse royale de paraître supplier, surtout pas une simple concubine, même si elle jouissait des bonnes grâces du roi. Thepine était en effet celle qui pourrait lui venir en aide.

Brusquement, Yotatep congédia Lek. Une fois la fillette partie, la princesse ajusta son panung brodé d'or et reboutonna les deux premiers boutons de son corsage de soie blanche. Elle se blanchit les lèvres, se recoiffa et ajouta sur ses joues et sur son front un peu de poudre de curcuma. Puis elle se dirigea vers les appartements des femmes pour se mettre en quête de Thepine.

Lentement, la tête haute, la silhouette majestueuse de la princesse descendit vers les appartements du niveau inférieur qui abritaient les concubines, les esclaves et les eunuques du plus grand palais du royaume. Les pieds nus de la princesse foulaient sans bruit d'épais tapis persans. Sur son passage se prosternaient esclaves et eunuques — ceux-ci vêtus exactement comme des femmes : panungs flottants et écharpes drapées sur les épaules — la face contre terre, tout en gardant respectueusement cette position quelques instants après le passage de Sa Majesté. Elle finit par descendre une dernière volée de marches jusqu'à l'étage inférieur et pénétra dans les appartements des concubines. Là, les pièces étaient simples et peu meublées : quelques coussins, une ou deux tapisseries birmanes, une penderie laquée, une cruche d'eau pour s'asperger le visage, une ou deux images en bois ou en bronze du Seigneur Bouddha.

En approchant de la porte de la chambre de Thepine, la princesse s'interrogea sur la meilleure façon de l'aborder. Elle allait être polie mais ferme. Quelle absurdité, songea-t-elle, que la fille unique du roi, le plus beau parti du pays, eût à souffrir de cette façon : ne même pas savoir si son amour était payé de retour. Tout homme du royaume devrait être à ses pieds.

À la porte de la chambre de Thepine, une jeune esclave se prosterna nerveusement devant la princesse. Elle avait les cheveux coupés court à la paysanne, était torse nu, n'ayant pour tout vêtement qu'un simple panung.

« Je suis venue voir ta maîtresse, petite souris. » La

princesse utilisait le mot *noo* qui signifiait petite souris : c'était la façon convenable de s'adresser à une jeune fille de basse extraction.

La jeune esclave tremblait un peu. « Grande Majesté, je reçois vos ordres. Ma maîtresse a été convoquée par le Seigneur de la Vie lui-même. » Malgré sa nervosité, on sentait la fierté percer dans la voix de la petite esclave à l'idée de l'endroit où s'était rendue sa maîtresse.

« Dis-lui que je désire la voir pour une affaire urgente, petite souris. Qu'elle se rende dans mes appartements dès son retour.

— Grande Majesté, la poussière de vos pieds reçoit vos ordres. »

La princesse tourna les talons et sortit.

La concubine favorite du roi Naraï le Grand quitta d'excellente humeur les appartements du Seigneur de la Vie. Voilà qui était une perspective nouvelle et excitante ! Mais comme il était frustrant d'avoir dû jurer le secret. Sinon, quelle histoire à raconter ! En échange de cela, elle aurait pu obtenir n'importe quoi des courtisans avides de rumeurs. On n'avait jamais vu ça, se dit-elle, depuis l'affaire de la concubine circassienne de Perse : celle aux yeux verts qui avait séduit le second page de la chambre à coucher royale, âgé de onze ans. Pour leur châtiment tous deux avaient rôti à la broche. Mais voilà qu'elle avait prêté serment, sous peine de mort pour elle et pour ses proches, de n'en souffler mot à personne : dans des affaires de cette importance, il fallait toujours prendre au sérieux les menaces du Seigneur de la Vie.

D'instinct, Thepine se caressa les hanches en marchant : elle sentait leur balancement rythmé et savourait la séduction du mouvement. Avec les années, le plaisir qu'elle tirait des regards insistants des femmes quand elle passait était toujours le même : à trente-deux ans, elle savait qu'il n'y avait guère au palais une femme qui ne fût prête à se séparer de ses biens les plus précieux pour venir s'allonger sur sa couche.

Tout en regagnant ses appartements, par les couloirs qui descendaient toujours plus bas, elle effleurait de la main sa taille étroite, suivant les élégants contours de ses hanches jusqu'aux cuisses fermes, et elle songeait à sa nouvelle mission. Quel honneur Sa Majesté venait de lui conférer. Former une femme aux arts de l'amour, lui inculquer des manières exquises et les techniques les plus raffinées de la séduction ! Elle se revoyait dans la chambre royale quand, prosternée, elle avait écouté les instructions de son souverain.

« On nous dit que cette fille a une grâce et une ardeur naturelles. Mais elle vient d'une province du Sud : jamais on ne l'a initiée aux manières de la grande ville. Tu vas développer cette grâce naturelle, embraser cette ardeur jusqu'à ce que sa flamme soit brûlante. Tu vas lui transmettre tout ce que tu sais, sans rien omettre, lui enseigner tous les artifices que tu connais. L'homme à qui elle prodiguera ses attentions doit être pris dans un filet dont il ne saurait s'échapper. » Le Seigneur de la Vie avait marqué un temps. « Comme nous-même, la première fois où nous t'avons rencontrée, Thepine. » Il était interdit de relever la tête, mais elle sentait sur elle le sourire de Sa Majesté. Le Seigneur de la Vie était si gracieux.

C'était vrai, songeait-elle maintenant, tout en franchissant le dernier poste de garde tenu par des eunuques, à l'entrée des appartements royaux. Elle, Thepine, était sans rivale. Ce n'était pas un mince exploit que d'être devenue la favorite du Seigneur de la Vie et d'avoir conservé près de vingt ans cette position : non seulement devant les nombreuses filles de bonnes familles qu'on lui envoyait des quinze grandes provinces et des trente-quatre autres, mais face à toutes les sirènes venues de Queda, de Jambi, du Laos, de Pattani et du Cambodge, ainsi que des nombreux États vassaux dont les princes cherchaient à lui plaire. Tout comme elle-même s'était efforcée de le faire dès le début. Certes, la nature l'avait dotée de qualités rares. Elle n'avait pas mis longtemps à découvrir que son visage, avec ses pommettes hautes, son nez délicat et son petit menton, était d'une symétrie parfaite, que ses yeux au regard sombre et séducteur promettaient à qui les regardait tout un monde de plaisirs. Elle sourit toute seule en se rappelant l'un de ses premiers admirateurs : il lui avait dit que, lorsqu'elle ouvrait la bouche, on s'attendait à l'entendre ronronner et non parler. Les dieux, avait-il insisté, avaient assurément fait une confusion entre une incarnation humaine et une incarnation féline.

Sans une ride sur son visage, avec des seins fermes et rebondis, Thepine savait que même aujourd'hui, à un âge que la plupart des femmes considéraient comme avancé, elle pouvait faire tourner la tête d'un homme plus vite que n'importe laquelle des jeunes créatures qui croyaient le monde à leurs pieds. Sa Majesté, qui avait déjà bien entamé son quatrième cycle, la faisait appeler régulièrement : même si, il est vrai, c'était juste pour discuter d'un point de politique de la Cour ou de quelque autre affaire. Elle eut un sourire ravi. La faveur de Sa Majesté excitait toujours l'envie et le dépit des plus jeunes courtisanes.

Qu'avait dit exactement le Seigneur de la Vie ? « Bien que nous ne soyons plus dans notre prime jeunesse, nous tenons à nous assurer que tes talents, Thepine, ne vont pas se perdre. Et qu'ils continueront à rendre service à la nation. »

Sa Majesté lui avait donc révélé l'aspect le plus stupéfiant de sa mission. Le détour inattendu qui ajoutait tant d'épices à la tâche qu'il lui avait confiée.

« Et, Thepine, fais bien attention. Cette fille que tu vas former est destinée à servir un farang. Tu garderas cela pour toi. Mais tu vas tenter de découvrir si ces Européens ont des goûts particuliers. Renseigne-toi. Il doit bien y avoir des rumeurs. »

Thepine avait rougi et remercié le Seigneur Bouddha d'avoir le visage bien dissimulé derrière ses mains, hors de la vue de Sa Majesté. Un farang, se répéta-t-elle, abasourdie. De qui pouvait-il donc s'agir ? Et pourquoi ? C'était sans précédent ! Car, même si un farang était assez important pour qu'on l'espionne, comment pouvait-on se charger d'une telle mission sans comprendre un mot de leur langue ? À plus forte raison quand il s'agissait d'une petite dinde tout juste arrivée du Sud !

Elle approchait de ses appartements. Sa petite esclave, Nong, accourut à sa rencontre, se prosternant dans le couloir. « Pardonnez à votre petite souris, ma Dame, mais Sa Majesté, la reine princesse, était ici en personne. Elle désire vous voir de toute urgence. »

Thepine sentit son cœur battre plus vite. « Semblait-elle avoir besoin de quelque chose ? D'un service peut-être, d'une faveur ? » Peut-être était-ce le moment qu'elle attendait.

« Petite souris ne saurait pas ces choses-là, ma Dame, mais Sa Majesté avait assurément un air anxieux.

— Alors va chercher dans la cuisine un couteau bien aiguisé, Nong. Reviens vite dans ma chambre. Ne dis rien à personne. Et dépêche-toi. »

Oh non, songea petite souris qui partit en courant. Cela ne va pas recommencer. Je déteste ça. Voilà des mois que... Et moi qui croyais que ma Dame avait cessé...

Apeurée, elle se glissa par une porte entrebâillée de la cuisine et, profitant d'un moment où les cuisiniers lui tournaient tous le dos, elle s'empara d'un couteau qu'elle glissa dans les plis de son panung. Puis, à contrecœur, elle regagna les appartements de sa maîtresse. Thepine avait déjà relevé le panung au-dessus de son genou et, assise en tailleur, elle tenait à deux mains son genou gauche.

« Apporte le couteau », ordonna-t-elle. Nong approcha timidement. « Maintenant, petite souris, tu ne vas pas me faire mal plus qu'il n'est nécessaire, n'est-ce pas ?

— Oh non, ma Dame, dit Nong en essuyant sur son front une goutte de sueur.

— Alors, souviens-toi : fais une entaille profonde dès la première fois et tu n'auras pas à t'y reprendre. Plus souvent tu devras recommencer, plus cela me fera mal. Sois brave. Et fais-la au même endroit que la dernière fois.

— Oui, ma Dame », fit Nong d'une voix tremblante.

Elle remarqua vaguement que la blessure précédente avait presque totalement cicatrisé. Elle essaya de se consoler en se disant qu'il en serait de même cette fois. Puis elle posa la pointe acérée du couteau juste au-dessus du genou, là où subsistait encore une légère cicatrice. Elle ferma les yeux et fit glisser la lame sur le côté en appuyant aussi fort que son courage défaillant le lui permettait.

Thepine poussa un petit cri. Le sang jaillit de la blessure, ruisselant sur la jambe jusqu'au pied. Une tache sombre bientôt s'étala sur le parquet autour de Thepine. Nong se sentait sur le point de défaillir.

« Vite, la serviette », cria sa maîtresse. Nong, au bord de la syncope, courut chercher une serviette accrochée à la barre de bambou fixée au mur. Puis, d'une main tremblante, elle la noua autour du genou de sa maîtresse. Le coton eut tôt fait de s'imprégner de sang et la petite esclave se demanda avec angoisse si cette fois-ci elle n'avait pas appuyé trop fort. Elle se précipita pour prendre une autre serviette qui à son tour se teinta de rouge vif. Ce n'est que lorsqu'elle en eut appliqué six l'une après l'autre que le flot de sang finit par se tarir. Nong était proche de la nausée et elle dut faire tous ses efforts pour ne pas être prise de haut-le-cœur devant sa maîtresse.

« Merci, petite souris. Je sais que ce n'est pas agréable pour toi, mais je ne me fie à personne d'autre et je n'ai pas le courage de me le faire moi-même. Oublie ce que tu as vu et tu seras bien récompensée. Maintenant, je m'en vais rendre visite à la princesse.

— Faut-il que je vienne avec vous, ma Dame ? Serez-vous assez bien ? » demanda Nong avec inquiétude. Thepine fut émue : elle sentait que la sollicitude de la fillette était sincère.

« Oui, ça ira. Tu te rappelles la dernière fois ? En quelques jours c'était terminé. Oublie ce que tu as vu. C'est tout ce que je t'ordonne. »

Thepine laissa la petite esclave désemparée nettoyer le plancher et partit en trottinant dans les appartements de la reine princesse. Elle se demandait pour quelle raison précise on l'avait convoquée, mais elle se doutait que cela devait avoir un rapport avec Chao Fa Noi. Le bruit courait dans tout le palais que la princesse était follement amoureuse de l'oncle qu'il ne fallait pas. Peut-être avait-elle besoin d'un conseil. Thepine sourit malgré sa souffrance. Peut-être avait-elle aussi besoin d'un service ? Rares étaient ceux au palais qui ne s'adressaient pas à Thepine quand il s'agissait de problèmes de cœur — ou, songea-t-elle en souriant, de problèmes de corps.

Devant la porte de teck sculptée de l'appartement de la princesse, un eunuque vêtu d'un panung noir de femme l'arrêta. Puis, la reconnaissant, il s'inclina et l'escorta jusqu'à une antichambre. Même si des soldats armés gardaient le Palais extérieur, aucun d'eux n'était autorisé à approcher du Palais intérieur : là, des eunuques sans armes les remplaçaient car nul ne pouvait porter d'arme dans les appartements royaux.

Les appartements de la reine princesse étaient somptueux : jonchés de tapis persans aux vives couleurs, avec partout de magnifiques vases Ming en porcelaine blanc et bleu et des paravents japonais au tissage délicat. Plusieurs portes en teck donnaient sur le couloir principal. Dans l'antichambre où l'on fit entrer Thepine se trouvaient des coffres laqués d'or, un rayonnage empli d'ouvrages de littérature bouddhiste minutieusement recopiés par des moines dévots, et quelques tables basses ovales délicatement sculptées par les plus grands artisans d'Ayuthia.

La princesse ne tarda pas à entrer dans la pièce et Thepine aussitôt se prosterna. La princesse la dévisagea un moment. Comme toujours, elle était impressionnée par la beauté de la concubine. Cela faisait quelque temps qu'elle ne l'avait pas vue. Pas une ride sur le visage de Thepine, et pourtant elle devait approcher du troisième cycle. Comment faisait-elle ?

« Je suis heureuse de te voir, Pi », dit la princesse en souriant.

Bien qu'elle occupât un rang supérieur dans la hiérarchie du palais, la princesse était plus jeune et elle s'adressait poliment à Thepine en l'appelant Pi, ou sœur aînée.

« Mais qu'est-il arrivé à ton genou ? lui demanda-t-elle d'un ton inquiet. Tu t'es blessée ? » Du sang suintait de la plaie et coulait en un mince filet sur la jambe brune et bien tournée de Thepine. Du moins ma peau est-elle plus claire que la tienne, songea Yotatep, en se demandant soudain ce que son bien-aimé prince Chao Fa Noi pourrait bien penser du physique de Thepine.

« Ce n'est rien, Votre Altesse, j'ai trébuché et je suis tombée sur une pierre dans le jardin. J'allais appeler un médecin quand j'ai appris que Votre Altesse me faisait mander.

— Oh, ciel », fit Yotatep qui se sentait coupable. Elle se tourna vers une servante accroupie dans le couloir. « Plern, va me chercher du baume de coco et une serviette propre. Cours !

— Moi, un grain de poussière, reçois vos ordres, Grande Majesté. » Plern rampa précipitamment à reculons et disparut. Les grands yeux noirs de la princesse se tournèrent de nouveau vers Thepine.

« Je ne vais pas te retenir longtemps, sœur aînée, car je vois bien que tu souffres et il faut soigner ta blessure.

— J'attends vos ordres, Altesse Royale », répondit Thepine d'un ton déférent.

La princesse hésitait. « Il paraît que tu étais avec le Seigneur de la Vie. Comment va mon estimé père ?

— Le Maître de la Vie va bien, Votre Altesse. Et, comme toujours, il est fort gracieux avec moi, son indigne esclave. »

La princesse sourit. C'était vrai, son père était plein de bienveillance. Plein de tendresse aussi pour Thepine, suffisamment pour prêter l'oreille à ses conseils.

« Je sais, Thepine, que tu es sa concubine favorite. » Elle marqua un temps. « Et c'est bien normal. » Il y avait dans son ton juste ce qu'il fallait de flatterie. « Je sais aussi qu'il a davantage confiance en toi qu'en toute autre. » Thepine gardait le silence. « Est-ce que, poursuivit Yotatep d'un ton haletant, est-ce que Sa Majesté a parlé de projets de mariage pour son successeur ? » Elle se sentait mieux maintenant qu'elle l'avait dit. Ce n'était pas facile pour une reine princesse de solliciter une faveur.

« Des projets de mariage pour le successeur du Seigneur de la Vie, Altesse Royale? Moi, un cheveu, ai toujours supposé que ce serait Votre Altesse Royale qui épouserait le successeur de Sa Majesté. Qui d'autre serait digne de vous? » Toute autre réponse, elle le savait, aurait offensé la princesse.

Chao Fa Noi était-il vraiment amoureux de la princesse? se demanda-t-elle. Au palais, les opinions divergeaient sur ce point. D'aucuns disaient que le jeune prince ne s'intéressait au mariage que pour des raisons politiques : cela conforterait largement ses prétentions au trône, surtout compte tenu de la santé fragile de son frère. D'autres affirmaient qu'il était résigné à voir son frère aîné lui succéder de façon légitime et qu'il était sincèrement amoureux de la princesse. Thepine regardait Yotatep. On ne pouvait pas dire qu'elle était belle. Elle était grande, presque gauche, et elle avait les épaules un peu voûtées comme pour faire oublier sa haute taille. Mais elle possédait un peu du charme de son père et l'on ne pouvait assurément lui nier ni la fortune ni le rang. Thepine n'avait vu qu'une fois Chao Fa Noi, au moment où il sortait des appartements de Sa Majesté. Il était beau et n'avait pas manqué de réagir en l'apercevant. Mais n'était-ce pas le cas de tous les hommes?

« Certes, répondit Yotatep. Mais Sa Majesté ne vient-elle pas d'interdire à Chao Fa Apai Tot de sortir des limites du palais royal en raison de sa conduite bruyante et désordonnée? Et mon père s'attend-il à faire d'un homme pareil son héritier? »

Thepine n'eut pas le temps de répondre : Plern revenait avec l'onguent et une serviette propre. La princesse la congédia en disant qu'elle appliquerait elle-même la pommade.

Elle ôta le bandage qui protégeait le genou de Thepine et tressaillit en apercevant la profonde entaille. Peut-être avait-elle été téméraire de proposer ses services, se dit-elle. La blessure paraissait plus sérieuse qu'elle ne l'avait cru. Il fallait absolument les soins d'un médecin.

Thepine avait le visage crispé de douleur quand Yotatep la massa avec l'onguent. La princesse résolut — à son grand regret — de remettre l'audience à plus tard, en attendant d'avoir convoqué le médecin du palais. Mais Thepine la devança.

« Le Seigneur de la Vie, je le sais, est très navré de la santé de son héritier présomptif, tout comme de sa conduite inconvenante, murmura Thepine, maîtrisant sa douleur. J'en suis certaine, il va soigneusement examiner la situation. Peut-être dans sa sagesse jugera-t-il nécessaire — compte tenu de circonstances aussi particulières — de rompre avec la tradition et de désigner pour lui succéder son plus jeune frère, Chao Fa Noi. Bien sûr, ajouta-t-elle habilement, l'épouse que choisira Chao Fa Noi pourrait peser aussi dans la balance. »

Yotatep sentit son cœur battre très fort : elle fit de son mieux pour garder un air impassible. Elle parut songer un moment.

« Je crois, Pi, que pour le bien du pays je vais devenir l'épouse de Chao Fa Noi. Comme tu le dis, cela consoliderait ses prétentions au trône.

— Si vous me le permettez, Altesse Royale, j'estime que pour le bien du pays c'est une nécessité absolue.

— Alors, Pi, voudrais-tu exposer ces opinions à Sa Majesté ? demanda-t-elle en contrôlant son excitation.

— Ce serait un honneur pour moi de le faire, répondit Thepine. Peut-être pourrai-je aborder le sujet la prochaine fois que le Seigneur de la Vie aura la bonté de me convoquer. » Thepine tressaillit et serra son genou. « Si seulement ma blessure se cicatrisait rapidement. Je me sens trop indigne pour apparaître dans cet état devant Sa Majesté.

— Laisse-moi appeler sans tarder le médecin du palais. »

La princesse allait en donner l'ordre quand Thepine courtoisement intervint.

« Votre Altesse Royale, je connais le chirurgien du palais. C'est un excellent homme, naturellement, mais... » Elle fit semblant de chercher le mot juste.

« Je sais ce que tu veux dire, interrompit Yotatep

d'un ton compatissant, mais c'est le meilleur que nous ayons. À moins que tu ne préfères faire venir un de ces Jésuites farangs ? »

Thepine marqua un temps. « Votre Altesse, j'ai une autre idée. Je connais un chirurgien hollandais. Un des gardes du palais m'a parlé de lui. Il est apparemment expert à faire rapidement cicatriser les plaies en utilisant de nouvelles herbes venues d'Europe. C'est dommage que je ne sois pas autorisée à quitter le palais, sinon... » Elle leva soudain les yeux vers la princesse. « À moins, bien sûr, que Votre Altesse Royale ne fasse une exception et n'autorise les gardes à me laisser lui rendre brièvement visite. Je suis certaine que le traitement ne prendrait pas longtemps. Et, dès l'instant où je serai de retour, je serai prête à rendre visite à Sa Majesté... »

L'enthousiasme de la princesse l'emporta sur son souci de se plier aux règles sévères du palais : aucune concubine n'était autorisée à en franchir les portes.

« Je vais le faire immédiatement, dit-elle. Je vais en outre donner l'ordre au capitaine Somsak de te permettre deux sorties. » Elle eut un sourire complice. « Il te faudra peut-être aller voir encore une fois le chirurgien pour qu'il s'assure que la plaie est convenablement cicatrisée.

— Oh, merci, Votre Altesse », dit Thepine, éperdue de reconnaissance. Elle se prosterna et insista pour sortir en rampant à reculons, malgré la princesse qui protestait et disait qu'elle allait encore se faire plus mal au genou.

Dans le courant de la journée — même si, en théorie, il était pratiquement impossible pour une concubine royale de sortir de l'enceinte du palais durant toute sa vie —, Thepine, boitillante, présenta au capitaine de la garde fort étonné un billet portant le sceau royal de Sa Majesté la reine princesse. Quelques instants plus tard, elle passait en claudiquant la porte principale et se dirigeait vers le quartier hollandais. Une fois hors de vue, elle cessa soudain de boiter et changea de direction. Le cœur battant, elle partit vers l'enceinte portugaise dressée hors des murs de la ville.

Son corps tout entier était baigné de sueur et elle se demanda quelle était la part de la crainte et celle du désir. Cela faisait si longtemps qu'elle ne l'avait pas vu : en fait, depuis que le vieux capitaine de la garde avait été congédié pour s'être laissé acheter, notamment par elle. Et voilà maintenant que d'après les rumeurs son amant était de retour. Elle priait de toutes ses forces que ces bruits fussent fondés.

Après ce qui lui parut un dédale interminable de venelles et de tournants, elle déboucha dans une petite rue où toutes les maisons étaient en briques et bâties suivant l'étrange architecture des farangs. C'était là qu'il habitait et elle sentit les battements de son cœur s'accélérer. En approchant, elle aperçut des lumières dans la maison. Toute tremblante, elle frappa à la porte de son amant.

Fébrilement, elle attendit sur le perron. Mille pensées se bousculaient dans son esprit : cette escapade pourrait lui valoir d'être dévorée par les tigres. Non, c'était le châtiment d'une concubine royale pour adultère avec un Siamois. Au palais, il y avait une punition pour chaque faute, liée à la nature du crime lui-même. Elle avait une fois assisté à la mort par les tigres, supplice réservé aux crimes les plus graves. Les gardes avaient ligoté les prisonniers à des poteaux dans un champ et disposé les bêtes affamées dans des cages où pendant des jours on ne leur donnait aucune nourriture : mais on nourrissait régulièrement les prisonniers devant les tigres. Les bêtes affamées hurlaient toute la nuit, rendues folles par ces odeurs. Puis, au lever du jour, les gardes les avaient libérées, attachées à des chaînes juste assez longues pour leur permettre d'atteindre les membres des prisonniers. Les fauves avaient commencé par dévorer les mains et les pieds des victimes. Puis on leur avait laissé une plus grande longueur de chaîne et peu à peu elles les avaient dévorées vivantes. Il n'y avait assurément pas de précédent pour l'adultère avec un farang. Peut-être allait-on l'attacher à une broche et la faire rôtir à feu doux avec son amant ? Cela en valait-il vraiment la peine ? Oh oui, se dit-elle : jamais elle n'avait connu pareils transports sinon avec cette brute. Elle eut un sourire cynique. Après tout, c'était le Seigneur de la Vie qui lui avait donné l'ordre de se renseigner sur les farangs. Si elle s'en tirait vivante, elle pourrait du moins rapporter à cette fille du Sud — comment s'appelait-elle déjà ? Sunida, avait dit le Seigneur de la Vie —, elle pourrait lui rapporter de première main tout ce qui concernait leurs désirs érotiques.

Là-dessus, elle entendit la voix de basse qu'elle connaissait si bien. C'était vrai, son capitaine Alvarez était rentré de Pattani !

14

À l'aube du onzième jour, le navire du gouverneur de Ligor entra dans le majestueux estuaire du Menam — ce mot siamois signifiant « fleuve » et, littéralement, « Mère des Eaux » — qui faisait près de cinq kilomètres d'une rive à l'autre. Phaulkon sentit un frisson le parcourir lorsqu'il se pencha par-dessus le bastingage en bois pour contempler ce spectacle fascinant. Le vaisseau empruntait l'estuaire est, le plus navigable des trois, qui plongeait jusqu'au cœur même du Siam. Dix jours durant, ils avaient suivi la côte de l'étroit isthme du sud en remontant depuis Ligor : ils abordaient maintenant le vaste territoire qui s'étendait vers le nord jusqu'au Laos et à la Chine, à l'ouest vers Ava et Pegu, et à l'est vers le Cambodge et la Cochinchine.

Le navire de cinquante tonneaux n'eut aucun mal à négocier le banc de sable qu'on appelait la barre, où il n'y avait pas plus de douze pieds de profondeur : les plus gros vaisseaux, eux, étaient obligés d'attendre, parfois pendant des mois, un courant favorable qui les porte jusqu'à l'entrée de l'estuaire. Mais, quand les courants le permettaient, des navires de commerce de quatre cents tonneaux pouvaient remonter la rivière jusqu'à Ayuthia, la capitale étincelante, à une centaine de kilomètres de l'embouchure du fleuve.

Le navire s'enfonçait dans le Menam proprement dit et l'excitation de Phaulkon augmenta. Le long de ces antiques rivages battait le cœur de la vie du Siam. C'était là l'essence même du pays qu'il connaissait et qu'il aimait, un royaume aussi vaste que la France et l'Angleterre réunies.

Le fleuve était immense, trois fois plus large que la Tamise, et, lorsque les pluies annuelles se déversaient, il débordait furieusement, détruisant la vermine et fertilisant la terre. Les récoltes de riz étaient abondantes. Le sol riche donnait assez pour nourrir plus de deux fois la population du pays, et il en restait encore suffisamment pour que l'on exporte, sauf quand les dieux étaient vraiment mécontents. Les eaux du fleuve montaient alors de dix pieds, les poissons se trouvaient entraînés en pleine campagne et les pousses de riz qui devaient émerger de l'eau étaient englouties et détruites.

Une fois par an, depuis des temps immémoriaux, lorsque la saison des pluies touchait à sa fin, les rois s'aventuraient dans leurs étincelantes barques royales et, en grande pompe à l'occasion d'une grandiose cérémonie, ordonnaient aux eaux de se retirer. Malheur aux infortunés astrologues dont les prédictions inexactes avaient conseillé aux rois des dates erronées !

Des maisons apparaissaient maintenant le long des rives, toutes bâties sur pilotis et uniformément en bois. À l'exception des toits, recouverts de tuiles, elles ressemblaient à celles de Ligor. Six épais piliers de teck ronds plantés dans le lit du fleuve servaient de fondations. Une échelle menait jusqu'à l'étage surélevé de ces habitations à un seul niveau, à quelques pieds au-dessus de l'eau, où ne parvenaient que les plus graves inondations. Phaulkon sourit en se rappelant que les maisons ne pouvaient avoir qu'un seul étage, par déférence pour la hauteur des barques royales. Au cas où Sa Gracieuse Majesté, juchée sur une estrade au milieu de sa barque d'apparat, entraînée par cent vingt rameurs vêtus de rouge, passerait d'aventure devant eux, aucun habitant ne se trouverait ainsi par inadvertance au-dessus du niveau de la tête royale.

Une pirogue était attachée à chaque maison et l'on voyait des hommes pêcher nonchalamment depuis le seuil de leur demeure. Surtout à la saison des pluies, de mai à octobre, il y avait une telle abondance de poissons qu'en une demi-matinée de travail un homme pouvait pêcher de quoi nourrir sa famille toute une semaine sans même bouger de sa maison. Les Siamois étaient vraiment un peuple amphibie, se dit Phaulkon : c'était dû à la présence du grand fleuve et au labyrinthe de canaux et d'affluents qui sillonnaient la fertile plaine centrale, la plaine à riz où se trouvait concentrée la majorité de la population. On faisait ses achats sur l'eau aussi souvent que sur les places et les marchés, et la pagaie était aussi indispensable à la population que les jambes.

L'eau devenait moins claire. C'était un courant rapide légèrement marron et, le long des berges, des paysans debout dans le fleuve jusqu'aux genoux se lavaient les cheveux, tandis que des enfants sautaient joyeusement du haut de leur maison en poussant des cris ravis. Les hommes et les femmes se baignaient ensemble, les uns et les autres torse nu, seulement vêtus de panungs de coton pour couvrir le bas de leur corps. Ils se baignaient trois ou quatre fois par jour, malgré les risques que représentait le redoutable poisson-lune qui se gonflait comme un ballon et qui, en dépit de son absence de dents, plantait ses mâchoires dans les cuisses et les jarrets des baigneurs pour leur arracher de grands lambeaux de chair.

Le navire était passé devant l'avant-poste hollandais de la Petite Amsterdam, avec ses maisons de brique, où les Hollandais avaient une autre factorerie et où résidaient un certain nombre de leurs citoyens. Des navires lourdement chargés en provenance de leur colonie de Batavia, à Java, déchargeaient là : ils livraient leur cargaison de riz et de bois de construction, de quilles et de gommes, s'acquittant à chaque fois des taxes dues à la Couronne siamoise. Ce groupe de maisons semblait plutôt paisible : Phaulkon se rappelait pourtant comment, seulement trois mois auparavant, six matelots hollandais qui sommeillaient sur l'herbe avaient été entraînés par des tigres : on ne les avait jamais revus.

Le grand fleuve décrivait des méandres autour de ravissantes petits îles et s'enfonçait par endroits dans la campagne comme autant de bras étincelants. Des buissons de jasmin, des gardénias avec leurs fleurs blanches bien épanouies parsemaient la rive, se mêlant çà et là au flamboiement des bougainvillées. Ils allaient bientôt passer le petit port de Bangkok avec son fortin de bois, célèbre pour son verger coloré qui s'étalait le long de la rive : des plantations de bananiers, de pamplemoussiers, de papayers, de goyaviers, de manguiers, de mangoustans, de tamariniers, de canne à sucre, d'ananas et de cocotiers. Comme ils passaient devant des fermes alignées de chaque côté, on entendait les enfants crier « Farangs ! Farangs ! » et de petites embarcations se précipitaient alentour, pilotées par des femmes aux seins nus, chargées de produits du marché que l'on cherchait à leur vendre. Même quand elles arrivaient trop tard, les souriantes batelières lançaient des fleurs dans le sillage du navire et poussaient des cris amicaux. Rien n'avait changé. Il avait l'impression de revivre sa première visite.

Phaulkon avait aimé le Siam dès l'instant où il y avait abordé. Il avait le sentiment de l'avoir connu dans une autre vie, car tout lui semblait familier et était cher à son cœur. Les mêmes scènes exactement, le long de cette majestueuse voie d'eau, l'avaient tout de suite captivé. Il avait passé les six premiers mois à Ayuthia, occupé à maîtriser cette langue difficile, à rencontrer des négociants de tous les coins du monde et à discuter avec eux, à chercher un acquéreur discret pour ses précieux canons et à aider Burnaby à réinstaller l'entrepôt britannique.

George White avait omis de lui dire toute la vérité sur la présence anglaise au Siam. C'était un secret de la Compagnie. Une factorerie britannique s'était installée par éclipses pendant un certain nombre d'années : mais elle avait ouvert et fermé si fréquemment, et dans des circonstances si douteuses, que l'on avait discrètement passé sous silence ces nombreux incidents et que l'on avait fort opportunément « oublié » l'existence de l'établissement. Le comptoir était resté la plupart du temps en demi-sommeil tandis que ses agents se chamaillaient, buvaient à en perdre l'esprit, se conduisaient en joueurs impénitents, mettaient en gages les actifs de la Compagnie et allaient même jusqu'à emprunter de l'argent au roi. Certains avaient passé quelque temps dans une prison du pays avant d'être expulsés. Maintenant que les rusés Siamois tenaient tant à voir les Anglais revenir, eux aussi avaient opportunément oublié le passé et la Compagnie était désormais en mesure d'annoncer qu'on l'avait invitée à « ouvrir un comptoir au Siam ».

C'était environ cinq mois après son arrivée. Son ami Pedro Alvarez venait de partir enquêter sur un débouché prometteur pour des canons à Pattani : Phaulkon en était alors presque venu aux mains avec son chef. Burnaby avait reçu le Grec dans le salon de sa maison où, en véritable Britannique, il s'était efforcé de recréer l'ambiance d'un petit cottage du Hampshire : tables, fauteuils, sofas et rideaux de chintz. Phaulkon, qui avait opté dès le début pour un style de vie à la siamoise, avait feint de ne pas remarquer cet ameublement incongru et en était venu droit au fait. Burnaby l'avait écouté dans un silence stupéfait.

« Vous voulez un congé pour aller dans un temple bouddhiste ? avait-il fini par demander, incrédule. Au nom du Ciel, pourquoi ?

— Richard, j'ai besoin de me sentir plus siamois. C'est une expérience spirituelle.

— Constant, vous êtes employé par la Compagnie des Indes orientales et on ne vous paie pas pour que vous vous adonniez à vos fantasmes spirituels. Comment croyez-vous que j'expliquerai votre absence à Madras ? La Compagnie a déjà eu assez de problèmes ici par le passé. D'ailleurs, j'ai besoin de vous. »

C'était vrai. Phaulkon savait que la rapidité avec laquelle il avait maîtrisé la langue constituait un précieux atout pour son chef.

« Je ne serai absent que trois mois et je vous assure que ce sera une opération profitable.

— Vous voulez prétendre que vous raser le crâne et passer une robe jaune va profiter durablement à la Compagnie ? ricana Burnaby. Ou vous permettra de vous sentir plus siamois, comme vous dites ? Enfin, vous avez déjà acheté trois esclaves, vous parlez comme un indigène et vous avez un harem digne d'un mandarin ! Vous voulez devenir encore plus siamois ? »

Il est vrai que l'acquisition par Phaulkon de Nid, Ut et Noi avait causé des remous dans la communauté étrangère. Mais la transaction était tout à fait légitime — et relativement peu coûteuse — et il vivait assez bien de ce qu'il gagnait à la Compagnie pour traiter avec bienveillance ses esclaves. Elles en étaient plus que satisfaites, il le savait.

« Ce sont des problèmes matériels, Richard. J'ai besoin de savoir comment depuis l'enfance on leur forme l'esprit. Et toute leur vie commence au temple. Cela fait office aussi bien d'école que de refuge spirituel. Il n'existe pas d'autre éducation telle que nous la connaissons et les moines sont les seuls enseignants. En trois mois, j'en saurai plus sur le Siam que n'importe quel farang avant moi. Et cela ne peut que bénéficier à la Compagnie. »

Burnaby se montra intraitable. « Non, je regrette, mais vous allez rester à votre poste. J'ai supporté assez longtemps vos caprices.

— Dans ce cas, Richard, vous ne me laissez pas le choix : je donne ma démission. »

Burnaby était stupéfait. « Démissionner de votre poste dans une compagnie britannique pour entrer dans je ne sais quel monastère étranger ? Avez-vous perdu la tête ? Allez donc prendre une bonne nuit de repos, Constant, et nous en reparlerons demain matin. »

Ils en étaient restés là mais, au matin, Phaulkon

n'avait pas changé d'avis. Burnaby cria, tempêta, devint tout rouge et le menaça de lui supprimer totalement son salaire, Phaulkon de son côté convenant avec calme que ce ne serait que justice. Au bout du compte, un Burnaby mécontent fut bien obligé de reconnaître que mieux valait récupérer Phaulkon dans trois mois que pas du tout. La perspective d'être totalement privé de ses services l'avait vivement ébranlé.

« Mais alors, et le capitaine Alvarez et les canons ? avait-il demandé dans un ultime effort pour détourner Phaulkon de son projet.

— Je serai de retour avant qu'Alvarez revienne de Pattani, je vous le promets. Il lui faudra trois bons mois pour mener à bien sa mission. C'est pourquoi il faut que je parte dès maintenant. »

À contrecœur, Burnaby lui avait accordé trois mois de congé sans solde : on convint que, du point de vue officiel, Phaulkon se remettait d'une crise particulièrement sévère de malaria dans un lieu sûr à la campagne, loin de tout contact avec le reste de la communauté.

Phaulkon souriait maintenant en évoquant cette époque. Quels merveilleux trois mois ç'avait été !

C'était en partie vrai : il avait voulu se sentir plus siamois, connaître cette expérience profondément siamoise qui consiste à se faire ordonner moine et à passer au temple quelques mois de son existence. Pourtant, au-delà de ce sens très fort du destin qui le liait à ce pays, il y avait en lui des motifs précis qui ramenaient à un plan d'ensemble. Il avait besoin d'étudier la langue palie, cette ancienne langue d'origine sanscrite qui différait largement du siamois et qui était l'idiome utilisé dans les temples bouddhistes, tout comme le latin dans l'Église chrétienne. Le pali, en effet, avait bien des racines en commun avec le siamois royal, la fière langue de la Cour. C'était seulement dans cette langue que ses courtisans pouvaient s'adresser à Sa Majesté le roi. Aucun farang ne l'avait jamais maîtrisée.

Ignorant les ultimes exhortations de Burnaby, Phaulkon s'en était allé un beau matin et avait pris un bateau vers le nord. Il s'était enfoncé dans les provinces et avait fini par s'installer devant la ville fortifiée de Kamphang Phet où se trouvait un petit monastère dont la renommée s'était étendue avec celle de son savant abbé. Il avait été bien reçu par le bienveillant abbé : celui-ci semblait aussi curieux d'apprendre les mœurs des farangs que Phaulkon l'était de découvrir celles des Siamois. Il avait passé trois mois inoubliables en compagnie de cet homme sage et érudit.

Phaulkon avait été ordonné novice. Il avait juré de respecter les dix commandements, qui ne différaient guère de ceux révélés à Moïse. Ils comprenaient toutefois l'interdiction de tuer toute espèce d'animal ou d'insecte, de se mettre en colère ou de boire des boissons alcoolisées. On le mit aussi en garde, dès l'instant où il eut revêtu la robe jaune, contre le péché consistant à avoir des relations avec une femme : crime que l'on châtiait en vous faisant rôtir vivant sur un feu doux. On lui avait donné un nom siamois : Pra Somboon. Il s'était rasé le crâne et dormait la nuit à même le sol, se levant avant l'aube au son de la grande cloche pour s'en aller mendier sa nourriture. Il ne mangeait rien entre midi et l'aube suivante. Il recouvrait son thé d'une étamine de tissu pour éviter de tuer fût-ce le plus petit insecte. Il avait compris l'humilité et la charité, il avait constaté la générosité des Siamois, surpris de voir un moine farang, mais tout prêts à remplir son bol de riz et à s'acquérir des mérites par leurs bonnes actions. Il avait appris à aimer et à respecter toutes les créatures vivantes : il partageait sa pitance avec les oiseaux et il n'offensait pas les arbres en coupant leurs branches ; il préférait leur apporter de la terre et soutenir ceux qui d'aventure avaient souffert d'un orage.

Certains jours, il avait balayé le temple de fond en comble et nettoyé les latrines. D'autres fois, il avait offert des fleurs et des fruits aux effigies dorées du Bouddha et jeté des grains aux poissons qui nageaient dans les bassins du temple. Il vivait dans la plus modeste cellule de bambou et de feuilles et recevait l'aumône pour la journée en cours sans rien garder pour le lendemain.

Le second mois, on lui avait enseigné la préparation de médicaments en mélangeant à de l'huile une poudre jaune provenant d'une herbe locale. Le troisième et dernier mois, au prix d'une intense méditation, il avait appris le secret permettant de retrouver les objets cachés. Enfin, en étudiant plusieurs heures par jour avec son *acharn* ou maître, il était parvenu au but qui l'avait amené en ces lieux. Il parlait couramment le siamois royal, la forme de discours imposée à la Cour, que pratiquement personne ne connaissait à l'exception de l'entourage immédiat de Sa Majesté.

« Vous voulez étudier aussi la langue royale ? » L'abbé avait haussé ses sourcils rasés d'un air surpris. C'était le premier jour de son apprentissage : ils étaient assis en tailleur dans la salle de réception du monastère, un édifice en bois dépouillé bâti sur six colonnes, avec un toit de tuiles orange. L'édifice était entouré de cours herbeuses et de bassins où nageaient des poissons. Il jouxtait le bâtiment principal dont les stupas dorés, les effigies étincelantes et l'opulence générale contrastaient étrangement avec l'austérité spartiate des bâtiments monacaux.

Tout autour du complexe sacré on voyait de hauts et gracieux stupas de pierre et, le long du temple principal, s'alignaient deux rangées de cellules de moines. L'ensemble, qui occupait à peu près un hectare, était entouré d'une épaisse haie de bambous derrière laquelle s'étendait la forêt vierge. C'était là que les « solitaires » se retiraient un mois par an pour méditer seuls, loin du monde des hommes.

Phaulkon gardait le silence, inclinant respectueusement la tête plus bas que celle de l'abbé.

« Vous êtes très ambitieux pour un novice, poursuivit le saint homme. Mais à quoi peut vous servir un tel enseignement ? D'ailleurs, nous étudions ici les écritures saintes en langue palie, et non pas en langue royale. » Une lueur amusée brilla dans les yeux de l'abbé. « Vous n'envisagez tout de même pas d'avoir une conversation avec Sa Majesté le roi ? »

Le cœur de Phaulkon se mit à battre plus fort. « Chaque aspect de ce grand pays me passionne, Votre Sainteté, et je suis convaincu qu'une brève étude de la langue royale devrait faire partie de mon enseignement. »

L'abbé plissa les yeux et jaugea le farang d'un air interrogateur. « Vous n'êtes pas un de ces prêtres chrétiens déguisés ? demanda-t-il en plaisantant à moitié. À ce qu'on me dit, ils tiennent beaucoup à montrer à Sa Majesté le Vrai Chemin. Peut-être en apprenant la langue royale... » L'abbé souleva son éventail au-dessus de ses yeux et dévisagea longuement Phaulkon. Tous les moines portaient un éventail attaché à un long bâton pour les protéger de la vue des femmes.

Phaulkon se mit à rire. « Non, Votre Sainteté. Ma vie n'a guère été vertueuse. Je ne serais pas un bon prêtre.

— Et pourtant, vous étudiez pour devenir un moine bouddhiste. Exigeons-nous bien moins de nos novices ?

— Loin de là, Votre Sainteté. Mais, dans votre sagesse, vous permettez à des étrangers de pénétrer dans votre temple et d'y séjourner pour s'améliorer. Je ne fais que profiter moi-même de cette sage et libérale coutume. »

L'abbé tâta d'un air songeur l'ourlet de sa robe safran, la couleur qui ressemblait le plus à l'or, symbole d'un authentique respect pour le Bouddha. « Et c'est pour cette raison que votre religion chrétienne ne prendra jamais racine dans notre pays, observa-t-il gravement.

— Comment cela, Votre Sainteté ?

— Vous êtes trop dogmatiques, et trop imbus de votre importance. Et, ajouta-t-il en souriant, trop précis. Vous définissez votre dieu, vous donnez des noms à son fils. Nous sommes incapables de définir quelque chose d'aussi immense, d'aussi... impénétrable. C'est pourquoi Bouddha n'est qu'un guide, un maître qui vous montre la voie qu'il faut suivre. Car il y a beaucoup de chemins qui mènent à Dieu, mon fils. C'est arrogance humaine de penser autrement.

— Mais ce que vous enseignez, Votre Sainteté, n'est-ce pas finalement le refus ? La suppression de l'émotion et des sentiments, une fuite loin de la Roue de la vie ?

— Si, mais il faudra des millions de cycles pour parvenir à un tel état, et seuls quelques rares élus y parviendront. » L'abbé sourit. « Et pensez à toutes les émotions dont vous pouvez profiter entre-temps. » Son regard un instant se voila. « Le nirvâna est l'ultime étape de la sérénité pour l'homme.

— Mais n'est-ce pas aussi de l'arrogance humaine de croire que nous renaissons sans cesse ? Sommes-nous si importants, Votre Sainteté ? interrogea Phaulkon.

— Nous n'avons guère d'importance, mon fils, car la vie est un cycle sans fin. Comme les phases de la lune ou les mouvements des étoiles. Tout naît, meurt et renaît. Regardez les fleurs, les arbres et tout ce qui vous entoure. Pourquoi serions-nous différents ? Non, l'arrogance humaine, c'est de croire qu'une seule et brève existence peut déterminer toute l'éternité ! C'est ce que notre peuple trouvera impossible à admettre dans vos doctrines. Car il n'est guère réconfortant de penser que l'on ne nous accorde qu'une seule chance. Mais vous, mon fils, dit l'abbé en se levant soudain, avec votre bavardage vous retardez ma progression vers la sérénité. » Il s'apprêtait à partir. « Je vais néanmoins vous aider et nous parlerons souvent ensemble. Il y a ici un vieux et vénérable moine qui était proche du précédent roi. Il a vécu quelque temps au palais. Bien sûr, il connaît parfaitement la langue royale. Je vais voir ce que je peux faire... »

Un grand cri tira Phaulkon de sa rêverie. Ils venaient de prendre un tournant du fleuve au beau milieu duquel se trouvait une île boisée. Le bruit prit de l'ampleur. À mesure qu'ils avançaient, les foules massées sur les berges se faisaient plus denses. Puis les gens se mirent à gesticuler dans leur direction : à n'en pas douter, ils leur faisaient signe d'accoster. Quand la cause de toute cette agitation devint apparente, le capitaine du navire de Ligor tira aussitôt sur la barre du gouvernail et mit le cap vers le rivage.

Cinq fins esquifs de course se précipitaient vers eux, dévorant la distance à une vitesse qui semblait incroyable. Grâce aux efforts de chacun des soixante rameurs, les embarcations filaient au son des tambours et des encouragements des spectateurs à terre qui avaient parié sur leur concurrent favori. Les rameurs assis sur des bancs l'un derrière l'autre, chaque équipage étant vêtu d'une couleur différente, plongeaient en cadence leurs avirons dans l'eau au rythme d'une longue baguette de bambou. Le capitaine, le seul à être debout, les exhortait de la poupe en ponctuant ses cris de coups de canne sur le pont. Les foules qui s'alignaient sur la rive battaient des mains à l'unisson, les cris devenant fébriles au moment où deux des bateaux doublèrent les autres, bord à bord. À la dernière seconde, l'un d'entre eux jaillit en avant et à toute allure devant les deux grands canots où étaient installés les juges. Un énorme rugissement monta de la foule. En un instant, des dizaines de petites pirogues surgirent de nulle part et se précipitèrent vers le milieu du courant pour couvrir de guirlandes les vainqueurs et offrir des rafraîchissements aux participants. C'était l'une de ces grandes courses d'avirons : un événement sportif qui accompagnait toujours une fête ou un jour férié, surtout si le temple que l'on honorait était situé non loin du fleuve.

La compétition terminée, les habitants s'intéressèrent alors à Phaulkon. Ils convergèrent vers son bateau en discutant avec animation. Il devait en effet offrir un étrange spectacle, comprit-il, vêtu comme il était du seul pagne que lui avait donné le gouverneur de Ligor. On s'attendait à voir les farangs porter des vêtements farangs. Arborant l'éternel sourire de leur race, les Siamois ne cherchaient guère à dissimuler leur curiosité. Ils lançaient sur le pont du jasmin et des tubéreuses et, quand le navire reprit sa route, une dizaine de pirogues les suivirent et les escortèrent au-delà des canots de course. Ils passèrent devant l'embarcation des vainqueurs et Phaulkon observa avec admiration la finesse du canot. Les deux extrémités du long esquif s'élevaient au-dessus de l'eau en un large demi-cercle : la poupe et la proue en forme de garudas, les oiseaux mythiques étincelants d'or et de laque, se dressaient avec majesté. La coque avait été creusée dans un seul tronc d'arbre.

Ils gagnèrent des eaux plus calmes et le voyage reprit son cours normal. Une nouvelle vague d'inquiétude saisit Phaulkon, comme cela s'était régulièrement produit durant les dix jours du voyage. Il n'avait échangé que de temps en temps un sourire avec le robuste capitaine et ses deux hommes d'équipage à la peau sombre. Quant à eux, ignorant qu'il connaissait leur langue, ils l'avaient laissé à ses pensées. Il dînait seul et passait des heures à méditer sur le pont ou enfermé dans sa minuscule cabine.

Il ne cessait de s'inquiéter du sort de Burnaby et d'Ivatt : le fait qu'il n'ait pas pu leur expliquer son départ le hantait. Allaient-ils au moins être bien traités ? Comment obtiendrait-il leur libération s'ils étaient retenus en otages dans l'attente d'un nouveau jeu de documents qui n'existaient pas ? Et Sunida : comme elle lui manquait ! Ce trajet aurait été bien plus supportable avec elle à son côté, pour détourner ses pensées de la constante inquiétude qui le rongeait. Par moments, il aurait voulu voir ces journées sans fin s'écouler plus vite. À d'autres, il remerciait le Ciel que l'heure ne fût pas encore venue d'affronter à Ayuthia les conséquences de sa supercherie.

Il avait le sentiment de n'avoir jamais été si près — ou si loin — de son but. Toutes les connaissances qu'il avait péniblement accumulées, les années de préparatifs, les succès et les revers, tout cela pouvait être anéanti dans les jours à venir et cette perspective l'emplissait d'appréhension. Il était tout à la fois enchanté de retrouver sa bien-aimée Ayuthia et inquiet de l'accueil que lui réserverait la ville.

Une seule chose lui semblait encourageante. À sa connaissance, le mandarin n'avait envoyé aucune dépêche par ce bateau. Phaulkon avait soigneusement observé les mouvements du capitaine lorsqu'ils étaient à quai à Ligor. On ne lui avait remis aucun document. La veille encore, il avait entendu des hommes d'équipage marmonner qu'ils n'auraient même pas le temps de débarquer à Ayuthia. On leur avait donné l'ordre de faire demi-tour et de regagner directement leur port d'attache. Que dire alors de l'envoi au Pra Klang de son « rapport » dont on le menaçait ? Le gouverneur avait affirmé que ce message partirait par courrier spécial. Mais le moyen de transport le plus rapide pour gagner Ayuthia, c'était par mer : même si le gouverneur possédait plusieurs petits bateaux, il n'y en avait qu'un, pour autant que Phaulkon en fût informé, qui fût assez résistant pour entreprendre le long voyage côtier jusqu'à la capitale, et c'était le vaisseau à bord duquel il se trouvait. Voilà qui pourrait expliquer pourquoi le mandarin avait exigé le retour immédiat du bateau. Sunida lui avait révélé que Son Excellence n'avait aucune raison d'entreprendre de tels voyages en dehors de sa visite deux fois l'an pour présenter son rapport sur l'état de sa province et boire avec le roi l'eau d'allégeance.

Et si son « rapport » ainsi qu'une nouvelle lettre au Barcalon étaient partis à dos d'éléphant ? Ce courrier ne parviendrait sans doute qu'après lui à Ayuthia, mais ce n'était guère réconfortant. Dès l'instant où le Barcalon apprendrait qu'il affirmait sans vergogne être un espion royal, on ne manquerait pas de l'exécuter pour haute trahison. Quelle insolence sans précédent !

Dans ses moments de profond désespoir, Phaulkon s'obligeait à songer au premier rapport élogieux — que le gouverneur ne pouvait plus rattraper — envoyé au Pra Klang avant la découverte du canon : ce document dans lequel il avait décrit les exploits de Phaulkon lors du tournoi de boxe, la découverte de l'éléphant blanc et comment il l'avait décoré de l'ordre de l'Éléphant blanc. Le gouverneur voudrait-il vraiment risquer le ridicule en commençant par l'honorer pour le vilipender ensuite ? Ce serait faire montre d'un piètre jugement, sans parler du fait qu'il perdrait sérieusement la face. Peut-être, songea Phaulkon avec amertume, les deux rapports, l'un chantant ses louanges et l'autre le condamnant, parviendraient-ils simultanément au Barcalon.

Et même si l'on commuait sa peine, maintenant que les canons avaient disparu, quelle chance avait-il d'emplir les cales du vaisseau de Sam White ? D'après ses calculs, il lui restait soixante-neuf jours avant le rendez-vous, bien qu'il fût impossible de faire une estimation exacte. Le navire de Sam pouvait avoir quelques jours d'avance ou de retard, selon les marées. Le seul homme capable maintenant de fournir à temps la cargaison était celui précisément qui allait fort probablement ordonner l'exécution de Phaulkon : le Barcalon. Phaulkon devrait bluffer et se montrer aussi malin que l'homme le plus rusé du royaume. Pourtant, malgré tout, l'espoir renaissait en lui, comme apparemment chaque fois qu'il était au plus bas. Mais oui, il allait déjouer les plans de cet homme, il allait libérer ses collègues retenus à Ligor, charger le navire de Sam White et faire venir Sunida. Il réaliserait son ambition de devenir une force dans son pays d'adoption, un intermédiaire entre l'Orient et l'Occident, un potentat étranger dans un monde oriental. Il frappa furieusement du poing sur le bastingage puis se retourna pour observer l'équipage : il s'apercevait soudain qu'il n'était pas seul et qu'il n'avait cessé de parler tout haut et de jurer bruyamment. Mais personne ne faisait attention à lui. Tous les hommes avaient les yeux braqués devant eux. Il suivit leur regard.

Le bateau venait de franchir une courbe du fleuve et vers l'avant, au loin, comme un majestueux pays de contes de fées, se dressaient les clochers d'Ayuthia, trois cents épis d'or étincelant au soleil. Tout ce que dans sa vie Phaulkon avait pu voir en guise de beauté n'était rien auprès de cette soudaine et splendide vision. Ayuthia, cité du paradis ! Comme le nom lui allait bien, se dit-il.

L'île capitale était une métropole aussi grande que Londres et plus vaste même que Paris. Les murs de brique qui l'entouraient entièrement traçaient dix kilomètres de circonférence : des remparts massifs où s'ouvraient de loin en loin des portes fortifiées, là où les canaux de la cité venaient se jeter dans le fleuve. Tout autour de la ville s'écoulait le Menam, le même gigantesque fleuve qui, oubliant ses humbles origines dans les jungles montagneuses du lointain Nord, traversait majestueusement la grande plaine centrale et encerclait la capitale d'Ayuthia avant de rejoindre en serpentant le golfe du Siam. Dans l'île même qui abritait la cité, de larges rues bordées d'arbres et pavées de brique suivaient des canaux sans fin parsemés de petits ponts en dos d'âne. Ce n'était pas pour rien que les Portugais l'avaient baptisée la Venise de l'Orient. Ici, à la place des gondoles, de grandes barques dorées propulsées par des rameurs en habits vermillon sillonnaient les canaux. Partout temples et clochers, au lieu des dômes et des beffrois, s'élevaient brillants sur un ciel d'un bleu pur. Phaulkon aimait le contraste entre les pagodes étincelantes et la simplicité des édifices de bois bâtis sur pilotis où logeait la population. Il s'émerveillait de l'animation et de l'odeur des marchés, de l'activité le long des canaux qui se déployaient aussi loin que pouvait porter le regard. Au nord de la ville, s'étendait une autre cité enceinte de murs, une ville dans la ville, avec presque quatorze arpents de superficie, d'où s'élevaient les plus magnifiques clochers, ceux du Grand Palais : c'était là que résidaient Sa Majesté et toute sa cour ; nul roturier, sous peine de mort, ne pouvait y pénétrer.

Seul sur le pont, il se sentait de nouveau saisi par cette soif du pouvoir, ce désir de faire d'Ayuthia la plus grande ville marchande du monde. Ayuthia, pour l'instant, ne jouait qu'un rôle d'intermédiaire : c'était un entrepôt entre le Proche et l'Extrême-Orient où négociants chinois et japonais apportaient du thé, des porcelaines et des soies, et repartaient avec des cargaisons de nids-d'oiseau, de poivre et de bois odoriférants. Par l'intermédiaire des Maures, les Siamois revendaient le même thé, les mêmes porcelaines et les mêmes soies aux marchands indiens et persans qui les expédiaient vers l'ouest jusqu'à leurs anciennes patries.

Pourquoi toutes ces marchandises devaient-elles être transportées par des étrangers ? se demanda une nouvelle fois Phaulkon. Avec une flotte marchande, le roi de Siam pourrait doubler ses revenus. Comme d'autres faisaient commerce au nom du roi — et empochaient la majorité de ses bénéfices —, la Couronne avait imposé une condition obligatoire pour compenser ce manque à gagner. Chaque fois qu'un navire de commerce faisait escale à Ayuthia, les premiers à monter à bord étaient les officiers du roi possédant le droit d'acheter toutes les marchandises se trouvant sur le vaisseau — à des prix fixés par la Couronne. Voilà, se dit Phaulkon, qui n'incitait guère à commercer. Il ne restait que ce qu'on pouvait vendre ouvertement sur le marché. Peut-être les coffres du Trésor s'emplissaient-ils provisoirement, mais cette méthode diminuait peu à peu le nombre des navires faisant escale à Ayuthia.

Au milieu de l'après-midi, ils entrèrent dans la rade : un vaste bassin devant les murs de la ville où les navires pouvaient s'arrêter pour des réparations et où l'on construisait actuellement les coques ventrues de nouveaux navires de teck. Dans ces parages, en dehors de la cité, tous les étrangers logeaient dans des campements ou des faubourgs. En effet, la nuit une fois tombée, la ville ceinte de murs fermait ses portes aux étrangers et aucun d'eux n'était autorisé à y résider. Le minuscule quartier anglais où avait vécu Phaulkon se trouvait à côté du grand campement portugais très proche du port. Impatient de retrouver les siens, Le Grec salua le capitaine et l'équipage, rassembla son maigre bagage et se mit à traverser les rangées de navires à l'ancre qui formaient un pont jusqu'au rivage.

Il se trouva presque aussitôt dans le secteur européen où la plupart des maisons étaient en briques :

beaucoup possédaient des jardins spacieux et de larges allées bordées d'arbres qui reliaient un quartier à un autre. En franchissant la porte qui marquait l'entrée du quartier portugais, Phaulkon s'émerveilla une fois de plus de la sagesse du système siamois et du monarque qui l'avait conçu. En interdisant aux étrangers de résider dans la ville proprement dite, le roi s'assurait qu'ils ne frayaient pas trop librement avec son peuple et ne le corrompaient pas. En laissant ses sujets se gouverner eux-mêmes, il était soulagé de cette charge. Ainsi chaque nation avait-elle son propre faubourg et était autorisée à pratiquer sa propre religion et à vivre suivant ses coutumes, à condition que celles-ci n'entrent pas en conflit avec les lois du Siam.

Un mandarin siamois était affecté à chaque secteur national. Bien qu'il fût là théoriquement pour représenter la Couronne, c'était surtout une position protocolaire. Pour les affaires importantes on s'adressait toujours au Barcalon : ce très puissant ministre était en effet responsable de tous les étrangers du pays et nul d'entre eux ne pouvait entrer dans le royaume ou en sortir sans sa permission.

Le cœur de Phaulkon se mit à battre plus vite lorsqu'il aperçut au loin sa maison. Elle était bâtie dans le style siamois : en bois, à un seul étage et sur pilotis. Elle comprenait trois grandes pièces : une salle de réception et deux chambres. Un édifice plus modeste situé à côté abritait sa cuisinière, sa servante et les trois femmes esclaves qu'il avait achetées à vie. Un petit jardin séparait la maison de la route et une porte de bois en marquait l'entrée. C'était sans prétention mais suffisant.

Sorn, la cuisinière, fut la première à le voir. Elle alerta bruyamment les autres et dans toute la maison on se mit bientôt à crier : « Le maître est de retour ! » Au bout de quelques instants, les domestiques dévalaient les marches pour venir se prosterner sur la pelouse devant la porte : Sorn, Tip, la femme de chambre, et Nid, Ut, ainsi que Noi, les filles esclaves choisies pour leurs exceptionnels talents de massage.

« Seigneur Maître, nous pensions que vous ne

reviendriez jamais », déclara Sorn. Le privilège du rang l'autorisait à parler la première. « Un mois, c'est beaucoup trop long.

— Comment pouvais-je ne pas revenir quand je savais que tu ne ferais que paresser en mon absence ? lança Phaulkon en plaisantant. Je meurs d'envie de faire un bon repas, de prendre un bon bain et de profiter d'un long massage. J'espère que vous avez continué à vous entraîner. » Phaulkon adorait la cuisine de Sorn et les doigts habiles de ses masseuses n'avaient pas leur pareil.

« Nous vous attendions chaque jour, Seigneur Maître, répondit Sorn. Un messager s'est présenté trois fois la semaine dernière pour voir si vous étiez de retour. Il a laissé une dépêche. Tip, va la chercher pour le Seigneur Maître. »

Tip s'éloigna en courant, courbée en deux et revint quelques instants plus tard avec une feuille de papier de riz pliée. Phaulkon l'ouvrit et un sourire s'épanouit sur son visage. Par quel heureux hasard était-il rentré aujourd'hui ? De toute façon, il comptait voir à la première occasion *mestre* Phanik. Peu de gens connaissaient mieux la politique siamoise que le *doutor*, comme tout le monde l'appelait dans le quartier portugais. S'il y avait eu des universités au Siam, se dit-il, le *doutor* aurait certainement occupé la chaire des Affaires siamoises. Et voilà que le soir même Phaulkon était invité à une soirée en l'honneur de Maria, la nièce de *mestre* Phanik, dont on fêtait le seizième anniversaire.

« Que s'est-il passé d'autre en mon absence ? demanda Phaulkon.

— Pas grand-chose, Seigneur. Sauf que vous nous avez manqué à toutes », répondit Sorn. C'était une grosse femme exubérante qui donnait l'impression d'avoir au moins une douzaine d'enfants cachés quelque part.

« Vous m'avez manqué aussi », affirma Phaulkon avec une chaleur sincère, tout en gravissant les marches qui menaient à la maison.

Il entra dans le salon qui renfermait des objets d'art

de la première période d'Ayuthia : des coffres à manuscrits, des bibliothèques, un gong de temple, des tablettes votives en bois dorées à la feuille, des instruments de musique anciens et un collier de clochettes de bronze encerclant l'encolure d'un cheval.

Il se jeta sur une pile de coussins dans le coin et ferma les yeux. Bon, il lui faudrait un jour de plus se passer de la cuisine de Sorn. Il aurait tout juste le temps de prendre un bain et de se faire masser avant de s'en aller jusqu'à la maison de *mestre* Phanik. Cette idée venait à peine d'atteindre son esprit que Nid s'agenouillait sans un mot à ses pieds et dénouait les pans de son panung. Pendant ce temps, les doigts experts d'Ut, arrivée par-derrière, lui pétrissaient doucement les tempes.

Comme elles comprenaient bien ses besoins, se dit-il. Et comme il était bon d'être de retour.

15

De nombreux esclaves étaient accroupis dans la vaste cour où un certain nombre de chaises s'alignaient, leurs porteurs debout auprès d'elles. La maison de *mestre* Phanik était au cœur du quartier portugais où vivaient environ quatre mille ressortissants ; un grand nombre venaient de Goa. Contrairement à celle de la plupart de ses voisins, cette demeure était construite dans le style siamois : bâtie sur pilotis avec un toit triangulaire et incurvé. Les maisons siamoises étaient d'ordinaire construites en planches et en bambou — faciles à édifier et plus faciles encore à démonter si le propriétaire voulait s'installer ailleurs. Mais celle-ci, outre ses dimensions plus vastes, était en teck massif. Sa solidité et la qualité du bois soulignaient dès l'abord la différence.

Phaulkon ôta ses sandales et gravit les marches jusqu'à la porte d'entrée. Il avait toujours considéré comme une coutume extrêmement civilisée de se déchausser avant d'entrer dans une maison — et surtout à la saison des pluies, lorsque les moussons transformaient la terre en boue. Un serviteur en livrée s'inclina sur le seuil et le fit entrer dans une antichambre où étaient accrochés de nombreux crucifix en bois; cette pièce, à une extrémité, était fermée par un magnifique paravent laqué japonais.

Mestre Phanik vint l'accueillir, jovial comme toujours, son visage rond de Japonais, avec un rien d'Européen, s'illuminant à la vue de son ami. Son histoire avait quelque chose de miraculeux : Phaulkon l'avait entendue des lèvres mêmes de Phanik. Un de ses ancêtres avait été le premier Japonais à être baptisé par saint François, au Japon, en 1549. Dans la vague de xénophobie qui avait déferlé peu après sur le pays, on avait brûlé sur le bûcher des milliers de convertis au christianisme. Mais le courage avec lequel ces martyrs, parmi lesquels l'arrière-arrière grand-père de Phanik, avaient péri, refusant jusqu'à la mort de renier leur foi récente, n'avait eu pour effet que de susciter de nouvelles conversions.

Après l'édit de l'empereur, en 1614, qui bannissait du Japon tous les chrétiens et prononçait la confiscation de leurs biens, ses grands-parents avaient été déportés à Nagasaki. Dans un pays où les braves s'éventraient eux-mêmes dans un suicide rituel, le supplice en public d'hommes et de femmes qui refusaient le repentir provoqua un mouvement de compassion en faveur des victimes et l'empereur fut contraint de revenir à une politique moins spectaculaire. On décréta donc que tous les bannis allaient être cousus dans des sacs absolument semblables à ceux des cargaisons de riz. Ainsi empêchés de haranguer la population, ils furent emmenés jusqu'au port le plus proche. Les grands-parents de Phanik avaient été expulsés de Nagasaki et, après un séjour en Chine sur lequel on ne savait pas grand-chose, ils étaient venus s'installer au Siam. Depuis lors, la famille avait pratiqué le commerce avec l'Extrême-Orient. La peste avait frappé le frère de Phanik quand sa fille

Marianne n'avait que deux ans : Phanik l'avait adoptée et avait demandé aux jésuites portugais de la baptiser. On lui avait donné un prénom portugais et, étant donné la remarquable histoire de la famille, les jésuites avaient adouci leurs règles et l'avaient élevée — elle, une fille — selon les Saintes Écritures. Phaulkon ne l'avait rencontrée que brièvement quand elle était venue en vacances du couvent. Mais elle lui avait laissé le souvenir d'une enfant pleine de vie et qui savait ce qu'elle voulait.

« *Senhor Constant, que prazer*, s'exclama *mestre* Phanik en serrant avec fougue son ami dans ses bras. *Tudo bom ?*

— *Tudo bom* », répondit Phaulkon en portugais. Il avait beaucoup d'affection pour le chaleureux homme et le plus grand respect pour son intelligence. Pendant son absence, il avait regretté le visage jovial qui lui rappelait toujours une lune dessinée par des enfants : un cercle presque imberbe, avec des yeux souriants, des oreilles fort développées et un nez aplati. Phanik avait une quarantaine d'années, dix bonnes années de plus que Phaulkon.

« Quel heureux hasard que vous soyez de retour ! J'ai envoyé par trois fois un messager chez vous. Comme vous m'avez manqué ! Mais venez par ici, *amigo*, il faut que vous rencontriez certains de mes amis. Oh, mais non, laissez-moi d'abord vous conduire auprès de Maria. C'est elle, l'héroïne de la fête : vous ne devez parler à personne d'autre avant elle, sinon je vais avoir des ennuis. Elle n'a cessé de me demander de vos nouvelles. "Va-t-il venir ? Crois-tu qu'il viendra ?" fit-il en l'imitant. Elle prétend que vous êtes le seul homme qui ne l'ennuie pas. Et c'est à peine si elle vous connaît ! Je vous assure, cette enfant... » *Mestre* Phanik secoua la tête et s'efforça de prendre un air résigné.

Il prit Phaulkon par le bras et lui fit traverser le grand salon où des groupes d'invités étaient assis, les jambes croisées en tailleur sur des coussins. On avait retiré tous les sièges. Les Siamois n'avaient pas l'habitude de s'asseoir dans des fauteuils et les inviter à le faire aurait créé un problème de protocole insurmontable. Chacun devait être installé un peu plus haut ou un peu plus bas que son voisin, selon son rang. Phaulkon observa soigneusement les visages qui l'entouraient. Il se demandait quelles célébrités pouvaient bien être présentes : en tant que conseiller en chef du Trésor pour les affaires japonaises, Phanik avait de nombreuses relations. Soudain, il retint son souffle, le regard fixe. Cette beauté qui s'avançait à sa rencontre pouvait-elle être la même petite fille qu'il avait serrée dans ses bras comme une enfant voilà un an à peine ?

En réponse à sa question, elle eut un sourire éblouissant et se jeta à son cou en s'écriant : « Oncle Constant, c'est merveilleux de vous voir ! Je disais bien à mon oncle que vous viendriez, mais il n'arrêtait pas de me répéter : "Va-t-il venir ? Sera-t-il rentré à temps ?" » Elle éclata de rire et renversa la tête en arrière.

« Et comme c'est merveilleux de te voir pour une aussi heureuse occasion, ma chère », répondit Phaulkon en portugais, tout en l'étreignant à son tour. Il était quelque peu déconcerté. Libre à elle de l'appeler « oncle » : elle n'éveillait pas en lui le moindre sentiment avunculaire, songea-t-il en se sentant un peu coupable. « Alors aujourd'hui te voici majeure. C'est assurément un état qui te sied. » Il ne la flattait pas : elle était superbe. Elle avait la peau claire comme une Japonaise et magnifiquement mise en valeur par ses cheveux noirs que, contrairement à bien des femmes de la région, elle avait gardés longs et remontés en chignon. Quand elle les laissait pendre, songea-t-il, ils devaient lui tomber au moins jusqu'à la taille. Elle était menue : à peine plus d'un mètre cinquante. Elle avait le nez droit et fin, pas du tout camus comme de nombreux Siamois, et de grands yeux sombres, légèrement en amande. Son corps aux formes rondes et aux proportions parfaites se terminait sur une paire d'adorables petits pieds.

Il se creusa la tête pour trouver qui elle lui rappelait. Mais oui, bien sûr, la statue préférée de son enfance, celle de Diane, la déesse de la Chasse sculptée dans du marbre blanc, qui se dressait devant la fontaine de la petite place derrière la taverne. Il adorait cette statue, drapée dans une toge blanche — alors que Maria portait un élégant *panung* bleu foncé, le haut du corps revêtu d'un magnifique corsage turquoise boutonné jusqu'au cou avec un col mandarin. Sans doute l'influence du couvent, songea Phaulkon. Mais tout, chez elle, respirait l'entrain et la détermination.

« Je vois que mon oncle brûle d'envie de vous faire circuler, dit-elle en battant des paupières avec coquetterie. Je ne vais donc pas vous retenir, oncle Constant. Mais je compte sur vous pour venir me retrouver quand les autres invités vous auront suffisamment ennuyé.

— Je n'y manquerai pas, dit Phaulkon, stupéfait de tant d'assurance à un si jeune âge. D'ailleurs, je ne t'ai pas encore souhaité un heureux anniversaire. » Il la regarda en souriant.

Mestre Phanik le reprit par le bras et l'entraîna avec lui. « Cette petite fille va me donner bien du souci. Depuis sa sortie du couvent, le mois dernier, on m'a déjà demandé six fois sa main. Et dire qu'elle n'est encore qu'une enfant !

— Mais très mûre, à la voir, *doutor*. Elle a totalement changé depuis la dernière fois que je l'ai vue. À votre place, je me préparerais à des jours difficiles, souligna avec franchise Phaulkon.

— Vous croyez ? Bah, j'imagine que cela devait arriver un jour, observa-t-il d'un ton désabusé. Mais venez, il faut que je vous présente à notre invité d'honneur. Et ne vous avisez pas de partir de bonne heure. Si les Siamois s'éclipsent les premiers, comme d'habitude, nous pourrons avoir une longue conversation. Voilà une éternité que je ne vous ai vu.

— Et j'ai bien des choses à discuter avec vous, *doutor*. » Il ne pouvait guère parler à *mestre* Phanik des canons mais il comptait bien lui expliquer que, faute de papiers, ses collègues étaient détenus à Ligor. Il avait besoin de faire appel aux relations de *mestre* Phanik et surtout il lui fallait découvrir tout ce qu'il pouvait sur le Barcalon. Si la chance était avec lui, peut-être son ami l'avait-il même rencontré.

Son hôte l'entraîna sur une terrasse dominant un magnifique jardin entouré d'une haie de bambous. Des lanternes de cuivre illuminaient les glaïeuls jaunes et le vert des pelouses. Des groupes de Siamois se saluaient en silence, les mains jointes devant leur front et s'inclinant légèrement. Dans les présentations siamoises, on échangeait des gestes et non des mots. La plupart des invités portaient des blouses sans col aux manches larges, mais quelques-uns étaient torse nu.

Un serveur rampait à genoux, tenant en équilibre d'une main un plateau de rafraîchissements, telle une otarie de cirque. Il en offrit un à Phaulkon. Il y avait du *lau*, un alcool de riz local, du vin rouge espagnol, de l'eau ou du jus de citron vert frais. Les Siamois, par respect de la modération bouddhiste, étaient en général abstinents, mais Phaulkon se servit un verre de vin rouge espagnol pétillant. Les galions espagnols en route pour Manille faisaient souvent escale à Ayuthia et, comme leurs souverains n'avaient guère de goût pour ces boissons, les officiers de la Couronne siamoise entamaient rarement leur stock.

Mestre Phanik et Phaulkon descendirent quelques marches de bois bordées de rampes sculptées pour gagner le jardin admirablement illuminé. Phanik conduisit son ami jusqu'à un Siamois à l'air distingué, dont la tête massive était couronnée de cheveux gris coupés court, et qui était assis, les jambes croisées sous lui, un peu de côté. Un groupe d'admirateurs accroupis, qui buvaient chacune de ses paroles, l'entouraient. *Mestre* Phanik se joignit à eux et se prosterna devant l'orateur. Phaulkon l'imita. L'homme aux cheveux gris termina son discours et adressa à son hôte un aimable sourire.

« Excellence, dit Phanik, permettez-moi de vous présenter un de mes vieux amis qui est tombé amoureux de votre pays et qui a appris à en parler la langue mieux que moi. » C'était, à vrai dire, un compliment exagéré : *mestre* Phanik était né au Siam et le siamois était tout autant sa langue maternelle que le portugais, le japonais ou le latin.

« M. Constantin Phaulkon, Son Excellence le général Petraja. Il est inutile, j'en suis sûr, de présenter Son Excellence. »

C'était en effet inutile. Phaulkon était impressionné. Le général Petraja était le héros des campagnes birmanes. Commandant en chef du Régiment royal d'éléphants de Sa Majesté, avec vingt mille éléphants de guerre sous ses ordres, il venait tout récemment d'être nommé président du Conseil privé du roi. Le général était le soldat le plus décoré du pays. Phaulkon resta prosterné.

Petraja eut un sourire affable. C'était un bel homme, vigoureux et en pleine santé. Il ne semblait pas très grand mais il avait l'air fort et, avec son superbe corps d'athlète, on ne lui aurait jamais donné cinquante ans. « Je suis honoré d'apprendre que vous avez appris notre langue, monsieur. Il y a bien peu d'étrangers dont on puisse en dire autant, observa-t-il.

— Votre Excellence est trop bonne, répondit Phaulkon, utilisant la formule de politesse due à un mandarin de première classe. Les efforts de ce modeste esclave pour parler votre langue ont eu pour raison le désir de communiquer avec les très charitables et très hospitaliers habitants de votre pays. »

Le général était visiblement impressionné lui aussi. « Et quel heureux hasard vous amène parmi nous, monsieur ? demanda-t-il avec un intérêt non dissimulé.

— Je suis au service de la Compagnie commerciale anglaise, Excellence, et j'espère avoir le privilège un jour d'être aussi au service du Siam.

— Le Siam a toujours bien accueilli les étrangers et a su les récompenser de leurs services, déclara le général. Nous les avons laissés répandre leur foi et vivre suivant leurs lois. Nous ne leur avons pas imposé grand-chose et nous avons demandé bien peu en retour. Malheur à qui interpréterait mal notre générosité et prendrait notre sens naturel de l'hospitalité pour de la faiblesse. Nous avons toujours été libres et nous demeurerons un peuple libre. »

Le cercle de disciples émit un murmure approbateur.

Phaulkon supposa que c'était une allusion aux Hollandais et il allait faire chorus quand une pensée parut frapper le vieux soldat.

« Et comment Sa Majesté britannique voit-elle les Hollandais, monsieur ? » interrogea le général.

Phaulkon parut hésiter. « Excellence, nous nous méfions de leurs intentions, de... leurs ambitions. »

Le général hocha la tête comme si c'était précisément là ce qu'il soupçonnait. « Et que fait exactement Sa Majesté britannique à ce propos ?

— La Compagnie britannique envisage de mettre un frein à leur pouvoir, Excellence.

— Comment cela ?

— En coopérant étroitement avec le gouvernement de Sa Majesté siamoise, Excellence.

— Si bien que tout conflit qui en résulterait pourrait s'étendre jusqu'à nos rivages ? » Le général considéra Phaulkon d'un air méfiant.

« Ce ne serait pas l'objectif, Excellence. Nous nous efforcerions simplement de maintenir l'équilibre des forces. Mais, bien entendu, seulement si la demande nous en était faite par le gouvernement de votre grande nation souveraine. »

Le général montrait un vif intérêt. Il était manifestement impressionné par la facilité avec laquelle Phaulkon s'exprimait en siamois. Il jeta autour de lui un regard irrité, comme s'il avait voulu voir disparaître le cercle de ses auditeurs.

« Il faudra que nous discutions de ce problème plus tard. Chassez-vous l'éléphant ? »

Son habileté dans ce domaine était proverbiale. Mais c'était l'un des passe-temps siamois que Phaulkon n'avait pas encore cherché à pratiquer.

« Je n'ai jamais eu ce plaisir, Excellence.

— Alors, je vous enverrai une invitation. » Le général Petraja sourit et ajouta : « Comme spectateur, naturellement.

— Cet esclave ne peut concevoir plus grand honneur que de participer à sa première chasse en présence du plus expert dans ce domaine. »

265

Le général inclina modestement la tête. « C'est vrai, j'ai beaucoup appris sur les éléphants au cours de ces quarante dernières années. »

Les talents de stratège du général étaient légendaires. Quand les armées de Siam et de Birmanie se heurtaient avec vingt mille éléphants dans chaque camp et trois hommes sur chaque animal, on pouvait s'attendre à retrouver au crépuscule des morts par milliers sur le champ de bataille. Mais les deux adversaires étaient bouddhistes : l'objectif primordial n'était donc pas tant de tuer que de faire des prisonniers et de ramener des esclaves pour accroître la richesse de chaque pays. Après qu'une bataille acharnée eut fait rage toute la journée, il n'était pas rare de ne relever sur le terrain que trente ou quarante corps. C'était l'habileté à manœuvrer les énormes bêtes qui finissait par décider du vainqueur, et les prouesses du général Petraja étaient sans égales.

« Allons, c'est l'heure pour ces vieux os de se retirer », dit le général en se levant pour prendre congé. Le respectueux auditoire qui l'entourait — Phaulkon compris — resta prosterné comme il convenait. Le général jeta un coup d'œil à Phaulkon.

« J'ai été enchanté de notre petite conversation. Je vais vous faire envoyer à la Compagnie anglaise une invitation à la chasse royale du mois prochain.

— Votre Excellence est trop généreuse », répondit Phaulkon, ravi. L'escorte du général se leva à son tour et s'avança courbée en deux, à distance respectueuse derrière lui. Petraja remercia courtoisement son hôte et, croisant Maria dans l'escalier, il inclina la tête devant elle et fit galamment observer combien elle lui faisait regretter de n'être plus un jeune homme.

L'infatigable *mestre* Phanik se retrouva aussitôt au côté de Phaulkon. « Un personnage impressionnant, hum ? Il aime prétendre n'être qu'un simple vieux soldat, mais il est aussi rusé qu'un renard à trois têtes et c'est un vrai patriote. » *Mestre* Phanik baissa la voix. « De vous à moi, je ne crois pas qu'il aime les farangs. Mais il faut que je vous raconte la dernière. » *Mestre* Phanik poursuivit, passant un bras sur les épaules de

Phaulkon et l'entraînant vers un coin plus discret du jardin. « La sœur du général n'est rien moins que la première concubine de Sa Majesté. Voilà des années qu'elle est la doyenne du harem royal. » Il baissa encore le ton. « Son nom est Thepine et elle fait des galipettes avec un officier portugais ici même, en plein quartier portugais. Vous imaginez ? Une concubine royale ! Nos musiciens ont déjà commencé à composer sur elle des chansons gaillardes. Attendez un peu que le général l'apprenne. Surtout s'il est bien vrai qu'il n'aime pas les farangs... Mais voici Rachid », dit *mestre* Phanik, changeant rapidement de sujet en voyant s'approcher d'eux un homme de haute taille, à l'air indien, doté d'une épaisse barbe noire. « Je ne l'aurais pas invité, mais ces Maures commencent à devenir un peu trop puissants pour qu'on les ignore.

— *Mestre* Phanik, quelle merveilleuse soirée », dit Rachid en siamois en les abordant. Ses yeux sombres passèrent de son hôte à Phaulkon.

« Vous êtes fort généreux, répondit *mestre* Phanik. Mais permettez-moi de vous présenter un vieil ami, M. Constantin Phaulkon. Voici Luang Mohammed Rachid. C'est dangereux d'inviter Luang Mohammed à une réception car il est le chef du service des Banquets de Sa Majesté et il n'est que trop bon juge de la qualité d'un repas. » Luang Mohammed se mit à rire. Luang, Phaulkon le savait, était un titre de noblesse, comme Lord, que seul le roi pouvait conférer.

Rachid était loin d'être le seul Maure à avoir été ainsi honoré. Ces musulmans, dénommés Maures d'après le portugais *Mouros*, les fidèles de la côte barbaresque qui pendant des siècles avaient occupé le sud de la péninsule Ibérique et bâti l'Alhambra de Grenade, étaient solidement installés dans tous les rouages du gouvernement : certains vivaient même dans l'enceinte du palais comme conseillers du roi. Au nombre de quatre mille environ, ils ne possédaient pas de quartier à eux comme les Portugais, les Japonais ou les Malais.

« Je vous assure, *doutor*, vous n'avez rien à craindre. Une des raisons qui m'ont fait accepter volontiers votre invitation, c'était l'espoir de vous voler l'un de vos cuisiniers. D'autant plus que nous avons appris l'arrivée d'un distingué ambassadeur de la Grande Sophie. Sa Majesté a demandé qu'on le reçoive avec tous les honneurs. »

Phaulkon avait l'air surpris : le savant docteur vint à son aide. « Bien sûr, Constant, vous le connaissez sous le nom de shah de Perse. Reprenez-moi si je me trompe, Luang Mohammed, mais Sophie, ne serait-ce pas une déformation du mot Soufi, la grande dynastie qui règne depuis deux cents ans sur la Perse ?

— Effectivement, je vois que votre réputation d'érudit est bien fondée. C'est le grand shah Soliman qui règne maintenant en l'an deux cent quarante-deux de la dynastie Soufi.

— Je me souviens, remarqua Phaulkon poursuivant la conversation en siamois. Quand j'étais en Inde, on appelait le roi de Delhi le Grand Moghol.

— Précisément, acquiesça le Maure en l'observant avec attention. Et, pour compléter la trilogie, nous avons le sultan de Turquie connu sous le nom de Grand Turc. Autant d'illustres souverains, élus d'Allah, dont le pouvoir s'étend des rives d'Europe jusqu'aux frontières du Siam, déclara-t-il.

— Et si le grand roi de Siam lui-même allait rejoindre les rangs des fidèles ? », observa un petit homme qui venait de se mêler à eux. Il avait l'air d'un Indien du Sud, le teint plus sombre qu'un Siamois et plusieurs bourrelets de graisse sous le menton. « La parole de Dieu s'étendrait alors de la Méditerranée à la mer de Chine. Puisse Allah bénir Sa Majesté et la guider jusqu'au sein de l'islam. »

Auprès du nouveau venu, Luang Mohammed, qui était grand, avait la peau claire et était sans doute d'origine persane, avait presque l'air d'un Européen. Pourtant, malgré les différences de teint, les deux Maures avaient les mêmes traits dominants aryens. Ou bien ils étaient arrivés récemment, ou bien leurs ancêtres n'avaient connu que peu de mariages avec les Siamois.

« Permettez-moi de vous présenter M. Abbas Malipatam, déclara Luang Rachid. J'ai pris la liberté de l'amener avec moi. C'est mon nouvel assistant au service des Banquets royaux. Voici votre hôte, *mestre* Phanik et monsieur... je suis désolé, je n'ai pas retenu votre nom ?

— Constantin Phaulkon, à votre service, monsieur. » Le nouveau venu porta la main à son cœur pour le saluer à la musulmane et Phaulkon lui répondit à la mode siamoise.

Par-dessus l'épaule de son interlocuteur, Phaulkon aperçut le nez crochu bien reconnaissable ainsi que les bras en ailes de moulin à vent de son ami, le père Morin. Le petit jésuite français, qui gesticulait avec animation, était manifestement lancé dans l'une de ses harangues. Il n'avait pas encore remarqué la présence de Phaulkon.

« Ainsi, messieurs, souligna *mestre* Phanik, le service des Banquets de Sa Majesté est bien représenté ici ce soir. Vous allez me faire honte. » Comme pour permettre de vérifier sa déclaration, un serviteur en livrée, presque plié en deux, apporta un plateau d'argent chargé de mets délicieux : crevettes à l'ail et petites pâtisseries portugaises fort en vogue dans l'aristocratie siamoise.

« Délicieux, observa Luang Mohammed en en goûtant une. Peut-être, *mestre* Phanik, accepteriez-vous de louer les services de vos cuisiniers, si vous refusez absolument qu'on vous les vole ?

— Mais Luang Mohammed, répliqua *mestre* Phanik en souriant, reviendraient-ils après avoir travaillé pour les Banquets royaux ?

— Quand arrive donc Son Excellence, l'ambassadeur de Perse ? » demanda Phaulkon, intrigué. La visite de l'ambassadeur faisait-elle partie du vaste plan musulman visant à amener à Allah le roi de Siam, songeait-il ? Ou bien l'ambassadeur avait-il été invité par le roi Naraï pour démontrer la solidarité asiatique face à l'expansion hollandaise ?

« Nous l'attendons d'un instant à l'autre, répondit le grand Maure. Sa Majesté, ajouta-t-il avec insistance, a exprimé le plus vif intérêt pour les enseignements du Prophète. »

De grands éclats de rire leur parvinrent d'un groupe bruyant, non loin de là. C'étaient des marchands farangs un peu pris de boisson : tous les regards, dont certains ne dissimulaient pas leur désapprobation, se tournèrent vers eux. À cet instant, les yeux du père Morin croisèrent ceux de Phaulkon et, avec un petit cri de joie, il se précipita vers lui.

« Mon cher Constant, dit-il en étreignant chaleureusement Phaulkon, vous voici donc de retour de vos voyages. Quelle surprise ! Nous allons devoir poursuivre notre petite mission pour vous ramener à votre foi d'antan. » Depuis quelque temps, les Jésuites s'efforçaient de rapprocher Phaulkon de la foi catholique de son enfance, mais son indifférence en matière de dogme religieux leur donnait peu de chances d'y parvenir. Pourtant, malgré leurs incessantes tentatives, Phaulkon les aimait bien, surtout le petit jésuite planté maintenant devant lui.

Mestre Phanik présenta le père Morin à la ronde puis, avec un sourire malicieux, dit rapidement quelques mots au prêtre en portugais. « Ces messieurs viennent d'exprimer l'espoir qu'Allah ne tardera pas à révéler à Sa Majesté la vraie lumière. » Comme s'y attendait le Japonais, le jésuite se hérissa et se redressa de toute sa petite taille. Se tournant d'un air agressif vers les Maures, il s'adressa à eux en siamois avec un fort accent.

« Je dois vous informer, messieurs, que l'évêque de Beryte, à qui Sa Majesté siamoise a accordé récemment une audience alors qu'il se rendait en Chine, nous a fait part de la bonne nouvelle : Sa Majesté de Siam est fort bien disposée envers la religion chrétienne.

— Il ne s'agit là, monsieur, que d'une coïncidence, répliqua Luang Mohammed en regardant de haut le père Morin. Nous croyons savoir que Sa Majesté est favorablement disposée envers l'islam. Elle a d'ailleurs écrit au grand shah Soliman qui a répondu en lui envoyant son ambassadeur. Cet illustre envoyé est maintenant en route et j'ai l'honneur, monsieur, d'être chargé des festivités d'accueil. On m'a donné pour instruction, précisa le Maure, de préparer une réception qui ne puisse se comparer qu'à l'accueil réservé aux ambassadeurs de l'empereur de Chine. » Aucun ambassadeur n'était reçu avec plus de fanfare que ceux du puissant Empire du Milieu, au nord.

« L'hospitalité de Sa Majesté est proverbiale, riposta le jésuite en s'inclinant. Cela vous intéressera peut-être de savoir, monsieur, qu'un portrait de Sa Majesté le roi Louis XIV de France, défenseur de la foi catholique, est accroché dans les appartements privés de Sa Majesté siamoise ? » À ces mots, Phaulkon tendit l'oreille. « Sa Majesté admire beaucoup notre noble roi.

— Êtes-vous depuis longtemps dans notre pays ? demanda Abbas au prêtre.

— Six ans, monsieur.

— Alors, vous n'avez pu manquer de remarquer que l'administration chez nous est entre les mains des fidèles d'Allah. Sa Majesté, dans sa sagesse, a cru bon de nommer aux postes de responsabilité dans tout le royaume d'authentiques fidèles et aucun autre. Les fidèles du Christ, à ce que l'on me dit, s'intéressent davantage au profit. »

Le jésuite se hérissa de nouveau. « Voilà longtemps que vous autres êtes installés ici, dit-il en s'efforçant de contenir son indignation. Mais il n'empêche que la vraie parole de Dieu se répand.

— Les Portugais disciples du Christ étaient ici avant même l'époque de mon arrière-grand-père, lança Abbas, ses yeux noirs flamboyants. Mais monsieur, Sa Majesté, que je sache, n'en a jamais nommé un seul à de hauts postes du gouvernement.

— Messieurs, interrompit *mestre* Phanik, pardonnez-moi de ne pas participer plus longtemps à cette passionnante discussion. Mais il semble que certains de mes invités prennent congé.

— Nous allons en faire autant », répliqua Luang Mohammed en se tournant brusquement pour partir. Les deux Maures saluèrent courtoisement Phaulkon et inclinèrent à peine la tête devant le prêtre.

« Voilà une conversation bien révélatrice, mon

Père », dit Phaulkon. À peine les autres partis, il était revenu au portugais. Le père Morin parlait couramment le français aussi bien que le portugais. « Ce que vous avez dit du portrait de Louis XIV est-il vrai ?

— Tout à fait. Sa Majesté de France est représentée à cheval. Je ne peux malheureusement pas vous révéler comment je suis au courant du grand intérêt que Sa Majesté siamoise porte à notre Roi-Soleil. Disons seulement que nous autres, Jésuites, avons nos sources d'informations », conclut fièrement le père Morin.

Ils étaient en effet, Phaulkon le savait, extraordinairement capables — et déterminés. Au cours des cent cinquante ans écoulés depuis la fondation de leur ordre par saint Ignace de Loyola et son approbation par le pape, les Jésuites avaient constitué le plus grand ordre missionnaire du monde. La formation sévère et minutieuse de leurs recrues avait produit quelques-uns des esprits les plus disciplinés, les plus résolus et les plus doués intellectuellement qui soient au service de Dieu. Le père Morin lui-même avait étudié pendant neuf ans les humanités et les Écritures avant de prononcer ses vœux de pauvreté, de chasteté et d'obéissance. Une fois ordonné, il avait été nommé trois ans maître d'école dans un petit bourg de Gascogne pour acquérir une expérience pratique dans la diffusion de la connaissance. Puis, pour parfaire sa formation, il avait passé un an dans un isolement total, à méditer sur les Écritures et les questions spirituelles.

Au Siam, avec ses collègues jésuites, il étudiait la langue, répandait la parole de Dieu, enseignait l'Évangile au séminaire et tenait le rôle de médecin, voire d'ingénieur. Les Jésuites réconfortaient dans leur cellule les prisonniers torturés et sauvaient d'une mort prématurée les bébés malades. Contrairement à d'autres ordres, comme le père Morin aimait à le souligner, ils ne perdaient pas un temps précieux en cérémonies liturgiques solennelles ni en exercices de pénitence. Ils étaient simplement vêtus de la tenue ordinaire des ecclésiastiques, refusaient titres et honneurs et vaquaient tranquillement à leurs affaires.

Aujourd'hui, après six ans passés au Siam, le père Morin était poussé par une suprême ambition : obtenir la conversion du grand roi Naraï de Siam.

« Mais, dites-moi Constant, Maria m'a annoncé qu'à son avis vous auriez bien pu abandonner pour toujours votre foi catholique ? » Le jésuite avait l'air surpris. « Ce n'est pas possible.

— Je crains qu'elle n'ait raison, mon père. Je suis devenu protestant quand j'étais un jeune garçon en mer. Mes maîtres anglais m'ont persuadé d'adopter leur foi. » Il y eut un silence.

« Ah, heureusement, il n'est pas trop tard pour arranger tout cela, Constant. J'espère que vous viendrez m'en parler. Et je suis certain que cela ferait grand plaisir à Maria de savoir que nous discutons de ce sujet. Elle a tenu à m'en faire part.

— Comment vont ses études ? » demanda Phaulkon. Il était surpris de découvrir l'intérêt de Maria pour ses croyances religieuses.

Le père Morin réfléchit un moment. « Bien sûr, elle est extrêmement intelligente mais, même si elle étudie avec assiduité, elle n'est absolument pas disposée à accepter tout ce que nous enseignons. Elle exige des raisons et des explications pour tout, et nous devons lui donner satisfaction. Ce fut un véritable défi que de l'instruire. Vous savez que nous autres Jésuites n'avons pas pour habitude d'éduquer les femmes, mais, en raison du passé exemplaire de la famille, nous avons obtenu une dispense spéciale de l'évêque. »

Phaulkon accepta un autre verre de vin rouge et, du coin de l'œil, remarqua que la plupart des Siamois s'étaient maintenant retirés. Il aperçut *mestre* Phanik en haut des marches, occupé à faire ses adieux aux invités qui s'en allaient, le général Petraja ayant manifestement été le plus important d'entre eux. Phaulkon avait repéré quelques visages connus parmi les Siamois — surtout des fonctionnaires subalternes du ministère du Commerce —, mais il n'avait pas le sentiment d'avoir manqué quelqu'un d'important.

Un grand marchand français bourru et qui sentait

désagréablement la transpiration s'approcha et se présenta au père Morin. Phaulkon s'arrangea pour éviter d'être présenté, trop heureux d'avoir quelques instants de tranquillité. Plusieurs jeunes Siamoises — dans le monde masculin des négociants d'Ayuthia on ne permettait la présence d'aucune femme farang — bavardaient gaiement avec Maria, dans un coin du vaste jardin. Non loin d'elles, le même bruyant groupe de marchands farangs riait encore, poussait de temps en temps des acclamations et certains, observa Phaulkon, commençaient à vaciller nettement sur leurs pieds. Des serveurs, qui avaient cessé de se prosterner humblement depuis le départ des dignitaires siamois, continuaient à circuler parmi la foule clairsemée des invités, proposant des confiseries et s'inclinant bien bas en passant.

Phaulkon remarqua un farang, manifestement un nouveau venu dans le pays, qui tendait la main pour saluer un Siamois déconcerté. Ne tendre qu'une main était considéré comme grossier : c'était comme si l'on ne voulait donner qu'une partie de soi-même. Le Siamois réagit donc en plaçant ses deux mains sous celle du farang pour indiquer qu'il se livrait entièrement au pouvoir de son interlocuteur.

« Ah, les farangs, les farangs ! Vous pourrez les voir plus tard. » *Mestre* Phanik était revenu auprès de Phaulkon. « De toute façon, ils restent toujours les derniers pour finir mes liqueurs. J'ai essayé de faire partir tout le monde afin que nous puissions avoir une bonne conversation. J'ai hâte de tout savoir de vos voyages. Pourquoi ne pas nous éclipser dans mon bureau ? Il ne reste plus personne d'important. » Ils montèrent à l'étage et s'installèrent confortablement dans deux fauteuils.

« Maria m'a bien recommandé de ne pas vous laisser partir, dit *mestre* Phanik à Phaulkon. Elle va nous rejoindre dans un moment. » Il eut un petit gloussement. « Elle pensait que nous avions peut-être à discuter de choses qui ne convenaient pas aux oreilles d'une femme. » On le sentait très fier de la jeune fille.

« Alors, comment pourrons-nous justifier ses soupçons ? demanda Phaulkon en souriant. Tout d'abord, il faut que je vous dise que notre navire a fait naufrage au large de la côte de Ligor, que j'ai disputé là-bas un combat de boxe et que le gouverneur, qui adore le sport, m'a décoré de l'ordre de l'Éléphant blanc de troisième classe. »

Le *doutor*, d'abord incrédule, s'aperçut que son ami était sérieux : il applaudit en poussant des cris ravis. « C'est la meilleure nouvelle que j'aie entendue de toute l'année. Et vous avez assurément choisi le bon gouverneur. C'est l'un des favoris du roi. Mais voyons un peu. Pour plus de sûreté, montrez-moi la médaille. »

Phaulkon la retira de la bourse de cuir qui pendait à son cou. Le *doutor* la contempla respectueusement.

« Les pires canailles ont toujours de la chance », conclut-il en secouant la tête.

Phaulkon lui raconta alors toute l'histoire, en n'omettant que l'affaire des canons. *Mestre* Phanik continuait à hocher la tête.

« Une véritable fable, répéta-t-il. Alors, *amigo*, quelles sont maintenant vos intentions ?

— Entrer au service du gouvernement, je l'espère. Ce pourrait bien être l'occasion que j'attendais. J'ai l'impression que le Barcalon va bientôt me convoquer.

— Le Barcalon ? fit *mestre* Phanik en sifflotant entre ses dents. Mais où pourraient-ils employer un farang ? » murmura-t-il, un peu comme s'il se parlait à lui-même. Il se redressa dans son siège. « Encore qu'avec votre connaissance du siamois ce devrait être au ministère du Commerce. Mais voilà, sapristi ! » Le *doutor* se donna une tape sur le genou. « Vous parlez la moitié des langues nécessaires pour le commerce à Ayuthia. Si vous pouviez juste mettre un pied dans la porte, vous réussiriez à vous rendre indispensable aux Siamois. Quelle magnifique occasion ! »

Phaulkon resta un moment silencieux. Puis il se pencha et dit sur le ton de la confidence :

« Quelles chances aurais-je de dénoncer les pratiques corrompues des Maures ? Dans le commerce, par exemple ? Nous connaissons leurs méthodes.

— Certes. Mais les dénoncer ? » Le *doutor* était horrifié. « Vous n'êtes pas sérieux ? Bien sûr, avec la mort d'Aqa Muhammad, ils n'ont plus de véritable chef. Mais il vous faudrait marcher sur des œufs. Votre vie serait entre les mains de Dieu. »

Aqa Muhammad était l'ancien Barcalon, un Maure d'origine persane dont la famille était installée au Siam depuis le xive siècle. En favorisant d'autres Maures et en les installant à des postes de confiance, il avait créé une puissante élite musulmane que les mandarins siamois, disait-on, s'acharnaient maintenant à renverser. Mais il faudrait manœuvrer avec prudence. Les Maures ne renonceraient pas facilement à ce pouvoir.

« L'actuel Barcalon est de pure souche siamoise, n'est-ce pas ? demanda Phaulkon.

— Comme tous les autres avant lui, à l'exception d'Aqa. Je suis certain que vous pourriez vous gagner le soutien du nouveau Barcalon, mais je ne sais pas jusqu'à quel point il pourrait vous protéger des assassins maures. » Il marqua un temps. « Pourquoi, d'ailleurs, voudriez-vous les dénoncer ?

— Parce que j'ai besoin de conduire moi-même une mission commerciale en Perse et que ce sont eux qui en détiennent le monopole. Si l'on m'en donnait la chance, je suis sûr de pouvoir multiplier par trois les revenus du Trésor siamois. Il me faut simplement l'occasion de donner la preuve de leurs détournements. »

Mestre Phanik semblait songeur. « Le seul élément en votre faveur, c'est qu'ils ont succombé à la paresse, faute d'être surveillés, depuis que les frères maures sont devenus les superviseurs. Ils font naturellement tout payer trop cher aujourd'hui et vous pourriez fort bien les prendre par surprise.

— Vous voulez dire : dans d'autres domaines que le commerce avec la Perse ? demanda Phaulkon, dont l'excitation grandissait.

— Oh, oui ! Par exemple pour l'organisation des banquets. Ils ont un monopole de traiteurs pour tous les banquets royaux. C'est ce nommé Rachid, que vous avez rencontré ce soir, qui s'en occupe. Vous ne croyez pas qu'il gonfle les factures ? Pour ma part, je suis prêt à en faire le pari.

— Pourquoi ne fait-on rien ?

— Parce qu'il est responsable de ce service et qu'au Siam on respecte l'autorité. Mais sans doute les mandarins siamois commencent-ils à renâcler devant les abus des puissants Maures et à chercher une raison pour les déstabiliser. À cet égard, vous arrivez au bon moment. » *Mestre* Phanik plissa le front. « La preuve dont vous avez besoin est ici même, j'en suis sûr, enfouie dans l'amas des archives du ministère du Commerce. Mais comment la déterrer, voilà la question.

— Il n'y a qu'une façon, déclara Phaulkon. En obtenant un poste là-bas et en fouillant ces dossiers jusqu'à ce que je finisse par tomber sur quelque chose.

— Mais cela pourrait prendre toute une vie, Constant. Et même si vous parveniez à décrocher le poste, comment Burnaby réagirait-il en vous voyant employé par les Siamois ? Après tout, vous êtes à la solde de la Compagnie anglaise des Indes orientales. »

Sans vouloir dévoiler l'affaire des canons, Phaulkon avait été forcé d'expliquer que Burnaby et Ivatt seraient libérés sitôt que le ministère aurait envoyé à Ligor une copie de leur autorisation de commercer avec les États malais. Le *doutor* ignorait donc tout des problèmes actuels d'Ivatt et de Burnaby.

« Burnaby va grommeler, comme d'habitude, répondit Phaulkon, jusqu'à ce que je lui montre les avantages que nous pourrions tirer en ayant quelqu'un infiltré au cœur du ministère dans le pays où nous travaillons. »

Mestre Phanik réfléchit un moment. « Mais n'est-ce pas précisément ce que redouterait le Barcalon — à supposer pour commencer qu'il veuille bien vous employer ? À qui seriez-vous fidèle ?

— Il me faudrait du temps pour prouver que je suis loyal envers le Siam, bien sûr. » Phaulkon regarda *mestre* Phanik droit dans les yeux. « Mais vous le savez, *doutor*, ils en conviendraient.

— Je vous crois, Constant. Vous aimez ce pays, je l'ai toujours senti.

— Je me sens étrangement attiré par lui. Un peu comme si c'était le mien et qu'il m'appelait. » Il marqua un temps. Son cœur se mit à battre plus vite quand il pensa au seul homme capable de le détruire — ou de lui donner l'occasion dont il avait besoin. « Avez-vous jamais rencontré le Barcalon ?

— Une fois, fit lentement *mestre* Phanik. Et, je peux vous l'assurez, c'est l'homme le plus rusé que j'ai jamais vu. Comme la plupart des Siamois, il est d'une politesse sans faille : mais il ne cesse de vous jauger, de vous tendre de petits pièges et, avant même que vous vous en soyez rendu compte, il a découvert exactement ce qu'il voulait savoir. On dit même qu'il n'accepte pas de pot-de-vin, encore que j'aie des doutes sur ce point. C'est une pratique si courante ici...

— Mais pensez-vous qu'il verrait une objection de principe à employer un farang dans son ministère ?

— Sans doute que non, même si cela ne s'est jamais produit. Les Siamois ont à cet égard une grande largeur d'esprit. Peu leur importe qui vous êtes, dès l'instant où vous faites du bon travail. Regardez les Maures : ils ne sont pas plus siamois d'origine que moi. Pourtant on les retrouve dans toutes les branches du gouvernement. Il s'agit plutôt de faire la preuve de votre loyauté. Au début, vous seriez désavantagé, bien sûr, car vous avez travaillé pour les farangs. Les Maures ont toujours travaillé pour le Siam — et pour leur propre bourse. Mais, avec le temps, vous pourriez surmonter ce handicap. » *Mestre* Phanik demeura quelques instants silencieux. « Qu'est-ce qui vous fait penser que l'on va vous offrir un poste ?

— Je vais en demander un sans solde. Du moins jusqu'à ce que mon nouvel employeur soit rassuré sur mes intentions.

— Sans solde ? » *Mestre* Phanik était impressionné. « Voilà qui semble tentant. Mais de quoi vivrez-vous ?

— Je persuaderai Burnaby de continuer à me verser mon salaire pendant que, du cœur du ministère du Commerce siamois, je fournirai des informations aux Anglais. »

Phanik se donna une grande claque sur le genou et éclata de rire. « J'aime ça ! Si je ne vous connaissais pas mieux, Constant, je dirais que vous êtes une canaille sans principes. En réalité, vous n'êtes sans doute qu'une canaille qui a des principes.

— Que font donc mes deux malicieux oncles à comploter ? » Les deux hommes se retournèrent. Maria, debout sur le seuil, était radieuse. Son visage avait la même animation que les traits de son oncle, songea Phaulkon, mais elle était bien plus jolie. Il se prit à la dévisager avec curiosité. Quelle assurance elle avait soudain acquise ! Sa timidité de l'an passé avait disparu.

« Nous parlions de l'islam, de la chrétienté et du roi de Siam, ma chérie, dit *mestre* Phanik. Veux-tu te joindre à nous ?

— Ce serait un honneur pour moi, dit-elle en s'installant dans un fauteuil auprès de son oncle. Malheureusement, le roi de Siam n'adoptera jamais la foi chrétienne. Et je ne cesse de répéter aux bons pères qu'ils se font des illusions, mais ils se cramponnent à cet espoir. C'est un objectif inaccessible.

— Pourquoi dis-tu cela, ma chérie ? » demanda *mestre* Phanik, intrigué.

Phaulkon se pencha à son tour.

« Pourquoi abandonnerait-il la foi que ses ancêtres pratiquent depuis deux mille ans — et avec succès ? Dans quel but ? Pour faire plaisir à quelques jésuites de passage ? Le roi de France abandonnerait-il sa foi à la seule demande d'une délégation bouddhiste envoyée à Versailles ?

— Ma chère, il ne faut pas tenir des propos aussi frivoles, répliqua *mestre* Phanik, un peu choqué. Pense à ce qu'ont souffert nos ancêtres.

— Ils ont souffert courageusement pour leur croyance, mon oncle, mais c'était au Japon, où on leur refusait le droit de pratiquer leur religion. Au Siam, nous sommes libres de célébrer le culte que nous souhaitons.

— Mais tu es croyante, n'est-ce pas, mon enfant ? fit le *doutor,* troublé.

— Bien sûr, mon oncle. Mais je ne vois pas en quoi cela devrait me rendre aveugle à la vérité.

— Et si la conversion de Sa Majesté permettait de sauver son royaume des griffes des Hollandais ? demanda Phaulkon pour la mettre à l'épreuve.

— Ce serait une conversion politique, sans aucune valeur spirituelle, riposta Maria. D'ailleurs le roi de Siam est bien trop malin pour cela. Il donnerait simplement l'impression d'être prêt à se convertir, mais il n'irait jamais jusqu'au bout. »

Les deux hommes échangèrent un regard.

« Et puis, ne parlons pas religion : j'entends ça toute la journée, fit Maria en riant. Pourquoi pas un autre sujet passionnant, comme Luang Sorasak, par exemple ? » Elle lança un coup d'œil espiègle à son oncle, qui mordit aussitôt à l'hameçon.

« Oh, cette canaille prétentieuse, attends un peu que je le rencontre, fit le *doutor* d'un ton pincé.

— Vous seriez aussi chaleureux et courtois que vous l'êtes avec tout le monde, mon oncle, fit Maria en le taquinant. Mais puis-je raconter l'histoire à oncle Constant ?

— Je pense que oui, répondit Phanik à contrecœur.

— Eh bien, commença-t-elle d'un ton enjoué, Luang Sorasak — qui n'est rien moins que le fils du général Petraja, lequel était présent ce soir — a écrit une lettre à mon oncle — du palais, qui plus est — me proposant de devenir concubine dans son harem. Vous auriez dû voir le visage de mon oncle ! Les rares cheveux qui lui restent sur la tête se sont dressés comme pour s'apprêter à la bataille ! »

Phaulkon éclata de rire. Il trouvait fort séduisant le style de Maria, cette étonnante combinaison de vivacité et de fine observation.

« Comment ? continua-t-elle en imitant son oncle. Doit-on nous traiter ainsi, nous, une des familles catholiques les plus anciennes et les plus respectées du royaume ? Ils ne savent donc pas que les jeunes filles catholiques n'entrent pas dans des harems ?

— Où as-tu rencontré ce Luang Sorasak? interrogea Phaulkon.

— C'est cela qui est bizarre, je ne l'ai même jamais remarqué. Apparemment, il m'a repérée à une réception où j'accompagnais mon oncle, et je ne sais même pas qui c'était. C'est décevant!

— Elle adore me taquiner, dit *mestre* Phanik. Mais, c'est la vérité, j'étais absolument scandalisé.

— Vous vous êtes conduit en parfait rabat-joie, mon oncle. » Elle se tourna vers Phaulkon. « Il est si jovial et si large d'esprit avec tout le monde, déplora-t-elle. Mais quand il s'agit de sa petite nièce... Il y a une loi pour la pauvre Maria et une autre pour le reste du monde. »

Phaulkon avait également remarqué à quel point son ami se transformait chaque fois qu'il était question de Maria.

« Mon oncle, poursuivit-elle sans en démordre, voudrez-vous admettre, maintenant qu'un mois tout entier s'est écoulé, qu'il a fait cette proposition dans des intentions tout à fait honorables? Après tout, aux yeux des Siamois, être une seconde épouse représente une position très respectable. Et l'on me dit que toutes les concubines doivent être traitées équitablement. Chaque cadeau que l'on fait à l'une, il faut le faire à l'autre. C'est juste, n'est-ce pas? » Elle fit une dernière tentative pour le provoquer. « Tenez, même les enfants nés de concubins sont considérés comme parfaitement légitimes. En vérité, ajouta-t-elle en se retournant vers Phaulkon, mon oncle est simplement agacé parce que Luang Sorasak ne m'a pas proposé la position de première épouse. » Cette fois, les deux hommes éclatèrent de rire.

Elle se leva et les serra l'un après l'autre dans ses bras.

« Alors tu l'as éconduit? demanda Phaulkon.

— Je ne l'ai pas encore fait », répliqua-t-elle avec un sourire moqueur.

Il se faisait tard. Phaulkon se leva pour prendre congé. Il sentit alors le regard de Maria sur lui. Elle était d'une maturité exceptionnelle pour son âge, se dit-il de nouveau. Manifestement, elle avait appris beaucoup de choses auprès de son oncle, tout en gardant des opinions bien à elle. Il se promit de revenir bientôt leur rendre visite à tous deux.

Maria, de son côté, observait Phaulkon avec curiosité. Elle savait maintenant pourquoi son image n'avait cessé de la troubler depuis leur première rencontre. Il comprenait, comme elle, les deux faces du monde, l'Ouest et l'Est. Il était, au fond, aussi peu conventionnel et ambitieux qu'elle. De surcroît, il était très bel homme. Elle lui fit un grand sourire. Elle sentait monter en elle une excitation croissante et prenait étrangement conscience d'impressions nouvelles dans son corps. Aujourd'hui, elle avait seize ans, elle était enfin une femme. Maria se sentait à l'aube d'une période merveilleuse.

16

Pour le second jour consécutif, Thepine présenta son sauf-conduit et passa en claudiquant devant les gardes du palais surpris. Pour faire bonne mesure, elle glissa quelques coquilles de cauris dans la paume du capitaine et le vit sourire. C'était toujours utile de se faire un ami.

À mesure qu'elle s'éloignait du palais, son boitillement se fit de nouveau moins apparent : bientôt, elle franchit à grands pas la voûte qui marquait l'entrée du quartier portugais, brûlant du désir de retrouver Pedro Alvarez et sa façon brutale de faire l'amour. Elle savait qu'avec le robuste officier portugais elle avait rencontré son égal dans les joutes amoureuses.

Elle avait le cœur battant en pensant à leur rencontre de la veille. À peine avaient-ils échangé quelques civilités qu'il l'avait entraînée dans sa chambre : elle, tout aussi décidée, lui avait fébrilement arraché sa tunique pour enfouir ses lèvres dans la toison velue qui lui recouvrait la poitrine. Ces farangs étaient comme des gorilles, se dit-elle. Et, Seigneur Bouddha, ils sentaient aussi comme eux, malgré tous leurs efforts pour dissimuler leur odeur sous des parfums. Mais plus forts étaient ces relents, plus cela semblait l'exciter. Devant le corps musclé du Portugais elle s'était déchaînée jusqu'au moment où, incapable de le supporter plus longtemps, elle s'était emparée de son énorme javelot d'amour pour s'y empaler, prête à subir l'inévitable douleur. Car il était monté comme un cheval et, à chaque fois, il lui faisait mal. Elle avait la sensation qu'on lui déchirait le corps en deux jusqu'au moment où elle ne pouvait plus distinguer ce qui était le plus exquis, du plaisir ou de la douleur.

Avec son ensorcelant déhanchement, elle traversa les étroites rues pavées du quartier portugais et passa devant ces étranges maisons badigeonnées à la chaux qui n'avaient pas de pilotis. Elle voyait avec orgueil tous les passants se retourner sur elle : les laquais de Goa à la peau sombre et aux traits européens, de fiers soldats portugais dans leurs belles tuniques, et même les sveltes métisses qui portaient en équilibre sur leur tête une cruche en terre. Tous, semblait-il, jetaient un coup d'œil dans sa direction. Était-ce sa seule beauté ? Ou bien son bavard d'amant, malgré ses protestations, s'était-il vanté d'avoir fait la conquête de la concubine royale, quitte à subir le même sort qu'elle si on les découvrait ? Quoi qu'il en soit, malgré les risques qu'elle courait, elle savourait les attentions des passants. Un moment, elle envisagea de nouveau les terribles conséquences d'une découverte, puis elle chassa ces pensées de son esprit. Les moments d'extase avec son brutal amant étaient rares et inoubliables : qu'était donc la vie sans un homme pour satisfaire ses désirs ?

Elle tourna ensuite à l'angle qui menait vers l'étroite rangée de maisons où il habitait. Puis elle se figea sur place. Un moment, elle resta là, pétrifiée. Ses yeux lui jouaient-ils des tours ? Elle cligna, mais l'image persista. À la porte même de la maison de son capitaine, il y avait deux hommes vêtus de l'uniforme rouge de la garde du palais. Ils avaient une conversation animée avec le serviteur du Portugais. Ses jambes finirent par reprendre vie. Elle revint sur ses pas en essayant de marcher de l'air le plus nonchalant possible. Puis, prenant la première rue à droite, elle s'y engouffra en courant. Elle courut, sans se soucier de la direction qu'elle prenait ni de sa douleur à la jambe, jusqu'au moment où elle se trouva complètement perdue. Remarquant enfin les regards curieux des passants et se rendant compte qu'elle suscitait l'intérêt, elle reprit un pas normal. Elle s'engagea dans une large allée où elle était sûre que personne encore ne l'avait vue.

L'allée était bordée d'arbres et de grandes et spacieuses maisons de brique, aux jardins entourés d'une haie de bambous. C'était manifestement le quartier résidentiel des gens aisés. Contrairement à la plupart des autres, une demeure était bâtie dans le style siamois, mais en bois et avec un grand toit incurvé couvert de tuiles orange. Elle sentit qu'elle aurait là une chance de trouver des occupants parlant siamois.

Inquiète, elle gravit les marches de bois, tira le cordon de sonnette et attendit, hors d'haleine, impatiente d'être à l'abri de ces murs. Un serviteur vint ouvrir et Thepine demanda la dame de la maison. Elle était encore essoufflée, la sueur perlait sur son visage et sur son cou. Le domestique l'examina d'un œil méfiant. Il était très brun, avec des traits indiens.

« Est-ce que Madame vous attend ? demanda-t-il en siamois avec un fort accent.

— Dis-lui, je te prie, qu'il faut que je la voie. C'est urgent. Je suis chrétienne », assura-t-elle sans vergogne. On pouvait supposer qu'en plein quartier portugais la dame de la maison serait chrétienne.

Le serviteur hésita. « Attendez ici, je vous prie », dit-il en refermant la porte sur elle. Thepine resta dehors, jetant des regards anxieux de part et d'autre de la rue. Elle était blottie près de la porte, les pensées se bousculaient dans son esprit. On la recherchait maintenant, c'était clair. Quelqu'un avait dû la voir la veille. Elle frémit à l'idée de ce qu'on allait lui faire.

Elle trouvait stupéfiant d'avoir laissé son désir l'emporter sur sa peur d'être découverte, d'autant plus qu'elle avait toujours su quelles pourraient en être les conséquences.

Elle trembla en voyant la porte s'ouvrir de nouveau. Puis une voix douce l'invita : « Entrez, je vous en prie, et asseyez-vous. Vous semblez désemparée. En quoi puis-je vous être utile ? »

Thepine se glissa rapidement par l'entrebâillement de la porte, tout en examinant la femme qui allait peut-être lui sauver la vie. Elle était jeune, sans doute guère plus de seize ou dix-sept ans. Elle n'avait pas l'air d'une Portugaise et pas davantage d'une Siamoise, même si elle était habillée à la mode du pays et parlait couramment le siamois. En tout cas, elle était résolument jolie et elle avait un air décidé. Thepine allait devoir la persuader de faire venir ici le chirurgien hollandais : c'était son seul espoir. Il serait trop risqué maintenant de s'aventurer dans les rues sans lui et il était le seul à pouvoir l'escorter jusqu'au palais. Elle avait eu déjà deux fois recours à ses bons offices, juste avant le départ de son amant pour Pattani : elle savait au moins qu'il ne refusait pas de se laisser acheter. Peut-être pourrait-il l'aider encore. Elle suivit la dame dans une antichambre et s'assit sur le siège qu'on lui offrait.

« Vous avez l'air angoissé, Pi. Vous devriez vous reposer un moment, dit la dame de la maison. Qu'est-il arrivé à votre genou ?

— J'ai eu un accident, ma Dame. Je suis tombée sur une pierre acérée.

— Vous devriez voir un médecin.

— Je vais le faire, ma Dame. Je vous en prie, ne vous inquiétez pas.

— Laissez-moi faire venir des rafraîchissements.

— Merci, ma Dame. » Thepine était contente que la fille l'eût appelée Pi, ou sœur aînée. C'était en tout cas un signe de respect. Elle jeta un coup d'œil gêné à sa tenue : sa blouse blanche trempée lui collait à la peau, accentuant la courbe de ses seins, et les pans de son panung étaient desserrés.

Elle se leva et rajusta sa toilette. Puis, du mieux qu'elle put, elle remit son corsage en place et sourit à la jeune fille qui était allée demander des rafraîchissements.

« Voudriez-vous que je vous trouve des vêtements propres ? proposa son hôtesse. Je crois que j'ai quelque chose qui vous ira.

— C'est très aimable à vous. J'accepte volontiers. Il fait si chaud dehors », expliqua Thepine. Elle avait besoin de temps pour réfléchir et le départ de la jeune fille lui laisserait au moins quelques instants de répit.

« Bien sûr, Pi, je reviens dans un moment. »

Thepine suivit du regard la jeune fille : elle avait une démarche gracieuse, même si la concubine royale aurait pu la rendre rapidement plus majestueuse. Thepine se demandait qui elle était. Son physique exotique et l'exquise pâleur de sa peau auraient pu sans mal lui ouvrir les portes du harem du palais.

Quelle serait la meilleure attitude à adopter envers elle ? se demanda Thepine. La flatterie ? Le repentir, que les chrétiens semblaient adorer ?

Une servante apporta du thé, avec les célèbres gâteaux portugais au kanom, si populaires maintenant au Siam, tout comme le chile épicé, introduit précédemment par les Portugais, et qui avait désormais sa place dans la cuisine siamoise. Même si Thepine n'avait guère d'appétit, mieux valait faire tous les efforts nécessaires pour plaire à son hôtesse.

Celle-ci revint bientôt avec une blouse et un panung propres. Thepine la remercia et fit lentement glisser de ses épaules son écharpe, révélant ses seins bien ronds. Elle fut stupéfaite de voir la jeune fille baisser les yeux. C'est délicieux, songea Thepine, ce doit être une vraie farang. Seuls les farangs trouvaient honteux de montrer ses seins. La prude attitude de la jeune fille l'excita. Quand celle-ci lui montra un paravent japonais au bout de la pièce, comme si elle redoutait de voir maintenant Thepine se dépouiller également de son panung devant elle, cette dernière fut ravie. Quelle joie ce serait de la séduire, celle-là !

« Vous pouvez vous changer là-bas, Pi, dit précipitamment la jeune fille.

— Je vous en remercie, ma Dame. » Thepine traversa la pièce : son regard se posa sur un crucifix en bois accroché au mur du fond et ce détail lui dicta l'attitude qu'elle devait adopter.

Elle allait s'adresser en confiance à cette enfant, lui confesser ses péchés d'un air grave et repenti et la supplier de garder le silence sur toute l'affaire : elle avait entendu son amant dire que les chrétiens agissaient ainsi quand ils se confessaient à leurs prêtres. Oui, elle allait la supplier en pécheresse repentie.

Thepine sourit en se glissant derrière le paravent pour draper autour d'elle le panung propre et boutonner la blouse que la fille lui avait donnés. Elle avait l'impression d'avoir les seins emprisonnés dans cette tenue inhabituelle et l'envie la prit un moment d'ôter de nouveau la blouse. Mais mieux valait ménager cette petite chrétienne, surtout si cela devait lui permettre de faire venir le docteur Daniel.

« En quoi puis-je vous aider ? » demanda son hôtesse tandis que Thepine revenait s'installer sur le siège en face d'elle.

Celle-ci parut hésiter. « Je vois, ma Dame, que vous êtes une bonne chrétienne. Et j'ai péché gravement. Je ne sais pas si Dieu me le pardonnera jamais.

— Il n'est rien que le Dieu tout-puissant ne pardonne à qui se repent vraiment, répondit la fille d'un ton convaincu.

— Mais même si Dieu devait me pardonner, ma Dame, je doute que le bourreau du palais en ferait autant. » Thepine baissa les yeux et se mit à sangloter doucement.

La jeune fille se leva et posa sur son épaule une main apaisante. « Alors, vous êtes employée au palais ?

— Oui, ma Dame. » C'était le moment de se lancer. « Puis-je me confier à vous totalement ?

— Cela dépend de ce que vous avez à me dire. »

Ce n'était pas tout à fait la réponse qu'attendait Thepine. Elle n'allait pourtant pas changer de tactique.

« Je suis amoureuse d'un capitaine portugais et je

me suis échappée pour le rejoindre. Maintenant, les gardes du palais me recherchent. Mon sort est entre vos mains, ma Dame. » Elle jeta à son hôtesse un regard éperdu.

La fille l'observait en silence, comme si elle essayait de se rappeler quelque chose.

« Quelle est votre position au palais ? » demanda-t-elle.

Thepine marqua un temps. « Je suis une des concubines de Sa Majesté. » Elle baissa la tête, comme si elle reconnaissait la gravité de son crime.

La jeune fille se raidit un peu. « Et quel est votre nom ? demanda-t-elle.

— Thepine, ma Dame. »

La fille la dévisageait maintenant avec une curiosité accrue. « Moi, c'est Maria de Guimar. »

Maria se rappelait maintenant. Bien sûr, Thepine. Cela faisait quelque temps que des bruits circulaient dans le quartier portugais sur cette scandaleuse affaire. Voilà plusieurs mois, son nom était sur toutes les lèvres. Puis, brusquement, les rumeurs avaient cessé. On supposait qu'elle avait été exécutée. Et pourtant, elle était là, comme si elle avait ressuscité. Que c'était excitant ! Et quel agréable changement après le pieux ennui du couvent. Tout cela, songea-t-elle, ne faisait que montrer à quel point les communautés siamoise et portugaise gardaient leurs distances. Sa Majesté ignorait manifestement le comportement de sa scandaleuse concubine. Et si l'on s'apercevait de sa présence dans cette maison ? Maria éprouva un malaise en songeant à tout ce qu'impliquerait une telle découverte. Thepine avait de la chance qu'oncle Phanik ne fût pas là. Il l'aurait renvoyée sur-le-champ au palais sous escorte. Une voix soufflait à Maria qu'elle devrait peut-être agir de même.

« Ne feriez-vous pas mieux de regagner le palais avant qu'on vous trouve ici ? » suggéra-t-elle, espérant en son for intérieur que la femme allait repousser sa proposition. Quand une autre occasion aussi excitante se présenterait-elle ?

« J'aimerais bien, ma Dame, mais c'est trop dangereux. Les gardes me recherchent en ce moment même. Je les ai aperçus il y a quelques instants.

— Où cela ?

— Devant la maison du capitaine Alvarez.

— Êtes-vous certaine qu'ils ne vous ont pas vue entrer ici ?

— Tout à fait sûre, ma Dame.

— Alors, vous feriez mieux de rester un moment. Maintenant, je veux que vous me racontiez tout sur la vie au palais. Depuis combien de temps êtes-vous une concubine royale ?

— Depuis l'âge de quatorze ans, ma Dame : toute ma vie d'adulte.

— Et quand avez-vous commencé à voir votre capitaine ?

— Je l'ai rencontré voilà près d'un an, ma Dame, mais je ne l'ai pas vu plus d'une demi-douzaine de fois. Il est très difficile de quitter le palais.

— Je croyais que les concubines royales ne pouvaient jamais en franchir les murs.

— Officiellement, elles ne le peuvent pas, répondit Thepine en souriant. Mais quelques-unes d'entre nous y parviennent. » Puis, se rappelant sa stratégie, elle prit aussitôt un air contrit. « Je ne le reverrai plus, ma Dame. Je veux reprendre ma vie vertueuse. » Elle jeta à Maria un regard implorant. « Allez-vous donner une autre chance à cette pécheresse ? »

Maria sourit. Qui donc cette femme essayait-elle de duper ? Elle n'avait pas la moindre intention de reprendre une vie vertueuse, pas plus que Maria ne comptait prendre le voile.

« Peut-être, Pi, si vous me dites tout ce que j'ai envie de savoir.

— Je ne garderai aucun secret pour vous, ma Dame.

— Alors très bien. Pour commencer, pouvez-vous me dire tout ce que vous savez sur Luang Sorasak ? Qui est-il et est-il beau ? »

Thepine hésita. « C'est... mon neveu, ma Dame. Je n'ose pourtant affirmer qu'on puisse le qualifier de beau. » Thepine décida de ne donner aucun détail supplémentaire. Le moment ne lui semblait guère venu d'évoquer par le menu son caractère méchant et vindicatif, sa soif de pouvoir et ses fugues pour aller boxer incognito dans les campagnes.

Maria ouvrit de grands yeux. « Alors, vous êtes apparentée au général Petraja ? » Voilà qui devenait intéressant.

— C'est mon frère, ma Dame. »

Mon Dieu, songea Maria, si les compositeurs de chansons du quartier portugais pouvaient mettre la main sur cette femme ! Et dire que pendant tout ce temps ils avaient écrit des couplets sur une simple concubine du palais. En voilà, une nouvelle ! Elle se demanda si même son oncle était au courant.

Elle se tourna vers Thepine. « Mais, dites-moi Thepine, où habite Luang Sorasak ?

— Dans une aile du palais, ma Dame.

— Au palais ? » Maria l'ignorait. Dire qu'elle aussi, comme Thepine, aurait pu se retrouver enfermée comme les autres, sans jamais plus revoir le monde extérieur, prisonnière et complotant de temps en temps une évasion pour aller retrouver son amant portugais ! Certes, de toute façon elle n'aurait jamais accepté l'offre de Sorasak. Pas étonnant que son oncle eût été si furieux de la proposition de ce dernier.

« Le palais ! répéta-t-elle. Mais comment se fait-il qu'il habite là-bas ? »

Thepine hésita. Ce serait de la haute trahison que de révéler de tels secrets. Mais cette fille semblait prête à l'aider : si elle était aussi friande de ces révélations qu'elle en avait l'air, peut-être serait-elle disposée à la remercier en faisant venir le docteur Daniel.

« Madame, Luang Sorasak est officiellement mon neveu. Mais, en vérité, il est le fils du Seigneur de la Vie lui-même, né d'une femme du Nord qui a partagé la couche de Sa Majesté durant les campagnes de Birmanie. Elle était de trop basse extraction pour qu'on la reconnût comme étant la mère : on a donc remis l'enfant à mon frère pour qu'il l'élève comme le sien. Vous comprendrez évidemment, ma Dame, que je vous dise tout cela sous le sceau de la plus stricte confidence. Je pourrais être exécutée pour avoir divulgué de tels secrets. »

Maria battit des mains avec ravissement, comme elle avait souvent vu son oncle le faire. « Soyez rassurée sur ce point, Pi. Je ne raconterai rien. » Elle adressa un grand sourire à Thepine. Quel intéressant après-midi! Cela compensait presque toutes ces monotones journées au couvent. Elle priait que son oncle ne rentrât pas trop tôt pour venir lui gâcher cette occasion.

« Mais, dites-moi, Pi, comment passez-vous vos journées au palais? » Maria s'imaginait toujours que toutes les autres femmes avaient une vie plus brillante et plus excitante qu'elle, même ces dames emprisonnées derrière les murs du palais.

Thepine réfléchit un moment. Devait-elle révéler sa mission de former Sunida? Elle ne le pensait pas. N'avait-elle pas juré de ne rien en dire? Même si cela pouvait amener cette fille curieuse à être davantage prête à l'aider.

Maria remarqua son hésitation. « Encore un petit renseignement, dit-elle d'un ton enjôleur, et vous avez ma parole que je vous aiderai. Mais il faudra que ce soit intéressant. »

Thepine décida de tenter sa chance. « Si je vous le dis, demanderez-vous au docteur Daniel de passer ici?

— Le chirurgien hollandais?

— Oui. Il est autorisé à panser ma plaie et j'ai un laissez-passer du Palais pour le voir. Ce serait très dangereux pour moi de quitter cette maison sans lui. » Elle jeta un coup d'œil par la fenêtre. « La nuit va bientôt tomber.

— Très bien, Pi. Je vais le faire. Mais vous devrez dire que vous vous êtes perdue et que vous avez sonné chez moi pour demander votre chemin. Le docteur Daniel est un ami de la famille et il se demandera comment vous êtes arrivée ici. Je vais tout de suite envoyer un messager chez lui. Heureusement, le quartier hollandais n'est pas loin.

— Oh, je vous en remercie, ma Dame, fit Thepine, sincèrement reconnaissante. Je vous suis profondément redevable. Vous pourrez me demander n'importe quel service : je ne vous le refuserai pas. »

La servante de Maria, prosternée à ses pieds, écoutait ses instructions. Thepine, cependant, se demandait une nouvelle fois si elle devait vraiment révéler la mission qu'on lui avait confiée de former Sunida. Elle doutait de pouvoir inventer assez vite une autre histoire, et c'était de toute évidence le genre de révélation qui comblerait d'aise cette fille. D'ailleurs, en ne mentionnant aucun nom, pareille information serait inoffensive et ce ne serait pas payer cher le fait qu'elle l'ait sauvée des gardes du palais.

« Maintenant, dites-moi, Pi, s'empressa de demander Maria, sitôt la servante sortie, quelle sombre intrigue allez-vous me révéler ? »

Thepine observa soigneusement Maria. Elle était jeune et brûlait de la curiosité de la jeunesse, mais elle lui semblait quelqu'un de sûr.

« On m'a choisie pour former une nouvelle fille aux arts de la séduction.

— Vraiment ! fit Maria, aussitôt intriguée. Comment vous y prenez-vous ? »

Thepine la regarda d'un air songeur. « Oh, ma Dame, on ne saurait expliquer ces choses-là par des mots. Il faut en faire l'expérience. Peut-être en une autre occasion pourrai-je... »

Maria l'interrompit aussitôt. « Mais je veux tout savoir. Qui devez-vous former ? Est-elle belle ? D'où vient-elle ? » C'était ce qu'elle avait toujours soupçonné. Même la vie confinée d'un harem était plus excitante que celle qu'elle menait.

« Ma Dame, je ne l'ai jamais vue. Elle n'est pas encore arrivée. Mais je sais qu'elle est du Sud et on m'a dit qu'elle était d'une exceptionnelle beauté. » Thepine en ronronnait presque de délice en repensant à la belle novice provinciale.

« La destine-t-on au harem de Sa Majesté ?

— Non, ma Dame. Chose étrange, on la destine à un farang. Pour l'espionner. C'est tout à fait inhabituel. » Il y avait à Ayuthia des milliers de farangs de toutes nationalités : Thepine n'avait donc guère le sentiment de révéler un grand secret.

« Un farang ? Comme c'est bizarre. Je me demande qui ça pourrait être... » Ce devait être un personnage important pour que le Palais veuille l'espionner, se dit Maria.

« Vous m'avez dit que je pourrais vous demander n'importe quel service ?

— Tout à fait, ma Dame.

— Alors, j'aimerais connaître le nom de ce farang. Pouvez-vous découvrir cela pour moi ?

— Je ferai de mon mieux, ma Dame.

— Et quel est le nom de cette fille que l'on vous a chargée de former ? »

Thepine hésita. Ce serait aller trop loin. « Je ne sais pas, ma Dame.

— Comment cela ?

— Je ne l'ai pas encore rencontrée.

— Au palais avez-vous entendu parler de farangs ?

— J'ai entendu le Seigneur de la Vie parler à mon frère, le général Petraja, d'un farang qui avait été honoré par le gouverneur de... une des provinces du Sud, je crois bien.

— Nakhon si Thammarat ? » suggéra Maria, essayant de réprimer l'excitation qui la gagnait. Son oncle lui avait raconté le grand honneur décerné par ce gouverneur à Constant.

« C'est cela ! s'exclama Thepine. Je crois que vous avez raison. Comment le savez-vous ? »

Maria ignora la question. « Et que disait de lui le Seigneur de la Vie ?

— Je n'ai surpris que des fragments de leur conversation, ma Dame, mais le Seigneur de la Vie semblait fort intrigué. J'ai entendu Sa Majesté dire qu'elle allait ordonner au Barcalon de convoquer ce farang à une audience.

— Voulez-vous me promettre de me tenir au courant ? Ce farang est un ami de ma famille et nous nous intéressons à ce qui lui arrive.

— Certainement, ma Dame. Maintenant que je

connais votre intérêt, je vais m'efforcer de découvrir tout ce que je peux sur lui. »

On sonna à la porte. Maria et Thepine se levèrent aussitôt. Ce devait être le docteur Daniel. Il n'avait pas perdu de temps. La porte s'ouvrit toute grande, mais voilà que *mestre* Phanik entra, son chapeau à la main.

« Oh, qui avons-nous là ? » demanda-t-il d'un ton jovial en portugais.

Il étreignit Maria et tourna vers Thepine un regard interrogateur. La courtisane arrangea sa coiffure et arbora son sourire le plus ensorcelant.

« Heu, mon oncle, cette dame s'est perdue en cherchant le docteur Daniel. J'ai donc envoyé Kowit le chercher. J'espère que vous ne m'en voulez pas ?

— Pas du tout. Tu as bien fait. » *Mestre* Phanik s'adressa à Thepine en siamois. « Vous vous êtes certainement éloignée de votre chemin, madame. Puis-je demander où vous habitez ?

— Près du palais, mon Seigneur, mais je crains de m'être perdue. Je ne connais pas très bien les quartiers européens. »

Maria lança à Thepine un bref coup d'œil pour l'avertir de se tenir sur ses gardes. *Mestre* Phanik examina le genou bandé de leur visiteuse. « Êtes-vous sérieusement blessée, madame ?

— Seulement une petite chute, mon Seigneur, rien que le docteur Daniel ne puisse soigner, j'en suis sûre.

— Oui, il est très compétent. C'est d'ailleurs un vieil ami. Vous le connaissez ?

— Je l'ai rencontré une fois, voilà longtemps », répondit Thepine d'un air grave.

Mestre Phanik l'observait avec curiosité.

« N'est-ce pas la blouse de ma nièce que vous portez ? demanda-t-il.

— Mais si, répondit Thepine. Je suis navrée. J'allais partir avec. Cette aimable personne me l'a prêtée en voyant combien j'avais transpiré après mon long détour. » Sans laisser à Maria ni à son oncle le temps de l'en empêcher, Thepine avait ôté le corsage. Tous deux détournèrent les yeux mais Thepine remarqua la fugitive expression d'admiration sur le visage de *mestre* Phanik lorsqu'elle exhiba sa poitrine parfaite.

La sonnette retentit de nouveau. Thepine se tourna vers Maria. « Il faut que je parte. Je suis très en retard. Merci de toutes vos bontés, ma Dame. » Elle salua *mestre* Phanik et se dirigea vers la porte.

« Oh, demandez au docteur Daniel d'entrer un moment, insista *mestre* Phanik. Je ne l'ai pas vu depuis une éternité. Je ne vous retiendrai pas longtemps ni l'un ni l'autre, je vous le promets.

— Mais, mon oncle, cette dame est pressée », répliqua Maria, qui tenait à éviter une confrontation.

Thepine n'avait pas encore gagné la porte qu'un domestique avait fait entrer le chirurgien hollandais. Il ôta son chapeau, révélant une crinière de cheveux blonds et un visage rougi par le soleil des tropiques.

« *Bom dia* », dit-il en portugais avec un fort accent. Puis, apercevant Thepine, il la dévisagea un moment, fort déconcerté.

« *Godverdorie*, murmura-t-il en hollandais, encore vous ! Vous allez me faire tuer cette fois ! »

Mestre Phanik les regarda tour à tour d'un air intrigué.

« Vous vous êtes déjà rencontrés tous les deux ? » demanda-t-il en portugais au médecin.

Thepine ne comprenait rien aux langues des farangs mais, à en juger par les expressions qu'elle percevait autour d'elle, elle se trouvait dans une situation délicate.

Le chirurgien allait répondre quand elle tira d'une petite bourse en coton un bout de papier qu'elle tendit à Maria. « Je vous en prie, informez le docteur que j'ai la permission de lui rendre visite. » Elle désigna son genou. « Pourriez-vous lui demander de m'examiner dès que possible ? Il faut que je rentre avant le coucher du soleil. Il se fait tard. »

Maria lut le document et le traduisit en portugais pour le docteur qui ne parlait pas deux mots de siamois. Elle omit seulement de préciser que l'ordre venait du Palais. Elle avait promis à Thepine de l'aider à rentrer sans encombre et elle ne pouvait pas maintenant laisser son oncle tout gâcher. Elle entreprit de pousser le chirurgien vers la porte.

« Laisse-moi voir ce papier », dit *mestre* Phanik, reconnaissant dans la traduction les nobles tournures du siamois royal.

Avant que Maria ait pu l'en empêcher, il lui avait pris des mains le document et le parcourait. « Je croyais avoir entendu la dame dire qu'elle vivait à proximité du palais, non pas à l'intérieur de l'enceinte, dit-il en se tournant d'un air méfiant vers Maria.

— C'est ce que j'avais compris aussi, mon oncle. Peut-être n'a-t-elle pas voulu nous intimider. »

Mestre Phanik semblait de plus en plus méfiant. Maria priait le Ciel qu'il ne reconnaisse pas le nom de Thepine.

Elle se tourna vers le docteur Daniel. « L'ordre est signé de Son Altesse Royale la princesse Yotatep en personne, insista-t-elle. Et la nuit commence à tomber, docteur. »

En entendant citer le nom de Yotatep, Thepine prit dans sa bourse deux pièces d'or qu'elle avait préparées tout exprès.

« Son Altesse Royale m'a demandé de donner ceci à l'Honorable Docteur en récompense de ses services », expliqua-t-elle à Maria.

Tout en écoutant la traduction, le chirurgien lorgnait les pièces d'un air de convoitise. C'était bien plus que ne valait un examen. *Mestre* Phanik allait demander de nouvelles explications quand le chirurgien pivota sur ses talons en faisant signe à Thepine de le suivre.

« Si nous devons être de retour avant le coucher du soleil, il nous faut partir », dit-il en s'inclinant brièvement devant *mestre* Phanik et Maria. Thepine salua bien bas Maria et suivit le docteur, laissant derrière elle *mestre* Phanik qui tentait vainement de les rappeler.

Le jeune garde en faction à la porte du palais fut le premier à la repérer. « Mon capitaine, cria-t-il, tout excité, je vois arriver une dame. Il y a un farang avec elle. Ce doit être elle. » Le capitaine accourut aussitôt.

« Tu as raison. C'est elle. Va la chercher. »

Le jeune se précipita et accosta Thepine.

« Quelque chose ne va pas ? demanda-t-elle en dissimulant son angoisse.

— Vous feriez mieux de parler vous-même au Seigneur Capitaine, ma Dame. Suivez-moi, je vous prie. » Thepine se tourna rapidement vers le chirurgien et lui fit signe.

Le docteur s'éloigna à grands pas, trop heureux de pouvoir partir. Il avait nettoyé la plaie, puis refait le pansement et, malgré les pièces d'or, il avait juré que c'était la dernière fois qu'il voyait Thepine. Les risques étaient trop grands.

Le capitaine de la garde attendait Thepine à la porte. Il la salua. « Le Seigneur de la Vie a donné l'ordre que vous regagniez immédiatement les appartements royaux. » Thepine sentit son cœur s'arrêter de battre. « Des messagers sont venus deux fois vous chercher », ajouta-t-il d'un ton menaçant.

Au prix d'un grand effort, Thepine redressa la tête et traversa la succession de cours qui menaient aux appartements royaux. Quel tour le destin lui avait-il joué, juste au moment où elle se croyait de retour saine et sauve ? Aurait-elle la force, se demanda-t-elle, de jouer l'innocence outragée, en demandant avec colère de connaître le nom de l'ennemi qui l'avait bassement calomniée ? Ou bien implorerait-elle seulement miséricorde en insistant sur ses années de services et en demandant seulement une mort rapide et sans souffrance ?

Elle s'arrêta net. Quel que dût être son sort, elle n'allait certainement pas l'affronter avec la mine qu'elle avait. Presque toute sa vie, elle avait été la première courtisane à la cour du Grand Roi Naraï : elle ne devait pas avoir l'air de perdre de vue son rôle. Elle fit demi-tour et se dirigea vers ses appartements : elle allait se parer de ses plus beaux atours pour sa dernière rencontre avec le Maître de la Vie.

Un page royal en élégant uniforme rouge aborda

Thepine à l'entrée des appartements du souverain : il lui annonça que Sa Majesté était occupée à juger un concours de poésie et qu'il ne pourrait pas la recevoir tout de suite. En attendant, qu'elle aille vaquer à ses occupations. Une jeune dame l'attendait dans l'antichambre.

Le page ouvrit la porte et la fit entrer. Thepine s'arrêta sur le seuil, stupéfiée. Elle apercevait une beauté féminine, debout près de la fenêtre, comme elle ne se souvenait pas en avoir vu depuis vingt ans qu'elle était en fonction au palais. La jeune femme était d'une taille exceptionnelle et avait de longues jambes pour une Siamoise. Elle avait les pommettes saillantes et de grands yeux en amande dans un visage d'une extraordinaire beauté. Elle sourit timidement à Thepine.

« Honorable Maîtresse ? » se risqua-t-elle à dire modestement. Comme Thepine, muette de saisissement, demeurait silencieuse, la jeune femme se prosterna sur le sol avec la grâce d'une biche qui se blottit dans un coin d'ombre.

« Quel est ton nom ? demanda Thepine, en s'efforçant de retrouver son sang-froid.

— Sunida, Honorable Maîtresse. Le divin Seigneur de la Vie m'a ordonné de vous attendre ici. Les messagers de Son Infinie Majesté vous ont cherchée partout. Je ne voulais pas être la cause de tant d'ennuis », ajouta-t-elle, l'air soudain inquiet.

Une vague d'espoir déferla en Thepine. Peut-être était-ce la raison de la convocation du roi ? La fille du Sud était arrivée. Défaillant de soulagement, Thepine s'appuya contre la porte.

Le visage de Sunida prit aussitôt une expression soucieuse. « Vous ne vous sentez pas bien, Honorable Maîtresse ?

— Je vais bien, merci. C'est juste la chaleur et la fin d'une journée épuisante. » On entendit un froissement venu d'en haut. On aurait dit qu'il provenait d'un endroit du mur lambrissé, vers la gauche. Thepine se demanda si c'était l'un des espions de Sa Majesté, ou peut-être même le Seigneur de la Vie en personne qui observait la scène par un petit judas. Dès l'abord, le Maître de la Vie avait manifesté un intérêt inhabituel pour toute cette histoire.

Au prix d'un effort, elle se reprit.

« Sunida, on t'a choisie pour une mission royale, commença-t-elle d'un air important. Le Seigneur de la Vie lui-même, le plus grand roi sur terre, a demandé à être informé de tous les détails. Je n'ai guère besoin de te dire l'honneur qui t'est échu. »

Sunida s'aplatit encore davantage et reprit d'une voix frémissante : « Le Seigneur de la Vie en personne s'est déjà adressé à ce grain de poussière, Honorable Maîtresse. Son Infinie Majesté m'a confié que j'avais été choisie pour servir le pays. Si je n'ai pas l'air aussi reconnaissante que je le devrais, c'est seulement parce que je suis étonnée qu'un tel honneur arrive à l'indigne esclave que vous voyez devant vous. Mais sachez bien, Honorable Maîtresse, que ma vie, ma loyauté et mon amour appartiennent à mon souverain. »

Thepine sourit et s'approcha d'elle. « Eh bien, alors, petite souris, dit-elle en la prenant par la main, nous allons faire de toi une vraie courtisane. »

17

Il faisait chaud dans la pièce et l'eau étincelait sous la lumière qui pénétrait par la fenêtre ouverte. Thepine souleva le couvercle de bois de la grande jarre en terre dont les côtés étaient couverts de dessins de dragons. Par une telle chaleur, l'eau semblait d'autant plus appréciable. Thepine se pencha, ramassa une coupe d'argent et la remplit d'eau pour s'en asperger copieusement. Elle eut un soupir voluptueux en sentant la fraîcheur du liquide ruisseler sur son corps nu et la ranimer peu à peu. Pendant dix bonnes minutes, elle se lava longuement, puis se frictionna d'huile parfumée : quand elle eut terminé, elle se sentit purifiée, absoute enfin des épreuves de la ville.

Du coin de l'œil, elle observa Sunida, qui se tenait debout auprès de la petite commode laquée à l'autre bout de la pièce. Elle détournait timidement les yeux du recoin qui servait de lieu de bain.

« Viens, petite souris, à ton tour maintenant. Tu dois apprendre à baigner un homme. Les hommes adorent être dorlotés, tu sais. »

Sunida s'approcha à petits pas. Elle s'arrêta près de la jarre, toujours vêtue de son panung, en se demandant quand Thepine allait s'éloigner et la laisser se dévêtir en paix. Ce n'était pas l'idée de se trouver les seins nus qui troublait Sunida : il était normal de ne pas se couvrir la poitrine. C'étaient les régions inférieures et secrètes qui devaient toujours rester cachées sous le panung, même pendant le bain. À moins, bien sûr, d'être totalement seule. Toute la modestie d'une femme résidait dans ces régions inférieures.

« Ôte ton panung, petite souris. Il ne faut pas que tu sois timide avec ton professeur. Nous avons tant d'expériences à partager. »

Thepine sourit et un léger frémissement lui parcourut le corps lorsqu'elle vit Sunida commencer à dénouer son panung.

Sans cesser de jeter de timides regards à Thepine, comme si elle espérait que sa maîtresse allait peut-être changer d'avis et la laisser seule, Sunida se déshabilla. Mais Thepine restait là, à la contempler calmement, jusqu'au moment où le panung eut glissé sur le sol et où Sunida se tint nue devant elle, la tête baissée.

« Tu dois apprendre à n'utiliser la timidité que comme une arme, petite souris. Dans les moments d'intimité, un homme aime qu'une femme n'éprouve aucune honte. Tu vas apprendre à vivre sans ton panung. »

Thepine maintenant la dévorait des yeux tout à loisir. La peau lisse, couleur de miel, n'avait pas un défaut, pas une tache de naissance. Les courbes sculpturales de sa taille et de ses seins, semblables à celles d'une statue khmère, se déroulaient jusqu'aux longues jambes sensuelles et jusqu'au doux petit duvet qui recouvrait son céleste jardin. C'était un parfait échantillon de féminité, attirant et admirable.

Thepine sentit un frisson la traverser en songeant aux jours d'instruction qui allaient suivre, sous sa direction. Elle avait laissé Sunida se reposer la première nuit après son long voyage, d'autant plus volontiers qu'elle-même avait besoin de se remettre des émotions causées par son escapade. Mais aujourd'hui l'éducation allait vraiment commencer et, peu après le lever du jour, elle avait fait venir Sunida de la petite chambre qui jouxtait la sienne. Plus tard, à mesure que l'éducation avancerait, songea Thepine avec plaisir, elle n'aurait plus besoin de la convoquer : Sunida partagerait ses appartements dans le cadre des ultimes préparatifs pour le farang à qui elle était destinée.

Son élève avança d'un pas hésitant dans le petit réduit à ablutions et entreprit de se verser sur le corps des flots d'eau. Au bout d'un moment, elle s'habitua au regard de Thepine et son esprit, maintenant plus détendu, se mit à vagabonder. Elle repensait à son destin : elle entendait la voix divine venue d'en haut qui retentissait encore à ses oreilles. Dire que le Seigneur de la Vie lui avait bel et bien adressé la parole ! Que de choses étranges et excitantes lui étaient arrivées depuis que ce merveilleux homme venu d'un autre monde était brièvement entré dans son existence. Elle se demanda si elle le reverrait jamais. Elle se rappelait comment son oncle l'avait convoquée, presque aussitôt après le départ de son farang bien-aimé. Elle se rappelait le voyage clandestin sous escorte jusqu'à Ayuthia et sa terreur quand elle était restée prosternée tout au long de l'audience royale. Et voilà que cette maîtresse lui faisait également un peu peur. Tout cela était si intimidant et si excitant à la fois ! Qui allait-elle servir, une fois son éducation achevée ? se demanda-t-elle. Elle, une humble danseuse, au service de la nation ? Et pourquoi loin de chez elle ? Mais elle n'avait pas à poser de question, se persuada-t-elle. Il suffisait que le Seigneur de la Vie eût ordonné.

Elle s'attarda encore avec délice à s'asperger d'eau fraîche puis, d'une main hésitante, elle prit la bouteille d'huile parfumée posée sur une étagère. Le doux arôme du jasmin monta à ses narines. Elle s'apprêtait à s'en frictionner, comme elle avait vu sa maîtresse le faire, lorsqu'une main s'empara du flacon.

Quelques instants plus tard, deux mains commencèrent à masser tout son corps avec une grande douceur : d'abord la nuque, puis les épaules. Ensuite elles descendirent lentement le long de son dos avec des détours jusqu'à ses côtes et sa taille. Elle avait beau sentir juste derrière elle la présence de son professeur, aucune partie de son corps, sinon le bout de ses doigts, ne venait toucher le sien : Sunida se concentra alors sur leur pouvoir quasi magique. Elle frissonnait en les sentant progresser vers le bas, lui effleurer les fesses et frôler l'arrière de ses cuisses. Puis, partant de l'arrière de ses chevilles, les mains remontèrent peu à peu, parcourant à l'envers le même chemin. Mais cette fois Sunida sentit sur sa peau le souffle de Thepine, un filet d'air chaud qui montait délicieusement le long de son corps en le traversant de courants de désir. Puis, sans avertissement, le corps tout entier de sa maîtresse vint se fondre avec le sien et elle sentit contre son dos les pointes des seins gonflés de Thepine. Deux mains habiles vinrent encercler ses propres seins pour leur prodiguer des caresses sensuelles.

À son grand embarras, Sunida sentit à son tour sa poitrine se durcir. Ce fut à peine si son professeur lui accorda quelque attention : elle avait déjà retiré ses mains et tout son corps s'était éloigné. Elle disparut soudain et Sunida entendit la porte de la pièce se refermer derrière elle. Elle se sentait étrangement abandonnée — presque frustrée. Elle ne voulait plus être seule : elle désirait la présence de son amant. Si seulement il était là ! Oh, comme elle avait envie de lui !

Étonnamment abattue, elle prit une serviette sur

l'étagère du dessus et commença à se sécher. Puis, résistant à l'envie de remettre son panung, elle s'allongea nue sur le mince tapis de jonc en songeant à son professeur. Pourquoi était-elle partie si brusquement, sans même un mot ? Où s'en était-elle allée ?

Le Seigneur de la Vie lui avait dit qu'elle ne devrait éprouver aucune honte d'être éduquée par une femme et que dame Thepine était le meilleur professeur que l'on pût trouver. Il était pourtant difficile d'obéir totalement aux ordres du Seigneur de la Vie sans éprouver la moindre honte, surtout après s'être rendu compte qu'elle n'avait nullement souhaité que son professeur s'arrêtât. Mieux valait ne plus penser à tout ça. Elle regarda autour d'elle, impressionnée comme toujours par le décor : la superbe commode d'Ayuthia, la tapisserie exotique de Birmanie, le paravent de soie japonais. La chambre de son professeur était presque aussi grandiose que l'antichambre du gouverneur de Ligor. Quant à la salle d'audience du Seigneur de la Vie... elle tremblait à ce seul souvenir. Jamais elle n'avait imaginé qu'il pût exister quelque chose d'aussi beau, surtout après avoir contemplé les flèches dorées d'Ayuthia. Pourtant, alors qu'elle gardait la tête enfouie dans la douceur du tapis, osant à peine relever les yeux, elle avait vaguement aperçu les magnifiques murs lambrissés, les rayures étincelantes de laque rouge et or, et les rangées de parasols dorés. Une beauté sans pareille.

La porte s'ouvrit ; instinctivement, Sunida se couvrit de ses mains. Sa maîtresse entra, apportant un assortiment d'onguents et de lotions. Elle tenait aussi trois courtes baguettes de bambou aux extrémités desquelles étaient attachées des plumes de formes et de tailles diverses. Sunida frissonna. Cela faisait-il aussi partie de l'éducation ?

Thepine lui adressa un grand sourire. « Reste où tu es, petite souris. Quoi qu'il se passe maintenant, je veux que tu te détendes. Tout cela est peut-être nouveau pour toi, mais rien ne te fera mal. Tout au contraire... »

Sunida eut un sourire timide et garda le silence.

Thepine s'agenouilla auprès d'elle, vêtue de son seul panung.

« As-tu déjà connu l'homme, petite souris ? »

Sunida hésita. « Oui, Honorable Maîtresse. »

Thepine attendit qu'elle continuât, mais Sunida restait silencieuse.

« Juste un seul, petite souris ? »

Nouvelle hésitation. « Deux, Honorable Maîtresse. »

Thepine posa nonchalamment sa main au creux du ventre de Sunida. « Et qui a été le premier à pénétrer dans ton céleste jardin ? »

Thepine fit glisser sa main un peu plus bas et promena doucement ses ongles sur le fin duvet.

La jeune femme se crispa. « C'était... c'était le Palat, Honorable Maîtresse. L'assistant du gouverneur.

— Et as-tu connu le plaisir avec lui, petite souris ? »

Sunida secoua la tête. « Ce n'était pas par ma volonté, Honorable Maîtresse.

— A-t-il souvent pénétré ton céleste passage ?

— Seulement quelques fois, Honorable Maîtresse. Il m'a laissée tranquille peu après avoir constaté que ma réticence ne se dissipait pas.

— Je comprends, dit Thepine avec compassion. Et as-tu jamais connu le désir, mon enfant ? »

Sunida resta un moment silencieuse. « Oui, Honorable Maîtresse, dit-elle en baissant les yeux non sans modestie.

— Avec le second homme ? »

Sunida hocha la tête. « Seulement avec lui, Honorable Maîtresse.

— Était-ce comme ceci, petite souris ? » Trois doux plumets commencèrent à caresser Sunida à différents endroits, faisant passer à travers son corps des vagues de plaisir. Thepine tenait les trois baguettes d'une seule main et les maniait avec dextérité comme des marionnettes au bout d'un fil, tandis que son autre main remontait entre les cuisses de Sunida et lui écartait les jambes avec douceur. Instinctivement, le corps de la jeune femme se crispa de nouveau.

« Il faut apprendre à te détendre, petite souris. C'est une des inhibitions qui gâcheront ton plaisir... tout comme celui de ton amant. »

Sunida se détendit. À cet instant, Thepine inséra d'un geste vif deux billes dans son céleste passage. « Contracte tes muscles de façon rythmée pendant que je parle, petite souris. Au début, tu ne vas pas sentir grand-chose, mais bientôt... maintenant parle-moi du second homme. Qui était-il ? »

Sunida hésita. Elle sentait maintenant sur ses seins les mains vagabondes de son professeur, occupées à la masser avec une lotion qu'elle faisait pénétrer dans les boutons de ses seins. Elle sentait là un picotement brûlant tandis que les plumes reprenaient leurs caresses provocantes et lui faisaient ainsi oublier la brûlure. Ces sensations alternées de chaud et de froid étaient exquises. Elle essaya de se concentrer sur la question que lui avait posée Thepine.

« C'était... c'était un farang, Honorable Maîtresse. »

Un bref instant, les plumes arrêtèrent leur manège et elle ne ressentit plus que la chaleur.

« Un farang, petite souris ?

— Oui, Honorable Maîtresse : j'ai dansé pour lui au palais du gouverneur et ensuite... » La voix lui manqua.

« Si tu préfères, tu pourras me le raconter une autre fois. » Elle allait garder pour plus tard ce morceau de choix. Seigneur Bouddha, les sujets de conversation n'allaient pas leur manquer ! Un farang ! Thepine était abasourdie. Où donc une fille comme ça avait-elle pu rencontrer un farang ? Et dire que maintenant c'était à un farang qu'on la destinait. La vie en vérité était pleine de surprises !

« Retourne-toi et allonge-toi à plat ventre, petite souris. Et n'oublie pas de te détendre. » Les plumes commencèrent alors à lui caresser le dos, chatouillant délicieusement son cou et ses oreilles en même temps qu'elles plongeaient entre ses fesses. Son corps alternativement se contractait et se détendait : les billes commençaient à faire leur effet. Sunida se mit à gémir et, au même instant, les doigts habiles de Thepine parcoururent le corps de la jeune femme : elle suivait les courbes de ce corps le plus sensuel qu'elle eût jamais connu — hormis le sien.

« Sache bien que le corps d'un homme et celui d'une femme réagissent de la même façon au toucher, petite souris. »

Sunida se mit à tourner la tête d'un côté puis de l'autre. Elle ouvrit les paupières et s'aperçut avec consternation que c'était sur elle-même que sa maîtresse utilisait maintenant les plumes. Sunida allait se redresser, mais une main douce la repoussa sur la couverture et une voix murmura à son oreille des paroles apaisantes. Puis elle sentit que de nouveau on lui écartait les jambes et que l'on frictionnait les alentours de son céleste jardin avec un onguent parfumé. Les plumes chatouillaient de façon exquise les régions les plus sensibles : lorsqu'elles commencèrent à explorer et à titiller ses cercles les plus intimes, l'envie la prit de crier de plaisir.

Soudain sa maîtresse vint s'allonger auprès d'elle : elle sentait son souffle chaud, ses bouts de seins dressés.

« Maintenant, petite souris, nous allons voir si tu as bien retenu ta leçon. Imagine simplement que je suis ce même farang dont tu m'as parlé.

— Oui, Honorable Maîtresse. »

Sunida ferma les yeux et se mit à penser à Phaulkon. Et tout devint merveilleux.

18

« Je vous en prie, monsieur Forcone, veuillez vous asseoir. »

Avec un sourire affable, le Barcalon désigna une simple chaise de bambou, la seule de la pièce, manifestement destinée aux visiteurs étrangers. Cette chaise basse, esseulée, entourée de paravents japonais aux peintures subtiles, de somptueux tapis persans et de meubles laqués noir et or de la première période d'Ayuthia, ressortait de façon incongrue au milieu de la somptuosité de la salle d'audience lambrissée. Le Premier ministre lui-même, allongé sur un canapé de soie brodée à l'extrémité de la longue pièce et quelque peu dissimulé par le voile de fumée de son narguilé, semblait faire partie du décor.

La convocation était parvenue à l'aube, juste une semaine après la réception chez *mestre* Phanik : le messager avait attendu devant la maison de Phanik car il avait pour instruction de ramener le farang en personne jusqu'aux bureaux de Son Excellence. Phaulkon avait éprouvé un mélange de crainte et de soulagement à l'idée que la convocation avait fini par arriver.

Il ignora l'offre qu'on lui faisait de s'asseoir et préféra rester prosterné, appuyé sur les coudes et les genoux, le front touchant presque le sol et les mains jointes au-dessus de sa tête. Il se plaça de telle façon qu'en regardant furtivement entre ses paumes presque jointes il pouvait observer le Barcalon sans révéler son visage au regard du potentat. Deux grandes fenêtres ménagées dans un mur de la salle d'audience éclairaient la scène. Phaulkon sentait tous ses nerfs tendus et il avait l'estomac crispé. Il savait que de cet entretien dépendaient son destin, celui de ses compagnons et l'ensemble des projets qu'il avait imaginés pour les années à venir.

Le Barcalon se pencha pour tirer longuement sur le grand narguilé de cuivre posé auprès de lui. L'eau glougloutait plaisamment dans la pipe mauresque. Il exhala voluptueusement et contempla Phaulkon à travers un nuage de fumée gris-bleu. C'était un personnage corpulent, apparemment de petite taille, et ses courtes jambes dodues semblaient disparaître parmi les coussins qui l'entouraient. Il portait le traditionnel panung crème de tissu imprimé et une magnifique tunique de soie beige, somptueusement brodée d'or autour du col mandarin et aux parements des manches. Il était de pure race siamoise : cheveux noirs taillés en brosse et teint brun presque jaunâtre. Son nez aux narines évasées se creusait au centre et ses yeux au regard vif observaient Phaulkon à distance.

« Je vois, monsieur Forcone, que vous connaissez bien nos coutumes. Mais on me dit que les manières des Grecs ressemblent à celles des autres farangs. Nous avons bien des sujets à discuter et je suis sûr que votre corps n'est pas habitué à rester dans cette position pendant de longues périodes. Vous feriez mieux de vous asseoir comme vous en avez l'habitude. »

De nouveau, il désigna la chaise de bambou.

Phaulkon ne broncha pas. « Puissant Seigneur, je reçois vos ordres. Mais moi, un simple cheveu, je me sentirais mal à l'aise dans toute autre position devant le Grand Pra Klang. »

C'était la première phrase que Phaulkon énonçait, dans un siamois impeccable : il lorgna subrepticement vers le Barcalon pour en mesurer l'effet. Ce fut à peine si le potentat eut un haussement de sourcil en se tournant pour expectorer le jus rouge de sa noix de bétel dans un crachoir de cuivre disposé à son côté. À ses pieds, une ombre s'avança et un bras discret se tendit pour ôter le crachoir et le remplacer par un propre.

« Votre maîtrise de notre langue est absolument remarquable, monsieur Forcone. Tout à fait comme me l'avait annoncé le gouverneur. Pratiquement sans accent. Je dois vous en féliciter. Comme vous le savez sans doute, notre langue est tonale : la plus légère inflexion peut changer toute la signification d'un mot. Vos prêtres missionnaires n'ont malheureusement pas pleinement compris cette subtilité et il leur arrive de prononcer des phrases des plus comiques. Nos sujets se sont fort amusés d'un de vos saints hommes qui confond toujours le mot signifiant buffle avec celui qui désigne l'organe de la reproduction masculin. » Un éclat amusé s'alluma dans les yeux du Barcalon et, quand Phaulkon se mit à rire, il en fit autant, apparemment ravi de se trouver devant un farang capable d'apprécier ce genre de nuances.

« Mais, dites-moi, monsieur Forcone, comment en êtes-vous venu à apprendre notre langue ? Après tout, vous n'êtes ici que depuis... » Il marqua un temps : « Un an et onze jours, me semble-t-il ? »

Phaulkon s'était laissé désarmer un instant par l'amabilité du Barcalon; il fut sévèrement rappelé à la conscience de son pouvoir par la précision des faits que ce dernier énonçait.

« J'ai surtout appris d'oreille, Puissant Seigneur, et en m'aidant d'une grammaire établie par les Jésuites.

— Ah, c'est vrai : les hommes de Dieu portugais sont ici depuis longtemps. Ils ont été les premiers farangs à visiter nos rivages. Il semble toutefois que la puissance de leur nation soit sur son déclin et que les Hollandais les aient remplacés. » Il sourit. « Saviez-vous, monsieur Forcone, que du temps de mon grand-père nous étions persuadés que les Hollandais étaient des pirates des mers sans terre d'attache ? Voyez-vous, les Portugais craignaient de perdre leur influence auprès de nous : ils nous avaient persuadés que les Hollandais étaient une tribu nomade. Notre première délégation siamoise a mis le pied sur le sol européen il y a soixante-dix ans seulement. Imaginez leur surprise, monsieur Forcone, en constatant que les Hollandais avaient bel et bien une patrie, que la ville d'Amsterdam était aussi grande qu'Ayuthia et que c'était également un centre artistique et scientifique. » Il s'interrompit et ajouta, comme en passant : « Avec de magnifiques peintures et des canons de la fonte la plus pure. »

Dans le silence qui suivit, Phaulkon se demanda si les battements de son cœur pouvaient être perçus à l'autre bout de la salle. Était-ce un signe que l'interrogatoire avait commencé ? Durant la longue semaine où il avait attendu la convocation du Barcalon, il avait envisagé tous les scénarios imaginables et répété les réponses qu'il fournirait à toute une série de questions.

Le Barcalon tourna les yeux vers la boîte à bétel incrustée posée à ses pieds : aussitôt un esclave sortit en rampant de l'obscurité derrière lui et ouvrit le récipient, en offrant humblement le contenu à Son Excellence. Pour la première fois, Phaulkon distingua toute une rangée d'esclaves accroupis dans les recoins de la pièce. Son Excellence choisit une noix enveloppée d'une feuille verte et se mit à la mâcher.

« Mais vous-même travaillez pour les Anglais, je crois, monsieur Forcone ?

— Puissant Seigneur, moi, la poussière de vos pieds, suis employé par la Compagnie anglaise depuis ma prime jeunesse.

— Et votre loyauté va-t-elle aux Anglais ou au pays de votre naissance ? »

Phaulkon sentit que la question dépassait le cadre de la simple curiosité.

« Excellence, j'ai perdu tout contact avec mon pays. J'ai un nouveau maître maintenant. » C'était vrai. Depuis l'âge de dix ans, il avait été formé pour devenir un Anglais et, vingt ans plus tard, son île natale n'était qu'un lointain souvenir.

« Quelle expérience avez-vous des Hollandais ?

— Une grande expérience, Excellence. J'ai passé deux ans à Bantam. Et je parle leur langue.

— Ah oui, Bantam. Une triste épreuve pour nous et une amère leçon. » Le Barcalon devint pensif et, lorsqu'il reprit la parole, son ton s'était durci. « Il n'y a pas si longtemps, les Hollandais ont invité une seconde délégation siamoise à se rendre en Hollande. Pour cette occasion, nous avons envoyé à Bantam vingt dignitaires qui devaient embarquer à bord d'un vaisseau hollandais se rendant à Amsterdam. Le gouverneur hollandais de Bantam qui était, dirons-nous, un homme frugal, décida que vingt de nos compatriotes représentaient une trop grosse dépense à supporter pour son gouvernement. Estimant qu'il faudrait de déplaisantes explications s'il renvoyait chez elle une partie de notre délégation, il fit exécuter sur-le-champ dix-sept de ses membres. C'est seulement des années plus tard, quand les trois survivants rentrèrent de Hollande, que nous avons appris la vérité.

— C'est horrible, Excellence. J'imagine que vous avez exercé des représailles.

— Monsieur Forcone, nous ne sommes pas par nature un peuple violent. Ce n'est pas dans les mœurs bouddhistes. Bien sûr, nous avons exigé des excuses et une indemnisation : mais quelle somme peut compenser une telle perte ? On nous a assurés que le gouverneur depuis lors avait été congédié. Mais surtout, monsieur Forcone, cela nous a donné une leçon à propos des farangs. » Le Barcalon toisa longuement Phaulkon. « Dites-moi, monsieur Forcone, quels sont les sentiments des Anglais envers les Hollandais ?

— Nous sommes rivaux, Excellence. Extérieurement, nous nous saluons comme des amis. Mais, au fond de nous-mêmes, chacun s'efforce de l'emporter sur l'autre et de prendre pied avant l'autre ici ou là. »

Le Barcalon tira sur son narguilé tout en continuant d'examiner Phaulkon.

« Par exemple, au Siam ? »

Phaulkon réfléchit rapidement. C'était peut-être là l'ouverture qu'il attendait.

« Moi, un cheveu, je pense que les Anglais s'intéressent surtout au commerce, Excellence. Quant aux Hollandais, l'histoire récente des Indes orientales est assez éloquente : Ambon, Célèbes, Bantam, Batavia, Malacca... la liste est longue.

— Vous voulez peut-être suggérer, observa le Barcalon, qu'il faut se fier aux Anglais et non pas aux Hollandais ? » Un pétillement amusé brilla dans son regard.

« Seulement dans la mesure où les Anglais pourraient mettre un frein à l'expansion hollandaise, Excellence.

— De quelle façon ?

— Moi, la poussière de vos pieds, j'estime que, si Votre Excellence continue à accorder de petites concessions aux Anglais, les Hollandais vont tenter de les faire annuler. Et les Anglais trouveront peut-être que ces concessions sont trop minces pour mériter que l'on se batte afin de les préserver. » Il marqua un temps. « Moi, un esclave ignorant, implore votre pardon pour tant de présomption. Mais si Votre Excellence allait s'allier ouvertement avec les Anglais et leur accorder des concessions plus importantes, eux à leur tour feraient tout ce qui est en leur pouvoir pour protéger ces intérêts, car les Anglais sont avant tout des négociants, Excellence. Et les Hollandais hésiteraient peut-être à déclencher contre eux une guerre qui pourrait s'étendre jusqu'en Europe. De cette façon, Votre Excellence aurait mis un frein au développement de leur influence.

— Mais à quel coût, monsieur Forcone ? Quelles sont exactement ces... "importantes concessions" dont vous parlez ?

— Tout d'abord, Excellence, une alliance ouvertement proclamée. Peut-être une base dans votre pays, avec un bon port où les Anglais puissent caréner leurs navires. Par exemple, Mergui, sur votre côte occidentale. Il fait face à l'autre côté du golfe du Bengale, à leur quartier général de Madras : cela leur donnerait beaucoup de souplesse dans le golfe.

— Et si on lui accordait de tels pouvoirs, l'honorable Compagnie britannique ne nourrirait-elle pas tout naturellement des ambitions sur le Siam ? » Un sourire s'esquissa sur les lèvres du Barcalon.

« Pas si la majorité des navires de commerce à quitter Mergui devaient arborer le pavillon du Siam et si seuls les capitaines étaient anglais, Excellence. »

Un bref instant, le Barcalon fut pris de court. Puis il demanda d'un air détaché : « Vous voulez dire que ces vaisseaux de commerce siamois auraient pour capitaines des Anglais à notre service ?

— Précisément, Excellence. Après avoir annoncé une alliance depuis leur base de Madras, les Anglais pourraient équiper le Siam d'une flotte nouvelle. En retour, vous pourriez leur offrir un accès aux installations de Mergui : à partir de là vous et eux pourriez faire commerce dans le golfe et au-delà. » Il s'interrompit. « Non seulement vous doubleriez du jour au lendemain les revenus de votre Trésor, mais vous tiendriez les ambitieux Hollandais en échec. »

Le Barcalon tira sur son narguilé puis entreprit de disposer soigneusement son panung. Phaulkon, qui observait chacun de ses mouvements, ne trouvait pas que les pans du vêtement avaient besoin d'être ajustés : manifestement, le Barcalon était perdu dans ses pensées.

« Mais à qui irait la loyauté de ces capitaines anglais ? Au Siam ou à l'Angleterre ?

— D'abord et avant tout à eux-mêmes, Excellence. En Asie, les marins britanniques sont établis pour enrichir leur bourse. Mais dès l'instant que cela servirait vos objectifs... »

Le Barcalon sourit. « Vous êtes un homme habile, monsieur Forcone. Et extrêmement persuasif, à en croire notre gouverneur de Nakhon Si Thammarat. Il s'est montré tout à fait charmé par vous. D'ailleurs, je n'ai pas encore eu l'occasion de vous féliciter de votre décoration. C'est un honneur fort rare pour un étranger.

— Votre Excellence est infiniment gracieuse.

— Mais, dites-moi, monsieur Forcone, j'ai cru comprendre que vos collègues ne vous avaient pas accompagné dans ce voyage ? » Le Barcalon avait brusquement changé de ton. « Sont-ils souffrants ? »

Phaulkon sentit son estomac se nouer : ce soudain revirement le prenait au dépourvu. Que savait vraiment le Barcalon ? Les pensées se bousculaient dans sa tête. Le premier courrier à dos d'éléphant était manifestement arrivé pour informer le Barcalon de la récompense décernée à Phaulkon. L'éléphant blanc et son cortège, eux, n'étaient pas encore parvenus jusqu'à Ayuthia. Le capitaine du vaisseau du gouverneur à bord duquel Phaulkon avait fait le voyage n'avait apparemment apporté aucune dépêche au Barcalon, mais peut-être un second courrier à dos d'éléphant avait-il atteint entre-temps la capitale ? Et, dans ce cas, que révélait donc le gouverneur dans ce nouveau message ? Il était plus prudent de supposer que le gouverneur avait informé le Barcalon de la découverte des canons : dans ce cas, il aurait expliqué par la même occasion que, pour plus de précautions, il retenait Burnaby et Ivatt.

« Ils sont restés à la demande du gouverneur, Excellence, répondit Phaulkon sans s'engager.

— Y avait-il à cela une raison particulière, vous semble-t-il, monsieur Forcone ? » Le Barcalon jouait nonchalamment avec les boutons sculptés de sa tunique de soie.

Phaulkon se sentit contracté. « Je crois que Son

Excellence le gouverneur ne faisait que son devoir en retenant notre principal agent, puisque tous nos papiers ont coulé avec notre navire, Excellence.

— Et diriez-vous que vous ou vos collègues avez tenté, disons, d'influencer l'opinion du gouverneur ? Grâce à des cadeaux, par exemple ? »

Nous y voilà, se dit Phaulkon. Les canons. Il doit être au courant pour les canons. À quoi d'autre pourrait-il faire allusion ? Au prix d'un suprême effort, Phaulkon s'obligea à garder un ton uni.

« Des cadeaux, Excellence ? Tout ce que nous possédions a été englouti par l'océan.

— Absolument tout, monsieur Forcone ? »

Le Grec n'avait qu'un seul désir : s'éveiller très loin d'ici pour découvrir que tout cela n'était qu'un affreux cauchemar. Il s'obligea à se concentrer. S'il entendait impressionner le Barcalon par une preuve de son intégrité, le moment était venu de faire le plongeon.

« Absolument tout, Excellence. À moins, bien sûr, que vous ne vouliez parler du canon. Mais je n'ai jamais considéré cela comme un cadeau puisque le gouverneur l'a pratiquement réquisitionné et que nous n'avions guère d'autre choix que de le lui offrir.

— Le canon, monsieur Forcone ? Il n'y en avait qu'un ? »

Phaulkon hésita à peine plus d'une fraction de seconde. « Un seul que nous ayons offert. Les quatre autres sont au fond de l'océan. »

Le Barcalon plissa le front. « Je vois. Malheureusement, il semble que nous ne trouvions aucune trace de l'entrée de ces canons dans notre pays. C'est bien étrange, étant donné que toutes les armes de guerre doivent être déclarées à l'arrivée. Peut-être, monsieur Forcone, pourriez-vous jeter quelque lumière sur cette affaire ?

— Avec plaisir, Excellence. » Il marqua un temps. « Vous comprenez, les canons n'étaient pas à nous. »

Le Barcalon haussa les sourcils, l'air surpris. « Et à qui appartenaient-ils donc ?

— Puissant Seigneur, ils appartenaient à la Hollande. De magnifiques produits des fonderies d'Amsterdam. » Malgré la tension, Phaulkon souriait intérieurement.

« Vraiment ? Et que faisaient-ils à bord d'un navire de la Compagnie anglaise ? »

Phaulkon feignit d'hésiter. « C'est une histoire extrêmement compliquée, Excellence. Et moi, la poussière de vos pieds, je répugne à révéler toute l'étendue d'une intrigue entre deux puissances farangs.

— Poursuivez cependant.

— Les Hollandais nous ont royalement payés pour acheminer leurs canons jusqu'à Pattani. Ils ne voulaient pas courir le risque d'être surpris eux-mêmes à les transporter. Comme l'a fait remarquer Votre Excellence, leur entrée au Siam n'a pas été enregistrée.

— Vous avez donc accepté de l'argent des Hollandais pour transporter à Pattani des armes de contrebande ? Pour un vassal rebelle ? Afin qu'elles soient utilisées contre les troupes siamoises ? » Le Barcalon semblait tout à la fois furieux et incrédule.

Phaulkon feignit l'indignation. « Si vous voulez bien me pardonner, Excellence, ce n'est pas la réalité. Ce n'était qu'un subterfuge. À peine les canons débarqués à Pattani, notre chef, M. Burnaby, devait en informer Votre Excellence ; il aurait ainsi dénoncé l'appui des Hollandais aux rebelles. Ultime et indéniable preuve de leur plan pour renverser le Siam. »

Le Barcalon semblait fort peu convaincu.

« Intéressante histoire, monsieur Forcone, mais pourquoi les Hollandais, vos rivaux, n'auraient-ils pas prévu cette conclusion assez évidente ? Ils devaient bien s'attendre à ce que vous les dupiez ?

— Puissant Seigneur, je crois qu'ils nous ont donné les canons à transporter parce qu'ils estimaient qu'un navire anglais n'allait pas être fouillé peu après que l'on nous eut gracieusement invités à reprendre notre commerce au Siam. Et, en cas de mauvais tour de notre part à Pattani, les Hollandais auraient purement et simplement nié avoir joué le moindre rôle dans cette affaire.

— Quelle preuve auriez-vous eue du contraire ? Quelle preuve avez-vous aujourd'hui qu'ils sont mêlés à cette histoire, monsieur Forcone ?

— Puissant Seigneur, quatre des canons reposent au fond de l'océan, mais le cinquième se trouve dans la cour du palais du gouverneur de Nakhon si Thammarat. Les marques de fabrique hollandaises sont la preuve évidente de son origine. Il a été fondu par De Groot lui-même à Amsterdam. Son sceau est gravé dans la fonte. Nous autres Anglais avons nous aussi de beaux canons. Nous n'avons pas besoin de modèles hollandais.

— J'entends bien, mais comment les Hollandais eux-mêmes auraient-ils expliqué ces marques de fabrique en admettant que vous ayez signalé l'arrivée des canons à Pattani ?

— Ils auraient évidemment prétendu que nous les avions volés, Excellence. »

Le Barcalon secoua la tête à plusieurs reprises comme pour signifier qu'il en avait assez.

« L'affaire se corse, monsieur Forcone, mais malheureusement la logique s'effiloche. Dites-moi plutôt pourquoi vous avez affirmé au gouverneur que c'était moi qui avais donné l'ordre de toute cette expédition. Je dois dire que vous ne manquez pas d'imagination.

— Puissant Seigneur, moi, un grain de poussière sur la plante de votre pied, implore l'indulgence de Votre Excellence. Après la découverte du canon, le gouverneur nous aurait certainement emprisonnés si nous ne lui avions pas assuré que c'était Votre Excellence qui était à l'origine de cette mission. Il nous fallait à tout prix gagner du temps. L'un de nous au moins devait être libre de retourner à Ayuthia pour exposer toute la vérité à Votre Excellence. » Phaulkon parut s'enfoncer encore plus profondément dans le tapis. « C'était terrible d'être obligé de dire une chose pareille, Excellence, et je vous assure, je ne l'ai fait que poussé par la plus absolue nécessité.

— Non, monsieur Forcone, ce n'était pas terrible. C'était criminel. » Le Barcalon avait un ton glacial et, dans le silence qui suivit, Phaulkon entrevit son exécution. La chose allait-elle être rapide et miséricordieuse ou bien allait-on d'abord le torturer pour lui faire avouer tous les détails du complot ? Les Siamois avaient une méthode qui avait fait ses preuves pour arracher des renseignements à des criminels : ils les attachaient nus à un poteau, au crépuscule, dans une région marécageuse. Les nuées de moustiques assoiffés mettaient en général toute la nuit pour sucer jusqu'à la dernière goutte le sang de la victime. Rares étaient ceux qui ne demandaient pas à passer aux aveux.

Le ton sévère du Barcalon vint interrompre l'horrible vision de Phaulkon.

« Et pourquoi, exactement, avez-vous caché au gouverneur que vous connaissiez le siamois ?

— Une précaution instinctive, Excellence. Pour mieux savoir quelle était notre position. » De tels aveux lâchés de temps en temps, songea Phaulkon dans un dernier sursaut d'espoir, contribueraient à rendre plus plausible le reste de son récit, surtout si ces aveux, dans une certaine mesure, l'accusaient lui-même.

« Et d'abord, pourquoi avez-vous appris notre langue, monsieur Forcone ? Aucun des autres marchands ne semble avoir fait cet effort. Vous n'êtes pas un de ces missionnaires dévoués à leur tâche, j'en suis certain. » Il eut un sourire narquois. « Si vous voulez bien me pardonner, ce que je connais de votre mode de vie n'est guère compatible avec un sacerdoce. » Il dévisagea un long moment Phaulkon. « Ne seriez-vous pas par hasard un espion ? »

Le cœur de Phaulkon s'arrêta. Était-ce une allusion au rôle d'espion qu'il prétendait jouer pour le roi ? Il était pratiquement mort si le gouverneur avait révélé cette partie de son récit. Ce serait un crime de lèse-majesté que seule une longue torture et la mort pourraient châtier. Il s'obligea à garder un ton calme.

« Excellence, j'ai appris le siamois parce que je me sens attiré par ce pays comme par aucun autre auparavant. Et j'espère sincèrement être un jour en mesure de le servir.

— Alors que vous servez déjà les Anglais ?

— Puissant Seigneur, seule l'Angleterre m'a demandé de la servir.

— De quelle façon pensez-vous être utile à ce pays, monsieur Forcone ?

— En m'assurant que le pavillon siamois est connu et redouté de l'océan à la mer de Chine.

— Même si vous-même n'êtes pas siamois ?

— Les Maures ne le sont pas davantage, Excellence. Et pourtant ils servent votre pays.

— C'est une vieille tradition.

— Mais qui a eu également ses débuts, Puissant Seigneur. Et un apport de sang nouveau est vivifiant. Si Votre Excellence voulait bien m'offrir une chance, avec une cargaison je pourrais emplir les coffres de son Trésor au-delà de tout ce qu'elle a obtenu en un an avec les Maures.

— Ainsi, vous, un Grec au service de l'Angleterre, vous nous bâtiriez une nouvelle flotte et vous feriez de nous une redoutable puissance commerciale ? fit le Barcalon d'un ton sarcastique.

— Je préférerais le faire en tant que Grec au service du Siam, Excellence.

— Vous distribuez votre loyauté avec beaucoup de libéralité, monsieur Forcone. D'abord c'est la Grèce, puis l'Angleterre, et voilà maintenant que c'est le Siam.

— Excellence, j'avais neuf ans quand j'ai quitté la Grèce. Ce n'était pas une question de loyauté. Je voulais voir le monde et c'était l'Angleterre qui détenait les navires.

— Et que détient donc aujourd'hui le Siam ?

— Il offre les mêmes possibilités et exerce une forte emprise sur mon cœur, Excellence. On peut assurément estimer un autre pays sans être pour autant qualifié de déloyal. » Il marqua un temps. « Est-ce que le Seigneur de la Vie, Sa Grande Majesté de Siam en personne, ne garde pas dans son cœur une place toute particulière pour Louis, le roi français ? »

Frémissant, Phaulkon observa le Barcalon. Il jouait un jeu dangereux, il le savait. Et cette fois, incontestablement, il vit le Barcalon tressaillir. Un moment s'écoula avant que le potentat reprît la parole.

« Vous êtes un homme extrêmement persuasif, monsieur Forcone. En vérité, je préférerais vous avoir à mes côtés plutôt que d'être obligé de vous exécuter.

— Je... je ne vous suis pas, Excellence. »

Le Barcalon l'examina en silence. Puis lentement il égrena les mots. « Avant de mourir, votre ami, le capitaine Alvarez, s'est montré très bavard. »

Phaulkon pâlit. Mon Dieu, Alvarez ! Le pauvre diable ! Voilà un élément dont il n'avait pas tenu compte. Phaulkon s'était rendu chez lui trois jours seulement après avoir entendu raconter que le capitaine avait échappé aux griffes de la reine de Pattani : mais, à en croire ses serviteurs, le capitaine n'avait fait qu'une brève halte et il avait disparu de nouveau. On ignorait où il était allé. Phaulkon avait supposé qu'il se cachait ou qu'il était encore avec une femme, comme d'habitude. Mais si les Siamois l'avaient pris et interrogé...

Phaulkon se rendait compte que le Barcalon l'observait d'un regard d'aigle.

« Avant de vous accuser vous-même davantage, monsieur Forcone, je dois vous aviser que mes espions ont confirmé la présence récente à Pattani du capitaine Alvarez. Il vivait, dirons-nous, dans l'intimité de la reine au palais. À son retour à Ayuthia, des gardes ont été envoyés pour l'interroger chez lui. Quand nous l'avons arrêté, il a commencé par tout nier. Mais, au cours de l'interrogatoire, sa langue s'est vite déliée.

« La vente des canons — il y en avait cinq en effet, monsieur Forcone — vous aurait évidemment rapporté une petite fortune. Cela valait bien le risque d'être pris, à mon avis. Je regrette seulement que nos questionneurs aient fait montre... d'un excès de zèle dans leur tâche : le capitaine Alvarez a succombé avant la fin de l'entretien. J'aurais aimé vous faire entendre de ses lèvres ses aveux. Même si, avec le seul filet de langue qui lui restait pour articuler les mots, son élocution n'était pas parfaite. Les questionneurs ont maintenant hâte de vous rencontrer, monsieur Forcone, afin de compléter leurs dossiers sur le sujet. »

Phaulkon eut comme une nausée. Pauvre Alvarez, il imaginait sans peine ce qu'on lui avait fait subir. Il tenta un ultime effort pour maîtriser sa voix. Maintenant, c'était tout ou rien.

« Ce que vos questionneurs n'ont pas réussi à arracher au capitaine Alvarez, Excellence — pour la simple raison qu'il n'en savait rien —, c'est que, si la Compagnie anglaise souhaitait vendre les canons à la reine rebelle, c'était dans le but de se procurer assez d'argent pour acheter à votre Trésor une cargaison de marchandises. Afin de les expédier en Perse. » Phaulkon prit soudain un ton agressif. « Pour montrer à Votre Excellence comment les Maures vous dépouillent. »

Le Barcalon tressaillit. « Votre insolence est sans bornes, monsieur Forcone. Mais je dois admirer votre courage devant l'adversité.

— Puissant Seigneur, vous pouvez me torturer et m'exécuter, mais cela ne changera pas la vérité. Il est exact que la reine devait nous acheter les canons pour une somme importante. Cependant, Alvarez ne savait rien de nos autres mobiles. Par exemple, ce qui impliquait les Hollandais. C'était un Portugais, un étranger pour les Anglais. Il ne faisait que percevoir une commission sur la vente de quelques canons. »

Phaulkon remerciait sa bonne étoile de lui avoir fait prendre la précaution de ne pas raconter toute l'histoire à Alvarez. Le capitaine ignorait tout de la provenance des canons. Il savait seulement qu'ils étaient à vendre pour une grosse somme.

Le Barcalon dévisagea Phaulkon. « Votre récit, monsieur Forcone, a commencé par la livraison des canons à Pattani au nom des Hollandais. Nous en sommes arrivés à une vente à Pattani dont les profits iraient aux Anglais. Vous piquez ma curiosité. Où allons-nous maintenant ?

— Vous connaissez toute la vérité, Excellence. Nous comptions tout à la fois tirer de l'argent de la vente et compromettre les Hollandais. » *Mestre* Phanik avait raison, reconnut Phaulkon avec amertume. Ce rusé Barcalon lui avait lentement arraché la vérité jusqu'au moment où il en était arrivé à tourner pratiquement en rond.

Le Barcalon hocha la tête, comme devant un élève indocile.

« Monsieur Forcone, je vous en prie. Si les Hollandais avaient conclu précédemment des arrangements avec la reine de Pattani pour lui faire don des canons, pourquoi irait-elle les payer aux Anglais ? »

Phaulkon s'était préparé à tout cela et il avait répété soigneusement ses réponses. « Nous avions rédigé une fausse lettre de la Compagnie hollandaise demandant à la reine d'effectuer le paiement à une tierce personne : Alvarez. Il vivait... il était dans l'intimité de la reine, Excellence. Elle n'aurait jamais mis en doute sa requête. Je parle et j'écris couramment le hollandais.

— Je le sais fort bien, monsieur Forcone. Cela figure dans le rapport du gouverneur. Combien de langues parlez-vous, au fait ?

— Sept couramment, Excellence. Et cinq autres suffisamment bien.

— Possédez-vous des notions de comptabilité ? »

Phaulkon sentit monter en lui un vague espoir. Le Barcalon n'aurait guère besoin de ce genre de renseignement pour l'envoyer à la mort.

« Certainement, Puissant Seigneur. Pendant deux ans, j'ai été chargé de tenir les comptes à la factorerie anglaise de Bantam. J'étais tout à la fois magasinier et responsable de l'inventaire. » Pourquoi ces questions si on n'allait pas lui accorder un sursis ?

« Et vous sauriez examiner et vérifier les comptes aussi bien en siamois qu'en malais ?

— Certainement, Puissant Seigneur, et dans cinq autres langues aussi. »

Phaulkon sentit son cœur se serrer : peut-être le Barcalon jouait-il avec lui au chat et à la souris, peut-être était-ce sa façon de le punir. Il ne le berçait de ce dernier espoir que pour mieux l'écraser en lui annonçant sa sentence.

« Vous comprenez, monsieur Forcone, notre société est une société agricole. Notre peuple n'a ni la tête ni le cœur à se lancer dans des entreprises commerciales. C'est pourquoi nous avons des étrangers, des Maures pour la plupart, qui occupent un certain nombre de postes administratifs. »

Les pensées de Phaulkon commençaient à errer en tous sens et il lui fallut un grand effort pour se concentrer sur les propos du Barcalon.

« Mais sont-ils de fidèles serviteurs de Sa Majesté votre roi ? » demanda-t-il.

Un sourire narquois plissa les lèvres du Barcalon.

« Disons qu'ils le sont, à peu près dans la même mesure où les employés de votre Compagnie des Indes orientales sont de loyaux serviteurs de votre roi anglais. »

La pièce commença à tourner autour de lui. Il ne fallait à aucun prix s'évanouir, se dit Phaulkon, tandis qu'un terrible vertige le prenait.

Le Barcalon examina longuement Phaulkon. Le rusé farang était toujours prosterné. Il supportait étonnamment bien l'interrogatoire, avec constance et assurance. Un homme remarquable, se dit le Barcalon. Il se rappelait les points essentiels du dossier de Phaulkon : trois mois passés dans un temple à étudier non seulement les écritures mais également le siamois royal. Stupéfiant ! Où voulait-il en venir ? Le Siam pourrait-il dompter une force pareille et l'utiliser à son profit ? Après tout, l'homme était capable de traiter dans leur langue maternelle avec la plupart des grandes nations commerciales dont les navires faisaient escale au Siam. À condition, évidemment, que l'on pût compter sur sa loyauté. C'était là que résidait le problème. Jusqu'à quel point fallait-il se fier à un homme pareil ? À n'en pas douter, il voulait s'enrichir. Mais ses projets pour le Siam, une fois convenablement adaptés et surveillés, pourraient fort bien réussir. D'ailleurs, il fallait agir vite. La menace hollandaise était réelle et imminente. Les Maures commençaient à enfler sous l'effet de leur puissance.

Le Barcalon crut voir le corps prostré de Phaulkon

secoué d'un spasme. L'homme finissait-il par craquer ? Il regarda encore. Non, pas un geste. C'était peut-être son imagination. Il en faudrait assurément beaucoup pour briser le moral de cet homme-là, se dit le Barcalon. Bien sûr, il pouvait l'écraser maintenant, s'il en avait envie. Il n'aurait qu'à lire à Phaulkon quelques lignes de son propre rapport sur les découvertes qu'il avait faites dans la province de Ligor. Et quel brillant rapport, d'ailleurs ! Il doutait qu'il y eût plus d'une poignée de ses meilleurs agents capables de rédiger un tel rapport. Un espion royal ! L'audace de cette idée n'avait de pair que le brio avec lequel elle avait été conçue. Non, décida le Barcalon, il n'allait pas détruire ce farang. Il fallait dompter ce capital d'intelligence et d'énergie pour les mettre au service du Siam. Il n'allait pas citer au farang le rapport écrit de sa propre main car révéler qu'il était au courant de la supercherie l'obligerait à faire exécuter l'homme. Le Barcalon frémit. Même Sa Majesté ne devrait jamais découvrir qu'un vulgaire farang avait osé prétendre avoir reçu mandat des lèvres royales.

Les contradictions ne manquaient pas dans le récit du farang, mais rien d'assez grave pour le contraindre à condamner à mort cet homme. Il éprouvait un certain soulagement à constater que le farang ne s'était pas totalement chargé lui-même durant l'entretien : le doute n'était pas permis, ses services pouvaient être précieux pour le Siam.

Une fois de plus, l'esprit du Barcalon revint au dossier. On y décrivait le mode de vie de Phaulkon comme profondément siamois, et tous les Siamois qui le connaissaient en avaient témoigné. Quel farang avait jamais fait un séjour dans un monastère et acheté à vie trois concubines ? Celui-ci était assurément différent des autres. L'ensemble des témoignages décrivaient un homme sincèrement épris du Siam et de son peuple.

De toute évidence, le gouverneur de Nakhon le tenait en haute estime. Certes, le gouverneur n'avait pas la même expérience que lui des farangs, mais c'était néanmoins un bon juge des caractères. Il avait reconnu au farang des qualités de courage, de charme et d'esprit d'initiative. De cran aussi, songea le Barcalon, se rappelant la description du combat de boxe faite par le gouverneur. Cet homme sage avait eu la prévoyance d'envoyer sa nièce à Ayuthia avec la dernière dépêche. Le farang était apparemment fort épris d'elle et le gouverneur avait pensé qu'elle serait la personne idéale pour infiltrer la maison du farang si Ayuthia voulait obtenir un témoignage de première main sur les faits et gestes de son occupant. Excellente idée, se dit le Barcalon. En ce moment-même, la fille était au palais où on la formait comme espionne.

Et puis, l'homme était manifestement adaptable. Il était né dans une nation et en servait une autre. Pourquoi ne s'adapterait-il pas une nouvelle fois pour en servir une troisième ? Cela traduisait peut-être un certain manque de loyauté, mais en réalité il n'avait servi qu'un seul pays : l'Angleterre. On ne pouvait pas dire qu'il s'était montré déloyal envers sa première patrie. Car comment pourrait-on en vouloir à un gamin de neuf ans qui désirait voir le monde ? Quant à sa loyauté envers le Siam, eh bien, seul le temps apporterait une réponse.

Ce qu'il avait dit des Maures était certainement vrai. Bien sûr, ils volaient le Trésor. On les avait trop longtemps laissés n'en faire qu'à leur tête. Voilà longtemps que le Barcalon voulait étudier ce problème, mais il n'en n'avait jamais trouvé la disponibilité, ni personne pour les remplacer. Cet homme, ce Forcone, avec ses connaissances en comptabilité, serait-il capable aujourd'hui de révéler la vérité ? Le Barcalon rit sous cape. Peut-être allait-on pouvoir tout d'abord utiliser les farangs pour saper le pouvoir des Maures. Grâce à d'habiles manœuvres qui leur feraient perdre leurs positions acquises, peut-être parviendrait-il à détourner la colère des Maures sur les farangs plutôt que sur lui-même. Cela en valait assurément la peine.

Une nouvelle fois, il tourna les yeux vers le farang prosterné à ses pieds. Si jamais l'heure était venue d'utiliser les services de cet homme, c'était maintenant. Le farang ne savait pas s'il allait vivre ou mourir, ses collègues étaient retenus en otages dans le Sud. Quand sa vie et celle de ses amis étaient suspendues à un fil, un homme devait être prêt à fournir les plus grands efforts.

« Monsieur Forcone, il est clair à mes yeux que votre récit comporte une trame bien mince — avec évidemment un ou deux moments de sincérité. Mais, heureusement pour vous, nous, au Siam, ne croyons pas qu'il faille punir les gens sans preuve absolue. Je m'en vais donc vous donner une chance de vous racheter en travaillant dur et en faisant preuve d'une loyauté sans défaillance. »

Il marqua un temps. La silhouette devant lui ne broncha pas.

« On va vous mettre au travail au ministère du Commerce. On vous assurera le gîte et le couvert. Rien de plus. Votre mission sera strictement confidentielle et c'est à moi seul que vous devrez faire votre rapport. Si vous révélez à quelqu'un la nature de votre travail, vous serez exécuté sur-le-champ. Vos collègues resteront en otages dans le Sud jusqu'au moment où je serai satisfait aussi bien des résultats que vous aurez obtenus que de la véritable nature de vos intentions à l'égard de ce pays. Nous garderons le secret sur le fait qu'on vous ait décerné l'ordre de l'Éléphant blanc de troisième classe. Vous pourrez rentrer chez vous le soir. Mais, chaque matin, à la première heure, vous ferez votre rapport soit à moi, soit à mes assistants au ministère. »

Phaulkon garda le silence. La pièce continuait à tournoyer autour de lui et il se sentait terriblement faible. Il avait entendu les paroles du Barcalon et les comprenait : il se sentait pourtant trop abasourdi pour réagir aussitôt. Il demeura immobile, en se forçant à retrouver son équilibre. Lentement, à mesure qu'il percevait ce qui venait de se passer, le sang revenait à son visage et, même si elle résonnait comme un écho lointain, sa voix réussit à se faire entendre au prix d'un ultime effort.

« La confiance que me témoigne Votre Excellence sera récompensée au-delà de tous ses espoirs. » Le

Barcalon inclina légèrement la tête. Le cœur fébrile, Phaulkon rampa lentement à reculons : même si son esprit était en éveil, il craignait de voir son corps lui faire défaut avant d'être arrivé à la porte.

19

Sunida suivait les interminables couloirs, le cœur battant à tout rompre. Au bout d'un mois passé au Grand Palais, les murs lambrissés, les magnifiques porcelaines et les légions d'esclaves l'impressionnaient toujours. Bien que personne ne lui imposât le silence, elle conservait une grande prudence, avec l'impression d'être encore une intruse, une visiteuse qui n'avait pas sa place en ces lieux. Elle se maintenait inclinée car elle avait conscience de sa taille et savait que, d'après les usages du palais, nul ne pouvait se tenir debout à l'intérieur des murs sauf pour se déplacer, et cela même quand le Seigneur de la Vie n'y résidait pas.

Malgré la grande bonté de son professeur et des deux esclaves qu'on lui avait attribuées, la danse lui manquait terriblement, tout comme la liberté de se conduire normalement, sans toutes les contraintes et les restrictions de la vie au palais. L'attrait de sa nouvelle situation commençait à s'effacer car, au fond, elle était une fille de la campagne, un esprit libre à qui on avait coupé les ailes. Mais elle volerait de nouveau, décida-t-elle et, à ce moment-là, elle rechercherait l'homme qu'elle aimait et qui lui manquait tant. Loin d'être banni de ses pensées, il se tenait chaque jour auprès d'elle, durant toutes les leçons d'amour et de maintien, sous l'apparence de Thepine. Si elle était devenue une courtisane aussi accomplie que l'affirmait sa maîtresse, c'était en grande partie grâce à lui. Car c'était l'image de son farang qui l'avait guidée et avait renforcé sa détermination à réussir. Un jour, si elle parvenait à le retrouver, ce serait lui qui bénéficierait de son expérience toute neuve. Elle sourit. Et, dès l'instant où elle se serait de nouveau allongée à son côté, jamais plus il ne consentirait à la laisser partir.

Son cœur se mit à battre plus fort tandis qu'elle suivait les instructions de Thepine et tournait à gauche dans une aile du palais. Jamais encore elle n'était parvenue jusqu'ici et cette mission l'emplissait de frayeur. Elle y avait pensé sans cesse, tout un jour et toute une nuit, depuis qu'on lui en avait parlé. Maintenant, le moment était venu. Si ce n'avait pas été un ordre du Seigneur de la Vie lui-même, elle aurait été tentée de désobéir, mais son premier devoir était envers Sa Majesté. Au cours des derniers jours, elle s'était renseignée aussi discrètement que possible et, à chaque fois, les réponses n'avaient fait que confirmer ses appréhensions. Personne n'avait eu un mot aimable à propos de cet homme. Alors pourquoi était-ce justement à lui qu'on l'offrait ? N'y avait-il pas quelqu'un d'autre qui puisse mettre ses talents à l'épreuve ? Au début elle avait supplié Thepine de lui épargner cette épreuve, mais sa maîtresse avait été inflexible. Elle n'était autorisée à résister que si l'homme devenait brutal.

« Petite souris, le Seigneur de la Vie, qui t'a manifesté un intérêt si particulier, a conçu cela comme ta dernière épreuve. Si tu la réussis, tu seras prête pour ta véritable mission. »

En vérité — sans s'en ouvrir toutefois à Sunida —, Thepine redoutait tout autant cette expérience, même si elle ne pouvait l'admettre ouvertement. Cela n'aurait fait qu'effrayer davantage Sunida. Mais, lorsqu'il s'agissait de Sorasak, Thepine le savait, le jugement généralement impartial du Seigneur de la Vie semblait faussé. Sa Majesté était si équitable et si lucide à tous autres égards que l'on ne pouvait expliquer son attitude envers Sorasak que par le remords qu'elle éprouvait à ne pas le reconnaître officiellement. Après tout, c'était sa chair et son sang, son seul fils. Thepine en était certaine : Sorasak était devenu, du moins en partie, le sadique et la brute qu'il était par frustration de ne pas être accepté. Car personne n'était par nature foncièrement mauvais. Thepine n'avait aucune raison sentimentale, aucun lien familial qui lui permît de justifier le comportement de Sorasak — qui, de plus, n'était pas vraiment son neveu. Mais, bien qu'elle n'eût jamais discuté ouvertement de cette question avec lui, elle était convaincue qu'il connaissait la vérité sur ses origines. Comment aurait-il pu en être autrement ? C'était le secret de polichinelle du palais. Sorasak profitait pleinement de l'indulgence de Sa Majesté à son égard pour terroriser le harem : il attirait dans son repaire celles qui ne se méfiaient pas, il enlevait celles qui repoussaient ses avances et les contraignait à subir les plus redoutables épreuves. Les filles qui étaient revenues en gémissant de l'aile tristement célèbre du palais où se trouvaient ses quartiers répugnaient en général à parler de ce qu'elles avaient subi : les plaies et les cicatrices en étaient pourtant une preuve suffisante. Sa Majesté se déclarait régulièrement furieuse du comportement du jeune homme, mais le roi ne l'avait puni qu'une seule fois en lui faisant bastonner les épaules avec une canne de jonc. Dans l'intimité de ses appartements, Sorasak s'adonnait impunément à ses perversions — des perversions qui auraient provoqué l'exécution de tout autre courtisan.

Thepine elle-même n'avait jamais partagé la couche de Sorasak : non parce qu'elle était officiellement sa tante — cela ne l'aurait certainement pas arrêté —, mais parce qu'il était bien trop malin pour s'en prendre aux favorites du roi. Il les évitait avec soin, ne jetant son dévolu que sur celles dont Sa Majesté connaissait à peine l'existence. L'affront infligé à ces victimes anonymes semblait moins concerner le roi. Un jour, Thepine, scandalisée à la vue d'une fille rentrée au harem avec des vêtements en lambeaux et la peau lacérée, avait porté l'affaire devant le roi. Sa Majesté avait demandé : « Quel était son nom, disais-tu ? Est-elle au palais depuis longtemps ? »

Thepine maudit la malchance qui avait attiré sur Sunida l'attention de Sorasak. Cette intrigante de Kai, dans l'espoir de détourner les intentions de Sorasak à son égard, s'était empressée de satisfaire sa récente demande d'accroître les effectifs du harem du palais. Elle avait évoqué l'arrivée d'une fille du Sud que l'on gardait pratiquement cachée et qui, disait-on, était formée par Thepine en personne pour le plaisir de Sa Majesté. Cela avait piqué la curiosité de Sorasak qui avait chargé son page de surveiller les mouvements de Sunida. Ayant appris que chaque jour à une certaine heure elle allait se promener dans les jardins avec sa tante Thepine, il s'était caché toute la nuit dans un arbre dominant cette partie du parc et avait attendu sa venue. Il l'avait à peine aperçue, mais suffisamment pour se convaincre qu'il devait la posséder. Ce fut bientôt pour lui une obsession et, excité par un tel défi, il avait renoncé à sa tactique habituelle et s'en était allé trouver directement le roi, harcelant Sa Majesté pour qu'on lui permît de la prendre dans sa couche une seule nuit. D'abord inflexible, le souverain avait fini par céder quand Sorasak lui avait rappelé son prochain anniversaire et lui avait fait remarquer que, ce jour-là, Sa Majesté lui accordait toujours une faveur spéciale. L'anniversaire de Sorasak, pénible rappel de la naissance de son fils unique, était pour Sa Majesté un jour particulièrement sensible. Le Seigneur de la Vie avait donné son accord en prévenant seulement Sorasak qu'il ne devait faire aucun mal à la fille.

Thepine n'ignorait pas tout cela car c'était elle qui avait plaidé la cause de Sunida devant le roi. Elle savait que Sa Majesté évitait Sorasak tout autant à cause de son caractère pervers, qui s'était manifesté dès son jeune âge, qu'en raison de la basse extraction de sa mère. Elle avait conscience des hésitations de Sa Majesté à propos de Sunida et sentait qu'elle l'aurait emporté si Sorasak n'avait pas invoqué ainsi habilement l'argument de son anniversaire. Sa Majesté, ne souhaitant pas révéler la véritable raison pour laquelle elle avait cédé, avait dit à Thepine que le rendez-vous de Sunida avec Sorasak serait l'ultime épreuve qui montrerait si elle était prête à accomplir sa mission : si elle pouvait plaire à Sorasak, si elle était prête pour n'importe qui. Il avait en outre assuré à Thepine que Sorasak avait reçu la très stricte consigne de ne lui faire aucun mal.

Mais Thepine savait ce que Sorasak avait été capable de commettre impunément par le passé : elle était donc bien loin de se sentir rassurée. Elle avait tenté de minimiser le danger devant Sunida, tout en s'efforçant de la mettre sur ses gardes.

« Tu n'auras pas à passer plus d'une nuit avec cet homme et tout ce que tu devras faire, c'est de réussir à lui plaire. Souviens-toi de ce que je t'ai dit : ne lui résiste pas. C'est seulement quand on le contrarie qu'il peut devenir méchant. Utilise simplement les talents que je t'ai enseignés, et il sera comme un bébé dans tes bras. Je sais que tu ne vas pas décevoir ton professeur, petite souris. »

Malgré les encouragements de Thepine, Sunida était terrifiée. Après tout, l'homme était le neveu de sa maîtresse et celle-ci nourrissait peut-être des préjugés en sa faveur. Au palais la réputation du prince était telle que même les deux esclaves que l'on avait affectées au service de Sunida redoutaient de devoir un jour être admises dans son harem. On racontait qu'il pratiquait la sodomie, et sa cruauté sadique, disait-on, marquait ses victimes pour la vie.

Tout l'enthousiasme qu'avait jadis éprouvé Sunida à mettre en pratique son apprentissage — les séances d'essais avec les esclaves femmes, les massages sensuels, les préparations culinaires, les arrangements floraux —, tout cela s'évanouissait maintenant et elle ne pensait plus qu'aux épreuves que son esprit et son corps risquaient de subir entre les mains de cette brute.

On le disait fort comme un bœuf, le corps affûté par de constants exercices physiques, et surtout la boxe. Elle avait même entendu dire qu'il disparaissait parfois en pleine campagne pendant des semaines d'affilée, afin de suivre les tournois et de sauter incognito dans l'arène pour défier un vainqueur. Allait-il la rouer de coups comme un adversaire à la boxe, ou lui laisser des cicatrices indélébiles ? Une nouvelle fois, la vision de son merveilleux farang de Ligor se dressa devant elle. Si seulement c'était lui qu'elle allait rejoindre maintenant ! Avec quelle joie elle s'abandonnerait dans ses bras, avec quelle ardeur elle mettrait en pratique ses talents récemment acquis ! Où pourrait-elle le retrouver ? se demandait-elle avec tristesse.

En entrant dans l'aire du palais occupée par Sorasak, elle rencontra plusieurs jeunes esclaves qui la dévisagèrent avec curiosité. Compatissaient-elles déjà à son sort ?

Le cœur tremblant, elle s'arrêta devant la porte marquée de l'insigne noir d'un taureau et frappa timidement.

Sorasak dut faire un effort pour se contrôler. Comment son père pouvait-il rester aussi calme ? Le boxeur au cou de taureau observait le général, les yeux plissés.

Ils étaient dans les appartements du général Petraja, à quelques portes de ceux qu'occupait Sorasak dans la même aile du palais. Par contraste avec l'austère ameublement de Sorasak, chez le général les murs étaient ornés d'épées et de dagues incrustées de joyaux, et couverts de tableaux représentant des éléphants de guerre dans des scènes de bataille. Un poème chantant les victoires du général trônait dans un cadre d'argent au centre d'une paroi et, dans chaque coin de la pièce, sur des coffres en or s'étalaient toutes sortes de médailles et de décorations gagnées lors des campagnes de Birmanie et du Cambodge.

Le général considérait son fils adoptif d'un air impassible et soutenait son regard en maîtrisant son impatience. Après tout, c'était aujourd'hui l'anniversaire de ce garçon.

« Mais où tout cela finira-t-il, père ? Voilà que nous avons maintenant un de ces farangs employé au ministère du Commerce ! N'avons-nous donc rien appris de l'expérience hollandaise, avec leur blocus du Menam et leur conquête du Sud ? » Voyant que son père continuait à le dévisager, Sorasak secoua la tête. « Je n'arrive toujours pas à croire que le Pra Klang ait pu permettre aux farangs d'infiltrer un de leurs espions au ministère. Qui plus est, cela n'aurait pu se faire sans l'approbation de Sa Majesté. »

Quand il serait roi, songea Sorasak, de telles choses ne se produiraient plus. Car un jour il serait roi, il l'avait juré, quand son véritable père aurait la décence de reconnaître son nom et de proclamer sa légitime parenté. Seuls les frères du roi, il en était convaincu, obligeaient Sa Majesté à garder secrète aux yeux du monde l'identité de Sorasak : ces oncles fourbes et terrifiés à l'idée de perdre leurs droits au trône. Ils savaient qu'ils n'étaient pas de taille devant lui, en matière de force physique ou de ruse. Ils étaient incapables de chasser, de boxer, pas plus que de se jouer de l'envahisseur farang comme lui-même y parviendrait. Ses oncles ! Il ricana. L'un d'eux était un être anormal et un ivrogne, l'autre un eunuque efféminé cramponné au panung de Yotatep dans l'espoir de faire valoir ses prétentions. Non, quand il serait roi, il chasserait jusqu'au dernier tous les farangs du pays, débarrassant une fois pour toutes le Siam de leur influence empoisonnée et de leurs projets sournois.

« Bien sûr, mon fils, cela s'est fait avec l'approbation de Sa Majesté, confirma le général. Les farangs constituent une menace parce qu'ils sont plus avancés que nous sur le plan scientifique. Certes, leurs coutumes et leurs habitudes sont tout à fait répugnantes : ils mangent le corps d'autres animaux, ils n'ont pas appris, comme nous l'avons fait depuis mille ans, à dominer leurs émotions. Pourtant, ils constituent un danger que nous devons détourner en apprenant d'eux ce qu'ils connaissent parfaitement. Et comment mieux nous y prendre qu'en gardant parmi nous l'un des leurs et en étudiant ses méthodes ?

— Mais pourquoi ne peuvent-ils pas rester dans leur pays ? interrogea Sorasak. La vie n'est-elle pas suffisamment agréable là-bas ? Est-ce que nous allons les ennuyer chez eux ? Est-ce que nous envoyons nos moines convertir leur peuple à la foi bouddhiste ?

— Non, répondit le général, parce que nous sommes plus tolérants. Nous acceptons que plusieurs voies puissent conduire à Dieu, alors qu'ils croient que seule la leur peut mener au salut. Comme je te l'ai dit, sur le plan spirituel ils ont du retard. C'est seulement dans la science qu'ils excellent : c'est sur ce point que nous devons faire des efforts. Par exemple, en ce qui concerne les armes de guerre.

— Précisément, fit Sorasak. Regardez leur façon d'opérer. Tout d'abord, ils envoient leurs prêtres puants et leurs marchands pour infiltrer le pays. Une fois qu'ils ont évalué la force de notre patrie, ils signalent à leurs armées que le moment est venu. Voilà comment ces Hollandais pourris ont bâti leur empire dans le Sud. Ne voyez-vous pas que c'est maintenant le tour du Siam, père ? »

Le roi commettait une erreur terrible en recevant ces prêtres de façon aussi libérale, songea Sorasak. Il aurait bien mieux valu leur fermer toutes les portes. Il n'était pas encore trop tard. Sa Majesté vieillissait et si lui, Sorasak, héritier légitime, devait bientôt monter sur le trône, il serait peut-être encore temps de procéder aux changements nécessaires.

« Il est possible que ce soit le tour du Siam dans *leurs* plans, Sorasak, mais qui dit que, de notre côté, nous ne serons pas prêts à les accueillir ? »

Plus que tu ne peux t'en douter, mon garçon, pensait le général. Il avait négocié en secret avec le prince Daï, le chef macassar et le plus vaillant guerrier du Siam, qui avait dû abandonner son pays aux Hollandais. Deux marchands espagnols venaient de partir pour Bantam afin d'acheter ostensiblement des canons hollandais et renforcer ainsi les garnisons espagnoles des Philippines. Sitôt les canons discrètement acheminés jusqu'au Siam, les Espagnols instruiraient ses meilleurs capitaines sur la manière de s'en servir. Entre les canons et les intrépides Macassars, les Hollandais allaient avoir une belle surprise.

Mais pas question de confier ces choses-là à Sorasak, même pour son vingt-huitième anniversaire : il était trop présomptueux et trop imprévisible.

« En quoi sommes-nous prêts à les affronter, père ? interrogea Sorasak, cachant à peine son mépris. Avec des arcs et des flèches contre leurs canons ?

— Avec des effectifs plus importants et une ruse plus grande », répondit patiemment le général.

Combien de fois Petraja n'avait-il pas regretté de ne pouvoir publiquement désavouer ce garçon dont les tristes exploits rejaillissaient sur lui en tant que père et n'arrangeraient pas ses affaires pour l'accession au trône. Mais c'était un engagement qu'il avait pris voilà longtemps envers le roi : la chose était irréversible.

Sorasak remarqua l'expression du visage du général et devina ses pensées. Pourquoi Sa Majesté refusait-elle de le reconnaître ? se demanda-t-il une nouvelle fois, comme il l'avait déjà fait si souvent. Simplement parce que sa mère était une paysanne ? Sa Majesté allait-elle au moins se rappeler que c'était aujourd'hui son anniversaire ? Cette date anniversaire apparaissait toujours à Sorasak comme un jour sombre et honteux, trop déshonorant pour qu'on ose l'évoquer, et *a fortiori* pour qu'on le fête. Il fut envahi d'une brusque tristesse, d'un terrible sentiment d'isolement en songeant aux dizaines de jeunes enfants que chaque année on recevait au palais, envoyés de tous les coins du pays par des sujets en adoration, afin qu'ils soient élevés sous la tutelle royale. Tout ce que ces enfants avaient à faire, lorsqu'ils posaient pour la première fois leur regard sur Sa Majesté, c'était de sourire : ils gagneraient ainsi le privilège de passer les sept premières années de leur vie au palais, sous l'œil bienveillant des nourrices royales. On ne les renvoyait chez eux que si leur première réaction consistait à exprimer leur mauvaise humeur ou à pleurer. Tous les anniversaires de ceux qui avaient eu la chance de montrer un visage souriant étaient célébrés avec beaucoup d'éclat, alors que le sien — lui qui était de la même chair et du même sang que le roi — était un jour qu'il fallait enterrer et oublier. L'un de ces pupilles avait à ce point conquis le cœur du roi que Sa

Majesté ne l'avait pas renvoyé à l'âge de sept ans chez ses parents, comme des dizaines d'autres, mais l'avait gardé et élevé comme son propre fils. Il avait maintenant vingt ans. Sorasak serra les poings en pensant à Pra Piya.

« Mais, dis-moi, demanda le général d'un ton plaisant, qu'aimerais-tu recevoir comme cadeau en ce jour faste ? »

Sorasak réfléchit un moment. Ce qu'il préférerait pour l'instant, ce serait se venger de ces détestables prêtres farangs, de ces espions sournois qui, en invoquant leur fichue religion, avaient empêché que cette jolie petite Japonaise ne vienne rejoindre son harem. Nul n'avait jamais osé s'opposer à lui auparavant et c'était une insulte qu'il n'était pas près d'oublier. Elle avait la peau d'une blancheur exquise, contrairement à ces dragons de Circassiennes au corps lourd et aux membres épais qui étaient arrivées en guise de présent du shah de Perse à Sa Majesté. Il avait suffi à Sorasak d'un coup d'œil : il ne les désirait pas, malgré la blancheur de leur peau. En revanche, cette Japonaise — ou cette Portugaise — avait l'habituelle délicatesse d'une Siamoise jointe à une beauté farang tout à fait désirable. « J'aimerais, père, que vous usiez de votre influence pour me faire obtenir comme concubine cette petite Portugaise dont je vous ai parlé. Elle s'appelle Maria.

— Tu parles de la nièce du marchand Phanik ?

— Oui, père. Je suis très sérieux à son égard.

— Mais je croyais que tu lui avais écrit et qu'elle avait repoussé ton offre ?

— Mais peut-être que si vous la présentiez... énergiquement à l'oncle... »

Petraja se rembrunit. « Ce sont des catholiques, Sorasak : voilà de toute évidence pourquoi elle t'a repoussé. Sinon ç'aurait été un honneur pour la famille, j'en suis sûr. »

Et une terrible tragédie pour elle, songea le général, en se rappelant la gracieuse jeune beauté qu'il avait rencontrée à la réception de *mestre* Phanik.

« Mais, père, si vous faisiez pression sur son oncle...

— Je ne puis forcer personne à se marier contre sa religion. Notre pays s'est toujours vanté de tolérer les croyances d'autrui. »

Sorasak sentait croître sa frustration. « Mais ce sont ces prêtres fanatiques qui l'ont corrompue en lui faisant croire qu'elle ne peut se permettre de partager un homme avec d'autres femmes. Je la ferai vite changer d'avis. Après tout, ce n'est que la nièce d'un marchand, alors que je suis le fils de... (il hésita) le fils du héros le plus décoré du pays. Comment ose-t-elle m'éconduire ? Et pourquoi me demandez-vous ce que je désire, père, si vous n'êtes pas disposé à me l'accorder ?

— Parce que je m'attends à ce que tes requêtes soient raisonnables, répondit Petraja en réprimant sa colère.

— Raisonnable ? éclata Sorasak. Qu'y a-t-il de déraisonnable à proposer à la nièce d'un marchand une place au palais ? C'est une proposition plus qu'honnête, dirais-je, et que ne justifie même pas la situation de cette fille. Elle devrait en être honorée.

— Si elle n'était pas catholique, à n'en pas douter elle le serait, répliqua Petraja en se demandant combien de temps encore il allait pouvoir garder son calme.

— Mais c'est mon anniversaire, insista Sorasak en élevant la voix. Et si vous étiez vraiment mon père, vous vous préoccuperiez davantage de mon bonheur. » Il regarda le général d'un air de défi. « Il est vrai que vous n'êtes pas mon père, n'est-ce pas ? Vous croyez que je ne le sais pas ? »

La rage fit éclater le général qui gifla violemment Sorasak. « Ne t'avise jamais de me parler encore une fois sur ce ton, misérable ingrat. »

Sorasak se frotta la joue, furibond, tous ses muscles secoués par une fureur rentrée. Puis il tourna les talons et quitta la pièce. Au diable son prétendu père, jura-t-il en descendant le couloir qui menait à ses appartements. Au diable son hypocrisie. Combien de fois n'avait-il pas entendu le général déclarer que, si l'on ne s'opposait pas à eux, ces maudits prêtres ne tarderaient pas à décréter à Sa Majesté qu'elle ne pouvait avoir plus d'une épouse ? Il savait que le général considérait les farangs comme une menace dont il fallait se débarrasser. Il avait même affirmé à Sorasak qu'une faction de plus en plus importante parmi les courtisans du roi partageait cette opinion. Alors, pourquoi son prétendu père n'affichait-il pas ouvertement ses opinions ? Il y attachait suffisamment d'importance. Qu'attendait-il donc ?

Sorasak fit jouer ses muscles : il sentait tout son corps tendu vers l'action. Dans ces moments-là, il n'aimait rien tant que disparaître dans la campagne pour s'adonner à son sport favori, la boxe. Et plus d'une fois, l'organisateur du combat lui avait remis deux ticals pour avoir remporté la victoire, sans se douter de son identité. Il décida de partir au matin ; mais il allait d'abord regagner ses appartements pour voir si le roi avait pensé à lui envoyer pour son anniversaire cette superbe nouvelle concubine.

Tendu et furieux, Sorasak poussa la porte.

Sunida attendait, haletante, dans un coin. La pièce était sommairement meublée : d'un côté, une table basse en rotin, des murs nus et sur le sol des nattes de feuilles de bambou. Au-dessus de la porte était accroché quelque chose qui ressemblait à ces robes de prêtres, ces longues robes brunes qu'elle avait vu porter par les hommes de Dieu farangs. Se pouvait-il que Sorasak fût chrétien ? Elle n'avait jamais entendu dire...

Il y avait une petite fenêtre tout en haut d'un mur, mais elle était fermée et la chaleur était étouffante. Dehors, la nuit tombait et deux petites bougies éclairaient chichement les recoins sinistres de la pièce. Sunida se sentait mal à l'aise, son cœur battait à tout rompre. Elle serait heureuse une fois que cette épreuve serait terminée.

Soudain la porte s'ouvrit toute grande et son cœur s'arrêta. Sorasak se tenait sur le seuil, les bras croisés sur la poitrine. Il bombait les muscles de ses jambes et de ses avant-bras et sa grosse tête carrée reposait comme un bloc sur ses épaules. Il la contempla et un sourire s'épanouit lentement sur son visage.

Sunida le salua en souriant bravement.

« Alors, dit-il, tu es la fille qui vient de Nakhon ?
— Oui, mon Seigneur. »

Il referma la porte et poussa le verrou. Il aperçut la robe de jésuite pendue au mur et la décrocha.

« Ôte tes vêtements et passe ceci », ordonna-t-il en lui tendant la robe.

Sunida eut un regard inquiet : instinctivement elle était intimidée, voire effrayée, à l'idée de porter une tenue religieuse, surtout celle des prêtres farangs.

« J'ai dit : passe-la ! » Il parlait d'une voix dure aux inflexions menaçantes.

Il la regarda avec intérêt se dépouiller tout d'abord de l'écharpe qui recouvrait ses seins charmants, puis se tourner vers le mur pour dénouer les pans de son panung.

« Tourne-toi par ici », ordonna-t-il. Elle pivota vers lui d'un air gauche et enfila prestement la robe. Un moment, il la toisa du regard puis son sourire s'élargit. Elle était parfaite dans cette robe brune, ses longs doigts minces émergeant des manches et le contour de ses seins superbes nettement visible sous les plis de l'étoffe.

« Dénoue tes cheveux et resserre la ceinture », dit-il.

Elle défit son chignon et laissa ses lourds cheveux sombres ruisseler sur ses épaules. Puis elle resserra autour de sa taille la cordelière, ce qui fit ressortir les courbes de son corps.

Il la contemplait avec admiration. « Désormais, tu vas être un prêtre farang. » Il marqua un temps. « Voyez-vous, mon Père, je suis venu pour être baptisé. Et vous devez me préparer. »

Les effets conjugués de la chaleur et de la crainte faisaient perler des gouttes de sueur sur le front de Sunida. Elle se sentait le ventre et les reins moites. Levant les yeux vers Sorasak, elle vit la transpiration ruisseler sur la poitrine nue de l'homme, tandis que la lueur dansante des chandelles projetait des ombres sur son visage grimaçant. Pourquoi profanait-il la tenue des prêtres farangs ? Une angoisse superstitieuse l'étreignit, mais elle était en son pouvoir et elle jugea qu'à ce stade il était préférable de satisfaire ses caprices.

« Tu veux devenir chrétien, mon fils ? » demanda-t-elle. Elle ne savait pas trop quel rituel suivre et espérait que les dieux farangs lui pardonneraient.

« Oui, mon Père. Mon frère s'est converti l'an dernier. Dois-je me dévêtir maintenant pour que vous puissiez laver mon corps dans l'eau bénite ?

— Allonge-toi sur la natte là-bas. » Elle improvisa, désignant la partie de la pièce la plus proche de la porte. Mieux valait être près de la sortie, lui avait conseillé un jour Thepine. On ne savait jamais.

Sorasak ôta son panung et s'allongea sur la natte. Elle prit une serviette et la plongea dans la grande jarre d'eau posée dans la partie réservée au bain. Puis, avec les longs mouvements sensuels que Thepine lui avait enseignés, elle commença à baigner le corps de Sorasak. Il fallait absolument qu'elle garde le contrôle de cette brute, elle le savait. Elle remarqua que sa lance d'amour se dressait rapidement et qu'il avait maintenant les yeux fermés.

« Vous devez être un prêtre de haut rang, mon Père », observa-t-il tandis qu'elle continuait.

Sunida était horrifiée de voir à quel point il devait détester les prêtres farangs pour souiller ainsi leurs rites. Une fois de plus, elle implora le pardon de tous les dieux, les dieux farangs aussi bien que les siens.

« J'ai fait de nombreux convertis, mon fils, c'est vrai », ajouta-t-elle.

Il eut un sourire mauvais. « Mon frère m'a dit que votre saint livre parle du Paradis sur la terre et que c'est le devoir du prêtre de montrer ce que cela veut dire. Voudrez-vous m'initier, mon Père, quand je serai baptisé ? »

Sorasak était maintenant très excité, elle le voyait bien, et les veines de son cou de taureau étaient gonflées. À quel genre d'initiation pensait-il ?

« Bien sûr, répondit-elle nerveusement.

— Où est le vin, mon Père ? interrogea-t-il. L'avez-vous apporté ? »

Elle hésita.

« Vous avez de la chance, mon Père, car j'en ai. Dans le recoin, là-bas. » Il désigna une cruche posée sur une table basse. « Allez le chercher. »

Sunida se leva, manqua trébucher dans les plis de sa lourde robe et alla chercher la cruche, les narines pincées devant la forte odeur de l'alcool.

Il s'assit et but une gorgée. « Mon frère m'a dit que c'est le sang de notre Seigneur Dieu. Il faut que vous en buviez aussi, mon Père », fit-il en lui tendant la cruche.

Sunida était profondément choquée. Elle porta la cruche à ses lèvres, bien décidée à ne pas en avaler une goutte. C'était la religion de l'homme qu'elle aimait et elle refusait de participer à toute cette plaisanterie blasphématoire.

« Tu ne bois pas », dit-il en fronçant les sourcils.

Elle fit semblant de pencher la cruche et un filet de vin ruissela sur son menton.

Maintenant, il était en colère. « Quel genre de prêtre es-tu ? cria-t-il. Donne-moi cette robe ! Je vais te montrer. »

Il se leva et lui arracha son vêtement, puis lui ordonna de s'agenouiller nue devant lui. Il passa la robe et joignit les paumes de ses mains dans une attitude de prière. « C'est maintenant moi qui serai le prêtre et toi qui vas m'obéir, dit-il en se plantant devant elle. Regarde-moi.

— Oui, mon Père », répondit-elle en levant les yeux. Elle aperçut l'éclat d'une lame d'acier sur l'étagère derrière lui.

« As-tu jamais fait l'amour à l'un de nous, mon enfant ?

— Non, mon Père.

— Mais, j'en suis sûr, tu en as toujours eu envie. » Il eut une grimace de plaisir et un filet de sueur glissa le long de sa joue. « Tu vas avoir ta chance, mon enfant. Et pourtant, nous autres prêtres, sommes très convoités.

— J'attendrai mon tour, mon Père. »

Le regard de Sorasak se délectait du spectacle de ce corps tendu et voluptueux qui luisait dans la chaleur accablante de la pièce. Puis il s'agenouilla auprès d'elle.

« Prions, prononça-t-il en un fervent murmure. Prions que ton prêtre puisse te dévaster. »

Elle mesura la distance qui la séparait de l'étagère.

« Prenez-moi, balbutia-t-elle. Faites-moi l'amour.

— Plus fort! hurla-t-il. Et appelle-moi : mon Père.

— Violez-moi, mon Père, dit-elle d'une voix forte. Je vous en supplie. »

Sans lui laisser le temps de faire un mouvement, il bondit en avant, posa ses mains musclées autour de la taille délicate de Sunida, la souleva de terre et l'emporta jusqu'aux nattes posées par terre. Elle tressaillit au contact de ses mains calleuses. Il vit sa réaction et, furieux, rejeta brutalement son corps sur le sol. Elle tomba avec un bruit sourd et il entendit sa tête heurter le carrelage. Les yeux de Sunida se fermèrent et son corps resta inerte.

« Bon sang! » jura-t-il. Il s'agenouilla et lui passa brutalement les mains sur les seins. Puis il la gifla : pas de réaction. « Maudite soyez-vous aussi, Majesté, marmonna-t-il. Toujours le meilleur pour vous alors qu'à moi, votre fils unique, on n'accorde qu'une nuit avec une concubine à demi consciente. Puissiez-vous être bientôt morte, Majesté, pour que je puisse prendre la place qui me revient. Car alors j'aurai tout ce que je veux. Mais, en attendant, je vais prendre votre petite concubine, même si elle est inconsciente. »

Immobile, Sunida écoutait avec horreur ces paroles blasphématoires. Comment osait-on parler ainsi du Seigneur de la Vie? Elle ressentit une vague de colère quand le souffle brûlant de Sorasak lui caressa la peau et que ses mains robustes se mirent à explorer son corps. Elle était encore étourdie par sa chute mais cela ne suffisait pas à faire s'évanouir une danseuse aussi bien entraînée. Elle sentit les cuisses musclées la chevaucher. Il lui pinça les seins pour voir si elle faisait semblant, mais elle serra les dents et se força à feindre l'inconscience.

« Bon sang, répéta-t-il. Moi qui voulais que tu te souviennes de cette nuit. Je vais brûler les boutons de tes seins, petite renarde : ainsi, quand tu te réveilleras, tu garderas un souvenir de moi. »

Sorasak se leva pour aller chercher une chandelle dans le coin de la pièce. Sunida attendit qu'il eût le dos tourné, puis, avec toute la célérité dont elle était capable, elle bondit, sa main cherchant désespérément le poignard sur l'étagère. L'homme perçut le bruit et se retourna brusquement, la chandelle à la main. Sunida renonça à chercher plus longtemps et se précipita désespérément vers la porte, attrapant au passage son panung. Un instant, elle aperçut l'expression démente que trahissait le visage de Sorasak tandis que la chandelle tombait sur le sol et qu'il se précipitait à sa poursuite.

« Sorcière ! » cria-t-il en plongeant vers elle.

Elle sentit sa main lui saisir le pied et glisser pour se refermer sur son panung. Lui abandonnant ce reste de vêtement, Sunida parvint à la porte juste avant lui. Elle l'ouvrit toute grande et, complètement nue, se précipita tête baissée dans le couloir.

Elle courait sans savoir où elle allait. De tous côtés, des portes s'ouvraient et des esclaves stupéfaites, attirées par les clameurs de Sorasak, se couvraient le visage en l'apercevant. Sorasak hésita sur le seuil, se demandant s'il allait la suivre. Mais sa nudité et son orgueil blessé le contraignirent à refouler sa déception. Il claqua la porte derrière lui en jurant de se venger.

Sunida ne s'arrêta que lorsqu'elle fut devant les appartements de Thepine. Nue et épuisée, elle s'effondra dans les bras de sa maîtresse.

« Honorable Maîtresse, fit-elle, haletante, éloignez cet homme de moi. Que ce soit ma seule et unique épreuve. »

20

C'était le début de la matinée. En s'avançant sur la place du marché très animée, au centre de la ville, avec tous ses parasols de couleur qui mettaient marchands et produits à l'abri d'un soleil impitoyable, Phaulkon eut vraiment le sentiment d'approcher d'un but si précis qu'il en était presque tangible. Il pilotait maintenant le navire de sa vie, il était seul à la barre et savait quelle route il devait suivre. À lui maintenant de faire libérer ses amis prisonniers à Ligor, de travailler avec une obstination implacable pour se gagner les faveurs du Barcalon. Car le temps pressait : il ne restait plus que cinquante et un jours avant l'arrivée du navire de Sam. Mais, avec de la chance et de la persévérance, cela pourrait suffire.

À cette heure matinale, les femmes installaient leurs éventaires et, en se frayant un chemin au milieu de cette foule animée et bruyante, il sourit à ce spectacle qui lui réchauffait le cœur : il était sans cesse charmé par les paysannes du Siam. Avec leur visage souriant, leur bonheur apparent, elles vous donnaient le sentiment qu'il était merveilleux d'être en vie. Leurs mouvements étaient élégants et gracieux et elles possédaient une aisance que l'on ne retrouvait pas chez les paysannes d'Europe. Même les plus pauvres souriaient pour un rien et acceptaient généralement leur sort avec fierté et dignité. Peut-être cela tenait-il au climat constamment chaud, à l'abondance des fruits, du poisson et du riz, grâce auxquels les paysans siamois étaient en général mieux nourris que leurs homologues affamés d'Occident.

Les marchés regorgeaient de toutes sortes de produits, d'innombrables variétés de fruits et de légumes, de petits oiseaux que l'on considérait comme des mets délicats, de poissons séchés, de poissons d'eau douce, de riz, de poulets et d'œufs. L'air était imprégné des arômes d'une douzaine d'épices : poivre, gingembre, cannelle, girofle, ail et muscade.

Phaulkon s'avançait dans la foule, passant devant

des rangées de marchandes aux seins nus, accroupies sur leurs talons, qui tiraient sur de petites cigarettes rebondies. Leurs seins bien ronds étaient parfaitement proportionnés à leur physique plutôt svelte. Il savait que la peau des Siamoises se ridait assez tard avec l'âge : mais quand survenait la vieillesse, c'était d'une manière brutale, comme s'il n'y avait pas de barrière entre le long été de la jeunesse et le rude hiver de la décrépitude.

Il avait toujours aimé la place du marché et avait hâte d'aller rendre visite à Sri derrière son éventaire. Robuste et cordiale paysanne au large sourire et au rire contagieux, Sri vendait des fruits et des légumes au marché du matin : rien ne l'amusait plus qu'une bonne séance de marchandage. Phaulkon était fasciné par son existence apparemment sans complications.

Elle était occupée à griller des sauterelles, des fourmis et des châtaignes et à faire bouillir du riz dans une coquille de noix de coco. En voyant Phaulkon approcher, elle eut un large sourire, ce sourire toujours radieux des Siamois. Manifestement, elle était contente de sa visite.

« Très grande bienvenue à vous, Maître. Mais où étiez-vous ? Le marché du matin était triste sans vous. Comment avez-vous pu nous abandonner aussi longtemps ? Nous avions presque oublié à quoi ressemble un farang. »

Il était l'un des rares farangs à se rendre au marché, il le savait. Elle renouvela son sourire, exhibant une superbe rangée de dents que la continuelle mastication de noix de bétel coloraient de vermillon.

« J'étais en voyage, mère. Quelle autre raison aurait pu m'éloigner de toi ? » Il employait le terme affectueux de « mère » pour s'adresser à une femme qui tout à la fois était chère à son cœur et plus âgée que lui.

Elle leva au ciel ses bras dodus. « N'avons-nous pas des plats assez savoureux et des femmes assez jolies pour satisfaire vos appétits que vous deviez aller vagabonder sur des rives étrangères pour chercher votre bonheur ? Vous me semblez maigre et mal nourri.

Asseyez-vous, Maître, emplissez-vous l'estomac d'une nourriture convenable et laissez Sri vous ramener à la vie. »

Un peu partout, les éventaires se garnissaient rapidement. Mais rien ne ressemblait tout à fait au spectacle qu'offraient Sri et le beau farang. C'était devenu un numéro aussi apprécié qu'une séance de marionnettes locales.

« Bonne mère, je me suis précipité ici à peine débarqué du bateau. Est-ce que j'arrive à temps pour être sauvé ? »

Elle le considéra d'un regard dubitatif. « Je n'en suis pas sûre. Une chose pourtant est certaine : vous allez devoir acheter une grande quantité de mes produits pour vous refaire une santé. » D'un geste large, elle désigna tout son étal.

« Tu recommandes donc que je me nourrisse autant que possible de produits venant de chez toi ? »

Elle se pencha en avant et ses voisines tendirent l'oreille.

« L'expérience a montré que les patients se remettaient plus lentement quand ils utilisaient les produits d'autres éventaires et certains, m'a-t-on même assuré, dit-elle en baissant le ton, ne se sont jamais vraiment remis. »

Phaulkon prit l'air soucieux qui convenait. « Alors, réserve-moi la totalité de ton éventaire.

— Pour combien de semaines, Maître ? Il va falloir que je pose une pancarte. »

Des rires étouffés fusèrent alentour.

« Pour un jour, mère, ou pour aussi longtemps que je puis me permettre tes prix. Ce qui des deux durera le plus.

— Tenez, prenez donc ça pour commencer. C'est gratuit. » Elle lui tendit une châtaigne grillée sur un petit plateau composé d'une feuille de banane et eut un soupir satisfait. « C'est bon de vous voir de retour, Maître. Vous nous avez manqué, vous savez. Mais j'imagine que vous n'avez même pas eu une pensée pour nous. Vous autres hommes, vous êtes tous les mêmes. Bon, qu'allez-vous vraiment acheter ce matin ? Pour vous, rien que ce qu'il y a de meilleur, et à des prix suffisamment bas pour ruiner une pauvre marchande. » Elle fit un effort pour paraître accablée.

« Je ne suis pas venu chercher de la nourriture mais plutôt une faveur », dit Phaulkon avec un large sourire.

Une fois de plus, elle leva les bras au ciel. « Oh, le Seigneur Bouddha nous protège de ces insatiables farangs ! Notre population féminine n'est plus à l'abri. Elle n'est pas non plus assez nombreuse pour satisfaire leurs désirs. » Elle éclata d'un rire gras.

C'était une pointe visant les esclaves de Phaulkon : c'était Sri qui les avait trouvées. Naturellement, elle avait un peu gonflé le prix et prélevé un petit quelque chose pour elle, mais il était normal de prendre une modeste commission sur ce type de transaction, d'autant plus que les filles s'étaient révélées honnêtes et travailleuses.

Phaulkon éclata de rire à son tour. « Non, non, mère, grâce à toi, je suis bien pourvu de ce côté-là. Je suis venu plutôt puiser à l'intarissable fontaine de ta connaissance. »

Il écarta les bras pour montrer l'immensité de sa sagesse et elle le considéra d'un air soupçonneux.

« Le maître se moque de moi. Que pourrait bien enseigner une simple femme comme moi à un seigneur ayant une telle expérience ? Et d'ailleurs, je suis trop vieille pour ce genre de choses », ajouta-t-elle dans un grand rire.

Aux éventaires voisins, on avait renoncé maintenant à simuler la discrétion : ses voisines firent chorus. Phaulkon se mit à rire lui aussi. Il la trouvait d'une compagnie plus plaisante que la plupart des Européens qu'il connaissait. Elle avait été la gouvernante de George White et, avant de partir pour l'Angleterre, George lui avait procuré ce petit éventaire au marché. Il avait demandé à Phaulkon d'aller voir de temps en temps comment se portaient ses affaires : ce qui avait débuté comme un simple geste de courtoisie à l'égard de George avait fini par se transformer en une véritable amitié.

Sri avait une mémoire prodigieuse des faits et des chiffres, vaste fonds dans lequel il voulait puiser maintenant. Il baissa la voix.

« Mère, imaginons que je sois un riche mandarin et toi une honnête vendeuse. Supposons que j'aie donné un grand banquet chaque semaine de l'année dernière et que tu m'aies fait payer un prix honnête pour chaque article...

— Vous voulez dire, précisa-t-elle en l'interrompant, que je vous aurais consenti ces mêmes prix équitables qui font aujourd'hui de moi une pauvresse ? »

Phaulkon ricana. « Exactement, mère : si vous m'aviez demandé ces mêmes prix ruineux, quelles sommes cela représenterait-il pour le riz, le poisson, le poulet, les légumes, le porc, les fruits et les épices ? Peux-tu m'indiquer le coût, article par article, pour l'année dernière ? »

Elle lui lança de nouveau un regard méfiant. « Je pourrais le faire, Maître, mais si vous me jouez un tour afin que je vous applique les prix de l'an dernier pour ce que vous achetez aujourd'hui...

— Je te promets que non, mère, fit Phaulkon en riant. Mais si tu me fais une liste précise, semaine par semaine, en te souvenant des hauts et des bas du marché, je t'en serai si reconnaissant que je te laisserai me réclamer les prix de l'an prochain pour tout ce que je t'achèterai cette semaine.

— Maître, les astrologues prédisent de très mauvaises récoltes pour l'an prochain, et cela aura un effet immédiat sur les prix... »

Il sourit. « J'accepterai le coût d'une mauvaise récolte, mère, si tu me donnes ma liste demain. Je suis pressé.

— Pressé, pressé... Vous autres farangs, vous êtes toujours pressés ! » Elle le regarda de ses grands yeux pétillants de malice et son regard s'arrêta sur les poils qui émergeaient du col de sa blouse. « Regardez-vous un peu. Même vos poils sont pressés de pousser. Savez-vous qu'il faut parfois toute une vie à un Siamois pour avoir juste un poil ? Parce que, lui, il n'est pas pressé. » Cette remarque déclencha des fous rires ravis dans les éventaires voisins.

Phaulkon ne voulait pas être en reste. « Ah, mais ne préférerais-tu pas avoir toute une forêt plutôt qu'un seul arbre ? demanda-t-il, en ouvrant sa chemise pour lui montrer plus de poils.

— Pas quand ils portent ce genre de fruits », répliqua-t-elle en plissant le nez. Ses voisines éclatèrent de rire.

Elle attendit que l'agitation se fût calmée. « Mais le maître est sérieux quand il parle de cette liste ? questionna-t-elle prudemment.

— Je n'ai jamais été plus sérieux, mère. Et inutile de parler au monde entier de ma demande. Cela doit rester strictement entre nous — nous et les éventaires voisins, bien entendu. Tu comprends ?

— Comme le maître voudra. Mais il faudra que la liste soit dans ma tête, car je ne sais pas écrire. Et je devrai peut-être demander à d'autres marchandes les prix de certains produits dont je ne fais pas commerce. Mais ne vous inquiétez pas, je sais à qui faire confiance, Maître.

— C'est très bien, dès l'instant que tu ne leur expliques pas pourquoi.

— J'ignore vos raisons, Maître, vous ne risquez donc rien. Et jamais elles ne devineront à qui je destine cette liste. Comme s'il y avait tant de farangs qui venaient ici chaque jour me soumettre les mêmes requêtes !

— Très bien, mère, fit Phaulkon en riant. Laisse travailler leur imagination.

— Je ne dirai rien, même si elles meurent de curiosité et qu'il me faille assister à leur crémation », promit Sri. Elle plissa le front. « Et même si cela veut dire que je ne dormirai pas cette nuit, demain à la même heure j'aurai la liste complète. »

Phaulkon leva les yeux vers le soleil.

« Alors, mère, je reviendrai à cette heure-ci. Et merci. Tes bonnes actions te vaudront d'être récompensée dans ta prochaine vie.

— Je mérite de me réincarner sous les traits d'une princesse et d'épouser un beau farang.

— Je t'en chercherai un, dit Phaulkon. En attendant, ceci est pour toi. »

Il tira de sa bourse un paquet qu'il lui tendit. C'était une boîte de bonbons à la cannelle, une confiserie du Sud qu'il avait rapportée pour elle. Visiblement ravie, elle s'assura que toutes ses voisines avaient été témoins de son geste. En partant, il l'entendit déplorer à voix haute le concours de circonstances qui avait permis qu'un si galant homme fût né farang, du mauvais côté de l'océan.

Phaulkon était assis à son nouveau lieu de travail. On ne pouvait guère parler de bureau : seulement une petite pièce nue aux murs de planches, un sol en terre battue et un trou en guise de fenêtre. On l'avait installé à l'écart de l'activité normale du ministère du Commerce, preuve du caractère confidentiel de sa mission. Il avait demandé une chaise pour s'asseoir et une table pour écrire et, par égard pour d'aussi étranges coutumes farangs, on avait déniché les deux articles dans un vieil entrepôt où des objets jetés au rebut, pour la plupart cadeaux des Jésuites, s'entassaient sous une couche de poussière. Les Siamois, eux, s'accroupissaient sur le sol pour écrire.

On l'avait mis au travail au ministère du Commerce et du Trésor, sans doute en raison de ses talents de comptable. On lui avait demandé de dresser un inventaire des possessions du roi dans les entrepôts royaux et d'examiner la masse des factures présentées au Trésor par les Maures pour les réceptions. Chaque fois qu'une grande ambassade asiatique se rendait au Siam, Sa Majesté, suivant une tradition séculaire, recevait somptueusement ses visiteurs, sans regarder à la dépense. En vertu d'une tout aussi longue tradition, c'étaient les Maures qui étaient chargés d'organiser les fêtes et les banquets.

Aiguillonné par sa formidable ambition et aidé par une prodigieuse mémoire des détails, Phaulkon se mit à l'ouvrage avec une détermination digne du Jésuite le plus dévot plongé dans la tâche qu'on lui avait assignée. Refusant toutes les invitations, travaillant jusqu'à une heure avancée de la nuit, il tria des monceaux de paperasses, classant les factures par ordre chronologique et transposant les dates musulmanes selon les données du calendrier bouddhique. Il nota les prix de tous les articles qui revenaient fréquemment dans les factures et commença par les comparer. Puis il pointa leurs dates d'achat et put établir une comparaison avec les chiffres qu'il avait appris par cœur.

Il terminait alors sa quatrième semaine de travail. Entre-temps, il s'était rendu à deux reprises au marché, sachant très bien qu'on le suivait. Chaque fois, un nouveau fonctionnaire du ministère s'introduisait dans le marché, non loin de lui, et faisait mine de flâner autour des éventaires qui entouraient celui de Sri. D'autres le suivaient chez lui le soir et, quand il partait le matin pour son travail, il y avait toujours une silhouette rôdant dans l'allée devant sa maison. Phaulkon avait l'impression que ceux qui le filaient ne se donnaient pas grand mal pour dissimuler leurs intentions : peut-être le ministère voulait-il simplement lui faire savoir que l'on observait tous ses mouvements.

Sri ne l'avait pas déçu. Comme promis, elle lui avait fourni une liste détaillée des prix des denrées, avec les nombreuses fluctuations survenues au cours de l'année précédente. Armé d'une plume d'oie et de papier de riz, il avait passé de longs moments auprès d'elle, à noter chaque chiffre qu'elle avait dicté. Puis, après son travail, il était rentré chez lui et avait appris la liste par cœur. Ce serait plus impressionnant, le moment venu, de communiquer les chiffres au Barcalon sans avoir à consulter ses notes.

L'angoisse du temps qui passait et la pensée de ses compagnons toujours détenus à Ligor commençaient à lui porter sérieusement sur les nerfs. Il ne restait guère qu'un peu plus d'un mois avant le rendez-vous avec Sam White à Mergui. Il dormait mal, obsédé à l'idée de toutes les erreurs qui pouvaient se cacher dans la paperasserie des comptes.

Phaulkon contemplait la montagne de documents qui s'entassaient sur son bureau. C'était la vingt-septième pile de papiers qu'il avait laborieusement triée en autant de jours : et sans résultat. Il semblait n'y avoir aucune erreur grave dans les comptes. Il dénoua le cordon qui maintenait ensemble le tas de factures et, avec plus d'obstination que d'espoir, s'attaqua à une nouvelle liasse.

Puis il sursauta. Il relut les chiffres, en priant le Ciel de n'être pas simplement surmené. Mais non : les totaux ne correspondaient pas. Il remarqua alors une petite annotation dans la marge d'une facture. Elle était à peine lisible, suffisamment toutefois pour prouver qu'elle était rédigée en malais et non en siamois. Même si Phaulkon écrivait et parlait couramment le malais, les caractères étaient trop effacés pour qu'il pût les déchiffrer. Cette annotation se trouvait presque en face des chiffres qui ne concordaient pas. Poussé par un espoir fébrile, il parcourut le reste du paquet et en ouvrit un autre. Il lui fallut plusieurs heures avant de découvrir une nouvelle erreur : dans la marge, en face du chiffre erroné, on pouvait lire les mêmes annotations.

Un frisson le parcourut comme il n'en n'avait pas ressenti depuis le jour où George l'avait pris par les épaules et lui avait dit en désignant les eaux grises de la Manche : « La semaine prochaine, mon garçon, nous appareillons pour l'Asie. »

L'erreur suivante qu'il découvrit le déconcerta. Au premier abord, la somme facturée pour les mangues ne semblait pas déraisonnable. C'était un fruit qu'il aimait et il en avait maintes fois relevé les prix sur le marché. Ce fut la date qui arrêta son regard : 12 décembre. Des mangues en décembre ? C'était un fruit d'été qui mûrissait à la saison chaude et, à sa connaissance, on n'en trouvait jamais en décembre. Il retournerait dès le lendemain au marché s'en assurer auprès de Sri.

Après cette première découverte, tout s'enchaîna, mais non sans efforts. Six jours plus tard, à force de travailler chaque nuit à la lueur d'une chandelle,

Phaulkon avait réuni suffisamment de matériel pour pouvoir sans hésitation incriminer les Maures. Il rassembla méticuleusement les preuves et se prépara à les soumettre au Barcalon lors de leur prochaine rencontre bihebdomadaire, dans deux jours. Cela lui laisserait assez de temps pour s'assurer du prix des mangues. Il ne pouvait pas se permettre la moindre erreur dans ses accusations.

Il était près de midi et le soleil était brûlant. Sur le marché, même si les marchandes étaient assises à l'ombre de leur parasol coloré, l'air alentour était lourd d'une humidité qui détrempait leur panung et minait leur énergie. Bouddha soit loué : c'était l'heure de remballer la marchandise et de rentrer se reposer jusqu'au soir, songea Sri, avec reconnaissance. On était déjà à la mi-février : les journées devenaient de plus en plus accablantes. Il y aurait encore trois ou quatre mois de ce régime avant que les pluies ne viennent dissiper la lourdeur du climat et remplir les réservoirs. Du moins y avait-il des compensations, se dit Sri, car bientôt, au plus fort de cette période étouffante, la terre allait donner une profusion de fruits : les délicieuses mangoustes, les ramboutans, les mangues et les litchis du Nord ; les ventes allaient chaque jour doubler à son petit éventaire.

Elle rassembla dans un panier ce qu'elle n'avait pas vendu, sourit à ses voisines et se dirigea vers la rivière. Là, elle détacha l'amarre de sa petite pirogue et s'accroupit à l'arrière. Tenant la pagaie à deux mains, elle partit en longeant la rive. Avec un peu de chance, se dit-elle, elle vendrait sur le chemin du retour une partie des légumes qui lui restaient.

Abordant le tournant d'où elle allait apercevoir sa petite maison sur pilotis, elle cessa de pagayer, surprise. Son cœur se mit à battre plus fort. Était-ce son imagination ? Depuis trois ou quatre semaines, depuis que ce charmant farang était venu lui rendre visite au marché, elle avait remarqué des étrangers qui rôdaient autour de son étal. Jamais ils ne lui demandaient le prix d'un produit et aucune des autres marchandes ne les avait aperçus auparavant. Ce n'étaient assurément pas des habitués des marchés. Et voilà qu'une étrange embarcation était amarrée juste devant sa maison. Contrairement aux bateaux de ses amis, celui-ci était long et possédait une magnifique proue comme un col de cygne. Ce n'était pas le genre de ceux que l'on voyait dans les parages. Deux hommes étaient à bord.

« Quelle est la maison de Sri, la marchande ? » entendit-elle dire l'un d'eux. Elle se figea. Ils la cherchaient bel et bien ! D'instinct, elle sut qu'il s'agissait des mêmes hommes qu'elle avait vus faire semblant de flâner au marché. Elle se sentit mal à l'aise.

Elle approcha prudemment : elle n'aimait pas le ton de leur voix, pas plus que leur aspect. Quelque chose dans leur attitude lui dit qu'ils travaillaient pour le gouvernement. Or elle n'aimait pas les fonctionnaires : ils se mêlaient des affaires des gens et réclamaient des pots-de-vin. Sa première impulsion fut de faire demi-tour et d'aller se cacher jusqu'à leur départ, mais cela ne manquerait pas d'attirer l'attention. Ils croiraient peut-être qu'elle était coupable de quelque chose. Elle se creusa la cervelle pour chercher quelle faute elle avait pu commettre, mais rien ne lui vint. Rassemblant son courage, elle amena son petit canot là où elle le rangeait d'habitude, au pied de l'un des piliers qui soutenaient la maison.

« Vos Excellences recherchent Sri, la marchande ? demanda-t-elle d'un ton guilleret pour masquer sa crainte. Je suis ici, votre esclave. » Elle amarra sa pirogue et les salua poliment. « Vos Seigneuries cherchent-elles à obtenir un prix spécial avant l'ouverture du marché demain ? » interrogea-t-elle avec un petit rire nerveux. D'après leur aspect austère et leur mine suffisante, elle était maintenant persuadée qu'il s'agissait bien de fonctionnaires. Même leurs chemises de mousseline blanche semblaient déplacées : ces hommes auraient eu un air plus naturel revêtus des chemises rouges des gardes du palais. Elle frémit.

« C'est exactement ce dont nous sommes venus te

parler », répondit le plus sévère des deux, manifestement le supérieur. Il avait une grosse verrue à l'extrémité du nez comme si une mouche bien nourrie y était posée en permanence. En toute autre circonstance, elle aurait trouvé ce spectacle amusant. Son compagnon était maigre, petit et effacé.

« Si la pauvreté de mon humble demeure ne vous dérange pas, mes Seigneurs, je vous accueillerai bien volontiers. »

Sri remarqua ses voisins qui semblaient vaquer à leurs occupations comme s'il n'y avait rien d'anormal : mais, on ne sait pourquoi, toutes les portes restaient ouvertes et chacune de ses voisines avait découvert un urgent besoin de balayer son balcon. Des hommes vêtus de fines chemises de mousseline étaient un spectacle assez rare dans cette modeste communauté. L'un d'eux était même chaussé de mules brodées.

« Nous sommes venus négocier une commande spéciale pour un grand personnage. » L'homme sévère, l'homme à la verrue et aux babouches brodées, avait repris la parole d'une voix assez forte pour être entendu de tout le voisinage. « Pour des raisons que je ne suis pas en mesure de révéler, notre maître souhaite que son achat reste anonyme. »

Sri s'accroupit, elle grimpa presque en rampant les marches qui menaient de l'eau jusqu'à sa porte d'entrée. Les murs et la porte de sa maison étaient en bambou tressé. Les six fenêtres étaient maintenues ouvertes par des bâtons glissés dans une rainure sur la partie inférieure. Elle franchit le seuil, consciente hélas de la simplicité du décor où elle vivait : une cruche en terre cuite pour la toilette, une natte en feuilles de bambou en guise de lit, un paravent de bambou pour dissimuler sa modeste réserve de panungs, tout cela dans une seule pièce.

À peine étaient-ils à l'intérieur que le plus âgé des deux hommes tira de sa bourse un sceau en or et fit signe à Sri de garder le silence : geste superflu car elle était sans voix. Un frisson la parcourut quand elle reconnut l'emblème royal. Bouddha miséricordieux, ses craintes se confirmaient. C'étaient des fonctionnaires du palais ! Elle se prosterna spontanément tandis que l'homme prenait la parole.

« Ce que je m'en vais te dire est strictement confidentiel, annonça-t-il d'une voix assourdie. Et si jamais tu révèles à qui que ce soit un mot de cette conversation, cela te vaudra le châtiment le plus sévère, sur ordre de Sa Majesté le roi. »

Un bref moment, Sri se demanda si elle ne rêvait pas. Mais, du coin de l'œil, elle vit les deux hommes se prosterner en mentionnant le Seigneur de la Vie. Non, elle ne rêvait pas. Mais comment le chemin du Maître de la Vie et celui d'une simple marchande pouvaient-ils se croiser ? Ces choses-là n'arrivaient que dans les fables.

« Alors, c'est bien compris ? » La voix de l'autre individu, le subalterne, qui parlait pour la première fois, vint interrompre le cours de ses pensées. C'était une voix plutôt humble : comme si l'homme était surpris de s'entendre parler.

« Mes Seigneurs, vous pouvez être assurés que si jamais quelque chose de cette conversation était divulgué, ce ne serait pas par mes lèvres.

— Tu connais un certain Constantin Phaulkon, un farang, n'est-ce pas ? reprit le premier des deux hommes d'un ton plus amène qu'auparavant.

— En effet, mon Seigneur. Il vient de temps en temps au marché acheter des produits de mon éventaire.

— Et, me semble-t-il, tu lui as procuré des esclaves par le passé ? »

Sri se mit à trembler. Oh, Seigneur Bouddha, existait-il une loi interdisant de fournir des filles aux farangs ?

« Oh... fit-elle d'un ton hésitant, je n'ai pas vraiment...

— C'est sans importance. Il n'y avait pas de mal à cela. Bien au contraire, nous voulons que tu recommences. »

L'aîné des deux hommes fit signe à son assistant, qui tira de sa chemise un petit paquet pour le dérouler sur le sol aux pieds de Sri. C'était un magnifique batik imprimé du Sud, avec un motif à losanges verts et marron : cela ressemblait plutôt à un sarong malais qu'à un panung, et ce n'était assurément pas le genre de vêtement qu'elle ou ses amies pourraient porter.

« Avec les compliments du Palais, déclara le premier homme. Tu le mettras demain au marché. Si l'on te demande où tu l'as obtenu, tu répondras que c'est un cadeau d'une cousine du Sud. Une fille viendra te voir demain à ton éventaire. Elle te reconnaîtra à ce sarong. Elle s'attardera en examinant ta marchandise. Tu engageras la conversation avec elle, en éveillant suffisamment son intérêt pour l'inciter à rester en ta compagnie. Il faut que cela paraisse naturel. Ta réputation de conteuse est bien connue, Sri : tu ne devrais donc avoir aucun mal à convaincre tes voisines que cette rencontre relève d'un pur hasard. » Il s'interrompit. « Vois-tu, nous nous sommes renseignés sur ton compte. » Il sourit pour la première fois. « À ce qu'on dit, tu parviendrais à vendre une robe safran à un prêtre chrétien. »

Les deux hommes se mirent à rire, et même Sri en fut quelque peu amusée. C'était assurément un hommage à ses talents de persuasion que de laisser entendre qu'elle pourrait amener un prêtre farang à revêtir les robes jaunes des bouddhistes. Rassurée par le compliment du fonctionnaire, elle retrouva quelque courage en même temps que l'envie de tirer le meilleur parti de cette situation inattendue.

« Combien de jours faudra-t-il que je porte ce batik, mes Seigneurs ? Les gens commenceront à jaser sur l'état de mes affaires si l'on me voit chaque jour avec les mêmes vêtements. »

Le plus âgé des deux éclata de rire. « C'est bien vrai ce que l'on dit d'elle », fit-il en se tournant vers son assistant. L'autre renchérit aussitôt.

Le chef reprit son air sévère. « Le farang nommé Phaulkon rendra certainement visite à ton éventaire dans les jours qui viennent et rencontrera par hasard la fille. Tu l'encourageras — si jamais un tel encouragement se révélait nécessaire — à l'accueillir dans sa maison à titre permanent. Bien sûr, tu le feras comme en passant, et non pas comme si tu en avais reçu l'instruction. »

Sri plissa le front d'un air soucieux. « Mais à supposer qu'elle ne lui plaise pas ? Je connais ce farang : il sait ce qu'il veut.

— La fille a été soigneusement choisie pour que ce problème ne se pose pas. Laisse-là faire. D'ailleurs, ils se connaissent déjà.

— Ils se connaissent ? Alors pourquoi avez-vous besoin que je m'en mêle ? interrogea Sri, surprise.

— Parce que tu vas être notre intermédiaire.

— Votre quoi, mes Seigneurs ? » Le mot ne lui était pas familier.

« Tu nous rapporteras tous les renseignements que cette fille te donnera. Régulièrement. Tu vas devenir son amie et elle viendra souvent te rendre visite au marché. Son nom est Sunida. Nous viendrons te voir ici, chez toi, pour apprendre ce qu'elle t'a dit. »

Oh, Seigneur Bouddha, soupira Sri. Elle n'avait pas fini de les voir, ces deux-là. Des fonctionnaires du palais, des espions, des concubines ! Comme sa vie soudain devenait compliquée ! Elle ressentit en elle un étrange picotement. Il était difficile de savoir s'il était dû à l'excitation ou à la crainte. Était-ce l'idée qu'elle allait peut-être tirer quelque chose de toute cette affaire ? Mais, au-delà de cette pensée, il y avait comme une tristesse, un regret à l'idée de devoir livrer un rapport sur les activités de son farang préféré, celui qui lui rappelait monsieur George, le maître qu'elle avait aimé. C'était un brave homme, ce monsieur Constant, et elle avait beaucoup d'affection pour lui. Dans quel genre d'ennuis cet imprudent était-il tombé pour mériter un tel sort ? se demanda-t-elle.

La voix autoritaire du plus âgé des fonctionnaires vint interrompre le fil de ses pensées.

« En aucun cas le farang ne doit se douter de ton rôle, ni de celui de la fille. Elle-même ne connaît pas encore le nom de l'homme à qui elle est destinée, ni qu'il s'agit d'un farang. Je t'ai déjà indiqué quelles seraient les conséquences d'une trahison de ta part. Et rappelle-toi que tu as été choisie par le Seigneur de la Vie lui-même pour cette mission d'une extrême importance. Je n'ai guère besoin d'insister sur l'honneur qui t'est fait. » Il s'interrompit et toussota d'un air important. « Rares sont les marchandes, pourrais-je ajouter, à qui l'occasion est donnée de travailler pour la plus grande gloire du Siam. »

En entendant ces paroles, Sri s'aplatit encore davantage contre le plancher et, de nouveau, un frisson la parcourut. Toute idée de regret disparut. Après tout, songea-t-elle, il ne pouvait y avoir plus belle vocation en ce monde que d'être au service du Seigneur de la Vie, le descendant des dieux.

Sunida se dirigeait vers le marché, escortée d'un garde du palais incognito, en tenue civile. Ayuthia ! C'était la première fois qu'elle franchissait en plein jour la double enceinte de brique du palais. Il faisait nuit quand elle était arrivée il y avait fort longtemps, lui semblait-il maintenant. Depuis lors, elle avait vécu une vie si différente. Elle regardait autour d'elle, impressionnée. Quel étrange et merveilleux spectacle ! À gauche, près du bord de la rivière, elle aperçut les grands bâtiments qui abritaient les cinq cents barques royales étincelantes. Sur la droite, la gigantesque digue qui permettait aux gens de traverser le grand fleuve sans avoir à utiliser de bateau. Elle fit presque un tour sur elle-même pour suivre des yeux une caravane de chameaux qui cheminait le long des berges d'un canal. Quelle beauté dans ces avenues bordées d'arbres, ces ponts en dos d'âne qui enjambaient les canaux, ces vastes places qui parsemaient la ville ! Comme ses habitants paraissaient exotiques : les Tonkinois avec leurs longues robes, les Cochinchinois à la peau claire, les fiers Cambodgiens, les Macassars enturbannés et les femmes sculpturales des royaumes vassaux du Nord, ceux de Nanchao et du Laos. Maintenant ces nations ne lui semblaient plus aussi lointaines, ni aussi inaccessibles. Le garde la réprimanda doucement, en l'avertissant qu'elle attirait par trop l'attention; elle reprit alors docilement sa marche, les yeux remplis de tout ce déploiement de couleurs.

Elle était vêtue d'un magnifique panung turquoise avec une écharpe assortie nonchalamment drapée sur ses seins et ses épaules et, comme le reste de la population, elle marchait pieds nus. Ses cheveux, huilés et parfumés selon la mode, étaient relevés sur sa tête en un chignon impeccable. Elle aussi, comme les beautés nordiques du Nanchao et du Laos, était grande et mince, et le mois qu'elle avait passé à suivre les leçons de Thepine lui avait fait prendre conscience de son corps. Elle avait un déhanchement séduisant : elle remarqua avec un mélange d'orgueil et de modestie que nombre des passants se retournaient avec admiration sur son passage.

Comme tout cela était à la fois excitant et terrifiant, songea-t-elle. Depuis cette horrible rencontre avec Sorasak, son optimisme naturel lui disait que le pire était passé et qu'elle ne revivrait pas pareil cauchemar. Son Honorable Maîtresse lui avait assuré que l'abominable créature avait maintes fois réclamé de ses nouvelles mais que Sa Majesté avait strictement interdit toute autre entrevue. On avait d'ailleurs posté des eunuques devant la porte de la chambre où elle résidait, avec ordre d'alerter aussitôt les pages en cas d'événement fâcheux. Non, se dit-elle, le pire était passé. Elle pouvait s'attendre maintenant à des jours plus heureux. Elle se demanda de nouveau, comme elle l'avait fait cent fois déjà, qui était l'homme auquel on la destinait et si elle trouverait l'occasion de revoir Phaulkon. L'image du beau farang ne cessait de hanter son esprit.

Dans une semaine elle rencontrerait cet homme, lui avait enfin annoncé le matin même sa maîtresse. Toute une semaine encore à se poser des questions ! Qu'importe, elle savait qu'elle devrait le servir, pénétrer jusqu'au tréfonds de son cœur, seule manière qui lui permettrait de s'acquitter pleinement de ses devoirs envers le Seigneur de la Vie. Évidemment, ce serait plus facile s'il était jeune et beau comme son farang ! Elle se reprocha de cultiver de telles pensées.

Le physique de cet homme ne comptait pas : son devoir à elle était de l'espionner, voilà tout.

Elle s'engageait dans une large rue bordée d'arbres, pavée de briques et où des rangées d'échoppes s'alignaient de part et d'autre. Des douzaines d'artisans étaient là : sculpteurs sur bois, joailliers, ébénistes, façonneurs de bronze, maçons, doreurs, bijoutiers et peintres. Jamais Sunida n'avait vu de telles foules se pressant aux alentours des boutiques, examinant les denrées, criant, marchandant, discutant et refusant ce qu'on leur proposait.

Le garde désigna sur la gauche une arche de brique qui donnait accès à la grande place du marché. Puis il prit congé, lui rappelant d'être de retour avant le coucher du soleil. La marchande qu'elle rencontrerait avait pour mission de la raccompagner jusqu'aux portes du palais.

Le garde s'éloigna et Sunida se retrouva seule pour la première fois, ballottée dans la foule qui s'avançait parmi les éventaires, seule en train de chercher une femme portant un sarong du Sud, une femme inconnue qui lui donnerait d'autres instructions. Le cœur battant, elle s'attarda un moment devant l'un des petits murs de brique qui entouraient la place. Elle se sentait terriblement abandonnée et contemplait par-dessus le muret l'agitation de cette foule anonyme. Une vague de nostalgie la submergea et elle se sentit soudain au bord des larmes. Comme elle regrettait sa petite chambre et les heures passées chaque jour à danser, ses amies de la troupe, son oncle, et même le visage familier du Palat. Si seulement Phaulkon était ici pour la guider !

Des images de son enfance lui revinrent, ainsi qu'un souvenir confus du sentiment d'abandon qu'elle avait éprouvé lors de la brusque disparition de sa mère. L'affection de son oncle avait paru redoubler, les courtisans avaient rivalisé d'attentions à son égard, mais elle avait horreur de l'idée qu'on pouvait la plaindre. Quand, un jour, elle avait vu des enfants du village se détourner d'elle en se chuchotant à l'oreille « C'est la nièce du gouverneur, celle dont la mère s'est enfuie », elle était allée se cacher derrière un arbre et avait pleuré des heures durant.

À ce pénible souvenir, les larmes lui montèrent aux yeux et elle se rendit compte que les gens la regardaient d'un air bizarre. Une vieille femme s'approcha charitablement et lui demanda si elle se sentait bien. Elle eut un sourire penaud, comprenant à quel point elle devait avoir l'air désemparé, et elle s'obligea à se concentrer sur ce qu'elle devait faire. Elle s'enfonça dans la foule : au prix d'un effort, elle repoussa le monde qu'elle avait connu et se dirigea d'un pas résolu vers un univers nouveau. Bientôt, la stupéfiante variété des produits — dont elle n'avait même jamais vu certains — parvint à la distraire. Ouvrant de grands yeux, elle déambula dans les allées, fascinée par cet assortiment de fruits et de légumes, de poissons et de volailles, d'épices et de gâteaux. Son attention fut attirée par un petit groupe se pressant autour d'un des éventaires où l'on marchandait avec animation. C'était surtout la marchande, une femme dodue et expansive, qui attirait l'attention, mais la cliente, petite créature frêle comme un oiseau avec une voix perçante, lui tenait tête avec brio. Sunida s'approcha pour écouter avec un ravissement enfantin cette pittoresque confrontation.

« Tu ne pourrais pas trouver meilleure occasion dans toute la Chine, disait la marchande en brandissant un concombre de belle taille.

— Ça me coûterait sans doute moins cher d'aller jusque là-bas pour en acheter, lança la cliente de sa voix criarde.

— Pas au prix des transports de nos jours, répliqua la commerçante, provoquant un rire général.

— Si c'est ton dernier prix, tu ferais mieux de me donner aujourd'hui un demi-concombre : je ferai des économies pour acheter l'autre l'année prochaine.

— Comme tu voudras, mais l'autre moitié aura sans doute doublé de prix d'ici-là. »

Sunida riait avec les autres spectateurs quand elle remarqua la couleur du sarong de la marchande : brun et vert avec un motif du Sud. Elle se demandait quel serait le meilleur moyen de se faire reconnaître lorsque, à sa consternation, la marchande se tourna vers elle. « Toi, jeune dame, tu m'as l'air d'une personne au jugement sain. Pour un demi-tical, ce concombre n'est-il pas une véritable offrande ? »

Les offrandes, bien sûr, étaient gratuites.

La foule se tourna vers Sunida. Toute confuse, elle se mit à balbutier.

« Vous voyez, cria Sri, elle a perdu sa langue devant un prix aussi insignifiant. » La foule, ravie, s'exclama tandis que le sang montait aux joues de la jeune fille.

Bientôt, et à la grande surprise de Sunida, la cliente obtint un meilleur prix qu'elle ne l'espérait : Sri avait deviné l'identité de Sunida et souhaitait mettre rapidement un terme au marchandage.

La foule se dispersa et Sri fit signe à Sunida. « Approche, mon enfant. Est-ce que je t'ai fait peur ? » Elle baissa le ton. « Je ne t'ai pas reconnue tout de suite, mais je t'attendais. Mon nom est Sri. Mais tu peux m'appeler comme tu voudras, ajouta-t-elle en souriant.

— Merci, Pi Sri.

— Je sais tout sur toi : alors, tu peux être très franche avec moi, mon enfant. Tu n'as qu'à inspecter mon éventaire et essaie d'avoir l'air naturel. Nous devons faire comme si nous nous rencontrions par hasard.

— Alors, c'est votre éventaire ? demanda Sunida en prenant une botte de gros radis.

— Mais oui, c'est un farang qui me l'a acheté. »

Sunida prit un air songeur. « Pourquoi ? Il vous aimait ? »

Sri fut surprise d'entendre une question aussi directe. « Oui, je crois, fit-elle en riant. Il était si vieux qu'il me considérait comme une jeune fille. C'était très flatteur. »

Sunida se mit à rire. « Vous êtes très drôle, Pi Sri. Puis-je m'asseoir à côté de vous ? Tout ce monde me donne le vertige. Mais où est votre farang maintenant ? » interrogea-t-elle. Elle ne pensait qu'à Phaulkon.

« Il est rentré dans son pays. C'est ce qu'ils finissent tous par faire. Tiens, bois un peu de thé chaud. Cinq ou six bonnes tasses, c'est le meilleur remède que je connaisse contre la migraine. Il faut que la transpiration la chasse.

— Merci, Pi Sri. » Elle marqua un temps. « Connaissez-vous l'homme auquel je suis destinée ? » demanda-t-elle d'un ton anxieux.

Sri s'éclaircit la voix. « Non, mais on m'a dit qu'il se fera connaître à nous d'ici une semaine, fit-elle avec un sourire complice. Nous serons devenues amies, toi et moi, pour le prendre ensemble à l'hameçon. Tu pourras venir me voir ici aussi souvent que tu le voudras, tu sais. » Elle baissa la voix. « C'est avec l'accord du Palais.

— Je sais. On m'a dit de m'adresser à vous pour d'autres instructions. » Si, au premier abord, Sri lui avait paru quelque peu effrayante, maintenant Sunida se prenait de sympathie pour cette femme. Elle avait des manières cordiales et maternelles : elle lui rappelait beaucoup Prateep, la grosse et bienveillante gouvernante du palais du gouverneur, qui l'avait prise sous son aile et qui était pour elle une véritable mère. Sunida l'adorait, d'autant plus que la position de Prateep ne lui permettait guère de gourmander sévèrement l'enfant. On ne portait l'affaire devant son oncle que si Sunida commettait une faute grave. Ç'avait été le jour le plus triste de sa vie quand Prateep était morte, alors que Sunida n'avait que quinze ans. Peut-être cette nouvelle amie, qui faisait partie du grand dessein du roi, deviendrait-elle une proche confidente.

« C'est exact, mon enfant. Tu vas venir ici souvent et les gens vont s'habituer à nous voir ensemble. C'est ici que tu feras ton rapport et chaque fois que tu viendras, tu pourras acheter des provisions chez moi. Ainsi, personne ne s'en étonnera. » Elle l'examina. « Es-tu riche ?

— Oh non, Pi, je ne suis qu'une danseuse.

— Quel dommage, fit Sri, l'air déçu. Moi qui espérais te faire payer plus cher. »

Sunida se mit à rire. « Mais l'homme à qui l'on me destine est peut-être riche : alors je pourrai vous acheter toutes sortes de produits. Cependant, si vous ne savez pas qui est cet homme, comment vais-je le rencontrer ?

— Tu le rencontreras ici, au marché, dans une semaine. Par hasard. Tout ce que je peux te dire, c'est qu'il est un mandarin de haut rang, répondit Sri, respectant les instructions qu'on lui avait données.

— Un mandarin ?

— Exactement. On le conduira jusqu'à mon éventaire. On me préviendra, et tu seras ici, à attendre.

— Et ce mandarin ne sait rien de tout cela ?

— Rien. Il te rencontrera par hasard, sera charmé par toi et demandera à te revoir. Le reste dépendra de toi.

— Et à supposer que je ne lui plaise pas ? Est-ce que le Palais me le reprochera ? demanda Sunida anxieuse.

— Tu lui plairas, mon enfant. Ne t'inquiète pas pour ça. » Ce qu'on lui avait dit était vrai, songea Sri. Cette fille était absolument merveilleuse. En outre, elle était d'un caractère plaisant et délicieusement naturel. Quel homme pourrait lui résister ? Quant à Phaulkon, avec l'appétit qu'il avait, il serait le dernier à la repousser.

Sunida n'avait pas l'air tout à fait convaincue. « Et je vous rapporterai ici tout ce qu'il me dira ?

— C'est exact, ma chère. Tout.

— Pi Sri, lui dit Sunida débordant soudain d'exubérance, c'est le premier jour où je me trouve dehors à Ayuthia. Voulez-vous venir avec moi pour me montrer la ville ? Je meurs d'envie de tout voir. Ce n'est pas pareil quand on est toute seule. Et puis je suis sûre que je me perdrais. »

Sri allait lui expliquer qu'elle ne pouvait pas se permettre de perdre ses clients en s'absentant de son éventaire, mais l'expression du visage de Sunida l'arrêta net. On y lisait un enthousiasme si sincère que Sri n'eut pas le courage de refuser.

« J'en serais ravie, ma chère. » Elle se leva et, à

contrecœur, demanda à une voisine de surveiller son éventaire.

Perdu dans ses pensées, Phaulkon se dirigeait vers le marché sans se soucier de l'agitation qui régnait autour de lui. Il avait maintenant assez de preuves pour accuser les Maures. Tout ce dont il avait encore besoin, c'était que Sri lui confirme qu'en décembre on ne trouvait nulle part de mangues sur les marchés — même des fruits d'importation.

Il se dirigea vers son éventaire et fut surpris de le trouver abandonné. Voilà qui ne ressemblait guère à Sri de laisser ses marchandises sans surveillance. Elle n'était pas femme à abandonner le terrain à la concurrence.

Il s'approcha de sa voisine, Maew, une brave femme dont un côté du visage avait été ravagé par la petite vérole : elle avait eu de la chance de survivre à cette terrible maladie, ce n'était pas fréquent. Il lui avait souvent parlé lorsqu'il venait voir Sri.

« Où est Pi Sri ? demanda-t-il.

— Vous venez de la manquer, Maître. Elle est partie faire visiter Ayuthia à une amie. Une très jolie fille, d'ailleurs. »

Phaulkon sourit, même si, en son for intérieur, il était déçu de n'avoir pas trouvé Sri au marché. Il se demanda vaguement pourquoi elle s'en était allée à cette heure-là faire visiter la ville à une jolie fille. Peut-être une parente, la beauté de la famille, avait-elle soudain débarqué ?

« Dis-moi, Maew, y a-t-il des mangues en décembre ? »

La question parut surprendre Maew. Le maître devait bien le savoir : il était si intelligent.

« En décembre ? Oh non, Maître, jamais. Les mangues mûrissent à la saison chaude, pas avant mai. »

Phaulkon la remercia et retourna au ministère. Demain, c'était son entrevue capitale avec le Barcalon. Il avait besoin d'être bien préparé.

21

Le Barcalon tira une profonde bouffée de son narguilé et observa Phaulkon depuis l'extrémité de la longue salle lambrissée du ministère. Il était encore tôt et le soleil entrait à flots par deux grandes fenêtres ouvertes sur un côté de la pièce. Plus tard, lorsque la chaleur deviendrait accablante, on les masquerait par des tentures qui laisseraient passer l'air mais non le soleil. Dans chaque coin, des esclaves agitaient de longs éventails de bambou.

« Eh bien, monsieur Forcone, qu'avez-vous à m'annoncer, ce matin ? Quelque chose de nouveau, j'espère ? »

On sentait dans la voix du Barcalon un soupçon de sarcasme. Ses esclaves le lui avaient confirmé : depuis près d'un mois maintenant, le farang travaillait jusqu'à une heure avancée, mais il n'avait encore rien découvert. Cela lui apprendrait à ne pas être aussi sûr de lui, ni aussi rapide dans ses jugements. Les Maures ne seraient pas faciles à accuser : le farang allait peut-être mieux comprendre pourquoi les autorités siamoises n'avaient pas pu faire grand-chose pour les prendre sur le fait pendant tout ce temps.

Devinant les pensées du Barcalon, Phaulkon se réjouissait en secret de la surprise qu'il lui réservait. Toutefois, il s'efforcerait d'éviter tout accent de triomphalisme et d'amoindrir ses propres mérites, ainsi que l'exigeaient les bonnes manières.

« Puissant Seigneur, cet indigne esclave implore le droit de présenter à Votre Excellence d'humbles preuves des méfaits des Maures. »

Le Barcalon haussa les sourcils.

« Vraiment ? Je vous écoute, monsieur Forcone.

— Puissant Seigneur, cet esclave indigne sollicite la permission d'attirer l'attention de Votre Excellence sur certains documents que j'ai ici.

— Vous pouvez approcher. »

Phaulkon rampa sur ses genoux et ses coudes, tenant dans sa paume une épaisse liasse de papiers. Il s'était entraîné à cette acrobatie chez lui, le soir précédent, avec ses esclaves, en utilisant une liasse de même épaisseur. Il avançait avec lenteur mais comme il convenait. Le Barcalon le regardait, un peu amusé par cet effort, mais sans aucune trace de moquerie.

« Moi, la poussière de vos pieds, je supplie Votre Très Haute Excellence de me laisser présenter, d'une part, une liste des prix les plus élevés demandés par les Maures pour chaque produit alimentaire acheté par leurs soins et, d'autre part, une liste des prix les plus élevés enregistrés au marché du matin pour ces mêmes articles. Dans tous les cas, les prix des Maures sont supérieurs, et de façon importante. Votre Excellence remarquera que les factures sont gonflées à intervalles soigneusement espacés, afin d'éviter que l'on s'en aperçoive facilement, et que ces différences de prix coïncident avec certaines obscures annotations en marge. Bien qu'elles soient illisibles, celles-ci sont apparemment rédigées en malais. »

Un esclave rampa à sa rencontre avec un plateau d'argent et soulagea Phaulkon de son fardeau. Il ne serait en effet pas convenable que le farang remette ses papiers directement au Grand Pra Klang. La tête inclinée, l'esclave apporta le plateau à Son Excellence. Le Barcalon prit les documents et se mit à les parcourir.

« Excellence, j'ai pris la liberté d'insérer des bouts de papier aux pages concernées », expliqua Phaulkon.

Le Barcalon étudia minutieusement le dossier pendant quelque temps. Puis il demanda une plume d'oie, du papier gris et prit des notes. Pour finir, il rassembla en une pile séparée les factures où les prix différaient le plus des cours du marché. Un long moment s'écoula durant lequel le Barcalon resta silencieux. Pendant ce temps, Phaulkon était resté prosterné, tout au fond de la salle, à écouter son cœur qui battait à tout rompre.

Le Barcalon prit enfin la parole :

« Je constate que les Maures ont bel et bien réussi à faire pousser des mangues en décembre. Bel exploit ! »

Il se retourna et tira nerveusement sur son narguilé comme pour calmer la colère qui montait en lui, puis son regard revint se poser sur Phaulkon.

« Je dois vous féliciter, monsieur Forcone. Je me rends compte que ceci est le fruit d'innombrables heures de travail : une entreprise d'un extrême ennui. Sans doute attendez-vous quelque récompense. Et à juste titre.

— Je ne demande rien de plus, Excellence, que de rendre de nouveaux services à cette grande nation.

— Et je ne doute pas, monsieur Forcone, que vous songiez à un domaine précis. »

Phaulkon réprima un sourire nerveux. Non seulement le Barcalon devait connaître la nature de la requête qu'il allait présenter mais, vraisemblablement, il avait déjà arrêté la réponse qu'il y apporterait. Bien sûr, Son Excellence ne pouvait rien savoir du vaisseau de Sam White, ni des vingt-sept jours qu'il restait à Phaulkon pour remplir ses cales d'une cargaison destinée à la Perse. Il faudrait déjà douze jours pour transporter la cargaison par terre d'Ayuthia jusqu'à Mergui : il n'en resterait donc que quinze. Il devrait laisser Burnaby et Ivatt à Ayuthia s'occuper des affaires de la Compagnie britannique pendant que lui-même se rendrait en Perse. L'ordre de les libérer mettrait dix jours pour arriver à Ligor et il faudrait encore dix jours pour qu'ils reviennent ici par mer, à supposer que le gouverneur leur prête son bateau et autorise aussitôt leur départ.

Il se tourna vers le Barcalon. « Moi, un cheveu, souhaiterais montrer à Votre Excellence en quoi les Maures... profitent très sérieusement de... des bonnes dispositions et de l'indulgence de votre gouvernement...

— Vous voulez dire, interrompit le Barcalon, en quoi ils nous "volent comme dans un bois" ?

— Si vous souhaitez le dire de cette façon, Excellence.

— Je ne fais que vous citer, monsieur Forcone.

— En vérité, Excellence, je crois humblement que c'est le cas.

— Et, insista le Barcalon, dans quel domaine vous proposez-vous de dénoncer maintenant leurs détournements ?

— Excellence, je sollicite la permission de prendre la tête d'une mission commerciale jusqu'en Perse. Inutile de le préciser, la totalité des bénéfices ira au Trésor royal. Je ne demande rien pour moi-même que l'occasion de montrer à quel point les Maures profitent de la situation. »

Le Barcalon l'observa un moment.

« Dois-je comprendre que la Compagnie anglaise présente une demande officielle d'acheter des marchandises à notre Trésor ?

— Moi, un cheveu, dois parler en toute franchise à Votre Excellence de cette affaire. Il y a un petit problème. Si les marchandises devaient être achetées officiellement par la Compagnie, Madras s'attendrait à ce que les bénéfices de l'opération viennent enrichir ses coffres. Pour ma part, je souhaite sincèrement que le Trésor de Votre Excellence soit le seul à profiter de ces bénéfices.

— Vous voulez dire que vous souhaitez acquérir ces marchandises à titre personnel, monsieur Forcone, au lieu de passer par la Compagnie anglaise ? »

Phaulkon écarta un peu ses mains jointes pour examiner discrètement le Barcalon. Un léger sourire s'esquissait sur les lèvres du potentat et une lueur d'amusement brillait dans ses yeux.

« Excellence, moi, un cheveu, ne suis qu'un modeste employé de la Compagnie. Je crains donc ne pas disposer des ressources nécessaires pour effectuer un achat aussi important.

— Monsieur Forcone, cela doit revenir certainement meilleur marché que d'acheter des canons ?

— Des canons, Excellence ? Oh, vous parlez des canons hollandais ? Comme je l'ai humblement expliqué à Votre Excellence, on nous les avait confiés pour les transporter. Il est vrai que l'on nous a payés pour le faire, mais le résultat de l'opération ne suffirait pas à acheter même la part la plus infime de la cargaison qu'il me faudrait pour l'expédier en Perse.

— À quoi pensez-vous donc, monsieur Forcone ? »

Le Grec marqua un temps. « Moi, un simple grain de poussière sur la plante de vos pieds, je supplierai Votre Excellence de me confier en consignation les marchandises nécessaires. Juste pour cette fois. Si Votre Excellence veut bien me faire crédit pour une cargaison, je suis prêt à lui garantir que le triple de la valeur d'achat de ces marchandises reviendra au Trésor royal.

— Le triple ? fit le Barcalon en le dévisageant d'un air interrogateur. Et quelles garanties nous fourniriez-vous, monsieur Forcone ?

— En plus de ma parole, Excellence ? » demanda Phaulkon, prenant un air offensé. Il réfléchit un moment. « Mes collègues, MM. Burnaby et Ivatt, seraient trop heureux, j'en suis sûr, de rester en otages ici en attendant le retour sans encombre du navire.

— Je ne savais pas que leur situation actuelle était autre chose que celle d'otages, monsieur Forcone.

— J'espérais qu'il s'était écoulé suffisamment de temps pour que Votre Excellence ait suffisamment confiance dans mes intentions, ce qui lui permettrait de libérer mes collègues de la triste condition où ils se trouvent. Chaque jour où ils sont absents de leur poste signifie que la Compagnie anglaise perd un terrain précieux devant les Hollandais. »

Le Barcalon ne releva pas la remarque.

« Mais supposez, monsieur Forcone, que votre vaisseau fasse naufrage dans une tempête et ne parvienne jamais au port chargé de marchandises fournies gratuitement par nous ? »

Le Barcalon était un homme subtil, se dit Phaulkon : Son Excellence envisageait manifestement la possibilité pour Phaulkon de vendre la marchandise en Perse et de disparaître avec l'argent.

« La Compagnie anglaise assurerait évidemment votre Trésor contre des incidents de cette nature, Excellence. Mais, pour conférer à cette transaction un caractère officiel, les documents devraient être préparés et signés par l'agent général, M. Burnaby.

— Une bien regrettable exigence, dirais-je, compte tenu de l'actuelle indisposition de M. Burnaby. »

Phaulkon sentit son cœur se serrer. Combien de temps encore le Barcalon comptait-il les retenir en otages ?

« Dans ce cas, Votre Excellence préférerait peut-être utiliser un de ses navires avec un équipage de son choix ? Je serais heureux d'en être le capitaine et d'abandonner les problèmes commerciaux à la personne que Votre Excellence souhaiterait désigner. Mon seul objectif, comme je l'ai déjà expliqué, est de dénoncer les agissements frauduleux des Maures. »

Le Barcalon souriait maintenant largement. « Vous voulez dire, monsieur Forcone, que vous aimeriez que nous vous fournissions le navire aussi bien que la cargaison ?

— Seulement pour votre protection, Excellence.

— Mais, puisque nos équipages sont essentiellement composés de Maures, cela n'irait-il pas à l'encontre du but même de l'opération ?

— En effet, Excellence. » Phaulkon réfléchit un instant. « Mais j'ai une meilleure idée. Si M. Burnaby était nommé capitaine d'un de vos navires et recrutait son équipage, je resterais volontiers ici en otage en attendant son retour. Je ne serais libéré que le jour où M. Burnaby aurait remis au Trésor de Votre Excellence tout le profit de l'expédition. » Si le Barcalon voulait bien mettre un vaisseau à sa disposition, alors tout n'était pas perdu. C'était une solution tout à fait acceptable pour remplacer le navire de Sam White, au cas où la cargaison n'arriverait pas à temps à Mergui, comme cela semblait de plus en plus probable.

« Je ne me rendais pas compte que vous étiez actuellement autre chose qu'un otage, monsieur Forcone. Est-ce bien à vous, dès lors, qu'il appartient de négocier votre liberté ? »

Le Barcalon eut un sourire affable et, d'un signe de tête à peine perceptible, demanda sa boîte de bétel. Aussitôt un esclave se coula hors de l'ombre pour satisfaire le désir de son maître. Le Barcalon prit une noix dans la boîte incrustée de diamants et se mit à la mastiquer tout en réfléchissant. Un moment, il contempla sans mot dire les murs lambrissés.

Il avait très envie de mettre à l'épreuve le plan du farang mais il ne devait surtout pas manifester le moindre enthousiasme. Il sentait que Phaulkon était sincère. Il était dans l'intérêt manifeste du farang que le capitaine anglais réussisse dans son entreprise. Les agissements des Maures seraient alors dénoncés de manière impitoyable et il faudrait bien quelqu'un pour les remplacer. Mais aucun navire siamois ne pouvait être impliqué dans cette opération. On ne pouvait pas donner l'impression que le gouvernement avait délibérément comploté pour mettre les Maures en accusation. Ils étaient trop nombreux à occuper des postes importants. La chose devait se faire comme par accident. Il fallait que l'on voie Phaulkon acheter les marchandises au nom des Anglais pour les exporter jusqu'à leur comptoir de Madras. Mais jamais vers la Perse. Au farang de se trouver un navire. S'il voulait mettre ce projet à exécution, il devrait utiliser un vaisseau anglais et trouver le moyen d'expliquer l'affaire à sa compagnie. Et si les Maures découvraient que les Anglais venaient empiéter sur leurs voies commerciales traditionnelles, qu'ils s'en arrangent avec eux! Le Siam aurait assurément tout intérêt à assister en spectateur à l'affrontement et à voir saper peu à peu la puissance des Maures. Quant aux autres farangs retenus à Ligor, en fait, pour des raisons politiques, il avait déjà donné l'ordre de leur retour. Après tout, son gouvernement avait invité la Compagnie anglaise à reprendre le commerce au Siam et il n'aurait pas été convenable de garder en détention leur agent principal sans pouvoir le justifier par une accusation officielle. Et s'il devait y en avoir une, l'affaire se jugerait de toute façon à Ayuthia. Son regard revint à Phaulkon.

« Si je vous comprends bien, monsieur Forcone, vous aimeriez que je libère vos collègues et que je vous fournisse un navire ainsi que toute une cargaison impayée pour que vous la revendiez en Perse. Y a-t-il autre chose que je puisse encore faire pour vous? » fit le Barcalon d'un ton ironique.

Phaulkon ne put réprimer un sourire. « Cela semble

en effet beaucoup demander, Excellence. Mais l'audace de cet esclave n'est motivée que par sa ferme détermination de procurer les plus grands bénéfices au Trésor de Votre Excellence. »

Le Barcalon continuait à l'examiner avec attention.

« Monsieur Forcone, je veux bien accepter de vous fournir une cargaison, à condition qu'elle soit officiellement achetée par la Compagnie anglaise pour être exportée vers Madras. L'affaire se fera officiellement au Siam, mais Madras n'en sera pas nécessairement informé, si vous voyez ce que je veux dire. En outre, il ne saurait être question de reconnaître officiellement la moindre condition de crédit. Je vais également accepter de faire libérer vos collègues et de les ramener à Ayuthia où ils resteront sous étroite surveillance. Mais en aucun cas je ne vous fournirai un navire. » Il marqua un temps. « Le gouvernement siamois ne se reconnaît aucun rôle dans cette transaction : il n'est même pas au courant de son existence. » Ses yeux sombres se fixèrent sur Phaulkon. « Est-ce que je me fais bien comprendre, monsieur Forcone ?

— Parfaitement, Excellence. » Les pensées se bousculaient dans l'esprit de Phaulkon. Aurait-on assez de temps ? se demanda-t-il. Burnaby devrait être de retour à Ayuthia pour signer le contrat d'achat et les garanties avant même que la marchandise puisse être acheminée vers Mergui. Cela prendrait au moins vingt jours. Puis, si tout allait bien, douze jours encore pour transporter le chargement par voie de terre jusqu'à Mergui. Soit au total trente-deux jours, en admettant qu'il n'y ait pas la moindre anicroche. C'était trop tard : à moins, évidemment, que le navire de Sam White n'ait été retardé. Mais il ne pouvait guère compter là-dessus. Il avait l'estomac serré. Jamais peut-être pareille occasion ne se représenterait.

Ce qui le torturait le plus, c'était l'idée que Samuel puisse arriver à Mergui, n'y trouve personne et lève l'ancre au bout d'un jour ou deux. Il fallait tenir compte des marées dans le golfe et du fait que le navire n'obtiendrait pas la moindre autorisation de la

Compagnie anglaise pour s'attarder au-delà des délais normaux. Sam devait décharger sa cargaison et repartir. De toute évidence, il ne faudrait pas rester à quai une nuit de plus que cela serait nécessaire.

Il n'y avait qu'une seule solution : Phaulkon devait se rendre lui-même à Mergui et intercepter Samuel. Il avait été convenu avec George que Phaulkon, ou l'un de ses hommes, attendrait à Mergui quelques jours avant la date approximative d'arrivée du navire. Quelqu'un devait être là pour retrouver Samuel. En l'absence de Burnaby et d'Ivatt, ce devait être lui. Il lui faudrait demander au Barcalon quelques jours de repos, en prétextant par exemple un surmenage à la suite de ces dernières semaines au ministère.

« Très bien alors, fit le Barcalon. À vous de fournir le navire. Dès l'instant où vous l'aurez, M. Burnaby sera autorisé à en prendre le commandement et on vous livrera la marchandise. Vous-même resterez à Ayuthia pendant toute la durée de l'expédition, sous ma surveillance personnelle. »

Tout en restant sévère, le ton du Barcalon s'était soudain radouci et Phaulkon le vit sourire.

« Mais, monsieur Forcone, je ne voudrais pas que vous pensiez que le gouvernement de Sa Majesté ne récompense pas un travail bien fait. Vous avez passé de nombreuses heures pénibles à examiner des factures compliquées. Il est équitable que vous en soyez convenablement récompensé. Je vous charge donc des préparatifs des banquets pour l'ambassade que nous envoie l'empereur de Chine. Elle doit arriver ici le mois prochain. Tous les problèmes d'approvisionnement pour les festivités seront sous votre responsabilité. J'expliquerai à Luang Rachid que nous ajoutons au menu quelques spécialités farangs : cela atténuera peut-être la surprise causée par votre soudaine intervention dans ce domaine. Il s'agit d'une importante et nombreuse délégation et les préparatifs exigeront toute votre attention.

— Votre Excellence est trop aimable. » Phaulkon sentit de nouveau son cœur battre plus vite. Comment maintenant pourrait-il se rendre à Mergui alors que les Chinois devaient arriver dans moins de trente jours et qu'il en faudrait déjà vingt pour faire l'aller et retour ? Il aurait dû s'en douter : il y avait toujours une certaine méthode dans la façon de penser des Siamois. Les châtiments qu'ils infligeaient étaient en rapport avec la nature des crimes commis : il en allait de même des récompenses. Il avait dénoncé les pratiques frauduleuses des Maures concernant l'approvisionnement indispensable aux réceptions et voilà qu'on lui demandait de s'en charger à leur place. Il devait absolument organiser un festin qui coûtât manifestement moins cher que les banquets précédents. Une fois de plus, il aurait bien besoin de l'aide de la vieille Sri.

Il devait en même temps se montrer très prudent. Il ne pouvait, à ce stade, se permettre d'affronter les Maures. Il n'était pas encore assez fort pour risquer de s'en faire des ennemis. Même si l'on parvenait jamais à remplir les cales du vaisseau de Sam White, sa véritable destination devait rester secrète : on parlerait de Madras et non de la Perse. La marchandise devrait être chargée discrètement, loin des regards trop curieux. Mergui et la province du Tenasserim, où se trouvait la ville, relevaient presque exclusivement du domaine des Maures. Même le gouverneur était un Maure. Quant à la nouvelle mission confiée à Phaulkon d'organiser les banquets, il fallait trouver le moyen de ne pas trop piétiner les plates-bandes de Luang Rachid. Mais comment ? Une idée inquiétante lui vint : est-ce que les Siamois n'essayaient pas de faire faire leur sale travail par les Anglais ? À eux de dénoncer les Maures, mais à eux aussi de subir la colère qu'une pareille affaire ne manquerait pas de déchaîner ? Ils en étaient bien capables.

« Et, monsieur Forcone, ajouta aimablement le Barcalon, le général Petraja m'a demandé de vous transmettre son invitation pour la chasse royale à l'éléphant qui aura lieu la semaine prochaine à Louvo. Ce sera un grand événement, en l'honneur de l'arrivée imminente de l'éléphant blanc que l'on a si heureusement découvert durant votre séjour à Nakhon Si Thammarat. Il est parvenu cette semaine seulement aux environs de la ville car il a été souvent retardé durant son trajet vers la capitale. Par respect, ses serviteurs ne pouvaient évidemment rien faire pour hâter le voyage. » Il s'interrompit puis reprit : « Sa Majesté le roi en personne sera présente. »

La chasse royale ? La semaine prochaine ? Voilà qui anéantissait pour Phaulkon tout projet de se rendre à Mergui. D'un autre côté, il apercevrait pour la première fois Sa Majesté le roi. Les battements de son cœur s'accélérèrent. Et quel honneur d'être invité à une chasse royale ! Se confondant en remerciements, il rampa à reculons : ses réflexions oscillaient tour à tour entre l'image de Sa Majesté lors de la chasse royale et le spectacle du navire de Sam appareillant lentement de la rade de Mergui.

Plongé dans ses pensées, Phaulkon franchit la grande porte voûtée qui donnait accès à la place du marché. C'était la fin de la matinée et le soleil brûlant était déjà haut dans le ciel. Bien qu'il restât autant que possible à l'ombre des arbres bordant les avenues, sa chemise et son panung de coton étaient déjà trempés. La lourde atmosphère de la saison chaude au Siam, se dit-il, n'incitait guère à l'exercice.

Il se serait bien aventuré plus tôt au marché, mais le Barcalon lui avait demandé de se rendre d'abord au ministère : là, il cocherait chacune des factures qu'il avait déjà examinées pour qu'un des plus fidèles assistants de Son Excellence puisse poursuivre le travail et rechercher au milieu de tous ces chiffres les fameuses annotations en malais. On avait accordé maintenant à Phaulkon un peu plus de liberté de mouvement : il n'avait plus l'impression d'être suivi aussi constamment qu'auparavant, mais on lui avait expressément demandé de ne quitter Ayuthia en aucun cas. Il n'était manifestement pas question d'aller à Mergui : et le drame était qu'il n'y avait personne pour partir à sa place. Burnaby et Ivatt se trouvaient toujours à Ligor. Alvarez était mort. Combien de temps Sam attendrait-il ? Un jour, deux jours, une semaine tout au plus ?

Dans son désespoir, Phaulkon avait même envisagé de proposer à Sri de faire le voyage de l'autre côté de l'isthme pendant qu'une de ses esclaves s'occuperait de son éventaire au marché. Après tout, Samuel étant le frère de l'ancien maître de Sri — sans doute aussi son ancien amant —, la chose était donc envisageable. Il pourrait confier à la vieille femme un message pour Sam, lui demandant de retarder son départ, lui expliquant qu'il avait la marchandise et qu'il lui fallait juste un peu plus de temps. Mais cela représentait dans chaque sens un voyage épuisant de dix jours, et Sri n'était plus une jeune femme. Et si elle n'y survivait pas ? Il ne voulait assurément pas avoir sa mort sur la conscience.

Phaulkon avait également songé à révéler tout son jeu au Barcalon, avec l'espoir d'obtenir son aide pour faire parvenir un message à Samuel. Mais c'était de la folie. Comment pourrait-il expliquer au Premier ministre de Siam qu'un vaisseau de la Compagnie des Indes orientales allait être confisqué par un « intrus » et détourné pour accomplir une expédition commerciale jusqu'en Perse, avant qu'on le fasse sauter pour anéantir toute preuve ? Comment pourrait-il lui confier même une part de ce projet à une époque où le Siam faisait des avances à la Compagnie anglaise ? S'il devait au contraire lui dire que la mission était officiellement approuvée par la Compagnie, pourquoi le Barcalon laisserait-il partir la marchandise quand l'essentiel des bénéfices de l'opération allait manifestement revenir à la Compagnie ? Il devait y avoir une solution, se répétait-il, mais il ne parvenait pas à la trouver.

Il était venu aujourd'hui discuter avec Sri du problème des banquets en l'honneur des ambassadeurs de l'Empire du Milieu. Le festin devait être somptueux et les mets sans pareil. Peut-être Sri...

Il s'arrêta net, bouleversé. Perdait-il la tête ? Ses soucis finissaient-ils par brouiller ses idées ? Il resta sur place à contempler devant lui, incrédule, l'exquise créature accroupie auprès de Sri. Sunida ! Comment était-ce possible ? Il devait s'agir d'un sosie. Mais si c'était le cas, il ne manquerait pas de retomber amoureux. Elle était absolument ravissante dans son panung turquoise, avec son écharpe assortie et ses cheveux d'un noir de jais ramenés en un chignon serré. Il approcha prudemment, sans la quitter des yeux, comme s'il s'attendait à voir disparaître cette radieuse illusion. Le doute n'était pas permis : c'était bien Sunida. Elle bavardait gaiement avec Sri et ne l'avait pas encore aperçu. Mais comment connaissait-elle Sri? Et que faisait-elle à Ayuthia?

Il s'approcha de l'éventaire devant lequel il se planta, son cœur battant plus vite que d'ordinaire. Au même instant, Sunida se retourna et le vit. Elle ouvrit de grands yeux comme si elle avait aperçu un fantôme et le dévisagea, muette de saisissement. Puis une immense tendresse, une gratitude sans fin apparurent dans ses yeux. « Mon farang! » Elle s'inclina profondément, les mains respectueusement jointes au-dessus de la tête.

« Sunida! » s'exclama Phaulkon. Sa première réaction avait été d'imaginer qu'elle était venue le rechercher jusqu'ici et qu'elle avait on ne sait comment découvert qu'il était un ami de Sri. Mais, à voir l'expression de totale stupéfaction qui se peignait sur le visage de la jeune fille, on pouvait être assuré que ce n'était pas le cas.

« Sunida! répéta-t-il. Que fais-tu à Ayuthia? Quand es-tu arrivée ici? »

Ayant repris plus rapidement ses esprits, elle tourna vers lui un visage qu'illuminait son radieux sourire. « J'ai rêvé de vous, mon Seigneur. Il me semble qu'à présent mon rêve devient réalité. C'est bien vous?

— Ne vous occupez pas de moi, Maître, lança Sri. Je suis une nouvelle espèce de légume à vendre. »

La marchande feignait d'être indignée que Phaulkon parût totalement l'ignorer.

« Allons, mère. Je viens simplement d'avoir la surprise de ma vie. Comment vous connaissez-vous toutes les deux?

— Nous nous sommes rencontrées il y a quelque temps, répondit négligemment Sri. La pauvre fille allait acheter des fruits à ma voisine. J'ai dû l'éclairer, surtout qu'elle m'a dit qu'elle allait devenir une cliente régulière.

— Vraiment ? » dit Phaulkon en se tournant vers Sunida.

Sunida baissa la tête et garda le silence.

« Sunida, tu n'as répondu à aucune de mes questions. Que fais-tu ici ?

— Je... je suis venue vivre à Ayuthia, mon Seigneur. » Elle leva les yeux vers lui. « Et je suis si heureuse de vous revoir.

— Moi aussi, Sunida. Mais où habites-tu ? »

Elle hésita. « Pardonnez-moi, mon Seigneur, mais je... je ne peux pas vous le dire.

— Comment cela ? Je ne comprends pas. » Il se sentit soudain inquiet. Que signifiait toute cette histoire ? Avait-on déjà pu la promettre à un autre, si peu de temps après son départ ?

« Voyons, Maître, dit Sri, venant au secours de Sunida, vous êtes vraiment très indiscret, à poser comme ça des questions gênantes à une dame. Vous ne voyez donc pas dans quel état vous la mettez ? » Une cliente s'approcha pour acheter des épices et Sri fut obligée de s'occuper de la nouvelle venue.

Sunida semblait mortifiée. Comment pourrait-elle avouer à l'homme qu'elle aimait qu'on la destinait à un autre ? Quelle épreuve ! Elle aurait tant voulu être sincère avec lui, lui expliquer que, malgré tout, elle n'aimait que lui.

« Sunida, que signifie tout ce mystère ? Tu devrais n'avoir rien à me cacher », dit Phaulkon en essayant de garder son calme. Rien qu'à la regarder, il en avait le souffle coupé. La brusque mélancolie qui envahissait ses yeux en amande lui déchirait le cœur. Même dans un pays où les belles femmes étaient monnaie courante, elle était absolument superbe. Elle pouvait assurément rivaliser avec toutes les beautés d'Ayuthia. Mais l'avait-il perdue ? Quelque horrible tragédie était-elle survenue pour les séparer ? Cette pensée le mettait à la torture.

Depuis son départ de Ligor, il s'était promis de

demander de ses nouvelles ou même de partir lui-même à sa recherche dès que l'occasion s'en présenterait. Mais le temps et les circonstances l'en avaient empêché.

Sunida lut l'angoisse sur son visage. Mieux valait lui dire la vérité, ou du moins ce qu'elle en savait, sans enfreindre sa promesse. Peut-être aurait-il quelque solution à proposer. Mais devait-elle le faire sur le marché ? Elle n'avait guère le choix. Ce devait être ici. Elle ne pouvait pas bouger sans que le garde du palais l'aperçoive : il attendait juste de l'autre côté de la porte. Elle avala sa salive.

« J'ai juré, mon Seigneur, de ne pas révéler où j'habitais. Et, même si c'est vous que j'aime et vous seul qui occupez mes rêves, on m'a promise à un autre. À... à un mandarin d'Ayuthia. »

Phaulkon était atterré. Un autre homme ? Un mandarin ? Était-ce vrai ? Il vit à l'expression de Sunida que telle était la vérité. Il sentait battre son cœur dans ses tempes. Il ne pouvait pas permettre une chose semblable. Comment cela était-il arrivé ?

« Qui est cet homme, Sunida ? Où l'as-tu rencontré ? »

Sunida baissa la tête. « La chose a été arrangée, mon Seigneur. C'était... le souhait de mon oncle. Je ne peux m'y opposer. Il m'a élevée comme son propre enfant et je lui dois tant. Je vous en prie, mon Seigneur, essayez de comprendre.

— J'essaie, Sunida, mais tu ne m'aides guère. Tu veux dire qu'aussitôt après mon départ le gouverneur t'a fiancée à un mandarin d'Ayuthia ? Es-tu déjà mariée ? demanda-t-il, redoutant la réponse.

— Pas encore, mon Seigneur », répondit Sunida, évitant toute autre explication. Elle ne voulait pas lui mentir, mais elle avait juré de ne jamais dévoiler la mission que lui avait confiée le Palais.

« Et pourquoi ton oncle a-t-il si soudainement pris ces dispositions ?

— Mon Seigneur, je vais vous dire la vérité. Mon oncle connaissait mes sentiments pour vous et, se souvenant que c'étaient les... les farangs qui avaient causé la mort de son frère, il a estimé que ce serait une insulte à la mémoire de mon père si vous et moi... devions poursuivre nos relations. Il pressentait que nous ne manquerions pas d'essayer de nous revoir. Il m'a donc envoyée à Ayuthia pour prendre des leçons d'étiquette et me préparer à en épouser un autre. »

Elle hésita, se demandant si elle devait répéter les paroles de son oncle : « À quelqu'un de ma race. »

Si pénible que fût pour tous les deux cette situation, Sunida était soulagée d'avoir dit la vérité à Phaulkon : elle avait répété mot pour mot les propos de son oncle. Elle ignorait totalement que tout cela faisait partie du plan du gouverneur : il s'agissait de rendre sa situation d'autant plus convaincante aux yeux de Phaulkon.

« Mais où habites-tu maintenant ? interrogea Phaulkon, le cœur brisé.

— J'ai prêté serment, mon Seigneur, de ne pas le révéler. Je vous en prie, n'insistez pas. »

Les pensées se bousculaient dans l'esprit de Phaulkon.

« Viens chez moi, Sunida. Là nous pourrons parler tranquillement. Ce n'est pas le bon endroit, ici. » Il remarqua que la cliente venait de payer et s'apprêtait à partir.

« Je ne peux pas faire cela, mon Seigneur. On me suit partout où je vais.

— Des serviteurs de ce mandarin ? »

Sunida garda le silence, comme si elle acquiesçait.

« Allons, Maître, vous n'allez pas harceler cette pauvre fille, non ? » fit Sri, impatiente de reprendre sa place dans la conversation.

Phaulkon ne répondit pas. « Si l'entrée principale est gardée, nous pourrions passer par une autre sortie », insista-t-il.

Sunida hésita, déchirée entre le désir et le devoir. Elle mourait d'envie d'avoir quelques instants de solitude avec Phaulkon, mais elle ne pouvait guère tenter d'échapper au garde et il était tout aussi inutile de demander à ce dernier si elle pouvait se rendre dans la demeure d'un farang. Il n'aurait pas l'autorité nécessaire pour lui octroyer une telle permission.

Mais peut-être demain ? Une vague d'espoir l'envahit. Peut-être alors pourrait-elle obtenir l'autorisation. Elle demanderait son aide à Thepine : juste la permission de rendre visite à un vieil ami.

Elle sentit que cela n'arrangerait pas ses affaires si elle passait trop de temps avec Phaulkon. Le garde venait de temps en temps la surveiller et il ne manquerait pas de rapporter ce qu'il avait vu.

« Mon Seigneur, il faut que je parte. On m'attend.

— Un instant, Sunida. Quand te reverrai-je ? demanda Phaulkon d'un ton à la fois désespéré et résolu. Demain ? Ici ? À la même heure ?

— J'essaierai, mon Seigneur.

— Ça ne me suffit pas. Tu dois promettre.

— Je... je vous le promets, mon Seigneur. »

Cela devrait être possible, songea-t-elle. Après tout, on l'autorisait à rencontrer Sri et, avec l'aide de Thepine, peut-être même obtiendrait-elle l'autorisation nécessaire pour aller à la maison de Phaulkon.

« Puis-je vous rendre visite encore demain, Pi Sri ? dit-elle en se tournant gracieusement vers la marchande. Vous avez été si bonne avec moi.

— Bien sûr, ma chère. Et tu peux même amener le maître, s'il promet de ne pas t'importuner. »

Sunida partit la première. Quelques instants plus tard, Phaulkon, profondément troublé, retourna au ministère.

22

Le matin qui suivit sa rencontre inattendue avec Sunida, Phaulkon partit pour le marché bien avant l'heure prévue. Il voulait d'abord discuter avec Sri des préparatifs du banquet pour les dignitaires de l'Empire du Milieu mais, surtout, lui demander son aide pour obtenir de Sunida qu'elle consente à son plan. Il avait passé presque toute la nuit à le mettre au point et il était plus décidé que jamais à ne pas la perdre : d'autant plus que cette éventualité semblait terriblement proche.

Il n'avait pas envisagé la réaction de son oncle vis-à-vis des farangs — et donc de lui-même — mais, plus il y réfléchissait, plus il comprenait les sentiments du gouverneur. On ne pouvait guère s'attendre à le trouver bien disposé envers les farangs, alors que les Hollandais avaient tué son propre frère. Compte tenu des circonstances, Phaulkon devait bien reconnaître que Son Excellence avait fait montre à son égard d'une louable impartialité durant tout son séjour à Ligor. Mais évidemment il y avait des limites. Ce serait trop demander que de laisser sa nièce unique s'enfuir avec un farang. Phaulkon se rappelait l'hésitation du gouverneur lorsqu'il avait demandé à ce dernier si Sunida pouvait l'accompagner à Ayuthia. Avec le recul, il sentait que ce n'était pas le fait qu'il déplût personnellement au gouverneur — c'était sans doute le contraire. Il s'agissait plutôt d'une question de principe.

Une fois Sunida mariée à ce mandarin, quel qu'il fût, il serait difficile, pour ne pas dire impossible, de tenter de retourner la situation. Qui pouvait être ce mandarin? S'il fallait agir, ce devait être maintenant. Il ne pouvait malheureusement rien faire quant à l'opinion du gouverneur, mais Sunida lui avait confirmé sans équivoque qu'elle l'aimait, et c'était cela qui comptait. Jamais il n'avait éprouvé des sentiments aussi forts pour une femme. L'idée de la savoir enfermée quelque part dans cette grande ville, sans aucun espoir de la revoir, lui était insupportable. Tout cela lui semblait maintenant terriblement urgent. Il avait hâte de la cacher chez lui, saine et sauve. Mais quelle sécurité pourrait-elle y trouver? Ce serait assurément le premier endroit où son oncle — et peut-être cet autre mandarin — viendrait la chercher. Après avoir longuement réfléchi au problème, il avait imaginé un plan. Il allait proposer qu'elle aille passer un mois à Mergui. Ce serait le dernier endroit où l'on penserait la retrouver et, même si l'on venait régulièrement fouiller chez lui dans les premiers temps qui suivraient sa disparition, ses poursuivants ne trouveraient rien. Quand elle reviendrait à Ayuthia, ils auraient certainement renoncé à fouiller la maison de Phaulkon ; elle y résiderait alors dans une relative sécurité. Et, pendant qu'elle serait à Mergui, elle pourrait faire passer un message à Samuel. Le plan était parfait à tous points de vue. Mais l'accepterait-elle ? Malgré son apparente docilité, il sentait que sous ce beau visage se cachait une volonté difficile, sinon impossible, à fléchir. D'instinct, il savait que c'était en partie pour cela qu'il l'aimait.

Phaulkon reconnaissait qu'il était obsédé par la crainte de la perdre : il était décidé à la faire sienne à tout prix. Il savait en outre qu'en raison de son éducation siamoise elle ne chercherait guère à lui faire changer son mode de vie. Les esclaves qu'il avait achetées passeraient sous le contrôle de la jeune femme et non plus de Phaulkon, mais elle ne refuserait jamais cette présence. Elle ne s'attendrait même pas à ce qu'il l'épouse officiellement : sur ce plan les Siamois étaient bien plus libéraux que les Européens. On la considérerait de toute façon comme sa femme, simplement parce qu'elle vivrait avec lui, et, à condition qu'il ne prenne pas toute une série de secondes épouses, elle n'aurait aucune raison de revendiquer le statut officiel de première épouse.

Il marmonnait encore tout bas lorsqu'il arriva devant l'éventaire de Sri. Elle l'accueillit avec son effusion habituelle.

« Quelle merveille de vous avoir pour moi toute seule, Maître ! Peut-être aujourd'hui voudrez-vous bien m'adresser la parole ? Hier, j'étais de toute évidence une importune. » Elle fit semblant de se recoiffer et de s'arranger le visage.

« Mère, c'était simplement la surprise de tomber sur une vieille amie.

— Une vieille amie en effet, fit Sri en faisant la moue. S'il n'y avait pas eu là cinq cents personnes, Dieu sait ce que vous lui auriez fait. Vous sembliez prêt à l'enlever. Du reste, qui est cette fille ?

— Tu veux dire que tu ne l'avais jamais rencontrée

avant hier ? » Phaulkon la dévisagea avec attention. Au début, il avait eu des soupçons.

« Jamais, Maître, ma parole.

— Elle s'appelle Sunida. Je l'ai rencontrée dans le Sud. Qu'avez-vous pensé d'elle, mère ?

— Ma foi, je la trouve plutôt belle, gracieuse, bien élevée, charmante, intelligente et, ajouta-t-elle en souriant, certainement entichée de vous, Maître. Et je dois dire que je ne vous ai jamais vu comme ça non plus. Aussi plein d'amour qu'une tigresse pour ses petits. Que comptez-vous faire ?

— Vous demander votre aide, mère. »

Sri se rembrunit. « Mon aide ? Pour que j'encoure le courroux d'un puissant mandarin qui me retirera ma licence de marchande ? Non, Maître, à vous de vous débrouiller. Vous avez entendu ce qu'a dit cette fille. Elle est promise à un mandarin.

— Je sais, mère, mais *vous* pouvez l'aider à s'échapper. Il semble qu'elle soit autorisée à vous rendre visite. »

Sri le regarda d'un air méfiant. « On ne pense pas une seconde à ce que risque la pauvre vieille Sri, hein ? » Elle parut reconsidérer la question. « D'ailleurs, qu'est-ce que ça me rapporterait ? Et je veux plus que de la gratitude, Maître. Il s'agira d'une entreprise extrêmement dangereuse. »

Autant tirer de cette affaire le meilleur parti, songea Sri.

« Vingt taels d'argent. Ça fait exactement quatre ticals. » Phaulkon la laissa digérer cette somme. « Qu'en dis-tu ? »

Sri ouvrait des yeux grands comme des soucoupes. C'était plus qu'elle n'en verrait en une année. « Mais, ajouta Phaulkon en souriant, pour ce prix-là il faut que tu la fasses partir sans problème pour Mergui.

— Mergui ? C'est de l'autre côté du monde, Maître. Je savais qu'il y avait un tour quelque part. Qu'allez-vous faire d'elle là-bas ? La vendre aux pirates ? Je ne veux pas participer au malheur d'un ange pareil.

— Tout au contraire, mère, tu la sauveras. Tu la sauveras d'un homme qu'elle n'aime pas. D'ailleurs, elle sera entre de bonnes mains là-bas. Je lui donnerai une lettre pour un ami.

— Et qu'est-ce qui me garantit que vous la traiterez bien ? » demanda Sri, feignant de s'inquiéter du sort de la jeune femme. « Qu'elle se trouvera au moins à la tête de votre maisonnée ? Après tout, elle a aujourd'hui la chance de devenir la concubine d'un mandarin. »

Sri s'amusait énormément. C'était merveilleux de voir le maître ainsi enamouré ! C'était bien fait pour lui, après tous les cœurs qu'il avait certainement brisés, le sien y compris.

« Bien sûr que je la traiterai bien, mère, répliqua Phaulkon avec agacement. Comment peux-tu me poser une telle question ?

— Eh bien alors, laissez-moi y réfléchir. Voyez-vous, ce n'est pas simplement une question d'argent. » Elle marqua un temps. « Si j'acceptais, jusqu'où devrais-je aller sur la route de Mergui ? Et qui s'occupera de mon éventaire en mon absence ? La concurrence me prendra toute la clientèle. Mes voisines vous remercieront jusqu'à la fin de leurs jours. »

Phaulkon se mit à rire. « Tu n'auras pas à aller plus loin que les faubourgs de cette ville, mère. Je veux simplement que tu t'assures qu'elle est bien en route. L'argent servira à engager des guides, des porteurs, une litière et... » Il la vit plisser le front. « Ne t'inquiète pas, mère. Il en restera largement pour toi. Maintenant, veux-tu m'aider ?

— Je vais y réfléchir, Maître. C'est un gros risque. Et j'aimerais savoir ce que, de son côté, *elle* en pense. »

Phaulkon leva les yeux vers le ciel. Sunida aurait dû être déjà là. Qu'est-ce qui pouvait la retenir ? Il sentait des picotements sur sa peau à la seule idée de la revoir.

Il essaya de ne plus penser à elle et passa au problème des prochains banquets. Dans l'heure qui suivit, et alors qu'à chaque minute Phaulkon s'inquiétait davantage de l'absence de Sunida, il dressa avec Sri la liste de différentes denrées : ils déterminèrent quels villages pourraient fournir les spécialités les plus fines ; combien de temps il faudrait les commander avant le banquet ; quels fournisseurs dans la capitale étaient les plus fiables ; et à combien d'entre eux il faudrait s'adresser pour obtenir le prix de chaque article. Ils poursuivirent la discussion jusqu'au moment où Phaulkon fut incapable de se concentrer plus longtemps.

« Mais qu'a-t-il bien pu lui arriver ? demanda-t-il désespéré. Elle avait promis d'être là.

— Peut-être le mandarin ne l'a-t-il pas laissée sortir aujourd'hui », fit Sri pour le taquiner.

Phaulkon était consterné. « Mais elle disait qu'elle n'habitait pas encore chez lui. » C'était une question tout autant qu'une affirmation.

« Si je me souviens bien, elle ne l'a pas dit précisément. Elle a simplement expliqué qu'elle n'était pas mariée et qu'elle ne pouvait pas révéler où elle habitait. Mais, Maître, vous avez l'air souffrant, dit-elle en feignant de s'apitoyer sur lui. Je suis convaincue qu'elle passera une autre fois. Je lui dirai que vous avez attendu. »

Phaulkon la foudroya du regard. « Je ne peux pas attendre davantage, mère. Il faut que je retourne au ministère.

— Eh bien, ne vous inquiétez pas, Maître : si elle vient, je lui transmettrai votre message. Vous feriez mieux de me laisser aussi un peu d'argent, à tout hasard. »

Phaulkon fouilla dans ses poches et lui tendit cinq taels. « Ce sera le premier versement, mère. Le reste suivra quand tu l'auras mise sur la route de Mergui.

— Je vais voir ce que je peux faire, Maître. Enfin, si elle vient, ajouta-t-elle impitoyable.

— Je viendrai te voir demain à la première heure », dit Phaulkon accablé en se levant.

Sri réprima son envie de rire. Le maître avait un visage long comme un concombre mûr. Jamais elle ne l'avait vu dans cet état, lui, toujours si plein de verve et d'enthousiasme, parfois aussi en colère — mais amoureux et désespéré ? Jamais. Elle sourit. Quelle habile manœuvre des gens du palais d'avoir ainsi interdit à Sunida de venir ce matin ! « Que le farang comprenne qu'il n'est pas facile pour Sunida de sortir pour le voir et que, s'il n'agit pas bientôt, il risque de la perdre à jamais », lui avait recommandé le fonctionnaire chaussé de babouches quand il était venu chez elle la veille au soir.

Elle éprouva un fugitif sentiment de remords en palpant les pièces que le maître venait de lui donner. Vingt ticals ! Une petite fortune, en vérité. Mais, après tout, le Palais ne la payait pas pour tous ses efforts. Elle était obligée de rendre service. Elle s'efforça d'apaiser sa conscience. Elle achèterait un joli cadeau aux deux amoureux pour célébrer leur union. Il lui resterait bien sûr un peu... non, pas mal de monnaie dans sa poche... Mais il est vrai qu'une pauvre marchande devait bien être d'une façon ou d'une autre récompensée pour sa peine.

Sunida jeta un coup d'œil sur la première rangée d'éventaires. Il était difficile d'apercevoir quelque chose au milieu d'une telle foule. Elle s'approcha d'un pas hésitant et regarda encore. Le Seigneur Bouddha soit remercié, Sri était seule. Sunida avait beaucoup tardé à venir, n'osant pas arriver plus tôt au cas où Phaulkon serait encore là. Jamais elle n'avait trouvé les heures d'attente aussi terriblement longues. Depuis qu'elle avait reçu la consigne du Palais précisant qu'en aucun cas elle ne devait être au rendez-vous, chaque minute lui avait paru une éternité. Qu'allait-il penser ? Qu'elle ne l'aimait pas ? Qu'elle ne voulait plus le revoir ? Comment pouvait-on la faire souffrir à ce point ? Comment pouvait-on l'obliger à le faire souffrir ainsi ? Fasse le Ciel qu'il admette qu'un incident indépendant de sa volonté l'avait empêchée de venir.

Elle se dirigea vers l'éventaire de Sri, en s'efforçant de cacher son accablement. « Pi Sri, Pi Sri, balbutia-t-elle, le maître est-il venu ?

— Bien sûr que oui. Maintenant calme-toi, ma chère. Tu me parais bien trop agitée. »

Sunida essaya de se contrôler. « Et qu'a-t-il dit ? Était-il en colère ? » Elle semblait toujours mortifiée.

« Il n'était pas en colère, ma chère. Je dirais plutôt : désespéré.

— Oh, Pi Sri, je suis désespérée moi aussi à l'idée que c'est moi qui lui ai fait de la peine. J'aurais dû venir quand même. J'aurais dû refuser d'écouter. Va-t-il revenir ? »

Sri se prit de pitié à la vue d'une enfant si pure et si belle. « Si tu veux bien te calmer, ma chère, je vais t'annoncer la bonne nouvelle. »

Sunida fut aussitôt attentive.

Sri se pencha vers elle et chuchota : « Tu connais cet homme que l'on t'a chargée d'espionner ? C'est quelqu'un que tu connais déjà... et qui t'intéresse. »

Tout d'abord, Sunida ne comprit pas. « Que voulez-vous dire ?

— C'est le maître, mon enfant. Ton farang préféré. C'est lui que tu dois espionner. Le mandarin n'existe pas. »

Sunida laissa les mots lentement pénétrer son esprit, les répétant inlassablement comme pour s'assurer qu'elle avait bien entendu.

« Vous ne vous moquez pas de moi, Pi Sri ?

— Bien sûr que non, mon enfant », répondit la marchande, touchée par l'expression émerveillée de la jeune femme : tout son visage s'était illuminé.

« Formée à servir l'homme que j'aime. À servir mon farang », ne cessait de murmurer Sunida. Puis, brusquement, elle s'assombrit. « Mais va-t-il vraiment falloir que je l'espionne ?

— Je le crains, mon enfant. Il y a toujours un prix à payer pour un excès de bonheur.

— Alors, dans mes prières, je vais implorer le Seigneur Bouddha que mon maître ne m'oblige pas à transmettre au Palais des propos qui l'accusent.

— Et je prierai aussi pour cela, renchérit Sri avec sincérité. Car c'est par moi que ces renseignements devront passer.

— Quel terrible destin que d'avoir à espionner son bien-aimé, murmura Sunida.

— Mais il aime notre pays, mon enfant, nous n'avons rien à craindre. Dis-toi bien ça. »

Sunida dévisagea Sri. « Vous le saviez depuis le début, n'est-ce pas, Pi Sri ? Que c'était celui à qui l'on me destinait ? »

Sri hocha la tête. « Il fallait que ça paraisse naturel, ma chère. Tu n'aurais jamais pu jouer ton rôle de façon aussi convaincante si tu avais connu la vérité. » Elle sourit. « Même moi, j'ai commencé à croire à l'existence du mandarin quand j'ai lu l'angoisse sur ton visage. »

Les pensées de Sunida remontèrent très loin. « Mais même mon oncle... » commença-t-elle, puis elle s'arrêta. À n'en pas douter, il avait de bonnes raisons, songea-t-elle, perplexe.

Sri examina soigneusement Sunida. « Ta mission commence plus tôt que tu ne le crois, mon enfant. Il faut que je t'envoie à Mergui dès que possible.

— À Mergui ? Mais c'est encore plus loin que Nakhon si Thammarat. Le maître viendra-t-il aussi ?

— Je crains que non, ma chère. Tu porteras pour lui une lettre là-bas. Le Palais voudra naturellement la lire d'abord. Mais, courage, quand tu reviendras il se sera écoulé assez de temps pour que notre mystérieux mandarin ait renoncé à te rechercher : tu pourras t'installer alors dans la maison du maître. »

Cette idée réconforta Sunida. « Pourrai-je le voir avant de partir ?

— Ce ne serait pas raisonnable, ma chère. N'oublie pas que tu échappes aux griffes d'un puissant mandarin.

— J'espère qu'il n'y a rien de mal dans la lettre, Pi Sri.

— Moi aussi, ma chère. Mais n'oublie pas : quand tu rentreras, tu ne devras jamais lui révéler la vérité, si fort que tu puisses l'aimer.

— Je sais, Pi Sri, le Seigneur de la Vie a ordonné », dit-elle bravement.

23

Le capitaine Samuel White, de la Compagnie des Indes orientales, se retourna pour jeter un ultime regard à la rade enchanteresse où, ces deux derniers jours, sans aucune explication valable, il s'était senti si profondément chez lui. Mergui — le plus grand port au nord de Malacca, un joyau de la côte occidentale du golfe du Bengale, la porte de l'Inde et de l'Occident, convoitée tout au long de l'histoire par les Birmans, les Siamois et les Portugais et qui maintenant se retrouvait solidement tenue par les Siamois. Que ne donneraient pas les Anglais pour prendre pied ici ! songea-t-il. Avec Madras à l'ouest et Mergui à l'est, le golfe tout entier serait pratiquement sous leur contrôle.

Quel ennui que personne n'eût été là pour l'accueillir ! Il avait attendu déjà deux jours entiers et ne pouvait se permettre de s'attarder davantage. Certes, il était arrivé avec plus d'une semaine d'avance sur l'horaire prévu, mais son frère George lui avait laissé entendre que quelqu'un — ce Grec ou l'un de ses hommes — serait là plus tôt, à tout hasard. Quiconque avait une certaine expérience de la mer savait qu'il était impossible de faire des estimations précises sur les vents capricieux du golfe. Une chose en tout cas était certaine : les marées avaient leurs horaires réguliers et il ne pouvait se permettre d'être surpris du mauvais côté du golfe avec des vents contraires. Il ne pouvait attendre à Mergui plus longtemps qu'il n'était vraiment nécessaire : du moins s'il voulait traverser le golfe, contourner la pointe de l'Inde, remonter jusqu'au golfe Persique et rentrer avant que les moussons ne se déchaînent.

Il chassa de son front des mèches couleur de paille et réfléchit un moment. Il aurait bien aimé rester un peu plus longtemps dans ce petit coin de paradis, avec ses femmes birmanes, sa cuisine délicieuse et ses larges perspectives sur l'océan à vous couper le souffle. Mais le temps pressait. Puisque personne n'était là pour l'accueillir, il lui faudrait gagner rapidement Ayuthia pour enquêter sur la situation. Si Phaulkon ne s'y trouvait pas, si la marchandise n'était pas prête, il devait faire demi-tour et repartir en se contentant de maudire sa malchance et ce Grec dont son frère lui avait dit si grand bien.

Pendant que son navire était ostensiblement en réparation, le capitaine White avait laissé entendre à ses officiers qu'il avait à accomplir une importante mission qui pourrait l'amener à s'absenter trois semaines : c'était, à son avis, le délai le plus court pour gagner en hâte la capitale et en revenir. En attendant, ils devaient entretenir le mythe des réparations à effectuer sur le navire et avoir l'air terriblement occupés jusqu'à son retour. Le capitaine avait lancé un coup d'œil en direction d'un groupe animé de femmes birmanes qui pépiaient non loin de là : il avait laissé entendre à ses hommes que les occupations ne leur manqueraient pas. Il y avait aussi le problème de la cargaison d'opium et de beaux tissus indiens à débarquer discrètement pour la vendre sur le marché local. Les hommes, manifestement attachés à leur téméraire capitaine, avaient éclaté de rire et promis de s'occuper des deux questions dont on les avait chargés.

Ce matin-là, à l'aube, avec ce frisson d'excitation qu'il ressentait toujours lorsqu'il se lançait dans un territoire inconnu, Samuel White partit pour le voyage de onze jours qui devait l'amener à Ayuthia. Il avait loué quatre pirogues, plusieurs porteurs pour se charger des caisses de cadeaux et engagé les services d'un guide indien qui parlait quelques mots d'anglais et qui ne cessait de se prosterner en direction de La Mecque, surtout quand on lui demandait le moindre travail. Mais du moins pouvait-il s'adresser aux coolies dans leur langue.

C'était donc là, songeait Samuel en cheminant, la célèbre route qui, par des rivières et à travers la jungle, voyait passer l'essentiel du commerce entre l'Inde, la Perse et Ayuthia, en faisant gagner des semaines sur un voyage par mer beaucoup plus long.

La route traversait l'isthme étroit, reliant ainsi le golfe du Bengale au golfe du Siam : elle évitait le long détour par le promontoire de Singapour et le long de la côte orientale de la presqu'île malaise jusque dans le golfe du Siam et l'embouchure du Menam. Non seulement on gagnait deux mois, mais on avait en outre l'avantage d'éviter les eaux infestées de pirates du détroit de Malacca.

Même si la route passait par des forêts apparemment impénétrables, des marais infestés par la malaria et des jungles peuplées de tigres, d'éléphants et de rhinocéros, on pouvait l'utiliser durant la saison sèche, de novembre à mai. Mais le reste de l'année, quand les moussons faisaient rage, le commerce était pratiquement paralysé. Les eaux des rivières gonflaient furieusement, les moustiques se multipliaient par centaines et des légions de sangsues venaient se gorger de sang. Le voyage à cette époque était une lutte pour la vie et les rares imprudents qui l'avaient tenté, pour la plupart marchands désespérés et jésuites emportés par leur zèle, succombaient invariablement aux griffes des tigres ou à la morsure mortelle des énormes poissons meng plu qui bondissaient des eaux tourbillonnantes pour s'accrocher sans merci aux corps des hommes.

À partir de Jelinga, un hameau de huttes primitives à six jours en amont de Mergui, la rivière Tenasserim n'était plus navigable : le voyageur devait louer des éléphants, des chars à bœufs et des litières pour négocier la piste cahotante qui aboutissait, trois jours plus tard, à Phri Phri, sur le golfe du Siam. De là, on pouvait trouver des bateaux qui assuraient la traversée jusqu'à Ayuthia.

Quand Samuel s'engagea ce matin-là sur la rivière Tenasserim, il trouva le courant plus rapide qu'il ne s'y attendait : chaque fois que le vent leur permettait de relever les avirons et d'utiliser les petites voiles dont chaque pirogue était équipée, il était persuadé qu'ils allaient se fracasser contre les rochers. Mais les rameurs siamois parvenaient à manœuvrer : il s'habitua bientôt à ces embardées de dernière minute et à l'extraordinaire habileté avec laquelle ils bondissaient soudain par-dessus le bord de leur embarcation pour patauger dans les hauts-fonds et guider le canot dans un passage hérissé de rochers.

Peu à peu, les marais bordés de palétuviers cédèrent la place à une jungle touffue, à ce point peuplée de tigres et de rhinocéros qu'il était impossible aux voyageurs de s'aventurer sur la rive. Le paysage, toutefois, devenait d'heure en heure plus spectaculaire : il alternait bientôt entre les belles forêts et les rivières baignées de soleil qui annonçaient la présence sur la berge de villages entourés de murs.

Ils aperçurent des oiseaux de la jungle aux couleurs stupéfiantes, dont le superbe plumage chatoyait au soleil chaque fois que ses rayons parvenaient à percer l'épais feuillage. En guise de distraction, il y avait les continuelles bandes de singes qui gambadaient au bord de la rivière, souvent pendus par une liane aux branches des arbres les plus basses qui s'étendaient presque jusqu'au milieu de la rivière. Eux aussi étaient curieux de voir les intrus. Depuis le rivage, de magnifiques daims tachetés les observaient craintivement et des sangliers reniflaient sur leur passage.

À l'approche de la nuit, ils jetèrent l'ancre au milieu du courant à l'abri de quelques rochers. La rivière allait être leur demeure, de nuit comme de jour : ils faisaient la cuisine et dormaient à bord de leur petite embarcation. Samuel s'allongea sur le dos en contemplant le ciel nocturne des tropiques — une savante tapisserie de lumières étincelantes — et songea à sa mission. Bientôt, même le chœur nocturne des grenouilles, des sauterelles, des criquets et des cigales ne parvint plus à le détourner de ses pensées.

Était-ce cette fois la chance de sa vie, le moment qu'il attendait depuis toujours ? De son côté, tout était paré. Le reste dépendait d'un homme qu'il n'avait jamais rencontré : un Grec au service des Anglais à Ayuthia. Son frère George, généralement avare de compliments, avait quand même fait l'éloge de cet homme : Samuel pouvait donc raisonnablement espérer que tout serait également prêt de son côté. Mais pourquoi n'y avait-il eu personne à Mergui pour l'accueillir ? Peut-être était-il en route en ce moment même et allait-il les rencontrer sur la rivière. Il s'était assuré en effet que c'était la seule route utilisable pour traverser l'isthme. Et comme il était hors de question de voyager de nuit, les deux groupes avançant chacun dans une direction opposée ne risquaient guère de se manquer.

Mais il n'avait rencontré personne qui ressemblât, même de loin, au signalement dont il disposait. À un moment, une fille magnifique, spectacle assez incongru au cœur de cette jungle, les avait croisés, entourée d'une escorte de coolies et de guides. Ils avaient échangé au passage un bref sourire et il avait senti son cœur battre plus vite en se disant qu'il y aurait certainement à Ayuthia d'autres beautés semblables, disposées à remonter le moral d'un voyageur fatigué.

Bon sang, jura-t-il, il espérait bien que les marchandises seraient disponibles. Il ne pourrait rester plus d'un jour ou deux à Ayuthia : sinon on s'apercevrait de sa présence, on la signalerait, et la Compagnie à Madras risquait de lui poser par la suite des questions embarrassantes. Après tout, il était censé être à Mergui et non à Ayuthia, pour surveiller la vente de sa cargaison de tissus et d'opium avant de regagner sa base de Madras. La direction lui avait en outre donné pour mission d'observer attentivement la situation à Mergui, et surtout les installations portuaires. Madras, il le savait, jouait habilement sur les craintes que les Hollandais inspiraient aux Siamois : les Anglais préparaient du côté du gouvernement siamois une ouverture dans le cadre de laquelle on évoquerait certainement la question des concessions à Mergui.

Après des mois de recherches, il avait fini par réunir un équipage en qui il avait confiance et un groupe d'officiers qui étaient ses amis dans la Compagnie. S'ils effectuaient comme prévu le voyage jusqu'en Perse et retour, tous confirmeraient la même histoire : qu'en quittant Mergui à destination de Madras, le *Cornwall* avait été détourné de sa route par les vents dans le golfe du Bengale et contraint de chercher un abri dans les îles Andaman. Cela seul suffirait à éveiller la compassion de n'importe quelle commission d'enquête de Madras, estimait Samuel. Les cannibales habitant les Andaman, avec leur prédilection bien connue pour la viande des Blancs, étaient redoutés de tous les navigateurs du golfe.

Déjà ses deux lieutenants, Jackson et Hayes, emportés par la dysenterie sur la route de Mergui, avaient à leur insu fourni deux décès qu'il pourrait attribuer aux sauvages mangeurs d'hommes des Andaman. Le reste de l'équipage serait censé s'être caché dans une crique en attendant que la tempête s'apaise avant de prendre la mer à bord de canots de sauvetage, abandonnant le *Cornwall* qui avait heurté un récif. Dans cette région primitive, mieux valait affronter la mer dans un canot que de risquer de finir comme plat de résistance dans la marmite de quelque chef indigène. Après avoir erré un certain nombre de jours dans deux canots sur une mer miraculeusement calme et être parvenus presque au bout de leurs maigres provisions, les seize officiers et hommes d'équipage survivants du *Cornwall* seraient repérés par une jonque siamoise qui les prendrait à son bord.

Dans la réalité, songea Samuel avec un frisson d'excitation, si tout se passait conformément aux plans et si Phaulkon était prêt avec le chargement à Ayuthia, il repartirait immédiatement pour Mergui et chargerait le plus vite possible le *Cornwall*. Le navire appareillerait pour la Perse, y vendrait sa nouvelle cargaison et reviendrait le plus vite possible jusqu'à un lieu de rendez-vous convenu au large de Mergui. Là, en pleine mer, sans autre navire en vue, lui et ses officiers saborderaient le *Cornwall* et s'embarqueraient sur la jonque à bord de laquelle les attendrait Phaulkon.

George avait assuré à son frère que, s'il prévoyait son arrivée à Ayuthia pour la fin de février ou le début de mars 1680, Phaulkon aurait toute une année pour réunir les marchandises précieuses dont les Maures étaient réputés avoir le monopole : soies sauvages, thés et porcelaines de Chine, épices, joyaux et bois aromatiques de l'Asie du Sud-Est. Le type de cargaison qui leur rapporterait une fortune en Perse. On distribuerait à l'équipage et aux officiers du *Cornwall* une petite part des profits pour s'assurer qu'ils seraient loyaux et confirmeraient l'histoire du naufrage dans les îles Andaman, puis ils rentreraient à Madras. Samuel repartirait alors avec eux ou bien se mettrait au service du roi de Siam si, comme son frère l'avait laissé entendre, la réussite de l'expédition en Perse incitait Sa Majesté siamoise à développer sa flotte et à engager des capitaines anglais expérimentés pour commander ses vaisseaux. Phaulkon, supposait-il, aurait préparé cette partie du plan.

Samuel soupira tandis qu'une chouette hululait dans la nuit tropicale. C'était un moment passionnant. À vingt-huit ans, il était débordant d'ambition et deux années passées dans le monde de coupe-gorge des marchands de l'Asie du Sud avaient fort opportunément rendu sa conscience très accommodante. S'enrichir, pratiquement à n'importe quel prix, était la raison d'être de la majorité de ses collègues négociants : la règle du jeu consistait simplement à ne pas se faire prendre. Cette fois-ci, c'était sa grande chance. Non pas qu'il eût mal réussi jusque-là, songea-t-il, même si d'autres avaient peut-être fait mieux. Ce maudit Yale, par exemple. Ce diable d'homme, à ce qu'on racontait, allait faire l'objet d'une nouvelle promotion : vice-président de la direction de l'honorable Compagnie à Madras, cette fois ! Et l'Américain se vantait ouvertement de la fortune qu'il avait amassée en commerçant pour son propre compte : il se vantait maintenant du collège qu'il allait fonder dans sa Nouvelle-Angleterre natale. Oh non, se dit Samuel, ce n'était pas lui qui irait fonder un nouvel Oxford ou un nouveau Cambridge : tout ce qu'il voulait, c'était s'acheter un domaine à la campagne, un beau domaine, et mener la vie facile d'un gentleman-farmer de la bonne vieille Angleterre. Car, au bout du compte, il n'y avait rien de mieux.

La lune maintenant s'était levée, prêtant aux eaux

bouillonnantes un éclat argenté. En regardant autour de lui, il constata que tous les hommes s'étaient installés pour la nuit. Il sourit. Ils étaient entassés dans les trois autres canots tandis que lui, Samuel White, seigneur de Pottersby Hall, Northamptonshire, capitaine (à la retraite) de la flotte des Indes orientales de Sa Majesté, avait un canot pour lui tout seul, comme il convenait à un officier et à un gentilhomme. Bercé par les rumeurs de la jungle, il se tourna sur le côté et sombra dans un profond sommeil.

24

La tension était presque palpable. Les spectateurs étaient accroupis sur des prés surélevés bordant les quatre côtés du vaste terrain. Deux grands arbres offraient leur ombre à l'emplacement réservé au roi : partout ailleurs, à l'exception d'un vénérable vieux banyan, il n'y avait aucune végétation. L'immense clairière était entourée sur trois côtés par la forêt et la jungle, longée, sur le quatrième, par une large route de boue séchée menant à la ville voisine de Louvo, où se trouvait le Palais d'été de Sa Majesté. Au centre du terrain, deux rangées d'épais poteaux de bois, solidement plantés dans le sol à intervalles réguliers d'une soixantaine de centimètres, se rapprochaient peu à peu. L'allée tracée entre les poteaux permettait le passage d'un éléphant tandis que leur écartement était trop étroit pour que l'animal puisse virer d'un côté ou de l'autre, si d'aventure il tentait de s'échapper. Les hommes, et surtout ceux qui étaient agiles, pouvaient cependant se glisser entre les poteaux, venir harceler l'éléphant et s'esquiver avant que le pachyderme furieux ne puisse les piétiner.

Le passage, de plus en plus réduit, aboutissait à une arène carrée, grande comme une cour et bordée des mêmes poteaux régulièrement espacés. Le but de la chasse consistait, par une série d'habiles manœuvres, à attirer l'éléphant dans ce dernier enclos : là, de succulentes pousses de cannes à sucre et des éléphantes propres à l'apaiser lui donneraient peu à peu l'avant-goût d'une vie plus facile et calmeraient son caractère intraitable. Certains des animaux succombaient plus rapidement que d'autres à ce genre de traitement : les plus obstinés opposaient une résistance farouche, refusant de céder, et n'acceptant pas, pendant des jours d'affilée, d'avoir été capturés. Mais, au bout du compte, même les plus récalcitrants se retrouvaient assagis et prêts à servir le roi et leur patrie. Ils travailleraient dans les forêts de teck et seraient enrôlés dans les meilleurs régiments pour affronter l'ennemi au combat.

Des mahouts, dissimulés sous des feuillages et marmonant des prières dans la vieille langue sacrée khmère, s'étaient déjà lancés dans les forêts avoisinantes, montés sur des femelles dressées, en quête de mâles aventureux. Les cris d'amour de leurs montures retentissaient aux lisières de la jungle. La chasse avait commencé.

Du coin de l'œil, Phaulkon regarda en direction de l'emplacement royal. L'escorte de Sa Majesté était tout juste arrivée au bord du terrain et tous les assistants s'étaient prosternés. La distance était trop grande pour que Phaulkon pût distinguer dans ses détails la silhouette du monarque, mais il n'y avait pas à se tromper sur sa personne. Dominant son entourage du haut d'un énorme animal somptueusement caparaçonné, Sa Majesté lançait autour d'elle des regards impérieux. Un instant, son attention parut s'arrêter sur Phaulkon, puis elle fut attirée une fois de plus vers l'arène.

Le cœur de Phaulkon se mit à battre plus vite. Sa Majesté l'avait-elle remarqué, l'avait-elle repéré dans la foule ? C'était la première fois qu'il apercevait, même de loin, le Seigneur de la Vie. Les diamants des harnais royaux, les rubis et les saphirs qui constellaient la coiffe royale de forme conique étincelaient au soleil. L'escorte de trois cents mandarins, fonctionnaires du palais et esclaves, s'installa aux places désignées par ordre de préséance dans l'enceinte royale. En tant que ministre le plus éminent du pays, le Barcalon était placé juste à la droite de Sa Majesté. Le général Petraja, président du Conseil privé, était à sa gauche. Phaulkon avait entendu dire que Sa Majesté aimait le relâchement de l'étiquette au sein de l'escorte réduite qui l'accompagnait à Louvo. On disait aussi que sa passion pour la chasse l'amenait à passer de plus en plus de temps à son Palais d'été, à six heures d'Ayuthia par le fleuve. Là, le roi pouvait même échanger quelques mots avec un homme du commun sans avoir au préalable à l'anoblir, comme l'auraient exigé les usages d'Ayuthia. C'était certainement lassant, songea Phaulkon, d'être obligé de constamment s'en tenir au protocole rigide de la capitale : là-bas, Sa Majesté devait d'abord faire prévenir en secret tout homme du commun avec lequel elle souhaitait converser. Celui-ci l'attendait à un endroit et à une heure fixés pour que Sa Majesté « tombe sur lui » par hasard.

À Louvo, la chasse était sans pareille, car le nombre d'éléphants sauvages dans les forêts avoisinantes dépassait de loin celui d'Ayuthia. Aujourd'hui, le petit groupe des invités devait se régaler d'un exploit de Luang Sorasak, le fils du général Petraja. Comme son père, Sorasak était réputé pour compter parmi les plus habiles conducteurs d'éléphants du royaume et être l'un des rares à avoir brillamment monté un éléphant « spécial » et à être sorti vivant de cette aventure. Ces éléphants « spéciaux », de sauvages colosses, étaient connus pour devenir fous devant l'indignité d'être montés : ils chargeaient alors à toute vitesse vers la forêt la plus proche, bien décidés à décapiter leur cavalier contre la branche d'un arbre.

Dans ses efforts pour comprendre les Siamois, Phaulkon en avait beaucoup appris sur les éléphants : plus il s'y intéressait, plus le sujet le fascinait. Il était absolument persuadé qu'il s'agissait de créatures d'une intelligence supérieure et il avait été émerveillé d'apprendre comment, au combat, un éléphant bien dressé pouvait ramasser avec sa trompe son cavalier tombé à terre et le remettre en selle, ou bien jeter au sol un cavalier et le piétiner à mort.

Sa Majesté, comme tous ses prédécesseurs royaux, vénérait les éléphants : elle les utilisait souvent pour juger des criminels, rendant ainsi hommage à leur perspicacité et à leur intuition. Un éléphant rendait la justice en piétinant à mort l'accusé, ou en se contentant de le projeter au loin avec sa trompe s'il estimait que le crime réclamait un châtiment moins radical. Lorsque deux juges éléphants se renvoyaient ainsi l'accusé, en l'attrapant avec douceur par leur trompe, le crime n'était pas considéré comme grave. S'ils ignoraient complètement l'accusé, celui-ci était aussitôt libéré.

Phaulkon avait fait le voyage de Louvo en compagnie de deux adjoints du Barcalon. Ils lui avaient montré sa place en lui précisant que le général Petraja, qui l'avait invité par l'intermédiaire du Barcalon, souhaitait avoir une conversation avec lui après le spectacle. Phaulkon était au premier rang de l'enceinte des roturiers en compagnie d'une cinquantaine de courtisans de moindre importance qui se retournaient de temps en temps pour le dévisager avec curiosité. Tous étaient vêtus, comme lui, de blouses de toile blanche et de panungs noirs, en l'honneur de Sa Majesté. Quiconque s'était vu offrir par elle un vêtement était tenu de le porter en cette occasion. Le Grec avait l'impression d'être le seul farang présent.

L'enceinte royale occupait presque tout l'espace de ce côté-ci de l'arène : le côté opposé semblait réservé aux paysans et aux fermiers, vêtus pour la plupart de pagnes, et qui étaient à tour de rôle invités à ce spectacle impressionnant. Chaque homme, chaque femme se voyait accorder l'occasion d'assister à une chasse royale une fois dans sa vie.

« Ainsi, nous nous rencontrons une nouvelle fois, *heer* Phaulkon. » Les sons gutturaux lui parurent étrangement familiers et le Grec se retourna. La foule s'écarta devant deux nouveaux venus. Le plus corpulent des deux éveillait tout particulièrement l'intérêt, et la foule, peu habituée à voir des farangs, le dévisageait avec une curiosité non dissimulée.

« *Heer* Van Risling, quelle surprise ! s'exclama Phaulkon en hollandais. Je ne savais pas que vous étiez un *aficionado* de la chasse. »

Le gros Hollandais, toujours aussi rougeaud et transpirant sous le poids de sa tenue européenne, eut une grimace écœurée.

« Je suis venu tout exprès de Ligor afin de régler certaines affaires qui vous concernent directement, *heer* Phaulkon. »

Le Grec ne releva pas.

« Et puis-je vous demander si vous avez vu mes collègues, MM. Burnaby et Ivatt ? demanda-t-il.

— Nous ne fréquentons pas les mêmes milieux, répondit Van Risling d'un ton hautain. Ils sont prisonniers, je crois. »

Il se tourna vers son compagnon, un grand homme aux cheveux gris qui possédait des traits élégants, réguliers, et au sourire avenant. « Puis-je vous présenter *heer* Aarnout Faa, notre distingué directeur à Ayuthia ? *Heer* Constantin Phaulkon. »

Les deux hommes s'inclinèrent courtoisement. Phaulkon observa avec intérêt le chef de la Verenigde Oostindische Compagnie, que l'on appelait simplement la VOC. Il était le Hollandais ayant le plus haut rang au Siam et, si Phaulkon avait eu des contacts avec d'autres employés de la Compagnie hollandaise des Indes orientales, c'était la première fois qu'il en rencontrait le chef.

Aarnout Faa, l'*opperhoofd* ou directeur résident, employait un personnel de plus de quarante personnes où chacune appartenait à une catégorie bien définie : *opperkoopman*, *koopman*, *onderkoopman*, assistants *koopman*, chirurgiens en titre et assistants chirurgiens, comptables, magasiniers, soldats, matelots et ouvriers. Ses bureaux d'Ayuthia, un bâtiment massif de brique de l'autre côté de la rivière, faisaient l'envie de tous les marchands du Siam. Faa régnait sur tout cela et n'avait de compte à rendre qu'au gouverneur général de Batavia, à Java : c'était un homme avec lequel il fallait compter.

« On m'a beaucoup parlé de vous ces temps-ci, *heer* Phaulkon », commença-t-il dans un anglais parfait. Il avait passé un diplôme de langues et de littérature à l'université d'Amsterdam et, même si vingt ans s'étaient écoulés depuis cette époque, il avait eu maintes fois l'occasion d'en conserver la pratique. L'univers commercial de l'Asie du Sud était peuplé de pirates anglais et de quelques rares gentlemen. « Il paraît que vous avez fait sensation à notre petite succursale de Ligor. » Faa sourit et désigna du doigt Van Risling. « Et vous avez manifestement fait impression sur notre chef *koopman* là-bas. »

Van Risling se dandina d'un air gêné. Il avait du mal à suivre l'anglais rapide de son chef.

Phaulkon s'inclina. « Monsieur, je suis certain que l'impression a été réciproque.

— *Heer* Van Risling vient d'arriver de Ligor, reprit le directeur, revenant au hollandais pour son collègue. Nous comptions en fait vous rendre visite demain à Ayuthia. Cette rencontre fortuite peut nous en éviter la nécessité. Je tenais particulièrement à discuter avec vous du problème de certains canons. » Le directeur marqua un temps. « J'ai été intrigué d'apprendre que vous transportiez des armes d'origine hollandaise. C'est fort étrange, *heer* Phaulkon, si l'on songe à quel point vous autres Anglais êtes fiers de ce que vous fabriquez vous-mêmes.

— Nos pratiques commerciales, vous en conviendrez, *heer* Faa, sont des affaires qui ne concernent que nous-mêmes.

— En effet, *heer* Phaulkon. Je comprends fort bien votre réticence à aborder ce sujet. Surtout si, comme je le crois, vous tentiez de fournir des canons hollandais aux rebelles de Pattani. J'ai naturellement exprimé mon opinion sur ce point à Son Excellence le Barcalon. Comme vous le savez, notre Compagnie hollandaise fonctionne dans ce pays depuis près d'un siècle et nous entretenons d'excellentes relations avec le gouvernement siamois.

— Je suis surpris de l'apprendre, *heer* Faa. Ce n'est pas du tout l'opinion que j'ai de la situation. Pas plus, j'ose le dire, que celle du gouvernement siamois. Peut-être avez-vous quelque peu perdu le contact, *mijn heer*. Bien sûr, ajouta sèchement Phaulkon, le fait de ne pas parler la langue ne doit pas vous faciliter le maintien d'un contact étroit. »

Van Risling se redressa de toute sa taille et se mit à renifler d'un air furieux comme si c'était lui que l'on avait attaqué, alors que l'*opperhoofd* tressaillait à peine et gardait son calme.

« Comme je l'ai dit précédemment, cela m'intrigue de savoir comment vous vous êtes procuré nos canons, *heer* Phaulkon. Agissiez-vous pour votre propre compte ou bien cela fait-il partie de quelque plus vaste projet des Anglais pour nous discréditer ?

— Les Siamois et les Anglais travaillent de concert à vous discréditer, *heer* Faa. Pour ensuite vous supplanter. C'est pourquoi les Anglais ont été invités à reprendre le commerce. C'est pourquoi aussi, membre de la Compagnie anglaise, je me suis vu offrir un poste au ministère du Commerce. Nous allons saper votre pouvoir, *mijn heer*. Anglais et Siamois poursuivent maintenant le même but.

— Ha, ha ! Elle est bien bonne ! » Van Risling eut un rire rauque et tous les Siamois situés à côté d'eux tournèrent la tête. « Alors les Siamois fournissent maintenant des canons à leurs propres ennemis de Pattani ? Intéressante politique. Ha, ha ! »

Phaulkon ne releva pas. Si seulement l'*opperhoofd* avalait l'hameçon, se dit-il. Alors, lui, Phaulkon, aurait fait un pas de plus vers son objectif.

À présent, Sunida ne devait plus être bien loin de Mergui. Si elle parvenait à contacter Samuel à temps et si toute l'expédition vers la Perse se soldait par un succès, alors les Siamois seraient peut-être mieux disposés à accepter son projet d'une flotte locale commandée par des capitaines anglais au service du Siam. Et les Hollandais pourraient bien à leur insu accélérer alors le processus. Plus ils se heurtaient au Siam, plus tôt on pourrait lui demander de réaliser son projet. Phaulkon espérait qu'Aarnout Faa allait rapporter mot pour mot ses paroles dans le célèbre *dagh-register* et provoquer ainsi des représailles hollandaises contre les Siamois. Le *dagh-register*, ou journal quotidien, symbole de l'esprit méticuleux des Hollandais, accompagnait chaque navire regagnant Batavia. Il contenait des états complets des chiffres du commerce, des tendances politiques et économiques, des transcriptions de conversations intéressantes et tout type d'information concernant une succursale ou une autre. Les Hollandais n'omettaient aucun détail et rien n'apparaissait trop indifférent pour ne pas figurer dans le *dagh-register*. Les avant-postes et les factories de la VOC à Amboina, Banda, aux Moluques, à Ceylan, à Malacca, à Macassar, au Cambodge, à Formose, au cap de Bonne-Espérance, à Coromandel, à Surac, à Malabar, à Jaffnapatnam, et bien d'autres, fournissaient à la direction de la Compagnie à Java une documentation volumineuse et précise sur tout ce qui concernait la région. La suprématie hollandaise s'alimentait aux renseignements contenus dans les *dagh-register* : c'est pourquoi il était difficile de défier l'empire hollandais. Le *gouverneur-generaal* connaissait les cadeaux à offrir aux fonctionnaires de tel pays et savait à quel moment les faire. La densité du trafic des navires transportant les précieux journaux permettait à Batavia d'être au courant des événements bien avant la concurrence.

Dans le cas d'Ayuthia, Batavia n'était qu'à vingt-cinq jours de bateau et les vastes pouvoirs confiés au *gouverneur-generaal* en faisaient aisément le dirigeant farang avec lequel il était le plus commode de traiter. Le monarque siamois aussi bien que le Pra Klang entretenaient avec lui une correspondance régulière. Comme les lettres à destination de l'Angleterre et de l'Europe mettaient sept mois pour arriver à destination — quand elles y parvenaient —, la VOC de Batavia avait le pouvoir de signer des traités, de lever des troupes, de bâtir des forteresses et de nommer des fonctionnaires au nom du gouvernement hollandais. Aucune directive nouvelle n'était venue du Général des États, le gouvernement de Hollande, depuis 1650, quelque trente ans plus tôt. La VOC était pratiquement un royaume à elle seule, dont le *gouverneur-generaal* était le roi sans couronne. Phaulkon sourit sous cape. La Hollande était gouvernée par un Général des États mais on avait persuadé le prince d'Orange d'assumer le titre de roi, chaque fois qu'il recevait une délégation siamoise ou qu'il répondait à une de leurs lettres. On ne pouvait pas laisser le *gouverneur-generaal* diminuer son pays aux yeux des visiteurs. Pour les Siamois, il était en effet inconcevable qu'un pays qui se respecte puisse fonctionner ou se considérer comme une puissance sans avoir de roi à sa tête.

L'*opperhoofd* attendit avec patience que le rire de Van Risling se calme, puis il perça Phaulkon du regard.

« Quoi qu'il en soit, *heer* Phaulkon, une dépêche express décrivant vos activités a été adressée à Son Excellence *heer* Rijcklof Van Goens, avec mes commentaires. Le *gouverneur-generaal* tient généralement compte de mes avis et, comme le *dagh-register* est parti voilà un mois, Son Excellence aura certainement abordé cette affaire avec le chef de votre Compagnie anglaise à Bantam. » Il s'interrompit et l'esquisse d'un sourire passa sur ses lèvres.

« Votre bureau ici est, je crois, sous l'autorité de Bantam ? Selon les règles de conduite sur lesquelles nos deux gouvernements se sont mis d'accord, j'ai vivement recommandé l'arrêt de toutes vos activités au Siam. » Durcissant son regard, il ajouta : « Sous menace de sévères représailles de notre part. Je suis certain, *heer* Phaulkon, qu'étant donné les circonstances nous n'allons pas tarder à être privés de votre présence. »

Phaulkon ricana. « Bantam n'a pas le pouvoir de prendre une telle décision, *heer* Faa. Les ordres viennent de plus haut.

— De Madras ? » demanda Faa.

Une série de cris de bêtes en rut retentit dans les forêts avoisinantes. Phaulkon se tourna dans leur direction. « Aimez-vous la chasse, *heer* Faa ? demanda-t-il poliment.

— *Godverdorie !* s'exclama Van Risling, le sang lui montant au visage. Vous allez répondre à *heer* Faa quand il vous pose une question. Il a un rang plus élevé que le vôtre.

— Je ne suis pas hollandais, *heer* Van Risling : son rang ne me concerne donc pas.

— À vrai dire, j'aime beaucoup la chasse », répondit Aarnout Faa avec une politesse appliquée, laissant Van Risling marmonner furieusement dans sa barbe. « Aussi bien la chasse aux éléphants qu'aux tigres, et parfois, ajouta-t-il avec un léger sourire, aux fourmis qui osent défier la Verenigde Oostindische Compagnie. J'adore les voir écrasées. »

Le directeur résident hollandais tourna la tête et concentra son attention sur l'arène. Van Risling avait raison, songea-t-il. Ce Phaulkon était un homme impudent et d'une assurance excessive, mais sans doute quelqu'un dont il fallait tenir compte, bien plus que de son supérieur immédiat, le falot Burnaby. Mais qu'est-ce qui avait donné à cet homme une telle assurance ? Que pouvait-il espérer accomplir ? L'Asie du Sud-Est était une enclave hollandaise. Quant à Ayuthia, la Compagnie exportait du bois, des madriers et du plomb à Formose, de la cire et de l'huile de coco à Malacca, du sucre, de l'étain et du poivre en Inde. Avec le Japon, le marché le plus lucratif de tous, la Compagnie avait un monopole — garanti par traité — pour l'exportation des peaux de daims. Cela lui assurait le contrôle de l'article qui rapportait le plus d'argent dans tout le commerce d'exportation d'Ayuthia. Même s'il était vrai que le bois de sampang permettait quinze cents pour cent de bénéfice sur le prix d'achat, il était volumineux à transporter alors que les peaux, même avec trois cents pour cent seulement de bénéfice, faisaient plus que combler la différence par leurs énormes quantités. Cette année déjà, il s'attendait à expédier pour la première fois au Japon plus de cent mille peaux : à moins, bien sûr, que le clergé bouddhiste n'exige une nouvelle suspension du massacre des daims, comme il le faisait périodiquement. Ou à moins que la présence d'un éléphant blanc dans les forêts n'arrête provisoirement toute chasse dans la région.

L'*opperhoofd* eut un soupir d'impatience. L'heure était venue de tirer le maximum de sa position et d'empocher la récompense que méritaient des années de dévoués services. Maintenant que le nouveau *gouverneur-generaal* avait tenu compte de son avis et annulé la décision d'expédier d'abord les peaux à Batavia, il pouvait les exporter directement vers le Japon. Il avait prévenu le gouverneur qu'entreposer les peaux dans le climat humide de Java, c'était risquer de les abandonner aux attaques des vers : les deux premières cargaisons avaient d'ailleurs été pratiquement anéanties par les vers en attendant d'être transbordées à Batavia. Les Japonais étaient exigeants et leur réticence naturelle à accepter des importations faisait d'eux des clients difficiles. Les peaux devaient être de qualité supérieure. Maintenant qu'il pouvait exporter directement, songea l'*opperhoofd*, qui irait remarquer une petite différence d'un ou deux pour cent sur des expéditions de cent mille peaux ? Et puis les Japonais payaient en lingots d'argent, monnaie fort prisée à Ayuthia. Bientôt, son style de vie allait grandement s'améliorer.

Quels étaient alors les mobiles de Phaulkon ? Il possédait une connaissance impressionnante du hollandais et du siamois. Mais lui ou les Anglais ne pouvaient sérieusement espérer supplanter la VOC. De Batavia, le *gouverneur-generaal* approvisionnait régulièrement le roi de Siam en canonniers, artilleurs, joailliers, médecins et charpentiers, et même en souffleurs de verre et en peintres. Que ferait Sa Majesté sans tous ces gens ? Sans ces horloges et ces télescopes ? Il comptait en outre sur le marché tout proche de Java, encore sous le joug hollandais, pour écouler ses surplus de riz.

D'ailleurs, le bureau local apportait scrupuleusement sa contribution aux cérémonies de crémation des hauts fonctionnaires siamois et faisait participer la Compagnie à toutes les fêtes du pays. On savait comment et quand distribuer des présents. Cela faisait partie du système. Les Anglais, en revanche, étaient désorganisés : ils étaient préoccupés par leurs affaires sur le sous-continent indien et, bien qu'ayant leur direction régionale à Madras, ils connaissaient lamentablement mal la région. Ils n'étaient d'ailleurs qu'une poignée...

Un grand cri vint interrompre ses réflexions. La foule autour de lui se figea.

Une violente sonnerie de trompes et le craquement de branches piétinées précédèrent l'apparition d'un mâle colossal qui sortit en rugissant de la forêt, à la poursuite de deux femelles. Conduites par des mahouts camouflés qui s'efforçaient désespérément de les guider avec leurs crocs de fer, les femelles en comparaison, semblaient des miniatures ; elles se dirigeaient vers la longue allée de poteaux. À chaque enjambée, le mâle gagnait du terrain. On pouvait se demander si les femelles atteindraient l'allée avant que le géant ne les ait rattrapées en terrain découvert. Elles y parvinrent de justesse. L'énorme mâle s'engouffra dans l'étroite allée à leur poursuite et dut ralentir l'allure. Il leva sa trompe en émettant une série de barrissements assourdissants. Plusieurs Siamois à pied se glissèrent alors avec agilité dans l'allée par les étroits interstices qui séparaient les poteaux, et tentèrent de provoquer l'éléphant avec des bâtons pointus.

L'animal se retournait sauvagement contre l'un, puis l'autre : mais avant qu'il ait pu écraser ses assaillants sous son énorme patte, ils s'étaient faufilés hors d'atteinte des défenses furieuses qui venaient se planter avec un bruit sourd dans les poteaux. L'animal, en colère, se dégageait, faisait volte-face et se lançait à la poursuite de nouveaux adversaires qui continuaient leur stratégie d'épuisement.

Tandis que certains s'efforçaient ainsi de l'exciter, d'autres, avec une adresse étonnante, lançaient des boucles d'épais cordages autour de ses pattes arrière et les ligotaient. Mais, comme ils ne pouvaient se cramponner à l'extrémité des liens sans être eux-mêmes traînés par l'éléphant, force leur était de lâcher prise et de laisser l'énorme bête tirer les cordes derrière lui sans dommage.

Un cri monta alors de la foule. Les hommes à pied se dispersèrent brusquement et un cavalier camouflé montant une femelle entra dans l'allée derrière le colosse. C'était Sorasak. Il n'était pas vraiment populaire mais on respectait malgré tout ses prouesses de chasseur. La foule, retenant son souffle, attendait son numéro. On savait qu'il devait attirer la bête féroce dans le dernier enclos au bout de l'allée où d'autres hommes à pied auraient la tâche périlleuse d'attacher au tronc épais du banyan les bouts de corde qu'il traînait. Pendant ce temps, l'homme qui chevauchait l'éléphante tenterait d'attraper au lasso l'énorme animal et d'attacher l'une à l'autre les deux bêtes, sauvages et domptées.

La foule poussa une clameur. Sorasak, profitant d'un répit momentané, sauta sur le dos de l'éléphant sauvage et se cramponna à ses oreilles. Celui-ci réagit aussitôt avec violence. Poussant un barrissement assourdissant, il brandit sa trompe et se dressa sur ses pattes arrière pour tenter de faire tomber cet adversaire irritant. Mais Sorasak serra les genoux, se pencha en avant et se cramponna à son dos jusqu'au moment où l'animal, exaspéré, changea de tactique et, de toutes ses forces, chargea un des poteaux bordant l'allée. Le poteau fut secoué jusqu'à ses fondations mais tint bon. Sorasak ne lâcha pas prise. La bête furieuse recula et plongea de nouveau. Le poteau cette fois fut presque déraciné et, au troisième assaut, il se pencha de côté, ce qui permit à l'éléphant de l'entraîner en se précipitant par l'ouverture.

Ce fut comme un cataclysme. Un éléphant enragé, d'une taille exceptionnelle, chargeait droit sur la foule à cinquante mètres à peine de là. Toujours cramponné au dos de la bête, Sorasak lui enfonçait dans le cou son croc acéré, dans une tentative frénétique pour le faire dévier de sa route. Il ne restait que quelques secondes : alors que la foule s'enfuyait dans toutes les directions, l'animal vira soudain sur la gauche et se précipita vers le bord de l'enclos royal. Sur les vingt derniers mètres, il s'élança droit sur Phaulkon : on aurait presque dit qu'il l'avait choisi pour cible.

Phaulkon plongea de côté au moment précis où deux spectateurs étaient piétinés devant lui. Du coin de l'œil, il aperçut Van Risling projeté au sol la tête la première. Deux autres Siamois, ses voisins, poussèrent une série de hurlements avant de disparaître dans un nuage de poussière. La terre trembla sous lui et Phaulkon sentit, plutôt qu'il ne vit, l'éléphant passer au galop à quelques centimètres de lui.

Tuant ou estropiant tout ce qui se trouvait sur son passage, l'animal enragé chargea à fond de train vers la forêt. La foule se regroupa et se retourna pour regarder, tandis que le cavalier s'apprêtait à sauter. Tous savaient que c'était risquer la décapitation immédiate que de monter un éléphant en pleine charge qui se précipitait à travers une forêt. Sorasak devait sauter avant le premier taillis et se recevoir avec suffisamment d'adresse pour ne pas se rompre les os. Il devait calculer soigneusement sa chute. Il attendit la dernière minute pour s'assurer que l'animal, emporté par son élan, allait plonger trop profondément dans la forêt pour se retourner et le chercher des yeux. La foule retint son souffle en voyant Sorasak exécuter un saut spectaculaire puis rouler à plusieurs reprises sur le sol. On attendit de voir si le colosse allait revenir sur ses pas. Puis, comme il continuait sa course, les spectateurs se précipitèrent pour inspecter les dégâts.

L'audacieux cavalier s'était blessé : le sang ruisselait d'une plaie qu'il avait au front. On alla chercher une civière de bambou et l'on apporta Sorasak devant le roi qui s'enquit avec sollicitude de son état et ordonna qu'on le confie aussitôt aux soins de ses propres médecins. Les gens couraient dans tous les sens pour aller porter secours aux blessés. Le corps massif de Van Risling était secoué de tremblements tandis que Faa, secoué mais indemne, s'occupait de lui.

Phaulkon s'était redressé sur un genou, tout

étourdi. Le brancard de Sorasak passa presque devant lui. Un instant, les regards des deux hommes se croisèrent. Le blessé fixa longuement Phaulkon. Dans ses yeux qui brillaient d'un éclat froid, le Grec aperçut une lueur de mépris qu'il reconnut aussitôt : jamais il ne l'oublierait. C'était le boxeur de Ligor !

Fasciné, et avec le pressentiment que ce ne serait pas leur dernière rencontre, Phaulkon suivit du regard la civière jusqu'à ce qu'elle eût disparu. Alors, il s'efforça de se concentrer sur l'état de Van Risling. De toute évidence, la rencontre prévue avec le général Petraja devait être reportée. Faa avait demandé une autre civière et, à eux deux, ils y installèrent le gros homme. Van Risling semblait avoir la jambe droite brisée et il tressaillit de douleur quand on y toucha.

« *Godverdorie !* » cria-t-il en grinçant des dents.

Pour la première fois depuis qu'il le connaissait, Phaulkon éprouva de la compassion pour le malheureux. Ils suivirent les autres civières qui s'éloignaient en direction de la ville.

25

Le domestique vint annoncer l'arrivée d'un visiteur *farang*. D'origine indienne, le serviteur parlait quelques mots d'anglais : cela avait suffi à lui faire obtenir un poste auprès de son maître qui, sans lui, aurait été incapable de communiquer avec le monde qui l'entourait.

Assis dans le fauteuil de son salon de style britannique, Burnaby voulut connaître le nom du visiteur. Mais c'était trop demander. L'homme était un *farang* et, comme Ananda le savait par expérience, tous les *farangs* avaient des noms improbables. Burnaby marmonna quelque chose à propos de ces indigènes impossibles à dresser et ordonna à Ananda de faire entrer le visiteur.

« Thomas, cria Burnaby, nous avons de la visite. Un Européen. Je me demande qui ça peut bien être ?

— Est-ce que Constant est de retour ? » s'écria Ivatt, très excité, en accourant de la pièce voisine où il s'exerçait à un vieux tour de prestidigitation. Il y avait presque réussi et était bien décidé à le mettre définitivement au point pour ses débuts au palais. Peut-être allait-on le convoquer là-bas d'un instant à l'autre, songea-t-il avec nervosité. Ses tours étaient devenus une habitude régulière à la demeure du gouverneur de Ligor : les enfants de la maisonnée du mandarin avaient été consternés à l'annonce de son départ. Et voilà qu'aujourd'hui, grâce à la recommandation du gouverneur, on lui demanderait probablement de faire son numéro devant les enfants royaux, au palais. « Qui sait, avait-il dit à Burnaby en plaisantant, je pourrais peut-être rencontrer le roi avant Constant et lui arranger une invitation. »

« Non, ça ne pourrait pas être Constant, répondit Burnaby. Même mon abruti de serviteur le reconnaîtrait, encore qu'avec Ananda on ne sache jamais. Deux mois d'absence auraient suffi à lui embrumer la mémoire. »

Ils étaient arrivés de Ligor la veille, à bord du bateau du gouverneur, et s'étaient rendus tout droit à la maison de Phaulkon pour découvrir qu'il était absent. Ivatt, qui avait étudié le siamois avec beaucoup d'ardeur, avait cru comprendre, d'après les propos de la jeune esclave, que son maître se trouvait à Louvo pour une chasse à l'éléphant. Qu'est-ce que Constant avait encore inventé ? se demandaient-ils tous deux. Les chasses à l'éléphant de Louvo n'étaient-elles pas des cérémonies royales ? Peut-être Ivatt avait-il mal compris.

On fit alors entrer le visiteur dans le petit salon. Les deux hommes le considérèrent avec curiosité. Il était l'image même de l'aventurier venu en Asie, un pirate gentleman, beau, frisant la trentaine, avec des yeux couleur de lagon et une crinière de cheveux blonds rendus presque blancs par le soleil. Il avait le visage hâlé, un air sûr de lui, aux limites de l'arrogance.

« Messieurs, Samuel White à votre service. » Il leur fit un large sourire et les séduisit dès le premier instant.

Les deux hommes se levèrent aussitôt pour l'accueillir.

« Je suis Richard Burnaby, et voici mon adjoint, Thomas Ivatt. Bienvenue à Ayuthia, monsieur White.

— Merci, monsieur. Votre nom ne m'est pas inconnu. Mon frère George l'a souvent cité dans des termes les plus flatteurs. » Il eut un large sourire, exhibant une rangée de dents parfaites dont son visage hâlé faisaient encore ressortir la blancheur.

« Merci à vous, monsieur. » Burnaby était rayonnant, mais son expression se fit bientôt plus soucieuse quand il ajouta : « Nous vous attendions. »

Samuel perçut tout de suite son ton navré.

« Un de vos employés m'a conduit de votre factorerie jusqu'à la maison de M. Phaulkon, mais j'ai eu quelque peine à me faire comprendre. On a fini par m'amener ici. Me pardonnerez-vous, monsieur, si j'en viens droit au fait ? Ma brusquerie n'a pour motifs que le peu de talent que j'ai à m'exprimer et mon besoin de retourner à Mergui dans les plus brefs délais. » Il s'interrompit brièvement avant de demander : « Est-ce que la cargaison pour la Perse est prête ? »

Burnaby hésita, mais son expression était suffisamment éloquente. « Nous avons eu quelques difficultés inattendues », avoua-t-il enfin.

Du coup, l'indignation assombrit le visage de White. Crétins incompétents ! semblait-il dire. En un instant, il avait oublié ses manières charmantes pour ne plus exprimer que le dédain et le mépris.

« Si je comprends bien, dit-il froidement, vous n'avez pas la marchandise.

— Un instant, intervint Ivatt en se tournant vers Burnaby. Soyons précis. Nous n'avons pas encore parlé à Constant. Je suis certain qu'il ne sera pas resté tout ce temps les bras croisés. »

Samuel se tourna brusquement vers le petit homme. « Monsieur, soit vous avez la marchandise, soit vous ne l'avez pas. » Ne comprenaient-ils donc pas que tout était une question de temps ?

« Monsieur White, expliqua Ivatt, voilà plus d'un mois que nous n'avons pas vu M. Phaulkon. Nous n'avons pas davantage pu communiquer avec lui. Voyez-vous, nous étions dans le Sud et je crois que nous devrions réserver notre jugement tant que nous ne lui aurons pas parlé.

— Et quand comptez-vous le faire, monsieur? interrogea Samuel, essayant de dominer son irritation.

— Il est à Louvo où il accompagne la chasse royale », répliqua Ivatt, en insistant sur le mot « royale ».

White sembla rassuré à l'idée que Phaulkon évoluait peut-être dans des milieux intéressants pour eux.

« Quand sera-t-il de retour, monsieur? demanda-t-il.

— Nous ne savons pas très bien, monsieur White, fit Burnaby. Certes, j'aimerais vous donner — nous donner à tous — quelque espoir, mais il ne serait pas honnête de vous tromper. Nous avons perdu, il y a un mois environ, les moyens d'acquérir les marchandises destinées à la Perse, et je ne vois pas comment Constant aurait pu renverser la situation en un délai aussi court.

— Je vous trouve bien pessimiste, Richard », fit remarquer Ivatt, agacé.

Burnaby se tourna vers lui. « Je ne suis pas pessimiste, Ivatt. Je suis réaliste. Il serait injuste d'égarer M. White ou de lui faire perdre son temps. »

Il était rare que Burnaby appelât Ivatt autrement que par son prénom.

« Malheureusement, messieurs, je dispose de fort peu de temps. À défaut de pouvoir constater que M. Phaulkon dispose de la marchandise — ce qui ne me semble pas être le cas —, je ne puis m'attarder ici. Mon équipage m'attend à Mergui et mon navire doit se trouver à Madras avant la fin du mois. Je ne suis guère impatient de repartir, compte tenu des rigueurs que j'ai connues lors de mon voyage jusqu'ici, mais je n'ai pas le choix. » Il reprit d'un ton amer : « Trois de mes hommes ont été tués par des tigres en route et j'ai moi-même été pratiquement dévoré vivant par les moustiques. » Il se pencha et, comme pour confirmer cette remarque, il se gratta l'échine. « Je ferais donc mieux de partir maintenant et d'en finir.

— Ne pourriez-vous pas attendre au moins une nuit, monsieur White ? supplia Ivatt. Je suis sûr que le repos vous ferait du bien. Je trouve navrant que vous ayez fait tout ce chemin sans avoir la possibilité de parler avec M. Phaulkon. Vous pourriez passer la nuit dans sa maison, fit Ivatt en souriant. On trouve chez lui les meilleurs massages de toute la ville. Cela vous remettrait tout à fait sur pied. »

White haussa les sourcils.

« Des masseuses ? demanda-t-il.

— Elles sont trois et travaillent en équipe. » Ivatt eut un clin d'œil paillard. « De vrais petits démons, mais formées au ciel. »

White parut hésiter. « Très bien, j'accepte votre proposition d'une nuit de repos, mais je partirai demain matin à la première heure. L'un de vous aurait-il la bonté de m'accompagner jusque là-bas ? Je sais que ce n'est pas loin, mais je ne suis pas sûr de reconnaître la maison.

— Avec plaisir », proposa Ivatt. Il se tourna vers Burnaby. « Avec votre permission, Richard ?

— Naturellement. Je serai moi-même à la factorerie : vous pourrez m'y rejoindre, Thomas, dès que vous aurez déposé M. White. J'ai été ravi de faire votre connaissance, monsieur White. Je regrette seulement que les circonstances ne vous aient pas été plus favorables.

— Moi aussi, monsieur. Franchement, c'est une terrible déception. » Il s'inclina et repartit avec Ivatt.

Phaulkon revint à Ayuthia ce même soir après la tombée de la nuit. Van Risling souffrait trop pour faire le voyage et il était resté à Louvo avec Faa. Il avait obstinément refusé de se laisser soigner par un des chirurgiens locaux, y compris ceux que Sa Majesté le roi avait proposés aux blessés, et il avait insisté pour attendre de voir un médecin hollandais à Ayuthia. Exaspéré, Aarnout Faa avait fini par hausser les épaules et par accepter de passer la nuit à Louvo, avec l'espoir que Van Risling serait en état de faire le voyage le lendemain matin. Phaulkon avait hâte de retourner à Ayuthia et il avait pris le dernier bateau en partance ce jour-là. Il était près de neuf heures du soir quand il arriva chez lui.

Sorn et Tip attendaient pour l'accueillir au pied des marches et lui racontèrent, tout excitées, qu'un visiteur farang était allongé sur le sol du salon à se faire masser. Tip ne cessait de porter la main à sa bouche pour cacher qu'elle pouffait de rire, comme le faisaient en général les Siamois pour dissimuler leur gêne. En insistant un peu, Phaulkon apprit que le farang était complètement nu et qu'il appréciait vivement la compagnie des trois jeunes esclaves du maître.

« Qui est cet homme ? » demanda résolument Phaulkon. Elles n'en savaient rien, sinon que c'était le petit farang qui l'avait amené ici.

« Le petit farang ? s'exclama Phaulkon. Il est ici ?

— Oui, Maître, répondit Sorn. Le grand farang et lui sont arrivés hier.

— Tu en es sûre ?

— Absolument, Maître. Ils sont venus vous voir et ont demandé où vous étiez. »

C'était extraordinaire, songea Phaulkon. Comment avaient-ils pu arriver ici aussi vite ? Le Barcalon n'avait accepté de les libérer qu'une semaine auparavant. Les filles recommençaient à se cacher la bouche et toutes deux pouffaient comme des enfants. Le petit farang avait appris un peu de siamois, dirent-elles. Si elles l'avaient bien compris, il leur avait demandé de ne laisser en aucun cas cet homme quitter la maison. Il fallait le distraire jusqu'à lui ôter tout désir de s'en aller. Elles avaient passé la consigne à Nid, à Ut et à Noi, et le farang était toujours là sur le plancher du salon. Il s'y trouvait depuis le coucher du soleil.

« Mon Dieu, s'exclama Phaulkon, mais c'était il y a trois heures ! Bon, je vais aller voir. Tip, va chercher le grand et le petit maîtres farangs et demande-leur de venir tout de suite. » Tip se prosterna et rampa à reculons.

« Sorn, prépare-nous un repas, je t'en prie. Je meurs de faim. Est-ce que le visiteur a dîné ?

— Pas encore, Maître, répondit Sorn. Il était trop occupé.

— Alors, tu ferais bien de préparer de quoi souper pour quatre.

— Maître, dit Sorn, je suis votre esclave. » Elle s'inclina très bas et se retira.

Phaulkon monta les marches et s'arrêta devant la porte du salon. Il entendit des rires étouffés interrompus par les accents d'une voix de stentor à la tonalité plus grave. La voix semblait prodiguer des encouragements. Il comprit quelques mots d'anglais.

« Allez-y, mes beautés... c'est ça... merveilleux... continuez... un peu plus bas maintenant. »

Qui diable était-ce ? Phaulkon poussa violemment les panneaux de la porte et toute activité cessa aussitôt. Les filles se prosternèrent sur le sol et Ut s'empressa de jeter un panung sur le farang pour cacher sa nudité. Samuel White regarda autour de lui, quelque peu interloqué, puis se leva d'un bond et s'avança vers Phaulkon avec un sourire radieux. Il semblait avoir oublié qu'il était complètement nu.

« Ah, monsieur, vous devez être le célèbre monsieur Phaulkon dont mon frère George m'a parlé en des termes si chaleureux. » Il s'inclina. « Samuel White, à votre service. C'est un honneur de vous rencontrer, monsieur.

— Tout le plaisir est pour moi », répondit Phaulkon. Il était à la fois surpris et ravi de découvrir qui était le visiteur. « Et je suis enchanté de constater que vous êtes déjà comme chez vous, monsieur. »

Samuel baissa un regard un peu embarrassé sur sa nudité. Les trois filles, nues elles aussi, étaient toujours prosternées sur le sol. Samuel eut un sourire penaud et s'approcha de la pile de ses vêtements.

« Votre collègue qui m'a amené ici m'a suggéré de profiter des installations de la maison, monsieur, alors...

— Vous avez bien fait, monsieur White », répliqua Phaulkon avec un geste magnanime. Il aurait volontiers fourni trois dames de plus pour divertir un hôte aussi bienvenu, songea-t-il.

« Je ne tiens aucun homme en plus haute estime que votre frère George. Les filles, ajouta-t-il, vous pouvez partir maintenant. »

Samuel se rhabilla. Il regardait, fasciné, les trois esclaves ramper respectueusement à reculons, ramassant au passage les panungs dont elles s'étaient débarrassées.

« Je comptais vous trouver à Mergui, monsieur White. J'y ai envoyé un émissaire avec un message.

— Je suis arrivé en avance, monsieur. Alors, j'ai décidé de venir jusqu'ici. Surtout quand j'ai découvert qu'il ne fallait que dix jours en prenant la route des terres. »

Pauvre Sunida, songea Phaulkon. Elle devait être en train de le chercher partout. Ils avaient dû se croiser en chemin.

« Vous n'avez pas rencontré un messager allant dans la direction opposée, par hasard ? » Ce n'était pas une route si fréquentée.

« Non, monsieur, et pourtant j'étais aux aguets. Était-ce un groupe important ?

— L'émissaire, monsieur, était une jeune femme, accompagnée d'une demi-douzaine de guides et de porteurs.

— Une femme, avez-vous dit ? Non, ce ne pouvait pas être ça. J'ai bien croisé une dame, mais elle ressemblait plutôt à une princesse de conte de fées. Quelle beauté ! Je me demandais d'ailleurs ce qu'elle faisait...

— Votre description convient à merveille à mon envoyée, l'interrompit Phaulkon en souriant. C'est bien elle, monsieur. »

Samuel siffla entre ses dents. Cet endroit l'intriguait de plus en plus. Quelle malchance pour la cargaison ! Il passerait volontiers un peu plus de temps dans un endroit pareil, avec des messagers qui ressemblaient à des déesses et des masseuses aux doigts de miel qui se déplaçaient en rampant à quatre pattes et vous faisaient presque exploser de plaisir.

« Votre envoyée n'aura guère de mal à trouver le *Cornwall*, monsieur, reprit Samuel. C'était la seule frégate de bonne taille à se trouver en rade quand je suis parti. » Il sourit. « Quant à votre émissaire, elle ne devrait pas rencontrer de difficultés pour être reçue à bord : mes officiers vont tomber en pâmoison. » Il s'interrompit et une ombre passa sur son visage. « Mais je crois comprendre que le *Cornwall* va repartir à vide, monsieur ?

— Comment ça ?

— Je veux dire, monsieur Phaulkon, sans cargaison pour la Perse.

— Où avez-vous pris cette information ? »

Samuel regarda Phaulkon d'un air hésitant.

Comme pour répondre à la question, Tip reparut et se prosterna sur le seuil : « Le petit et le grand maîtres farangs sont ici, mon Seigneur.

— Bien, fais-les entrer. »

Les silhouettes de Burnaby et Ivatt s'encadrèrent dans la porte.

« Constant ! » s'écrièrent-ils tous les deux avec un large sourire, en se précipitant pour le serrer dans leurs bras. Phaulkon les étreignit à son tour puis s'adressa à White.

« Ces messieurs pourraient-ils être votre source d'information ?

— En effet, monsieur », fit Samuel. Un timide espoir commençait à revenir en lui.

« Alors, bienvenue à Ayuthia, hommes de peu de foi, dit Phaulkon en s'adressant à ses deux compagnons.

— Que voulez-vous dire ? » demanda Burnaby déconcerté.

Phaulkon se tourna vers White. « Contrairement à ce que l'on a pu vous dire, monsieur, j'ai votre cargaison. Je regrette seulement qu'après un voyage aussi pénible l'on vous ait accueilli avec des nouvelles aussi erronées que déprimantes. »

White fut aussitôt transformé.

« J'ai toujours su, monsieur, s'exclama-t-il, que la réputation dont vous jouissez auprès de mon frère George était fondée. » Il avait maintenant retrouvé toute son impatience. « Vous dites que la cargaison est prête ?

— Pratiquement, monsieur White. Il me faut encore deux ou trois jours pour les dernières formalités.

— Je vous en prie, appelez-moi Samuel.

— Très bien. Mais dites-moi d'abord : quelles nouvelles avez-vous de votre estimé frère ?

— Monsieur, aucune depuis que, en route pour l'Angleterre, il a fait escale à Madras. C'est alors qu'il m'a mis au courant de l'objet et de la date de ma mission à Mergui. Il était si confiant dans votre succès que j'ai décidé d'entreprendre le voyage sans autre confirmation. Je vois par moi-même que mon frère a un jugement très sûr. Il faut me pardonner les premiers doutes que j'ai pu avoir, monsieur. Mais M. Burnaby ici présent m'a laissé entendre que... il était peu probable...

— À n'en pas douter, M. Burnaby a recueilli ses informations sur la place du marché de Ligor », lança sèchement Phaulkon. L'agent général semblait particulièrement penaud. Ivatt, lui aussi, paraissait embarrassé, mais White s'empressa de venir à son secours.

« Heureusement, M. Ivatt ici présent m'a redonné espoir en insistant pour que je vous parle d'abord, monsieur, dit-il à Phaulkon.

— Je vous en prie, appelez-moi Constant. » Il se tourna vers Ivatt. « Merci, Thomas. Je m'en souviendrai.

— Comment... comment vous êtes-vous procuré la cargaison, Constant ? » demanda timidement Burnaby.

Comme s'il n'avait pas entendu la question, Phaulkon s'adressa de nouveau à White.

« Quand devez-vous repartir pour Mergui ? J'imagine que vous n'avez guère de temps.

— En effet, Constant. Le *Cornwall* doit regagner Madras dès qu'il aura vendu sa cargaison de tissus et d'opium à Mergui. Je ne voudrais pas que l'on remarque l'absence prolongée de son capitaine et qu'on la signale à la Compagnie. D'autant plus que les Maures de là-bas seraient enchantés de trouver une raison pour discréditer celui qui voudrait essayer de leur ravir leur route commerciale traditionnelle. La présence du *Cornwall* à Mergui semble avoir déjà suscité une grande curiosité, pour ne pas parler de soupçons : j'ai donc fait courir le bruit que le navire se trouve au port pour d'importantes réparations. Mais, bien entendu, si mon vaisseau ne parvient pas à Madras à la date prévue, on fera des recherches et on enverra une commission d'enquête. Il serait évidemment fatal que l'on découvre le *Cornwall* toujours à Mergui alors que le navire est censé s'être perdu dans une tempête au large des Andaman. » Il fit un clin d'œil à son auditoire.

Ivatt poussa un gémissement. « Oh non ! Quoi encore ?

— Monsieur ? demanda White.

— Thomas est nouveau dans ces régions, expliqua Phaulkon. Il n'est pas encore accoutumé à la diversité des activités que nous exerçons. »

Thomas se tourna vers White : « J'ai accepté un travail respectable au service de la marine marchande de Sa Majesté britannique, monsieur. Et voilà que je me retrouve au milieu de la plus belle bande de coupe-gorge que l'on puisse trouver à l'est de Douvres. Autrefois, monsieur White, j'étais trapéziste. Une occupation relativement sûre, permettez-moi de le préciser. »

White éclata de rire. « Belle comparaison, monsieur. Et je vois bien que, si les risques de la voltige sont vite oubliés, les nôtres se prolongent davantage. Alors, monsieur Ivatt, allez-vous vous joindre à notre petite expédition en Perse ?

— J'ignorais que l'on m'y avait convié.

— J'estime que vous méritez bien une part, Thomas. N'est-ce pas, Richard ? »

Burnaby était visiblement soulagé d'être de nouveau associé à la conversation. « Assurément, Constant. Haut la main, dirais-je même. »

Phaulkon prit affectueusement le petit homme par les épaules. « Nous n'aurions pu rêver meilleur compagnon d'armes. Ou canaille plus naturelle. Combien voulez-vous ? »

Ivatt réfléchit. « Compte tenu des risques, je ferais mieux de me couvrir avec cinquante pour cent. »

White parut déconcerté. « Cinquante pour cent ? répéta-t-il.

— M. Ivatt, fit Phaulkon en riant, juge d'après ce qu'il a vu jusqu'à maintenant du service de la Compagnie. »

White se mit aussitôt de la partie. « J'aurais cru, observa-t-il, que le véritable danger consistait à posséder un tel stock. Dès l'instant où mon équipage aura découvert la vérité, la vie de M. Ivatt ne vaudra même pas celle d'un marin naufragé parmi les habitants des Andamans.

— Les cannibales ? » interrogea Ivatt.

White hocha la tête.

« Je me contenterai alors d'une part moins importante. Et d'ailleurs, peut-être vais-je devoir demander la permission d'entreprendre ce voyage. » Il se redressa de toute sa hauteur. « J'ai de sérieux engagements au palais.

— De quoi parlez-vous ? interrogea Phaulkon. Quel palais ?

— C'est vrai, confirma Burnaby. Vous ne savez pas ce que ce gaillard a réussi à faire à Ligor, Constant. Le gouverneur l'a persuadé de suivre vos traces dans l'arène de boxe. Thomas y a exécuté des acrobaties si incroyables que son adversaire n'a jamais pu l'attraper. Le public, gouverneur compris, était ravi, jusqu'au moment où il a fallu interrompre la rencontre, faute de combattants.

— C'est ainsi que vous avez passé le temps à Ligor ? demanda Phaulkon en riant.

— Pas vraiment, répondit Ivatt. Nous avons passé le plus clair de nos moments de loisir à rechercher des éléphants blancs.

— Le jeune Thomas ici présent, reprit Burnaby, est devenu un habitué de la cour du gouverneur : chaque jour il y faisait son numéro pour les enfants. Je commençais à désespérer que l'on nous laisse jamais repartir. À chaque fois, la cour où il donnait sa représentation était pleine de monde. Et le gouverneur lui a remis une recommandation pour qu'il puisse se produire ici devant les enfants du palais.

— Je sais combien vous tenez à rencontrer Sa Majesté, Constant. Je vais voir si je peux dire un mot en votre faveur, lança Ivatt.

— Comme c'est aimable à vous, Thomas. Mais comment va votre pied, Richard ? M. Burnaby a eu un accident dans le Sud, expliqua-t-il à White.

— Oh, je suis navré de l'apprendre.

— Ça va beaucoup mieux maintenant, merci, Constant. C'est presque complètement guéri. Mais je suis impatient d'entendre de votre bouche des nouvelles de la cargaison et de votre... brillant exploit. »

Phaulkon regarda autour de lui. « Autant que je vous explique aussi l'histoire, Samuel. Je suis actuellement employé au ministère du Commerce siamois. Je dirais : à l'essai. J'ai été reçu par le Barcalon, qui est tout aussi rusé qu'on le dit. Je crois qu'il nourrit les plus sérieux soupçons concernant nos récentes activités, mais il est prêt à tout oublier si nous pouvons lui être plus utiles vivants que morts. C'est là-dessus que je compte. Pour l'instant, j'ai dénoncé les pratiques frauduleuses des Maures qui organisent les banquets et j'ai arraché à Son Excellence un accord de principe : on nous fournira les marchandises à crédit pour le voyage en Perse. L'accord est valable à condition que nous apportions le navire. L'arrivée fort opportune de M. White va nous permettre de remplir cette condition. Il semble toutefois que les autorités siamoises ne tiennent pas à faire savoir aux Maures que l'on enquête sur eux. Officiellement, le gouvernement n'a rien à voir là-dedans. C'est pourquoi les Siamois tiennent tant à ce que nous utilisions notre propre navire.

— Et l'enquête à Ligor est-elle maintenant terminée ? demanda Burnaby.

— J'ai l'impression qu'elle restera suspendue au-dessus de nos têtes jusqu'au moment où nous leur aurons donné la preuve que mieux vaut n'y plus penser. » Il se tourna vers White. « Quel dédommagement proposez-vous à votre équipage ? Peut-on compter sur son silence ?

— J'ai dû promettre aux hommes dix pour cent des bénéfices, à répartir entre eux.

— Vont-ils s'en contenter ? interrogea Phaulkon.

— Si nos estimations sont correctes, cela représente davantage que leur solde pour toute une année. Les Maures doivent gagner une fortune. Les hommes s'attendent naturellement à ce que les officiers se partagent encore dix pour cent, et j'ai expliqué que le reste devra revenir aux investisseurs qui ont avancé l'argent. Je n'ai pas précisé de qui il s'agissait.

— Voilà qui me semble raisonnable. Et vous pensez que cela nous assurera de leur silence ?

— Une fois l'argent en poche, ils ne risquent guère de bavarder, surtout quand ils auront partagé la responsabilité de saborder l'un des navires du bon roi Charles. Le seul ennui que je puisse envisager, c'est si les bénéfices n'atteignent pas les sommes escomptées.

— Quelle marchandise avons-nous maintenant, prête à embarquer, Constant ? demanda Burnaby, comme s'il avait participé aux préparatifs.

— Du thé, des soies chinoises, des satins et des tissus damassés, de la porcelaine, du bois de sampang, des défenses d'éléphants, de l'étain, des peaux et de la gomme. Comme vous l'avez suggéré, Richard, conclut sèchement Phaulkon.

— Excellent, répondit Burnaby, avec l'air satisfait de quelqu'un dont l'adjoint a bien travaillé en son absence.

— Dans combien de temps pourrons-nous charger ? demanda Samuel. Cette question est capitale, même si, je dois l'avouer, je ne suis pas impatient de refaire ce voyage en sens inverse. Cette fois, je n'engagerai que des éléphants. Ces maudits bœufs attireraient tous les tigres de la région.

— Nous devrions pouvoir disposer des marchandises bien empaquetées dans deux ou trois jours. Dès demain matin je m'en vais parler au Barcalon.

— Monsieur Phaulkon, reprit White d'un ton sensiblement radouci, il y a bien longtemps que mon frère m'a parlé de ce projet, mais une fois ce voyage terminé, quelles possibilités y aurait-il pour quelqu'un comme moi de trouver un emploi au Siam ?

— Cela dépendra beaucoup de la réussite de cette expédition. » Il marqua un temps. « Je vais vous parler ouvertement, plus que je ne le ferais avec un étranger, compte tenu de la grande amitié que je porte à votre frère : cela crée en effet un lien entre nous. »

Samuel White s'inclina. « Et je m'efforcerai, monsieur, de mériter votre confiance.

— Voyez-vous, Samuel, mon ultime objectif est d'amener les Anglais à des positions solides dans la province occidentale du Tenasserim, d'où ils pourraient contrôler les routes commerciales à travers le golfe du Bengale.

— Voilà des années que la Compagnie convoite Mergui, souligna White avec une excitation évidente.

— Ce n'est pas à la Compagnie que je pense, mais à la Couronne siamoise, ayant à son service des Anglais occupant des postes de responsabilités. C'est là que vous pourriez intervenir, Samuel.

— Des Anglais travaillant pour le Siam ? répéta Burnaby abasourdi.

— Oui, Richard, mais en alliés de leur pays, expliqua Phaulkon.

— C'est parfait pour moi », dit White. Il sifflota. « Je donnerais n'importe quoi, par exemple, pour m'établir dans le commerce des éléphants. Il y a une fortune à faire dans ce domaine. Vous avez ici tous les éléphants qu'il faut. Je n'en ai jamais vu autant que lors de mon voyage depuis Mergui. Et les Siamois savent les capturer. Il y a en Inde une demande inépuisable. Les princes belliqueux sont toujours en guerre les uns contre les autres et ils ont besoin d'animaux pour leurs armées. En temps de paix, il leur en faut pour leurs mariages et aussi pour leurs chasses. Trois semaines suffisent pour traverser le golfe. Le volume des affaires pourrait être colossal. » Son excitation devenait contagieuse.

« Et les navires ? questionna Burnaby. Ne faudra-t-il pas des cales spécialement aménagées ?

— On pourrait les construire à Madapollam. Les chantiers là-bas sont spécialisés dans ce genre de choses. Avec une coque convenablement renforcée, un navire peut transporter jusqu'à vingt éléphants. J'ai dirigé une fois une traversée. Il suffit de prier pour avoir du beau temps et de disposer d'un approvisionnement constant de feuilles de bananiers. Leur nourriture favorite distrait les animaux.

— Y a-t-il beaucoup d'accidents ? demanda Phaulkon.

— Remarquablement peu. Et la plupart sont dus à une erreur humaine. » Samuel se mit à rire. « Un de mes amis a participé un jour à une traversée qui s'est terminée en désastre quand on a accidentellement renversé sur l'arrière-train d'un éléphant un bol de bouillon brûlant. L'animal furieux a enfoncé ses défenses dans les flancs du navire : il a réussi à noyer ainsi ses compagnons et la quasi-totalité de l'équipage. »

Phaulkon éclata de rire. « Nous chargerons Thomas de tout cela. Il a l'expérience de la ménagerie.

— Je ne leur servirai que des plats froids », répliqua Ivatt.

White semblait pensif. « Mais comment les Maures vont-ils prendre une incursion aussi évidente sur leurs traditionnels terrains de chasse ? Après tout, ce sont eux qui tiennent tout le commerce au départ de Mergui.

— Ils ne vont certainement pas abandonner de bon cœur ces prérogatives, répondit Phaulkon. Mais, dès l'instant où je pourrai prouver l'étendue de leurs détournements — et je compte sur cette première cargaison pour y parvenir —, les Siamois seront peut-être disposés à envisager un changement. C'est pourquoi il est si important de verser au Trésor toute la part qui lui revient sur cette expédition.

— Je comprends, et vous avez mon plein accord.

— Quelle est la situation à Madras ? interrogea Burnaby. J'entends des rumeurs croissantes au sujet de mesures plus sévères contre les intrus.

— Bah, fit White, il en est ainsi chaque fois que l'on nomme un nouveau chef ou un nouvel adjoint. On fait beaucoup de bruit et l'on commence par arrêter quelques boucs émissaires. Mais ils ne parviendront jamais à se passer du commerce privé, et ils le savent. Sans lui, la plupart d'entre eux ne seraient pas là où ils sont aujourd'hui. Regardez Yale, par exemple. On vient de le nommer vice-président à la direction. On peut dire que c'est un intrus. Voyez-vous, monsieur Burnaby, je ne m'inquiéterais pas de ce genre de rumeurs. Les négociants libres sont nés le jour où l'on a donné force de loi à la charge des Indes orientales, il y a plus d'un siècle. Et ils sont toujours aussi puissants aujourd'hui.

— Un instant, observa Phaulkon avec un soupçon de nostalgie, vous m'avez rappelé votre frère. Il dénonçait l'injustice qui consistait à créer un monopole royal et l'illusion de vouloir appliquer de telles lois dans une région deux cents fois plus grande que l'Angleterre. Le monopole fait simplement des marchands privés des hors-la-loi. » Il regarda autour de lui. « Nous tous sommes des hors-la-loi.

— Eh bien, tirons-en le maximum avant d'être élus vice-présidents », s'écria Ivatt. Ils éclatèrent tous de rire.

« D'après ce que je comprends des projets des autorités, poursuivit White, et cela pourrait avoir pour nous des conséquences plus graves, il s'agirait d'interdire aux membres de la Compagnie d'entrer au service d'un souverain étranger, même s'ils donnent auparavant leur démission. »

Phaulkon dressa l'oreille. « Cela nous empêcherait en effet de travailler pour le roi de Siam.

— Exactement, dit White. Certes, ils ne pourraient y faire grand-chose tant que nous serions ici. Mais », poursuivit-il en songeant à son rêve de devenir un gentleman-farmer, « un tel homme risquerait de se faire arrêter dès l'instant où il poserait de nouveau le pied sur le sol britannique.

— Je crois que l'on pourrait me persuader de finir mes jours au Siam si l'on me donnait assez d'esclaves, remarqua Ivatt. Je pourrais toujours en envoyer un ou deux en Angleterre pour me tenir au courant.

— C'est une décision que nous aurons à prendre le moment venu, observa Burnaby. Pour ma part, je ne demande pas mieux que de m'installer ici.

— Si vous me permettez, observa Ivatt, vous devriez vraiment apprendre un peu la langue, Richard. Sinon, il vous faudra une vaste demeure rien que pour abriter votre équipe d'interprètes.

— J'envisage de me retirer de bonne heure en Angleterre. À la campagne, précisa White d'un ton pensif. Et vous, Constant ?

— Mon destin est au Siam, Samuel. Je l'ai senti dès l'instant où je suis arrivé dans ce pays. Et, messieurs, ajouta-t-il en regardant autour de lui, après bien des revers je suis convaincu que cette expérience en Perse va sonner le début de l'accomplissement de ce destin. » Il marqua un temps pendant que chacun réfléchissait à ses paroles. « Et maintenant, Samuel, voudriez-vous nous expliquer votre plan d'action ?

— Certainement. Après avoir chargé les marchandises à Mergui, je vais faire route au plus tôt pour Ormuz, en Perse. Une fois hors de vue de la côte, je vais hisser le pavillon français, changer le nom de mon navire pour le rebaptiser *Auxerre*, en espérant ne rencontrer dans les parages aucun vaisseau français. Heureusement, ils sont encore assez rares. Avec un peu de chance je vendrai la marchandise au port d'Ormuz sans avoir à faire le voyage jusqu'à Ispahan. La somptueuse cour du shah Soliman et de ses nobles est, m'a-t-on dit, fort avide de soie et de satin chinois, et il devrait y avoir à Ormuz bon nombre d'intermédiaires prêts à payer un prix substantiel pour toute la cargaison.

— Vous avez entendu, capitaine Beurnabbé *[sic]* ? dit Phaulkon. Oh, Richard, j'allais oublier de vous dire : vous avez été désigné par le Barcalon pour diriger cette expédition. C'est à mon tour de rester ici en otage.

— Alors, Richard, vous feriez bien de réviser un peu votre français. Qu'il soit au moins aussi bon que votre siamois.

— C'est donc M. Burnaby qui va commander l'expédition ? interrogea White.

— Oui, Samuel, sur ordre du Barcalon. Comme vous le savez sans doute, c'est le Premier ministre de Siam. Il veut que l'on donne l'impression d'une mission commerciale britannique officielle à partir du Siam.

— Je comprends, dit White.

— Vos hommes accepteront sans mal le nouveau commandant, j'imagine ? demanda Phaulkon.

— Quand je le leur expliquerai, certainement, monsieur, répondit White avec assurance.

— Très bien, fit Phaulkon. Je vais envoyer Thomas à Mergui attendre votre retour aux alentours de la date prévue, s'il parvient à s'arracher à ses obligations au palais. Disons : dans trois mois ? »

White acquiesça. « Cela me semble correct. J'enverrai un canot pour le prévenir. Bien entendu, l'*Auxerre* devra rester hors de vue de la côte.

— C'est entendu. Thomas aura le commandement d'une jonque côtière siamoise, assez grande pour recueillir tout votre équipage lorsque votre navire aura sombré. »

Il y eut un silence : tous réfléchissaient au plan.

« Eh bien, messieurs, conclut Phaulkon, je crois que c'est tout. Je propose maintenant de porter un toast au succès de l'expédition. Et puis je vous invite à vous joindre à moi pour un dîner tardif. » Il s'approcha d'un coffre laqué dans un coin de la pièce, d'où il tira une bouteille de vin et quatre verres. Tout en débouchant la bouteille, il songeait que le cours de son existence allait désormais dépendre de la réussite ou de l'échec de cette expédition en Perse : pourrait-il abandonner définitivement tous ses liens avec le monde occidental et lier son sort à celui de ce merveilleux royaume asiatique auquel il se sentait si étrangement et si fortement attaché ?

Quelques instants plus tard, ils levaient joyeusement leurs verres de vin rouge espagnol au retour sain et sauf de l'*Auxerre,* sous le commandement du « capitaine Beurnabbé ».

26

Le prêtre jésuite, serré dans sa large robe brune, débarqua du petit canot, suivi par le serviteur qui portait son bagage. Il se fraya un chemin sur le front de mer grouillant de monde : il se dirigeait vers la mission portugaise bâtie à l'autre bout du port, à une petite distance sur la colline. Il s'arrêta pour reprendre son souffle et regarda autour de lui. Comme il était bon de se retrouver dans cette bonne ville de Mergui ! Abaissant son capuchon marron, il laissa son regard errer des hautes et vertes collines descendant vers la baie jusqu'aux eaux étincelantes de la Tenasserim qui venait s'y jeter. Son regard finit par se poser sur le groupe d'îles boisées, à l'ouest de la superbe rade. C'était l'archipel Mergui et, bien des fois quand il était enfant, il s'était caché dans les criques turquoise de ces îles pour s'amuser avec les crabes de sable et les oursins.

Tout en écoutant avec plaisir les cris familiers des marchands, il observa un groupe d'Européens plantés sur le quai qui regardaient vers la mer. Suivant la direction de leurs regards, il aperçut un canot qui approchait, avec à son bord au moins une douzaine d'hommes. Il ne pouvait en être certain à cette distance, mais les reflets des rayons du soleil sur un certain nombre d'objets métalliques semblaient indiquer que l'équipage du canot était armé. Il hâta le pas.

La chaloupe maintenant accostait. Les passants n'avaient d'yeux que pour cette arrivée et, quand il approcha, personne ne lui prêta la moindre attention. Son regard se fixa sur les grosses caisses alignées sur le quai et il jeta un coup d'œil aux inscriptions qu'elles portaient. On pouvait lire en siamois et en anglais la mention « Ayuthia — réservé à l'exportation ». Il constata que les hommes du canot étaient en effet puissamment armés et que leur chef, le premier à débarquer, portait un uniforme d'officier de marine avec l'insigne de la Compagnie anglaise. Plus loin, dans la baie, un grand trois-mâts marchand était à l'ancre.

« Bonjour, mon Père », dit une voix. Le prêtre rabattit le capuchon sur son visage et salua brièvement de la tête. Puis il tourna les talons et poursuivit rapidement sa marche. Il sentait sur lui le regard de l'homme et devinait l'expression perplexe de son visage. La dernière chose qu'il voulait, c'était attirer l'attention. Sans se retourner, il se dirigea d'un pas rapide vers l'autre extrémité du port et, grimpant quelques marches sur la colline, il parvint à une petite maison attenante à une chapelle. Au-dessus du toit, une grande croix de bois. Il frappa à la porte : un serviteur vint lui ouvrir. Du fond de la pièce, un homme corpulent et de petite taille, au visage rond et souriant, lui souhaita la bienvenue et lui demanda s'il pouvait l'aider.

« Dom Francisco, je suis heureux de vous revoir », dit le prêtre en siamois.

Dom Francisco tendit le cou et regarda le nouveau venu d'un air intrigué : il finit par ôter ses lunettes pour mieux l'observer. Toujours hésitant, il l'examina sur toutes les coutures puis finit par pousser un petit cri de surprise en s'exclamant : « *Nao è possivel, nao è possivel*. Luang Aziz ! Mais ça n'est pas possible. Depuis quand avez-vous rallié nos rangs ? »

Le visiteur ôta son capuchon et révéla un visage bronzé d'Indien. Une épaisse moustache noire bordait sa lèvre supérieure.

« Non, dom Francisco, je n'ai pas rallié vos rangs. Je suis ici incognito. Pouvons-nous nous asseoir et parler ? J'ai des affaires urgentes à discuter avec vous. »

Les membres du Conseil de Tenasserim prirent place, assis en tailleur, dans la salle d'audience de la maison de leur chef vénéré, Oc-Ya Mohammed Saïd. Le décor était essentiellement persan, avec des tables incrustées de marqueterie, des vases de cuivre savamment travaillés et de belles gravures représentant des scènes de rue d'Ispahan. Oc-Ya Mohammed était plus connu par son titre, Oc-Ya Tannaw, chef du Conseil de Tenasserim, que par son véritable nom. La ville de Tenasserim, Tannaw pour les Siamois, avait rang de cité de seconde classe, une place importante dans la hiérarchie d'une nation qui comptait six rangs de villes. Tenasserim était aussi le nom de la province qui s'enorgueillissait du grand port de Mergui, à soixante kilomètres en aval de la cité de Tenasserim.

L'Oc-Ya Tannaw s'installa à la table du Conseil et promena autour de lui un regard impérieux. Son oncle avait été gouverneur de Mergui et ses coreligionnaires musulmans occupaient la plupart des postes importants de la province.

Il examina ses collègues l'un après l'autre. Tous barbus, tous marchands et tous musulmans. Officiellement, ils devaient allégeance à la Couronne siamoise : ils vivaient sur ses terres et bénéficiaient de son commerce. Mais dans leurs veines coulait le sang de leurs ancêtres, venus de l'autre rive du golfe et, au-delà, des grandes terres des Moghols et des shahs. Dans leurs cœurs, ils savaient qu'il n'y avait qu'un seul Dieu, Allah. Aussi portaient-ils la barbe comme le prophète Mahomet, car ils faisaient partie de ses fidèles et non pas de ces Siamois généralement imberbes.

C'était une époque troublée, songea l'Oc-Ya Tannaw. On sentait des changements dans l'air. Il en était conscient et il avait besoin de s'en assurer.

« Mes frères, commença-t-il, vous savez tous pourquoi je vous ai convoqués ici. Je n'aime pas la tournure que prennent les événements. D'abord, on donne à ce farang, Phaulkon, un poste au ministère du Commerce. Puis nous apprenons que notre frère, Luang Rachid, n'est plus à la tête du service des Banquets. Et qui le remplace? Nul autre que ce Phaulkon. Sur ces entrefaites, un navire anglais arrive de Madras. Il n'y a là rien d'extraordinaire, sinon que le capitaine fait le voyage seul jusqu'à Ayuthia pour voir ce même farang, Phaulkon. Depuis ces trois derniers jours, mes frères, des caisses en provenance d'Ayuthia sont arrivées par la route de terre à Mergui, à un rythme inquiétant. Nos espions dans la capitale n'ont pas été en mesure de nous en révéler le contenu. On les a remplies dans le secret le plus total et sous si bonne garde que nos informateurs n'ont pas réussi à en approcher. » Il se pencha en avant. « Ce qui est intéressant, mes frères, c'est que l'emballage s'est effectué dans les entrepôts royaux et non pas dans la factorerie anglaise. J'ajoute que ces mêmes caisses sont en ce moment chargées à Mergui, à bord d'un grand navire de commerce anglais, une fois de plus sous la protection de gardes armés. Qu'est-ce que cela signifie pour vous ? »

Farouk Radwan, un petit homme trapu et velu, se gratta la barbe d'un air pensif.

« Manifestement, Votre Honneur, ce sont des marchandises du Trésor que l'on expédie par ce navire anglais. Elles ont pu être achetées à la Couronne pour leur factorerie de Madras ou bien...

— Ou bien ? répéta l'Oc-Ya Tannaw.

— Ou bien elles pourraient avoir une autre destination.

— La Perse, par exemple ?

— Peut-être. » C'était Fawzi Ali qui avait répondu en reposant son narguilé. « Je doute pourtant que le gouvernement siamois fasse une chose pareille sans nous en informer au préalable. »

— Pourquoi pas ? » demanda l'Oc-Ya Tannaw.

Fawzi Ali, qui avait déjà repris son narguilé, le reposa nerveusement. « Parce que le commerce depuis cette province et en direction de la Perse est entre nos mains depuis aussi longtemps que l'on peut s'en souvenir. Mon grand-père faisait commerce avec Ormuz et Ispahan depuis la maison même que j'occupe actuellement. Quelle raison y aurait-il d'interrompre cette tradition ? »

L'Oc-Ya Tannaw n'avait pas l'air convaincu. « Aussi loin que puissent remonter nos souvenirs, l'organisation des banquets royaux a toujours été confiée aux Maures, Fawzi. Et regarde qui prépare aujourd'hui le banquet pour l'ambassade chinoise.

— Le bruit court que Sa Majesté veut surprendre l'ambassadeur en introduisant dans le repas des spécialités farangs et les boissons alcoolisées indispensables pour faire passer leurs cochonneries », lança Faiçal Sidiq en plissant le nez. Sa famille était au Siam depuis près de deux siècles et il avait les yeux moins ronds que les autres.

L'Oc-Ya écarta cette idée d'un haussement d'épaules impatient. « C'est une excuse, pas une rumeur. J'ai l'impression, mes frères, que l'on enquête sur nous, sur notre communauté, sur toute la fraternité musulmane. Ce n'est que le début : on essaie encore de maintenir une certaine discrétion. Mais, écoutez-moi bien, les choses ne s'arrêteront pas là. Nous devons découvrir ce qui se trouve dans ces caisses et, surtout, quelle est leur destination.

— Aziz est parti ce matin pour Mergui, Votre Honneur. Il est allé chercher l'appui de la mission portugaise. Pour éviter que l'on jase, il s'est caché sous un déguisement. » Iqbal Sind était le dernier membre du Conseil à parler. Son grand nez crochu pointait de son visage comme le bec d'un oiseau de proie.

« Faut-il faire confiance aux Portugais ? demanda l'Oc-Ya Tannaw d'un ton agressif. Ce sont également des farangs.

— Oui, Votre Honneur », répondit Iqbal Sind embarrassé. Sa timidité démentait son aspect farouche. « Mais les Portugais sont des chrétiens catholiques, les Anglais appartiennent à une autre secte et ils ne voient pas tout du même œil. D'ailleurs, Votre Honneur, ce gros prêtre portugais s'efforce désespérément de rebâtir son église et, ces temps-ci, ses supérieurs de Goa ne se sont pas montrés très généreux. Nous avons donc autorisé Aziz... » Il baissa les yeux sous le regard perçant d'Oc-Ya Tannaw.

« Oui, Iqbal, tu as autorisé...

— Aziz à donner son accord... à certaines... contributions, Votre Honneur. Seulement, bien entendu, si les renseignements du prêtre... justifient notre générosité », balbutia Iqbal.

L'Oc-Ya Tannaw grommela. « Des musulmans contribuant à la rénovation d'églises chrétiennes ? » Il leva les yeux au ciel. « Qu'Allah nous pardonne de tels péchés ! Et qu'il sache au moins que c'est seulement pour la protection de ses fidèles ! *Allah Akbar.*

— *Allah Akbar*, répétèrent-ils tous en chœur. Dieu est grand.

— Eh bien, maintenant, mes frères, j'ai entendu vos opinions. J'en conclus que, si ce prêtre des chrétiens nous informe que ces marchandises sont destinées à être exportées vers la Perse, notre domaine traditionnel, et non pas vers la factorerie anglaise de Madras, alors il faut éliminer ce Phaulkon. On me dit qu'il parle couramment le siamois et le malais et qu'il est habile et rusé. Un tel homme au service d'un mauvais maître pourrait être dangereux. Nous allons le faire assassiner par les Macassars. Les gardes du corps du prince Daï se feront un plaisir de se charger de cette mission. Sommes-nous tous d'accord ? »

Il y eut des murmures d'approbation.

Luang Aziz se pencha pour bien insister. « Comme je le disais, dom Francisco, avec les bénéfices de l'opération votre église peut être entièrement rebâtie. »

Une lueur fiévreuse s'alluma dans le regard du prêtre. « J'ai votre parole en tant que membre du Conseil ? s'assura-t-il.

— Vous l'avez.

— Et tout ce que j'ai à faire, c'est de vérifier la destination de ce navire ? » Il désignait la baie où le grand navire marchand oscillait doucement sous la brise.

Aziz acquiesça.

Le prêtre se gratta la tête. La chose lui paraissait trop facile. « Et quelles raisons auraient-ils de ne pas me révéler sa destination ?

— Ils vous indiqueraient peut-être une destination, mais pas nécessairement la vraie.

— Et comment saurai-je si c'est la bonne ou non ? » Il essuya sur son front une goutte de sueur. Ah, comme il voulait voir rebâtir son église ! À deux reprises il avait écrit à Goa et une fois même à l'évêque de Macao : on lui avait toujours répondu que l'on examinait l'affaire. Il devrait se contenter de réparations provisoires en attendant l'approbation de ses supérieurs. Son collègue de Ligor lui avait écrit pour lui conter les mêmes malheurs. L'Eglise, semblait-il, concentrait ses efforts — et ses fonds — sur les capitales et les dynasties régnantes au détriment des pauvres provinces. Il secoua la tête et regarda l'Indien planté devant lui. Les yeux sombres le fixaient, impassibles. Quelle ironie qu'une aide lui vînt précisément des musulmans!

« Vous le saurez, dom Francisco. Vous trouverez bien quelque chose. Il faut les prendre au dépourvu. » Aziz eut un sourire encourageant. « Vous autres prêtres n'êtes pas à court de ruses.

— Et comment vous-même saurez-vous si la réponse est exacte?

— Soyez-en assuré, dom Francisco, je le saurai. Vous n'aurez qu'à me dire la vérité.

— Mais pourquoi moi? N'avez-vous personne d'autre qui puisse vous fournir ce renseignement? Quelqu'un de plus qualifié? » Il fit un dernier effort pour échapper à cette mission. L'affaire ne devait pas s'arrêter là, il en était convaincu. Sans doute y avait-il autre chose qu'il regretterait peut-être. Il était encore temps de refuser.

Luang Aziz perçut son hésitation.

« Ces hommes-là sont des marchands anglais, dom Francisco. Nous autres musulmans, nous sommes aussi des marchands. Il y a entre nous une méfiance réciproque. Mais vous êtes un prêtre : vous n'êtes donc pas leur rival. À vous, ils confieront ce qu'ils ne nous diront pas. Quel mal y a-t-il à connaître la destination d'un navire? Ce n'est qu'un petit secret commercial, mais qui vous permettra de rebâtir votre église. Fini d'attendre encore un an, ou peut-être deux, ou même davantage, pour que vos supérieurs vous envoient les fonds nécessaires. Vous les aurez demain, dom Francisco, en argent : dès que nous aurons la réponse. »

La réticence du prêtre s'évanouit. Demain? Demain, il pourrait convoquer les ouvriers, les charpentiers, les maçons et les peintres et, avec quinze taels à dépenser en deux semaines, il aurait une nouvelle église. Peut-être même resterait-il de l'argent pour attirer de futurs convertis ? Car comment convertir les indigènes quand les murs de son église s'écroulaient, que les plafonds se fissuraient, que portes et fenêtres étaient maintenues en place par des cordes ? La maison de Dieu, le seul vrai Dieu, devait paraître propre, soignée et sainte.

Il bondit sur ses pieds avec une agilité surprenante pour un homme de sa corpulence. « J'y arriverai. Faites-moi confiance. »

Luang Aziz sourit. « Je savais que je pouvais compter sur vous, dom Francisco. Je reviendrai demain à la même heure. »

« Canot devant ! » cria la vigie. En l'absence du capitaine White, il alla chercher le second pour lui annoncer l'arrivée d'un visiteur. C'était un prêtre, tout seul dans un canot, qui demandait à parler au capitaine en particulier.

« Eh bien, Simmons, lui as-tu indiqué que le capitaine n'était pas à bord ? Le père le trouvera à terre.

— À vos ordres, monsieur. Mais, avec votre permission, il a répondu qu'il voulait s'entretenir avec un officier qui se trouvait à bord. »

Le second se pencha par-dessus le bastingage et jeta un coup d'œil sur la petite embarcation. Le prêtre avait chaud, il était en nage : il était venu tout seul sans l'aide d'un rameur. Cela faisait une bonne distance depuis le rivage.

« Bon, Simmons, fais-le monter.
— À vos ordres, monsieur. »

Que pouvait bien vouloir à notre capitaine un de ces prêtres catholiques ? se demanda John Ferries, le second. Les Anglais n'avaient pas de démêlés particuliers avec le Portugal : alors, autant se renseigner.

« Bonjour, capitaine », dit le prêtre, essoufflé par l'effort d'être monté à bord. Des taches sombres de transpiration apparaissaient çà et là sur sa soutane brune. Il tenait à la main un petit paquet. « Que Dieu soit avec vous, *senhor*. » Il parlait anglais mais avec un fort accent.

« Mon Père, je ne suis pas le capitaine. Mais soyez tout de même le bienvenu. On dirait qu'un peu de repos vous ferait du bien. Tenez, suivez-moi. »

Ferries l'emmena dans une petite cabine de l'entrepont et lui offrit un siège. Le prêtre avait l'air fatigué, épuisé même, et Ferries s'apitoya quelque peu. Quel épouvantable climat pour passer ses jours à essayer de répandre la parole de Dieu, songea-t-il. J'aime mieux que ce soit vous que moi, mon Père.

« Eh bien, mon Père, que puis-je faire pour vous ?

— J'ai appris que vous alliez à Madras, *senhor*. Ma sœur est religieuse là-bas. Je me demandais si vous voudriez avoir la bonté de prendre ce paquet pour elle. Je ne sais pas quand passera le prochain navire à destination de Madras, alors j'ai profité de l'occasion... »

Le second allait lui dire qu'ils n'allaient pas du tout à Madras mais il se retint de justesse. Il accepta le paquet. Seigneur, j'ai failli le lui dire, songea-t-il. « Je m'en chargerai avec plaisir », répliqua-t-il. La pauvre sœur ne risquait pas de voir ce cadeau de son vivant !

« Merci, *senhor*, et que les bénédictions de Dieu soient sur vous. » Il s'arrêta, comme si une pensée lui venait soudain. « Puisque j'ai fait tout ce chemin, *senhor*, je me demande si je ne devrais pas donner les sacrements à vos marins originaires de Goa, s'il s'en trouve à votre bord. Avec votre permission, bien sûr. » Il eut une œillade bienveillante. « Ils font toujours du meilleur travail après avoir entendu la parole de Dieu. » À coup sûr, il devait y avoir quelques marins de Goa parmi l'équipage, ne serait-ce qu'un ou deux. La main-d'œuvre portugaise de Goa, presque tous des demi-castes, ne coûtait pas cher et les hommes étaient de bons marins. Ils louaient volontiers leurs services à toute nation avec laquelle leur patrie n'était pas en guerre.

« Des *mestizos* ? nous en avons deux ou trois. Nous avons aussi un Irlandais et une paire d'Écossais catholiques, si vous voulez vous charger de tout le lot d'un coup, *padre*. » Ce fut au tour du second de faire un clin d'œil.

— Plus ils seront nombreux, plus cela sera joyeux, *senhor,* reprit dom Francisco avec entrain.

— Alors, mon Père, attendez ici. Je vais les rassembler.

— Merci. Le *senhor* officier est bien bon. »

Il eut bientôt devant lui l'équipage le plus hétéroclite qu'il eût jamais vu. Un grand Irlandais efflanqué avec une barbe noire, deux Écossais au visage criblé de taches de rousseur, l'un rouquin et l'autre blond, et deux Indiens portugais basanés et de petite taille, tous catholiques. Ils marmonnèrent des salutations confuses en anglais et en portugais, puis restèrent devant lui en se dandinant d'un pied sur l'autre. Le père Francisco les examina un par un. Leur couleur allait de rose vif au presque noir et tous semblaient mal à l'aise devant la présence inattendue d'un homme de Dieu.

« Je suis heureux de vous voir, mais je dois d'abord vous demander de m'expliquer pourquoi vous n'êtes pas venus à l'église, à terre. Je n'y ai pas vu un seul d'entre vous. » Il s'exprima d'abord en portugais, puis en anglais, sur un ton de douce réprimande. Le malaise des hommes s'accrut. Puis l'un des *mestizos* prit la parole, d'abord d'une voix haletante, puis il parut peu à peu reprendre courage. Tous les regards se tournèrent vers lui.

« Nous... nous n'avons pas été autorisés à descendre à terre, révérend *padre.* Sinon, nous serions certainement venus à l'église.

— Pas autorisés à descendre à terre ? dit le père Francisco incrédule. Mais voilà près d'un mois que vous êtes ici ! » Il se pencha d'un air méfiant. « J'ai vu en ville plusieurs hommes de ce navire.

— Des officiers, révérend *padre*. Le reste d'entre nous est consigné à bord.

— Qu'est-ce qu'il dit, mon Père ? demanda l'Écossais blond, l'air soucieux.

— Il dit qu'on ne vous a pas laissés descendre à terre », répéta dom Francisco en anglais.

Le visage de l'Écossais s'assombrit. « Vous a-t-il donné une raison ? » demanda-t-il en jetant au *mes-*

tizo un regard hostile. « De toute façon, mon Père, ne l'écoutez pas. Il ment toujours, celui-là. » Il se tourna vers le *mestizo*. « Tu la boucles, Rodriguez, tu entends ? » Il brandit vers lui son poing serré.

« Hé, Sandy, surveille-toi, bon sang ! fit le grand Irlandais. Tu parles devant un père. »

L'Écossais se tourna tout honteux vers le prêtre. « Je vous demande pardon, mon Père. Je me suis laissé emporter. Mais ce bavard nous a déjà attiré des ennuis. Dès l'instant que vous ne l'écoutez pas, mon Père...

— N'ayez crainte, mon fils. Rien de tout ce qui se dit ici n'ira plus loin. Je suis un prêtre, ne l'oubliez pas.

— Alors, mon Père, c'est comme au confessionnal ? » C'était le second Écossais, le rouquin, qui avait parlé.

Le père Francisco marqua un temps. Il n'aimait pas ce genre de question. La situation était très embarrassante. Si ce n'était pas comme au confessionnal, ces hommes allaient sans doute surveiller leurs paroles, et si c'était le contraire, lui-même devrait garder le silence.

« Ce n'est pas comme au confessionnal, mais je suis quand même un prêtre », répondit-il de façon ambiguë.

L'Écossais rouquin parut perplexe. Le prêtre passa au portugais.

« Maintenant, mes enfants, je vais vous donner la bénédiction pour que vous voyagiez sans encombre jusqu'à Madras. » L'un après l'autre, ils s'agenouillèrent. Il fit au-dessus d'eux le signe de croix et se mit à réciter des prières en latin. Du coin de l'œil, il avait remarqué qu'un des *mestizos* avait l'air extrêmement mal à l'aise. C'était celui qui avait parlé tout à l'heure d'une voix haletante. Le prêtre s'interrompit avant de commencer le Notre Père.

« Révérend père, balbutia le *mestizo* en portugais, voulez-vous dire une prière pour tous nos futurs voyages, partout où nous irons ?

— Je le peux, mon fils, mais, quand tu remercies le

Seigneur de t'accorder ta nourriture, est-ce que tu le remercies pour tous les repas que tu feras ou seulement pour celui que tu vas commencer ? »

Le *mestizo* parut réfléchir à la question.

« Voulez-vous alors nous bénir, révérend père, pour notre voyage à Madras et pour... » Il hésita « ... pour notre voyage en Perse, au cas où nous irions aussi là-bas avant de vous revoir ?

— En Perse ? s'écria Sandy en se levant d'un bond. Il a dit "en Perse" ? Je vais le tuer ! »

Dom Francisco prit un air horrifié. « Mon fils, nous allons réciter le Notre Père. Calme-toi ou la colère de Dieu va s'abattre sur toi.

— Oui, et sur nous tous, grâce à toi, Sandy, fit l'Irlandais nerveusement. Nous sommes tous ensemble dans cette affaire, tu le sais. » Il joignit les mains devant lui et se plongea dans une prière fervente.

« Qu'est-ce qui se passe ici ? Et qui a hurlé comme ça ? » Le second avait surgi à l'entrée de la cabine. Il avait un bras appuyé sur la cloison. « C'est une séance fichtrement bruyante, mon père. Ça ne ressemble guère à une messe. Qu'est-ce qui se passe ?

— Je suis désolé, *senhor*, souligna le prêtre. Les hommes ont demandé à être bénis pour leur voyage jusqu'à Madras. L'un d'eux a dit quelque chose à propos de la Perse, mais les autres ont assuré qu'il n'était pas question pour eux d'aller là-bas. Et cela a provoqué une petite dispute.

— Bien sûr qu'ils ne vont pas en Perse, lança le second, furieux. Quel est l'imbécile qui a dit ça ? C'était toi, Sandy ? »

Sandy était toujours debout, alors que les autres étaient à genoux.

« Je vous demande pardon, monsieur, c'était ce demi-caste là-bas, dit-il en désignant Rodriguez.

— Je crois que vous feriez mieux de rentrer à terre maintenant, mon Père. Ce n'est pas le genre de bénédiction à laquelle je pensais.

— Je comprends, *senhor*. Veuillez accepter mes excuses.

— Vous ne voulez pas nous entendre en confession, révérend père ? demanda Rodriguez, d'un ton inquiet. Pereira aimerait que vous l'entendiez aussi, fit-il en désignant son compagnon.
— Mes fils, l'officier veut que je parte maintenant. Mais je vous mentionnerai dans mes prières. Et Dieu vous protégera.
— Rompez les rangs », dit le second d'un ton résolu. Il s'obligea à sourire au prêtre. « Peut-être, mon Père, après notre retour de Madras... »
Le prêtre fit une nouvelle fois le signe de croix devant ses ouailles dépenaillées et repartit.

Dom Francisco resta un long moment à contempler en silence l'océan. Du seuil de la petite église, la vue était magnifique. Quelle décision déplaisante, songea-t-il. Une nouvelle fois, il leva les yeux au ciel et pria Dieu de lui donner conseil. Il était maintenant presque sûr que le navire se rendait en Perse. Mais quels étaient donc ces secrets commerciaux qui mettaient les hommes dans une telle fureur ? Que transportait donc le navire dont on ne pouvait indiquer la véritable destination ? Allait-il provoquer souffrance ou violence en révélant ce qu'il avait entendu ? Mais, il en convenait, ce n'était pourtant pas sa préoccupation première. Ce qui le tracassait plus que tout, c'était le caractère sacré que revêtait la confession.

Bien sûr, on ne pouvait guère considérer cette petite cabine comme un confessionnal. Mais l'homme aux cheveux roux et au regard anxieux lui avait demandé si c'en était un : il avait répondu de façon équivoque et lu la confusion dans le regard de l'homme. Il l'avait égaré. Il les avait tous égarés. Il avait obtenu des réponses par la ruse et la tromperie. Je suis pourtant un prêtre, avait-il dit. Que devaient-ils en conclure sinon qu'ils pouvaient lui faire confiance ? Et à qui ces pauvres diables pouvaient-ils se fier, sinon à un homme de Dieu ?

Un mouvement sur sa gauche attira son attention. Il tourna les yeux et aperçut la petite silhouette de

Luang Aziz, déguisé sous sa robe de prêtre, qui grimpait le sentier dans sa direction. Il examina tristement son église en ruine. Encore une tempête comme la dernière, se dit-il, et il ne resterait plus rien. Il frissonna. Peut-être même allait-il perdre ses nouveaux convertis.

Aziz arriva auprès du prêtre et reprit son souffle. Il regarda soigneusement autour de lui. Voyant qu'ils étaient seuls, il ôta son capuchon.

« La paix soit avec vous, dom Francisco.

— Et avec vous, mon fils, répondit le prêtre, répondant au salut du musulman.

— Belle journée, n'est-ce pas ? Vous vous reposez un peu ? Repos bien mérité après les efforts que vous avez fournis. » Il souleva devant lui un petit sac. « J'ai apporté l'argent.

— Et j'ai découvert ce que vous vouliez savoir, Luang Aziz.

— Vraiment? Je suis ravi de l'apprendre. Êtes-vous sûr de vos renseignements?

— Tout à fait sûr. »

Aziz s'assit en tailleur, sur l'herbe, devant le prêtre.

« Alors, quelle est la réponse ? »

Le prêtre regarda la mer et désigna le grand navire. Le trois-mâts se dressait gracieusement sur le calme de l'océan : on aurait dit une créature marine mythique jaillie des profondeurs.

« Il se rend à Madras.

— Oh? Et comment êtes-vous parvenu à cette conclusion ? »

Le prêtre ne pouvait dire s'il y avait de la déception ou du soulagement dans la voix du Maure. « Je suis monté à bord de bonne heure ce matin. Je m'y suis rendu moi-même à la rame. » Aziz eut l'air impressionné. « J'ai remis un paquet pour ma sœur à Madras et l'un des officiers a promis de le lui livrer. Puis j'ai célébré la messe pour les catholiques du bord. Ils étaient cinq : Écossais, Irlandais, et de Goa. Tous m'ont confirmé leur destination. Aussi bien en anglais qu'en portugais. Ce sont des gens simples qui n'iraient pas mentir à un prêtre. Et pendant tout ce temps ils étaient seuls avec moi dans la pièce. »

Le prêtre termina et il y eut un long silence. Aziz reprit enfin la parole.

« Vous avez bien fait, dom Francisco. L'Oc-Ya Tannaw sera content. Vous comprenez, nous devons protéger nos intérêts commerciaux. La plupart des régions de l'autre côté du golfe relèvent de notre monopole. Madras n'en fait pas partie. Voici votre argent. » Il lui tendit le sac. « Je ne vais pas m'attarder, car il faut que j'apporte la nouvelle à notre chef. Nous ferons peut-être une autre fois appel à vos services, père Francisco. » Il sourit. « Votre petite église, à n'en pas douter, aura toujours besoin de réparations. »

Le prêtre essaya de masquer son excitation. « Sans doute, Luang Aziz. Vous savez où me trouver. »

Le Maure tourna les talons pour prendre congé. À cet instant, la silhouette d'une femme de haute taille apparut, montant le petit chemin en lacets qui menait à l'église.

« Une de vos converties, dom Francisco ? » demanda le Maure en souriant.

Le padre cligna des yeux pour mieux voir. « Je ne pense pas, Luang Aziz. »

À longues enjambées, la nouvelle venue eut tôt fait de parcourir la distance : bientôt elle fut près d'eux.

« Bonjour, mes Pères, dit-elle en siamois en leur adressant un sourire gracieux. Lequel d'entre vous est le père Francisco ? » C'était une belle jeune femme au sourire avenant.

« C'est moi, mon enfant, répondit doucement dom Francisco. Et en quoi puis-je t'être utile ? »

La jeune femme l'observa brièvement puis tira une lettre d'une petite bourse en coton qu'elle portait. « M. Constantin Phaulkon m'a demandé de vous remettre ceci, mon Père. C'était un ami du capitaine Alvarez. »

Le second prêtre dressa l'oreille.

« Bien sûr, dit dom Francisco. J'ai entendu parler de M. Phaulkon. Sois la bienvenue, mon enfant. Pauvre Alvarez, ajouta-t-il en se signant. Puisse son âme reposer en paix. »

Il lut la lettre puis regarda la femme en souriant.

« Je suis ici pour t'assister de toutes les façons, dit-il.

— Merci, mon Père. Il faut que je parle au capitaine de ce navire là-bas, dit-elle en désignant le grand vaisseau marchand. J'ai pensé que vous le connaissiez peut-être ou que du moins vous pourriez m'aider à le joindre. »

Luang Aziz n'avait cessé de l'observer attentivement. Ce fut lui qui prit alors la parole. « Et que pourrais-tu bien vouloir au capitaine, mon enfant ?

— J'ai un message pour lui, mon Père.

— Je connais le capitaine », dit Luang Aziz en lançant un bref coup d'œil de mise en garde à dom Francisco. « Je pourrais peut-être lui transmettre ce message ?

— C'est très aimable à vous, mon Père. Mais je dois le remettre moi-même. Voyez-vous, c'est un message qui exige une réponse.

— Fort bien, dit Luang Aziz. Dans ce cas, permets-moi de t'accompagner là-bas. » Il la regarda avec sollicitude. « Mais tu dois être épuisée, mon enfant. Tu as sans doute fait tout ce chemin depuis la capitale. »

Sunida acquiesça. « En effet, mon Père. J'ai hâte de terminer ma mission et de m'en retourner.

— Bien sûr. Ce doit être important pour que tu sois venue de si loin. Une lettre, sans doute », ajouta-t-il nonchalamment.

Pendant tout cet échange, dom Francisco avait voulu intervenir mais, à chaque fois qu'il avait tenté d'ouvrir la bouche, le Maure lui avait coupé la parole d'un regard sévère.

« Moi aussi, je vais t'accompagner, mon enfant, dit enfin dom Francisco. Si tu...

— Ne vous donnez pas cette peine, dom Francisco, fit le Maure. Je vais conduire cette dame. » Il se tourna vers la jeune femme. « Le père supérieur est si occupé », expliqua-t-il. Avec un sourire courtois, il fit signe à la Siamoise de le suivre.

Sunida hésita un moment. Elle le sentait, il y avait un conflit entre ces deux prêtres, l'Indien et le farang. Mais elle avait une mission à accomplir et c'était le plus important. « Merci, mon Père, vous êtes bien bon », dit-elle en tournant les talons.

Dom Francisco les suivit d'un regard anxieux et les vit disparaître par le sentier qui descendait jusqu'au port. Il se demandait quel message la jeune fille pouvait bien porter. Quoi qu'il en fût, il n'aimait pas la tournure que prenaient les événements. Il se sentait coupable d'avoir accepté de l'argent. Il s'inquiétait pour la jeune femme. Impossible de dire de quoi ces Maures étaient capables. Il décida de les suivre à distance raisonnable.

27

Pour Thepine la vie au palais était devenue bien morne. Elle n'avait plus l'éducation érotique de Sunida pour s'occuper. Elle ne pouvait non plus tenter de quitter le palais sans la complicité du chirurgien hollandais. Elle se sentait vraiment prisonnière. Elle avait entendu des récits à vous glacer le sang sur la façon dont son amant, le capitaine Alvarez, avait été torturé à mort : un moment, elle avait attendu son tour en tremblant, persuadée qu'elle allait partager son sort. Mais à sa grande surprise il ne s'était rien passé. Elle n'apprit que quelques jours plus tard que les crimes de ce dernier étaient de nature politique, et sans aucun rapport avec leurs rendez-vous secrets.

Pendant quelque temps, elle continua à se languir du corps de son amant qu'elle avait maintenant élevé au rang de martyr. Quel homme ! Même sous les pires tortures, il avait refusé de révéler son nom. Thepine soupira. Elle s'était lassée des concubines du harem royal qui s'offraient si volontiers à soulager sa mélancolie. Elle avait le moral au plus bas. Aucun homme n'était autorisé à pénétrer dans les appartements des femmes, à l'exception, de temps en temps, d'un moine et du jeune prince Chao Fa Noi. Les moines, bien sûr, avaient fait vœu de célibat et, chaque fois qu'elle en rencontrait un dans les couloirs, elle tombait à genoux, comme l'exigeait l'étiquette, et posait sur le sol une extrémité de son écharpe pour que le moine puisse marcher dessus et la bénir. Quant à Chao Fa Noi, le plus jeune frère du roi, il semblait fort heureusement fiancé à Yotatep, la fille de Sa Majesté. Cette décision, d'ailleurs, devait beaucoup aux discrets efforts déployés par Thepine en faveur de Yotatep.

Fidèle à la promesse qu'elle avait faite à la reine princesse, Thepine avait parlé au roi dès qu'une occasion convenable s'était présentée. En fait, c'était le Seigneur de la Vie lui-même qui le lui avait permis en mentionnant devant elle l'inquiétude que lui inspiraient la conduite et la santé de son héritier, qui semblaient se détériorer rapidement. En effet, le roi convoquait souvent sa concubine favorite quand il était préoccupé. Lorsque Thepine laissa entendre que la reine princesse pourrait envisager un mariage avec Chao Fa Noi, et le premier choc une fois passé, le roi avait soigneusement réfléchi à cette information. Si, en raison de l'incapacité ou de l'inconduite de Chao Fa Apai Tot, deux éventualités qui semblaient de plus en plus probables, il était contraint de désigner comme successeur son plus jeune frère, celui-ci pourrait plus facilement prétendre au trône s'il était marié à Yotatep. Et si l'on annonçait que c'était en même temps un mariage d'amour, comme le laissait entendre Thepine, cette rupture avec la tradition s'en trouverait peut-être mieux acceptée.

La reine princesse avait somptueusement récompensé Thepine de ce service. Tout le royaume attendait maintenant que les astrologues fixent une date favorable pour les épousailles. Thepine se demandait pourtant si le bonheur du jeune prince était aussi innocent qu'il y paraissait. Elle était persuadée qu'il s'intéressait davantage au trône qu'à sa future épouse.

Elle soupira de nouveau. La vie était vraiment triste. Comment pourrait-elle en dissiper l'ennui ?

Dans cet état de mélancolie, l'image de Chao Fa Noi ne cessait de lui revenir à l'esprit. Devrait-elle une fois de plus renoncer à toute prudence et courir le risque de livrer sa vie même aux mains de la jalouse Yotatep ? Son cerveau avait beau lui prodiguer des signaux d'alarme, son corps réclamait avidement la chaleur d'un homme et elle brûlait d'envie de constater l'effet de ses talents sur l'attitude du jeune homme.

Un jour, elle prit un chemin différent dans les corridors royaux.

Le prince Chao Fa Noi était satisfait de la façon dont se déroulaient les événements. Son frère aîné, le roi, avait maintenant approuvé son mariage avec Yotatep, ce qui renforçait sérieusement ses prétentions au trône. Son autre frère, Apai Tot, même s'il était le premier dans la lignée pouvant prétendre à la succession, s'adonnait de plus en plus à la boisson. On le voyait maintenant fréquemment en compagnie de Sorasak, ce qui n'arrangeait pas sa réputation. Les maux naturels que les dieux avaient infligés à Apai Tot s'étaient nettement aggravés depuis quelques semaines : une moitié de son visage était maintenant agitée de spasmes qui l'obligeaient à fermer l'œil gauche. Chaque fois qu'il se mettait en colère — et c'était souvent le cas —, des filets de bave filtraient aux commissures de ses lèvres et ruisselaient de façon répugnante sur son menton. Aucun médecin n'arrivait à trouver un remède à ces convulsions : on estimait en général qu'il souffrait des excès d'une de ses existences passées.

Chao Fa Noi était ravi à l'idée de gouverner un jour ce beau pays. Car, une fois qu'Apai Tot serait complètement paralysé — comme le prédisaient tous ceux qui étaient proches du trône, y compris l'astrologue en chef Mahawallah —, il ne resterait pratiquement plus personne pour prétendre à la couronne. En tant que femme, Yotatep ne pouvait pas monter sur le trône et cette brute de Sorasak, même si le roi venait à le reconnaître, ne semblait nourrir d'autre ambition que la satisfaction immédiate de ses désirs.

Non, songeait le jeune prince avec satisfaction, le

seul autre prétendant au trône serait lui-même, en tant que mari de Yotatep. Il sourit. Ma foi, il pourrait même accéder au trône sans le bain de sang qui accompagnait traditionnellement le décès d'un monarque. Son frère, Naraï, n'y avait pas échappé ; quant à son prédécesseur, Prasat Tong, plus de trois mille courtisans et nobles avaient trouvé la mort dans les massacres qui avaient accompagné la lutte pour la succession.

Chao Fa Noi était soulagé également de voir que le général Petraja, le père officiel de Sorasak, qu'il avait tout d'abord suspecté de nourrir aussi des ambitions royales, lui rendait maintenant ouvertement hommage en tant qu'héritier présomptif. Le général l'avait sans doute compris : si lui, Chao Fa Noi, était prêt à poursuivre la politique de son frère Naraï — dont le jeune prince admirait beaucoup le sens brillant de la manœuvre et l'assurance —, il différait du monarque actuel sur un point capital, cher au cœur de Petraja. Il voulait réduire la façon dont son pays dépendait des Maures et des farangs, et former un plus grand nombre de Siamois pour occuper des postes au gouvernement. On n'emploierait de farangs que pour de courtes périodes afin qu'ils transmettent leur savoir-faire avant d'être priés de quitter le pays. On ne verrait plus, par exemple, de farangs employés au ministère du Commerce.

Plongé dans ses réflexions, le prince se dirigeait vers ses appartements, situés dans la partie du palais juste au-dessous de ceux de la reine princesse. Quels sages ancêtres avaient conçu pareilles architectures, songeait-il, tout en grimpant les marches menant aux étages supérieurs. Il était bon, en effet, que la royauté fût au pinacle et que tout fût conçu pour vous le rappeler. Il se demandait combien de gens, hormis évidemment les femmes à qui Sa Majesté avait fait partager sa couche, se rendaient compte que le roi son frère était de très petite taille. Grâce à l'étiquette, on ne l'apercevait jamais que dans des emplacements surélevés : sur le plus grand éléphant, du haut d'un balcon s'adressant à ses mandarins prosternés, sur l'estrade réhaussée de sa barque royale ou porté dans son trône sur les épaules des esclaves. Nulle part dans l'enceinte du palais un homme n'avait le droit de rester debout et de déployer toute sa taille — pour éviter que l'on puisse la comparer à celle du souverain.

Chao Fa Noi leva les yeux en chemin, vaguement distrait par la démarche séduisante d'une concubine qui approchait. Ses hanches se balançaient de façon attirante à chacun de ses pas, mettant en valeur une silhouette parfaitement proportionnée. Elle s'inclina bien bas en passant puis tourna la tête dans sa direction et lui adressa le sourire le plus voluptueux. Un sourire accompagné d'un battement langoureux des paupières. Thepine! Il avait déjà vu la célèbre concubine dans les appartements de son frère. Que préparait-elle? Il songea un moment à cette rencontre, puis chassa cette idée. Sa fiancée, Yotatep, lui répétait toujours combien il était beau : il n'y avait donc rien d'extraordinaire à voir une femme du harem lui lancer ainsi une œillade. Il rit sous cape. Si seulement Yotatep avait pu voir ce furtif échange... Elle était si jalouse! Elle lui avait confié un jour qu'elle était torturée à l'idée qu'il ne l'épousait que parce qu'elle était la fille du roi. Évidemment, il s'était empressé de l'assurer du contraire mais, à la moindre provocation, ses doutes refaisaient surface et sa confiance en soi vacillait. Il fallait sans cesse la tranquilliser. Si une femme allait jusqu'à porter les yeux sur lui, Yotatep entrait en fureur, et si lui-même s'aventurait à lancer un regard à l'une d'elles... Il espérait que Yotatep deviendrait raisonnable une fois qu'ils seraient mariés : elle devrait bien s'habituer à ses secondes épouses. Elle ne pouvait guère s'y opposer : cela ne s'était jamais vu. Il devait pourtant s'avouer que les questions dont elle ne cessait de le harceler à propos de son amour l'avaient contraint à s'interroger : l'aurait-il épousée si elle n'avait pas été la fille du roi? La vérité, il devait l'admettre, était qu'il ne l'aurait pas épousée.

Une journée torride sous un soleil brûlant suivit sa

rencontre avec Thepine. Mais, malgré l'atmosphère débilitante, le prince était d'excellente humeur. Il venait de quitter les appartements de la reine princesse où Yotatep, tout excitée, lui avait confié que les astrologues brahmanes attachés à la Cour avaient fini par trouver une date favorable pour le mariage. Ce devait être dans un peu plus d'un mois. Il déambulait dans les vastes jardins magnifiquement soignés qui entouraient les appartements de la reine princesse, en rêvant de son futur couronnement. Quel plaisir d'errer dans ces jardins bien dessinés, en cheminant devant les bassins de lotus, les fontaines jaillissantes, ou en suivant les petites allées bordées d'arbres et entrecoupées de ruisseaux qui murmuraient doucement, apportant à ce décor une fraîcheur délicieuse!

De l'autre côté du jardin se trouvaient les écuries royales où le grand éléphant blanc venu du Sud s'était octroyé une place de choix. Joyau de l'Univers — c'était le nom qu'en grande cérémonie on avait officiellement donné à l'animal — avait été installé dans une luxueuse écurie, la plus proche des appartements royaux. La proximité du roi et les soixante esclaves affectés à son service étaient autant de marques de distinction qui le plaçaient bien au-dessus des autres membres de son espèce.

Des centaines de courtisans, de pages, d'eunuques et d'esclaves avaient déjà visité les écuries pour rendre hommage à la bête princière, et d'autres encore le faisaient maintenant, y compris Thepine. Elle venait de présenter ses respects à l'éléphant au moment précis où le jeune prince passait dans les jardins. Elle le dévisagea de façon si évidente que l'on ne pouvait cette fois se méprendre sur ses intentions. Elle était tout à fait ravissante. Elle avait les cheveux bien huilés et avait souligné le contour de ses lèvres charnues avec de la pommade blanche. En croisant le prince, elle laissa comme par hasard s'écarter son écharpe beige, révélant l'un de ses seins. Un sein ferme, pointé vers le haut et bien attirant. Avant d'avoir pu s'en empêcher, Chao Fa Noi lui avait rendu son sourire. Il vit une lueur de triomphe s'allumer dans ses yeux, puis elle disparut.

Cette nuit-là, allongé sur sa couche, ce sourire, ce voluptueux sourire qui promettait tant d'infinis plaisirs, revint le hanter. Plus il s'efforçait d'en chasser le souvenir, plus il revenait l'obséder. Elle savait évidemment qu'il devait épouser Yotatep. Alors, que voulait-elle ? Il avait entendu parler des exploits de Thepine. Qui d'ailleurs n'en avait pas eu l'écho ? Ils alimentaient tous les potins du palais. On disait même que, dès l'instant où ses doigts l'avaient caressé, un homme — aussi bien qu'une femme — ne pouvait plus trouver satisfaction ailleurs. Cela pouvait-il être vrai ? se demanda-t-il. Pouvait-il vraiment exister une telle femme ? Serait-ce si différent avec quelqu'un d'aussi expérimenté qu'elle ? Il essaya de se concentrer sur d'autres sujets, mais son esprit revenait toujours aux cils qui battaient et au sein dévoilé. Peut-être que s'il se permettait juste une fois... Il se figea. Étaient-ce des grattements qu'il venait d'entendre à sa porte ? Il tendit l'oreille mais le son ne se reproduisit pas. Il n'entendait que les battements de son cœur. Était-ce l'effet de son imagination ? Les pouvoirs de séduction de cette femme étaient-ils tels que votre esprit se trouvait détourné de son cours habituel ?

Il écouta en silence, osant à peine respirer. Puis le grattement reprit. Cette fois il n'y avait pas à s'y tromper. Son cœur se mit à battre plus vite. Il se leva sans bruit de sa couche et s'avança prudemment jusqu'à la porte. Il colla son oreille au panneau. Le grattement reprit, plus fort. Il tira le verrou de bois. Quelqu'un avait-il réussi à passer devant les gardes ? se demanda-t-il. En les payant, sans doute. Et si c'était elle, son visage naturellement était connu. Il entre-bâilla les battants et passa la tête dehors. La superbe silhouette de Thepine se dressait dans le couloir. Ses lourds cheveux noirs ruisselaient en vagues sur ses épaules, s'arrêtant juste à la naissance de ses seins et ses grands yeux le fixaient comme ceux d'une biche dans leur sainte innocence. Saisi par une vague d'excitation, il ouvrit plus grands les battants, tout en jetant un coup d'œil inquiet d'un côté à l'autre du couloir. Jamais il n'avait vu femme aussi belle. Elle joignit ses mains fines et le salua. Le soupçon de sourire qui s'esquissait sur ses lèvres était porteur de promesses sans fin. Incapable de détacher son regard, il battit en retraite dans la chambre. Elle le suivit sans bruit et les panneaux se refermèrent derrière elle.

Thepine se retourna et remit le verrou en place. Puis, toujours sans un mot, elle posa le bout de ses doigts sur les épaules du jeune homme et le poussa doucement en arrière. Elle le fit s'allonger sur sa couche et se planta devant lui, avec un sourire radieux. Il allait parler mais, d'un doigt posé sur ses lèvres, elle lui imposa le silence. S'agenouillant au-dessus de lui, elle entreprit lentement de le dévêtir, caressant chaque partie de son corps au moment où elle la révélait. Ses yeux disaient au jeune prince de ne pas bouger, que c'était là ce qu'elle voulait. Elle passa doucement les doigts sur ses yeux et lui ferma les paupières. Il sentit alors ses bouts de seins gonflés et parfumés qui glissaient, sensuels, sur ses lèvres et il entrouvrit la bouche pour les accueillir l'un après l'autre. Au même instant, les doigts de la jeune femme exploraient délicieusement l'intérieur de ses cuisses. Il resta allongé et s'abandonna à l'extase de ses caresses. Elle était tour à tour douce et brutale, sauvage et tendre, cruelle et généreuse. Elle attisait et apaisait à son gré le feu qu'il sentait en lui. Puis, alors que l'excitation l'embrasait, elle tira de sa bourse un petit flacon et se mit à masser tout son corps d'une huile parfumée. Avec une habileté infinie, elle lui massa la région génitale, taquinant sa lance d'amour jusqu'au moment où il crut qu'il allait éclater. Ses lèvres frémissantes et ses doigts semblaient parcourir tout son corps à la fois : il lui semblait que deux femmes ensemble lui faisaient l'amour, et non pas une seule. Jamais le jeune prince n'avait connu pareilles sensations. Quand enfin elle le laissa la pénétrer, sa lance d'amour palpitante explosa aussitôt. Mais, elle le savait, elle était prête et le plaisir qui se lisait sur son visage fut pour lui sa plus grande récompense.

Elle se leva silencieusement et se drapa de nouveau dans son panung. Sur le pas de la porte, elle se retourna et prit pour la première fois la parole :

« Mon Prince, je reviendrai. »

Pendant quelque temps, il ne parvint pas à trouver le repos. Les images de Thepine ne cessaient de se dresser devant lui et il revivait la griserie des instants passés avec elle. Maintes et maintes fois il se tourna vers la porte, tendant l'oreille et espérant entendre une nouvelle fois les grattements. Mais il n'y avait que le silence de la nuit. Ce n'est que peu avant l'aube que le sommeil vint enfin l'apaiser.

Thepine était d'humeur joyeuse. Elle avait de nouveau un amant, même si c'était un secret dont la découverte signifierait pour elle une mort immédiate. Après tout, elle était la concubine du roi et son amant n'était autre que le promis de la jalouse Yotatep. Pourtant, elle se sentait revivre, elle s'épanouissait grâce au danger et à l'excitation qu'elle avait toujours recherchés. Qu'il était beau, son jeune prince, un enfant entre ses mains, qu'elle pouvait façonner selon sa volonté. Depuis une semaine déjà, chaque nuit elle se glissait dans ses appartements : elle se rendait compte que ce qui avait peut-être commencé chez lui par une simple curiosité avait maintenant pris les proportions d'une obsession dévorante. Il serait plus difficile de continuer quand il serait marié à la reine princesse, songea-t-elle avec un soupçon d'excitation : mais ils trouveraient bien un moyen. D'ailleurs, il commençait déjà à prendre les initiatives. C'était lui maintenant qui s'était chargé de s'assurer le silence des gardes en les achetant.

Elle traversa la dernière des trois vastes cours qui menaient aux appartements royaux. C'était une soirée magnifiquement embaumée, d'une fraîcheur insolite. De nombreux esclaves réprimandaient les éléphants choisis pour monter la garde dans le défilé en l'honneur de l'ambassade de Chine. Pour une aussi grande occasion, il y en aurait jusqu'à cent, les uns portant un harnais d'or, les autres constellés de diamants, de perles, de rubis et d'émeraudes. Son amant aussi, se dit-elle, serait resplendissant ce jour-là dans sa tunique de brocart rouge avec ses boutons aux filigranes d'or.

Les gardes la connaissaient tous de vue et personne ne s'interrogea sur sa présence quand elle entra dans l'antichambre qui menait aux appartements de Sa Majesté. Là, on dépouillait jusqu'à la taille tous les visiteurs avant de les laisser entrer dans le domaine royal. Cette mesure de sécurité permettait de s'assurer que personne n'introduisait d'arme dans les appartements privés du roi. En approchant, elle reconnut la tunique de son amant et son chapeau conique cerclé d'or posés sur une étagère d'osier. Il avait dû rendre visite au Seigneur de la Vie. Elle eut un sourire espiègle et, profitant d'un instant où les gardes tournaient la tête, elle s'empara de la tunique et du chapeau et les fourra prestement sous les plis de son panung. Elle s'éloigna à la hâte, se demandant combien de temps il faudrait au jeune prince pour deviner qui lui avait joué ce tour. Elle s'imaginait qu'il la soupçonnerait aussitôt et qu'il viendrait chercher ses vêtements dans ses appartements. Elle l'attendrait...

Chao Fa Noi sortit des appartements royaux de méchante humeur. On n'avait pas accédé à sa demande de s'asseoir à la place d'honneur aux pieds et à la droite de Sa Majesté, durant la réception en hommage à la délégation chinoise. Il devrait s'asseoir à gauche tandis que son frère, Apai Tot, en sa qualité d'aîné, occuperait la place privilégiée. « Même si Apai Tot est ivre ? » avait-il demandé furieux à Sa Majesté. Il ne serait pas ivre, s'était-il entendu répondre, car ni avant ni durant les cérémonies on ne le laisserait approcher de boissons alcoolisées : par précaution, il était en ce moment confiné dans l'enceinte du palais.

Maîtrisant sa rage, le jeune prince sortit et chercha sa tunique. Où l'avait-il donc laissée ? Il fouilla de nouveau l'antichambre. Il aurait juré l'avoir posée juste là, sur l'étagère. Peut-être quelqu'un l'avait-il accrochée. « Garde ! » cria-t-il. Deux gardes du corps d'élite de Sa Majesté, les cheveux coupés court et portant sur le bras le bandeau rouge traditionnel, se précipitèrent dans l'antichambre et se prosternèrent.

« Votre Altesse Royale ?

— Où est ma tunique ? Et mon chapeau ? Je les ai laissés ici il y a un moment. »

Les deux gardes échangèrent un regard intrigué.

« Altesse Royale, nous qui ne sommes que deux grains de poussière, nous nous rappelons avoir vu Votre Altesse se dévêtir et les laisser là.

— Parfaitement, juste ici, fit-il en désignant l'étagère. Qui aurait osé les prendre ? »

Dans sa fureur, le prince ne soupçonna pas un instant la vérité. Sans plus réfléchir, il revint à grands pas dans l'appartement de Sa Majesté : son frère n'allait pas tarder à apprendre, si ce n'était déjà fait, qu'il y avait des voleurs dans son antichambre même ! Celui qui avait fait cela serait exécuté, se jura-t-il, à titre d'exemple. C'était un scandale.

Accroupie devant le miroir, Thepine s'examinait avec soin. Un sourire s'épanouissait sur son visage. Pas une ride dans le reflet. C'était fort satisfaisant à trente-deux ans, songea-t-elle. Ce miroir-là ne mentirait pas. C'était un cadeau de Sa Majesté le roi qui l'avait reçu en présent des saints hommes portugais. Le capitaine Alvarez en avait un plus petit, moins raffiné, dans sa maison. Elle se demanda vaguement s'il s'y trouvait encore. Elle appliqua sur ses lèvres un peu de pommade blanche puis se mit à la fenêtre. La lumière déclinait : ce serait bientôt le soir. Pourquoi le jeune prince mettait-il si longtemps ? Cela faisait des heures qu'elle avait regagné ses appartements avec le chapeau et la tunique dont elle s'était emparée. Ils étaient toujours étalés sur le lit, là où elle les avait jetés. Comme elle avait hâte de voir l'expression de son visage quand il les apercevrait en entrant dans la chambre ! Allait-il éclater de rire ou la gronder avant de tomber dans les bras qui l'attendaient ? Peut-être avait-il eu des affaires urgentes à discuter avec Sa

Majesté, songea-t-elle. Avec l'arrivée imminente de l'ambassade chinoise, le palais bourdonnait d'activités. L'Empire du Milieu était le plus important royaume du monde, plus grand que le Siam, disaient certains, même si c'était difficile à croire. En tout cas, le Seigneur de la Vie n'épargnait assurément aucun effort pour bien accueillir ses visiteurs. On lui avait dit que des plats farangs seraient ajoutés au menu sous la surveillance de ce farang que Sunida avait été chargée d'espionner. Il s'appelait Forcone ou quelque chose comme ça : quoi qu'il en soit, Sunida lui avait confié en secret que son nom en langue farang signifiait oiseau de proie. Elle sourit. Quelle ironie que l'oiseau de proie devienne lui-même la proie de quelqu'un d'autre ! Une grande agitation dans le couloir vint interrompre ses pensées. Elle appliqua précipitamment une dernière touche d'eau de santal à son cou et ses seins puis se leva pour aller voir la cause de tout ce bruit.

Elle était au milieu de la pièce quand, sans cérémonie, on ouvrit toute grande sa porte. Deux des gardes de Sa Majesté, des Bras rouges, plantés sur le seuil, inspectaient la chambre. Derrière eux était tapie l'une des esclaves de Thepine, les yeux agrandis de terreur.

« Les voilà ! » s'exclama le plus grand des deux gardes, dont le regard était posé sur le lit. Son jeune compagnon le suivit des yeux et sourit avec un soulagement évident. Peut-être le Seigneur de la Vie allait-il maintenant se calmer. Quand sa divine rage se serait estompée, peut-être seraient-ils tous les deux récompensés de leur trouvaille, même si c'était l'une des esclaves qui les avait conduits jusqu'ici. Le jeune garde tremblait au souvenir de la fureur de Sa Majesté. Comme sa voix avait tonné ! Il avait dépêché sur-le-champ six de ses gardes en ordonnant que l'on retrouve le coupable et qu'on le lui amène avant le coucher du soleil. Sinon, tous les gardes, eunuques et pages du palais seraient punis. Comment oser voler les vêtements de son frère devant ses propres appartements !

Après de vaines recherches, Sa Majesté avait

ordonné que l'on fouille aussi les appartements des femmes. Ce fut alors que la tremblante petite esclave au service de dame Thepine s'était avancée et avait tout révélé. On l'avait aussitôt emmenée pour l'interroger tandis qu'une autre fille les avait dirigés jusqu'aux appartements de dame Thepine.

« Voudriez-vous venir par ici, ma Dame ?
— Pourquoi ? Que se passe-t-il ? interrogea Thepine, un horrible soupçon l'envahissant.
— Ordre du Seigneur de la Vie, ma Dame. »

Fièrement, elle obéit. Elle suivit les couloirs jusqu'aux appartements royaux, la tête haute devant les milliers de regards qui la fixaient : elle avait l'impression que le palais tout entier était de service ce jour-là. Les couloirs grouillaient de gens qui la dévoraient des yeux. Même les esclaves et les pages de moindre rang qui se prosternaient sur son passage semblaient l'observer à travers leurs doigts écartés.

Dans l'antichambre de Sa Majesté, son amant attendait. Elle lut dans son regard l'horreur et le remords tandis que, d'un geste solennel, il reprenait sa tunique et son chapeau des mains d'un des gardes et tournait les talons. Accablée, elle le vit s'éloigner. Elle se retourna, hésitante, et frappa à la porte de Sa Majesté.

Thepine s'éveilla en hurlant. Des tigres affamés et grondants avaient bondi sur ses membres, lui dévorant d'abord les orteils, puis les doigts et enfin les seins et le nez. Mais c'était un rêve. Elle s'était de nouveau réveillée dans la sombre humidité du cachot. Malgré son épuisement, elle essaya de rester éveillée. Tout faire pour éviter le retour du cauchemar. Mais n'était-ce qu'un cauchemar, se demanda-t-elle, ou une vision prophétique du sort qui l'attendait ? La mort par le tigre. Elle frémit et se pelotonna sous la mince couverture. Comme il faisait froid dans cette cave ! Elle se rappela la longue descente par les marches de pierre glacées jusqu'à des régions du palais qui n'avaient été auparavant pour elle qu'un nom. Peut-être devrait-elle réclamer une couverture plus chaude. Après tout, ces gens étaient des bouddhistes : ils ne la lui refuseraient pas. Comment une plaisanterie aussi innocente avait-elle pu tourner en un tel désastre ? se demanda-t-elle encore une fois. Oh, Seigneur Bouddha, quel horrible sort à subir pour une simple farce ! Mais non, ce n'était pas la plaisanterie que l'on punissait, se dit-elle, c'était sa longue série d'infidélités au Seigneur de la Vie, la façon dont elle avait trompé le maître à qui elle avait juré respect et obéissance. Quelle douleur devait-elle maintenant causer à ce Seigneur qui s'était fié à elle, qui l'avait honorée et qui lui avait témoigné une bonté sans faille ! Une larme ruissela sur sa joue. Sa Majesté était peut-être forte comme un pilier, mais elle n'échappait pas aux souffrances des mortels. L'énormité de son crime s'abattit sur elle avec la violence d'un typhon. Qui, maintenant, allait la sauver ? Allait-on déclarer coupable son amant aussi ? Allait-on les faire griller ensemble à petit feu ? Cette chipie d'esclave avait sans doute tout raconté. Oh, Seigneur Bouddha, faites que je puisse mourir maintenant, rapidement et sans souffrance.

Le verrou glissa et un robuste garde en tunique rouge se dressa sur le seuil. La lueur vacillante de sa torche faisait danser des ombres dans le cachot humide aux murs de pierre menaçants. Il déposa devant elle un bol de riz et de soupe.

« Quelle heure est-il, garde ? Depuis combien de temps suis-je ici ?

— C'est le soir de votre second jour, ma Dame. Vous poussez souvent des cris dans votre sommeil. » Il s'interrompit puis ajouta, en guise de consolation : « Ce sera bientôt fini.

— Quel... quel doit être mon sort ? As-tu appris quelque chose ? »

Le garde hésita. Devait-il lui dire ce qu'il savait ? Il n'y avait guère de secrets au palais. Peu de gens étaient autorisés à se rendre dans le monde extérieur pour répandre une nouvelle, si bien que ceux qui vivaient derrière ces murs épais semblaient, à titre de compensation, s'assurer que les rumeurs parvenaient bien jusque dans le moindre recoin, où elles trouvaient toujours des oreilles attentives.

Il décida de lui répondre. Après tout, elle avait de hautes relations : elle était en fait la sœur du général Petraja et, qui sait, si jamais on lui pardonnait, une faveur pourrait être la bienvenue.

« Sa Majesté a réclamé de juger son frère, estimant ne pas être assez impartiale. Elle a demandé à Son Excellence le général Petraja de s'en charger. Pour vous aussi, ma Dame. »

Thepine sentit son cœur bondir. Petraja, qui était du même sang qu'elle ! Il ne voudrait pas voir sa sœur dévorée par des tigres. Et combien de fois n'avait-elle pas plaidé elle-même sa cause auprès de Sa Majesté, attirant sans cesse sur lui l'attention du roi, jusqu'au jour où le souverain avait fini par le nommer président du Conseil privé ?

« Son Excellence le général a déjà décrété la peine de mort pour Son Altesse Royale. » Le garde marqua un temps. « À coups de bâton, bien sûr. » On allait le coudre dans un sac de velours rouge, comme l'exigeait la tradition, et l'assommer à mort avec une matraque en bois de santal. Thepine sentit ses espoirs s'anéantir. Pourquoi son frère avait-il condamné à mourir ce jeune et beau prince ? Qui maintenant allait succéder au roi ? Son frère ivre et contrefait ? Puis la même idée obsédante qu'elle avait souvent chassée de son esprit revint la hanter. Il a des desseins sur le trône, mon ambitieux de frère ! Il doit en avoir. Sinon, pourquoi éliminerait-il l'héritier présomptif ? Elle le détestait maintenant, ce monstre égoïste, si avide de pouvoir. Il était prêt à sacrifier son pays et sa sœur à ses intérêts. Car elle était aussi coupable que le prince. Il ne pouvait pas condamner l'un sans l'autre : ce serait une parodie de justice. Elle allait sans doute être exécutée au cours d'une grande cérémonie publique, afin de permettre à son intrigant de frère de se servir de sa plus proche parente pour démontrer au monde sa grande loyauté envers la Couronne et son amour de la justice. En cet instant, l'idée lui vint qu'elle avait toujours protégé son frère sans vouloir croire à sa véritable nature, tout comme elle l'avait fait avec son misérable neveu, Sorasak. En minimisant ses défauts à ses propres yeux et aux yeux des autres, comme la pauvre Sunida qu'elle avait envoyée dans l'antre du lion alors qu'elle savait bien... Thepine éclata en sanglots. Le garde la regarda, gêné, puis tourna les talons.

« Puis-je avoir une couverture plus épaisse ? demanda-t-elle, le visage ruisselant de larmes.

— Je vais vous en apporter une, ma Dame. » Le verrou se referma.

Du revers de la main, Thepine essuya ses larmes en se reprochant sa faiblesse. Elle résolut en cet instant de priver son frère de la satisfaction de la voir exécutée en grand cérémonial. Quand le garde revint avec la couverture, son plan était arrêté. Une seule personne au monde pourrait l'aider, ou du moins mettre une fin rapide à son supplice. C'était un pari risqué mais qui lui laissait une lueur d'espoir.

« Je vous apporte une couverture et d'autres nouvelles, ma Dame. Sa Gracieuse Majesté a commué la sentence de son frère. Son Altesse Royale va être flagellée en public par le général Petraja dans la grande cour. »

Thepine sentit son cœur bondir. « Et quelles nouvelles de mon sort ? »

Le garde hésita puis baissa les yeux. « Votre frère, le général Petraja, vous a condamnée à être dévorée par les tigres. Et Son Altesse Royale la reine princesse a obstinément refusé de commuer la sentence. Je suis autorisé à écouter de votre bouche le dernier souhait traditionnel des condamnés. »

Une fois de plus, la porte de la cellule s'entrebâilla en grinçant et le garde entra.

« Eh bien, ma Dame, avez-vous déjà songé à votre dernier souhait ? Il aura besoin d'être approuvé. »

Thepine ne répondit pas. Affalée contre le mur, elle avait la tête penchée de côté et semblait dormir.

Le garde se pencha pour poser auprès d'elle le bol

de riz chichement parsemé de quelques légumes. Il se redressait quand une main vint se poser sur l'arrière de sa cuisse nue. Il s'arrêta, stupéfait, quand la main commença à le caresser doucement. Les doigts effleurèrent un moment sa peau, puis se glissèrent sous son pagne. Il restait pétrifié, à la fois de surprise et de plaisir. La main de la prisonnière était tiède et d'une douceur aussi exquise qu'une aile de papillon. Un instant plus tard, il sentit les doigts explorer délicieusement les parties les plus secrètes de son corps. Il resta planté là, gémissant d'un plaisir qui augmentait à chaque caresse.

Les pensées tourbillonnaient dans son esprit. Est-ce que cette célèbre concubine royale lui accordait vraiment, à lui, simple garde, ses faveurs ? Son ami et collègue le garde Phongthaï ne le croirait pas pour un empire. Elle avait déroulé maintenant son pagne et seuls les plis de sa tunique pendaient par-dessus son sexe. Les doigts de la prisonnière vinrent s'enrouler autour de lui. Elle l'attira vers elle et souleva la tunique. Les gémissements s'accentuèrent tandis que la femme enveloppait de ses lèvres la lance d'amour du garde. Puis, brusquement, elle recula.

« Mon beau garde, dit-elle en le regardant d'un air alangui, tu sais pourquoi je suis ici, n'est-ce pas ? Parce que j'ai trop apprécié la compagnie des vrais hommes. » Une lueur de regret brillait dans ses yeux à la lueur de la chandelle. Elle se remit à caresser les muscles des cuisses du garde. « Jamais je n'ai pu résister à un homme vigoureux. »

Elle aperçut dans les yeux de l'homme une lueur de méfiance et de déception. Il fallait le convaincre rapidement.

« Je n'ai pas été bonne à grand-chose dans la vie, sinon à donner du plaisir, poursuivit-elle. Mais dans ce domaine j'excellais. Puisque l'on me condamne à mourir, ne voudrais-tu pas partager quelques derniers instants de plaisir avec moi ? » Elle sourit. « Ou bien as-tu besoin d'une autorisation pour cela ? » Ses yeux de féline l'observaient, séducteurs. « On dit que je n'ai pas ma pareille.

— Pourquoi t'es-tu arrêtée ? demanda-t-il d'un ton bourru.
— Parce que je veux que tu fasses d'abord une petite course pour moi. Quand tu seras de retour, je recommencerai sans plus m'arrêter, même si tu m'en supplies. C'est une promesse.
— Quelle course ? demanda-t-il, méfiant.
— Il s'agit simplement de porter pour moi un petit billet, mon beau soldat. À une dame du quartier portugais. Rien qui puisse t'attirer des ennuis. Tu pourras le lire d'abord. C'est mon dernier souhait avant de mourir. Jadis, elle a été bonne avec moi. La réponse que tu m'apporteras sera la preuve que tu as accompli ta mission, et l'extase que je t'offrirai sera la preuve de ma gratitude. » Elle effleura doucement la peau de son mollet. « Il y a aussi quelque chose que je veux que tu lui demandes. Oralement. Ça ne sera pas dans le billet. »
Il hésita. « Laisse-moi d'abord voir le message.
— Alors, apporte-moi de quoi écrire. »

28

Le quatrième jour de la lune décroissante du troisième mois de l'année du Singe, la nouvelle de l'arrivée de la grande ambassade en provenance de Chine parvint à la capitale. Deux vaisseaux attendaient l'autorisation de pénétrer dans l'embouchure du Menam. Aucune ambassade, pas même celle de la cour du souverain du Céleste Empire, ne pouvait entrer dans la capitale avant le jour fixé pour l'audience royale. Elle ne pouvait pas davantage y séjourner après la dernière audience.

Seuls le Pra Klang et une poignée de mandarins de première classe savaient que cette délégation allait sans doute se voir accorder très vite une audience, avec le minimum d'attente qu'il fallait pour satisfaire l'orgueil du souverain de Siam. Le Siam, en effet, pouvait régner sur les princes vassaux des États voisins, mais il ne pouvait prendre le risque d'offenser le plus grand royaume de la Terre. De fait, l'un des premiers devoirs de tout monarque accédant au trône de Siam consistait à envoyer une ambassade à la cour impériale de Chine. Si le Siam n'était nullement tributaire de la Chine, il fallait, en revanche, témoigner à tout prix du respect au colosse du Nord et reconnaître sa présence. Alors que des ambassades de moindre importance arrivant au Siam étaient parfois obligées d'attendre à l'embouchure de la rivière le caprice du grand monarque, les Chinois pouvaient s'attendre à une réception rapide et grandiose.

Au bout de quelques heures, les magnifiques barques officielles descendaient l'estuaire pour venir au devant des navires de l'ambassade et les escorter jusqu'à Ayuthia. Une centaine d'embarcations étincelantes, avec des proues en forme de garudas, de dragons ou d'hippocampes, transportaient une foule de mandarins du royaume jusqu'au lieu du rendez-vous. Chacun d'eux avait auprès de lui ses armes de cérémonie : épée, cimeterre et lance.

Même pour un œil non habitué, le cortège officiel aurait pu ressembler à une réunion somptueuse regroupant un grand nombre d'embarcations de toutes tailles et de toutes formes mais, pour le connaisseur, chacune d'elles avait sa raison d'être. Qu'elles fussent complètement dorées, ou mi-dorées et mi-peintes, qu'elles eussent cinquante ou quatre-vingts rameurs, que le trône central se terminât ou non en pyramide, que l'équipage fût revêtu d'un uniforme plus ou moins somptueux, que les rames fussent entièrement dorées ou simplement couvertes de filets d'or : tous ces détails et bien d'autres encore indiquaient le rang précis et le nombre exact de marques de dignité du mandarin qui se trouvait à bord.

Le plus révélateur, c'était la proximité de chaque bateau par rapport à la barque royale, placée juste au centre de la procession. Celle-ci, envoyée par Sa

Majesté le roi, était plus grande et plus imposante que les autres : sa haute proue avait la forme d'une tête de serpent naja, son trône d'or massif ressemblait à une pyramide et sa coque était dorée jusqu'à la ligne de flottaison.

Le trône, protégé du soleil par de luxueuses ombrelles, était vide. Le siège était réservé pour le seul objet digne d'occuper la place de Sa Majesté : la lettre de l'empereur de Chine. Gravée sur une feuille d'or, la missive était en effet la parole royale de l'empereur en personne, plus respectée que son ambassadeur qui, sur une embarcation de moindre importance et avec un trône moins somptueux, n'en était que le messager. Dans la barque royale, quatre mandarins siamois de premier rang restaient prosternés en permanence à chaque angle de l'estrade, pour rendre hommage à la lettre.

De la jonque chinoise de tête, la lettre avait été respectueusement transportée sur un plateau d'or jusqu'au trône installé sur la barque royale de Siam : les honorables mandarins chargés de cette noble tâche n'avaient pas osé toucher directement les paroles de l'empereur mais avaient porté la lettre à bout de bras à l'extrémité d'un long manche doré, en s'inclinant bien bas.

Sur les deux rives du large Menam Chao Phraya s'alignait la population prosternée : des dizaines de milliers de gens, le visage dans la boue, rendaient hommage à la lettre qui voyageait sur son trône d'or, dans sa barque dorée propulsée par les cent vingt rameurs vêtus d'écarlate qui entonnaient des chants. C'était comme si Sa Majesté elle-même se déplaçait. Sur le passage de la procession, d'autres se prosternaient à leur tour dans les vingt mille petits canots qui grouillaient le long de la rive.

En arrivant à Ayuthia, l'ambassade mit pied à terre pour former l'imposant cortège qui allait se diriger vers le palais. On plaça la lettre sur un trône en forme de pyramide dans le propre chariot du roi, tandis que l'ambassadeur prenait place sur une chaise que soutenaient les épaules des porteurs.

Des gardes armés de sarbacanes précédaient le cortège, lançant des pois pour dégager le chemin. Les mandarins du royaume, vêtus de leurs plus beaux atours et accompagnés d'une escorte d'esclaves, précédaient l'ambassadeur, prenant la tête du cortège qui se dirigeait vers la salle d'audience royale.

Des sentinelles et des éléphants somptueusement caparaçonnés bordaient les deux côtés de la route jusqu'aux grandes grilles du palais. Dans la première cour, un millier d'hommes armés étaient assis sur le sol. En face d'eux, trois douzaines d'éléphants aux harnais vermillon s'alignaient d'un bout à l'autre de la cour. Dans la seconde enceinte, cinq douzaines de Maures barbus étaient assis bien droits sur leur selle, la main droite serrée sur leur lance. Dans la troisième cour, sur tout le pourtour, soixante éléphants de guerre harnachés d'or et des chevaux au plastron incrusté de diamants étaient alignés, et deux cents gardes d'élite de Sa Majesté, les Bras rouges, étaient accroupis, tenant solidement leur épée d'or.

Dans la quatrième et dernière cour, dont le sol était couvert de magnifiques tapis persans et où seuls l'ambassadeur et son escorte étaient admis, tous les mandarins de troisième, quatrième et cinquième classes étaient prosternés et, séparés d'eux par quelques mètres, ceux de seconde classe. Chacun portait son chapeau conique, le nombre d'anneaux et d'ornements indiquant son rang, et chacun avait une boîte à bétel dont la taille précisait sa position dans la hiérarchie de la Cour.

Au fond de la dernière cour s'ouvrait un escalier au pied duquel se tenaient deux éléphants au poitrail complètement recouvert d'un filet à mailles d'or et deux chevaux au harnais étincelant de diamants, de perles et de rubis.

À cet endroit, l'ambassadeur, suivi de son interprète, s'agenouilla et posa les mains sur le haut de son crâne en signe de respect envers le roi. Puis il attendit d'être convoqué en présence de Sa Majesté. Le Grand Maître des cérémonies annonça la convocation. L'ambassadeur souleva jusqu'à ses genoux les pans de sa robe noire et or et gravit l'escalier pour pénétrer dans la salle d'audience aux murs lambrissés. Là, on lui présenta les plus hauts dignitaires du pays, les princes, les ministres et les mandarins de première classe, soixante au total, qui attendaient dans un profond silence l'arrivée du roi. Ils étaient allongés, prosternés par rangées de six de part et d'autre du balcon où allait apparaître Sa Majesté.

L'ambassadeur rampa en avant et s'arrêta devant une table sur laquelle était posée la lettre de son maître l'empereur, ainsi que les divers cadeaux apportés pour Sa Majesté de Siam, disposés dans une grande bassine d'or.

Une sonnerie de trompette, un fracas de cymbales : le Seigneur de la Vie apparut au balcon à quelque trois mètres au-dessus du plancher de la salle d'audience. Pas un homme, pas même l'ambassadeur n'avait la permission de lever les yeux pour le regarder.

De chaque côté de lui, huit parasols d'or montaient en gradins jusqu'au plafond. D'un seul geste, les mandarins prosternés se jetèrent à genoux et touchèrent le sol de leur front, répétant par trois fois ce salut. Puis l'assistant du Barcalon lut une traduction de la lettre préalablement rédigée en siamois, tandis que Sa Majesté et la Cour écoutaient en silence.

La lettre évoquait la grande amitié que l'empereur portait à son cousin du Sud et le mettait en garde contre les ambitions et l'influence pernicieuse des étrangers qui cherchaient à s'installer dans leurs deux royaumes. L'empereur promettait de soutenir son estimé cousin et lui enjoignait de résister devant l'adversité. L'empereur priait en outre Sa Majesté de Siam de lui envoyer des émissaires pour le tenir au courant de la situation dans son pays.

La lecture terminée, Sa Majesté ordonna que l'on plaçât la lettre dans les archives royales et s'adressa au Barcalon, demandant poliment des nouvelles de la santé de l'empereur et des membres de sa famille. Le Barcalon transmit la question du roi à l'interprète, qui la traduisit à l'ambassadeur. Les questions et les réponses suivirent le même protocole : on s'assurait ainsi que jamais Sa Majesté ne fût obligée de s'adresser à quelqu'un de rang aussi inférieur qu'un interprète.

Les paroles de politesse une fois prononcées, Sa Majesté offrit à l'ambassadeur une boîte à bétel en or et une veste de brocart de la plus belle qualité, pour souligner l'importance du pays qu'il représentait. Puis, de nouveau au son de la trompette et des cymbales, le roi se retira et les mandarins, toujours tournés vers le balcon où Sa Majesté était apparue, rampèrent respectueusement à reculons et se dispersèrent.

Les hôtes étaient assis en tailleur devant de petites tables basses, chacune ornée d'un vase de fleurs en argent. Phaulkon chercha *mestre* Phanik : celui-ci lui avait envoyé un messager afin de lui demander de s'asseoir près de lui au banquet s'il en avait l'occasion. Remerciant le Ciel de la précision de l'étiquette siamoise, Phaulkon, penché en avant, traversa toute la cour jusqu'à l'endroit où *mestre* Phanik était installé avec d'autres invités d'origine étrangère. Sinon, comment faire asseoir deux mille personnes à la place qui leur convenait ? Heureusement, en vertu de la préséance fixée par la hiérarchie, chaque invité savait quelle était sa place.

Ni Sa Majesté, ni la princesse Yotatep, la reine princesse, n'étaient présentes : le premier parce que les rois n'assistaient pas à des réceptions publiques où il leur était difficile de prendre leur repas dans une position surélevée et tout aussi gênant pour les invités obligés de dîner prosternés. La seconde, parce que les reines ne se montraient pas en public. Chao Fa Apai Tot présidait le banquet, son œil gauche par moments agité d'un tic, et son visage crispé en une hideuse grimace chaque fois qu'il essayait de sourire. À sa droite était assis l'ambassadeur décoré d'un collier de fleurs de mali et, à sa gauche, le Pra Klang en grande tenue. Venaient ensuite les princes royaux des États vassaux : Cambodge, Laos, Chiang Mai, Kedah et une foule d'autres ; certains s'étaient spontanément placés sous la protection du roi, tandis que d'autres avaient été faits prisonniers au cours d'une guerre et ramenés à Ayuthia où on les laissait savourer — mais en exil — les privilèges de leur rang royal. Chacun avait, disposée sur une petite table devant lui, sa propre coupe d'or et d'argent offerte par le roi et qui était la marque de dignité de son possesseur. Puis venaient les cinq classes de mandarins en ordre décroissant, les premiers étant les plus proches des princes royaux et ceux du cinquième rang les plus éloignés.

Phaulkon aperçut *mestre* Phanik et, à côté de lui, sa nièce Maria. Elle était resplendissante dans un kimono de cérémonie japonais bleu azur, avec des fleurs plantées dans son chignon. Malgré la différence évidente de sa tenue, elle lui rappela de nouveau la Diane chasseresse, la statue préférée de son enfance. À l'exception de la multitude des servantes, Maria était l'une des rares femmes à assister au banquet, et toutes étaient d'origine étrangère.

De jeunes esclaves aux seins nus, les cheveux huilés et parfumés pour la circonstance, déposèrent sur chaque table le premier des seize plats, une soupe aux nids d'hirondelle, un mets fort prisé des Chinois.

« Quel heureux choix, mon cher ami », dit *mestre* Phànik, jetant à la soupe un coup d'œil ravi tout en accueillant Phaulkon. « Nous en exportons de grandes quantités vers la Chine, mais ils n'ont jamais l'occasion de la goûter fraîche. Quelle belle idée ! Mais comment allez-vous, mon cher ami ? Asseyez-vous et reposez-vous un peu de toutes vos charges. Eh oui, continua-t-il avec effusion, j'ai appris tout cela. Vous voilà responsable de tout le service des Banquets, hum ? Mohammed Rachid n'en est guère enchanté, je puis vous le dire. »

Phaulkon sourit en s'inclinant devant Maria. « Tu es absolument ravissante, ma chère. »

Il y avait dans le sourire de la jeune fille une certaine froideur et il se demanda pourquoi.

« Vous nous avez négligés, oncle Constant, dit-elle avec un soupçon de reproche dans la voix.

— Voyons, voyons, ma chérie, laisse oncle Constant tranquille. Crois-tu qu'il ait suffi d'un moment pour préparer ce festin ? » D'un geste large, il désignait la vaste salle de banquet.

C'était bien vrai, songea Phaulkon. Il avait passé des jours en compagnie de Sri, à rechercher les meilleurs produits aux prix les plus raisonnables et il en avait fait venir des douzaines des cités voisines dont les spécialités étaient renommées. Il n'avait rien ménagé pour s'assurer de la qualité des mets : et pourtant la dépense pour le Trésor était nettement moins importante que pour aucune des réceptions précédentes.

Son plus beau coup, espérait-il, était de s'être ménagé l'aide du père Morin, son ami jésuite qui avait une passion pour Dieu et la bonne cuisine et qui était un remarquable chef amateur. Phaulkon avait obtenu une dispense spéciale afin que le prêtre puisse avoir accès aux cuisines royales. Lui-même n'y avait pas été autorisé. Morin avait surveillé la cuisson à la broche de cinq cents jeunes perdrix de la province de Phitsanulok : Phaulkon espérait que ce mets délicat, mais qui n'était sans doute pas du goût de tout le monde, ajouterait une touche d'exotisme aux quinze autres plats et que les visiteurs venus de Chine seraient impressionnés par l'atmosphère cosmopolite de la Cour siamoise. Il savait d'ailleurs que le Barcalon voulait éviter tout effort concerté et trop évident visant à priver les Maures de leur rôle traditionnel : les petits plats farangs contribueraient peut-être à justifier sa désignation au service des Banquets.

« Vous avez deviné juste, *mestre* Phanik », dit Phaulkon tandis que l'on déposait devant chaque invité deux œufs de caille dans de petits bols d'or. « Tous les deux vous avez été souvent présents dans mes pensées, mais je suis rentré chez moi chaque soir si épuisé par le travail de la journée que mes serviteurs ont parfois dû me déshabiller alors que je dormais déjà. »

Pourtant, vous auriez certainement pu trouver le temps de nous rendre visite, ne serait-ce qu'une seule fois, songea Maria avec amertume. Elle aurait voulu aborder le sujet de cette Sunida et poser brutalement la question à Phaulkon. Elle se dit que si son oncle n'avait pas été là, elle l'aurait sans doute fait.

Phaulkon remarqua le pli qui barrait le front délicat de la jeune fille. Qu'est-ce qui la trouble ? se demanda-t-il encore une fois.

« Ne faites pas attention à Maria, Constant. Elle est encore jeune et s'imagine que le monde entier tourne autour de sa petite personne. » Il se pencha derrière elle et murmura d'un ton de confidence à l'oreille de Phaulkon : « Avez-vous remarqué l'absence de Chao Fa Noi ? On m'a dit qu'il avait été flagellé par le général Petraja et qu'il est actuellement entre la vie et la mort. De vous à moi, j'ai toujours soupçonné le général d'avoir des visées sur le trône. Vous vous rappelez ? Vous l'avez rencontré chez moi. Après tout, si les deux princes étaient éliminés et si la reine princesse ne donnait pas d'héritier, qui accéderait au trône ? Il semble aujourd'hui que la princesse Yotatep, qui avait d'abord réclamé la peine de mort pour le jeune prince, se montre inconsolable à l'idée qu'il ne va peut-être pas s'en remettre. »

C'était la première fois que Phaulkon entendait parler des ambitions du général Petraja, mais le père Morin lui avait déjà donné des nouvelles de la princesse Yotatep grâce aux potins recueillis dans les cuisines royales. Apparemment, la princesse n'avait rien mangé depuis trois jours : les plateaux d'or étaient tous redescendus intacts de ses appartements. Les cuisiniers s'arrachaient les cheveux en se demandant quel plat ils allaient pouvoir lui préparer.

« Alors, oncle Constant, puisque le banquet va bientôt se terminer et que, je le vois, ce sera un éclatant succès, pouvons-nous espérer vous voir un peu plus ? demanda Maria en se tournant vers lui.

— Si tu promets de ne plus m'appeler oncle, oui. Ça me donne l'impression d'être très vieux.

— Mais vous êtes vieux, mon oncle. Vous avez au moins deux fois mon âge.

— En voilà assez, ma chérie, protesta *mestre* Phanik en lui jetant un regard désapprobateur. Je ne sais ce qu'elle a », ajouta-t-il en se tournant vers Phaulkon d'un air d'excuse.

Les esclaves versaient maintenant du thé de Chine dans des tasses d'une délicate porcelaine bleue et blanche, et Phaulkon accepta un verre de vin rouge pétillant.

« C'est une femme maintenant, *doutor,* dit Phaulkon, et elle a ses idées. »

Lui aussi était quelque peu déconcerté par l'hostilité inattendue de la jeune fille. Hostilité qui semblait tout à fait sincère. Peut-être en effet vieillissait-il, songea-t-il, même s'il n'en avait pas l'impression. En fait, la vie commençait à peine pour lui. Il était désormais sur la bonne voie, il en était sûr. Burnaby et White étaient partis pour Mergui, lourdement chargés des plus belles marchandises. La réussite de l'expédition en Perse pourrait le propulser vers les sommets. Il comptait les jours jusqu'au retour de ses compagnons. Il s'inquiétait aussi de la sécurité de Sunida et priait pour son très proche retour. Peut-être paraissait-il fatigué. Pourtant, il était étrange que Maria se montrât aussi bourrue. Mais la vue d'Aarnout Faa, le directeur de la Verenigde Oostindische Compagnie, assis près du mur du fond, vint détourner le cours de ses pensées. Phaulkon croisa son regard et s'inclina. Le Hollandais baissa la tête pour répondre à son salut.

« Voulez-vous me pardonner ? Je reviens dans un instant, dit Phaulkon en se levant.

— Vous vous ennuyez déjà en notre compagnie, oncle Constant ? demanda Maria.

— Pas du tout, ma chère. Je la quitte juste un moment afin de mieux l'apprécier à mon retour. »

Phaulkon alla saluer Faa et s'enquit poliment de l'état de santé de Van Risling. « Il va mieux, merci, *heer* Phaulkon. Le chirurgien a réduit deux fractures et notre ami réapprend lentement à marcher en s'aidant d'une canne. Bien entendu, je lui ferai part de votre sollicitude, ajouta-t-il avec quelque ironie.

— Je vous en remercie, répliqua Phaulkon.

— Et je dois vous féliciter sur la façon dont vous

avez organisé le banquet ce soir. Remarquable travail. Vous êtes un homme riche de bien des talents, *heer* Phaulkon. Dommage qu'ils ne soient pas tous consacrés à des objectifs convenables. » Il eut un sourire poli tout en se servant d'un morceau de bar délicatement aromatisé au basilic.

« On peut en dire autant de nombre de vos projets concernant le Siam, *heer* Faa. »

Le directeur ne releva pas cette pique. « Et votre nouveau poste au ministère ? J'imagine que vous espionnez avec brio pour le compte des Anglais ?

— En effet, *heer* Faa. Et je récolte en même temps de précieux renseignements sur les Maures. Il y a, semble-t-il, d'étonnantes similitudes entre leurs méthodes et les vôtres.

— Oh ? Comment ça ? Je serais curieux de l'apprendre.

— Cette information est malheureusement confidentielle, *mijn heer*, mais elle se trouve dans les rapports que j'ai envoyés à Madras.

— À n'en pas douter, ces rapports seront jugés pour ce qu'ils sont : une tentative pour détourner l'attention de nos propres griefs quant à votre conduite, *heer* Phaulkon, répliqua le Hollandais avec un sourire.

— Vous oubliez, *heer* Faa, que la Compagnie anglaise n'a guère de préjugés en votre faveur.

— Ah, mais vous jugez du point de vue subalterne des agents de la Compagnie au Siam, *heer* Phaulkon. Ne sous-estimez pas l'avis plus autorisé de vos directeurs à Madras.

— Certes, *heer* Faa : c'est pourquoi je n'ai aucune crainte. » Avec un peu de chance et la réussite de l'expédition en Perse, songea Phaulkon, je n'aurai bientôt plus à répondre devant ces maudits directeurs anglais. Et alors, *mijn heer*, je me dresserai devant vous comme un Siamois, résolument hostile. « Mais si vous voulez bien m'excuser, il faut que je regagne ma place. Comme toujours, *heer* Faa, ce fut un plaisir de converser avec vous. » Les deux hommes se saluèrent.

« Mon oncle m'a réprimandée pour mon attitude envers vous, Constant, lança Maria à Phaulkon qui regagnait sa place. Faut-il que je vous demande pardon ?

— Tu l'as déjà fait en laissant tomber le mot « oncle ». Désormais, je ne te considérerai plus jamais comme une enfant.

— J'en suis heureuse. Personne d'autre ne le fait.

— Vous savez, Constant, déplora son oncle, on m'a déjà demandé deux fois sa main depuis notre dernière rencontre. C'est affolant. Parce qu'elle est vraiment une enfant.

— Vous voyez, Constant, maintenant que vous êtes converti, mon oncle est le seul à le croire encore.

— C'est bien normal, ma chère. Tu seras toujours sa petite nièce, quel que soit ton âge. Il ne pourra jamais te regarder d'un autre œil.

— Mais vous le pourriez ? demanda-t-elle, coquette.

— Je n'oserais pas, répondit Phaulkon d'un ton moqueur.

— Quelle erreur ce serait », répliqua-t-elle. Il était difficile de juger à son ton dans quelle mesure elle plaisantait. Pourtant *mestre* Phanik paraissait fort énervé.

« Mais, dites-moi, Constant, fit-elle en le regardant soudain droit dans les yeux, comment va Sunida ? »

Phaulkon retint son souffle. « Sunida ? » répéta-t-il comme si le nom ne lui disait rien.

Une voix intérieure enjoignait à Maria de s'arrêter, mais un petit démon la poussait. Pas question à présent de battre en retraite.

« Oh, allons donc, Constant ! Sunida, la belle séductrice du Sud. » Elle se pencha vers lui. « Celle envoyée par le Palais pour vous espionner. »

Phaulkon resta sans voix.

Maria constata avec satisfaction l'effet qu'avaient produit ses paroles. Quel habile message Thepine avait envoyé, se dit-elle ; d'autant plus qu'il avait dû paraître incompréhensible au garde. « L'homme à propos duquel tu m'as interrogé est dans ta langue un oiseau de proie », indiquait le billet. Il n'avait pas fallu longtemps à Maria pour en comprendre le sens : vautour, épervier, faucon... Phaulkon ! Ainsi, son bien-aimé Constant était celui que Sunida était chargée d'espionner. Comme c'était aimable à Thepine d'avoir tenu sa promesse : elle avait mis Maria au courant. Mais quand le messager lui avait demandé du poison pour tuer les rats dans la cellule de Thepine, Maria avait été stupéfaite. La *cellule* de Thepine ? Quelle nouvelle folie avait pu provoquer la disgrâce de la belle et scandaleuse concubine ? Connaissant les règles strictes du palais et les sévères punitions qui frappaient ceux qui les transgressaient, Maria avait deviné que cette démarche était une ruse de Thepine pour se donner la mort. Elle n'avait donc pas accédé à sa requête. En tant que chrétienne, elle ne pouvait accepter le suicide malgré toutes les épreuves que Thepine pouvait avoir à supporter. Le garde, très nerveux, avait paru quelque peu ragaillardi lorsque Maria avait ôté la petite croix d'or qu'elle portait autour du cou et la lui avait remise en disant que la prisonnière devait prier et y puiser de la force en cette heure d'adversité.

Maria fut interrompue dans ses réflexions par Phaulkon.

« De quoi parles-tu, Maria ? » Il avait retrouvé sa voix mais elle sonnait étonnamment creux.

Elle hocha la tête comme si elle avait devant elle un enfant capricieux. « Qu'il est facile pour une femme de tourner la tête d'un homme ! La belle Sunida qui satisfait tous vos désirs, qui est si profondément amoureuse de son Constant... » On sentait l'ironie dans sa voix. « Et qui ne cesse de faire un rapport au Palais sur chacun de ses gestes. »

Phaulkon était stupéfait. La rumeur du banquet lui emplissait les oreilles, les silhouettes autour de lui se brouillaient. Qu'est-ce qui lui arrivait ? Au prix d'un grand effort il parvint à se contrôler. Avant qu'il ait pu trouver une réponse, *mestre* Phanik intervint.

« Je ne sais pas de quoi tu parles, Maria, mais ta conduite ce soir est inexcusable : j'en suis positivement honteux. Veux-tu, je te prie, t'expliquer et faire immédiatement des excuses à Constant.

— Je m'excuserais volontiers, mon oncle, bien que je ne songe qu'aux intérêts de Constant. Le Palais a introduit une espionne dans sa maison et il n'en sait apparemment rien. Le Palais a évidemment fait un choix très habile, ajouta-t-elle, comme pour apaiser l'humiliation de Phaulkon. Elle s'appelle Sunida et elle a été formée aux arts de l'amour par Thepine dont les exploits, dans notre quartier portugais, sont légendaires. »

Mestre Phanik la regarda avec stupéfaction. Il allait dire quelque chose à Phaulkon quand il fut arrêté par ce qu'il lut sur son visage. Il se tourna vers Maria. « Où as-tu obtenu cet incroyable renseignement ? Je veux le savoir sur-le-champ. »

Maria hésita, redoutant d'être allée trop loin.

« Pourrai-je m'expliquer plus tard, mon oncle ? implora-t-elle. Ma principale préoccupation pour l'instant est de sauvegarder les intérêts de Constant. Il est manifestement en danger. »

Phaulkon était devenu d'une pâleur de cendre et il semblait avoir renoncé à tout effort de dissimulation. Son attention fut un instant détournée par le murmure des invités qui saluaient l'arrivée de plateaux fumants où trônaient des perdrix magnifiquement décorées. Bien des têtes se tournèrent vers lui d'un air admiratif.

Il suivit, sans vraiment le remarquer, le déroulement du banquet. Il revoyait dans son esprit chaque détail de sa rencontre fortuite avec Sunida au marché. À la lumière des étonnantes affirmations de Maria, il n'était pas difficile de remplacer la coïncidence par une intention délibérée. Pour quiconque était au courant des déplacements de Phaulkon, et surtout pour quelqu'un chargé de le suivre, il ne devait pas être difficile de s'assurer qu'il fréquentait le marché et que Sri était son amie. Sans doute avait-on chargé celle-ci de transmettre les messages de Sunida. L'endroit paraissait idéal pour faire venir une personne dont les autorités souhaitaient qu'il la rencontre « par hasard ». Il se demandait comment il avait pu sur le moment prendre aussi légèrement ce manège pour une coïncidence. Était-ce la stupeur de revoir Sunida ? La jalousie devant l'histoire du mandarin — qui sans doute n'existait même pas ? Il ressentit la vive douleur de la supercherie et la morsure de l'orgueil blessé. Avait-elle tout au long fait semblant de s'intéresser à lui ? Son estomac se contracta. Il évoqua tous les détails de cette histoire de mandarin. Sur le moment, ils lui avaient paru suffisamment crédibles. Mais comment Maria était-elle au courant de toute cette affaire ?

Maria et *mestre* Phanik discutaient maintenant à voix basse, apparemment plongés dans leur conversation. Peut-être faisaient-ils exprès de le laisser seul à ses pensées. Il entendit *mestre* Phanik s'exclamer : « Quoi ! tu veux dire que c'était la même Thepine qui est venue chez nous ? *Meu Deus* ! »

Les mets délicats dont Phaulkon avait soigneusement surveillé la préparation arrivaient et repartaient sans qu'il y touche, en une magnifique procession de vaisselle d'or, de plats de porcelaine et de coupes d'argent.

Puis, peu à peu, son humeur changea. L'optimisme naturel qui l'avait soutenu toute sa vie reprit le dessus et vint dissiper cet accès de mélancolie. Il se rappelait maintenant comment le gouverneur de Ligor avait paru hésiter quand il avait pour la première fois demandé que Sunida l'accompagne à Ayuthia. L'idée de faire d'elle une espionne avait-elle germé alors dans l'esprit du gouverneur ? Est-ce que par hasard une de ses dépêches au Barcalon suggérait que Sunida pourrait être l'espionne rêvée si, comme le gouverneur l'avait certainement recommandé, on faisait entrer Phaulkon au service du gouvernement ? Si le Barcalon avait trouvé le projet intéressant, il l'avait sans doute transmis au Palais pour obtenir l'approbation de Sa Majesté. Avec la complicité du Palais, on aurait fort bien pu faire venir discrètement Sunida jusqu'à Ayuthia et y procéder à son éducation. Et quelle instructrice plus qualifiée que Thepine, assurément la seule femme du palais ayant quelque expérience des farangs ? Il avait appris certaines choses sur elle par son ami le capitaine Alvarez. C'était une grande séductrice, fort experte dans les arts de l'amour. Il se rappelait qu'Alvarez lui avait raconté un jour que Thepine, en échange de leur faveurs, faisait souvent profiter de ses informations les novices les plus sensuelles du harem.

Un instant, il se mit à la place de Sunida : jeune provinciale soudain convoquée pour se mettre au service de la Cour à Ayuthia, peut-être même du Seigneur de la Vie en personne — celui dont on apprenait à chaque enfant, dès le plus jeune âge, tous les titres divins. Celui qui guide les pluies et fait s'écouler les eaux, dont la glorieuse renommée s'étend à travers l'univers et dont la dignité est sans pareille. Un roi qui est comme un dieu et brille comme le soleil à midi. Un roi aussi vertueux que Dieu, et si puissant que le monde entier peut venir s'abriter sous ses ailes. Un roi auquel sont soumis tous les empereurs, princes et souverains. Quant à celui qui peut obtenir sa faveur, il peut entrevoir la promesse de grands honneurs...

Quel honneur, en effet, que celui qui aurait pu échoir ainsi à une jeune danseuse de Ligor. Comment aurait-elle pu s'y dérober ? Et, songea-t-il, se sentant déjà beaucoup mieux, cela ne l'empêchait pas de l'aimer. Mais comment Maria avait-elle appris la chose ?

Des anguilles à l'ail sur un lit de châtaignes d'eau, des crevettes frites dans des coquilles de noix de coco, des ragoûts de cervelles de singe et les tiges cuites à la vapeur de sept variétés de fleurs de lotus : tout cela était arrivé et reparti sans troubler la rêverie de Phaulkon. Mais, quand arriva le magnifique assortiment de fruits, un sourire s'esquissa sur son visage pour peu à peu s'épanouir.

Les possibilités infinies de fournir au Palais des renseignements précieux par le truchement d'une Sunida qui n'en saurait rien venaient soudain de lui apparaître.

Une fois hors de vue de la petite chapelle portugaise, le prêtre se dressa brusquement devant Sunida et lui barra le chemin.

« Parlons un moment, mon enfant. »

Il l'entraîna d'une main ferme jusqu'à une petite clairière à l'écart du chemin.

Sunida l'avait suivi avec hésitation : ils étaient sur la colline à mi-chemin de la rade. On ne distinguait plus la petite église au-dessus d'eux. On apercevait la foule qui grouillait sur le front de mer mais sans parvenir à en entendre les propos. On avait sur la baie d'azur une vue à couper le souffle et, de là-haut, l'eau étincelante faisait plutôt penser à un lac scintillant. Seules les petites îles qui parsemaient l'horizon évoquaient au loin la présence de l'océan infini.

« De quoi voulez-vous discuter, mon Père ? » demanda Sunida en regardant le prêtre avec méfiance. Elle sentait dans le comportement de ce dernier une certaine nervosité.

« Le capitaine que tu souhaites voir n'est pas ici, répondit Luang Aziz. Il est parti pour Ayuthia et ne sera pas de retour avant plusieurs jours. Tu ferais mieux de me laisser le message. Il sera en sûreté entre mes mains. »

Sunida fut déconcertée. Pourquoi n'avait-il pas parlé plus tôt de l'absence du capitaine farang, devant l'autre prêtre ? Pourquoi s'était-il offert à l'accompagner ? Elle regarda avec inquiétude autour d'elle. Et pourquoi attendre de se trouver dans cet endroit isolé ? Le prêtre semblait un peu trop pressé de récupérer la lettre.

« Je vous remercie de votre offre, mon Père, mais j'ai pour instruction précise de remettre la lettre en mains propres. »

Une lueur de colère passa dans les yeux du prêtre. Sunida vit qu'il faisait des efforts pour se contrôler.

« De qui sont ces instructions, mon enfant ?

— Je ne suis pas autorisée à vous le dire, mon Père. Mais puis-je vous demander ce qui vous intéresse dans cette affaire ? »

Les yeux sombres se remirent à flamboyer. « Le

gouverneur de cette province m'a demandé de me renseigner sur la cargaison de ce navire dont tu recherches le capitaine. On nous demande parfois, à nous autres prêtres, de servir ainsi la nation. Tu comprends, nous pouvons souvent poser des questions sans éveiller de soupçons. C'est pourquoi il est important pour moi de connaître le contenu de cette lettre. » Il tendit la main.

Sunida fit un pas en arrière. « Je vous ai déjà expliqué, mon Père, que ma mission est confidentielle. Retournons sur le port, je vous en prie. Vous avez proposé de m'accompagner et de m'aider à remettre la lettre. En l'absence du capitaine, je la laisserai à l'officier qui le remplace. »

Le prêtre s'avança vers elle, manifestement impatient. Sur trois côtés, la clairière était entourée de pentes abruptes, plantées d'arbustes et de buissons, lui laissant peu de chances de s'échapper. Devant elle, le prêtre lui barrait le chemin du port. Il n'y avait personne alentour. Si elle criait, peut-être le prêtre farang dans la chapelle là-haut pourrait-il l'entendre, mais il était probablement son complice.

« Ma mission vient de très haut, dit-elle gravement, en espérant l'impressionner, et je dois signaler toute tentative pour m'empêcher de l'accomplir. » Elle sentait sa voix trembler.

Le regard du prêtre flambait de colère.

« Donne-moi cette lettre », dit-il en avançant sur elle sans plus chercher à se montrer courtois.

Elle recula jusqu'au bord de la clairière. Il était planté devant elle, l'air froid et résolu. Terrifiée, elle le vit lever un bras. Allait-il la frapper ? Lui, un prêtre !

« Très bien, dit-elle, en se protégeant le visage du bras. Prenez donc la lettre. » Elle ouvrit sa petite bourse et en tira une feuille de papier de riz toute froissée. Le prêtre la lui arracha des mains et en parcourut le contenu. « Bon sang », l'entendit-elle jurer. Elle était écrite en langue farang. Peut-être ne pouvait-il pas la lire, espérait-elle.

« Puis-je la reprendre maintenant ? demanda Sunida.

— Non, je te l'ai déjà dit : je la porterai moi-même jusqu'au navire. Tu ferais mieux de partir maintenant. J'ai des affaires à régler. » Elle restait là, refusant de bouger. Il désigna le sentier qui descendait jusqu'au port. « Va, t'ai-je dit. Retourne à Ayuthia. »

Elle leva de nouveau le bras, s'avança lentement, se retournant de temps en temps vers lui. Elle allait s'engager sur le sentier quand elle vit dans la direction opposée dom Francisco qui accourait vers elle. Mais l'autre prêtre l'intercepta au passage et, le prenant brutalement par le bras, le ramena de force vers la petite chapelle. Quelle étrange attitude, se dit Sunida. Sans doute ce prêtre mal élevé avait-il besoin de dom Francisco pour lui traduire la lettre.

Elle chassa l'épisode de son esprit tout en descendant le chemin en lacets jusqu'au port. Maintenant, elle allait remettre la véritable lettre. Si le capitaine était vraiment absent, elle la confierait à son second, comme Phaulkon lui en avait donné l'ordre par le truchement de Sri.

Sunida était ravie de son numéro. Les divers rôles qu'elle avait dû jouer dans sa carrière de danseuse s'étaient révélés d'une aide précieuse. Elle savait simuler la peur. Combien de fois n'avait-elle pas joué Sita poursuivie dans la forêt par le méchant roi ? D'ailleurs, elle devait en convenir, elle avait vraiment eu peur lorsque le prêtre avait levé la main pour la frapper. Mais elle était particulièrement fière d'avoir eu toute seule l'idée des deux lettres. Elle se rappelait comment, prosternée et tremblante dans la salle d'audience royale, elle avait écouté le prêtre jésuite traduire la lettre de Phaulkon en siamois pour le Seigneur de la Vie et pour Son Excellence le Pra Klang. Elle avait senti son cœur battre plus fort à l'idée que la lettre de son amant au capitaine anglais de Mergui contenait peut-être des propositions compromettantes, préjudiciables au Siam. Mais la traduction n'avait rien révélé de dommageable. À son grand soulagement, elle demandait simplement au capitaine anglais de rester quelques jours de plus à Mergui, afin que l'on puisse conclure les arrangements nécessaires au voyage en Perse. C'était alors que la voix grave du Seigneur de la Vie avait retenti des hauteurs, précisant qu'il faudrait s'assurer que la lettre ne tombe pas entre de mauvaises mains. En implorant le pardon du Seigneur pour son intrusion, elle avait timidement proposé d'emporter avec elle une autre lettre comme leurre : elle pourrait la remettre en cas d'urgence. Elle avait été surprise et ravie de voir le Seigneur de la Vie et le Pra Klang approuver avec enthousiasme son idée : on l'avait congédiée pendant que l'on rédigeait une seconde lettre. Lorsqu'on l'avait rappelée, l'interprète jésuite avait terminé d'écrire la lettre en anglais.

Son Excellence le Pra Klang lui avait alors donné un conseil : si, à un moment quelconque, elle était abordée par quelqu'un qui tenterait de lui arracher la lettre, elle devait lui remettre la seconde — et seulement après avoir opposé une vive résistance. Cette seconde lettre, expliqua-t-il, censée être écrite elle aussi par Phaulkon et destinée au capitaine anglais, mentionnait que, malgré les efforts de Phaulkon pour acheter au Trésor siamois des marchandises à exporter vers la Perse, le Pra Klang avait opposé à sa requête une fin de non-recevoir et n'avait accepté de les vendre à la Compagnie anglaise qu'à condition qu'elles soient exportées vers Madras. La lettre ajoutait que le Seigneur de la Vie était apparemment fort reconnaissant aux Maures des loyaux services qu'ils rendaient depuis si longtemps à la Couronne et ne voulait en aucune façon aider les Anglais dans leurs projets éventuels pour les discréditer. C'était la lettre qui était maintenant entre les mains de ce prêtre brutal, songea Sunida. Que signifiait toute cette affaire ?

Sunida constata qu'elle commençait à se plaire dans son nouveau rôle. Elle sentit une brusque chaleur envahir tout son corps en songeant aux paroles que le Seigneur de la Vie avait adressées au Pra Klang quand elle avait proposé l'idée de la seconde lettre.

« Une chance pour nous d'avoir un si précieux messager. Une femme qui est non seulement belle et charmante, mais également fort sage. Le farang Forcone ferait bien de rester sur ses gardes. »

Elle priait désormais que Phaulkon ne travaille que pour la gloire du Siam : son bonheur serait alors vraiment complet.

29

Samuel Potts épousseta un grain de poussière sur le revers de sa tunique noire, essuya la transpiration qui perlait sur son front et suivit le garde dans un vaste bureau aux murs couverts de cartes et de tableaux indiquant les routes commerciales, l'évolution de la mousson et les courants. Des points à l'encre rouge piquetaient les terres, pour désigner certains avant-postes et factoreries. Le nombre de ces points et les dimensions imposantes de la pièce rappelaient à Potts la puissance et l'étendue de l'empire commercial hollandais. Le drapeau des Provinces-Unies était posé sur le bureau massif derrière lequel Aarnout Faa se leva pour l'accueillir.

« Monsieur Potts, j'imagine, dit celui-ci en anglais, se reportant à la lettre qu'il venait de lire. Bienvenue à Ayuthia. J'espère que vous avez fait bon voyage.

— Assez bon, je vous remercie, monsieur Faa », répondit Samuel Potts. Il était soulagé de découvrir que son interlocuteur parlait couramment l'anglais. Lui-même ne connaissait pas plus de cinq mots de hollandais. « Vos représentants à la Petite Amsterdam, à l'embouchure du Menam, ont été fort obligeants. Je m'y suis reposé pendant qu'ils s'occupaient pour moi des formalités nécessaires avec les autorités siamoises. Je vous en suis fort reconnaissant. »

Il ne fallait pas s'étonner, songea Aarnout Faa, que son *onderkoopman* de la Petite Amsterdam se fût mis au garde-à-vous. L'Anglais rondouillard planté devant lui était en effet porteur d'une lettre de Son Excellence *heer* Rijcklof Van Goens, *gouverneur-generaal* de Batavia, dont on avait déjà envoyé une copie par courrier exprès à Faa. Cette missive demandait à l'ensemble du personnel hollandais au Siam de prêter toute l'assistance possible à M. Samuel Potts, envoyé spécial de la Compagnie anglaise des Indes orientales à Bantam. Faa sourit sous cape. Les Hollandais avaient évidemment intérêt à coopérer avec cet homme. On avait envoyé M. Potts avec les pleins pouvoirs pour enquêter sur les affirmations des Hollandais, que lui-même appuyait à Ayuthia, selon lesquelles des agents anglais au Siam faisaient de la contrebande d'armes, vendaient des canons volés aux Hollandais et commerçaient en général pour leur propre compte. Dans une note personnelle attachée à la copie de ces instructions, Van Goens informait Faa que les Anglais avaient pris suffisamment au sérieux les accusations de la VOC d'Ayuthia pour donner mission à M. Potts de regagner immédiatement Madras avec les résultats de son enquête. Voilà qui indiquait sans ambages que les Anglais voulaient prendre les mesures qui s'imposeraient dans le minimum de temps et que la cour de justice de Madras aurait toute autorité pour le faire. L'Angleterre et la Hollande étaient peut-être rivales, mais les deux pays étaient en paix et l'on s'attendait à les voir respecter certaines règles de conduite.

« Monsieur Faa, dit Samuel Potts en s'installant dans un fauteuil et en acceptant avec reconnaissance la tasse de thé qu'on lui offrait, j'ai pris la liberté de venir directement vous voir avant de me rendre à la factorerie anglaise d'ici. Je pense pouvoir compter sur votre discrétion afin que, disons, cette petite entorse à l'étiquette demeure confidentielle ?

— Bien entendu, monsieur Potts. Je suis ici pour vous fournir toute l'aide possible dans vos efforts pour découvrir la vérité.

— À vrai dire, monsieur Faa, mes supérieurs sont préoccupés par la gravité des accusations que vous avez portées contre nos représentants au Siam et, même si nos deux pays sont rivaux sur bien des plans, mes maîtres tiennent à faire savoir que les Anglais n'excusent en aucune façon le genre d'activités que vous décrivez. »

Faa inclina légèrement la tête. « Je n'en ai jamais douté, monsieur Potts.

— Alors, monsieur, pouvons-nous examiner les faits tels que vous les voyez ? Certes, j'ai lu à plusieurs reprises la traduction de votre rapport, mais cela m'aiderait si nous pouvions reprendre un par un les faits que vous évoquez, de façon à ce que je puisse vous poser des questions au fur et à mesure.

— Mais certainement, monsieur Potts. En prévision de votre arrivée, j'ai convoqué ici notre représentant à Ligor, pour que vous puissiez l'interroger directement sur les importants événements qui se sont produits dans son secteur. » Faa se leva et frappa sur un imposant gong de cuivre planté près de son bureau. « Je crois malheureusement que l'anglais de *heer* Van Risling est loin d'être parfait, mais je me ferai un plaisir de servir d'interprète si vous le souhaitez. Je dois ajouter que *heer* Van Risling a été récemment victime à Louvo d'un petit accident au cours d'une chasse royale à l'éléphant.

— Je suis désolé de l'apprendre. Je m'efforcerai de ne pas le retenir plus longtemps qu'il ne sera nécessaire.

— Le temps n'est pas un problème, monsieur Potts. C'est la jambe de *heer* Van Risling qui a souffert. » Il sourit. « Son cerveau, je l'espère sincèrement, est indemne. »

Quelques instants plus tard, la corpulente silhouette de Joop Van Risling apparut : il boitillait en s'appuyant d'une main sur une canne de bambou et de l'autre sur Pieter, le jeune interprète eurasien qui l'avait accompagné depuis Ligor. Pieter aida son maître à s'asseoir et se retira. Au cours des heures suivantes, les deux Hollandais décrivirent avec force détails les incidents qui avaient suivi le naufrage à Ligor, tandis que l'Anglais les assaillait de questions et prenait fréquemment des notes.

La nuit était presque tombée lorsque Potts, escorté d'un guide siamois fourni par la factorerie hollandaise, se dirigea vers l'entrepôt anglais, quelques centaines de mètres plus loin sur la rive du grand fleuve.

Samuel Potts repoussa son verre et se leva pour arpenter de nouveau la pièce. C'était la cinquième ou sixième fois qu'il le faisait, mais cela ne semblait pas avoir l'effet escompté. Plus il essayait de se calmer, plus la colère montait en lui.

Il avait pâli de rage quand un garde indien posté à l'entrée de la factorerie anglaise lui en avait barré l'accès. Potts l'avait accablé d'injures, mais cela n'avait réussi qu'à renforcer l'obstination du garde. Comme pour aggraver l'insulte, ce démon de païen avait marmonné suffisamment de syllabes de mauvais anglais pour lui faire comprendre que, de toute façon, il n'y avait personne à la factorerie. Personne à l'intérieur ? Comment ça ? La factorerie hollandaise grouillait d'employés lorsqu'il en était parti quelques instants plus tôt. Certes, cette caricature d'entrepôt n'avait que le dixième des dimensions du magasin hollandais, mais c'était néanmoins la propriété du roi Charles d'Angleterre et il y avait là des gens qui étaient payés pour travailler. Où étaient donc les agents ? Il devait y avoir deux Anglais, un Grec à la solde de l'honorable Compagnie, et plus une demi-douzaine d'assistants locaux. Et aucun d'eux ne se trouvait sur les lieux ! L'unique abruti de garde qui était à son poste n'avait même pas assez de bon sens pour comprendre à qui il avait affaire. Scandaleux ! Si les Hollandais avaient cherché à confirmer ainsi la vérité de leurs allégations, on peut dire qu'ils avaient commencé de façon prometteuse.

Potts se versa un autre verre de cognac. Il avait fini par persuader cette tête de mule de garde d'expliquer au guide qui l'accompagnait où se trouvait la résidence de l'agent général, Richard Burnaby. Il rebroussa donc chemin pour constater que Burnaby était introuvable. Devant sa colère de plus en plus évidente, les serviteurs affolés avaient désigné l'horizon d'un geste stupide, comme si leur maître était parti vers quelque pays lointain. Au diable leur langue incompréhensible. Au diable l'ignorance et la stupidité des indigènes. Au diable la chaleur et les mouches. Au diable, au diable, au diable ! Il frappa la table avec son verre. La porte s'ouvrit et la jeune indigène qui lui avait servi du cognac y passa la tête. Elle était plutôt avenante pour une fille du pays, il devait en convenir. Mais elle ne se faisait pas mieux comprendre que les autres. Elle avait du moins eu l'intelligence de lui apporter une bouteille de cognac convenable. Elle devait sans doute singer les habitudes de son maître. Il jeta un coup d'œil à la bouteille. Bonté divine! Avait-il déjà bu tant que ça? La bouteille était à moitié vide. Peut-être n'était-elle pas complètement pleine quand il avait commencé à boire. Il essaya en vain de se rappeler.

Il se retourna. La fille était toujours là, sur le seuil. « À quelle heure ton maître rentre-t-il à la maison, hein? À quelle heure? » répéta-t-il avec agacement, comprenant, au moment où il prononçait ces mots, que c'était sans espoir. Elle se contentait de lui sourire. Pourquoi ces indigènes souriaient-ils constamment? C'était exaspérant. Même le garde en faction à la factorerie avait commencé par sourire quand il avait exigé qu'on le laisse entrer. Il avait fallu qu'il s'emporte pour que cet imbécile cesse enfin de sourire.

Chez Burnaby, il avait convaincu l'une des servantes effrayées, qui lui avait paru moins demeurée que les autres, de lui montrer le chemin de la maison du Grec. Le nom de Phaulkon avait pénétré, semblait-il, leurs crânes épais, car cette fille avait eu l'air de comprendre. Il n'avait pas tardé à découvrir que Phaulkon, lui aussi, était introuvable, mais sa belle gouvernante avait fait montre d'un esprit d'initiative inattendu.

Elle l'avait fait entrer dans une chambre et lui avait proposé une couverture pour s'étendre, rapprochant ses mains jointes de sa joue pour indiquer qu'il avait peut-être envie de dormir. Mais il n'était pas fatigué. Il était seulement frustré et fou de rage. Elle s'en était apparemment rendu compte et lui avait alors montré un fauteuil dans le salon. Puis elle l'avait laissé. Elle était revenue avec une serviette fraîche pour lui essuyer le front ainsi que la bouteille de cognac. Après lui avoir baigné le visage, elle avait appelé une autre fille pour qu'elle lui masse le cou et les épaules et, pendant un moment, il s'était senti mieux. Sur ce, il s'était servi encore un verre de cognac et s'était mis à réfléchir. Puis un autre verre, et encore un, et à chaque gorgée sa colère n'avait cessé de croître : maintenant elle le dévorait.

Il entendit un bourdonnement près de son oreille gauche. Un moustique se posa sur son visage : d'une claque sur la joue il l'écrasa. Il examina le sang au bout de ses doigts et l'essuya sur son gilet. Il entendit alors un cri étouffé provenant de la silhouette plantée sur le pas de la porte : un instant plus tard, elle était de retour avec une autre serviette. Elle lui lava les mains, puis frotta la tache sur son gilet. Qu'essayait-elle donc de faire ? De le dorloter ? Il n'eut pas le temps de la congédier que déjà elle s'était éclipsée. Puis, elle revint avec une demi-douzaine de bâtonnets qui se consumaient dans une écœurante odeur d'encens. Elle les répartit dans toute la pièce, en les plaçant dans de petites soucoupes disposées à cet effet. Au diable les moustiques ! Imaginait-elle vraiment que ces baguettes qui brûlaient allaient leur faire peur ? À moins que ce ne fût l'odeur. D'ailleurs, qu'est-ce que ces indigènes pouvaient savoir des moustiques ? Les insectes ne daignaient même pas les mordre. Il fallait du sang d'Anglais pour les satisfaire ou, à défaut, peut-être la variété hollandaise.

Potts croisa les bras sur la petite table devant lui et y appuya un moment sa tête. Au bout de quelques secondes, il ronflait bruyamment. Sunida entra en silence et vint déposer un coussin contre le dossier de son siège. Puis, fronçant le nez devant son haleine empestant l'alcool, elle le prit par les épaules et le cala doucement contre les coussins. « Ah, ces farangs », murmura-t-elle avec dédain. Elle se rappelait l'état d'ébriété dans lequel elle avait trouvé les officiers du navire, à Mergui, lorsqu'elle était arrivée à bord sans être annoncée. Comme ils étaient ridicules à essayer de déployer pour elle toutes ces galanteries alors qu'ils avaient du mal à tenir debout ! Un des officiers avait tenté un long moment de se concentrer sur la lettre qu'elle lui avait remise, puis il y avait renoncé. Elle ne serait pas surprise que la lettre fût encore dans sa poche aujourd'hui. Bouddha soit loué, son Constant n'était pas comme les autres. Il faudrait qu'elle signale à Sri la présence de cet homme. Ensuite, elle devait essayer de découvrir son nom et la raison de sa visite.

Phaulkon était d'humeur joviale en rentrant du ministère par les berges du fleuve. Le banquet pour l'ambassadeur chinois avait connu un succès retentissant. Lors de l'audience d'adieu accordée à l'envoyé, suivant une étiquette presque aussi subtile que la cérémonie d'accueil, le diplomate avait pris grand soin de dire à Sa Majesté combien il avait été ravi. Jamais, lors des fréquents voyages qu'il entreprenait comme représentant de l'empereur des Cieux, il n'avait savouré davantage un banquet, pas plus qu'il n'en avait admiré un où l'on ait accordé autant d'attention aux détails. C'était un langage de diplomate, Phaulkon le savait, mais le fait que l'ambassadeur eût abordé ce sujet était tout à l'honneur du Grec.

Depuis qu'il avait appris que Sunida l'espionnait, il s'était préparé à lui fournir des informations toujours flatteuses pour le Barcalon, empreintes de révérence pour Sa Majesté : il comptait profiter de la moindre occasion pour insister sur sa propre loyauté envers le Siam, sur l'amour qu'il portait à ce pays et à son peuple. Il sourit : Sunida était vraiment la parfaite espionne. De toute façon, son caractère curieux et plein de vie la poussait tout naturellement à poser des questions. Mais il était certain qu'elle s'acquittait d'un devoir qu'on lui avait imposé et, bien qu'elle eût peut-être hésité à signaler des détails susceptibles de lui nuire, elle l'aurait fait malgré tout, même en ayant le cœur gros. Elle avait beau être amoureuse de lui, elle était au service du roi et le roi de Siam était un Chakravatine, un demi-dieu qui passait avant tous les mortels.

Comme il était heureux de l'avoir retrouvée. Jamais, se dit-il, un homme n'aurait pu être aussi comblé d'avoir une espionne dans sa demeure. Elle n'était rentrée de Mergui que la veille, souriante et pleine d'énergie malgré les fatigues du voyage. Elle avait fait semblant d'être rassurée à l'idée que le mandarin avait cessé de la rechercher. Elle avait aussitôt entrepris de raconter comment un prêtre l'avait accompagnée à la rame jusqu'au bateau et comment les officiers étaient tous ivres lorsqu'elle était montée à bord. Phaulkon avait bien ri lorsqu'elle lui avait décrit les officiers du navire la dévorant des yeux et se bousculant littéralement pour essayer de se montrer aimables. Il lui avait alors expliqué que pendant tout ce temps le capitaine White était à Ayuthia : elle l'avait taquiné en affirmant qu'il l'avait toujours su et qu'il avait simplement voulu se débarrasser d'elle un moment. Et puis, tout d'un coup, ils s'étaient regardés sans rien dire et, entraînés par le désir qui brillait dans leurs yeux, ils étaient allés jusqu'à sa chambre et s'étaient allongés sur la couverture. Ils avaient fait l'amour avec toute la tendresse et l'impatience de deux êtres trop longtemps séparés. Si Phaulkon avait hésité un temps à croire qu'elle avait été formée par la meilleure courtisane du palais, ses doutes s'étaient maintenant évaporés. Même les sentiments ardents qu'ils éprouvaient l'un pour l'autre ne suffisaient pas à expliquer la remarquable évolution des techniques amoureuses de Sunida. Elle était sensuelle, érotique, brillante et déchaînée : digne de succéder à la célèbre Thepine. Pauvre Thepine ! Il se demanda un moment si ce que l'on racontait sur elle était vrai. On disait qu'elle était morte comme elle avait vécu : refusant de se soumettre à la cruelle sentence que lui avait infligée son frère, le général Petraja, elle avait d'abord séduit le gardien de la prison, un jeune homme robuste et musclé. Puis elle s'était délibérément étouffée sur sa prodigieuse lance d'amour. Le pauvre diable avait subi à sa place l'épreuve du tigre. Sunida avait été accablée d'apprendre la mort de Thepine.

Phaulkon était content de rentrer chez lui. Il avait

encore eu une longue journée au ministère. Depuis le départ de la délégation chinoise, il s'était attaché à dresser des listes comparatives des prix de tous les articles que les Maures payaient au Trésor après les avoir vendus sur les marchés de Perse et d'Inde au cours des cinq dernières années. Le Barcalon l'avait assuré que, cette tâche une fois terminée, on l'autoriserait à s'occuper du travail en retard accumulé à la factorerie anglaise depuis qu'il n'y avait plus personne pour le faire. Ivatt était maintenant de plus en plus souvent convoqué au palais pour distraire les multiples enfants de la famille royale. Son vieux tour consistant à faire jaillir une colombe vivante du cœur d'une noix de coco géante avait suscité le ravissement des enfants, comme auparavant à la cour du gouverneur de Ligor, et sa réputation ne faisait que s'amplifier. Bientôt, lui avait dit Phaulkon en ne plaisantant qu'à moitié, la Compagnie anglaise allait devoir procéder à de nouveaux recrutements puisque les directeurs actuels étaient en permanence employés ailleurs. Mon Dieu, si Madras était au courant de tout ça !

Sunida l'attendait à la porte. Elle le salua et, même si elle semblait impatiente de lui dire quelque chose, il insista pour la prendre dans ses bras et respirer avec délice le parfum de sa joue. Elle ferma les yeux, éperdue de bonheur, et le huma à son tour.

À peine l'eut-il libérée qu'elle lui parla du visiteur endormi au salon. Elle le décrivit comme un homme petit et gros, avec une barbe grisonnante et à peine plus d'un cheveu sur le crâne, des lunettes et une très mauvaise haleine. Ce signalement n'évoquait personne pour Phaulkon dans l'immédiat. Elle précisa que le visiteur avait beaucoup bu et qu'il avait paru coléreux.

Lorsque Phaulkon entra prudemment dans la pièce, Samuel Potts avait néanmoins repris conscience. Un ronflement particulièrement sonore venait de le tirer de son sommeil et il était en train de se verser une grande rasade de cognac.

« Tiens, l'introuvable M. Phaulkon, sans doute,

dit-il en se mettant debout avec un équilibre plutôt précaire. Enfin ! Permettez-moi de lever mon verre au premier membre de l'honorable Compagnie que j'ai réussi à rencontrer depuis mon arrivée, et cela malgré d'incessantes recherches. À votre santé, monsieur. » Il vida son verre d'un trait, vacillant légèrement sur ses jambes. Seule sa voix restait assurée.

« Bienvenue à Ayuthia, monsieur, répondit poliment Phaulkon. À qui ai-je l'honneur ? »

Potts l'observa un moment en silence, puis eut un bruyant hoquet. Cela parut d'abord l'embarrasser, mais il haussa les épaules. Il se dressa comme il put sur la pointe des pieds et y resta un moment avant de retomber sur ses talons.

« Je suis Samuel Potts, du bureau de Bantam de l'honorable Compagnie. On m'a envoyé pour enquêter sur les affaires de la Compagnie au Siam. » Il eut un grand geste un peu vague. « Certes, ce n'est pas une tâche facile quand on n'arrive pas à trouver ses agents. Mais je vais quand même essayer d'aller au fond des choses.

— Je serai ravi de répondre à toutes les questions que vous pourriez avoir à me poser, monsieur. » Phaulkon n'aimait pas l'allure de cet homme, pas plus que son rôle ni le triste état dans lequel il se trouvait. Le nom de Potts lui disait quelque chose. Il occupait un poste important, Phaulkon en était sûr : sans doute l'un des commissaires aux comptes de la Compagnie.

« Ce sera à Burnaby de répondre aux questions », déclara Potts. Il trébucha et, d'une main, prit appui sur la table. « Où est Burnaby, au fait ? demanda-t-il.

— M. Burnaby est à Mergui, monsieur, chargé d'une mission confidentielle.

— Confidentielle, hein ? Et de quoi s'agit-il ?

— Vous ne voulez pas vous asseoir, monsieur Potts ? Vous avez dû avoir un voyage éprouvant.

— Est-ce que vous suggérez, monsieur, que je ne suis pas capable de rester debout ? demanda-t-il d'un ton agressif.

— Je ne suggère rien de tel, monsieur Potts. Je pensais simplement que vous seriez mieux assis.

— Je suis très bien comme ça, répliqua-t-il d'un ton bourru. Dites-moi maintenant quelle est cette mission confidentielle que vous évoquiez ?

— J'ai pour instruction de n'en parler à personne, monsieur. À moins, bien sûr, que vous n'ayez une lettre m'autorisant...

— Une lettre d'autorisation ? balbutia Potts. Eh bien, monsieur, j'ai mieux que cela : j'ai tous pouvoirs de fermer cette agence si mes découvertes l'exigent et de vous faire envoyer à Madras où l'on vous jugera. Alors, jeune homme, ne venez pas me parler d'autorisation. »

C'est tout ce que je voulais savoir, songea Phaulkon.

« Voudriez-vous passer la nuit ici, monsieur ? Nous pourrons nous rendre à la factorerie dans la matinée et...

— Ne cherchez pas à me détourner de mon devoir, monsieur Phaulkon, l'interrompit Potts d'un ton hostile. Sinon cela figurera également dans mon rapport. Je n'ai pas l'intention de passer la nuit ici à profiter de vos faveurs. Votre gouvernante a déjà essayé de me faire boire. Ce sont des tactiques que je connais bien, vous savez. Voilà plus de vingt ans que je suis commissaire aux comptes. » Il se dressa de nouveau sur la pointe des pieds. « C'est à Samuel Potts que vous avez affaire. Dites-moi maintenant où est l'autre agent... comment s'appelle-t-il déjà ? » Il fouilla désespérément dans sa mémoire.

Phaulkon décida de ne pas lui venir en aide. Que ce maudit ivrogne le trouve tout seul, se dit-il. Peut-être devrait-il lui proposer un autre verre et l'encourager à perdre totalement conscience ? Quelques instants plus tôt, il avait remarqué qu'il lorgnait la bouteille.

Potts semblait se creuser la cervelle. « Où est Irving ? balbutia-t-il, visiblement enchanté de s'être souvenu de son nom.

— Irving est l'invité de Sa Majesté le roi, répondit Phaulkon sans vergogne. Il assiste à un dîner au palais. Voyez-vous, monsieur Potts, l'honorable Compagnie est tenue en grande estime par les plus hautes autorités d'ici.

— Ici peut-être, monsieur Phaulkon, riposta Potts d'un air entendu, mais pas à Bantam ni à Madras, je puis vous l'assurer. On veut votre tête, et je vais les aider à se la procurer. Je pars sur-le-champ pour la factorerie afin d'examiner en détail chacun de vos livres.

— Maintenant? demanda Phaulkon. Il fait nuit noire dehors, monsieur Potts.

— Alors, pourquoi ne faites-vous pas apporter des torches? Allons maintenant à l'usine. » Il regarda Phaulkon d'un air méfiant. « Pas question de m'obliger à me reposer pour que vous puissiez aller là-bas en catimini et falsifier les livres pendant que je dors. Je veux les examiner tels que je vais les trouver. D'ailleurs », ajouta-t-il, se souvenant dans un sursaut de colère de l'incident de l'après-midi, « pourquoi tout à l'heure n'y avait-il personne à la factorerie? Pas âme qui vive. À part un stupide garde indigène. Est-ce l'anniversaire du roi Charles ou quoi?

— Ce n'est pas l'anniversaire du roi Charles, mais celui de l'héritier, le second fils du trône siamois, improvisa Phaulkon. Nous nous efforçons, par respect, d'observer les fêtes importantes du pays qui nous accueille. »

Potts poussa un grognement. « Les Hollandais n'ont pas l'air d'agir comme vous, monsieur Phaulkon. Ils travaillent, eux. Pas étonnant qu'ils aient tant d'avance sur nous.

— C'est possible, mais ils ne sont pas populaires auprès des Siamois. On parle aujourd'hui encore d'un de leurs anciens agents, De Jongh. Il avait l'habitude de se promener dans les rues vêtu seulement d'un pagne et d'un chapeau. » Phaulkon observa attentivement Potts. « La plupart du temps il était ivre. Voyez-vous, les Siamois abhorrent toute perte de contrôle, monsieur Potts.

— Il y a des gens qui ne tiennent pas l'alcool », repartit Potts sans se démonter. Il se retourna et se versa un autre verre. La moitié du liquide tomba à côté et forma sur la table une petite flaque qui s'étendit. Sans s'en soucier, il vida son verre.

« Alors, en l'absence inexpliquée de l'agent général, reprit-il d'un ton pincé, voulez-vous, monsieur Phaulkon, me conduire à la factorerie ?

— Si vous insistez, monsieur Potts. Mais ne serait-il pas préférable d'examiner les livres à la lumière du jour ? Les autres membres du personnel seraient également présents pour répondre à vos questions.

— Je sais quel but vous poursuivez, monsieur Phaulkon, mais je ne vais pas me laisser dissuader. Allons-y maintenant. » Phaulkon semblait hésiter. Potts le regarda d'un air menaçant. « Si vous ne coopérez pas, je préciserai dans mon rapport que vous m'avez refusé l'accès de la factorerie. Cela ne pèsera pas en votre faveur. » Phaulkon commençait à perdre patience mais il s'en alla néanmoins chercher deux torches.

C'était une nuit sombre et sans lune. Phaulkon marchait en tête sur le petit chemin qui suivait le bord de la rivière. Peu de gens étaient dehors : on ne voyait guère qu'un pêcheur de loin en loin qui, de l'eau jusqu'aux genoux, lançait son filet dans le fleuve. Les Siamois, toujours préoccupés par la présence des esprits, ne s'aventuraient pas dehors une fois la nuit tombée, à moins que ce ne fût absolument nécessaire. L'absence d'êtres humains était toutefois largement compensée par le chœur des rumeurs de la nuit : coassements des grenouilles, crissements des criquets, bourdonnements des moustiques qui s'abattaient avec avidité sur les poignets et les chevilles des voyageurs.

Leur course ne se trouvait pas facilitée par Potts : il ne cessait de trébucher et de laisser tomber sa torche, lançant une bordée d'injures chaque fois qu'il faisait un faux pas. À un moment, il bondit pour éviter l'attaque d'une bête sauvage : c'était un chien errant, encore plus effrayé que lui.

Il fallait normalement cinq minutes pour faire le trajet, mais cela leur prit une bonne demi-heure et, quand ils arrivèrent enfin à la factorerie, Potts, hors d'haleine, s'assit au pied d'un arbre et refusa de bouger.

La factorerie se composait d'un vaste entrepôt en bois avec quelques pièces plus petites servant de bureaux. La factorerie hollandaise, au contraire, était un imposant bâtiment de brique entouré d'un certain nombre de petites constructions, elles aussi en brique : Phaulkon avait depuis longtemps l'ambition d'aménager la factorerie anglaise pour l'amener au niveau de sa rivale. Un garde indien, armé d'un mousquet, était en faction devant la porte et leur barra le chemin. Il s'écarta rapidement en reconnaissant Phaulkon. Avec Potts sur ses talons qui lui soufflait dans le cou, Phaulkon introduisit une grosse clé dans la serrure et la tourna. Il s'interrogeait encore sur la meilleure façon d'affronter la situation. Les livres de comptes, il le savait, étaient enfermés dans le bureau de Burnaby et, même s'il en possédait une clé, il n'avait aucune intention de l'ouvrir. Non seulement les livres étaient loin d'être à jour, mais une partie de l'inventaire de l'entrepôt, qui renfermait des marchandises amassées aussi bien par Burnaby que par lui-même pour des opérations personnelles, et restées là depuis leur expédition à Ligor, n'y figurerait même pas. Il avait compté remettre de l'ordre dans les livres après l'agitation qui avait entouré la visite de l'ambassadeur chinois. L'arrivée de Potts survenait au plus mauvais moment. Quelques jours encore et...

« Où sont les livres ? » interrogea Potts en inspectant une pile de caisses à la lueur de sa torche. Il semblait avoir trouvé un second souffle.

« Là-dedans », répondit Phaulkon en désignant le bureau de Burnaby.

Potts s'approcha et essaya d'ouvrir la porte.

« C'est fermé à clé.

— À clé ? s'écria Phaulkon l'air surpris. Je ne peux pas le croire. » Il essaya à son tour. « Bon sang, et moi qui avais demandé tout exprès à M. Burnaby de ne pas mettre le verrou au cas où j'aurais besoin de quelque chose en son absence.

— Pourquoi ne vous a-t-il pas laissé la clé ? demanda Potts, méfiant.

— Il ne se sépare jamais d'aucune de ses clés, expliqua Phaulkon. Mais il m'avait promis de laisser cette porte-là ouverte. »

Potts le dévisagea derrière sa torche. Appelez le garde, ordonna-t-il. Nous allons enfoncer la porte.

— Monsieur Potts, je vous supplie de réfléchir. On attend d'un moment à l'autre le retour de M. Burnaby et les serruriers sont difficiles à trouver ici. Nous avons besoin d'un bureau qui ferme bien. »

Une lueur rusée s'alluma dans les yeux de Potts. « Vous m'avez entendu, monsieur Phaulkon. Enfoncez la porte. »

Phaulkon le regarda. Rien n'arrêterait ce fou, se dit-il. Même si l'expédition en Perse échoue, j'aurai peut-être encore besoin des Anglais. Je suis fichu si Potts voit les livres, fichu également si je l'empêche de les consulter. Mais des deux solutions la seconde est encore la meilleure. Mieux vaut le soupçon que la certitude.

« Je crains, monsieur Potts, que, compte tenu du retour imminent de M. Burnaby, je ne doive considérer votre demande comme déraisonnable. Vous pourrez me citer dans votre rapport si vous le souhaitez.

— Vous me refusez l'accès de ce bureau ?

— Je refuse d'enfoncer au milieu de la nuit une porte qu'il sera très compliqué de réparer et qui, pour des raisons de sécurité, doit rester fermée à clé. »

Potts bouillait visiblement de rage.

« Vous, un... un... petit parvenu de Grec, me refuser cet accès à moi, Samuel Potts, commissaire aux comptes de l'honorable Compagnie anglaise. Vous... Un sale étranger ! lança-t-il.

— Vous êtes ivre, monsieur Potts. J'espère que vous n'omettrez pas de mentionner ce détail dans votre rapport : je n'y manquerai pas dans le mien.

— *Votre* rapport ! explosa Potts. Ah ! Vous vous imaginez que quelqu'un va lire *votre* rapport. Vous... un maudit Grec, qui n'êtes même pas agent général ici. Enfin, petit imbécile gonflé de votre importance... » Il brandit la torche devant le visage de Phaulkon.

Le garde, entendant déblatérer Potts, arriva juste à

temps pour le voir menacer Phaulkon avec sa torche. Il s'interposa, se tournant vers Potts et le regardant d'un air mauvais. « Tout va bien, Maître ? demanda-t-il à Phaulkon en siamois.

— Mettez-moi ce foutu indigène dehors ! hurla Potts, hors de lui.

— Vous allez rentrer à la maison et vous calmer, monsieur Potts, avant de causer des dégâts ici, répliqua Phaulkon d'un ton ferme. Et cessez de brandir cette torche. Ce bâtiment est en bois et les caisses sont extrêmement inflammables. »

Potts restait planté comme un homme ayant perdu l'esprit. « Je vous mets au défi de me faire bouger d'ici, lança-t-il. C'est à cause des canons, n'est-ce pas ? Vous ne voulez pas que je les trouve. Je connais toute l'histoire, voyez-vous. Où sont-ils ? » Il se mit à regarder autour de lui comme un enragé, inspectant les recoins derrière chaque caisse et brandissant dangereusement sa torche. Les flammes léchaient imprudemment le bois. Le garde se tourna vers Phaulkon, ne sachant que faire. « Je vais régler ça », dit Phaulkon en siamois. Il fallait absolument retirer cette torche des mains de Potts.

« Il n'y a pas de canon ici, monsieur Potts. Rien que des caisses très inflammables. »

Sans l'écouter, Potts continuait à secouer sa torche dans tous les sens.

« Donnez-moi cette torche », ordonna Phaulkon en tendant la main.

Potts pivota sur ses talons. « Ne vous avisez pas d'élever la voix devant moi, petit parvenu ! Je suis votre supérieur et j'aurai votre peau. »

Parvenant à maîtriser sa fureur, Phaulkon s'approcha de lui. « Donnez-moi la torche, monsieur Potts, et nous enfoncerons la porte comme vous l'avez demandé.

— Restez où vous êtes ! tonna Potts en agitant frénétiquement la torche d'un côté et de l'autre. Alors vous voilà enfin prêt à obéir aux ordres, hein ? Maintenant que j'aborde l'affaire des canons, vous vous êtes décidé à enfoncer la porte. Ah...! » Il eut un sourire dément. « Il faut plus qu'un employé de troisième ordre pour tromper le vieux Samuel Potts. Nous allons d'abord retrouver ces canons. »

Il recula à tâtons, tendant une main derrière lui de manière à ne pas quitter des yeux Phaulkon. Il jetait de brefs coups d'œil à droite et à gauche tout en cherchant vainement les canons. Phaulkon le suivait avec prudence, prêt à se précipiter sitôt qu'il aurait trouvé un espace suffisant entre les caisses pleines de draps. Pas question que Potts laisse tomber sa torche au milieu de toute cette marchandise.

Tel un animal traqué, l'Anglais reculait, promenant autour de lui un regard affolé. Phaulkon entendit le garde trébucher sur une planche disjointe : c'était trop tard. L'Indien avait contourné cette partie du magasin pour tenter de surprendre Potts par-derrière. En entendant craquer le bois, l'Anglais se retourna et perdit en même temps l'équilibre. Il tomba en arrière et la torche lui échappa des mains pour atterrir au milieu des caisses.

Le bambou s'enflamma aussitôt et le feu se répandit immédiatement au milieu de cet entassement de bois sec et de marchandises inflammables. Sans s'occuper de Potts, Phaulkon et le garde se précipitèrent vers deux jarres en terre posées de chaque côté de l'entrée. Le temps de traîner les lourds récipients jusqu'aux flammes et de commencer à jeter de l'eau avec de petites cuvettes, le feu faisait rage. Ce fut à peine si leurs efforts ralentirent la progression des flammes.

Potts se remit sur pied, contemplant l'incendie comme un possédé. Puis il sortit du bâtiment en trébuchant. En quelques instants le feu avait gagné les murs, le toit et certaines parties de l'édifice commençaient à s'effondrer. Phaulkon hésita un moment devant le bureau de Burnaby puis, voyant l'incendie dévorer la pièce voisine, il se précipita vers la sortie, entraînant le garde derrière lui. Dehors, des gens accouraient de tous côtés. Ceux qui étaient arrivés les premiers regardaient, fascinés et impuissants, les flammes bondir toujours plus haut jusqu'au moment où, en un formidable grondement, le toit s'écroula dans le brasier. D'autres, portant des pots d'eau, commencèrent à faire la chaîne autour de l'entrepôt pour empêcher que le feu ne gagne les maisons voisines. Mais il y avait assez de poussière et de terre autour du magasin pour empêcher la progression de l'incendie : les flammes se contentèrent de dévorer ce qui était à leur portée.

Potts, soudain dégrisé, était assis immobile au pied d'un arbre, la tête entre les mains.

« Que s'est-il passé ? » crièrent plusieurs spectateurs. Chaque fois que l'on posait la question, le garde auprès de Phaulkon désignait Potts, effondré au pied de l'arbre. « C'est cet homme là-bas qui a mis le feu avec sa torche », expliquait-il.

Phaulkon dépêcha le garde à la résidence de l'assistant du Barcalon pour signaler le sinistre. Puis il vit deux soldats qui arrivaient en courant pour se renseigner. Tous les assistants désignaient Potts. Dans une ville où presque tous les édifices étaient en bois, c'était un délit et un crime d'être à l'origine d'un incendie, fût-il accidentel. Quant à mettre délibérément le feu...

Phaulkon observa en silence les soldats arrêter Potts et l'entraîner. L'Anglais n'opposa aucune résistance. Phaulkon jeta un dernier regard aux décombres calcinés de ce qui avait été, jadis, le siège de l'honorable Compagnie au Siam. Il contemplait dans ces flammes autre chose que la factorerie qui brûlait. Il voyait se consumer en même temps le dernier pont qui le rattachait à l'Angleterre. Madras ne manquerait pas de s'en remettre à la version que Potts donnerait des événements. Si jamais on reconstruisait la factorerie, ce ne serait sûrement pas avec le concours de Phaulkon et de Burnaby, mais de leurs successeurs : eux-mêmes devraient comparaître à Madras devant la cour martiale. Plus que jamais, songea-t-il, la réussite de l'expédition en Perse était capitale.

« Je comprends fort bien votre inquiétude, monsieur Faa. Mais nous avons des lois dans ce pays et il faut les respecter. Comme je vous l'ai dit, c'est un crime de mettre le feu à un bâtiment, que cela soit accidentel ou non. » Le Barcalon plissa le front. « Un crime puni de mort. Dans certains cas fort rares, Sa Majesté peut avoir la bonté de grâcier un sujet dont la vie a été dans l'ensemble exemplaire — et commuer cette peine en emprisonnement à vie. Mais jamais dans la situation d'un incendie volontaire, monsieur Faa, comme c'est apparemment le cas. »

Le Barcalon s'interrompit pour reprendre haleine. Il ne se sentait pas très bien ces derniers temps et ses crises d'asthme étaient de plus en plus fréquentes. « Nous habitons des maisons de bois, monsieur Faa. Vous imaginez les destructions qui en résulteraient si nous n'appliquions pas sévèrement ces lois, ou si nous nous laissions aller à faire des exceptions. Nos sujets deviendraient encore plus négligents qu'ils ne le sont déjà. »

Le jeune interprète siamois attaché à la Compagnie hollandaise traduisit les paroles du Barcalon. Il était tout juste rentré de Hollande : il faisait partie du petit groupe d'étudiants envoyés là-bas pour y poursuivre leurs études sous les auspices du *gouverneur-generaal* de Batavia.

« Et seule Sa Majesté a le droit de commuer une sentence, dites-vous ? demanda le directeur de la VOC.

— C'est exact, monsieur Faa. Seule Sa Majesté a droit de vie et de mort sur ses sujets. Ou sur des étrangers commettant des crimes dans ce pays, précisa-t-il.

— Mais, Votre Excellence, compte tenu du fait que M. Potts est ici un nouveau venu, et que le bâtiment en question était une propriété étrangère, ne pourrait-on assouplir un peu les règles ? Ne pourrait-on, par exemple, lui demander de quitter le pays ? »

Il fallait absolument que ce Potts retourne à Madras faire son rapport, songeait le Hollandais. Avec un peu de chance cela provoquerait l'expulsion de Phaulkon et peut-être même la fermeture de la Compagnie anglaise au Siam.

Il eut un sourire doucereux : « Bien entendu, Excellence, nous serions vos débiteurs et vous pourriez nous faire savoir de quelle façon nous nous acquitterions de notre dette envers vous. »

Le Barcalon observa attentivement le Hollandais tout en écoutant la traduction. C'était la seconde fois en deux jours que cet homme venait l'implorer. De toute évidence, il tenait beaucoup à voir cet Anglais sortir de prison. Mais pourquoi ? Pourquoi les Hollandais voulaient-ils soudain aider les Anglais ? Qui était ce M. Potts et qu'était-il venu faire à Ayuthia ? La solution se trouvait, à n'en pas douter, dans les réponses de Phaulkon. Interrogé sur l'incident, Phaulkon avait répondu que Potts était un haut fonctionnaire de la Compagnie envoyé faire la tournée des divers bureaux de la Compagnie anglaise pour un contrôle de routine des inventaires. En raison de l'extrême chaleur, il avait absorbé un peu trop de cognac et trébuché sur un morceau de bois dans l'entrepôt, faisant ainsi tomber accidentellement sa torche. Phaulkon s'était confondu en excuses au nom de M. Potts et celui de la Compagnie, et avait supplié que, en raison de la position éminente de Potts au sein de la Compagnie et le récent regain d'amitié entre les nations siamoise et anglaise, on l'autorisât à quitter le pays. La Compagnie anglaise se ferait un devoir d'indemniser la Couronne siamoise pour les dégâts causés aux propriétés avoisinantes.

Mais, en privé, Phaulkon avait donné une tout autre explication. C'était là, songea le Barcalon, le nœud du problème. Phaulkon avait raconté à Sunida que ce M. Potts était un épouvantable ivrogne, le genre de farang dont la déplorable conduite était une cause de gêne pour son pays et pour les relations anglo-siamoises en général. Bien mieux, c'était un espion à la solde des Hollandais, le genre de crapule anglaise prête à vendre ses services au plus offrant. Le Barcalon frémit en pensant aux révélations faites par Phaulkon à Sunida sur les propos de Potts. D'ailleurs, tous les Siamois qui avaient été contraints de répéter ces paroles, que ce soit Sunida, Sri la vendeuse du marché, ou Somsak, le capitaine de la garde du palais, avaient eu du mal à avaler leur salive avant de parler. Il n'y en avait pas un qui n'eût invoqué une sainte dispense avant d'énoncer de tels blasphèmes. Traiter Sa Majesté de roi des crocodiles, vous vous rendez compte ! Lui-même — se rappela nerveusement le Barcalon — avait refusé de répéter ses scandaleuses paroles au Seigneur de la Vie. Il avait manqué ainsi à son devoir de tout rapporter à Sa Majesté, même si cacher une information à son souverain était un crime punissable de coups de canne sur la plante des pieds, voire de mort si le renseignement dissimulé relevait de la trahison — ce qui, à n'en pas douter, était le cas. Phaulkon avait paru tout aussi scandalisé quand il avait révélé à Sunida comment Potts s'était enivré et avait insulté les Siamois en appelant Sa Majesté le roi des crocodiles parce que ses sujets rampaient toujours devant lui tels des reptiles. Le Barcalon s'efforça d'effacer ces souvenirs. À en croire Sunida, Phaulkon avait été si choqué par cette description qu'il avait demandé à Potts de retirer ses propos, mais celui-ci n'avait fait que l'abreuver de nouvelles injures. Et puis, ainsi qu'il avait été payé par les Hollandais pour le faire, il avait mis le feu à l'entrepôt, en faisant semblant de trébucher sur une planche pour laisser croire à un incendie accidentel. Le Hollandais, semblait-il, avait fort opportunément omis d'informer Potts, un nouveau venu dans le pays, des lois contre l'incendie volontaire et lui avait affirmé que l'on n'aurait aucun mal à obtenir sa libération. Le garde du magasin, qui avait assisté à toute la scène, avait confirmé la version de Phaulkon et décrit comment une vive discussion avait éclaté entre les deux farangs.

Le Barcalon se contraignit à garder son calme et à se concentrer sur le problème qui se posait. Le Hollandais attendait une réponse concernant la libération de Potts. Mais c'était hors de question, et cela le resterait aussi longtemps qu'il serait Barcalon, se promit-il.

« Monsieur Faa, je dois dire que vous autres, Hollandais, m'intriguez. L'autre jour encore, vous me demandiez de châtier les Anglais pour avoir volé vos canons et armé les rebelles de Pattani : voilà qu'aujourd'hui vous me demandez de relâcher un de leurs dirigeants qui vient de mettre le feu à un bâtiment. Pardonnez-moi si l'esprit siamois est trop mal adapté pour suivre une telle logique. » Il inclina la tête d'un geste courtois.

Faa se trouvait dans une situation difficile. C'était vrai : il avait vilipendé tous les Anglais et maintenant il implorait miséricorde pour l'un d'entre eux. Mais il fallait absolument que Potts regagne Madras pour y faire son rapport. Pareille occasion ne se reproduirait peut-être jamais. Potts, à coup sûr, allait accuser Phaulkon et souligner l'absence à leurs postes de tous les autres agents anglais. Burnaby et Phaulkon passeraient en justice. Ils seraient peut-être pendus et la publicité serait telle — il y veillerait personnellement — qu'il était douteux que les Anglais aient jamais le courage de rouvrir leur comptoir d'Ayuthia. Il en serait débarrassé une fois pour toutes et, lorsqu'il aurait fait connaître le rôle qu'il avait joué dans l'opération, sa promotion pourrait être fabuleuse. Il devait d'une façon ou d'une autre obtenir la libération de Potts, même si pour y parvenir il fallait recourir à quelque pression sur les Siamois...

« Excellence, Potts est innocent. Il a été manipulé par les Anglais. Je suis prêt à fournir un otage hollandais pour le remplacer jusqu'au jour où j'aurai pu prouver son innocence. »

Le Barcalon l'observait en silence.

« Vous avez fait allusion au rang élevé de ce M. Potts, me semble-t-il. Je ne connais aucun Hollandais à Ayuthia qui soit à un poste aussi élevé, à moins, bien sûr, monsieur Faa... » Il dévisageait le chef de la VOC avec un petit sourire.

Aarnout Faa, généralement maître de lui, commençait à se sentir résolument mal à l'aise. Bon sang, il lui fallait ce Potts à bord d'un bateau pour Madras et non pas le voir exhibé sur une place publique avec une planche autour du cou comme c'était actuellement le cas. La redoutable *cangue*, ainsi que les Portugais l'avaient nommée, était comme un nœud de bois qui serrait le cou du prisonnier au point de lui faire sortir les yeux de la tête. C'était l'ultime humiliation publique et le farang Potts avait attiré le plus grand rassemblement que l'on eût jamais vu sur la place devant la prison.

« Excellence, au nom des nombreuses années d'amitié et de coopération entre nos deux nations, je dois humblement vous demander de relâcher cet homme.

— Monsieur Faa, même si plus que tout autre je tiens à cette amitié et si, me semble-t-il, votre ardeur à faire libérer cet homme doit avoir des raisons qui dépassent mon entendement, je répète qu'il est accusé d'un crime grave dans notre pays et que nous ne pouvons pas créer un précédent en l'exilant sans châtiment.

— Excellence, je me suis efforcé de vous faire sentir la force de mes convictions.

— Et moi aussi, monsieur Faa. »

Aarnout Faa durcit le ton. « Vous ne me laissez donc pas d'autre choix que de demander à mon supérieur, le *gouverneur-generaal* lui-même, d'examiner le traité de paix de 1664, et peut-être de supprimer certains paragraphes faisant allusion à... à notre... protection spéciale.

— Quelle coïncidence, monsieur Faa, lui rétorqua le Barcalon impassible. C'était notre intention depuis quelque temps d'attirer votre attention sur ce traité. Je vous suis fort reconnaissant de hâter les choses. Nous estimons qu'un certain nombre de ces clauses sont peut-être dépassées aujourd'hui et je dois dire qu'à cet égard nous avons trouvé les Anglais tout disposés à proposer des solutions.

— Très bien, Excellence, conclut le Hollandais d'un ton glacial. Vous aurez de nos nouvelles le moment venu. » Il se leva pour prendre congé.

— Ce sera toujours un plaisir, monsieur Faa. » Le Barcalon sourit. En son for intérieur, il savait qu'il n'y avait pas un instant à perdre. Dans l'affaire Potts, Constantin Phaulkon avait donné toute sa mesure. Il avait démontré tout à la fois ses talents de diplomate et sa loyauté envers le Siam. Il avait publiquement plaidé pour la libération de Potts afin de préserver la bonne entente entre l'Angleterre et le Siam, tout en blâmant Potts en privé d'avoir insulté la monarchie siamoise. Sa Majesté était d'ailleurs de cet avis. Il allait falloir prendre au sérieux les plans de Phaulkon pour la défense du Siam, et peut-être les mettre en application — sans délai.

30

Le lundi suivant, le Barcalon annonça à Phaulkon que Sa Majesté le roi lui avait fait la grâce de le convoquer à une audience. Phaulkon resta sans voix. C'était le moment dont il avait rêvé. Le moussaillon grec présenté au roi de Siam! Même s'il avait longtemps désiré cette rencontre, il l'avait imaginée de mille façons : maintenant qu'elle était toute proche, il ne se sentait absolument pas prêt. L'appréhension le rongeait.

Ce potentat, se demanda-t-il, qui avait droit de vie ou de mort sur des millions de sujets, allait-il se montrer aimable ou cassant, raisonnable ou intolérant? Allait-il laisser Phaulkon s'exprimer ou bien voudrait-il seulement qu'il l'écoute docilement, en silence? Phaulkon devrait-il donner son avis ou ne contredire en rien l'autorité absolue de Sa Majesté? On savait si peu de choses sur le souverain qu'on le décrivait tour à tour comme grand, petit, courtois, irritable, magnanime et mesquin. Nul, même pas ses courtisans, n'avait jamais osé le regarder en face. Lors de la visite de l'évêque français d'Héliopolis, les négociations pour l'autoriser à s'asseoir — à titre tout à fait exceptionnel — en présence de Sa Majesté avaient traîné pendant des mois avant que l'on accordât finalement la permission. En apprenant que pour la première fois quelqu'un ne se prosternait pas en présence de Sa Majesté, de véritables ondes de choc avaient parcouru la société siamoise.

Dans les rares occasions où Sa Majesté quittait le palais pour assister à une grande cérémonie, apporter des offrandes et des robes aux moines ou frapper les eaux du Menam afin d'ordonner aux pluies de cesser, elle était escortée de vingt mille hommes. Ses gardes à cheval, des Maures aux uniformes étincelants, ouvraient le cortège en file indienne; ses mandarins, prosternés et silencieux, suivaient sur leurs éléphants couverts de joyaux, tandis qu'elle-même, installée dans son palanquin doré parsemé de pierres précieuses, montait le plus bel éléphant, au centre de la procession. Le roi tenait à la main un croc en or dont il se servait pour guider l'animal, lequel, disait-on, était si intelligent qu'il s'agenouillait spontanément dès qu'il voyait approcher Sa Majesté. Allongé sur le puissant arrière-train de l'animal, un mandarin de haut rang attendait les ordres pour diriger la monture royale au cas où le Seigneur de la Vie se lasserait de le faire lui-même. Des courtisans de moindre importance, des légions d'esclaves aux yeux baissés venaient à pied, encadrant leur souverain, portant ses armes, ses boîtes à bétel et ses parasols dorés au lourd manche en argent massif. Le peuple, enfin, à qui l'on interdisait de tourner le regard vers la personne du roi ou d'émettre un son sur son passage, restait respectueusement à l'intérieur des maisons, derrière les volets clos.

Une seule fois par an, on laissait la populace sortir en présence de son roi. C'était la cérémonie la plus pittoresque de l'année : des milliers de petites embarcations étaient rangées le long des berges du fleuve pour regarder la barque royale, et ses cent vingt rameurs coiffés de bonnets cramoisis et portant des genouillères assorties chantant en cadence, filer vers la victoire sur ses concurrents dans la course de bateaux.

Malgré les rumeurs contradictoires qui circulaient à propos de Sa Majesté, Phaulkon avait toutefois imaginé certaines possibilités. Le souverain avait assurément l'esprit ouvert, sans quoi il n'aurait pas laissé pratiquer si librement autant de religions différentes dans son pays, pas plus, chose plus surprenante encore, qu'il n'aurait accordé à leurs missionnaires la liberté de convaincre ses sujets. Il sourit. Le roi de Siam avait-il découvert une vérité qui avait échappé à ses illustres frères d'Occident : à savoir que plus on interdisait une croyance, plus on éveillait de l'intérêt à son sujet ? Il était étrange que le Siam, où les prêtres chrétiens pouvaient évangéliser à leur guise, ait apporté si peu de convertis au christianisme.

Par un aspect au moins de sa nature, le roi devait être généreux et magnanime, se dit Phaulkon ; sinon, jamais il n'aurait offert des terres et de l'argent à ces adeptes de croyances étrangères soucieux d'imposer leur volonté à ses sujets.

Le matin de sa convocation, Phaulkon se leva tôt. L'audience était prévue pour huit heures. Trop excité pour dormir, il s'était tourné et retourné toute la nuit, attendant avec impatience et redoutant à la fois la venue du jour. Sunida n'avait pas dormi non plus : elle le réconfortait, le massait, faisant écho à ses préoccupations et répondant de son mieux à ses questions sans fin. Elle brûlait de lui dire combien Sa Majesté était noble et gracieuse : mais comment pouvait-elle lui révéler qu'elle l'avait rencontrée ? Elle éprouvait une étrange satisfaction à découvrir que même lui, son fier amant si plein d'assurance, était impressionné à l'idée de se trouver devant la sereine présence du Seigneur de la Vie, tout comme cela avait été le cas pour elle. Car il devait en être ainsi.

Phaulkon s'était demandé avec angoisse ce qu'il devait porter : il hésitait entre une tenue européenne et une tenue siamoise, revenant à l'une presque aussitôt après avoir choisi l'autre.

« Mon Seigneur, vous êtes pire qu'une femme », avait dit Sunida pour le taquiner. Mais, cela ne lui ressemblait pas, il s'était fâché et elle avait ensuite gardé le silence, se contentant de répondre aux questions qu'il lui posait.

Ses domestiques et ses esclaves avaient également remarqué sa nervosité inhabituelle et veillé presque toute la nuit à satisfaire ses caprices. Jamais elles n'avaient vu le maître dans un tel état de nerfs : elles le comprenaient pourtant, conscientes du suprême honneur qui lui était échu. Deux fois déjà, il avait renvoyé sa culotte noire pour faire ôter un grain de poussière à peine visible, et la pauvre Tip avait frotté toute la surface du tissu en quête de la moindre tache. On avait lavé et relavé la tunique de dentelle blanche jusqu'au moment où la maisonnée tout entière avait juré qu'elle étincelait comme de l'or.

Car il avait fini par se décider pour des vêtements européens. Même s'il tenait à montrer combien il se sentait proche des Siamois et de leurs manières, il estimait que l'on pourrait trouver prétentieux de la part d'un farang de se présenter devant le monarque vêtu comme un Siamois. Mieux valait arriver dans le costume d'un farang et laisser à sa maîtrise de la langue siamoise et à sa connaissance de l'étiquette le soin de créer une impression qui ne pouvait qu'en être renforcée.

Il s'était aspergé d'eau durant une bonne demi-heure, s'était soigneusement rasé, pour s'assurer qu'aucun poil ne venait abîmer le satiné de sa peau. Les Siamois n'avaient que peu ou pas de barbe et il ne voulait pas qu'on en vît sur lui. Enfin, après s'être longuement peigné, tandis que Sunida et les domestiques réprimaient leurs sourires, il s'était déclaré prêt et avait congédié tout le monde, afin de passer seul ces derniers instants.

Il s'assit en tailleur dans un coin du salon et contempla le jardin. Sa plus grande crainte était que l'audience royale fût si cérémonieuse qu'elle le priverait de toute possibilité d'exprimer ses opinions : s'il en était ainsi, oser parler sans y être invité paraîtrait déplacé, voire carrément grossier. L'étiquette siamoise était extrêmement stricte, surtout s'agissant de la royauté, et en respecter rigoureusement les formes était synonyme de bonne éducation.

D'après tout ce qu'il avait entendu dire, les audiences royales étaient des entrevues stylisées : on s'exprimait en phrases toutes faites et en formules convenues. On verrait d'un mauvais œil tout écart. Mieux valait se limiter à impressionner uniquement par ses bonnes manières, décida-t-il. Il eut un petit sourire. Sa maîtrise de la langue royale devait à elle seule, avec son rituel complexe, laisser pantois l'auditoire. Il avait gardé pour lui ce petit secret, attendant le moment opportun. Certainement, d'autres courtisans seraient présents, se dit-il, surtout pour une première audience : il se demandait maintenant combien il y aurait de mandarins dans la salle. D'ailleurs, comment pourrait-il se permettre d'exposer ses idées devant une assemblée comprenant éventuellement des mandarins maures et certains de leurs alliés, qui lui étaient déjà hostiles ?

Puis l'idée lui vint que Sa Majesté pourrait ne pas lui adresser du tout la parole : l'étiquette, en effet, ne permettait pas au souverain de parler directement à quelqu'un qu'il n'avait pas préalablement anobli. Peut-être ferait-on une exception pour un farang ?

D'un autre côté, Sa Majesté ne pourrait-elle pas aussi bien se montrer curieuse à son sujet et vouloir aller au-delà du simple protocole ? Après tout, ce farang avait à lui seul dénoncé les pratiques frauduleuses des Maures et démontré qu'il était capable d'organiser un banquet plus somptueux et moins coûteux qu'aucun de ceux que l'on avait donnés auparavant. Dans l'affaire Potts, n'avait-il pas révélé une fois de plus sa loyauté envers le Siam, en se montrant scandalisé par l'insulte faite à son souverain ? Phaulkon sourit de nouveau. Il n'était pas mécontent de cette petite manœuvre. Par le truchement de Sunida, il avait tout à la fois confirmé sa fidélité envers la Couronne siamoise et s'était assuré de l'incarcération de cet homme qui, sinon, serait déjà en route pour Madras afin de l'accuser. Du moins avait-il gagné du temps pour permettre à l'aventure persane de porter ses fruits. Si tel était le cas, peut-être serait-il en mesure de solliciter un emploi permanent au service du Siam. Potts et les Anglais pourraient alors aller au diable ! En revanche, si l'expédition en Perse échouait, il pourrait bien ne plus jouir de la faveur des Siamois et se trouver sans protection au moment où les Anglais réclameraient son extradition à Madras pour le faire juger. Vers qui se tourner alors ?

Dans quelques instants, il allait se prosterner devant l'homme qui pouvait sceller son destin, le monarque absolu qui avait le pouvoir de prendre des décisions sur-le-champ sans en référer à quiconque. Il frémit à cette idée et, d'instinct, il sut que cette audience allait marquer un tournant décisif dans son existence.

« Mon Seigneur, fit timidement Sunida, qui répugnait à interrompre sa méditation, un messager de Son Excellence le Pra Klang attend dehors. »

Phaulkon leva les yeux. Cela le soulagea presque de songer que tout serait bientôt terminé. Il aperçut le fier sourire de Sunida et sentit son cœur fondre. Comme il avait dû être difficile à vivre ces dernières heures ! Il savait pourtant qu'elle comprenait l'importance de ce jour, car il lui avait bien souvent parlé de ses projets et de ses rêves. En fait, son amour du Siam était maintenant inextricablement lié à celui qu'il vouait à cette femme.

Il se leva et la serra fort contre lui, en respirant profondément son parfum. « Je t'aime, Sunida.

— Moi aussi, mon Seigneur. Je suis si fière de vous. »

Elle ajusta son col et lissa le devant de sa tunique. « Et je sais qu'il en ira de même pour Sa Majesté. » D'un pas gracieux, elle se dirigea vers la porte et s'agenouilla auprès de Sorn, de Tip et des trois esclaves. Toutes les six restèrent prosternées et immobiles tandis que le maître descendait les marches menant au jardin où attendait le messager du Barcalon. C'était, pour tous, un très grand moment.

Dans l'air encore frais du petit matin, Phaulkon, que précédaient le Barcalon et son habituel cortège d'esclaves, arriva devant les lourdes portes du palais toujours fermées. Là, chaque cavalier qui passait était obligé de mettre pied à terre pour témoigner de son respect. Chaque piéton devait fermer son parasol et s'incliner devant les hautes tours du palais qui se dressaient majestueusement au-dessus des murailles.

Phaulkon sentit son cœur battre plus vite quand un esclave frappa au lourd portail de bois et qu'à l'intérieur, un garde s'enquit du rang des visiteurs et de l'objet de leur présence. Renseigné sur leur identité, il informa aussitôt l'Oc-Meuang, le premier officier de l'avant-cour, de l'arrivée de Son Excellence le Pra Klang avec son escorte. Nul ne pouvait entrer dans le palais, ou en sortir, sans la permission de l'Oc-Meuang.

Un panneau de l'immense porte de bois s'ouvrit en grinçant : l'Oc-Meuang, vêtu d'une tunique rouge sans col et de genouillères assorties, des bracelets d'or aux bras, apparut et salua le Barcalon. Il jeta un rapide coup d'œil au cortège d'esclaves, puis son regard s'arrêta sur Phaulkon. S'approchant de lui, il le palpa pour vérifier qu'il ne dissimulait pas d'arme sous ses vêtements, puis respira son haleine pour y déceler une éventuelle trace d'alcool : un homme armé ou pris de boisson se voyait aussitôt interdire l'accès du palais.

L'Oc-Meuang se déclara satisfait. On fit entrer le petit groupe dans une première cour au sol recouvert d'herbe et ornée d'une superbe fontaine, puis on les conduisit jusqu'à une large terrasse entourée d'un muret de briques. Là, les cent membres de la garde du roi, connus sous le nom de Bras rouges, étaient accroupis : aucun homme n'avait en effet le droit de se tenir debout dans l'enceinte du palais — sinon pour marcher — même en l'absence de Sa Majesté. Les Bras rouges n'étaient pas armés, sauf pour les cérémonies officielles, et leur charge, fort recherchée, était héréditaire. C'étaient des hommes rompus à la pratique de l'aviron, de l'équitation et du combat.

Le cortège traversa alors les jardins ombragés par de grands arbres, parsemés de fontaines murmurantes et de petits étangs où abondaient des poissons multicolores. Des haies sculptées en forme d'animaux en marquaient le périmètre et des bougainvilliers grimpaient aux murs en une explosion de couleurs vives.

Le palais, ainsi que Phaulkon l'avait découvert en se renseignant avec soin, était une cité ceinte de murs, s'étendant sur près de quinze arpents, une ville à l'intérieur de la ville, divisée en sections extérieures et intérieure. Les premières comprenaient les jardins, les écuries, les cours, les terrasses et les salles d'audience : c'était là que le roi recevait ses visiteurs et tenait conseil avec ses ministres et ses mandarins. La section intérieure, dont l'accès était interdit à tous sinon à quelques privilégiés — eunuques, pages, médecins du roi et parfois un moine —, abritait les vastes appartements royaux et le harem. Même le Barcalon n'y avait pas accès. On ne savait pas grand-chose de l'aménagement de ce saint des saints mais l'on racontait qu'un dédale de couloirs reliait les divers appartements royaux, que Sa Majesté utilisait tour à tour, sans prévenir, afin de déjouer toute tentative de trahison ou d'assassinat.

Émergeant d'une dernière et vaste cour où plusieurs mandarins du troisième au cinquième rang étaient prosternés dans l'espoir d'être convoqués par le roi, les visiteurs arrivèrent devant une série de marches qui menaient jusqu'à la salle d'audience lambrissée où Sa Majesté avait reçu l'ambassadeur de Chine. Phaulkon n'était jamais allé plus loin que cette cour où s'était tenu le banquet. Au loin s'étendaient sept ou huit rangées de toits doucement incurvés, qui se suivaient par ordre de grandeur, leurs tuiles d'un jaune doré étincelant au soleil. C'est là, songea Phaulkon en tremblant, que se trouvait le Palais intérieur, cet antre d'intrigues dont les toits, de plus en plus hauts, culminaient au niveau des appartements royaux.

Au pied de l'escalier, le cortège des esclaves s'arrêta et se prosterna. Le Barcalon s'avança sur les mains et sur les genoux et fit signe à Phaulkon de le suivre. Ils gravirent ainsi les marches, rampant l'un derrière l'autre, pour déboucher à l'entrée d'une somptueuse salle d'audience lambrissée de bois, étincelante de laque et de feuilles d'or. Là, respectant l'ordre précis de la hiérarchie, étaient assemblés les mandarins privilégiés de première et de seconde classe, prosternés et silencieux. Regardant discrètement autour de lui, Phaulkon fut frappé par la magnificence des lieux et il éprouva soudain l'accablant sentiment de son insignifiance. Les murs étaient vernis de laque rouge, soulignée de bandes dorées à la feuille. D'un mur à l'autre les planchers étaient couverts des plus beaux tapis persans.

Le Barcalon et Phaulkon se prosternèrent sur les genoux et sur les coudes en direction d'un balcon surélevé, devant lequel était tiré un rideau, et surmonté de plusieurs rangées de parasols dorés, symbole de la royauté divine. Ils restèrent ainsi allongés quelques instants. Phaulkon sentait tous les regards qui l'observaient à la dérobée. Sa Majesté allait-elle s'adresser à lui personnellement devant tous ces dignitaires? se demandait-il. Ils portaient tous leur chapeau conique et les panungs que Sa Majesté leur avait offerts, qu'ils ne pouvaient revêtir qu'en sa présence. Auprès d'eux, leur boîte à bétel et leurs ornements, symboles de leurs charges.

Il y eut soudain une sonnerie de trompettes et un roulement de tambours. Phaulkon sentit son cœur battre plus vite. N'osant relever les yeux, il entendit le bruit du rideau que l'on écartait et la voix du maître de cérémonie qui psalmodiait : « Puisque la parole divine a cru bon de descendre jusqu'à l'esclave du Roi, qui n'est que poussière et immondices, cette personne a la témérité de présenter l'esclave de Sa Majesté, Kosatanat Forcone. »

Phaulkon se souleva sur ses genoux et toucha à trois reprises le sol de son front en direction du balcon, en prenant soin de ne jamais lever les yeux. Puis il rampa de trois pas en avant, comme le Barcalon le lui avait ordonné, pour permettre à Sa Majesté de distinguer le quémandeur. Là, il fit à nouveau trois salutations et, tremblant intérieurement, prononça les premiers mots qu'il adressait au Seigneur de la Vie.

« Puissant Seigneur et Maître de la Vie, votre esclave implore la permission de parler. Il supplie Votre Majesté de laisser sa voix impure et souillée atteindre jusqu'aux portes de vos divines oreilles. » Le silence qui suivit était impressionnant.

« Nous sommes heureux de vous recevoir, monsieur Forcone, prononça d'en haut la voix aimable, courtoise, presque rassurante. Maître Pra Klang a dit du bien à votre sujet. Êtes-vous bien installé dans notre royaume ?

— Haut et Puissant Seigneur, moi, votre esclave, désire recueillir votre parole royale pour la poser sur mon cerveau et sur ma tête, poursuivit Phaulkon, conformément au rituel royal. Ce grain de poussière sous la plante du pied de Votre Majesté est bien installé au Siam et très conscient de l'honneur d'être admis en la présence divine. » Phaulkon sentait la stupéfaction qui accueillait son discours prononcé dans la langue royale. Quelques instants s'écoulèrent avant que le roi ne reprenne la parole.

« Il semble que vous soyez un homme aux multiples talents, monsieur Forcone. Nous pouvons constater par nous-même que vos dons linguistiques ne sont pas qu'une simple rumeur. Nous vous félicitons de la maîtrise que vous avez de notre langue qui, nous le savons, n'est pas facile pour des étrangers, surtout venus de l'ouest. Notre ministre a vanté votre talent pour les chiffres et nous sommes nous-même impatient d'apprendre directement quelque chose de vous. Qu'est-ce qui vous amène dans notre royaume, et qu'espérez-vous y accomplir ? »

Le moment était venu d'offrir ses services et d'assurer qu'il était loyal envers la Couronne de Siam — cet instant dont il rêvait depuis si longtemps.

« Puissant Seigneur et Maître, moi, un cheveu de votre tête, ne souhaite que servir cette grande nation de quelque façon que Votre Majesté jugera bon de me l'ordonner. Le Seigneur de la Vie, dans sa sagesse, a désigné des gens d'autres croyances et d'autres nations pour le servir au gouvernement et cet indigne esclave n'implore que l'occasion d'en faire de même.

— Nous n'avons pas de préjugé de race ni de religion, répondit le roi. Nous sommes tous enfants du même Dieu. Celui qui nous sert bien, quelles que soient ses origines, sera récompensé selon ses mérites. Nous sommes fort satisfait de vos efforts jusqu'à présent et consterné d'apprendre que certains ne nous ont pas aussi bien servi. »

Sa Majesté s'interrompit et Phaulkon se demanda combien parmi les mandarins assemblés pouvaient être des Maures. « Vous devez toutefois prendre garde : il peut y avoir de la rancœur à votre égard de la part de ceux qui ont failli à leur devoir. »

Phaulkon se sentit d'instinct attiré par ce monarque. Son ton aimable, son apparente sollicitude éveillaient chez lui un désir de s'abandonner à la merci de ce souverain tout-puissant, en même temps qu'il avait la certitude de pouvoir lui être utile. « Auguste Seigneur et Maître de la Vie, répondit-il, moi qui ne suis que poussière, je reçois avec gratitude votre conseil et je le place respectueusement sur ma tête.

— En reconnaissance de vos services, monsieur Forcone, déclara majestueusement le monarque, nous sommes heureux de vous élever au rang de mandarin de troisième classe et de vous conférer présentement le titre de Luang Vichaiyen, nom sous lequel vous serez désormais connu. Vous serez fait secrétaire général du ministère du Commerce extérieur, responsable devant le seul Pra Klang. On vous fera présent d'une boîte à bétel en argent ornée d'un diamant et d'un costume officiel de cour, d'un gilet de brocart et d'un chapeau conique autour duquel vous êtes autorisé à placer un anneau. »

Phaulkon sentit la pièce tournoyer autour de lui et, craignant de se réveiller de quelque merveilleux rêve, il enfonça ses ongles dans ses doigts crispés. Sa Majesté avait jugé bon de le nommer Vichaiyen ou « connaisseur de la science » et le titre de Luang qualifiait un seigneur du troisième rang. Il était maintenant le Seigneur de la Connaissance ! Une vague d'euphorie déferla en lui, plus puissante que tout ce qu'il avait jamais éprouvé. D'une voix vibrante d'émotion, il exprima sa gratitude envers cet homme qui venait de lui ouvrir les portes d'une nouvelle vie, et qui l'honorait de sa confiance.

« Auguste Seigneur, par le pouvoir de la poussière sous vos pieds qui couvre ma tête, je m'engage à travailler sans répit pour la gloire du Siam et à justifier l'immense confiance que Votre Majesté a placée en moi, votre indigne esclave.

— Vichaiyen, nous notons vos paroles et nous en sommes satisfait », répondit le roi en s'adressant à lui par son nouveau nom. Un esclave rampa jusqu'à Phaulkon pour lui remettre sa boîte à bétel, son chapeau conique et un magnifique gilet rouge brodé d'or.

Phaulkon les posa aussitôt sur sa tête l'un après l'autre, pour bien montrer la haute estime dans laquelle il tenait ces cadeaux royaux, puis il se prosterna à trois reprises, comme il l'avait fait en entrant.

« Maintenant, Vichaiyen, vous pouvez vous retirer. Nous allons parler seul avec notre Pra Klang et nos autres mandarins. »

L'audience était terminée. Il avait été promu en présence des plus hauts mandarins de la Cour, ceux du premier et du second rang : il ne pouvait s'empêcher de s'interroger sur ce que ces derniers devaient penser d'un honneur aussi singulier. Il aperçut un scribe qui notait chacun des mots de la cérémonie : ils étaient enregistrés pour la postérité.

Se soulevant une dernière fois sur ses genoux et touchant à trois reprises le sol de son front en direction du monarque, Luang Vichaiyen recula respectueusement en rampant, sans jamais lever les yeux ni tourner le dos à Sa Majesté. Ce fut seulement quand il fut sorti de la salle d'audience et qu'il eut descendu à reculons les marches jusqu'à la cour qu'il se remit debout : il eut l'impression de mesurer trois mètres, il marchait sur un petit nuage. Plus rien maintenant n'allait l'arrêter, se dit-il. Il posa sur sa tête le chapeau conique. C'était assurément le plus beau moment de sa vie : élevé au mandarinat de troisième classe ! Il y avait cinq rangs de mandarins et il avait franchi les deux rangs inférieurs. Il faudrait vérifier combien de marques de dignité correspondaient à son nouveau statut, mais c'était certainement plusieurs milliers. Il faisait maintenant partie de l'élite. Aucun Européen n'avait jamais occupé une position aussi éminente au Siam et il ne manquerait pas de participer à des projets auxquels le roi s'intéressait directement. S'il s'en tirait bien, le roi le saurait et rien n'empêcherait qu'au prix d'une extrême diligence il fût élevé au mandarinat de seconde classe et, pour finir, à celui de première classe ! Avec le pouvoir viendraient les richesses : en Orient, un dignitaire de haut rang s'enrichissait tout naturellement. C'était une vieille tradition, une habitude. Mais il devait d'abord bien servir les intérêts de son souverain : non pas simplement pour le pouvoir et la fortune qu'il pourrait amasser, ni pour l'accomplissement des ambitions qui le dévoraient, mais aussi parce qu'il se sentait étrangement attiré par ce monarque. Il y avait chez cet homme quelque chose de noble et de raffiné qui dépassait le simple apparat de la royauté. Avec les talents occidentaux de Phaulkon et la perspicacité du roi, le Siam pourrait tenir tête à n'importe quel envahisseur.

En tant que secrétaire général du ministère du Commerce extérieur, Phaulkon pourrait maintenant découvrir quels étaient les revenus du pays. On lui signalerait toute transaction commerciale. C'était un pas de géant vers la réalisation de ses objectifs les plus ambitieux.

Pour la première fois, il pouvait ouvertement admettre quelles étaient ses aspirations : du coup, elles ne semblaient plus aussi insensées, ce n'étaient plus les rêves impossibles qu'il avait dû cacher à tous par crainte du ridicule. Ces rêves, il les nourrissait depuis son arrivée au Siam, et voilà qu'ils prenaient forme. Il connaissait aussi bien que n'importe qui le commerce, il parlait couramment les principales langues utilisées par les marchands, il avait un navire en route vers la Perse pour une opération susceptible de révolutionner le mode de pensée des Siamois, il s'était acquis la confiance de l'actuel Barcalon et ne venait-il pas d'être même présenté au roi ? Qu'est-ce qui pouvait donc l'arrêter ? Pourquoi ne pas devenir un jour Barcalon ? Barcalon de Siam ! Il se souvint des paroles prononcées il y avait si longtemps par cette vieille édentée dans la taverne enfumée de son île grecque natale : « Ce garçon sera un jour potentat dans un pays lointain... »

Phaulkon marchait lentement, perdu dans ses pensées, alors qu'il traversait les jardins et les cours successifs. Il n'avait même pas remarqué les murmures autour de lui, les regards furtifs lancés dans sa direction, ni même le garde qui le suivait discrètement à distance respectueuse. Quand il déboucha dans la dernière cour, son attention fut attirée par un murmure de voix admiratives. Apercevant son chapeau conique, un groupe de courtisans se prosternait devant lui. Il comprit soudain toute l'étendue de sa promotion : il était devenu un noble titré de la cour de Siam.

31

Aarnout Faa vérifia une dernière fois qu'il avait bien le document dans sa poche et ordonna aux bateliers de l'attendre. Il grimpa sur la berge et s'engagea d'un pas résolu sur le chemin qui menait aux prisons publiques. Jamais encore il n'avait visité ce quartier de la ville mais il savait que la prison était située quelque part de l'autre côté du marché du soir. Aucun Hollandais n'y avait été incarcéré depuis qu'il était directeur, songea-t-il avec une certaine satisfaction, même si jadis une poignée de ses compatriotes avaient été contraints d'y languir, presque toujours en raison d'un excès de boisson, se rappela-t-il. Il y avait cet imbécile de Seegfeld qui, à la suite d'un pari, avait caressé la tête d'un moine qui passait. On racontait son histoire en guise d'avertissement à tout nouveau venu au Siam. L'homme était apparemment presque trop ivre pour tenir debout. Il avait peut-être gagné son pari stupide, mais il l'avait payé cher. À plusieurs reprises, et de plus en plus haut, on lui avait fait tomber sur la tête une épée bien aiguisée, jusqu'au moment où il avait eu le crâne entaillé presque jusqu'à l'os. Son geste avait aussi laissé une profonde blessure dans les relations hollando-siamoises : une blessure qui avait mis des années à cicatriser. Il y avait certaines croyances que les Siamois tenaient pour inviolables et la sainteté de l'état monastique en faisait partie. Les moines en robe safran étaient d'ailleurs les seuls dont on n'exigeait pas qu'ils se prosternent devant le roi.

Il avait fallu à Aarnout Faa plusieurs visites au Barcalon pour faire un peu progresser l'affaire Samuel Potts. Même si le Premier ministre avait obstinément refusé de prêter l'oreille à toute demande de libération, l'insistance de Faa avait fini par être récompensée : on lui avait octroyé un laissez-passer pour visiter le prisonnier. Il avait un besoin urgent de la signature de Potts sur le document qu'il avait dans sa poche. Le *Kurfendam* aurait déjà dû appareiller depuis deux jours pour Batavia. Faa avait retenu le navire tout en s'efforçant d'obtenir l'autorisation de se rendre à la prison. Le directeur était un homme ponctuel et chaque minute venant retarder le départ du navire lui avait causé une angoisse supplémentaire.

Il passa devant le mur incurvé du marché et déboucha sur une place, où il demeura immobile. Devant lui, une foule nombreuse était rassemblée pour contempler le spectacle inhabituel d'un prisonnier farang. Potts avait la tête enfermée dans ce qui ressemblait à deux barreaux d'échelle soutenus à chaque extrémité par de lourdes poutres : l'instrument empêchait tout mouvement de la tête et causait à la victime un terrible inconfort. Inutile d'incarcérer ce genre de prisonnier, ni de le garder. Il était libre de circuler : ça ne l'avançait pas à grand-chose. Les yeux injectés de sang de Potts exprimaient un profond désespoir, comme s'il avait perdu toute envie de lutter. Pouvait-il s'agir du même homme qui, moins d'une semaine auparavant, était entré dans son bureau d'un pas plein d'assurance ? Le directeur frémit en s'approchant du prisonnier.

« Monsieur Potts, je suis infiniment navré de vous voir dans cet état, commença-t-il avec un accent de sincère compassion. Je tiens à vous faire savoir qu'à l'exception d'une déclaration de guerre en bonne et due forme je fais tout ce qui est en mon pouvoir pour obtenir votre libération. Il semble que le crime dont on vous a accusé à tort soit de ceux que les autorités siamoises prennent très au sérieux. Elles hésitent pour l'instant à créer un précédent en vous relâchant. »

L'air absent, Samuel Potts regardait fixement devant lui. Il ne manifestait aucun signe montrant qu'il avait entendu les propos du Hollandais, ni même qu'il ait remarqué sa présence.

« Monsieur Potts ? » Pas de réaction. « Monsieur Potts ? » répéta Aarnout Faa. Le regard de Potts se déplaça légèrement dans sa direction, puis s'arrêta sur l'homme qui venait de parler. « Monsieur Potts, m'entendez-vous ? » Une vague lueur s'alluma dans le regard de Potts. Ses lèvres remuèrent un peu mais sans qu'aucun son n'en sortît. Comment un homme dans son état pouvait-il signer un document ? se demanda Faa avec inquiétude. Il avait peut-être les bras libres, mais avait-il encore toute sa tête ?

« Comme... comme c'est aimable à vous de... de venir me voir. » Les mots sortirent, entrecoupés et inattendus, des lèvres parcheminées. Potts avait la voix rauque et, de toute évidence, parler représentait pour lui un effort. Sa tête, mal protégée par ses cheveux clairsemés, était couverte de vilaines taches rougeâtres là où le soleil tropical avait impitoyablement frappé. Faa éprouva un soudain sentiment de révolte devant la brutalité des Siamois. Il ôta son chapeau et le posa doucement sur la tête de Potts. Un murmure désapprobateur monta de la foule qui l'observait, bouche bée. Bien sûr, se dit Faa, encore la tête :

l'extrémité sacrée du corps! Personne ne devait la toucher, pas même avec un chapeau. Il ignora le murmure qui montait. De toute façon, il était maintenant trop tard pour faire quelque chose.

« Écoutez, monsieur Potts, nous allons veiller à ce que l'on vous relâche, vous m'entendez? » D'un battement de paupières, le prisonnier fit comprendre qu'il avait entendu. Faa remarqua que les paupières étaient aussi gravement brûlées par le soleil. C'était scandaleux. Il en parlerait au Barcalon. Les Siamois ne se rendaient-ils pas compte que les Européens avaient la peau bien plus sensible qu'eux? Ils ne pouvaient pas s'exposer longtemps au soleil, et surtout pas à celui, brûlant, des tropiques. Il allait insister énergiquement pour que l'on gardât au moins le prisonnier à l'intérieur.

« Monsieur Potts, j'ai rédigé un document décrivant les événements qui ont abouti à votre regrettable incarcération. J'ai expliqué comment, à votre arrivée ici, vous aviez trouvé tous les agents anglais absents. Comment, alors que vous aviez fini par retrouver M. Phaulkon et exigé d'examiner les livres de la Compagnie, celui-ci a mis le feu à la factorerie pour détruire la preuve de ses activités illégales. Est-ce que vous me suivez? »

Une vague lueur de compréhension passa de nouveau dans le regard de Potts.

« Monsieur Potts, vous devez absolument signer ce document, pour confirmer que le contenu en est exact. Désirez-vous que je vous le lise? »

Potts baissa les paupières : c'est tout ce qu'il était capable de faire en signe de dénégation.

« Merci, monsieur Potts. Vous pouvez être assuré que le contenu est en tout point conforme à ce que je vous ai dit. J'ai un vaisseau qui attend de lever l'ancre pour Batavia dès que j'aurai apporté à son bord cette lettre revêtue de votre signature. Voulez-vous me permettre de vous aider? »

Faa plaça une plume dans la main de Potts, mais les doigts étaient sans force et elle tomba par terre. Il fallut cinq autres tentatives avant que Potts parvienne enfin à griffonner quelque chose qui ressemblait vaguement à son nom. L'effort l'avait épuisé.

« Dans mon courrier accompagnant le document, j'ai demandé à Son Excellence le *gouverneur-generaal* d'envoyer immédiatement deux dépêches par exprès. L'une ici au Barcalon, réclamant votre libération immédiate au nom de la longue amitié entre le Siam et la Hollande. L'autre à la Compagnie anglaise, à Madras. Grâce aux deux, nous obtiendrons votre liberté, monsieur Potts, je puis vous l'assurer. Ne désespérez pas. En attendant, je vais insister pour que le Barcalon améliore les conditions de votre détention. Ce Phaulkon paiera son crime. »

Un moment, les yeux de Potts exprimèrent plus d'émotion qu'il n'en avait jamais montré durant tout l'entretien. Une haine farouche y apparut à la mention du nom de Phaulkon.

« Qu'est-ce qui se passe, Joop ? On dirait que vous venez de voir un fantôme. » Aarnout Faa était entré dans son bureau, soulagé de savoir sa lettre en sûreté à bord du *Kurfendam*. Le navire allait appareiller d'un instant à l'autre.

« C'est pire que cela, monsieur », répondit Van Risling. Il regarda son chef d'un air consterné. « Ce porc de Phaulkon a été nommé mandarin, balbutia-t-il.

— Quoi ? » Aarnout Faa devint tout pâle. Van Risling n'était guère enclin à la plaisanterie, surtout sur de tels sujets. « Qui vous a dit ça ? demanda-t-il en essayant de garder son calme.

— Cheng, l'interprète. Il prétend que toute la ville en parle. » Van Risling avala sa salive. « Et ce n'est pas tout, monsieur. Il a apparemment été nommé secrétaire général du ministère du Commerce, sous les ordres directs du Barcalon. »

Faa garda un moment le silence, mais son expression était des plus éloquentes.

« Ce n'est peut-être qu'une rumeur », se risqua-t-il à dire avec un entrain apparent. Mais il ne croyait pas vraiment ce qu'il avançait.

« C'est aussi ce que j'ai pensé tout d'abord, monsieur. Mais je me suis renseigné durant votre absence. C'est absolument vrai. Qu'est-ce que cela signifie pour nous, à votre avis ? »

Les pensées se bousculaient dans l'esprit d'Aarnout Faa. Il n'entendit que vaguement la question de Van Risling. Il fallait expédier une autre lettre. Aurait-il encore le temps de la faire porter jusqu'au *Kurfendam ?* Il griffonna un mot en hollandais. « Tenez, Joop. Faites porter ceci par messager au capitaine Niederbock, à bord du *Kurfendam*. Ce billet doit lui parvenir avant que le navire appareille. Qu'il retarde son départ d'une heure encore. J'ai besoin de temps pour réfléchir. » Mais Aarnout Faa savait déjà ce qu'il allait faire. Il s'assit à son bureau et prit du papier à lettres dans le tiroir du milieu. Puis il réfléchit, tapotant nerveusement le bout de sa plume contre ses dents. Les arguments devaient être solides et les mots parfaitement choisis. C'était une honte qu'après quatre-vingts ans d'amitié et de coopération entre la Hollande et le Siam un membre subalterne de cette Compagnie anglaise de parvenus, qui faisait le trafic d'armes hollandaises volées, fût élevé au rang de mandarin : pis encore, au poste le plus élevé du ministère du Commerce après le Barcalon. C'était une gifle délibérée à la Hollande, presque une déclaration de guerre officieuse. Le gouvernement hollandais devait user de représailles, sinon on ne le prendrait plus jamais au sérieux. Il suggérait un ultimatum pour la libération immédiate de Potts : il était maintenant certain que les Siamois refuseraient. Il insistait sur l'importance pour la Hollande de ce geste comme preuve de bonne volonté. Les conditions dans lesquelles Potts était incarcéré étaient humiliantes pour les farangs en général et l'on pourrait considérer ce comportement comme une insulte et une menace pour toute la communauté commerciale. Si Potts n'était pas libéré, l'affrontement serait inévitable. Une douzaine de navires de guerre allaient devoir montrer qui commandait ici. Peut-être, suggérait-il respectueusement au *gouverneur-generaal,* était-ce l'alibi que l'on attendait. Avec le Siam aux mains des Hollandais, la dernière pièce du puzzle du Sud-Est asiatique serait en place. La force britannique la plus proche était à Madras et toute l'affaire serait réglée avant même que les Anglais n'aient appris la nouvelle.

Faa resta encore un moment assis à réfléchir avant de coucher tout cela sur le papier. Quand il eut terminé, il relut soigneusement la lettre, la scella, y inscrivit « ultra-secret » et convoqua Pieter. C'était le membre le plus fiable et le plus efficace de son personnel, un jeune garçon plein d'avenir — et à demi hollandais de surcroît.

« Tiens, Pieter, porte immédiatement cette dépêche à bord du *Kurfendam*. Ne la remets qu'au capitaine. C'est extrêmement confidentiel. C'est pourquoi je te la confie.

— Je vous remercie, monsieur », dit Pieter en s'inclinant. Il partit en courant.

Aarnout Faa regarda par la fenêtre les tours scintillantes qui s'élevaient au-dessus de la grande muraille entourant le palais du roi. Il songea qu'il ferait construire un mur analogue autour de l'enceinte hollandaise. On lirait sur une plaque : « Érigé en juillet 1680 par Son Excellence Aarnout Faa, gouverneur. » Car qui serait mieux placé que lui pour ce poste ? Gouverneur des nouveaux territoires hollandais du Siam. Il espérait vivement que le *gouverneur-generaal* de Batavia verrait les choses comme lui.

« Son Excellence l'Oc-Luang est-elle là ? » demanda Ivatt avec un grand sourire. C'était un des mots qu'il avait appris ce jour-là au palais. « Le farang a été fait Oc-Luang », avaient crié les enfants ravis.

Debout devant la porte de la maison de Phaulkon, il reprenait son souffle. Il était au comble de l'excitation. La nouvelle était difficile à croire et il n'était pas encore sûr d'avoir bien compris. Il avait passé les deux derniers jours au palais à faire la roue et des sauts périlleux, à tirer comme d'habitude une colombe d'une coquille de noix de coco devant les clameurs extasiées des enfants royaux. C'était assurément une expérience nouvelle que de faire son numéro devant ces cent trente-huit enfants adoptés par le roi et venus de tous les coins du pays. De formation il était un artiste du trapèze et n'avait appris qu'un ou deux tours de prestidigitation, mais les enfants ne semblaient jamais se lasser de son répertoire limité. Son vocabulaire siamois se développait rapidement et les mots les plus récents qu'il avait appris étaient : « *Ik klang nung, ik klang nung!* », « encore une fois, encore une fois ! ». Chaque jour, il désignait de nouveaux objets et les enfants royaux répétaient tous ensemble les mots siamois.

Phaulkon mandarin ? Était-ce possible ? Il riait tout seul. Et s'il s'était trompé dans l'usage des diverses tonalités siamoises, et si Phaulkon avait été envoyé en prison au lieu d'être nommé mandarin ? Du reste, où était Sa Seigneurie ? Ivatt attendait impatiemment devant la porte. Pourquoi les domestiques étaient-ils si longs ? Quel drôle de pays, se dit-il. Si la maison royale lui ordonnait de venir faire son numéro, il n'y avait pas à discuter. Ce genre de désir avait force de loi. Peu importait qu'il fût censé être employé à la factorerie d'un gouvernement étranger. Il se demandait si, après avoir posé la question, Samuel Potts s'était entendu répondre que Thomas Ivatt était malheureusement occupé à faire le poirier au palais. Phaulkon lui avait envoyé un mot pour l'avertir de l'arrivée de Potts mais, quand il s'était précipité chez Phaulkon, ni lui ni Potts n'étaient là. Ensuite, il avait entendu parler d'un accident à la factorerie, aussi avait-il hâte d'interroger Phaulkon à ce sujet.

Il entendait maintenant des gloussements étouffés en haut des marches. La servante répétait à quelqu'un derrière la porte son histoire à propos de l'Oc-Luang. Une silhouette apparut et le dévisagea. Sunida ! Elle semblait plus radieuse que jamais. Elle le salua avec un grand sourire et lui fit signe d'entrer. Cette brute de Phaulkon, songea Ivatt. Comment était-il parvenu à attirer cette enchanteresse dans son antre ? Il cherchait désespérément à se rappeler comment on traduisait « Qu'est-ce que vous faites ici ? » quand Sunida lui dit en pouffant : « Son Excellence l'Oc-Luang est dans son salon. Il vous a cherché partout. » Ivatt était enchanté de ses progrès : il avait compris la première partie de la phrase. Sunida le fit entrer dans la maison.

« Thomas ! s'exclama Phaulkon en se levant pour le serrer dans ses bras. Où étiez-vous ? Je vous ai fait chercher partout.

— J'ai passé ces derniers jours au palais, mon Seigneur. C'est moi qui vous ai recommandé pour être anobli. Mais dites-moi tout de suite, demanda-t-il très excité, est-il vrai que vous êtes mandarin ?

— J'en ai bien peur.

— Comment ça : peur ? Voyons, mais c'est merveilleux ! Les possibilités commencent à peine à s'esquisser. Puis-je obtenir du crédit dans les boutiques en utilisant votre nom ? »

Phaulkon éclata de rire. « Nous en aurons peut-être tous besoin. Vous savez, le titre ne s'accompagne ni de salaire ni de revenus. C'est purement honorifique. Cela me donne notamment le droit de servir directement Sa Majesté et me vaut le respect sans limites du commun des mortels. Y compris vous-même, Thomas. »

Ivatt fit semblant de se prosterner. « Puissant Seigneur, je reçois vos ordres. Mais alors, demanda-t-il un peu déçu, de quoi vivent les mandarins ?

— De leur statut, d'argent obtenu par des pétitions, des présents du roi et de la corruption. »

Ivatt parut soulagé. « Il me semble que cela vous aille comme un gant, Constant. Vous savez, quand j'étais enfant, mon père était l'instituteur du village. Nous étions pauvres mais nous avions énormément de livres. Chaque fois qu'il en reposait un, il disait toujours : "C'est un drôle de monde, mon garçon, un drôle de monde où nous vivons parce que ce sont les canailles qui ont toutes les chances." Et quand je pense qu'il ne vous avait pas encore rencontré !

— Restez auprès de moi, Thomas, et, je vous le promets, vous aurez toutes les richesses que votre père n'a jamais possédées. Si tout va bien, les Ivatt ne connaîtront plus la pauvreté. Dans un jour ou deux, je vous enverrai à Mergui avec une escorte. Burnaby et White devraient être de retour d'ici un mois. Il vous faudra le temps de vous acclimater.

— Je ne sais pas si le Palais va me libérer, Constant. Je suis très demandé. Mais dites-moi, demanda-t-il avec impatience, que fait donc Sunida ici? Elle astique votre boîte à bétel?»

Phaulkon éclata de rire. «Entre autres choses. Vous approuvez?

— Je pense que c'est la plus belle créature qui soit au monde. Si je n'étais pas tellement pris moi-même au palais...

— Vous aurez l'occasion de la voir davantage, Thomas, ne vous inquiétez pas. Elle est ici à titre permanent.

— La concubine du mandarin, hum? Y en aura-t-il d'autres?

— Peut-être, mais ce ne sont pas vos affaires. Vos affaires, c'est de vous préparer à partir pour Mergui. Là-bas, votre contact sera le père Francisco, un prêtre portugais. Vous le trouverez à la mission catholique. C'était un grand ami du capitaine Alvarez, que Dieu ait son âme! Mentionnez au père le nom d'Alvarez ainsi que le mien. Je ne l'ai jamais rencontré, mais il saura qui je suis. Il vous aidera à trouver une petite jonque pour transporter l'équipage de White le moment venu. Tenez-la prête et attendez. Et promettez au bon père un beau cadeau sur les bénéfices de l'expédition en Perse. Alvarez me disait que dom Francisco est toujours en quête d'argent pour améliorer sa petite église.

— Qu'est-il arrivé à la factorerie, Constant? J'ai entendu des histoires...

— J'ai cherché à vous joindre pour vous le raconter, Thomas. La factorerie a brûlé. Potts est en prison pour incendie volontaire. Il était ivre à ce moment-là.

— Bonté divine! Est-ce que cela veut dire que nous sommes sans travail? Est-ce que je suis libre alors de travailler pour le Siam ? J'adore ce pays. Si jamais il y a une possibilité comme assistant de mandarin, vous me préviendrez ?

— Aidez d'abord Richard à rapporter le butin à Ayuthia, et nous verrons ce que nous pourrons faire pour vous. Vous êtes actionnaire, n'oubliez pas. Et vous pourrez dire à White de venir aussi. Je suis maintenant mieux placé pour l'aider et je crois que je vais avoir besoin de lui. Le reste de son équipage devra rester à Mergui en attendant de trouver un navire qui les ramène à Madras. Je ne voudrais pas qu'ils aillent bavarder. Et ne dites rien à White ni à Burnaby de mon nouveau titre. Du moins pas avant d'avoir quitté Mergui. Je ne veux pas que la nouvelle parvienne à Madras plus vite qu'il n'est nécessaire.

— Que va-t-il advenir de Potts ?

— Il va falloir le garder en prison le plus longtemps possible. Plus nous pourrons retarder son retour à Madras, mieux cela vaudra pour nous. Mais venez donc avec moi au ministère, Thomas. Nous pourrons bavarder en chemin. »

Ivatt se prosterna. « Puissant Seigneur, moi, un cheveu bouclé sur votre tête, je reçois vos ordres. »

32

Le père Bartolomé Vachet approchait de la maison, rempli d'appréhension. C'était, après tout, la mission la plus importante qu'il accomplissait depuis dix ans qu'il était au Siam. Et c'était lui que l'on avait choisi, de préférence à tous les autres jésuites, pour s'en acquitter. Comment Constantin Phaulkon, le mandarin récemment nommé, allait-il réagir à ses propositions ? se demanda-t-il. Le père ne l'ignorait pas, Phaulkon était un homme obstiné, séducteur et ambitieux. Il savait ce qu'il voulait et, songea Vachet non sans quelque tristesse, il avait vis-à-vis de la religion une attitude plutôt désinvolte. Évidemment, dans cette affaire cela pourrait représenter tout à la fois un avantage et un inconvénient.

À la porte, le prêtre fut accueilli par un serviteur qui le fit entrer dans la maison où une grande et belle Siamoise l'accompagna jusqu'au salon. Sans doute l'une des concubines de Phaulkon, se dit-il. On racontait qu'il avait un harem, tel un riche Siamois : maintenant qu'il était mandarin, son harem allait sans doute s'agrandir en proportion de sa nouvelle dignité. Cela semblait être une question d'honneur chez les mandarins d'entretenir plusieurs concubines ou secondes épouses, comme on préférait les appeler : ceux qui ne le faisaient pas étaient considérés comme des individus dans le besoin. Le père soupira. L'insistance chrétienne sur la monogamie était le principal obstacle à l'établissement de la religion chrétienne au Siam. Combien de discussions n'avait-il pas eues au séminaire avec ses frères jésuites sur la façon de résoudre ce problème ! Certains pères, une minorité il fallait en convenir, étaient en fait partisans d'un compromis, avec peut-être une réduction progressive du nombre des épouses. Comment donc pouvait-on trouver un compromis ? C'était soit la monogamie, soit la polygamie : il n'y avait pas de demi-mesure.

La belle indigène lui désigna un fauteuil et lui demanda quel était l'objet de sa visite. Il lui indiqua qu'il était un prêtre jésuite venu voir son ami, le Seigneur Phaulkon. Elle eut un délicieux sourire. Le maître prenait son bain mais il en aurait bientôt fini, lui annonça-t-on. Entre-temps, pouvait-elle lui apporter des rafraîchissements ? Elle avait assurément un charmant sourire, cette petite fille, et semblait de caractère doux et aimable. Elle était sans doute très attachée à Phaulkon. Il y avait chez ce dernier, le père l'avait remarqué, un magnétisme qui attirait les gens. Toutes sortes de gens. Et, bien sûr, sa réputation auprès des dames n'était plus à faire.

« Merci, mon enfant, dit-il en siamois à la jeune femme. Je prendrai volontiers un peu de thé. » Elle sourit, ravie de l'entendre parler siamois, et lui lança un regard d'innocente surprise. Ce prêtre aux traits fins et aux yeux bleus pétillants était le second farang qu'elle ait entendu parler sa langue. Certes, sa prononciation était un peu bizarre et pas aussi parfaite que celle de son amant, mais elle parvint quand même à comprendre ses propos. Peut-être le prêtre n'était-il pas au Siam depuis aussi longtemps que son Constant. Que pouvait-il vouloir au maître ? se demanda-t-elle. Elle le salua et sortit pour s'occuper du thé.

Le père Vachet s'enfonça dans son fauteuil et revint à ses préoccupations. Il avait de bonnes raisons de s'intéresser à cette fille et à ses relations avec Phaulkon. Accepterait-elle une autre femme, une première épouse, dans la maison ? songeait-il. Sans doute, puisqu'elle avait été élevée de cette façon. Mais comment lui, Phaulkon, réagirait-il ? En tant qu'observateur attentif de la nature humaine, le prêtre avait toujours été stupéfait de constater qu'une femme siamoise amoureuse de son mari pouvait accepter calmement qu'il partage sa couche avec d'autres. Ne préférerait-elle pas, et de loin, être la seule épouse ? Pourtant ces Siamois étaient différents à cet égard. Par exemple, ils ne parvenaient pas à comprendre l'interdiction du divorce. L'Église avait perdu plus d'un converti potentiel par son inflexibilité sur cette question, plutôt que sur bien d'autres. L'idée de se retrouver prisonnier d'un mauvais mariage, sans aucun secours, semait la terreur dans l'esprit des Siamois, hommes et femmes. La notion de séparation légale était si ancrée dans les mentalités que les femmes mariées ne prenaient jamais le nom de leur mari mais gardaient toute leur vie celui de leur naissance.

Ils l'écoutaient toujours poliment, ces convertis éventuels, mais il avait du mal à les convaincre. Leurs lois étaient si strictes. À l'époque du mariage, un témoin indépendant dressait une liste des biens de chacune des parties et, en cas de divorce, ces mêmes biens revenaient à leur propriétaire d'origine. Tous les enfants de nombre impair, le premier, le troisième, le cinquième allaient à la mère, alors que le second, le quatrième le sixième, etc. allaient au père. Sans discussion possible. S'il n'y avait qu'un seul enfant, on le confiait à la mère puisqu'elle avait supporté le travail de l'enfantement.

Le père Vachet rit tout seul. Ils pouvaient être rusés comme des renards, ces charmants Siamois ! Tout en étant généreux de nature et extraordinairement compatissants aux souffrances d'autrui, quand il s'agissait de conserver leurs biens ils déployaient des trésors d'ingéniosité. Ils étaient si soucieux de dissimuler leurs richesses aux mandarins avides ou aux magistrats rapaces — par crainte de les voir confisquées — qu'ils parlaient toujours de pénurie. Et les parents avaient beaucoup de mal à estimer la véritable fortune de leurs éventuels gendres ou belles-filles.

Le thé et le maître de maison arrivèrent simultanément.

« Ah, mon cher Constant, dit le prêtre en se levant pour saluer son hôte. Ou bien devrais-je maintenant vous appeler mon Seigneur Phaulkon ? Puis-je être le premier à vous féliciter ?

— Le premier, difficilement, je le crains, mon père, mais cela constitue néanmoins un supplément bienvenu à la liste », répondit Phaulkon d'un ton fort aimable. Il avait toujours apprécié le père Vachet. C'était habile de la part des Jésuites de l'envoyer pour se tenir au courant de ce qui se passait dans les coulisses toujours mouvantes du pouvoir.

« Mais au moins le premier de notre humble petit ordre, je pense ? Je serais mortifié qu'un autre frère m'ait coiffé au poteau. » Et aussi très surpris, ajouta le prêtre intérieurement. Les Jésuites avaient longtemps délibéré sur la meilleure façon d'aborder Phaulkon et, même si les avis divergeaient quant à la méthode, ils avaient été unanimes à décider d'envoyer le père Vachet.

« Puis-je vous servir du thé, mon Père ? » Sunida, tenant un petit plateau d'argent, s'était agenouillée à quelque distance de son fauteuil : il ne convenait pas à une femme de trop s'approcher d'un prêtre.

« Je vous remercie, mon enfant », dit-il, la dévisageant avec bonté de ses yeux gris-bleu. Il la regarda remplir sa tasse puis reculer gracieusement en s'inclinant. Phaulkon s'installa dans un fauteuil en face du jésuite et l'observa. Il aurait fait un grand flibustier, songea-t-il. Il était bel homme, avec une crinière de cheveux bruns qui grisonnaient aux tempes. Phaulkon ne pouvait s'empêcher de penser que plus d'une dame avait dû regretter qu'il eût embrassé la carrière ecclésiastique.

« Mais, mon Père, à quoi dois-je l'honneur de votre visite ? Je suis sûr que vous avez d'autres motifs que celui de simplement me féliciter. » Il eut un sourire rusé. « Je vous connais, vous autres Jésuites. »

Vachet se mit à rire. « Vous lisez dans les pensées, mon ami. Pas étonnant que l'on vous ait nommé mandarin : les voyants sont très appréciés à la Cour.

— Je n'ai pas besoin d'être voyant pour lire dans l'esprit d'un jésuite, répliqua Phaulkon en riant à son tour. Surtout un jésuite qui a des prunelles d'un bleu aussi clair que les vôtres, mon Père.

— Monsieur, vous m'épargnez de longs préambules. J'en viendrai donc droit au fait. » Le jésuite prit un air sérieux et regarda Phaulkon droit dans les yeux. « Monsieur Constant, je n'ai pas besoin de vous dissimuler que notre grande ambition, notre véritable raison d'être dans ce pays, c'est de parvenir enfin à convertir Sa Majesté, le roi Naraï de Siam. » Il s'arrêta tandis que Phaulkon le dévisageait en silence. Il ne va quand même pas me demander d'accomplir moi-même ce miracle ? se demanda le nouveau mandarin.

« Voyez-vous, mon cher Constant, je suis persuadé, tout comme mes collègues du séminaire, que, si Sa Majesté venait à adopter la foi chrétienne, ses sujets suivraient sans doute son exemple, tant ils lui sont dévoués. » La foi faisait briller les yeux du prêtre. « Et nous ne parlons pas de milliers, mais de millions d'âmes accédant ainsi au salut. » Ces chiffres semblaient le griser. « Sans parler des États vassaux. Ce serait le plus grand coup de notre histoire. » Il se tut soudain, baissant la tête, comme si cette seule idée était trop impressionnante pour que l'on pût même l'imaginer.

Phaulkon s'apprêtait à répliquer que le père rêvait s'il croyait qu'il y eût la moindre possibilité d'obtenir une telle conversion, mais son instinct l'arrêta net. Son flair politique lui recommandait d'écouter. On allait manifestement lui réclamer son assistance, sous une forme ou sous une autre, et tout homme qui réclame un service est généralement prêt à vous en rendre un en retour. Depuis deux jours qu'il avait été élevé au mandarinat, il avait beaucoup réfléchi aux problèmes politiques et militaires, et il y avait une mission importante que les Jésuites français pourraient mener à bien pour lui.

« Ce serait en effet un coup extraordinaire », dit-il l'air impressionné.

La remarque de Phaulkon parut ramener Vachet à la réalité. « Oui, mon ami, et qui n'est pas aussi invraisemblable que vous pourriez le penser. En tout cas, pas avec votre aide.

— Mon aide ? demanda Phaulkon feignant la surprise.

— Il existe déjà quelques mandarins chrétiens. Pas beaucoup, il est vrai : six, pour être précis. Vous pourriez maintenant devenir leur chef. Et, comme vous auriez facilement accès à d'autres mandarins, il pourrait y en avoir davantage. Quant à Sa Majesté...

— Mais je ne suis même pas catholique ! » protesta Phaulkon.

Les détails de son propre plan commençaient déjà à s'esquisser dans sa tête.

« Voilà qui n'est pas irrémédiable, n'est-ce pas ? suggéra le père. J'ai cru comprendre que vous étiez né dans notre religion. »

Comment le sait-il ? se demanda Phaulkon impressionné.

« Qui vous l'a dit ?

— Vous êtes né à Céphalonie, n'est-ce pas ? Soumise au joug vénitien... Il est donc raisonnable de supposer...

— En effet, je suis né catholique, l'interrompit

Phaulkon, mais voilà vingt ans que je me suis converti.

— À l'instigation des Anglais protestants, sans doute. » Le prêtre hocha la tête d'un air entendu. « Vous êtes un homme pratique, monsieur Constant. » Il sourit. « Et c'est l'une des raisons pour lesquelles nous recherchons votre aide. »

Il y eut un silence pendant lequel les deux hommes se dévisagèrent.

« Allez-vous suggérer que je me convertisse à une autre religion pour faciliter vos projets, mon Père ?

— Est-ce que ce ne sont pas aussi les vôtres ?

— De convertir le roi de Siam ?

— Mais oui, de voir toute cette partie du monde chrétienne. De sauver des millions d'âmes. »

Phaulkon sourit. « Mon Père, je n'ai jamais vraiment envisagé la question. » Son sourire s'élargit. « Comme vous dites, je suis un homme pratique.

— Et les hommes pratiques sollicitent des récompenses ? C'est cela que vous voulez dire ? »

Phaulkon le regarda sans répondre.

« De plus grandes récompenses que celle de savoir que vous pourriez sauver des millions de païens de la damnation éternelle, poursuivit Vachet d'une voix qui aurait pu tonner du haut d'une chaire.

— Peut-être pas plus grandes, mon Père, mais... différentes.

— Différentes en quoi ? Expliquez-moi », reprit le jésuite en se carrant dans son fauteuil.

Phaulkon se leva et s'approcha de la fenêtre comme s'il réfléchissait au problème. Le soleil de l'après-midi entrait à flots, faisant étinceler le parquet de teck bien astiqué. Ses domestiques n'avaient pas tardé à découvrir combien il aimait voir le teck bien huilé, et les planchers étaient scrupuleusement frottés jusqu'à briller comme des miroirs.

Les Jésuites tenaient désespérément à obtenir son aide, songeait-il. Tout comme lui tenait à s'assurer celle de la France. Car la France était maintenant le seul pays assez puissant pour faire fléchir les Hollandais. Il ne pouvait plus espérer aucune aide — ni militaire ni autre — des Anglais. Et le Siam n'était pas assez puissant pour résister seul à une invasion militaire des Hollandais. La France — ou plutôt la crainte d'une intervention française — était soudain apparue comme la seule alternative possible, la seule arme susceptible de dissuader les Hollandais. Bien qu'il fût matériellement impossible de faire intervenir la France à temps, un traité avec la plus puissante nation d'Europe contribuerait sensiblement à rétablir l'équilibre des forces. Les Hollandais devraient y réfléchir à deux fois avant d'agir. Entre-temps, il lui faudrait d'une façon ou d'une autre obtenir la libération de Potts, ne serait-ce que pour retarder les Hollandais en attendant qu'ils trouvent un autre prétexte pour déclencher la guerre. À sa connaissance, ils n'avaient jamais ouvertement envahi un autre pays sans avoir au préalable soigneusement préparé le terrain. Ils étaient trop méthodiques pour cela. Il leur fallait de bonnes excuses pour figurer dans les livres d'histoire.

Pieter, l'interprète eurasien de Ligor qui avait accompagné Van Risling à Ayuthia, était venu secrètement le trouver deux soirs auparavant pour lui annoncer qu'il avait intercepté certaines dépêches indiquant que les Hollandais avaient l'intention d'annexer le Siam. Le jeune Pieter ne voulait pas voir son pays envahi, même s'il était à moitié hollandais. Il avait estimé que Phaulkon était la meilleure personne à prévenir. On avait demandé à Batavia d'envoyer une douzaine de navires de guerre. La détention prolongée de Potts, malgré les interventions répétées des Hollandais pour sa libération, devait servir de prétexte à la guerre. Ce renseignement avait consterné Phaulkon : tous ses plans pouvaient maintenant lui exploser au visage. Il avait attendu, pour en informer le Barcalon, de pouvoir lui présenter un nouveau plan acceptable : le sensible Siamois risquait de réagir trop vivement à la nouvelle.

« Encore du thé, mon Père ? » proposa-t-il en regagnant son fauteuil.

Fichu petit diable, se dit le père Vachet. Je me demande parfois pourquoi je te trouve sympathique. T'obstiner à me faire attendre tout ce temps.

« Pas pour l'instant, merci, Constant », répondit-il poliment.

Phaulkon se pencha. « Le père La Chaise est bien le confesseur du roi Louis XIV, n'est-ce pas ?

— En effet. Et vous pouvez imaginer combien nous sommes fiers d'avoir un tel homme à la tête de notre ordre.

— Le supérieur général, je crois que vous l'appelez ainsi ? »

Vachet s'inclina. « Tout à fait, monsieur.

— Ce doit être un homme très puissant, votre supérieur général. Je veux dire : avoir l'oreille du Roi-Soleil...

— Peut-être l'homme le plus puissant de France, monsieur, après le roi bien entendu. »

Phaulkon écrasa soigneusement une mouche qui s'était posée sur son bras. Elle tomba sur le sol en bourdonnant.

« Dans quelle mesure le père La Chaise est-il au courant de vos projets en ce qui concerne le Siam, mon Père ? Connaît-il bien l'ampleur et l'importance de ce pays ?

— Très certainement, monsieur Constant. Le supérieur général est un homme tout à fait instruit. Entre nous, je me permettrais d'ajouter que, pour lui, le Siam pourrait être notre plus belle prise. Notre supérieur a fréquemment discuté de cette question avec le roi Louis. C'est précisément pour cette raison que Son Éminence l'évêque d'Héliopolis s'est arrêtée ici en se rendant en Chine.

— L'éventuelle conversion du roi Naraï à la foi catholique est donc une affaire qui tient à cœur au roi de France ?

— Très certainement. Vous pouvez en être assuré. »

Phaulkon regarda le prêtre droit dans les yeux, puis annonça d'un ton solennel : « Mon père, peut-être puis-je vous aider. »

Le jésuite se pencha en avant : « Vous pouvez ?

— Je le crois », dit-il en souriant.

Vachet le regarda d'un air méfiant. « Alors, mon ami, quel est votre prix ?

— Rien de concret, mon Père, si c'est à cela que vous pensez. J'ai en tête de plus hautes considérations.

— Dites-le-moi, monsieur, je vous prie. »

Phaulkon s'inclina vers le prêtre. « Je voudrais que vous annonciez un traité avec la France. »

Vachet resta sans voix. « Un traité avec la France ? finit-il par répéter. Qu'est-ce que... Que voulez-vous dire exactement ?

— Un traité d'amitié entre le Siam et le plus puissant pays d'Europe, scellé par l'annonce que Sa Majesté de France envoie un régiment de soldats pour l'usage exclusif de son très estimé et bien-aimé frère, le roi Naraï de Siam.

— Mais le roi Louis n'a rien fait de tel ?

— Il pourrait pourtant le faire lorsque vous informerez son père confesseur que des millions d'âmes seront sauvées de la damnation éternelle s'il persuade son roi de signer un tel traité. »

Le père était abasourdi. « C'est possible, dit-il lentement. Mais nous autres Jésuites n'avons pas le pouvoir de signer de tels traités.

— Pas même si cela correspondait au projet que vous chérissez le plus ? Je croyais que le roi Louis était le défenseur de la foi catholique.

— Oui, mais... Même si... » Vachet leva les bras au ciel, « même si nous pouvions... envisager ce que vous suggérez, comment voulez-vous que je sois certain que vous pourriez obtenir la conversion du roi de Siam ?

— Vous ne pouvez pas en être sûr, mon Père, pas plus qu'en toute bonne foi je ne pourrais le garantir. Mais je suis la meilleure chance que vous ayez. Avez-vous jamais eu un mandarin européen travaillant pour vous ?

— Vous vous convertiriez ?

— Si nous nous mettions d'accord sur tout le reste.

— Mais comment expliquerai-je ce soudain... cet éventuel revirement de la part du roi de Siam ? Après tout, nous autres Jésuites sommes ici depuis près de vingt ans.

— Par la brusque apparition d'un Vénitien catholique à la cour de Siam. Un homme d'une grande persuasion, ajouta Phaulkon en souriant. Voyons maintenant : combien de mandarins avez-vous dit que vous aviez convertis ? Six en vingt ans : cela fait un par... »

Vachet l'interrompit. « Très bien. Mais vous demandez beaucoup, monsieur.

— Et vous cherchez à obtenir beaucoup, monsieur.

— Vous voulez que je risque ma peau en annonçant un pacte militaire non autorisé — car c'est à cela que revient votre traité — avec le plus puissant monarque d'Europe, dans le vague espoir qu'un mandarin grec de la cour de Siam puisse persuader un souverain oriental et quelques millions de ses sujets de changer de croyance ? Je ne suis pas un joueur, monsieur, mais je dirais que les chances sont contre moi.

— Il me semble que c'est vous qui êtes d'abord venu solliciter mon concours, mon Père. Rappelez-moi donc encore une fois : pour quoi donc êtes-vous venu me voir ?

— C'était avant que vous n'exposiez vos... vos conditions.

— Dans quelle mesure mes conditions modifient-elles les chances ?

Le père resta un moment silencieux. « Je suppose que, quelle que soit la façon dont on considère les choses, les chances demeurent les mêmes. Mais, si vous voulez bien me pardonner, monsieur, il me faut davantage de preuves de votre sincérité. N'y voyez pas d'offense mais, en présence d'un homme pratique, il est sage de se montrer également pratique, non ? » Il sourit.

« Quelles preuves exigez-vous ? » demanda Phaulkon.

Ce fut au tour de Vachet de se lever et de marcher jusqu'à la fenêtre. Il contempla quelques instants le jardin sans rien dire, puis il régla les volets. Le soleil, qui avait commencé à filtrer dans le coin où se trouvait le fauteuil du prêtre, se déversait maintenant largement au centre de la pièce.

Phaulkon attendait en silence, ses doigts pianotant sur l'accoudoir de son fauteuil.

Vachet vint se rasseoir. « Je prendrais bien un peu de thé, monsieur Constant, si vous n'y voyez pas d'inconvénient. »

Dominant soigneusement son impatience, Phaulkon se leva pour frapper le gong. Il n'avait pas même eu le temps de soulever le maillet que Sunida apparut sur le seuil. Elle ne pouvait guère l'espionner, se dit-il. Elle ne comprenait pas un mot de la langue, elle pouvait juste peut-être reconnaître, au ton de leurs voix, s'ils se disputaient ou non. Il était plus probable qu'elle était là, comme d'habitude, prête à rendre service. Il fut confirmé dans cette idée en la voyant entrer tenant à la main la théière de porcelaine bleue et blanche. Elle attendait derrière la porte avec du thé frais.

Elle remplit la tasse du prêtre en lui adressant un charmant sourire. Puis elle en proposa à Phaulkon qui refusa.

« Magnifique jeune personne, déclara Vachet d'un ton approbateur. Venant d'un prêtre, vous pouvez prendre cela pour un véritable compliment. Nous ne sommes pas censés remarquer ce genre de choses.

— Ah, mon Père, cela montre que vous êtes humain. »

Le prêtre attendit que la porte fût refermée derrière Sunida, puis il se pencha lentement dans son fauteuil.

« Voici la preuve que je demande. » D'un grand geste du bras, il balaya toute la pièce. « Tout ceci doit disparaître. » Puis il désigna la direction où Sunida avait disparu.

« Tout quoi ? interrogea Phaulkon, sentant monter en lui un vilain soupçon.

— Tout ce mode de vie. Vous ne pouvez être catholique et vivre ainsi, dans le péché, avec des esclaves et des concubines comme un païen. Un mandarin catholique doit donner l'exemple. » Il marqua un temps. « Si j'obtiens pour vous ce traité et si vous ne parvenez pas à obtenir la conversion du roi, du moins mes frères jésuites et moi-même ne ferons-nous pas figure de parfaits idiots pour avoir cru qu'un homme menant une vie de pécheur, sans espoir de rédemption, aurait sincèrement adopté notre cause pour s'efforcer d'obtenir la conversion du roi. Voyons, mon ordre deviendrait la risée de la chrétienté. Sans parler de la colère du supérieur général et, soit dit en passant, le risque que je courrais quant à mon propre avenir. Non, monsieur, je tiens à être parfaitement clair. Pour que je puisse envisager d'accepter vos conditions, il faut que vous me démontriez que j'ai affaire à un catholique à la piété reconnue, heureux et marié à une catholique...

— Marié ? » fit Phaulkon en l'interrompant. Durant tout le discours du prêtre il n'avait cessé de pâlir. Il était maintenant blanc comme de la craie. « Je suppose que vous allez me dire maintenant que vous avez quelqu'un en vue ?

— À vrai dire, oui. Mais comme je sais que vous n'avez d'yeux que pour la beauté, je suis convaincu que vous ne serez pas déçu. » Il sourit. « C'est nous, les Jésuites, qui l'avons élevée : nous savons donc qu'elle est capable de vous maintenir dans le droit chemin. Son nom est Maria de Guimar. »

Phaulkon se demanda un moment si Maria était pour quelque chose dans tout cela. Puis il écarta cette idée qui lui parut ridicule. Néanmoins, il s'en assurerait.

« Et comment savez-vous qu'elle serait disposée à m'épouser ? »

Le père hocha la tête d'un air entendu. « Nous le savons. Après tout, nous l'avons élevée. À titre tout à fait exceptionnel, évidemment. Vous savez peut-être que les Jésuites ne sont pas autorisés à se mêler de l'éducation des femmes. Mais nous nous inquiétons souvent de son bien-être et, quand un de mes collègues a demandé en plaisantant à son oncle si elle avait déjà trouvé quelque beau jeune homme à épouser, il a répondu qu'elle s'était malheureusement entichée d'un certain M. Constant et qu'elle refusait de regarder quelqu'un d'autre.

— Vous avez dit "malheureusement" ? demanda Phaulkon.

— Malheureusement, monsieur, car vous n'êtes pas catholique. C'est la seule raison. *Mestre* Phanik vous admire beaucoup. » Il marqua un temps. « C'est en fait la remarque de *mestre* Phanik qui nous a suggéré l'idée.

— Vous voulez dire que, depuis le début, vous avez comploté ce mariage ? demanda Phaulkon décontenancé.

— Comploté ? Non, le mot serait trop fort. Disons que nous espérions que vous verriez les choses comme nous.

— Vraiment, mon Père ? Vous me stupéfiez. Vous voulez dire que vous êtes venu ici pour me proposer de congédier mon... personnel, de changer de religion et d'épouser une femme que je connais à peine ?

— Cela vous paraîtrait un sacrifice moins grand, monsieur, si vous le mesuriez à l'aune de la récompense qu'il apporte : le salut de millions d'âmes. Ces récompenses-là, monsieur, ne seraient pas seulement ici, sur terre, mais s'étendraient jusqu'au ciel.

— Il me faudrait d'abord des preuves de tout cela, mon Père. Souvenez-vous : je suis un homme pratique. »

Vachet but une gorgée de thé et observa Phaulkon d'un air matois.

« Mais bien sûr, mon ami, nous ne parlons plus de sacrifice mais plutôt d'opportunité. Vous souhaitez un traité avec la France et vous voulez que nous l'obtenions par notre supérieur général à Versailles... »

Phaulkon l'interrompit. « Non, mon Père, cette partie-là viendra plus tard. Il me faut le traité maintenant, rédigé ici par vous autres Jésuites. »

Vachet ne pouvait cacher sa surprise. « Rédigé ? Je croyais que vous aviez dit : annoncé, et non pas rédigé. Vous ne nous demandez tout de même pas de mettre tout ça par écrit ? »

Phaulkon le dévisagea sans mot dire.

« Et qui... signerait ce document, monsieur ? poursuivit le jésuite, de l'air de quelqu'un qui soupçonnait déjà la vérité.

— Quiconque d'entre vous saurait le mieux reproduire le sceau royal de France et la signature de M. Colbert, le ministre du roi. »

Vachet leva les bras au ciel. « Ah non, monsieur, vous plaisantez! Voilà qui est allé trop loin.

— Dans ce cas, mon Père, nous serons tous perdants : la France, les Jésuites et moi-même.

— Comment ça ? »

Phaulkon le regarda droit dans les yeux. « Parce que les Hollandais sont sur le point d'envahir le Siam.

— Ah, mon Dieu! Vous en êtes sûr?

— Absolument. La seule chose que je ne connais pas encore, c'est la date précise. Mais ce sera pour très bientôt. Leurs navires de guerre se préparent en ce moment même à quitter Batavia. Il faudrait sept mois à un navire pour atteindre la France, trois pour que votre supérieur général obtienne l'accord du roi Louis et sept mois encore à un vaisseau pour rapporter une réponse. Nous n'avons pas un an et demi à notre disposition, mon Père. Trois semaines peut-être, un mois tout au plus. »

Vachet maintenant secouait la tête, l'esprit essentiellement préoccupé du sort des Jésuites si la Hollande protestante mettait la main sur le Siam. Bien sûr, il avait entendu des rumeurs sur les ambitions hollandaises dans cette région, mais rien d'aussi précis ni d'aussi imminent. Pourtant, si quelqu'un devait être au courant, c'était bien Phaulkon, qui travaillait en étroite collaboration avec le Barcalon.

« Et les Anglais, monsieur Constant ? Ils ne peuvent pas faire quelque chose ? »

Phaulkon pensa à Potts. « Les Anglais, mon Père, sont complètement désorganisés : un de leurs chefs comptables vient d'être jeté en prison pour incendie volontaire en état d'ébriété. Étant donné les circonstances, il est peu probable que les Anglais viennent au secours du Siam, même s'ils étaient en position de le faire. Les Hollandais en sont parfaitement conscients. »

Vachet hocha la tête. « Oui, oui, nous savons pour M. Potts, dit-il d'un ton compatissant. Le pauvre. Un de mes collègues est déjà allé lui rendre visite. Nous prions pour son âme.

— Vous voyez donc, mon Père, que vous vivrez peut-être assez vieux pour voir le roi de Siam devenir protestant. Si les Hollandais vous laissent rester suffisamment longtemps, évidemment.

— Et le roi de Siam ? Serait-il partisan d'une telle alliance avec la France ? demanda-t-il.

— Je crois qu'il le pourrait, mon Père. Ce sera à moi de m'en assurer. Votre tâche à vous sera d'obtenir un consensus des Jésuites pour la signature du traité. Il faudra l'annoncer avec beaucoup de pompe et de fanfare. Une magnifique ambassade siamoise devra partir pour la France sur l'invitation du roi Louis. Tout cela, je me charge de l'arranger. On sait que Sa Majesté siamoise admire beaucoup le roi Louis : l'alliance n'apparaîtrait donc pas invraisemblable aux yeux des Hollandais. Mais il faut un document signé pour le leur prouver. » Phaulkon eut soudain une idée. « Il y a même un portrait du grand monarque accroché dans les appartements privés de Sa Majesté. Il est pendu juste à côté... » Il s'arrêta comme s'il en avait trop dit.

« Vous êtes allé là-bas ? » demanda le père Vachet, impressionné. Personne n'avait accès aux appartements privés du roi. Les Jésuites avaient tenté pendant des années, et sans succès, d'être reçus par Sa Majesté dans ses appartements. Peut-être certains mandarins avaient-ils ce privilège...

« Je n'ai pas entendu cette question, mon Père », répondit Phaulkon d'un ton ambigu. La graine avait été semée.

« Mais même si l'on pouvait annoncer une telle alliance, cela suffirait-il à dissuader les Hollandais ? » Vachet était maintenant tendu, avec une certaine angoisse dans la voix.

« S'ils estiment que le traité est authentique, oui. Il faudra évidemment fabriquer une fausse correspondance antérieure, remontant à au moins deux ans. » Vachet détourna les yeux. « N'oubliez pas, mon Père, que la dernière chose que souhaitent les Hollandais, c'est de risquer une confrontation avec la France sur le sol d'Europe. La conquête du Siam ne pourrait guère justifier le risque de voir envahir la Hollande. »

Le jésuite hocha la tête d'un air absent. « Oui, oui, je vois ce que vous voulez dire. »

Phaulkon sentit qu'il prenait l'avantage. « La balle est maintenant dans votre camp, mon Père. À vous de faire comprendre à vos collègues l'urgence de la situation. Nous n'avons cependant pas le temps de lanterner. Et le vote des Jésuites doit être unanime. Nous ne pouvons nous permettre qu'un jésuite mécontent vienne trahir l'ensemble du projet.

— Je vais voir ce que je peux faire. Mais puis-je donner à mes collègues l'assurance que vous ferez tout ce qui est en votre pouvoir pour obtenir la conversion du roi ?

— Vous le pouvez. »

Le père hésita. « Mon cher Constant, un autre problème me préoccupe. Il est également cher au cœur de mes frères.

— Dites-moi, je vous en prie, mon Père. »

Il regarda Phaulkon. « Cela concerne Maria. Si vous deviez l'épouser, la traiteriez-vous bien ?

— Mais naturellement, mon Père. Pour qui me prenez-vous ? Parce qu'il s'agirait d'un mariage de convenance, cela empêcherait cette union d'être heureuse ? On a vu tout au long des siècles de tels mariages réussir tout autant que d'autres.

— Je doute que le mariage ait lieu si Maria pouvait savoir que vous le considérez de cette façon, monsieur. Elle est très fière, vous savez. » Vachet avait l'air pensif. « Trop fière parfois.

— Ce qu'elle ignore ne peut pas la blesser.

— Ne sous-estimez pas son intelligence.

— Certes pas. Je l'ai rencontrée. Elle est raffinée, pleine de vie, et belle. Et elle sait ce qu'elle veut.

— Mais je puis vous dire une chose, mon ami. Elle n'acceptera pas celle-là. » Il désigna de nouveau la porte. « Pas plus, d'ailleurs, que mes frères ni moi. Sommes-nous d'accord sur ce point, Constant ? »

Phaulkon parut réfléchir à la question.

« Dites-moi, mon Père, votre Roi-Soleil, il est fort respecté ? »

Vachet parut surpris de cette question. « Mais évidemment : c'est très probablement le plus grand roi que la France ait connu.

— Et les Jésuites l'admirent aussi ?

— Très certainement. Il est le défenseur de la foi catholique.

— Même le père La Chaise, votre supérieur général ?

— Notre chef est dévoué à Sa Majesté.

— Et nous savons tous que Sa Majesté est mariée à une bonne catholique. Maintenant, mon Père, je me posais des questions à propos de Mlle de La Vallière, de Mme de Maintenon et... »

D'une main, Vachet l'interrompit. La liste des maîtresses du roi de France était très longue.

« Sunida ! » appela Phaulkon. Sunida entra et s'agenouilla respectueusement au côté de Phaulkon. « Mon Père, voici Mlle de La Vallière. Je crois malheureusement que je ne puis me passer d'elle.

— Alors, ce devra être entre Dieu et vous, murmura Vachet. Je voulais simplement exprimer nos craintes à propos de Maria, voilà tout. » Il se leva brusquement, l'air gêné.

« Vous devriez plutôt vous inquiéter de moi, repartit Phaulkon en souriant. Elle me mènera sans doute par le bout du nez après une semaine, ou deux tout au plus.

— Je l'espère sincèrement, mon ami : vous le méritez. » Vachet se dirigea vers la porte. « J'ai été ravi de notre petite conversation. Elle m'a beaucoup appris, Constant.

— Ce fut un échange très édifiant, mon Père, dit Phaulkon en le raccompagnant. Réfléchissez bien », lui lança-t-il.

Il rentra dans la maison et attira tendrement Sunida contre lui.

« De quoi s'agissait-il, mon Seigneur ? demanda-t-elle. Vous aviez l'air si grave tous les deux.

— Sunida, j'ai des problèmes. Il est arrivé quelque chose de terrible.

— Voulez-vous m'en parler, mon Seigneur ?
— Je ne peux pas, Sunida. C'est tout à fait confidentiel. Mais il faut que je parle à Sa Majesté en privé et je sais que cela est interdit à quiconque est aussi humble que moi. J'en suis désespéré. Il s'agit d'une affaire tout à fait urgente.
— Ne pouvez-vous pas en parler au Pra Klang, mon Seigneur ?
— Mon respect pour le Pra Klang est infini, mais il s'agit d'une affaire que seules peuvent entendre les oreilles de Sa Majesté.
— Oh, mon Seigneur, fit doucement Sunida en lui caressant le front. J'aimerais tant pouvoir vous aider. »

33

Phaulkon franchit d'un pas alerte l'arche de brique qui signalait l'entrée du quartier portugais et se dirigea vers la maison de Maria de Guimar. Il avait décidé de ne pas porter son chapeau conique ni ses babouches qui auraient permis de l'identifier comme mandarin et auraient attiré l'attention dans les rues. Il avait besoin de temps pour réfléchir et il ne voulait pas se laisser distraire. Tant de choses survenaient à la fois qu'il avait du mal à distinguer les priorités. Il devait avant tout garder la tête froide.
Si les vaisseaux de guerre hollandais étaient réellement prêts à quitter Batavia, ils pourraient arriver ici dans moins de trois semaines. C'était le délai sur lequel il devait tabler pour mener à bien le traité avec la France. Et il ne revenait pas seulement aux Jésuites d'approuver ce traité, mais également au roi Naraï. Il lui fallait donc absolument obtenir très vite un entretien privé avec Sa Majesté. Phaulkon ne pouvait pas discuter des subtilités du catholicisme en présence de cinq douzaines de mandarins ni se contenter d'adres-

ser un message par le truchement du Barcalon. Il avait bien un plan, mais un plan complexe et tortueux qui nécessitait une explication que l'on ne pouvait fournir que de vive voix.

Le plus décourageant de tout, c'était que, même s'il parvenait à manœuvrer habilement les Jésuites et le roi, et à conclure un traité, il n'avait aucune certitude que cela dissuaderait les Hollandais. Les navires de guerre pouvaient fort bien être sur le point d'appareiller et en mesure d'atteindre les eaux territoriales du Siam avant d'avoir entendu parler du moindre accord. Ils auraient reçu des ordres précis : les exécuteraient-ils ou bien feraient-ils demi-tour ? Le commandant de la flotte aurait-il le pouvoir de prendre une telle décision ? Ou bien en référerait-il à Aarnout Faa ? Dans ce cas, que ferait le chef de la VOC ?

En plus de ces difficultés-là, Phaulkon devait trouver maintenant un moyen d'obtenir la libération de Potts, dans l'espoir de retarder l'intervention hollandaise et de gagner le délai supplémentaire dont il avait besoin. Le retour de l'expédition partie en Perse était imminent.

Alors qu'il approchait de la maison de Maria, tous ces problèmes s'effacèrent devant une question plus urgente : Maria allait-elle accepter sa demande en mariage ? Il n'avait pas d'autre alternative et devait absolument obtenir son consentement.

La jeune fille était fière et obstinée, elle ne manquerait pas de s'interroger sur les raisons qui motivaient une telle demande : pourquoi voulait-il soudainement l'épouser ? Elle voudrait le savoir, mais il ne pouvait lui avouer la vérité. Elle n'accepterait sans doute pas l'idée d'un mariage politique, encore moins si elle en connaissait les véritables raisons, à savoir un traité avec la France ! Il devrait lui expliquer sa réticence à avoir abordé plus tôt le sujet en insistant sur la réserve que lui inspirait leur différence d'âge et l'embarras que lui causait son amitié pour *mestre* Phanik. Il l'avait évitée tout ce temps-là pour mieux réfléchir. Mais se contenterait-elle de ces explications ? Et si par hasard il parvenait à la convaincre, quel sentiment éprouverait-il lui-même à la tromper ainsi ? Aurait-il des remords ? Pas vraiment, songea-t-il, et cela pour plusieurs raisons. Tout d'abord, il avait bien l'intention de la traiter avec le respect qu'il avait toujours éprouvé pour elle. Ensuite, compte tenu des autres éventualités — pour lui, pas de traité avec la France, une incarcération probable par les Hollandais ou la comparution devant une cour martiale anglaise ; et pour elle, le harcèlement des Hollandais protestants, l'expulsion de ses professeurs jésuites et l'impossibilité de revoir Phaulkon —, il se sentait au fond justifié de présenter la vérité sous l'éclairage qui lui convenait. D'ailleurs, si elle était amoureuse de lui, ce qui semblait être le cas, elle ne souhaiterait certainement pas se trouver séparée de lui, peut-être à jamais.

Il tira le cordon de la cloche devant la maison de *mestre* Phanik et attendit avec appréhension que l'on vînt lui ouvrir la porte. Un domestique apparut, le reconnut et le fit entrer en s'inclinant bien bas. *Mestre* Phanik et dame Maria étaient là, lui annonça-t-on. *Mestre* Phanik se tenait dans le salon et dame Maria étudiait dans sa chambre.

« Tiens, tiens, bienvenue dans notre humble demeure, mon Seigneur mandarin ! » Le visage rond de *mestre* Phanik rayonnait de bonne humeur tandis qu'il accueillait son ami avec plus d'effusions encore que d'habitude. « Mais quel honneur ! J'espère que vous avez reçu mon mot de félicitations ? Je l'ai envoyé dès l'instant où j'ai appris la nouvelle.

— Je l'ai reçu, merci *doutor*. C'était fort aimable de votre part.

— Pas du tout, pas du tout, mon cher ami. Mais vous ne portez pas votre chapeau ! s'exclama-t-il en le toisant de la tête aux pieds. Ni vos babouches. Pourquoi cette soudaine timidité ? Un mandarin doit accepter l'apparat que confère sa position. Je veux tout savoir de la cérémonie. Qu'a dit Sa Majesté ? S'est-elle adressée directement à vous ? Avez-vous pu comprendre quelque chose au jargon royal ? Qui était présent ? » *Mestre* Phanik leva les bras au ciel. « Mais je suis là à bavarder et j'oublie complètement les bonnes manières. Asseyez-vous donc. Que puis-je vous offrir ?

— Du thé, très volontiers. Merci, *doutor*. »

Mestre Phanik frappa dans ses mains pour appeler un domestique. « Asseyons-nous, asseyons-nous. Je suis vraiment honoré que vous trouviez le temps de nous rendre visite si rapidement après votre promotion. » Il baissa les yeux d'un air embarrassé. « Je craignais qu'après l'impardonnable attitude de ma nièce au banquet nous ne nous reverrions jamais.

— Oh, voyons, *doutor*... Ce n'est qu'une jeune personne pleine de vie, voilà tout. Cela fait partie de son charme.

— Et vous, Constant, vous êtes un diplomate-né. »

Phaulkon le regarda droit dans les yeux. « Je vous assure que je suis sincère. J'ai la plus haute estime pour elle, *doutor*.

— Eh bien... » *Mestre* Phanik était soudain mal à l'aise. « Je suis certain... que... c'est tout à fait réciproque. »

Phaulkon avait rarement vu *mestre* Phanik rougir. Devait-il aborder le sujet en premier lieu avec lui ? se demanda-t-il. Peut-être le destin le voulait-il ainsi puisque, fort opportunément, Maria n'était pas dans la pièce.

« Ainsi, mon cher ami, reprit *mestre* Phanik, détournant la conversation au moment où Phaulkon s'apprêtait à poursuivre, l'accumulation des services que vous avez rendus à la nation vous a valu ce grand honneur. J'en suis ravi pour vous... et fier... mais un peu inquiet aussi. Voyez-vous, j'ai réfléchi à tout ce que vous avez fait. Chacune de vos actions a, d'une certaine façon, dénoncé les Maures et leur a fait perdre la face. Le banquet a été un extraordinaire succès. Tous ceux qui y ont assisté m'en ont fait la remarque. Mais », dit-il en se penchant en avant d'un air soucieux, « vous vous êtes sans doute attiré l'hostilité des Maures. Mohammed Rachid m'évite. Il venait régulièrement me rendre visite, et il n'a pas mis les pieds ici une seule fois depuis que vous lui avez repris la direction du service des Banquets. C'est un homme dangereux. À vrai dire, je le fréquentais parce que je préférais l'avoir de mon côté. Vous savez, son père a jadis été Barcalon, brièvement, sous le règne du dernier roi, Prasat Tong. J'ai toujours pensé que lui-même briguait ce poste. Être chargé de recevoir les dignitaires étrangers représente souvent une étape traditionnelle vers des fonctions supérieures : Barcalon, par exemple. » Voyant Phaulkon hausser les sourcils, il éclata de rire. « Allons, Constant, n'allez pas vous faire des idées !

— Inutile de vous inquiéter sur ce point, *doutor*, répondit Phaulkon en riant à son tour. Mais, dites-moi, que pourrait faire ce Rachid ?

— Il est en excellents termes avec le prince Daï. Il l'a amené un jour chez moi. Le prince Daï est le chef héréditaire de tous les Macassars, qui lui vouent une fidélité aveugle. Les Macassars sont tous les musulmans des Célèbes, guerriers par tradition et... assassins bien entraînés. Ils se conduisent pour l'instant de manière fort pacifique car le roi les a mis en garde lorsqu'il leur a donné asile en les installant, dans leur propre camp, hors de la ville. Mais il n'en faudrait pas beaucoup... Si Rachid venait à persuader le prince Daï qu'il faut vous éliminer... » *Mestre* Phanik se passa d'un geste éloquent la main en travers de la gorge. « Et même si vous ripostiez, les Macassars trouveraient tout naturel de perdre quelques douzaines d'hommes pour réaliser les souhaits de leur chef. J'ai lu des récits à vous glacer le sang sur leur dernier combat contre les Hollandais pour la défense de leur patrie. Ils ont mangé de l'opium, dégainé leurs kriss et chargé droit sur la gueule des canons hollandais. Rendus fous par la drogue, ils étaient prêts à se battre jusqu'au dernier. Je crois que le prince Daï s'est enfui au Siam avec ses mille derniers sujets, pour épargner à sa race l'extinction totale. »

Phaulkon écoutait avec intérêt et se demandait comment aborder le sujet de Maria. « Alors, que dois-je faire pour me protéger contre un millier de fanatiques bourrés d'opium ? Avez-vous des suggestions, *doutor* ?

— Ce n'est pas facile, après tout ce que vous avez déjà fait... Mais pourquoi ne pas tenter un effort pour vous gagner l'amitié des mandarins musulmans de la Cour ? Ils représentent une faction très importante. Persuadez-les que ce n'est pas à eux que vous en voulez et que vous ne recherchez que l'intérêt de la nation.

— Plutôt difficile, vous ne trouvez pas ? Surtout quand on songe que ce sont eux qui saignent à blanc le pays.

— Peut-être, Constant. Mais inspirez-vous de l'histoire de l'Orient. Ne faites pas un geste avant d'être sûr de disposer de toutes les forces qu'il vous faut, d'avoir tout le soutien nécessaire pour assurer le succès de votre entreprise. Si vous souhaitez continuer à déloger les Maures, vous aurez besoin d'alliés puissants qui vous soient dévoués et prêts à les remplacer — mais aussi à vous défendre contre d'éventuelles représailles.

— À vrai dire, *doutor*, j'y travaille.

— J'aurais dû m'en douter », s'exclama *mestre* Phanik en se donnant une claque sur la cuisse. « Me voilà qui fais la leçon à un animal politique sans doute plus rusé que Machiavel et Brutus réunis. » Il se pencha pour tapoter affectueusement le genou de Phaulkon. « Je voulais simplement vous avertir d'être sur vos gardes. Vous êtes un homme très en vue maintenant, *meu amigo*.

— J'apprécie toujours vos conseils, *doutor*, vous le savez. Seul un imbécile les prendrait à la légère.

— Je vous en remercie. Dans la bouche d'un mandarin de la cour royale, c'est un véritable compliment.

— Maria s'intéresse-t-elle toujours autant à la politique ? interrogea Phaulkon, ramenant la conversation sur elle. Je me rappelle que son intuition dans ce domaine était remarquablement développée.

— Oh oui, elle ne cesse de me surprendre. Tenez, elle m'a dit que le plus grand danger pour vous venait des Hollandais : qu'ils seraient vexés de constater qu'aucun des leurs n'a été élevé au mandarinat alors qu'ils sont ici depuis fort longtemps. Elle suggérait que vous devriez oublier les Anglais et rechercher une alliance avec la France. »

Phaulkon dissimula sa surprise. « Je suis flatté que vous ayez discuté tous les deux de mon sort, dit-il avec un sourire chaleureux.

— Oh oui, bien sûr nous... naturellement... Vous êtes un si vieil ami. » *Mestre* Phanik semblait de nouveau embarrassé et voilà qu'il en bégayait presque.

« *Doutor*, le sort de votre famille me préoccupe également. C'est peut-être pour cela que j'ai si longtemps hésité avant d'aborder un sujet qui me tient à cœur. Il s'agit de Maria.

— Oh ? fit *mestre* Phanik en se déplaçant d'un air gêné sur son siège.

— Je comprends, *doutor*, que cela puisse vous surprendre, voire vous choquer. Mais j'ai longtemps réfléchi au problème avant de venir vous trouver. » Il s'interrompit. Le *doutor* baissa les yeux.

À cet instant, le serviteur entra, apportant un plateau avec du thé et des gâteaux qu'il déposa sur la table devant eux. Phaulkon et le *doutor* échangèrent des regards embarrassés.

Mestre Phanik se tourna vers le domestique. « Nous servirons le thé nous-mêmes, merci », dit-il en portugais. Le serviteur, un Indien portugais de Goa, s'inclina et se retira.

« Voulez-vous des gâteaux de riz, Constant ? Ils sont cuits de ce matin.

— Merci, *doutor*. Avec plaisir. » Il en prit une bouchée et s'obligea à mâcher. En temps normal il l'aurait trouvé tout à fait délicieux.

Un lourd silence s'installa : les deux hommes buvaient leur thé sans mot dire. Phaulkon se reprocha sa couardise. Ce n'était pas l'attitude qui convenait. Il songea à toutes les tâches qui l'attendaient : celle-ci n'était que la première. Il rassembla donc son courage.

« *Doutor*, je regrette que nous ayons été interrompus. J'allais vous demander l'honneur de m'accorder la main de votre nièce. »

La tasse du *doutor* s'arrêta à mi-chemin entre la table et ses lèvres. *Meu Deus*, se dit-il. Il avait cruellement conscience des sentiments de Maria mais jamais l'idée ne lui était venue qu'ils pouvaient être partagés. Le *doutor*, généralement bavard, cherchait ses mots.

« Constant, euh, j'ai... j'en suis très honoré. Mais, euh, avez-vous... avez-vous parlé de cela à Maria ? Je veux dire... est-elle au courant ? Et puis, il y a naturellement le problème de la religion... Comme vous le savez, nous sommes de fervents catholiques... » Il ne termina pas sa phrase, comme s'il se reprochait de paraître malgré lui négatif.

« *Doutor*, Maria ne sait rien de mes sentiments. Je l'ai évitée tout ce temps afin d'être sûr de moi-même. Il était évident lors du banquet qu'elle avait mal interprété ma longue absence en l'attribuant à de la négligence. Absolument pas. J'avais simplement besoin d'un délai pour réfléchir. C'est une décision si grave. J'ai tenu compte de plusieurs facteurs, dont les moindres ne sont pas sa jeunesse et sa religion. Concernant le premier point, même si je me rends compte qu'il y a quinze ans de différence entre nous, je crois que cet écart est fort réduit : je n'oserais dire du fait de ma jeunesse de caractère, mais plutôt du fait de sa maturité. Quant au second, je suis né catholique et il ne me semblerait ni choquant ni déplaisant que je revienne à la religion de ma jeunesse. J'étais un jeune homme impressionnable lorsque j'ai embrassé la foi protestante de mes maîtres anglais. »

Mestre Phanik poussa un long soupir de soulagement : de toute évidence, on venait de lui ôter un grand poids des épaules.

« Alors, mon Seigneur Phaulkon et mon cher ami Constant, plus rien ne m'empêche de vous donner ma bénédiction, à l'exception des propres sentiments de Maria. Vous devez la consulter. Elle est l'arbitre suprême de son destin. Mais, en attendant, permettez-moi de vous serrer dans mes bras. » Il se leva et donna à Phaulkon une chaleureuse accolade.

« Avez-vous donc abandonné votre habitude de me négliger, mon Seigneur Phaulkon ? » demanda Maria en s'installant dans le fauteuil que *mestre* Phanik venait de quitter pour vaquer à des affaires urgentes. Son panung noir couvrait complètement ses cuisses mais révélait de façon séduisante ses jambes pâles et délicates et ses petits pieds fins comme de la porcelaine. Elle mesurait à peine un peu plus d'un mètre cinquante mais elle était parfaitement proportionnée : en cet instant Phaulkon se répéta qu'elle était vraiment la réincarnation de Diane, la déesse de la Chasse. Il se demanda si la statue se dressait toujours sur la petite place près de sa maison natale. Comme tout cela lui paraissait loin ! Et voilà que ce petit garçon qui avait admiré la statue se métamorphosait en potentat d'une fabuleuse cour orientale. La vie était vraiment imprévisible.

Maintenant que le moment était venu, il était terriblement nerveux. Non pas tant qu'il craignît la réaction de la jeune fille — après tout, le père Vachet lui avait clairement exposé les sentiments que Maria lui portait et la nervosité de son oncle n'avait fait que le confirmer —, mais parce qu'il ne savait pas jusqu'à quel point il était capable de mentir à Maria. S'attendrait-elle à l'entendre dire qu'il l'aimait ? Il pouvait fort bien en tomber amoureux, se dit-il, car il y avait chez la jeune fille suffisamment de qualités à admirer : mais il éprouvait une étrange timidité à lui dire maintenant en face qu'il l'aimait. En vérité, et il le savait fort bien, il était ensorcelé par Sunida.

L'ironie de tout cela, songea-t-il, c'était que la situation aurait été bien plus facile dans son pays natal. Là-bas, le mariage aurait été arrangé par les parents, comme presque toutes les unions, et celui-ci aurait eu de meilleures chances de réussir que d'autres car il existait déjà entre eux un respect mutuel — et même du côté de Maria des sentiments très profonds. Mais ici, au Siam, les femmes étaient beaucoup plus libres de faire leur choix et de divorcer s'il ne correspondait pas à leur attente.

La voix de Maria vint interrompre le cours de ses pensées. « Mon Seigneur, êtes-vous venu ici pour rêver en silence, ou bien est-ce la façon des mandarins de rester assis sans rien dire tandis que leurs sujets se réchauffent à l'aura de leur présence ?

— Pardonne-moi, Maria, dit-il, brusquement tiré de sa rêverie. En fait c'est à toi que je pensais.

— Mais je suis ici, Constant. Vous pourriez me faire l'honneur de m'adresser la parole. » Elle se rembrunit. « Vous vous conduisez bizarrement depuis quelque temps. D'abord, vous ne nous rendez pas visite pendant des semaines, et puis, lorsque vous le faites, vous restez assis silencieux, l'air lointain.

— Si je garde le silence, Maria, c'est parce que je n'ai cessé de retourner une idée dans mon esprit. Une chose à propos de laquelle j'aimerais t'interroger.

— Alors pourquoi ne me le demandez-vous pas, Constant ? Je vous écoute.

— Maria, il y a quelques instants, j'ai demandé à ton oncle de m'accorder ta main. »

Elle ouvrit de grands yeux. « Vraiment ? Et quelle a été sa réponse ? On peut dire, Constant, que vous savez éveiller la curiosité d'une femme. »

Il se demanda si sa désinvolture apparente était due à la nervosité. « Il m'a conseillé de te poser la question.

— Très sage précaution. Et fort juste aussi. » Elle le contempla un moment en silence. « Car ma réponse, Constant, doit être non. »

Manifestement pris au dépourvu, Phaulkon ne voulut tout d'abord pas la croire. Il mit cette attitude sur le compte de l'orgueil de la jeune fille, mais aussi de la façon maladroite et un peu abrupte dont il avait abordé le sujet. Il avait compris tout en parlant que sa demande avait paru plate et guère inspirée : en même temps, il était étrangement soulagé de ne pas l'avoir accablée de fausses déclarations de dévouement éternel. Il pouvait supporter la maladresse plus facilement que le mensonge éhonté.

« Puis-je te demander pourquoi ? » interrogea-t-il.

Elle le regarda de nouveau, puis reprit d'un ton doux et dépourvu de toute trace d'amertume ni de rancœur : « Pour tout un ensemble de raisons,

Constant. Parce que vous n'êtes pas catholique, parce que je ne pourrai pas accepter le style de vie que vous menez et parce que je ne pense pas que vous m'aimiez vraiment. » Elle s'interrompit. « Pour ma part, je ne cacherai pas le fait que je vous adore. Mais, étant donné les circonstances, une telle union serait pour moi trop cher payer. »

Ce fut au tour de Phaulkon de rester muet. Les pensées se bousculaient dans sa tête. « Étant donné les circonstances », avait-elle dit. Laissait-elle la porte ouverte ?

« Et si les obstacles à cette union disparaissaient ? » finit-il par demander. Maintenant qu'il l'avait entendue dire qu'elle s'intéressait à lui, il devait bien exister une solution.

« Ni mon oncle ni moi ne pourrions envisager une union avec un non-croyant, si élevé que soit son rang et si méritant que soit son caractère. Notre famille s'est longtemps et durement battue pour préserver nos croyances. Maintenant que nous avons trouvé la liberté dans ce pays tolérant, nous tenons à ce que nos proches partagent notre joie.

— J'ai déjà annoncé à votre oncle que j'étais prêt à retourner à la foi de ma naissance : je redeviendrais volontiers catholique.

— D'appellation ou d'esprit, mon Seigneur ?

— Les deux, je pense.

— Les mandarins catholiques trouvent difficile de renoncer à la polygamie. Pourquoi en irait-il autrement pour vous ? »

Phaulkon réfléchit un moment. Jamais il ne pourrait renoncer à Sunida, mais peut-être pourrait-il convaincre Maria de l'importance vitale, indispensable en fait, de continuer à fournir au Palais les informations qu'il souhaitait, par le truchement de Sunida. C'était une chance à cet égard que Maria fût déjà au courant du rôle d'espionne de Sunida. Elle, qui s'intéressait tant à la politique, verrait certainement l'immense avantage de maintenir une telle opportunité. Elle n'avait pas besoin de savoir qu'il était amoureux de Sunida. Il ferait en sorte qu'elle ne les aperçoive jamais ensemble.

« Je ne puis répondre sincèrement à cela qu'après avoir essayé.

— Constant, j'apprécie votre franchise. Mais je dois à mon tour vous dire qu'une femme, me semble-t-il, ne pourrait connaître le repos si elle avait l'impression d'avoir contraint un homme à adopter une religion qui ne plaise pas à son cœur, ou à renoncer à un mode de vie qu'il trouvait jusqu'alors fort agréable. Je ne le pourrais certainement pas. » Elle le regarda au fond des yeux. « Pourquoi donc voulez-vous m'épouser, Seigneur Phaulkon ?

— Je veux fonder une famille, avoir une compagne et...

— Une base peut-être pour vos ambitions ?

— Une partenaire à aimer et à respecter qui partage ma vie et mes projets.

— Et ces projets, quels sont-ils, puis-je me permettre de vous le demander, mon Seigneur ? »

Il la regarda sans sourciller. « Devenir Barcalon de Siam. » Jamais encore il n'en n'avait parlé à personne.

Elle haussa les sourcils d'un air surpris puis, pour la première fois depuis le début de leur conversation, elle eut un grand sourire. « *Meu Deus*, il est vrai que vous auriez alors besoin de mon aide. »

Il éclata d'un grand rire. La glace était rompue. « Dona Maria, dit-il en s'adressant à elle d'un ton plus formel, il ne me sera pas difficile de revenir à la foi de mon enfance. Quant à mes concubines... »

D'un geste de la main, elle l'interrompit. « Mon Seigneur, ne faites pas de promesse que vous ne seriez pas sûr de tenir. Ce serait un grand changement dans votre vie que de perdre vos esclaves et je ne voudrais jamais être la cause de vos regrets. Il existe bien des Siamoises, plus belles et mieux nées que moi, qui seraient honorées de devenir la première épouse d'un mandarin aussi distingué et plein d'ambition, et qui ne verraient pas d'inconvénient au nombre de vos concubines.

— Dona Maria, vous avez raison de mettre en doute les résultats, mais pas la sincérité de mes intentions. Le temps prouvera ce que les mots ne peuvent faire.

— Qu'il en soit ainsi, mon Seigneur. Que le temps alors décide. » Elle le regarda doucement. « Je remarque que vous avez répondu à toutes mes objections, sauf à la dernière concernant l'amour. Mais peut-être ne souhaitez-vous pas que l'on insiste sur un point aussi délicat ? » Elle l'observait d'un air interrogateur.

Il n'hésita qu'un instant. Même s'il avait souvent envisagé cette perspective, il ne s'attendait pas à la trouver aussi directe.

« L'amour est un mot qui contient tant de choses, Maria. Comment pourrais-je ne pas aimer la femme qui partage ma vie, mes projets... mes joies et mes tristesses et... mes enfants ? » Il s'interrompit.

« Seigneur, cela ne vous ressemble pas d'être aussi vague. Vous, toujours si positif, si résolu. Mais, à travers ce flou, vous avez répondu à ma question. » Elle se força à sourire et ajouta d'un ton désinvolte : « Laissez-moi faire encore une objection.

— Une nouvelle, ma Dame ? N'y a-t-il donc pas de fin à mes imperfections ? » Elle le regarda. Il souriait : ce sourire qui la faisait toujours fondre. Même si elle pouvait aimer ces traits forts et énergiques, ces yeux noisette au regard vif, ces manières assurées, même si elle admirait son esprit, son énergie et son ambition, c'était ce sourire-là qui l'ensorcelait. Il serait tellement plus facile de lui résister s'il n'y avait pas ce sourire.

« Votre âge, mon Seigneur. » Elle eut un ton espiègle. « Il doit être près du double du mien. Je me demande si pareille union pourrait être saine.

— Peut-être pas au début, répliqua-t-il. Mais je pourrais m'efforcer, par de bonnes actions et une existence de pieux catholique, de maintenir mon âge à un niveau tel que votre jeunesse puisse plus facilement me rattraper. »

Elle se mit à rire et réfléchit un moment. « Vous n'avez jamais eu de femme auparavant ? Je veux dire : en Europe, peut-être... ?

— Jamais, ma Dame. » Oh, presque, aurait-il dû avouer. Il se demandait ce qu'il était advenu de Vanessa : ses cheveux avaient la couleur du soleil émergeant de la mer Égée, ses longues jupes de paysanne sentaient la fraîcheur des meules de foin. Ils s'étaient rencontrés lorsqu'il avait passé quelques jours avec le cousin de George dans le Dorset, avant son départ pour l'Asie. Durant ces brefs moments, au début de l'été, le soleil avait brillé presque constamment : il se souvenait avoir pensé qu'il ne pouvait y avoir plus belle chose en ce monde que la campagne anglaise verdoyante, et le rire de Vanessa dans les champs. Ils étaient profondément amoureux : elle avait dix-sept ans et lui vingt-quatre. C'était George qui lui avait fait remarquer les taches de rousseur de Vanessa et son teint clair d'Anglaise. L'Asie n'était pas un endroit pour emmener une Anglaise, avait-il précisé. Et l'Angleterre n'était pas un endroit où laisser derrière soi une femme. Il avait donc pleuré. Il avait juré de revenir et Vanessa promit d'attendre. Six ans avaient passé depuis lors. Qui sait où elle était maintenant ?

Il regarda Maria : « Alors, tu vas réfléchir ? »

Elle hocha lentement la tête. « Je vais fouiller mon âme. Mais ne me pressez pas. Et vous, mon Seigneur, vous aurez besoin de temps pour songer si vous pouvez vous adapter à la vie de mari et de chrétien. »

Il s'inclina de façon chevaleresque. « Moi aussi, Maria, je fouillerai mon âme. »

34

Une fois de plus, Phaulkon était prosterné dans la salle d'audience aux murs lambrissés, le Barcalon psalmodiant auprès de lui. Phaulkon avait réussi, à titre exceptionnel, à obtenir de Sa Majesté une audience dans un délai relativement court, même s'il estimait que cette hâte tenait plus aux efforts de Sunida qu'aux supplications officielles qu'il avait adressées au Barcalon. Il éprouvait maintenant un étrange sentiment à se retrouver allongé presque seul dans la vaste salle, sans les rangées de mandarins et leurs boîtes à bétel pour lui tenir compagnie.

Le fracas habituel des trompettes et des cymbales avait annoncé l'arrivée de Sa Majesté. Une toux discrète venue d'en haut indiquait que la personne royale se tenait maintenant devant l'ouverture du balcon. Lors de sa première et unique audience royale, les regards inquisiteurs des mandarins sans cesse fixés sur lui, Phaulkon n'avait pas osé lever les yeux. Mais aujourd'hui, sans autre présence que celle du Barcalon, il osa risquer ce crime. Il lorgna entre ses doigts pour apercevoir la silhouette royale : il distingua un chapeau conique constellé de bijoux, une tunique rouge somptueusement bordée et des joyaux qui étincelaient sur les doigts royaux. Le visage toutefois restait dans l'ombre : au-dessus du balcon on ne voyait que le haut du torse. Impossible de savoir si Sa Majesté était debout, ou assise sur quelque trône invisible, pas plus que l'on ne pouvait porter de jugement sur sa stature. Phaulkon baissa de nouveau les yeux, le cœur battant. La voix royale se faisait entendre.

« Vous avez demandé à me voir en privé, Vichaiyen ? Avez-vous donc des problèmes à débattre qui ne soient pas destinés aux oreilles de nos mandarins ? »

Un bref instant, Phaulkon se demanda à qui exactement s'adressait Sa Majesté en l'appelant par ce nom : il se souvint brusquement que plus jamais on ne le connaîtrait à la Cour sous le nom de Phaulkon. Il était Luang Vichaiyen, le Seigneur de la Connaissance — ou simplement, pour Sa Majesté, Vichaiyen.

« Haut et Puissant Seigneur, moi, votre esclave, désire prendre votre parole royale et la poser sur mon cerveau et sur ma tête. Moi, un grain de poussière sous la plante du pied de Sa Majesté, ai humblement sollicité le privilège de voir seul le Seigneur de la Vie pour des questions d'une grande importance politique.

— Très bien, Vichaiyen, vous pouvez commencer.

— Puissant Seigneur, je reçois vos ordres. Moi, un

cheveu de votre tête, je sais que Votre Majesté a conscience du pouvoir croissant et des ambitions des farangs hollandais. Dans votre infinie sagesse, Votre Majesté a jugé bon d'inviter ici les farangs anglais, ostensiblement pour commencer, mais en fait pour contrer cette menace. Mais aujourd'hui l'Anglais Potts s'est déshonoré et il en paie le prix. Moi, la poussière de vos pieds, connais par des années d'expérience les farangs anglais. C'est un peuple fier et très conscient de l'importance de sa patrie. Quand ils apprendront qu'un de leurs sujets, un mandarin, a été incarcéré, ils ne manqueront pas d'envoyer un navire de guerre pour réclamer sa libération. Moi, un cheveu présomptueux, supplie le Maître de la Vie de me pardonner si j'ose imaginer que ce navire vienne pointer ses canons non pas sur les Hollandais mais sur les fortifications de Votre Majesté.

— Ce Potts, dites-vous, est un mandarin ?

— Auguste Seigneur, je reçois vos ordres. Il est dans leur hiérarchie l'équivalent d'un mandarin de troisième classe.

— Êtes-vous venu implorer sa libération, Vichaiyen ?

— Auguste Seigneur, le cheveu de votre tête estime qu'il serait politiquement opportun de le libérer, même s'il doit rentrer à Madras salir mon nom à moi, votre esclave. Il va m'accuser d'avoir mis le feu à la factorerie pour avoir voulu dissimuler la preuve de mes malversations. Les mandarins anglais de là-bas le croiront car il est aussi un mandarin et il rapportera que moi, votre esclave, n'étais pas à mon poste, pas plus que mon chef, M. Burnaby. »

Sa Majesté comprendra facilement la gravité d'une telle accusation, se dit Phaulkon. Si, à un moment quelconque, sauf lors du pèlerinage annuel à la capitale pour boire l'eau d'allégeance, un de ses gouverneurs de province ne se trouvait pas à son poste, les conséquences en étaient redoutables.

« Votre chef est celui qui est parti pour la Perse ?

— Le même, Auguste Seigneur.

— Et si l'Anglais Potts est libéré et retourne à

Madras pour vous accuser, que feront les mandarins anglais ? »

Phaulkon était ravi de cette question. « Auguste Seigneur, ils enverront un navire de guerre pour ramener votre esclave à Madras et le faire comparaître en justice. Mais votre esclave ne souhaite que rester ici et servir jusqu'à la fin de ses jours le Maître de la Vie. »

Sa Majesté était furieuse. « Enlever un de nos mandarins ? Jamais ! » Il s'interrompit et dans la vaste salle le silence était impressionnant. « Il me semble que ces farangs anglais ne sont pas de ceux qui pourraient servir les buts que nous avions jadis espéré atteindre. Ils mettent le feu à nos bâtiments et insultent nos sujets. Nous trouverons d'autres moyens de tenir tête aux farangs hollandais. Quelle est l'opinion de notre Pra Klang ?

— Auguste Seigneur, je reçois vos ordres, déclara le Barcalon. Les farangs anglais boivent trop de breuvages abêtissants et l'on ne peut compter sur eux. Ils semblent en outre ne pas être aussi minutieux, ni aussi organisés que les farangs hollandais. Mais Vichaiyen a, je crois, une autre proposition à présenter au Seigneur de la Vie.

— Vraiment ? Nous voulons bien l'entendre, Vichaiyen.

— Auguste Seigneur, je reçois vos ordres. Il existe en Europe un monarque assez puissant pour inspirer la crainte à tous les autres : c'est Louis XIV, le grand Roi-Soleil.

— Le Français ? questionna Sa Majesté, dont la curiosité était manifestement éveillée. Nous avons entendu parler de ce roi. Dites-nous ce que vous savez de lui. » Phaulkon n'ignorait pas que Sa Majesté était bien renseignée sur le roi Louis. C'était l'un de ses thèmes favoris : en témoignaient les récits du règne de Louis que l'on avait demandé aux Jésuites de traduire en siamois.

« Auguste Seigneur, je reçois vos ordres. Le roi Louis est, comme Votre Majesté, un souverain d'une grande puissance, très respecté par son peuple. C'est un cavalier accompli, un escrimeur et un danseur

hors pair. En dehors de son pays, ses armées ont triomphé et il a récemment battu les Hollandais et annexé une partie de leur territoire appelée Flandre. » Phaulkon marqua un temps pour souligner l'importance de cette défaite hollandaise. « Dans son pays, il vient de faire construire à Versailles un magnifique palais qui suscite l'envie de toute l'Europe.
— Suggérez-vous une alliance avec ce grand monarque, Vichaiyen ?
— Auguste Seigneur, le cheveu de votre tête estime qu'un traité d'amitié avec un souverain aussi illustre, dont l'amour de la gloire et de l'apparat est comparable au vôtre, devrait dissuader sérieusement les Hollandais quant à leurs sinistres desseins. Ils y réfléchiraient à deux fois avant d'aller affronter une telle puissance.
— Et pourquoi un monarque régnant sur un pays aussi lointain conclurait-il une alliance avec un royaume aussi éloigné que le nôtre ? Quel bénéfice y trouverait donc cet homme qui est à la fois remarquable comme cavalier, comme escrimeur et comme danseur ?
— Auguste Seigneur, le roi de France accueillerait volontiers l'occasion d'ouvrir à la France de nouvelles zones de commerce et verrait un avantage à contenir les Hollandais. D'ailleurs, c'est un croisé, fort désireux d'étendre la gloire et la culture de la France...
— Et sa religion aussi, j'imagine ? interrompit Sa Majesté.
— Auguste Seigneur, sa religion aussi.
— Nous avons bien de la chance d'être ainsi recherché, n'est-il pas vrai ? » On percevait dans la voix de Sa Majesté une note d'amusement.
« Auguste Seigneur, il en est comme vous dites, répondit le Barcalon.
— L'ambassadeur de Perse, reprit Sa Majesté, était ici récemment avec des messages du shah Soliman vantant les vertus du Coran et nous invitant à embrasser ce qu'il appelait la vraie foi. Les Jésuites jettent sur nous des regards avides, comme à un gros poisson qui rôde autour de l'hameçon et, à n'en pas douter, les

Hollandais nous demanderont de dénoncer les catholiques pour épouser la cause protestante.

« Vichaiyen, nous avons toujours toléré ici toutes les religions, car nous sommes persuadé que plus d'un chemin peut conduire à Dieu. Tout comme le bon Seigneur a donné aux diverses parties du monde des plantes et des végétations variées, il nous a donné des croyances différentes. Et tout comme il est difficile de dire qu'une plante est meilleure qu'une autre, il est tout aussi malaisé de décréter qu'une croyance est supérieure à une autre.

« Nous accepterions volontiers l'amitié du roi de France, mais pas sa religion. Et nous estimons sincèrement que l'une n'est pas dépendante de l'autre. Si c'est le cas, nous conseillons fortement au roi de France d'embrasser la religion bouddhiste, qui est, d'ailleurs, la plus ancienne des deux. »

Phaulkon commençait à aimer de plus en plus ce monarque. Il était sage et plein d'esprit et il avait sur la religion des opinions étrangement proches des siennes. Phaulkon ne put s'empêcher de sourire à l'idée d'une délégation de moines bouddhistes arrivant à la cour de Versailles dans leur robe safran pour inciter les aristocrates emperruqués à renoncer à leurs mœurs païennes pour adopter la foi bouddhiste.

« Auguste Seigneur, je reçois vos ordres. Loin du cheveu de votre tête l'idée de suggérer à Votre Majesté d'envisager une autre foi. Mais, à la lumière de la menace hollandaise, ne serait-il pas opportun pour le roi de France — par le truchement de ses Jésuites qui se trouvent ici — de nourrir l'espoir qu'avec le temps la conversion de Votre Majesté pourrait se faire ? »

Il y eut un silence et Phaulkon pria le ciel de n'avoir rien dit qui pût offenser le roi.

« C'est une intéressante suggestion, Vichaiyen, et, si elle devait aboutir à un traité avec la France, nous l'envisagerions. Mais nous avons du mal à croire qu'une alliance d'une telle importance puisse reposer sur des prémisses aussi fragiles.

— Auguste Seigneur, le Roi-Soleil est le défenseur de la foi catholique, mission qu'il prend très au sérieux. Son confesseur est en outre le patriarche suprême de l'ordre des Jésuites.

— Son confesseur ?

— Auguste Seigneur, c'est le prêtre qui l'entend en confession.

— Le roi de France se confesse à un prêtre ? fit Sa Majesté, l'air incrédule.

— Mais oui, Auguste Seigneur.

— Que confesse-t-il, Vichaiyen ?

— Auguste Seigneur, la poussière de vos pieds pense qu'il confesse que le Maître de la Vie, le grand roi de Siam, envisage d'adopter la foi chrétienne et qu'il serait sage de conclure une alliance avec lui, afin de mieux surveiller ses progrès. »

Un grand rire retentit en haut et Phaulkon eut l'impression qu'une bouffée d'air frais venait de rafraîchir l'austère formalité de ses relations avec le roi. Auprès de lui, le Barcalon rit à son tour, même si sa voix n'avait pas sa tonalité habituelle. Phaulkon savait que, ces derniers temps, il n'était pas en bonne santé : son apparence physique trahissait d'ailleurs des signes d'épuisement.

« Vichaiyen, vous nous mettez de bonne humeur. Mais, même si votre idée a ses mérites, il faudra longtemps pour la réaliser. Et nous craignons que les farangs hollandais ne nous laissent pas de délai suffisant. »

Phaulkon s'était longuement demandé s'il devait informer Sa Majesté de l'imminence de l'invasion hollandaise : il avait fini par décider que non. Il ne savait pas comment Sa Majesté allait réagir à cette nouvelle et il redoutait que des mesures brutales de représailles ne viennent contrecarrer ses propres plans. Sa Majesté pouvait faire arrêter Aarnout Faa et fermer ainsi la porte à toute solution pacifique. Phaulkon avait donc décidé de ne révéler le projet d'invasion que si Sa Majesté refusait catégoriquement l'idée d'un traité avec la France.

« Auguste Seigneur, le cheveu de votre tête implore le pardon pour sa présomption, mais les Jésuites français d'ici ont hâte de proclamer l'annonce d'une grande alliance avec la France, si Votre Gracieuse Majesté veut bien leur donner l'assurance qu'elle envisage de se convertir.

— Vous leur avez parlé? dit le roi d'une voix surprise.

— Auguste Seigneur, ils ont abordé ce point en quémandant mon assistance. »

La veille au soir seulement, le père Vachet avait informé Phaulkon de l'accord de ses collègues, sous deux conditions. Les Jésuites demandaient une preuve satisfaisante que Sa Majesté avait bien l'intention de se convertir; en outre, ils voulaient que le traité fût rédigé par les autorités siamoises et qu'il leur fût ensuite présenté pour obtenir leur approbation. De cette façon, la proposition semblerait venir des Siamois.

« Et ces prêtres peuvent annoncer une telle alliance sans l'approbation de leur roi? » Sa Majesté semblait de nouveau incrédule.

« Auguste Seigneur, ils sont prêts à prendre ce risque étant donné l'urgence de l'affaire et la certitude qu'ils ont de devancer les désirs de leur souverain.

— Et quelles assurances ces prêtres demandent-ils quant à nos intentions?

— Auguste Seigneur, le cheveu de votre tête est persuadé que, pour les convaincre de la sincérité de Votre Majesté, il suffirait de prier l'un d'eux de venir au palais donner à Votre Majesté une instruction religieuse. » Il s'interrompit. « L'intérêt que porte le Seigneur de la Vie à tout ce qui touche à la connaissance est si fameuse que si Votre Majesté voulait bien traiter cela comme un simple exercice intellectuel...

— Écouter un autre homme vous exposer sa version de Dieu n'est pas un trop lourd tribut pour un traité susceptible d'assurer le maintien de notre indépendance, Vichaiyen. Nous aussi, nous prêchons l'amour de notre prochain, nous dénonçons le vol, le meurtre et le mensonge. Ce qui nous préoccupe davantage, c'est que ces prêtres ne se lavent pas. Nos narines doivent-elles être offensées aussi bien que nos oreilles? »

Le Barcalon et Phaulkon éclatèrent de rire tous les deux.

« Puissant Seigneur, suggéra le Barcalon, le cheveu de votre tête a la présomption de suggérer que, puisque c'est l'idée de Vichaiyen, qu'il soit aussi de sa responsabilité de veiller à ce que le prêtre qui vous rendra visite soit toujours soigneusement nettoyé.

— Excellente proposition, reconnut Sa Majesté. Nous sommes d'accord. Et, outre cette tâche essentielle, Vichaiyen, vous allez rédiger un traité dans notre langue et dans la leur et le remettre à notre Pra Klang pour qu'il l'étudie. Alors seulement nous déciderons si nous entendons poursuivre l'affaire. Mais, dans tous les cas, ce ne sera pas avant le retour de Perse du navire. »

Phaulkon éprouva un frisson en entendant ces derniers mots. Il ne s'attendait pas à ça. Le *Cornwall* ne serait pas de retour avant un mois au moins. Et l'invasion hollandaise pouvait commencer d'ici à trois semaines.

« Auguste Seigneur, si, pour une raison quelconque, le vaisseau devait avoir du retard et si les Hollandais estimaient que rien ne saurait plus les détourner...

— Sauf nos forces armées, Vichaiyen ? » Il y avait une nuance ironique dans le ton du souverain.

« Puissant Seigneur, si les forces de Votre Majesté sont en effet préparées, alors il n'est même pas nécessaire de conclure un traité avec la France. »

Il y eut un bref silence.

« Naturellement, Vichaiyen, nous ferons tout notre possible — dans la mesure du raisonnable — pour éviter la guerre. Mais avez-vous eu quelque indication d'une attaque hollandaise imminente ? Des préparatifs inhabituels, par exemple ? »

Phaulkon hésita. Mieux valait prévenir Sa Majesté dès maintenant. Il ne pouvait se permettre d'attendre le retour de Perse du navire. Pourquoi Sa Majesté insistait-elle sur ce point ? se demanda-t-il.

« Auguste Seigneur, le bruit court qu'une importante flotte hollandaise se regroupe actuellement à Batavia. Douze navires de guerre, Votre Majesté.

— Douze navires de guerre ? En avez-vous prévenu notre Pra Klang, Vichaiyen ?

— Puissant Seigneur, cet indigne esclave ne vient lui-même d'apprendre la nouvelle qu'à l'instant.

— Et vous ne l'avez pas signalé plus tôt à notre intention, observa sèchement Sa Majesté. Où avez-vous entendu ces rumeurs ? »

Phaulkon se maudissait de n'avoir pas abordé plus tôt ce problème.

« Puissant Seigneur, auprès de l'interprète attaché à la factorerie hollandaise de Ligor. Il... il a intercepté des dépêches envoyées à Batavia et il est venu m'en avertir.

— Et vous faites confiance à un employé *hollandais* qui vient vous conter de telles histoires ? Nous en sommes surpris, Vichaiyen.

— Puissant Seigneur, l'interprète hollandais, auquel j'ai déjà eu à faire, était très vivement opposé à la politique de son pays. C'est ce qui l'a incité à me révéler ce qu'il savait.

— Vichaiyen, sitôt cette audience terminée, vous allez sans tarder convoquer cet interprète hollandais au ministère. Notre Pra Klang l'interrogera et nous jugerons par nous-même. En attendant, nous n'annoncerons pas tout de suite la signature d'un traité.

— Puissant Seigneur, je reçois vos ordres.

— Mais pour l'instant, poursuivit Sa Majesté, nous allons examiner l'essentiel de ce que proposent ces Jésuites pour le traité qu'ils désirent conclure avec nous. »

C'était une demande que Phaulkon avait tout à la fois l'espoir et la crainte d'entendre. Il lui fallait d'une façon ou d'une autre aborder le sujet délicat de troupes étrangères en territoire siamois. Une telle clause devait figurer dans le traité pour que les Hollandais le prennent au sérieux. Ils se rappelleraient la perte de la Flandre devant les armées de France. Mais comment le maître de Siam allait-il réagir à pareille proposition ?

Phaulkon se prosterna encore plus bas sur les tapis.

« Puissant Seigneur et Maître, je cherche l'audace de dire à Votre Majesté ce que je pense de l'affaire dont elle a daigné discuter avec moi qui ne suis que son esclave. Je demande la permission d'insérer dans le traité une clause qui permette aussi l'envoi d'un régiment de soldats. »

Il y eut quelques instants de silence.

« Vous voulez dire, Vichaiyen, que le roi de France a besoin d'un régiment de soldats siamois pour sa protection ? Il faudrait poser la question au général Petraja. »

Phaulkon sentit son cœur battre la chamade. Il se demanda un instant si le roi était sérieux, puis il entendit pouffer le Barcalon. Phaulkon poussa un soupir de soulagement. Sa Majesté plaisantait. Il entrevit soudain la bonne ouverture.

« Auguste Seigneur, ce que ce grain de poussière avait à l'esprit était plutôt un simple échange de troupes entre le Siam et la France.

— Vraiment ? Mais comment nos nobles éléphants supporteraient-ils la rigueur des hivers en Europe ? Quelles assurances avons-nous que l'on déploierait un assez grand nombre d'esclaves français pour subvenir à leurs besoins ? »

Une fois encore, Phaulkon ne savait pas très bien si Sa Majesté plaisantait ou non. Cette fois le Barcalon ne lui fournit aucune indication.

« Puissant Seigneur, nous pourrions stipuler dans le traité le nombre d'esclaves nécessaires, risqua prudemment Phaulkon.

— Il nous semble, Vichaiyen, que la solution la plus simple consisterait à rédiger le traité et à l'exhiber pour que les Hollandais puissent le voir, puis qu'il se perde fort opportunément lors du voyage jusqu'en France. Ce sera votre tâche, Vichaiyen, de veiller à ce que ce petit incident se produise.

— Auguste Seigneur, je reçois vos ordres.

— Auquel cas, nous n'avons aucune objection à ce que le traité comprenne un échange de troupes.

— Puissant Seigneur, il en sera comme vous l'ordonnez.

— Alors, très bien, voilà qui est réglé. Nous attendrons avec intérêt votre premier projet de texte, Vichaiyen. Et nous déciderons de l'urgence de ce traité après nous être entretenu avec l'interprète hollandais. En attendant, notre Pra Klang va emporter jusqu'aux prisons publiques notre sceau et informer les gardes que le farang Potts doit être transféré dans les cachots du palais. Il sera expulsé d'Ayuthia à la faveur de la nuit : on lui fournira une escorte appropriée pour gagner Mergui et de l'argent en quantité suffisante pour payer son passage jusqu'à Madras. On lui fera comprendre que ce sont les membres de la Compagnie anglaise d'Ayuthia qui ont plaidé sa cause, notamment vous, Vichaiyen. Et aussi que vous vous êtes proposé en otage en échange de la libération du prisonnier. Nous ne voudrions pas voir notre mandarin le plus récemment nommé encourir la colère des Anglais alors que nous savons qu'il est innocent, n'est-ce pas ?

— Certes non, Auguste Seigneur, renchérit le Barcalon.

— Et maintenant, Vichaiyen, nous allons parler seuls avec notre Pra Klang. Notre entrevue a été fructueuse et vous pourrez demander de nouveau à nous rencontrer en privé quand le brouillon du traité sera prêt.

— Puissant Seigneur, je reçois vos ordres. Moi qui ne suis que souillure et poussière, je remercie profondément le Seigneur de la Vie de l'honneur dont il m'a comblé de me faire partager en privé sa sagesse et son divin esprit. » Se soulevant sur les genoux, Phaulkon s'inclina et toucha du front le sol par trois fois. Puis, respectueusement, il rampa à reculons. Il allait devoir trouver sans délai Pieter l'Eurasien. Il n'y avait pas de temps à perdre.

« Tu as sans doute des questions à nous poser, dit Sa Majesté au Barcalon sitôt que Phaulkon fut sorti.

— En effet, Auguste Seigneur.

— Alors nous t'écoutons.

— Puissant Seigneur, moi, un cheveu, je dois vous signaler que Vichaiyen s'est converti hier à la foi catholique. Un de nos mandarins chrétiens, dont le fils a été placé dans un bassin de leur eau bénite à la même cérémonie, est venu m'annoncer la nouvelle. Je crains, Auguste Seigneur, que Vichaiyen ne travaille peut-être pour les Jésuites. Il est assurément très impatient d'obtenir ce traité avec la France.

— Nous avons aussi envisagé cette possibilité. C'est pourquoi nous souhaitons que tu interroges l'interprète hollandais. S'il est confirmé que les Hollandais préparent bien la guerre, alors la précipitation de Vichaiyen est justifiée. Mais si ce n'est pas le cas, nous conclurons comme toi qu'il est à la solde des Jésuites. Peut-être as-tu noté qu'il n'a rien dit d'une attaque hollandaise avant que nous n'ayons annoncé que le traité devait attendre le retour de Perse du navire anglais...

— Je l'ai bien remarqué, Puissant Seigneur. Et c'était fort habile de la part de Votre Majesté d'obliger Vichaiyen à révéler ce qu'il savait.

— Ce n'était pas notre seul motif. Car non seulement il nous faut être convaincu de sa fidélité, mais nous sommes en outre réticent à l'idée d'annoncer tout traité avec une puissance farang avant que cela ne soit absolument nécessaire. Les Maures sont déjà vexés des récentes concessions faites aux farangs et nous ne voulons pas exacerber leur susceptibilité si délicate. Trop de revers à la fois risqueraient de leur forcer la main.

— En effet, Auguste Seigneur. Pourtant, s'il y a de la vérité dans ces rumeurs concernant une attaque hollandaise, ne serait-il pas nécessaire d'annoncer le traité bien avant toute confirmation officielle au sujet d'une invasion, afin qu'il n'apparaisse pas comme une contrainte politique?

— Nous sommes bien d'accord. C'est pourquoi nous devons d'abord être tout à fait sûr de notre terrain. Et nous sommes convaincu que tu parviendras à évaluer correctement le témoignage de l'interprète hollandais, car c'est cela qui déterminera notre attitude.

— Votre Majesté est trop gracieuse. » Le Barcalon s'arrêta pour reprendre haleine. Il avait du mal à respirer et les activités officielles commençaient à lui peser de plus en plus.

« Tu as d'autres préoccupations, nous le devinons.

— En effet, Auguste Seigneur. Si un traité avec la France devait se révéler nécessaire, la présence fréquente d'un prêtre farang au palais ne donnerait-elle pas naissance à des rumeurs déplaisantes ? Il ne serait certainement pas de bonne politique de faire croire aux courtisans que Votre Majesté s'apprête à se convertir.

— Certes non, et nous avons envisagé ce risque. Mais le prêtre qui viendra ici devra nous rendre visite en tant que médecin, comme c'est le cas de nombre d'entre eux, et pour cela nous irons même jusqu'à feindre une mauvaise santé. On dira à ce prêtre qu'il doit garder le secret sur sa véritable mission jusqu'à ce que son monarque en personne ait pu confirmer l'existence du traité avec la France. On le préviendra que, si l'on devait découvrir la vérité sur sa mission, ses visites cesseraient immédiatement. Voilà qui pourra nous ménager son silence. Il ne devrait pas être difficile de convaincre ces Jésuites qu'une affaire aussi importante que notre conversion causera dans ce pays une certaine agitation et qu'il nous faudra être certain de la protection française avant d'annoncer publiquement de telles intentions. Cela nous donnera près de deux ans pour trouver une solution. Pendant ce temps, et si sa loyauté est bien placée, Vichaiyen ne restera pas inactif. Il vaut bien dix de leurs prêtres et autant de nos mandarins. Tu as bien fait de le mettre à notre service. À nous de le surveiller, de le contrôler et d'adapter ce remarquable appui à nos desseins, en nous assurant que ses incontestables talents servent les buts du Siam, et non pas ceux des Jésuites, des Anglais, ni de personne d'autre.

« Et, puisque nous en parlons, vérifie, en faisant relâcher Potts, que l'on dise au prisonnier que ce sont les Hollandais, et non pas les Anglais, qui ont plaidé sa cause et se sont proposés en otages pour le faire libérer. Potts doit demeurer furieux contre Vichaiyen et farouchement décidé à le faire comparaître en justice. Lorsque la Compagnie anglaise viendra réclamer l'extradition de Vichaiyen vers Madras, il sera de bonne politique de l'avoir entièrement à la merci de notre bonne volonté. »

Le Barcalon eut un sourire admiratif. « Auguste Seigneur, voilà qui est fort sage.

— Mais il y a autre chose que tu devrais savoir.

— Puissant Seigneur, j'attends votre sagesse.

— Malgré les incertitudes que nous inspire l'homme, nous avons pour lui une certaine affection. Il est... comment dire... un peu comme notre premier fils farang.

— Auguste Seigneur, votre sagesse n'a d'égale que votre magnanimité. »

Aarnout Faa était assis à son bureau, le sourire aux lèvres. On n'aurait pu rêver moment mieux choisi pour l'invasion hollandaise. Les Anglais étaient en pleine déconfiture, les Maures vexés et mal disposés envers le roi de Siam, et les Portugais trop affaiblis pour opposer une véritable résistance. Avec l'incarcération de Potts, il tenait l'excuse dont il avait besoin. Personne pour contrecarrer ses plans, aucun obstacle à l'horizon. Diviser pour régner, telle avait toujours été la politique hollandaise dans les îles de l'archipel indonésien, et elle avait porté ses fruits. Il était de plus en plus convaincu que *heer* Van Goens, à Batavia, verrait les choses comme lui. Le sourire d'Aarnout Faa s'épanouit. Dans trois semaines peut-être, si tout allait bien, une douzaine des plus beaux navires de guerre du monde jetteraient l'ancre devant l'estuaire du Menam et proposeraient aux Siamois de capituler. Il venait de congédier ce matin Joop Van Risling pour le renvoyer à Ligor car lui, Aarnout Faa, voulait être le seul à jouir de la gloire de la victoire quand on hisserait le drapeau des Provinces-Unies sur le Grand Palais. Lui, Aarnout Faa, entendait s'assurer que seul son nom serait enregistré sur les tablettes de l'Histoire au moment où l'antique royaume de Siam deviendrait un protectorat des puissantes Provinces-Unies.

Il regrettait d'avoir perdu l'interprète, Pieter : en ces temps périlleux, il aurait eu bien besoin de ses services. Ce garçon était travailleur, efficace et plein d'initiative. Mais Van Risling avait insisté pour l'emmener, disant qu'il lui était indispensable à Ligor, et Aarnout Faa n'avait pas insisté. Il plaignait son assistant : Joop, après tout, souffrait encore des suites de son accident à Louvo, et ce n'était que justice de lui accorder les consolations qu'il demandait.

On frappa à la porte.

« Excusez-moi, Excellence, dit le domestique indien dans un hollandais hésitant. Il y a à la porte de la factorerie un farang qui demande à vous voir. Il n'a pas l'air bien du tout.

— Entendu, fais-le entrer. » Inutile de demander un nom à ces gens-là : ils ne les comprenaient jamais.

Quelques instants plus tard, une macabre apparition s'encadra sur le seuil du bureau du directeur. Le visage avait les traits tirés, les cheveux clairsemés étaient en désordre, on voyait de grands cernes sous ses yeux et des marques profondes des deux côtés du cou. Les vêtements européens, culotte et tunique, étaient presque en haillons.

« Monsieur Potts ! s'exclama Aarnout Faa, reculant machinalement. Qu'est-ce que... qu'est-ce que vous faites ici ? » Malgré ce pénible spectacle, le directeur hollandais parvint à sourire. « Vous vous êtes échappé ? »

Samuel Potts se laissa tomber dans un fauteuil.

« Votre modestie, monsieur, me touche infiniment, mais mes geôliers m'ont informé du rôle que vous avez joué dans ma libération, fit-il d'une voix faible.

— Mon rôle ? répéta Aarnout Faa, incapable de dissimuler sa surprise.

— Certes, monsieur, et je ne saurais vous dire combien je vous suis reconnaissant de vous être proposé vous-même en otage en échange de ma libération. Vous avez ma parole, monsieur, que vous serez bientôt délivré de cette obligation. Dès que j'aurai atteint Madras, l'indispensable lettre d'excuses sera envoyée aux autorités siamoises, ainsi que les indemnités réclamées pour l'incendie. » Potts secoua lentement la tête. « Vous, monsieur, un Hollandais, en avez fait davantage pour moi que tous les membres de la factorerie anglaise réunis. Ils paieront cher leurs péchés. Je n'aurai de cesse que de les voir tous pendus. Et, écoutez-moi bien, monsieur, ils le seront. »

Les pensées se bousculaient dans la tête d'Aarnout Faa. Qui avait fait libérer Potts ? Qui avait promis que lui-même prendrait sa place en otage ? Ce devait être ce démon de Phaulkon, usant de ses nouveaux pouvoirs de mandarin. Qui d'autre ? Mais pourquoi diable Phaulkon voulait-il la libération de Potts ? Cela ne ferait que hâter sa comparution en cour martiale ! Et la détention prolongée de Potts, songea le directeur avec colère, était l'excuse qu'il devait précisément utiliser pour sa déclaration de guerre. Phaulkon ne pouvait pourtant rien en savoir. Alors pourquoi avait-il fait libérer Potts ? Peut-être les Siamois avaient-ils simplement décidé de le relâcher. Mais pourquoi ? Inutile de questionner Potts. Quel que fût le responsable de son élargissement, il avait dit à Potts ce qu'il voulait lui faire croire.

La voix de son visiteur affalé de l'autre côté du bureau tira Faa de ses pensées.

« Me permettriez-vous, monsieur, de me reposer ici quelques jours avant de partir pour Mergui ? J'ai besoin de reprendre des forces pour le voyage. Vous pouvez être assuré que je vous rembourserai pleinement de vos bontés, y compris le don généreux que vous m'avez fait pour couvrir les dépenses de mon voyage et de mon passage pour Madras. »

Aarnout parvint à se contrôler.

« Monsieur Potts, c'est le moins que je pouvais faire pour un gentleman de votre position, auquel on a causé de si grands torts. Mon médecin va s'occuper de vous et vous pourrez rester ici pour vous remettre aussi longtemps que vous le souhaiterez. D'ailleurs, *heer* Van Risling a quitté ce matin notre maison d'hôtes pour retourner à Ligor. »

Celui qui avait manigancé tout cela avait bien fait les choses, songea le Hollandais. Bah, il allait devoir en prendre son parti et en revenir à son plan originel : renvoyer Potts à Madras. Au moins l'homme allait-il une fois pour toutes accuser les agents anglais au Siam. Toutefois, il était fort ennuyeux de ne pas pouvoir s'abriter derrière Potts pour déclarer la guerre. Il trouverait bien un autre prétexte, se promit-il. Après tout, il avait trois bonnes semaines pour le préparer.

« Je suis à court de mots pour vous remercier de tout ce que vous avez fait, monsieur, conclut Potts en s'efforçant de se lever. Je ne vais pas vous déranger plus longtemps.

— Allons donc, monsieur Potts. Je ne doute pas que vous auriez agi de même pour moi. Je vais vous faire conduire sans tarder à vos appartements. » Il se pencha et fit retentir le gong auprès de son bureau.

Un instant plus tard, un serviteur apparut. Derrière lui un messager attendait d'être reçu par le directeur de la VOC.

« Conduisez M. Potts à la maison d'amis, dit-il au domestique. Et appelez tout de suite le docteur Kornfeldt. »

Le serviteur s'inclina et emmena Potts.

Aarnout Faa fit signe au messager. « Oui ? Qu'est-ce que c'est ? » demanda-t-il sèchement en hollandais.

Le messager, un Siamois, ne comprenait pas le hollandais. Il salua brièvement et tira de sa bourse une lettre. Il la déposa poliment sur le bureau. Aarnout Faa la prit et la lut. Rédigée en anglais, elle réclamait la présence immédiate au ministère du Commerce d'un certain M. Pieter, interprète à la factorerie hollandaise. M. Pieter devait accompagner immédiatement le messager. La signature était illisible mais le billet portait le cachet du ministère.

« Dis à tes supérieurs qu'il est parti pour Ligor, déclara Aarnout Faa. Il est parti ce matin. »

Le messager resta impassible. Le Hollandais prit une plume et écrivit en gros caractères dans l'espace libre au-dessous du cachet : « IL EST PARTI POUR LIGOR. »

Le messager salua et partit avec le billet.

35

« Mon Seigneur, j'entends presque le murmure de vos pensées. » Sunida se retourna et allongea un bras sur la poitrine de Phaulkon, respirant tendrement son épaule. « Parlez-moi si vous voulez, je ne dors pas. »

On était au milieu de la nuit et ils étaient allongés par terre sur la natte de Phaulkon. Il n'avait pas fermé l'œil : c'était la même chose depuis trois nuits.

« Je croyais que tu dormais, Sunida, je ne voulais pas te réveiller. » Phaulkon posa affectueusement sa main sur la sienne. « Il est vrai que mon esprit n'arrive pas à trouver le repos.

— Parfois, mon Seigneur, il vaut mieux parler et exorciser les esprits qui sont en vous. » Elle sourit dans l'obscurité. « Vous pouvez m'en charger si vous le souhaitez. Mon corps serait heureux de vous soulager de vos souffrances, mon Seigneur. »

Phaulkon se pencha et lui respira la joue. Que ferait-il sans cette femme magnifique ? Jamais il n'avait autant aimé quelqu'un. Elle paraissait ne jamais discuter avec lui et, lorsqu'elle était mécontente, elle se contentait de s'éclipser discrètement jusqu'à ce que sa colère se soit calmée. Il finissait par en avoir mauvaise conscience, bien davantage que si elle était restée plantée devant lui à le traiter de tous les noms.

Certes, elle avait raison : il était extrêmement soucieux. Il avait terminé un brouillon du traité avec la France, mais, quand il avait sollicité une audience privée du roi, Sa Majesté était soudain apparue trop occupée pour le recevoir. Le Pra Klang lui avait ordonné de laisser le texte au ministère. Il l'examinerait, avait-il dit, en discuterait avec Sa Majesté et tiendrait Phaulkon au courant.

Était-ce à cause de Pieter ? se demanda une nouvelle fois Phaulkon. Il avait été consterné d'apprendre que Pieter était parti pour Ligor le jour même où il l'avait convoqué. Il avait même envisagé d'aller à sa recherche, mais il s'était engagé à ne pas quitter Ayuthia avant le retour de l'expédition en Perse et, de toute façon, ces fins caboteurs hollandais étaient trop rapides pour que l'on puisse les rattraper. Pieter passerait encore dix jours en haute mer et, à supposer que Van Risling le libère — ce qui était peu probable —, il faudrait dix jours de plus à Pieter pour regagner Ayuthia. Et Phaulkon n'avait pas dix jours devant lui. Il maudit le sort et son piètre jugement. Il aurait dû informer aussitôt Sa Majesté du projet d'invasion des Hollandais, au lieu de tourner autour du pot. Sans le témoignage de Pieter, on aurait l'impression qu'il avait inventé toute cette histoire d'invasion pour obliger Sa Majesté à signer le traité. Même ses protestations réitérées de sincérité à Sunida — qui, supposait-il, étaient transmises au palais par les voies habituelles — semblaient n'aboutir à rien. Cinq jours maintenant s'étaient écoulés, presque une semaine sur les trois qui lui restaient.

Pour ajouter à ses soucis, il n'avait pas encore trouvé le temps de préparer un rapport sur la destruction de la factorerie anglaise à Ayuthia. Il avait compté sur une traduction des accusations officielles prononcées par le Barcalon contre Potts. Madras croirait évidemment à la version de Potts, mais cela aurait représenté tout de même une contre-attaque, alors qu'un silence total revenait presque à avouer qu'il était coupable d'un grave crime. Madras ne manquerait pas d'expédier un navire pour l'arrêter. Quand cela se produirait, Phaulkon aurait besoin d'être solidement retranché au Siam et d'y avoir une position solide.

Mais ce qui le troublait peut-être le plus, c'était la question de son mariage imminent. Ce matin même, Maria devait lui rendre visite. Le billet qu'elle avait envoyé annonçait qu'elle avait « fouillé les recoins de son âme » et qu'elle était prête à venir l'affronter dans son « antre de débauche ».

Depuis quelque temps il comptait aborder le sujet avec Sunida, qui n'était toujours au courant de rien, mais il avait consacré toute son énergie à essayer de communiquer avec le roi. Et voilà que Maria serait ici dans quelques heures à peine.

« Pensez-vous encore à Pieter, mon Seigneur ? fit la douce voix de Sunida dans l'obscurité.

— En partie. » Il lui avait maintes fois parlé du départ de Pieter et des inquiétudes que cela lui inspirait, dans l'espoir que le message parviendrait aux oreilles du roi, mais il ne pouvait pas mentionner directement devant Sunida le traité avec la France. Ce ne serait guère convenable pour un mandarin récemment nommé de discuter d'affaires d'État aussi confidentielles avec sa concubine. « Ce n'est pas tout, ajouta-t-il.

— Dites-le-moi, mon Seigneur. Cela vous soulagera. »

Le moment était venu d'évoquer le mariage. Cela faisait trop longtemps qu'il remettait la chose à plus tard. D'ailleurs, il fallait préparer Sunida à la visite de Maria ce matin.

« Sunida, il y a quelque chose dont je voulais discuter avec toi.

— Mon Seigneur ? »

C'était étrange de parler ainsi dans le noir, sans apercevoir de visage, juste avec les mots.

« Sunida, je vais me marier. »

Un silence.

« Ai-je manqué à mes devoirs envers vous, mon Seigneur ? » Elle allait retirer son bras, mais il la retint et le reposa sur sa poitrine.

« Bien au contraire, Sunida. Je n'ai jamais été plus heureux de ma vie. Et je t'aime plus que jamais. »

Nouveau silence.

« Qui est-elle, mon Seigneur ?

— Elle est... je suppose que je l'appellerais une farang. En esprit, du moins, même si elle est en partie japonaise et chrétienne. »

Il sentait son cœur battre très fort. Il aurait voulu pouvoir lire sur le visage de Sunida.

« Mais ces chrétiens... ils ne permettent qu'une épouse ? »

L'angoisse qu'il percevait dans sa voix lui fit mal.

« Sunida, je n'ai pas la moindre intention de te laisser partir. »

Il sentit son soulagement. Son bras se détendit.

« Alors, elle va m'accepter, cette... femme farang ? » Malgré son acquiescement apparent, il y avait une note de défi dans sa voix.

« Je n'en suis pas certain, Sunida. Mais nous essaierons ensemble de la persuader. J'aurai besoin de ton aide.

— Vous pouvez assurément compter dessus, mon Seigneur », répondit-elle. Elle s'interrompit et il crut presque sentir le tumulte de ses pensées. « Ce n'est pas parce que vous êtes lassé de manger le même riz chaque soir, n'est-ce pas, mon Seigneur ? »

Il ne put s'empêcher de rire. Depuis qu'elle était revenue de Mergui, chaque nuit il lui avait fait l'amour, même lorsqu'il était fatigué. Son désir pour elle semblait ne jamais s'éteindre. Il négligeait totalement ses trois esclaves et ne les avait pas convoquées une seule fois depuis que Sunida était venue s'installer chez lui. Non pas que celle-ci eût le moins du monde protesté contre leur présence : simplement, il n'avait pour elles aucun désir.

« Quand la récolte de riz est la meilleure, Sunida, pourquoi un homme voudrait-il essayer d'autres variétés ?

— Peut-être le riz farang a-t-il plus de goût, répondit-elle.

— Sunida, il s'agit d'un mariage de convenance et non pas de cœur.

— Vous voulez dire : comme nos rois qui épousent des filles de rois birmans ?

— C'est exactement cela, Sunida. Une union politique, pour le bien du Siam. J'essaierai de te l'expliquer. Mais ce que je vais te dire est confidentiel. Vois-tu, il y a une semaine, je me suis converti à la foi de ma naissance, afin de mieux servir le Siam. Je suis de nouveau catholique. Tu aurais bien ri, Sunida. Les pères m'ont baptisé en compagnie de quatre bébés siamois hurlants dans la petite chapelle de Sainte-Marie.

— Baptisé, mon Seigneur ?

— Oui : c'est quand on vous met tout nus dans un bassin rempli d'eau bénite.

— On vous y a mis avec les autres bébés, mon Seigneur ? » Sunida était stupéfaite.

Phaulkon éclata de rire. « Dans mon cas, j'étais trop grand : alors ils m'ont simplement aspergé d'eau bénite.

— Et maintenant, mon Seigneur, vous avez une autre foi ?

— Pas vraiment. C'est difficile à expliquer. Je suis toujours chrétien, mais de secte différente. »

Sunida restait silencieuse. Il la sentait troublée. Il allait devoir lui exposer au moins en partie la situation. Il voulait qu'elle comprenne et il avait besoin que le roi connaisse ses raisons.

« Il est politiquement opportun en ce moment pour le Siam de conclure une alliance avec un puissant pays farang dont le roi est un fervent catholique. Une telle alliance est importante car elle pourrait dissuader les farangs hollandais des desseins qu'ils ont sur le Siam. Le Seigneur de la Vie a été assez magnanime pour me confier un petit rôle dans cette affaire, mais la position du Siam serait nettement améliorée aux yeux de ce puissant monarque farang si j'étais moi-même un catholique marié à une épouse catholique. » Il marqua un temps. « Elle s'appelle Maria, Sunida. C'est quelqu'un de bien, et je la respecte. Mais je ne peux pas l'aimer comme je t'aime.

— Je suis heureuse pour vous, Maître, fière de votre rôle, et je recevrai cette personne avec tous les honneurs dus à une première épouse. »

Phaulkon était touché. « Je savais que tu comprendrais, Sunida.

— Mais vous n'allez pas me congédier. Car moi aussi, mon Seigneur, je vous aime, et j'ai peur que mon cœur ne se brise si nous sommes séparés.

— Je ne te congédierai jamais, Sunida. Et ensemble nous trouverons un moyen de convaincre Maria.

— Et Ut, Nid et Noi ? demanda-t-elle, soudain inquiète pour les trois esclaves. Est-ce que la dame farang ne va pas vouloir également les congédier ? Elles sont si heureuses dans cette maison que je ne vois pas comment même le Dieu chrétien pourrait s'en offenser.

— Je crains bien, Sunida, d'être obligé de les congédier. Il me faut faire certaines concessions. »

Sunida garda le silence : il la sentait malheureuse pour elles.

« Pauvres filles ! Elles me disaient encore l'autre jour quelle chance elles avaient d'avoir trouvé un maître aussi bienveillant. Elles espéraient pouvoir rester ici pour la vie. »

Phaulkon était triste. Il regrettait qu'elle le lui eût dit. Il avait acheté ses trois esclaves et, même s'il avait le droit de les revendre, il y répugnait. Et si leur nouveau maître ne les traitait pas bien ? Puis une idée lui vint qui le ragaillardit : il allait les offrir à Ivatt. Ivatt était de plus en plus attaché au Siam et il se familiarisait avec les mœurs du pays. Il apprenait la langue et était très populaire auprès des indigènes. Phaulkon était certain que non seulement Ivatt serait ravi de ce cadeau mais qu'il était tout prêt à l'accepter. Phaulkon l'avait envoyé trois jours auparavant attendre l'arrivée de White à Mergui : dès son retour il lui offrirait les filles.

« Mais comment allez-vous pouvoir me garder, moi, mon Seigneur ? » reprit Sunida d'une voix où perçait l'inquiétude.

Allongé sur le dos, il regardait le noir au-dessus de lui. Il attira Sunida contre lui et lui posa la tête sur son épaule. Il ne pouvait tout de même pas lui avouer que son rôle d'espionne était prétexte à la garder près de lui. « Je trouverai un moyen, Sunida, même si je dois te déguiser en cuisinière. Maria ne sait pas à quoi tu ressembles : alors mieux vaut que tu ne te montres pas quand elle viendra.

— Une cuisinière, mon Seigneur ? rétorqua-t-elle avec un certain courage. Vous comptez être le premier mandarin à passer du temps aux cuisines ? » Il devinait son sourire dans l'obscurité. Un flot de tendresse le submergea. Toute autre femme aurait très mal pris cette suggestion.

« Sunida, s'il était question de te perdre, je renoncerais tout à la fois à l'alliance politique et au mariage. C'est dire à quel point tu comptes pour moi.

— Je vous en remercie, mon Seigneur, mais je ne voudrais pas porter la responsabilité d'une telle décision.

— Ce ne serait pas toi, Sunida. Ce serait moi. »

Elle lui caressa doucement la joue puis, de ses doigts, lui ferma les paupières. « Essayez de dormir maintenant, mon Seigneur. Vous aurez besoin de toutes vos forces afin de vous battre pour moi dans la matinée. »

Elle entreprit de frictionner son corps fatigué, de lui masser les tempes d'un mouvement régulier jusqu'au moment où le sommeil finit par l'engloutir. Son devoir accompli, elle s'endormit aussitôt à son côté.

La cloche de la porte retentit et Phaulkon sentit son estomac se nouer. Ce devait être Maria. Aussitôt il s'assit à la petite table dans le coin du salon et se mit à feuilleter une liasse de documents.

Il n'avait pas dormi plus de deux heures la nuit précédente et c'était maintenant le milieu de la matinée. Il se sentait fatigué et nerveux, mais sur ses gardes. Plus d'une semaine s'était écoulée depuis qu'il avait demandé sa main à Maria et il s'interrogeait sur la décision de la jeune fille. Si elle était favorable, serait-elle assortie de toute une série de conditions?

Maria entra dans la pièce d'un pas souple, introduite par Tip qui se retira aussitôt. Les cheveux relevés en chignon, elle avait un air frais et avenant avec son corsage de mousseline rouge et son panung noir. Elle lui fit un charmant sourire et le salua.

« Bienvenue dans mon antre de débauche, annonça Phaulkon en portugais tout en se levant pour l'accueillir. Puis-je faire apporter quelques rafraîchissements?

— Pas pour l'instant, merci, mon Seigneur, répondit-elle en regardant autour d'elle. Je dois dire qu'en apparence tout cela ressemble beaucoup à n'importe quelle autre maison. Mais je dois d'abord vous féliciter d'être entré dans le Royaume de Dieu. Cette bonne nouvelle nous a fait grand plaisir, à mon oncle et à moi.

— Tu es déjà au courant ? On peut dire que les nouvelles vont vite.

— Mon Seigneur, ma famille est très proche des pères jésuites, fit-elle en souriant. On m'a même précisé que vous n'aviez pas crié comme les autres bébés.

— Seulement parce que j'étais trop embarrassé devant les bons pères », affirma-t-il en lui avançant un fauteuil.

Elle se mit à rire et alla s'asseoir auprès d'un grand coffre à thé indien incrusté de pierreries. En même temps, elle jetait un coup d'œil autour d'elle, examinant la profusion d'objets asiatiques qu'il avait amassés au cours des années : sculptures primitives en bois de Bornéo, défenses d'éléphants taillées venant de l'Inde, kriss incrustés de pierres précieuses de Kedah, sarbacanes de Célèbes et masques de marionnettes de Java. Le long des murs, des étagères d'osier ployaient sous le poids de livres à divers stades de décomposition.

« Alors, mon Seigneur, demanda-t-elle, quelle impression cela fait-il de renaître ?

— Une impression d'autant plus agréable maintenant que je sais le plaisir que cela t'apporte, Maria. »

Elle l'examina attentivement en silence.

« Vous m'avez manqué, mon Seigneur, déclara-t-elle tout à coup. J'ai beaucoup réfléchi au problème de notre mariage et, parvenue à une décision, je sais que mon cœur l'a emporté sur ma raison. La douleur d'être séparée de vous prévaut malgré tout sur les soupçons que je nourris quant à vos sentiments pour moi, et je répugne à examiner trop profondément vos mobiles. Je trouve toutefois un soutien dans l'idée que mon amour puisse nourrir le vôtre et qu'avec le temps vous puissiez éprouver à mon égard les mêmes sentiments. Pour l'instant, je vous demande seulement de respecter mon éducation catholique et de suivre le dogme de ma religion... qui est aussi la vôtre. »

Phaulkon sourit. « Madame, l'évêque lui-même peut maintenant visiter ma demeure sans frémir.

— Puis-je me permettre de vous demander où vont aller toutes... toutes vos compagnes ?

— J'ai choisi pour héritier mon collègue, Thomas Ivatt, Maria. Il va ouvrir son propre antre de débauche dès son retour de Mergui.

— Il ne restera donc personne de votre ancien entourage, mon Seigneur ? Pas même déguisé parmi le personnel ? Il faut me pardonner mes soupçons, mais ce sont ceux d'une femme qui n'a pas encore l'impression que ses sentiments soient totalement partagés.

— Ce sont là des soupçons sans fondement, Maria. Un seul élément de mon passé sera présent, et cela pour des raisons politiques dont je suis sûr que tu les comprendras facilement. »

Maria le regarda d'un air méchant. « Et à qui donc faites-vous allusion, mon Seigneur ? À l'espionne, peut-être ?

— Notre intermédiaire avec le Palais, Maria, dit-il, en l'incluant habilement dans son projet. Songe quel atout elle représentera pour nous : elle fournira au Palais toutes les informations que nous souhaitons y faire parvenir. Cela est sans prix. »

Il se leva, apparemment plein d'enthousiasme et lui prit les mains. « Quelle carte maîtresse pour un homme qui aspire à occuper un jour le poste de Barcalon ! »

Il trouva ses mains froides et inertes et vit un pli lui barrer le front. Elle le regarda droit dans les yeux.

« Mais maintenant, mon Seigneur, vous êtes un mandarin. Vous avez déjà l'oreille du roi et l'espionne a rempli son office. Pourquoi avez-vous besoin d'elle ?

— Il est des choses que je peux lui suggérer et qui sont difficiles à exposer directement à Sa Majesté. Des plans et des projets dont je peux semer la graine. Des idées que Sa Majesté pourrait secrètement adopter sans souhaiter reconnaître que je les lui ai soufflées. Tiens, si Sa Majesté les trouvait à son goût, elle pourrait tout simplement les faire passer pour siennes. » Il s'interrompit, plongé dans ses réflexions. « Les possibilités, Maria, sont infinies, tout comme les avantages.

— Peut-être des avantages pour vous sur le plan

politique, mais des tortures pour moi sur le plan affectif. Que pensez-vous que j'éprouverais chaque fois que vous iriez la voir pour lui transmettre vos renseignements ? » Elle secoua la tête. « Non, mon Seigneur, dans ce cas mon cœur doit avoir la préséance sur vos ambitions.

— Même si cet arrangement n'est rien de plus qu'une convenance politique ? »

Maria le considéra d'un air sceptique. « Comment pensez-vous expliquer votre soudaine abstinence devant une telle tentatrice ? demanda-t-elle.

— Par mon mariage avec toi. »

Maria pouffa. « Oh, voyons, mon Seigneur. Elle est bouddhiste. Elle ne pourrait ni comprendre ni respecter pareille opinion. Elle vous séduira de nouveau, comme on lui a donné mission de le faire.

— Tu ne penses pas que je sois capable de lui résister ?

— Je n'en sais rien, mais il ne serait pas sage d'exposer à pareille tentation un converti de si fraîche date. Il vous faudra du temps pour vous habituer aux joies d'appartenir à une seule femme, mon Seigneur. »

Phaulkon sentit monter en lui la colère, renforcée par le manque de sommeil. L'obstination de Maria l'irritait. Elle venait s'interposer entre lui et ses projets. Même sans rien savoir de son amour pour Sunida, elle n'entendait pas le laisser poursuivre sa carrière. C'était de l'égoïsme pur et simple. Elle le contraignait à recourir à des subterfuges. Il était de plus en plus clair qu'elle n'accepterait à aucun prix la présence de Sunida et il maudit sa malchance. Était-ce un nouvel obstacle dans une série ininterrompue de revers ? Tout ne serait-il donc pour lui que contrariétés successives ?

Non, il ne renoncerait pas à Sunida. Les Hollandais allaient envahir le Siam. Le roi n'écoutait pas ses requêtes. Ses plans pouvaient à tout instant se retourner contre lui. Et voilà que cette jeune personne, à peine sortie du couvent, venait contrecarrer ses projets et lui poser des questions de moralité chrétienne.

Au milieu des vastes projets qu'il nourrissait, c'étaient là des considérations mesquines et triviales. Même s'il n'avait pas aimé Sunida, se dit-il, il aurait insisté pour qu'elle reste.

Il se tourna vers Maria, impitoyable.

« Il semble, madame, que vous souhaitiez faire passer vos considérations morales avant la réussite de ma carrière.

— Je regrette que vous voyiez les choses ainsi, mon Seigneur. J'espérais plutôt que le supplément d'énergie que je vous apporterais sur le plan politique ferait plus que compenser la perte de votre espionne. Il serait en effet de mon devoir de mettre toutes mes ressources au service de votre carrière.

— De toute façon, je n'en attendais pas moins de vous, reprit-il d'un ton hautain.

— Je vois, mon Seigneur, que cette discussion nous entraîne vers une pénible confrontation.

— Ce sont pour moi des minutes éprouvantes, Maria, et tu as choisi un mauvais moment pour te dresser contre moi. » Un bref instant, saisi par la frustration qu'il sentait monter en lui, il songea à énumérer les conséquences du refus de Maria de l'épouser : pas de coopération de la part des Jésuites, pas de traité avec la France, une invasion hollandaise et, selon toute probabilité, la fin du catholicisme au Siam. Puis il se ravisa. Elle était trop fière pour l'accepter sur la base de tels arguments. Pourtant il n'avait pas perdu tout espoir.

« Je n'avais pas l'intention de me dresser contre vous, mon Seigneur, mais seulement de vous ouvrir mon cœur. Je ne crois pas que mes demandes aient été excessives. Elles ont assurément été largement compensées par mes concessions. J'ai accepté de vous épouser malgré la certitude que mon amour n'est pas payé de retour, que vous ne partagez pas sincèrement ma foi, et même que vous ne me serez pas fidèle. » Elle était au bord des larmes : tout autant de déception que de chagrin. « En vérité, mon Seigneur, je ne sais pas très bien pourquoi vous voulez m'épouser. »

Il aurait voulu lui dire qu'il ne le savait pas très bien

lui-même. Il se sentait fatigué et allait bientôt dire des choses qu'il regretterait. Il voyait qu'elle aussi commençait à se fâcher. Cette discussion était inutile : mieux valait la remettre à un autre jour.

« Je vois que vous ne pouvez répondre à tout cela, mon Seigneur, poursuivit Maria en élevant la voix. Je ne vous comprends pas. Vous venez de devenir catholique, vous venez de demander sa main à une catholique et vous êtes là à lui dire que vous souhaitez garder auprès de vous une autre femme. Votre conversion n'est-elle qu'une comédie ? N'a-t-elle aucun sens pour vous ? S'agit-il d'une simple formalité pour servir quelque ambition cachée que vous nourrissez ? Et votre amour de Dieu et...

— Mon amour de Dieu n'a rien à voir avec mon amour pour une autre femme », s'écria Phaulkon, incapable de se maîtriser plus longtemps. Il s'arrêta, comprenant qu'il était allé trop loin.

« Ainsi, dit Maria, soudain calmée, vous l'aimez ?

— Non, vous ne comprenez pas ce que je voulais dire. » Il allait s'expliquer davantage quand la porte s'ouvrit : Sunida entra.

Par un étroit interstice entre les panneaux de la porte, Sunida avait vu le fossé se creuser entre Phaulkon et Maria. Était-ce à son sujet qu'ils discutaient ? Elle avait horreur de causer du chagrin à son amant. Pauvre Constant ! Elle fut prise d'une soudaine colère. La cause de la dispute devait être cette idée de la monogamie chrétienne. Quelle notion terrifiante : il n'y avait qu'à voir les dégâts que cela provoquait. Sunida était parfaitement satisfaite de demeurer ici en tant que seconde épouse, prenant les ordres de la nouvelle maîtresse de la maison, comme c'était la coutume. Lui obéissant, lui rendant service, respectant ses désirs, ne se dressant pas sur son chemin, l'aidant même, au nom de Bouddha, à accomplir sa tâche. Constant n'était pas un homme facile. Il était compliqué et peu malléable. Quel égoïsme pour une femme que de vouloir se charger seule de tous les devoirs, privant les autres filles de leur situation et de ce qui faisait leur orgueil! C'était vraiment une religion bien peu charitable : Sunida ne la comprendrait jamais.

En écoutant les voix qui montaient de l'autre côté de la porte, l'idée lui vint que, peut-être, cette femme chrétienne ne croyait pas vraiment qu'elle, Sunida, se conduirait comme une seconde épouse consciente de sa position. Peut-être cette femme à demi farang n'avait-elle pas vraiment compris que Sunida la respecterait et l'honorerait comme la première épouse du maître. Convaincue que Phaulkon l'aimait vraiment, peut-être devait-elle intervenir, songea Sunida : dire poliment, face à face, à cette fille qu'en aucun cas elle ne constituerait pour elle une menace ; qu'elle n'avait aucune intention de lui voler son rôle de première épouse ; que tout ce qu'elle voulait, c'était l'aider. Sunida était consternée à l'idée d'avoir à se déguiser en cuisinière ou de rôder peut-être autour de la maison telle une voleuse. Plus elle y réfléchissait, plus elle refusait d'être traitée de façon aussi humiliante. Elle était Sunida, la meilleure danseuse de la cour de Ligor, la nièce du gouverneur d'une grande province.

Sa colère s'accrut quand elle songea à quel point son attitude était raisonnable comparée à l'injustice des exigences de cette fille. Elle allait l'affronter, décida-t-elle, même si son amant lui avait demandé de ne pas se montrer. Au bout du compte, ce serait mieux pour lui. Sans se laisser le temps de changer d'avis, Sunida poussa la porte et se planta sur le seuil, la tête haute.

Ce fut aussitôt le silence. Phaulkon la dévisageait d'un air incrédule et la jeune fille farang semblait stupéfaite.

Sunida salua respectueusement Phaulkon puis s'approcha lentement de Maria qui s'était levée. Elle avait presque une tête de plus que Maria. Elle lui adressa un tendre sourire puis la salua aussi respectueusement. Cette petite farang, songea Sunida, était assurément jolie et elle avait la peau bien claire, comme le lotus blanc en fleur. On aurait dit que toute sa vie elle avait fui le soleil. Elle était menue, paraissait plutôt fragile, mais était bien proportionnée et l'on retrouvait son sang asiatique dans ses pommettes saillantes, ses yeux légèrement bridés et ses cheveux d'un noir de jais. Pourquoi veux-tu me priver de mon bonheur quand je ne cherche pas à te prendre le tien ? se demanda Sunida.

Maria soutint le regard de la Siamoise qui sentait celui de Phaulkon fixé sur elle : Sunida l'évita soigneusement. Il était maintenant trop tard pour battre en retraite et, de toute façon, elle avait une tâche à accomplir.

« Ma Dame, je suis Sunida, dit-elle en s'inclinant encore une fois devant Maria. Je suis venue présenter mes respects à la future première épouse du maître. »

Maria la dévisagea un moment sans rien dire, la toisant en silence. « Ma Dame, je ne suis pas la future première épouse du maître. Si nous étions mariés, je serais simplement son épouse. » Elle s'était exprimée poliment en siamois, mais avec un rien de condescendance.

Phaulkon eut un regard inquiet. Quelle mouche avait piqué Sunida ? Il lui avait dit de ne pas se montrer. Et si Maria révélait soudain qu'elle était au courant du rôle d'espionne de Sunida ? Il fallait séparer ces deux femmes avant que ne surviennent des dommages irréparables.

« Sunida, je suis heureux que tu sois venue. J'allais commander quelques rafraîchissements. Voudrais-tu nous faire servir du thé, je te prie. »

Sunida sentit l'agacement dans le ton de son maître. Elle n'allait pas l'irriter davantage, mais du moins allait-elle déclarer ce qu'elle était venue dire. « Je reçois vos ordres, mon Seigneur. J'ai entendu des éclats de voix et j'ai cru que vous m'aviez peut-être appelée. » Elle se tourna vers Maria. « Je suis honorée, ma Dame, d'avoir fait votre connaissance et d'avoir eu l'occasion de vous assurer que vous pourrez en tout temps compter sur ma loyauté et mon obéissance.

— Je te remercie, répondit Maria d'un ton guindé, mais je ne pense pas avoir besoin ni de l'une ni de l'autre. »

Se courbant bien bas, Sunida sortit à reculons, sans oser lever les yeux vers son maître. Ça n'allait pas être chose facile que de faire changer d'avis à cette fille entêtée, songea-t-elle en refermant la porte derrière elle.

Maria se tourna aussitôt vers Phaulkon. « Quelle prétention, mon Seigneur, de la part de cette fille. Je suppose que c'est de l'ignorance. Peut-être avez-vous manigancé ce petit épisode pour me faire éprouver la docilité de votre concubine ?

— Mes fiançailles, Maria, ne sont pas un secret. Sunida n'a pas l'impression d'avoir quelque chose à cacher. Elle venait simplement te présenter ses respects traditionnels.

— Les respects traditionnels d'une concubine, mon Seigneur ? interrogea Maria d'un ton amer.

— On l'a envoyée pour m'espionner et cela sert tout à fait mon propos. C'est à cela, je te l'ai dit, que se bornent nos relations.

— Alors, mon Seigneur, je crois malheureusement qu'il va vous falloir choisir entre votre carrière et moi. » Maria leva les yeux vers lui, la voix vibrante de colère. « Même si elle n'était pas aussi terriblement séduisante, je ne voudrais pas partager ma maison avec une femme qui espionnerait ouvertement mon mari. Songez-y, mon Seigneur. » Elle tourna les talons. « Je vais prendre congé avant qu'elle ne revienne m'assurer encore une fois de son dévouement. Vous devriez prendre le thé avec elle plutôt qu'avec moi : je suis certaine que vous aurez de nombreux sujets de discussion.

— La raison de votre intransigeance n'est malheureusement pas une chose qu'elle pourrait comprendre.

— Discutez donc avec elle de la question de son départ. Car c'est alors seulement, mon Seigneur, que j'accepterai de devenir votre épouse dévouée.

— Madame, vous me demandez plus que je ne puis donner. »

36

Samuel Potts atteignit Mergui peu avant la tombée de la nuit : même s'il s'était reposé toute une semaine à la factorerie hollandaise d'Ayuthia pour reprendre des forces, ses guides avaient été contraints de ralentir le pas et le voyage avait duré quinze longs jours. Le lent balancement que lui imposait la démarche de l'éléphant lui donnait mal au cœur, les tourbillons des rapides le terrifiaient, les tigres qui rôdaient juste au-delà des feux de camp pour dévorer ce qu'avaient abandonné les moustiques — tout cela l'avait épuisé. Il croyait entendre encore les grognements affamés des fauves lorsqu'il débarqua de la petite pirogue pour mettre pied à terre. Il s'étira et palpa son cou endolori : il souffrait encore des meurtrissures que ces fichues planches avaient imprimées sur sa peau. Bientôt, il serait à Madras et ferait payer cher les insultes qu'il avait subies dans cette prison indigène. Quant à Phaulkon... Potts attirerait personnellement l'attention du vice-président Yale sur la fourberie de ce démon et Phaulkon serait arrêté pour trahison. Yale le ferait pendre puis écarteler, et Potts aurait la satisfaction d'assister à son exécution. C'était devenu pour lui une obsession.

Potts s'arrêta un moment au bord du fleuve où ses porteurs déchargeaient les quelques vêtements européens que les Hollandais avaient réussi à lui procurer, et il contempla l'animation du port. Certes, il n'était pas d'humeur à admirer la nature, mais le spectacle était si majestueux qu'il en oublia un instant ses sombres pensées. De grandes collines boisées descendaient jusqu'en bordure de la baie et l'horizon baignait maintenant dans la lumière orange du couchant. L'océan était calme comme un lac et une douceur embaumée flottait dans le soir. Il eut l'impression que ses épaules s'allégeaient du poids de la fatigue. Les quais grouillaient d'indigènes en costumes de couleurs vives. Il passa devant les rangées d'éventaires aux toits de chaume auprès desquels les clients mangeaient et bavardaient, accroupis sur des nattes. Son regard parcourut les docks et s'arrêta sur un groupe d'hommes blancs en culotte et en chemise, assis sur des caisses en bois devant l'une des dernières boutiques en plein vent. Ils semblaient plongés dans une conversation animée. Quel coup de chance, se dit-il. Il allait demander où s'installer pour la nuit mais sans doute aussi pourrait-on lui signaler un bateau en partance pour Madras. Il n'avait remarqué aucun grand vaisseau dans la rade : seulement de petites embarcations indigènes et ce qui ressemblait à une jonque de cabotage. Il fit signe au porteur et se dirigea vers les Européens. En approchant, il constata qu'ils étaient trois et semblaient porter des toasts avec une grande régularité et dans la plus folle hilarité. Leurs rires s'interrompirent brusquement quand ils l'aperçurent : les signes qu'ils échangèrent et la façon dont leur conversation s'arrêta net éveillèrent sa méfiance. Il croyait avoir entendu les hommes parler anglais et, d'instinct, il résolut d'en révéler sur lui-même le moins possible.

« Bonjour, messieurs. Quelle surprise ! Je suis en vérité soulagé de trouver ici quelques-uns de mes compatriotes. Puis-je me joindre à vous ?

— Approchez une caisse, monsieur », répondit l'un d'eux avec un rire forcé. Il était blond et hâlé par le soleil, avec l'air d'un marin ayant beaucoup voyagé. Il avait un sourire plaisant et un air vaguement familier. Où avait-il déjà vu ce visage ? se demanda Potts. Les deux autres ne se ressemblaient guère : l'un était grand et maigre, avec le cheveu rare, l'autre était de petite taille avec une crinière de cheveux bruns et bouclés.

« Voudriez-vous boire quelque chose, monsieur ? demanda le plus grand des deux. Nous avons réussi à trouver une bouteille de cognac à la mission catholique.

— C'est fort aimable à vous, monsieur. Je prendrais volontiers un verre », répondit Potts. À leurs visages congestionnés et au niveau de la bouteille, il déduisit qu'ils en avaient plusieurs d'avance sur lui. L'homme maigre lui versa une rasade.

« Y a-t-il quelque endroit par ici où l'on pourrait m'héberger, messieurs ? » demanda Potts. Le grand se tourna vers son compagnon.

« Vous connaissez bien le bon père, Thomas. A-t-il une chambre de libre ? » De la tête, il désigna la petite église à flanc de coteau.

« Le visiteur pourra sans doute prendre la nôtre quand nous partirons demain », répondit le petit homme. Il se tourna vers Potts. « Surtout si vous êtes disposés à mettre une obole dans le tronc de l'église. C'est la voie la plus sûre vers le cœur du père.

— D'où venez-vous ? » interrogea le marin blond. Il venait de jeter un regard méfiant aux marques que le nouveau venu portait sur la gorge et le cou.

« De Macao, répondit Potts. Et avant cela, de Chine. » Le comptoir portugais de Macao n'était sans doute qu'un nom pour le marin anglais. Au moment où Potts se tut, le visage qui lui avait paru vaguement familier prit soudain une identité. Bien sûr : George White. En plus jeune, assurément, mais c'était son portrait tout craché. C'était peut-être son frère. À bien y réfléchir, il se souvint avoir entendu dire que George avait un frère qui travaillait pour l'honorable Compagnie à Madras ou quelque part.

Une avenante Birmane en sarong à carreaux mauves s'approcha, portant quatre feuilles de bananier en guise d'assiettes. Sur trois d'entre elles s'entassaient du riz fumant et du poisson frit, alors que la quatrième était emplie d'une épaisse sauce brune. Elle sourit et jeta à Potts un regard interrogateur tout en désignant les plats. Il eut un hochement de tête affirmatif et elle regagna son éventaire pour aller chercher une autre portion. L'homme de haute taille ne la quittait pas des yeux.

« Vous ne vous sentiriez pas par hasard attiré par cette dame, Richard ? demanda le petit homme avec un large sourire. J'ai hâte de vous entendre demander au père la permission de l'abriter dans l'église avec vous. » Il vida son verre et se versa une autre rasade. « Je dois dire que ces femmes birmanes accordent plus volontiers leurs faveurs que les Siamoises. » Mergui avait tant de fois changé de main entre la Birmanie et le Siam que la ville abritait maintenant une population très mêlée. « Nous devrions ouvrir une succursale ici. »

Richard ! s'exclama Potts en son for intérieur. C'est ça. Potts s'était creusé la cervelle pour se remémorer le prénom de Burnaby. Phaulkon avait affirmé que Burnaby était en mission confidentielle à Mergui et l'on ne pouvait pas dire que l'endroit grouillait d'Européens. Ce devait être lui. Et le petit homme devait être Irving. Que faisaient-ils ici avec le frère de George White ?

« Où donc allez-vous demain, messieurs ? demanda Potts pour avoir l'air d'engager la conversation.

— Ayuthia, répondit Burnaby. Et vous, monsieur ?

— À Madras. Enfin, si je peux trouver un bateau qui s'y rende. Peut-être pouvez-vous m'aider, messieurs ?

— Madras ? fit White en regardant Potts d'un air bizarre. Vous avez pris une route bien détournée, monsieur. Pour aller de Macao à Madras, pourquoi passer par les terres en traversant le Siam ? » Il jeta un œil sur le maigre bagage de Potts que le porteur surveillait près de l'éventaire.

Potts suivit son regard. « L'équipage de la jonque sur laquelle j'étais à Macao m'a volé toutes mes affaires et m'a déposé au Siam à l'embouchure du Menam. On m'a dit que c'était à partir de là la route la plus directe pour Madras. »

Samuel White se détendit.

« Alors, monsieur, vous avez de la chance d'être en vie, dit-il en souriant d'un air compatissant. Je dois dire que c'est bien honnête de la part des pirates de vous avoir débarqué.

— Nous avons tous de la chance d'être en vie », fit Burnaby en levant son verre. Il passa affectueusement son bras autour de la taille de l'avenante Birmane qui apportait une portion supplémentaire pour Potts. Celui-ci examina d'un air dubitatif la feuille de bananier et tâta l'épaisse sauce de sa petite cuillère en coquillage. Puis, voyant qu'ils avaient tous levé leurs verres, il les imita et vida le sien à l'unisson.

« Alors, demanda Potts, vous l'avez échappé belle ?

— Nous revenons d'entre les morts », répondit White. Maintenant qu'il savait que cet homme se rendait à Madras, l'idée lui vint qu'il devrait raconter leur aventure. Plus nombreux seraient les gens à entendre ce récit, plus celui-ci gagnerait en crédibilité. « Notre navire, le *Cornwall*, a coulé avec toute sa cargaison dans une tempête au large des Andaman et nous n'avons échappé aux sauvages de là-bas que de justesse et par la volonté de Dieu. Nous dérivions dans deux petits canots quand nous avons été recueillis par une jonque siamoise qui nous a conduits à Mergui. Nous buvions à notre sauvetage. » Il se leva. « Monsieur, mon nom est Samuel White, capitaine de la flotte marchande de l'honorable Compagnie à Madras. À qui ai-je l'honneur ?

— John Granger, monsieur, dit Potts en se levant à son tour et en s'inclinant.

— Je vous présente MM. Burnaby et Ivatt, reprit White en désignant les autres qui s'étaient également levés. Ces messieurs appartiennent au bureau de la Compagnie à Ayuthia. J'ai envoyé là-bas un messager pour signaler la perte de notre navire et chercher un autre moyen de transport. Ils se sont montrés très coopératifs.

— Je suis enchanté de faire votre connaissance, messieurs, dit Potts en s'inclinant de nouveau. Alors, monsieur Burnaby, vous n'étiez pas à bord de cet infortuné vaisseau ?

— Non, non, répondit Burnaby en se dandinant d'un air gêné. Je suis venu ici seulement pour préparer mon rapport et aider M. White à trouver un transport pour Madras.

— Monsieur White, je vous serais infiniment reconnaissant si vous pouviez me prendre comme passager, au cas où vous iriez à Madras ou toute autre destination de l'autre côté du golfe.

— Mon équipage va gagner Madras, monsieur... Granger, je crois que c'est ce que vous avez dit ? répondit Samuel. Mais je dois d'abord régler à Ayuthia plusieurs affaires qui vont me retenir quelques jours. Toutefois les navires font souvent escale ici : je suis donc certain que vous n'aurez aucun mal à trouver un passage. Surtout si vous pouvez le payer. Demarcora, le négociant arménien basé à Pegu, possède un grand nombre de bateaux dans la région et ses capitaines sont toujours heureux de se faire un peu d'argent de poche. Oh, mais j'oubliais, on vous a dépouillé. » Il regarda Potts d'un air interrogateur. « Les bandits ne vous ont rien laissé du tout, monsieur ?

— C'est ce qu'ils ont cru. Mais on m'avait heureusement mis en garde contre les pirates de la mer de Chine : j'avais pris la précaution de cacher quelques doublons espagnols dans la doublure de ma veste.

— Une très sage précaution, observa Burnaby. Alors, monsieur, vous êtes marchand ? »

Potts eut un petit rire. « Vous ne le croiriez pas à me voir maintenant, monsieur, mais je suis un émissaire spécial du roi Charles — puisse-t-il régner longtemps — à la cour de l'empereur de Chine. Dès que je pourrai me faire reconnaître à Madras, l'honorable Compagnie ne manquera pas de m'embarquer sur le premier vaisseau en partance pour l'Angleterre. En attendant, messieurs, je vous serais très reconnaissant de votre aide. » Il les regarda tour à tour.

« Tiens, voici le père, annonça Ivatt, en désignant la silhouette d'un prêtre vêtu d'une longue robe brune qui approchait. Si vous êtes disposé à vous séparer de quelques-uns de vos doublons, monsieur, nous pourrons certainement trouver à vous héberger. »

Le père Francisco s'approcha, un large sourire éclairant son visage rond, les yeux étrangement brillants. Il semblait perdu dans ses pensées et ne remarqua pas tout de suite la présence de Potts. Les voies du Seigneur étaient en effet merveilleuses, songea-t-il. Maintenant que l'on avait réparé le toit de la chapelle, il allait enfin pouvoir ajouter une autre aile qui ferait office d'école. Tout cela, grâce à ces matelots que, dans Son infinie sagesse, le Seigneur lui avait envoyés : ils lui avaient promis un pourcentage des trésors maintenant cachés dans la Maison de Dieu. Il y en aurait assez pour construire l'école dont il rêvait depuis longtemps.

Le père Francisco adressa un joyeux clin d'œil à Samuel. « Mon fils, vos trésors sont en sûreté. C'est Dieu Lui-même qui veille sur eux. Avec l'assistance, bien sûr, de quelques-uns de vos hommes d'équipage. Il... » Le prêtre s'interrompit en apercevant soudain Potts. « Oh, je vois que vous avez un autre ami avec vous.

— John Granger, mon Père, à votre service », dit Potts en se levant. De quels trésors s'agissait-il donc ? se demanda-t-il. Il se jura de le découvrir avant la fin de la journée. Il sourit sous cape, pressentant qu'il était sur une piste intéressante. Les activités de cette bande sentaient un peu la corde.

« M. Granger vient tout juste de Macao, mon Père, s'empressa d'ajouter White. Il a malheureusement été dépouillé là-bas.

— Macao ? » s'exclama le prêtre tout excité. Il y avait passé cinq ans avant d'être transféré à Mergui. Quelle coïncidence ! La bonté du Seigneur ne connaissait pas de limites, se dit-il. Voilà maintenant qu'il lui apportait même des nouvelles de sa bien-aimée Macao.

« A-t-on réparé la façade de l'église de São Paulo ? s'empressa-t-il de demander.

— Euh, hum... balbutia Potts pris au dépourvu, franchement, mon Père, je ne fréquente guère les églises.

— Bien sûr, bien sûr, répondit le père Francisco, visiblement déçu. Vous autres Anglais êtes tous des hérétiques, j'avais oublié. » Il parut soudain contrarié. Même un hérétique aurait pu remarquer un aussi beau monument, songea-t-il. Il avait tellement hâte d'apprendre quelque chose sur cette ville où il avait si longtemps résidé. « Où étiez-vous descendu, monsieur ? »

Potts hésita. Il ignorait s'il y avait ou non à Macao un représentant de la Couronne britannique. Voilà que les événements prenaient une tournure bien désagréable. Il fallait rapidement changer de sujet de conversation avec ce maudit prêtre. « À l'auberge, mon Père.

— À la Pousada do Norte ? demanda le prêtre ravi.

— C'est cela. Tout à fait charmant.

— J'ai dîné là-bas un soir avec l'évêque, reprit le prêtre dont le visage rayonnait. Ce sont toujours les frères Ribeira qui tiennent l'établissement ?

— Je n'ai jamais rencontré les propriétaires, mon Père. Mais, à propos de logement, je me demandais si vous auriez une chambre à me louer ici ? »

Le prêtre n'entendit pas la question. Comme c'était étrange, songeait-il, que quelqu'un descendu à la Pousada n'ait pas rencontré Jorge ou Antonio Ribeira. L'auberge ne comptait que six chambres, les frères Ribeira recevaient en personne tout hôte qui arrivait chez eux et tenaient à lui offrir un verre de vin de Porto. Même aux hérétiques anglais. Comment ne pas avoir remarqué la façade de l'église ? Elle dominait toute la rade. C'était pour Macao ce que São Pedro était pour Rome ou São Vicento pour Lisbonne. L'idée vint soudain au père que cet homme pourrait n'avoir jamais mis les pieds à Macao.

« Et le pont qui mène en Chine est-il toujours debout ? interrogea-t-il.

— Tout à fait, mon Père. Je l'ai moi-même emprunté. » Ce prêtre commençait à être fatigant, pensait Potts. Il s'apprêtait à lui demander une fois encore s'il avait une chambre lorsqu'il remarqua que l'homme le regardait d'un air bizarre.

« Il n'y a pas de pont pour passer en Chine, monsieur. Il n'y en a jamais eu car Macao n'est pas une île. »

Les trois Anglais avaient écouté cette conversation avec un intérêt croissant. Des soupçons commençaient à naître dans l'esprit de Burnaby. White, très conscient de la nécessité de garder le secret sur leur récente expédition, se leva soudain.

L'énorme trésor en argent, résultat de leurs lucratives opérations avec les marchands de Perse, était enfermé dans des coffres entassés dans la sacristie de la petite chapelle au flanc de la colline. Des membres de l'équipage du *Cornwall* naufragé — jamais moins de trois à la fois — montaient la garde en permanence devant la porte de la chapelle pendant que leurs compagnons dépensaient leur part dans une maison de plaisir à l'autre bout de la ville. On avait promis au père Francisco une généreuse donation pour avoir, comme l'avait dit Ivatt en plaisantant, « provisoirement abrité au ciel les trésors de la terre ».

« Il semble, monsieur, que vous ne soyez jamais allé à Macao. Qui êtes-vous donc ? » demanda White d'un ton où perçait la menace.

Potts sentit ses genoux se dérober sous lui et il maudit sa malchance. Il n'était pas de taille devant l'athlétique matelot qui lui faisait face. Les pensées se bousculaient dans son esprit.

« Je... je... j'avais oublié le pont, messieurs. » Son regard suppliant alla de White au prêtre. Ne trouvant chez eux aucune compassion, il se tourna vers Ivatt et Burnaby. « Il s'est passé tant de choses : cette agression... je...

— Mais rien qui pourrait vous faire souvenir d'avoir traversé un pont n'ayant jamais existé, répliqua White d'un ton mauvais. Il n'y a que deux façons de régler ce problème, monsieur Granger, si c'est bien votre nom. Ou bien vous nous dites de bon gré qui vous êtes vraiment, ou bien je vous traîne dans cette forêt là-haut et je vous arrache personnellement ces renseignements à coups de poing. Alors, que choisissez-vous ?

— On a déjà vu M. White rosser un homme presque à mort », fit observer Ivatt.

Le prêtre semblait mal à l'aise. « Ma foi, messieurs, si vous voulez bien m'excuser, j'ai des affaires à régler ailleurs.

— Très bien », dit Potts, un peu tremblant tandis que White l'empoignait brutalement par les revers de sa veste. « Je vais vous dire qui je suis. » Il jeta autour de lui un coup d'œil inquiet. Le prêtre s'éloignait sur le quai. Un groupe d'indigènes, suffisamment proche pour observer la scène, contemplait avec curiosité les étrangers. Il faisait presque nuit maintenant. Seules quelques taches rougeâtres parsemaient encore l'horizon.

« Je suis contrôleur général de l'honorable Compagnie », annonça Potts du ton ferme dont il était capable. White hésita un moment, puis relâcha sa prise.

« Quel est votre nom ? demanda-t-il d'une voix moins hostile.

— Samuel Potts. On m'a envoyé enquêter sur les affaires de la Compagnie à Ayuthia. » Il se tourna vers Burnaby. « Je n'ai trouvé aucun membre du personnel à son poste, à l'exception de M. Phaulkon, qui m'a horriblement mal traité. Quand j'ai insisté pour examiner les livres, il a commencé à mettre le feu à la factorerie. »

Burnaby contempla Potts en silence. Ivatt observait Burnaby tandis que White attendait son heure.

« On m'a informé, monsieur Potts, dit Burnaby en retrouvant sa voix, que c'était vous qui aviez mis le feu à la factorerie.

— Moi, monsieur ? Ne soyez pas ridicule. Pourquoi voulez-vous que moi, un contrôleur général de la Compagnie, j'aille mettre le feu au bâtiment même où l'on m'a envoyé enquêter ? Voyons, monsieur, où est la logique là-dedans ? »

Burnaby le regarda secouer la tête d'un air incrédule. Était-il possible que Constant eût fait ce que prétendait Potts ? se demanda Burnaby. Certes, le Grec avait mauvais caractère, il le savait : quand on l'irritait, impossible de prédire ce dont il était capable... il l'avait déjà constaté. Burnaby avait entendu parler de Samuel Potts et il connaissait sa position. Si cet homme était bien Potts et si Phaulkon avait vraiment mis le feu à la factorerie, c'était assurément la fin de leur carrière à tous au sein de la Compagnie. On allait les convoquer à Madras pour les juger. Il fallait trouver un moyen d'apaiser Potts. Mais lequel ? Burnaby cherchait désespérément une idée.

Potts se tourna vers White : il reprenait confiance en voyant les autres perdre la leur. « Et vous, monsieur White, j'ai bien connu votre frère George : un homme remarquable, quoique peu conventionnel. Puis-je vous demander quels sont exactement ces trésors entassés dans l'église là-haut ? » Il désigna la colline. « Ne vous ai-je pas entendu dire que le *Cornwall* avait coulé avec toute sa cargaison ? »

White le regarda. Devait-il se débarrasser de Potts ici même ? Après tout, si un contrôleur général de la Compagnie exigeait de voir les caisses, sous quel prétexte pourrait-il le lui refuser ? Et comment expliquerait-il la présence des lingots d'argent qui emplissaient une dizaine de coffres ? Potts croirait-il jamais que tout cela était destiné au Trésor siamois ? C'était une situation bien délicate.

« Ces caisses, monsieur Potts, contiennent de l'argent appartenant au Trésor siamois, répondit-il. On nous a demandé de les escorter jusqu'à Ayuthia. C'est pourquoi je dois me rendre d'abord là-bas. Pendant ce temps, je renvoie mes hommes à Madras pour qu'ils fassent leur rapport sur le sort du *Cornwall*.

— Et qui vous a demandé d'assurer cette escorte ? interrogea Potts visiblement sceptique.

— M. Burnaby ici présent, répondit White en se tournant vers l'Anglais qui s'était remis à se dandiner nerveusement d'un pied sur l'autre.

— C'est... c'est exact, confirma Burnaby en bégayant légèrement. Lorsque j'ai demandé au Barcalon l'autorisation de me rendre à Mergui en réponse à l'appel de M. White, Son Excellence m'a demandé d'utiliser quelques-uns des Anglais bloqués là-bas afin d'escorter jusqu'à Ayuthia des marchandises précieuses appartenant au Trésor. Il aurait été fort impoli de refuser. Les demandes du Barcalon émanent en général du roi.

— C'est pourquoi j'ai décidé de me séparer de mes hommes, précisa White, retrouvant son assurance. Je ne voulais pas opposer un refus à une demande du roi de Siam alors que j'avais appris que l'honorable Compagnie cherchait à améliorer les relations avec son gouvernement. En même temps, je ne pouvais guère attendre pour faire mon rapport sur le naufrage du *Cornwall*.

— Vous voulez dire, demanda Potts incrédule, que le puissant roi de Siam ne dispose pas d'escortes suffisantes ? Depuis quand doit-il faire appel à des matelots naufragés pour assurer la protection de ses convois ?

— Les farangs sont mieux armés, monsieur Potts, intervint Ivatt. Même à moi, le plus jeune membre de la Compagnie, on a demandé de venir à cause de mon mousquet. Les Siamois possèdent peu de mousquets et ne savent pas très bien s'en servir. J'ai cru comprendre que le contenu des caisses de Sa Majesté était particulièrement précieux.

— Alors, messieurs, je vais les examiner. Montons donc à la colline. » La confiance grandissante de Potts commençait à tourner à l'arrogance au fur et à mesure qu'il reprenait l'avantage.

« Les caisses sont scellées, monsieur Potts. En outre, elles sont la propriété du gouvernement siamois, le prévint White. Il serait tout à fait inconvenant de briser ces sceaux et de...

— Laissez-moi en juger, monsieur White. Suivez-moi, je vous prie. »

Potts s'avança tandis que White et Burnaby échangeaient un regard. White fit le geste de trancher la gorge de Potts, mais Burnaby secoua énergiquement la tête. La situation était déjà suffisamment compliquée, se dit-il, sans avoir en plus un meurtre sur les bras. Ils emboîtèrent donc le pas à Potts. Ivatt fermait la marche. Ils grimpèrent en silence l'étroit sentier qui menait à la chapelle. White mit une nouvelle fois Potts en garde :

« Je vous déconseille vivement de briser les sceaux des caisses, monsieur Potts. Les Anglais sont responsables de leur arrivée à bon port et cela fera mauvais effet si on les trouve endommagées. » Si Potts tombait sur une mauvaise caisse, se dit White, il trouverait davantage que de l'argent. Quatre d'entre elles au moins contenaient des objets de valeur sauvés du *Cornwall;* le coffre-fort du navire en occupait une cinquième tout entière : ce n'était guère le genre de choses que l'on sauvait d'un navire en train de sombrer dans la tempête.

« Attendez ici, messieurs », déclara Potts d'un ton autoritaire. Il ouvrit la porte de la chapelle et y pénétra. Après le brutal soleil de l'extérieur, la sacristie semblait comme plongée dans l'obscurité. La silhouette d'un matelot de bonne taille lui barra le passage. « Pardonnez-moi, monsieur, mais l'église est fermée aujourd'hui pour réparations.

— J'ai été envoyé par le capitaine White pour examiner la marchandise », déclara Potts. Il regarda autour de lui : on distinguait le long d'un des murs de la chapelle les formes de plusieurs grandes caisses. Il s'approcha.

Deux autres matelots surgirent de l'ombre et se plantèrent devant lui. « Je suis désolé, monsieur, vous ne pouvez pas aller plus loin.

— Pourquoi donc ? demanda Potts feignant la surprise. Ces caisses ne sont-elles pas la propriété du gouvernement siamois ?

— Elles appartiennent au capitaine White, monsieur, et il ne faut pas y toucher.

— Ça va, les gars. Laissez-le les examiner. » La silhouette de White s'encadra sur le seuil. « Les contenus sont tous les mêmes, alors qu'il choisisse. Mais je ne veux pas que l'on fasse sauter les sceaux de plus d'une caisse, sinon les Siamois d'Ayuthia croiront que nous nous sommes servis. » White avait déjà pris sa décision. Si Potts ouvrait celle qu'il ne fallait pas, il mourrait.

Potts se dirigea vers les caisses. Elles étaient entassées par piles de trois sur quatre rangées. Il désigna l'une du dessous : les matelots se tournèrent, quêtant l'approbation de leur capitaine. White acquiesça et les trois gaillards commencèrent à déplacer soigneusement les caisses posées sur le dessus. La charge était lourde et c'était un travail pénible. La veille il avait fallu faire venir tout l'équipage pour les apporter jusque-là après les avoir déchargées de la jonque. White avait besoin d'un jour ou deux afin d'organiser le retour en Angleterre de son équipage avant de partir pour Ayuthia.

La caisse que Potts avait désignée était maintenant

dégagée. Les matelots jetèrent un dernier regard à leur capitaine pour obtenir son approbation avant de briser le sceau et de soulever le couvercle au moyen d'une barre de fer. Potts s'avança pour examiner le contenu. « Il va me falloir plus d'éclairage, dit-il. Ouvrez donc la porte de la chapelle. » Les petits vitraux laissaient passer fort peu de lumière. White était toujours planté sur le pas de la porte. Burnaby et Ivatt étaient restés dehors.

White entra dans l'église : la lumière extérieure s'y engouffra aussitôt. Potts se pencha pour inspecter le contenu de la caisse. À cet instant, comme si un nuage passait devant le soleil, la chapelle se trouva de nouveau plongée dans l'obscurité. Potts et White se retournèrent vers la porte.

Un prêtre se tenait debout sur le seuil, masquant la lumière. Il considéra un moment les caisses puis, tour à tour, chacun des Européens. Ce n'était pas dom Francisco. Ce prêtre était plus petit, mince, et beaucoup trop brun de peau pour être portugais. On aurait dit un Indien. S'inclinant légèrement devant Potts et White, il passa devant les caisses pour aller s'agenouiller sur l'un des prie-Dieu des premiers rangs. Il joignit les mains et se mit à psalmodier en siamois.

Potts haussa les épaules et reprit son inspection. La tension montait dans la sacristie. White avait les poings serrés. Il semblait prêt à égorger Potts d'un instant à l'autre, quel que fût le contenu de la caisse.

Le contrôleur ôta une couche de paille et plongea la main dans la caisse pour en extraire le contenu. Sa main tremblait sous le poids du premier objet qu'il remonta. Il le posa et l'examina attentivement : c'était un lingot d'argent. « Les poinçons m'ont l'air d'être persans », fit-il d'un ton méfiant. Je croyais que c'étaient les Maures qui s'occupaient du commerce avec la Perse pour le roi de Siam ? Pourquoi ne transportent-ils pas tout cela eux-mêmes à Ayuthia ? interrogea-t-il.

— Comment puis-je vous répondre, monsieur Potts, répondit White, quand je ne connais même pas le contenu des caisses ? On nous a demandé de nous charger d'un service pour Sa Majesté et nous nous contentons de le faire. John, dit-il en se tournant vers le plus grand des matelots, vous et les gars pouvez maintenant remettre les scellés sur la caisse. Tâchez de vous arranger pour que cela passe inaperçu.

— À vos ordres, commandant.

— Un instant, fit Potts, je n'ai pas encore terminé. Je vais d'abord vider la caisse puis j'en examinerai une autre. » White réprima son envie de bondir. Potts en désigna une tout au bout de la rangée.

« Ouvrez celle-là, je vous prie. » Les matelots regardèrent leur capitaine : White avait les yeux exorbités, son corps tout entier commençait à trembler. Ils avaient déjà vu le capitaine dans cet état : ce n'était pas bon signe.

« Restez où vous êtes, leur ordonna White. J'ai dit que je ne voulais pas que l'on ouvre plus d'une caisse appartenant au gouvernement siamois, monsieur Potts. En fait, une c'est déjà trop. Je ne vous permettrai pas d'ajouter l'insulte à l'injure. Vous avez vu ce que vous souhaitiez voir. » Il se tourna vers ses hommes. « Scellez la caisse ouverte et ne touchez pas aux autres.

— À vos ordres, commandant.

— Vous allez ordonner à vos hommes de faire ce que j'exige, capitaine White, ou bien vous en subirez les conséquences dans mon rapport à Madras. Je suis contrôleur général de la Compagnie et, en tant que marin, capitaine, vous devez être au courant de ce qu'entraîne le refus d'obéir à un supérieur. »

Potts se pencha et s'empara de la barre de fer que les matelots avaient utilisée pour ouvrir la première caisse. Puis il se dirigea vers l'extrémité de la rangée et entreprit d'introduire l'outil dans une autre caisse. Les hommes jetèrent un coup d'œil à leur capitaine. White était tout rouge et un tremblement commençait à agiter sa lèvre supérieure. Potts entreprit de forcer le couvercle : White se jeta sur lui et ses mains se refermèrent autour de son cou. Potts se mit à hurler tandis que la pression se faisait plus forte : mais White, manifestement décidé à l'étrangler, ignorait ses vociférations. Les matelots regardaient la scène sans oser intervenir.

Attirés par les cris, Ivatt et Burnaby se précipitèrent sur White. Ils s'efforcèrent de libérer Potts tandis que les matelots se regardaient, ne sachant s'ils devaient ou non intervenir.

Par deux fois, Ivatt et Burnaby parvinrent à tirer White en arrière et par deux fois il se dégagea pour foncer de nouveau sur Potts. Les matelots choisirent de s'abstenir et il fallut plusieurs minutes à Ivatt et à Burnaby pour maîtriser enfin le capitaine. Burnaby s'effondra, hors d'haleine. Potts restait là à se tenir la gorge, le corps agité de soubresauts.

« Vous êtes devenu fou ? souffla Burnaby à l'oreille de White. Vous voulez nous faire tous passer en cour martiale ? Je suis responsable de la Compagnie ici. Que va-t-il advenir de nous maintenant ? »

Ivatt, cependant, s'occupait de Potts. Il avait appuyé l'homme contre son genou et lui massait la poitrine. Burnaby était trop essoufflé pour l'aider. White, le dos appuyé au mur, marmonnait des propos incohérents. Sur ces entrefaites, le prêtre au teint sombre s'approcha et lui murmura quelques mots en siamois. Il se pencha ensuite sur Potts et colla son oreille contre le cœur de l'Anglais.

Agenouillé à son côté, il commença une petite prière. Il fit un signe de croix et regarda les autres en souriant, comme pour signifier que Potts allait se remettre. Au bout d'un moment, il se leva et, se dirigeant vers la porte, il se pencha prestement pour examiner le lingot d'argent posé par Potts sur le sol près de la caisse ouverte. Un des matelots s'approcha, menaçant. Le prêtre eut un sourire timide et reposa le lingot. Puis il franchit rapidement la porte et disparut en descendant la colline.

Luang Aziz sonna à la porte et on le fit aussitôt entrer. Il ôta sa capuche et pénétra dans la maison, toujours vêtu de sa robe de prêtre. Il n'avait pas eu le temps de se changer.

Il s'inclina bien bas devant l'Oc-Ya Tannaw puis, plus bas encore, devant l'invité d'honneur moustachu qui se tenait un peu raide à la droite de l'Oc-Ya.

« Votre Altesse, murmura-t-il en se baissant.

— Alors ? dit l'Oc-Ya Tannaw. Quelles nouvelles nous apportes-tu, Aziz ? »

Cinq paires d'yeux sombres fixèrent le nouveau venu. Le silence s'abattit sur la pièce.

Luang Aziz alla s'asseoir en tailleur à la seule place du cercle restée libre et contempla un moment les gravures accrochées aux murs. Comme elles étaient de circonstance, songea-t-il, ces scènes de rue d'Ispahan, surtout celles qui dépeignaient un marché persan. Peut-être était-ce à celui-ci que les farangs s'étaient rendus.

« J'apporte de mauvaises nouvelles, mes frères. La lettre que j'avais dérobée à la fille était un faux. »

Un murmure de consternation se fit entendre.

« Mais n'avais-tu pas dit qu'elle avait résisté jusqu'au dernier moment avant de se séparer de cette lettre ? demanda l'Oc-Ya Tannaw perplexe.

— Elle était bien entraînée, Votre Honneur, répondit Aziz. Son numéro était très convaincant. »

Il regarda autour de lui, préoccupé par l'importance de ce qu'il avait découvert et savourant en même temps ce moment de gloire. Ce n'était pas souvent qu'un homme pouvait annoncer des nouvelles aussi graves à une aussi illustre société. Il observa le chef des Macassars et constata qu'il était également suspendu à ses lèvres. « Le navire farang s'est rendu en Perse, annonça-t-il. Il est revenu avec des caisses pleines d'argent. De l'argent persan.

— Tu as vu les poinçons ? » demanda aussitôt l'Oc-Ya.

Aziz acquiesça. « Je les ai vus, Votre Honneur. Persans, à n'en pas douter. Et le plus intéressant, c'est que le navire farang n'a jamais accosté à Mergui. Les caisses ont été déchargées d'une jonque siamoise. Comme c'était une embarcation trop petite pour avoir fait le voyage depuis la Perse, les marchandises ont dû être transférées à bord quelque part en mer. De toute évidence, le navire farang voulait éviter d'être vu. Il a dû repartir pour son port d'attache — Madras sans doute.

— T'es-tu renseigné pour savoir qui avait procuré la jonque? demanda l'Oc-Ya.

— Oui, Votre Honneur : le prêtre jésuite, dom Francisco. Et c'est un des farangs de la Compagnie anglaise qui la pilotait. » Les yeux sombres de l'Oc-Ya Tannaw étincelèrent de colère. « Ce prêtre paiera sa fourberie. »

Il promena sur les conseillers rassemblés un regard grave.

« Mes frères, nous avons devant nous une conspiration chrétienne dirigée par ce nouveau mandarin, Phaulkon. Et le roi, semble-t-il, est de leur côté. »

Il y eut un murmure horrifié.

« Mais pourquoi? demanda Iqbal Sind en frottant nerveusement un doigt contre son nez aquilin. Pourquoi Sa Majesté voudrait-elle se ranger au côté des farangs?

— Si tu regardes attentivement, Iqbal, tu comprendras quel est leur plan. D'abord on retire à Rachid le service des Banquets. Ensuite, on expédie secrètement en Perse les biens du Trésor à bord d'un navire anglais. Et enfin, on nomme mandarin un homme de la Compagnie commerciale britannique.

— Il est clair que l'on cherche à saper la position des Maures, renchérit Fawzi Ali en tirant nerveusement sur son narguilé. Mais pourquoi? Quel est l'avantage de nous remplacer par des farangs?

— Peut-être Sa Majesté veut-elle promouvoir les infidèles anglais pour faire obstacle aux Hollandais. » Farouk Radwan gratta son abondante barbe noire et cracha dans un bassinet de cuivre posé auprès de lui.

« Ou encore, dit l'Oc-Ya en promenant lentement son regard autour de lui, peut-être le gouvernement siamois a-t-il découvert l'étendue des bénéfices que nous avons récoltés. » Il marqua un temps. « Tout semble l'indiquer. »

Le silence s'appesantit sur l'assemblée. L'Oc-Ya venait d'exprimer le soupçon présent dans tous les esprits. Le gouvernement siamois avait fini par en avoir assez. Il allait supprimer leur monopole séculaire.

« Il nous faut éliminer la cause du problème : Phaulkon. En le supprimant, vous supprimez la source de nos ennuis. Qui a remplacé Rachid au département des Banquets ? Qui a organisé la mission commerciale en Perse ? Qui a été promu mandarin ? Qui a, de plus en plus, l'oreille du roi ?

— Éliminer un homme ne suffit pas, mon frère. » La voix grave et gutturale retint aussitôt l'attention de tous. Tous les regards se tournèrent vers le prince Daï, chef héréditaire des Macassars. C'était la première fois qu'il intervenait. Il était grand et majestueux, avec des traits malais prononcés et des joues brunes imberbes. Seule une moustache couvrait sa lèvre supérieure. Sur un côté du cou, il portait la cicatrice d'une blessure causée par une balle hollandaise. Il était assis très raide, la tête droite, le regard assuré. Il parut se replonger dans ses pensées et nul n'osa l'interrompre.

Lorsque le prince avait atteint ces rivages pour chercher asile, le roi de Siam les avait accueillis gracieusement, lui et son peuple : il leur avait donné des terres sur lesquelles bâtir leur camp. Le prince et ses hommes s'étaient mis au travail avec une ardeur fébrile : défrichant la forêt vierge, ils avaient bâti leur village, comme si cela suffisait à faire oublier la perte honteuse de leur chère patrie. Les cabanes de bois étaient simples mais convenables, et chaque homme avait un toit. Le prince Daï avait admiré jadis la générosité et les qualités de guerrier de ce roi de Siam qui, dans sa jeunesse, se lançait hardiment dans la bataille, monté sur un éléphant royal pour affronter l'ennemi birman. Mais le roi aujourd'hui vieillissait : il commençait à s'associer avec des hommes blancs. Le prince Daï ne le savait que trop : c'était le commencement de la faiblesse. Combien de fois ne l'avait-il pas constaté dans son pays natal ? Les princes javanais, qui avaient commercé avec les Hollandais païens et s'étaient liés d'amitié avec eux, s'étaient réveillés un beau matin pour découvrir l'homme blanc assis sur leur trône.

Pas un jour ne s'écoulait sans qu'il pensât à l'ignominie que lui avaient infligée ces Hollandais en envahissant ses Célèbes bien-aimées, ces abominables lâches blancs qui s'abritaient derrière leurs fusils et ne savaient pas se battre comme des hommes. Le prince Daï méprisait les armes modernes. Il ne croyait qu'au courage physique et à l'habileté à manier le kriss. Quelle satisfaction pouvait-on trouver à presser une détente et à voir tomber de loin un homme sans même un affrontement ? L'homme qui tirait au fusil était tout autant perdant que l'homme qui tombait.

Et voilà qu'aujourd'hui, à l'ouest du Siam, les élus d'Allah commençaient à perdre leurs positions : avant longtemps les infidèles allaient les remplacer dans tout le pays. De toute évidence, les jours des musulmans au Siam étaient comptés, sauf si les Macassars se levaient pour défendre la parole d'Allah. Lentement, son regard parcourut les Maures assemblés.

« Il n'y a qu'une solution, mes frères. » Ses lèvres esquissèrent un mince sourire. « La guerre. » Le silence se fit autour de lui. « Assassiner Phaulkon ne serait qu'une mesure provisoire. D'autres farangs auraient tôt fait de le remplacer. C'est toute la fraternité musulmane qui est menacée. Si nous voulons survivre, il nous faut faire plus que supprimer seulement un homme.

— Mais, Votre Altesse, même si nous parvenions à renverser le gouvernement du Siam, combien de temps pourrions-nous régner à sa place ? La population est presque entièrement bouddhiste et les Siamois, jusqu'au dernier, adorent leur roi. » Une fois de plus l'Oc-Ya avait fort bien exprimé les sentiments de ses collègues.

Le prince passa une main dans son épaisse crinière noire. « Bien sûr, vous avez raison. Mais qui a parlé de diriger le pays à la place des Siamois ? » Un sourire s'esquissa sur son visage. « Ce que je propose, c'est de remplacer le dirigeant siamois par un autre, un homme qui déteste les farangs, qui nous rétablirait dans nos positions traditionnelles et qui nous laisserait continuer à administrer le pays comme avant. Un tel personnage m'a déjà approché.

— Pouvons-nous savoir de qui il s'agit, Votre Altesse ?

— Bien sûr. De Luang Sorasak. Il est venu me rendre visite à mon camp juste au moment où vous avez réclamé ma présence à Mergui. Il a évoqué le ressentiment qui se développe à la Cour devant les privilèges de plus en plus étendus accordés aux farangs, et surtout devant la nomination de ce mandarin farang. Nous trouverions de nombreux appuis à l'intérieur du palais : d'autant plus que le bruit court d'une alliance imminente avec la France. Certains disent même que l'on est en train de rédiger un traité prévoyant un échange de troupes entre les deux pays. Si cela est vrai, cela signifierait la présence de soldats farangs sur le sol siamois. » Le prince regarda autour de lui, enchanté de l'effet produit par ses paroles. L'assemblée était scandalisée. « Ce matin même, un émissaire secret du général Petraja en personne est venu me voir et m'a laissé entendre que le général appuyait également son fils. Même les courtisans non musulmans, semble-t-il, renâclent devant le pouvoir croissant du chien blanc et sont furieux à l'idée de voir arriver des troupes étrangères. Voilà pourquoi, mes frères, il est temps d'agir. Sans hésitation, je m'engage à faire renverser par mes hommes le gouvernement actuel, à assassiner Phaulkon, et à installer Sorasak sur le trône de Siam. De son côté, celui-ci s'engage à nous restaurer dans notre gloire d'antan. »

Il y eut un long silence. Puis, l'un après l'autre, certains d'abord avec quelque hésitation, les membres du Conseil votèrent en faveur du plan du prince Daï. L'Oc-Ya Tannaw fut le dernier à parler.

« Je gage donc, Votre Altesse, que vos troupes sont prêtes ? »

Le prince sourit. « Voilà trop longtemps que mon peuple est désœuvré.

— Alors, très bien, conclut l'Oc-Ya en regardant autour de lui. Qu'Allah bénisse la révolte des Macassars. »

37

Phaulkon arpentait le salon, rongeant son frein. Une semaine encore avait passé. Le délai nécessaire aux vaisseaux hollandais pour venir de Batavia était écoulé. S'ils avaient appareillé comme prévu, ils pourraient arriver d'un jour à l'autre. Phaulkon avait tenté par tous les moyens d'être reçu par Sa Majesté, mais la réponse était toujours la même : le Seigneur de la Vie était trop occupé. Même le Barcalon n'était pas disponible, mais lui, c'était pour de vraies raisons, Phaulkon le savait : le ministre était cloué au lit, en proie à de fréquentes crises d'asthme. Et toujours pas de nouvelles du retour de l'expédition de Perse.

De plus en plus impatient et inquiet, Phaulkon avait décidé de prendre l'affaire en main. Si rien n'arrivait aujourd'hui, il irait rendre visite à Aarnout Faa pour lui parler du prochain traité avec la France. Ce n'était pas la méthode qui avait sa préférence, mais, s'il parvenait à présenter l'affaire avec des détails suffisamment convaincants, peut-être cela ferait-il réfléchir le directeur hollandais. Si l'on pouvait retarder ne serait-ce que de quelques jours l'invasion, Sa Majesté pourrait entre-temps annoncer le traité. La manœuvre était maladroite, il le savait, mais c'était mieux que rien.

Voilà une semaine qu'il n'avait pas vu Maria : depuis qu'elle lui avait refusé sa main à cause de Sunida. Mais il ne semblait guère opportun de poursuivre l'affaire à ce stade, alors que rien n'indiquait la signature prochaine d'un traité. D'ailleurs, il n'avait aucune envie de se séparer de Sunida. Il était grand temps, songeait-il, que sa chance commence à tourner. Dans un moment de désespoir, il était même allé consulter l'astrologue de la Cour, Pra Sarit. Il avait fait en son temps quelques prévisions stupéfiantes. Le vieux moine vénérable avait lu les étoiles et assuré à Phaulkon que sa fortune allait prendre un tournant spectaculaire d'ici un jour ou deux. Phaulkon était prêt à se raccrocher au moindre espoir : la foi qu'il avait dans son destin s'en était trouvée ranimée. Cela s'était passé la veille. Phaulkon décida d'attendre le soir du second jour avant d'aller rendre visite à Aarnout Faa.

Il était maintenant midi. Sunida s'en était allée au marché transmettre l'ultime demande de son amant en vue d'obtenir une audience du Seigneur de la Vie.

Il dormait mal la nuit et compensait ces insomnies par de brèves siestes dans la journée : il était sur le point de s'allonger pour se reposer lorsqu'il entendit des voix dehors. Pour la première fois depuis des jours, il sentit son cœur battre plus fort et il se précipita à la fenêtre.

« Voici pour Son Excellence l'Oc-Luang quelques présents de son personnel reconnaissant », déclarait Ivatt, dans un siamois approximatif, au serviteur de Phaulkon qui pouffait de rire. « Où faut-il les mettre ? »

Phaulkon se prit à rire en voyant une douzaine de grandes caisses sur les épaules d'un groupe de coolies, dont le visage et le torse ruisselaient de transpiration. Les prévisions de Pra Sarit une fois de plus se révélaient-elles exactes ?

« Déposez-les dans le salon pour que je puisse les compter », s'écria Phaulkon en ouvrant la porte. Quelques instants plus tard, il tombait dans les bras de ses camarades, Burnaby, Ivatt et White.

« Je présume qu'il y a quelque chose dans ces caisses ? demanda Phaulkon sur le ton de la plaisanterie.

— À peu près de quoi acheter une paire de comtés anglais et un duché, répondit Ivatt. Sam, que voici, a choisi les comtés, je prends le duché, et Richard veut rentrer à Madras pour passer en jugement. »

Phaulkon jeta un coup d'œil à Burnaby. Ce n'était peut-être pas une plaisanterie. Il n'avait apparemment pas l'air aussi enthousiaste que les autres.

« Et moi ? » demanda Phaulkon.

Ivatt le regarda d'un air gêné. « Nous avons tous voté pour conclure que seuls ceux qui ont réellement participé à l'expédition méritent une récompense. Ce n'est que justice, d'ailleurs. Mais nous vous avons rédigé une lettre de félicitations, reconnaissant votre rôle dans l'idée d'origine.

— Je vais la faire encadrer, répliqua Phaulkon.

— Quand nous avons appris la nouvelle de votre nomination, mon Seigneur Phaulkon, sur le Tenasserim, nous avons failli tomber de nos pirogues, dit en riant Samuel White. Thomas a attendu que nous nous trouvions au milieu de rapides pour nous l'annoncer. Je crois qu'il cherchait à nous noyer.

— Vous sembliez avoir si peur du courant, Samuel, fit Thomas, que j'ai cru que c'était le moment approprié pour vous changer les idées. » Ils se mirent tous à rire, sauf Burnaby. Assis dans le salon de Phaulkon, ils bavardaient gaiement. Ils évoquèrent brièvement leur rencontre avec Potts, puis passèrent à des sujets plus intéressants. Ils étaient tous surexcités lorsque Samuel raconta comment les marchands de Bandar Abbas et de Khorramshar avaient d'abord fait preuve de réticence à acheter à des négociants européens des marchandises siamoises : ils étaient surpris et se montraient méfiants de ne pas avoir affaire à leurs traditionnels frères maures. Mais, en voyant la somptueuse cargaison de soie et de porcelaine, ils furent vite convaincus : bientôt ils discutaient et marchandaient comme des vautours acharnés sur la carcasse d'un chameau. On se serait cru à une vente aux enchères. Les acheteurs, montés à bord du navire, commencèrent par offrir un prix qui était déjà trois fois le chiffre fixé par le Trésor siamois. Burnaby répliqua en demandant neuf fois la valeur. Les marchands levèrent les bras au ciel mais, quand Burnaby ordonna à White de hisser les voiles pour se rendre à la cour du Grand Turc à Istanbul, les marchands se mirent rapidement d'accord pour accepter jusqu'à six fois la valeur fixée.

Phaulkon examinait maintenant les énormes bénéfices qui s'entassaient dans un coin du salon. Vingt caisses contenant à peu près cent livres d'argent pur. Une fortune. Il allait en utiliser immédiatement une part modeste.

Seul Burnaby semblait morose : il ne partageait pas l'exubérance des autres. « C'est très bien pour vous, Constant, d'être mandarin étranger et tout ça, fit-il. Mais je suis toujours un Anglais responsable de la Compagnie dans cette région. Une fois que Potts aura regagné Madras, que croyez-vous qu'il adviendra de moi ? Je ne comprends pas pourquoi vous êtes aussi optimistes tous les deux, ajouta-t-il en se tournant vers White et Ivatt. C'est une simple question de temps, vous savez, avant qu'on nous ramène tous pour nous juger.

— Richard, répondit calmement White, Potts n'atteindra jamais Madras. Je m'en suis assuré. J'ai obtenu pour lui un passage sur le même navire que mes officiers. Je leur ai versé un supplément pour m'assurer que Potts allait être frappé pendant la traversée d'une maladie soudaine — et mortelle. »

Burnaby avait l'air scandalisé. « Oh, mon Dieu ! Mais cela équivaut à un meurtre.

— Appelez cela comme vous voulez. Le fait est que Potts est un dangereux ivrogne et que, de toute façon, il ne vaut rien pour la Compagnie. Si Potts avait ouvert la caisse qu'il ne fallait pas, vous n'auriez pas pu m'empêcher de trancher sur-le-champ la gorge de ce salaud, déclara White avec une belle conviction.

— Vous auriez dû être là, Constant, lorsque Potts a commencé à ouvrir la caisse, fit Ivatt. La tension était terrible. Nous ne savions pas sur laquelle il allait faire sauter les scellés et Sam avait l'air prêt à fourrer Potts dans la première à laquelle il s'attaquerait.

— Et quand il n'a trouvé que de l'argent et a insisté pour en ouvrir une autre, ajouta Burnaby d'un ton amer, le dément que voici s'est précipité sur lui et a failli l'étrangler. Thomas et moi avons dû le retenir. Que croyez-vous que cet homme va dire dans son rapport ?

— S'il aborde ce sujet, Richard, répliqua Ivatt pour essayer de dissiper la tension, vous et moi devrions faire figure de héros : nous lui avons sauvé la vie.

— D'après ce que j'entends, Richard, Potts ne va faire aucun rapport, remarqua Phaulkon. Mais, poursuivit-il en regardant gravement autour de lui, ne nous occupons pas de Potts pour l'instant. Il y a des affaires plus urgentes à régler. J'ai de grands projets. Pour nous tous. » Il se tourna vers Burnaby. « Richard, l'entrepôt anglais est une coquille calcinée : il ne reste plus de marchandises à vendre et d'ailleurs plus aucun livre pour enregistrer la moindre vente. Il nous faut donc chercher ailleurs notre avenir à tous. » Il les regarda l'un après l'autre. « Je vous félicite, messieurs, d'avoir contribué à la réussite de notre expédition en Perse et je vous donne ma parole que quand les gens de Madras viendront vous chercher, nous serons prêts à les accueillir. » La chance avait tourné et Phaulkon avait retrouvé toute son assurance.

« Vous êtes certain que Potts était bien le responsable de l'incendie de la factorerie ? demanda Burnaby.

— Absolument, répondit Phaulkon, un peu désarçonné par cette question. Pourquoi, vous avez entendu une autre version ?

— Uniquement celle qu'il racontera à Madras », fit Burnaby nerveux. Il regarda White avec insistance. « Potts m'a dit qu'il avait remis son rapport aux Hollandais.

— Écoutez, Richard, reprit Phaulkon, je n'ai aucune intention d'aller à Madras pour me défendre mais, si vous en avez envie, vous le pouvez. Je vous ai déjà dit que je serai prêt à les accueillir quand ils viendront. Mais si vous estimez que vous devez aller là-bas, c'est votre droit. Personne ne vous en empêche. »

Richard détourna la tête.

« Maintenant, messieurs, reprit Phaulkon, je dois vous informer de quelques événements inquiétants qui se sont produits durant votre absence. » Il marqua un temps. « Les Hollandais s'apprêtent à envahir le Siam. »

Tous sursautèrent.

« Je veux que vous fassiez la tournée de tous les Européens valides que vous pourrez trouver, poursuivit Phaulkon. Offrez-leur de l'agent en quantité suffisante pour recruter les meilleurs. Dites-leur qu'il s'agit d'une mission secrète dont vous ne pouvez leur parler. Nous ne voulons pas que les Hollandais ni personne d'autre aient vent de ce projet. Il me faudra une force suffisante pour fermer la factorerie hollandaise et, si besoin en est, enlever le directeur. Si les Hollandais déclarent la guerre, nous aurons peut-être à le retenir en otage. Cinquante ou soixante hommes sachant se battre devraient faire l'affaire.

— Oh, mon Dieu, gémit Ivatt. Et moi qui croyais que j'étais rentré pour profiter d'un repos bien gagné.

— Un moment, Constant, fit Burnaby. Je ne me souviens pas avoir jamais approuvé un tel plan. Je suis encore chef de poste ici, vous savez.

— Certainement, Richard. Mais, à compter de cet instant, je ne travaille plus pour les Anglais. Vous avez officiellement ma démission. Je suis désormais un mandarin siamois. Vous disiez, Samuel, que nous avons obtenu six fois la valeur estimée de la cargaison ?

— Plus près de cinq, Constant, après avoir payé les officiers et l'équipage du *Cornwall* », répondit White.

Phaulkon sourit. « Sa Majesté devrait être contente : le maximum qu'elle ait reçu des Maures, c'était cinquante pour cent, pas cinq cents !

— Ne pourrions-nous pas en mettre un peu de côté pour les mauvais jours ? suggéra Ivatt. Je veux dire : de toute façon, Sa Majesté ne s'attend pas à une telle somme... ?

— Plus nous en donnerons maintenant, plus cela nous rapportera par la suite, croyez-moi, assura Phaulkon. Notre objectif est de contrôler le commerce du Siam avec la Perse et de l'enlever aux Maures. Nous avons besoin du gouvernement siamois pour financer une flotte et ils ont besoin de nous pour reprendre le commerce. Plus tôt nous remettrons sa part au Trésor, mieux cela vaudra. Les coolies sont-ils toujours dehors ?

— Ils attendent vos ordres, répondit White. Au fait, ajouta-t-il doucement, je ne suis pas tellement pressé pour ma part de retourner à Madras. Je me demandais si vous aviez quelque chose pour moi ici ?

— C'est précisément pour cette raison que je vous ai prié de venir. D'ailleurs, je vous ai déjà confié votre première mission : rassembler quelques hommes vaillants. » Il regarda autour de lui. Dès que j'aurai obtenu une audience auprès de Sa Majesté, nous aurons, je l'espère, beaucoup à discuter. Alors, messieurs, bienvenue à Ayuthia et toutes mes félicitations. » Il se leva. « Je pars pour le ministère. Plus tôt ils connaîtront les bénéfices, plus tôt je pourrai en faire à ma tête. »

Tel un pacha du désert, Phaulkon partit, ses quarante coolies le suivant avec son bagage.

« Vichaiyen, nous sommes satisfait. Vous et vos hommes avez bien travaillé. »

Tout autant que le plaisir visible, il y avait une nuance de soulagement dans la voix du souverain. Prosterné, Phaulkon sentit que ce n'était pas seulement les énormes profits qui causaient la satisfaction du roi, mais le fait pour Sa Majesté de voir justifiés les sentiments qu'elle éprouvait à l'égard de son protégé. Depuis quelque temps, Phaulkon avait l'impression d'être mis à l'épreuve, comme un nouvel employé auquel on ne ferait pas encore pleinement confiance : le retour du navire et l'accomplissement de toutes les promesses de Phaulkon avaient fini par retourner la situation en sa faveur.

La vue des lingots d'argent avait fait merveille au ministère et le premier assistant du Barcalon s'était précipité au palais dès que le contenu des caisses avait été déballé et pesé. La convocation royale était arrivée le soir même.

« Sans doute avez-vous quelque requête à nous faire. » Il y avait dans le ton du souverain un soupçon de moquerie.

En l'absence du Barcalon, souffrant, Phaulkon se trouvait pour la première fois seul avec Sa Majesté dans la salle d'audience. C'était un honneur singulier et sans précédent pour un farang.

« Haut et Puissant Seigneur, moi, un cheveu, je crois qu'après la gracieuse libération par Votre Majesté du criminel Potts les gens de Madras vont user de représailles dès qu'ils auront entendu sa version de l'histoire. Ils exigeront le retour à Madras de vos dévoués esclaves, Burnaby, White et Ivatt, ainsi que de ce grain de poussière qui gît maintenant à vos pieds.

— Et vous souhaitez demander notre protection ?
— En effet, Puissant Seigneur.
— Elle vous sera accordée. Les farangs que vous avez cités nous ont bien servi. Toutefois, il ne nous semble pas qu'il soit très politique d'attendre cette convocation de Madras avant de leur accorder notre protection. Nous ne souhaitons pas paraître les assister seulement *après* avoir reçu une demande pour qu'ils retournent là-bas, au mépris de leur souhait. Et ce n'est pas notre politique de nous faire d'une autre nation des ennemis inutiles.

« Nous allons donc les employer sur-le-champ et les nommer à des postes officiels dans notre administration ; il apparaîtra d'autant plus difficile de les libérer quand on nous le demandera. M. Burnaby sera nommé gouverneur de Mergui. M. White, Shahbandar de Mergui, et M. Ivatt sera le représentant de notre nation sur la côte occidentale de l'Inde. Voilà qui constituera un début pour notre nouvelle politique commerciale dans le golfe du Bengale. »

Sa Majesté s'interrompit pour laisser à Phaulkon le temps de se remettre de sa surprise. Ses rêves devenaient soudain réalité ! Il lui fallut un moment avant de trouver ses mots.

« Puissant Seigneur, votre sagesse et votre générosité ne connaissent pas de bornes. Les esclaves que vous avez mentionnés serviront le Seigneur de la Vie avec le même dévouement que cet indigne esclave qui est devant vous. Ils s'efforceront, comme je l'ai fait, de justifier la confiance que vous leur avez témoignée.

— Et vous, Vichaiyen, vous assumerez toute la responsabilité de leurs actions. Toute défaillance dans leur comportement sera tenue pour une défaillance de votre part, toute erreur de jugement chez eux sera tenue pour une erreur de votre part. Nous estimons convenable qu'un mandarin de seconde classe assume ce surcroît de responsabilités. »

Une fois de plus Phaulkon resta sans voix. Mandarin de seconde classe! Voilà qui lui assurerait une place permanente dans la grande salle d'audience. Maintenant, seuls les trente plus puissants seigneurs du royaume, les mandarins de première classe — membres du Conseil privé de Sa Majesté et gouverneurs des provinces de Sa Majesté —, occuperaient un rang supérieur au sien dans la hiérarchie. Cela permettrait aussi à son épouse d'être admise au palais et de figurer à la cour de la princesse Yotatep, la reine princesse. Quel honneur pour Maria, si jamais elle acceptait sa demande. Et quel cadeau de mariage!

Il sentit une vague d'émotion l'envahir. Chaque fois qu'il s'était distingué, Sa Majesté l'avait récompensé. Aujourd'hui, si seulement il pouvait dénoncer et faire échec à l'invasion hollandaise, le mandarinat de première classe était à sa portée. Il était décidé à remettre sur le tapis le problème du traité au cours de cette audience. Quant à assumer la pleine responsabilité des agissements de ses collègues, c'était un bien faible prix à payer pour un tel prestige, et bien dans la tradition du Siam. Dans un système de responsabilité collective, un père était responsable du comportement de ses enfants et un mandarin responsable des actions de ses subordonnés. Il était rare au Siam de voir un accusé fuir la justice quand sa famille tout entière risquait d'être condamnée à sa place.

Ivatt, il en était convaincu, serait enchanté d'entrer au service du Siam. White ne pouvait demander mieux que d'être Shahbandar, c'est-à-dire maître du port de Mergui. Mais Burnaby... il ne savait pas très bien comment le vieil homme allait réagir. Allait-il vraiment choisir de retourner à Madras affronter la justice alors qu'on lui proposait le gouvernement d'une province siamoise?

« Puissant Seigneur, moi, un grain de poussière sous la plante de vos pieds, vous remercie du fond du cœur de votre magnanimité et me permets de vous demander ce qu'il adviendra de l'actuel gouverneur et du présent chef Shahbandar de Mergui.

— Ceux de nos sujets qui ne nous ont pas servi de

façon satisfaisante doivent être remplacés. Ils seront rappelés à Ayuthia pour répondre de leurs crimes. Notre commerce avec l'Inde et la Perse, mené depuis des temps immémoriaux à partir de nos provinces de l'ouest, était traditionnellement aux mains des Maures et ils ont manqué à leurs devoirs. M. Burnaby sera responsable de l'ordre dans la province de Mergui et de la collecte de nos impôts. M. White veillera sur nos intérêts commerciaux dans le golfe du Bengale. Ce sera la responsabilité du Shahbandar — et finalement la vôtre, Vichaiyen — d'équiper ou de construire autant de navires que pourra en exiger le volume des échanges commerciaux. Des capitaines et des officiers farangs assureront le commandement de ces navires et l'on entraînera sous leurs ordres des équipages siamois. Le recrutement de ces officiers et de ces équipages sera une priorité. » Sa Majesté marqua un temps.

« Comme preuve supplémentaire de notre estime, Vichaiyen, vous recevrez de nous dix esclaves pour vous servir dans votre maison et vous accompagner dans vos voyages. Puisqu'il s'agit d'un cadeau royal, ils resteront avec vous pour la vie. »

Habile tactique, songea Phaulkon en comprenant soudain le stratagème. Sunida avait dû informer le Palais du mariage imminent de Phaulkon et de la position délicate dans laquelle elle se trouvait. Il n'était pas inhabituel pour un mandarin de seconde classe de recevoir un tel cadeau du roi quand il était nommé, et il serait extrêmement offensant pour le bénéficiaire de congédier un des esclaves qu'on lui offrait pour la vie. Plus un mandarin avait un rang élevé, plus grand devait être le nombre des esclaves qui l'accompagnaient chaque fois qu'il quittait sa demeure. Ces esclaves devaient-ils remplacer Sunida dans son rôle ?

« Mais on me dit, Vichaiyen, que vous allez prendre une première épouse, une catholique avons-nous cru comprendre ?

— Puissant Seigneur, s'il plaît à Votre Majesté.

— Cela semblerait assurément servir nos objectifs

politiques actuels, Vichaiyen, mais cela satisfait-il les besoins de votre âme farang ?

— Puissant Seigneur, les besoins de mon âme ne sont rien auprès des intérêts politiques du Siam.

— Sans doute, Vichaiyen. Mais l'intérêt du Siam sera mieux servi si votre âme se trouve dans d'heureuses dispositions.

— Puissant Seigneur, dans ce cas, cet indigne esclave doit une fois de plus implorer la faveur royale.

— Nous vous écoutons, Vichaiyen.

— Auguste Seigneur, une jeune concubine a pris mon cœur. Son nom est Sunida. Ma future épouse catholique ne tolérera pas sa présence à la maison.

— Vraiment ? » Sa Majesté semblait amusée.

« Puissant Seigneur, moi, la poussière sous vos pieds, sollicite la faveur de loger Sunida au palais où elle sera en sûreté et où, avec la gracieuse permission de Votre Majesté, je pourrai parfois lui rendre visite.

— Vous savez, Vichaiyen, nous avons bien de la chance de ne pas nous être converti à la religion chrétienne : sinon, nous serions contraints aujourd'hui d'opposer un refus à votre requête. En fait, la foi libérale de nos ancêtres nous permet d'accéder à votre désir avec la conscience tranquille. » Sa Majesté eut un petit rire. « Cela ne veut pas dire grand-chose, cette histoire de catholicisme, Vichaiyen, vous ne trouvez pas ? Regardez, par exemple, dans quelle situation vous êtes aujourd'hui.

— Puissant Seigneur, je ne suis qu'un pécheur.

— Ce serait notre cas à tous à votre place, répondit Sa Majesté. Et les astrologues ont-ils choisi un jour faste pour votre mariage ?

— Pas encore, Auguste Seigneur. Ma future épouse catholique attend le départ de Sunida avant de consentir au mariage. »

Un éclat de rire retentit du balcon.

« Alors, Vichaiyen, nous ferions mieux de préparer sans délai les appartements de Sunida au palais. En tant que mandarin de seconde classe, vous serez tenu d'assister chaque jour à nos audiences. Nous pensons qu'il pourrait être convenable pour vous d'arriver un peu en avance afin de présenter d'abord vos respects à dame Sunida.

— Votre Majesté est trop aimable.

— Mais, Vichaiyen, nous sommes curieux de vous entendre à propos d'un problème. Souhaiteriez-vous, quant à vous, nous voir adopter la foi catholique ?

— Puissant Seigneur, moi, un grain de poussière, ne souhaite que ce qui apportera le plus grand bonheur au Maître de la Vie.

— C'est-à-dire ? insista Sa Majesté.

— Puissant Seigneur, ce qui satisfera au mieux les exigences de l'âme siamoise de Votre Majesté. »

Sans que Phaulkon pût le voir, le roi souriait. Ce Vichaiyen était vraiment un parfait diplomate : un précieux instrument pour ses rapports avec les farangs en une époque difficile où les forces extérieures constituaient une grave menace pour la survie de sa patrie. Chose incroyable, il sentait également que la loyauté de Vichaiyen n'allait pas du côté de ces farangs. Au début, il n'en était pas convaincu, mais aujourd'hui ses doutes s'étaient dissipés, depuis le retour de l'expédition en Perse et l'arrivée presque simultanée du courrier royal en provenance de Nakhon si Thammarat. Le gouverneur de la province avait interrogé sous serment Pieter l'interprète, et le jeune homme avait confirmé le récit qu'il avait fait à Vichaiyen de l'imminente invasion hollandaise. C'était donc vrai. L'affaire était urgente et exigeait des mesures immédiates...

« Vichaiyen, nous avons examiné votre projet de traité, et nous en avons approuvé la plupart des clauses. Mais nous désirons une réduction de l'effectif des troupes à échanger avec la France : il faut le ramener d'un millier à quatre cents hommes. Nous tenons à ce que les soldats français apparaissent comme un symbole de l'estime du roi Louis, et non pas comme une armée d'occupation.

— Auguste Seigneur, suggéra respectueusement Phaulkon, un si petit contingent ne risquerait-il pas d'être insuffisant pour intimider les Hollandais ?

— Si le traité autour duquel on fera tant de bruit ne

suffit pas à impressionner ces Hollandais, alors peu importe, Vichaiyen, qu'il y ait quatre cents ou mille soldats. » Et, pour ses courtisans, songea le Seigneur de la Vie, quatre cents apparaîtrait comme un chiffre beaucoup plus acceptable.

« En attendant, vous pouvez informer les Jésuites que vous êtes satisfait de nos progrès royaux et que nous avons exprimé en privé des avis favorables en vue de notre éventuelle adoption de leur foi. Il faut que cela coïncide, bien entendu, avec l'arrivée des troupes du roi Louis. D'ici là, nous souhaitons étudier discrètement les écritures chrétiennes de façon à ne pas éveiller les soupçons de nos courtisans. Des rumeurs prématurées seraient de nature à porter un coup fatal aux meilleures intentions. Mais, Vichaiyen, ajouta le roi, ce n'est pas à vous qu'il faut expliquer comment mener ce genre d'affaire où nous avons pu observer vos remarquables talents. Contentons-nous de dire que vous avez notre approbation pour nourrir les Jésuites de tous les mets délicats qu'ils sont le plus disposés à digérer.

— Puissant Seigneur, je reçois vos ordres. Et je vous remercie de me faciliter la tâche. Les Jésuites n'attendent que de voir cet indigne esclave épouser Maria pour ratifier le traité. »

Un nouveau gloussement partit du balcon. « Pauvre Vichaiyen, vous voilà bien traqué. Nous prions pour que vous puissiez réapparaître comme bouddhiste dans votre prochaine vie, et que vos problèmes s'en trouvent ainsi diminués. En ce qui concerne cette existence, nous allons envoyer sans tarder une invitation aux Jésuites pour assister à votre mariage, qui se fera sous la protection royale. »

La protection royale, songea Phaulkon impressionné. Quel honneur! C'était le Palais qui enverrait les invitations et peut-être Sa Majesté assisterait-elle personnellement à la cérémonie. Les Jésuites ne pourraient assurément pas refuser. Maria non plus. Les choses commençaient vraiment à...

Il y eut dehors une soudaine agitation. Un premier assistant du Barcalon se prosterna, décontenancé, accompagné d'un messager hors d'haleine. L'assistant présenta un millier d'excuses et offrit sa tête en expiation du crime considérable qu'il avait commis en faisant ainsi intrusion.

« Puissant Seigneur, même si ce sont peut-être mes dernières paroles, moi, un cheveu, j'ai la témérité de vous annoncer que les Macassars se sont soulevés. Ils s'arment en ce moment même dans leur camp. Un groupe d'avant-garde s'est déjà rendu à la maison de Luang Vichaiyen pour l'arrêter. Ses serviteurs sont venus m'avertir.

— Vichaiyen, vous allez enquêter immédiatement sur cette affaire et, si besoin en est, rassembler une force de farangs. Ils seront dédommagés de manière fort libérale. Tawee, tu vas dès cet instant informer le général Petraja. L'audience est terminée. »

Vichaiyen et Tawee rampèrent à reculons et sortirent pour exécuter les instructions du Seigneur.

38

Le camp des Macassars consistait en un ensemble de cabanes en bois de tailles différentes, alignées le long d'un petit cours d'eau, affluent du large Menam. Il était solidement gardé par des patrouilles du côté terre, mais l'accès par la rivière était moins surveillé. Juste au-delà du camp, le cours d'eau décrivait une courbe très incurvée d'où le campement disparaissait rapidement aux regards. Des palmiers et des bananiers parsemaient le paysage et, derrière le village, s'étendaient des rizières aux canaux maintenant gorgés d'eau.

C'était une nuit sans lune. Soixante petites embarcations descendaient sans bruit le courant en direction du camp : leurs pagaies effleuraient à peine la surface de l'eau et l'épaisse obscurité dissimulait leur présence. Les hommes se couchèrent en passant devant les vagues silhouettes du camp macassar, chaque soldat restant allongé dans son canot qu'il laissait dériver silencieusement dans le courant, à une distance prudente de la berge. Une chouette hulula dans la nuit et le crissement d'innombrables cigales s'éleva soudain au-dessus du clapotis de l'eau.

Dans le canot de tête, Phaulkon écarquillait les yeux : il avait l'impression de s'enfoncer dans un tunnel, sans savoir ce qu'il y avait au bout, se guidant seulement à l'aide d'une très faible lueur. Kukrit, le fidèle esclave que Sa Majesté lui avait envoyé le soir même, quelques heures seulement après l'audience, était accroupi auprès de lui : respectueusement plus bas que Phaulkon, il humait le vent et avait l'oreille à l'affût du moindre son. Il avait grandi dans cette région. Il connaissait chaque crique, chaque méandre du fleuve, tout comme un vieux mahout accoutumé aux habitudes de son éléphant favori.

Les espions royaux avaient décelé ce matin-là une activité anormale dans le camp macassar. L'endroit était sous une surveillance quasi constante, en raison de la réputation de cette tribu guerrière : ce regain d'activité avait aussitôt été signalé au Palais. Les Macassars, semblait-il, étaient en train de s'armer. Par chance, Phaulkon se trouvait avec Sa Majesté quand les assassins avaient fait irruption dans sa maison pour le chercher. Ces derniers temps, il était resté chez lui l'après-midi, pour méditer et réfléchir à son destin. C'était une chance qu'il eût déjà demandé à Burnaby, Ivatt et White de se mettre en quête de volontaires. On avait ainsi gagné des heures précieuses. Ses camarades avaient sillonné les faubourgs farangs et, le soir venu, ils avaient réuni la plus belle bande de chenapans débraillés que l'on pouvait espérer trouver.

Soixante Européens, pour une bonne moitié armés de mousquets, avaient répondu à l'appel de Phaulkon. C'étaient pour la plupart des aventuriers portugais, français et anglais, attirés par la promesse de somptueuses récompenses et de la faveur royale. Il y avait même un vieux guerrier samouraï qui avait apporté avec lui les vestiges de la garde japonaise du défunt roi Prasat Tong, dont le chef, le capitaine Yamada, s'était un peu trop mêlé de la politique de la Cour : cela lui avait valu d'y laisser sa tête. Le vieux samouraï et cinq Japonais vieillissants, qui ne craignaient pas la mort et tenaient à retrouver leur honneur depuis longtemps perdu, s'étaient portés volontaires pour attaquer par la terre le camp bien gardé : une manœuvre quasi suicidaire, mais qui ouvrirait la voie au reste des troupes.

Ce même soir, sentant que ces événements imprévus lui offraient l'occasion d'une nouvelle promotion, Phaulkon avait demandé au roi la permission de prendre la tête de son propre groupe pour aller se venger des Macassars. Après tout, ils avaient lâché sur lui leurs assassins. Sa Majesté, tout en se préoccupant de la sécurité de Phaulkon, tenait à profiter de l'avantage que donnaient la puissance de feu et la technique militaire des Européens. Il ne fallait négliger aucun moyen pour combattre ces Macassars qui n'hésitaient pas à braver la mort. Il céda donc à sa requête, en conseillant à Phaulkon d'être prudent et en précisant que son régiment devait rester sous le commandement suprême du général Petraja.

Les préparatifs de l'attaque-surprise avaient commencé juste après le crépuscule et s'étaient poursuivis pendant presque toute la nuit. Maintenant, peu avant l'aube, le canot de Phaulkon était en embuscade avec les autres pour se lancer à l'assaut du camp des Macassars. À son grand étonnement, quand il avait demandé à rester dans le canot de tête pour attaquer le camp par la rivière, le général Petraja lui avait donné son accord. L'armée du général devait avancer sur le village du côté terre.

Phaulkon sentit qu'on lui touchait le bras. C'était Kukrit. L'esclave posa un doigt sur ses lèvres et lui désigna la berge. Phaulkon se pencha et l'esclave accroupi lui chuchota quelque chose à l'oreille, tout en prenant bien soin de garder la tête plus bas que celle de Phaulkon et en mettant ses mains devant sa bouche pour éviter de se faire repérer.

« Il y a des bateaux, mon Seigneur. Là-bas. Peut-être deux douzaines. Avec des hommes à bord : sans doute des Macassars. »

Étonnant, se dit Phaulkon. Lui-même ne voyait ni n'entendait rien. Mais Kukrit était extraordinaire. Il avait un sixième sens et l'instinct d'un animal sauvage. Phaulkon se félicitait de l'avoir près de lui : l'homme parvenait à percer l'obscurité et à repérer des objets que personne d'autre n'était capable de distinguer. Mais que faisaient donc ces bateaux et ces hommes sur la rivière en pleine nuit ? Il restait encore plus d'une heure avant l'aube et même les pêcheurs les plus acharnés étaient depuis longtemps rentrés. Les Macassars auraient-ils eu connaissance de son plan ?

Un grand oiseau vint rompre le silence en prenant son envol dans un bruyant battement d'ailes. Sans doute une cigogne. Kukrit s'approchait maintenant de la berge : il prit la pagaie et fit tourner le canot vers la terre, prêt à foncer. Phaulkon avait passé des heures avec lui à examiner les cartes pour concevoir le meilleur plan d'attaque possible : à présent, il en connaissait par cœur les étapes : il fallait rester tapis dans les méandres de la rivière jusqu'au moment du signal, juste avant l'aube. Les soixante canots commandés par Phaulkon transportaient chacun deux hommes : un rameur siamois et un soldat farang. Dès qu'ils entendraient le signal venu de la rive, ils pagayeraient à toute allure vers le camp macassar, avant le méandre. C'est le capitaine Sukree, commandant une force siamoise de mille hommes, qui indiquerait le moment d'agir : il se glisserait par la terre jusqu'au camp, du côté opposé, maîtriserait la garde et mettrait le feu aux maisons en bordure du village. Chassés de leurs abris par les flammes, les Macassars se précipiteraient alors vers la rivière où les canots de Phaulkon les attendraient.

Ivatt se trouvait dans l'embarcation la plus proche de Phaulkon, et Sam White juste derrière. On avait dissuadé Burnaby de participer à l'opération en raison de son âge. Un officier anglais, le capitaine Udall, dont le navire venait d'arriver d'Angleterre avec une lettre du roi Charles II à Sa Majesté de Siam, avait été recruté pour cette bataille, tout comme un aristocrate français, le comte de Plèzes, en route pour porter des messages à la cour de l'empereur de Chine. Quelques douzaines de coupe-jarrets, certains portant cuirasse et chacun se vantant d'être plus vaillant que son voisin, attendaient avec impatience que le jour se lève. S'il parvenait à se distinguer au cours de cette action, songeait Phaulkon, ce serait un nouvel exploit à mettre à son actif. La victoire signifierait peut-être la fin de toute menace durable de la part des Maures. Les Macassars représentaient la seule véritable force combattante musulmane. Les autres Maures étaient commerçants ou fonctionnaires. Eux seuls...

Un cri soudain rompit le silence. Phaulkon se demandait si le signal n'était pas prématuré et il hésita un instant. Puis une lueur apparut au loin et bientôt des flammes montèrent vers le ciel, illuminant dans l'obscurité.

« Bon sang, s'exclama Phaulkon. Allons-y! En route vers le camp! »

Les petits canots se précipitèrent, chacun propulsé par son unique rameur : on ne s'inquiétait plus désormais de faire du bruit, il fallait seulement avancer très vite. Quelques instants plus tard, ils passaient le méandre derrière lequel se trouvait le camp macassar. L'obscurité, déjà envahie par les flammes, était moins dense et semblait annoncer l'aube; mais de près il était toujours impossible de voir plus loin que le visage de son voisin immédiat. Phaulkon émit un juron : l'attaque terrestre avait commencé trop tôt. Sans doute ces maudits Japonais, soucieux de faire remarquer leur bravoure, avaient-ils devancé le signal.

Puis l'enfer soudain se déchaîna. Une dizaine d'embarcations, sans doute celles que le regard perçant de Kukrit avait repérées un peu plus tôt, s'élancèrent et se précipitèrent sur eux au moment où ils débouchaient du méandre. En quelques instants elles avaient éperonné les canots de Phaulkon, provoquant une totale confusion.

Le Grec jura encore. Que se passait-il ? Comment les Macassars avaient-ils pu être informés de l'attaque de ce côté de la rivière ? Il entendit des cris et des injures en anglais, en français et en portugais, puis les hurlements des attaquants qui parvenaient à trouver leur cible. Un bras s'abattit sur Phaulkon et il se trouva allongé dans son canot auprès de Kukrit. « Pardon, mon Seigneur, je n'ai pas eu le temps de vous prévenir.

— Trouvez les farangs ! Tuez les farangs ! » hurla en siamois une voix qui dominait le brouhaha. Une voix que Phaulkon ne pouvait que reconnaître : il en frissonna.

C'était un désordre invraisemblable : des canots ennemis, de taille et de forme identiques aux leurs, grouillaient dans l'obscurité, leurs occupants s'efforçant de reconnaître amis et ennemis. Après le premier assaut, on ne savait plus très bien où l'on en était. On entendait le fracas des mousquets farangs : dans l'embarcation de tête, Phaulkon accroupi faisait feu avec rage sur toutes les ombres qui l'approchaient.

Dans le camp macassar, les flammes jaillissaient de plus en plus haut et se répandaient, embrasant aussitôt sur leur passage les constructions en bois... Le ciel tout entier était illuminé, éclairant d'une lueur étrange la bataille qui se livrait sur l'eau. Des corps qui basculaient, des canots renversés qui se découpaient à la lueur dansante des flammes et les cris des blessés qui déchiraient l'air.

Dans le camp lui-même, une autre bataille faisait rage. Au lieu de fuir vers la rivière comme prévu, les Macassars furieux, ivres d'opium, affrontaient sauvagement les forces siamoises qui, arrivées par la terre, les avaient chassés de leurs cabanes. Brandissant leurs kriss et poussant des cris terrifiants, les Macassars, bien que très inférieurs en nombre, chargeaient les rangs ennemis sans davantage se soucier de rester saufs qu'une tigresse dont on aurait menacé les petits. Pour chaque Macassar tombé, trois ou quatre Siamois le payaient de leur vie.

Sur la rivière, Sorasak dirigeait l'embuscade.

Furieux que le signal prématuré ait permis à Phaulkon de bénéficier de l'obscurité, il écarquillait les yeux pour tenter d'apercevoir sa proie. Scrutant les ténèbres, il crut distinguer à peu de distance la silhouette de Vichaiyen, debout à l'avant de son canot : lui tournant le dos, il lançait des ordres en langue farang. Sorasak visa et banda son arc au maximum, pointant la flèche empoisonnée sur le cou de Vichaiyen. La cible n'était pas très grande mais ce n'était pas un coup impossible pour un archer aussi expérimenté que Sorasak. Il décocha sa flèche mais, à cet instant précis, une embarcation vint heurter l'arrière de la sienne, lui faisant perdre l'équilibre. Il retomba dans son canot en jurant. Hurlant sa déception, il se redressa et tenta de distinguer où était arrivée la flèche. À quelques pieds de lui, le vaillant comte de Plèzes, une flèche plantée entre les yeux, bascula dans l'eau et disparut.

Plusieurs des embarcations avaient chaviré : les farangs s'empoignaient maintenant avec d'autres nageurs et s'efforçaient de leur enfoncer la tête sous l'eau ou de leur faire lâcher les plats-bords des canots retournés. De l'arrière de son bateau, Phaulkon criait des encouragements tandis que Kukrit montait la garde à la proue. Comme pour répondre aux exhortations de Phaulkon, un gigantesque farang, dont la silhouette se profilait sur les lueurs de l'incendie, plongea sous un canot ennemi et, le soulevant presque hors de l'eau, le fit aussitôt basculer.

Sorasak jetait autour de lui des regards furieux et maudissait le sort. Le jour allait bientôt se lever et il ne pouvait se permettre d'être reconnu. Le plan qu'il avait conçu avec son père, le général Petraja, prévoyait que Vichaiyen et son groupe farang seraient anéantis avant que quiconque puisse découvrir qu'il ne s'agissait pas d'une embuscade des Macassars. Le temps jouait un rôle essentiel dans la réussite de l'opération : l'attaque devait être déclenchée durant le bref instant qui précède l'aube, avec suffisamment d'obscurité pour créer la surprise et suffisamment de clarté pour pouvoir identifier l'ennemi. Car il ne saurait y avoir de survivants, ni de témoins susceptibles de rapporter qu'il avait attaqué les troupes venues précisément châtier les ennemis de Sa Majesté. Mais voilà qu'un idiot avait donné prématurément l'assaut au camp des Macassars. Sorasak jeta un dernier regard éperdu autour de lui, puis s'accroupit dans le bateau en se tenant au plat-bord, scrutant alentour tous les visages farangs qu'il pouvait apercevoir.

Dans le camp lui-même, les Macassars avaient fait des ravages dans les rangs siamois : des douzaines de morts et de blessés attendaient que les flammes viennent les consumer. Le prince Daï était en première ligne et, constatant que ses hommes avaient manifestement l'avantage, il se tourna en direction de la rivière. Sorasak avait-il accompli sa mission ? se demanda-t-il. Enjambant un monceau de cadavres, il contourna les feux qui faisaient rage et se dirigea vers la berge.

C'était un spectacle terrible. Le jour se levait à peine et les premiers rayons du soleil se joignaient aux lueurs des incendies. Le prince dénombra les cadavres de plusieurs farangs et se demanda si Phaulkon se trouvait parmi eux. À vrai dire, il n'avait jamais vu le mandarin blanc et, de toute façon, pour lui tous les farangs se ressemblaient. Il allait s'emparer d'un canot abandonné quand il aperçut des survivants farangs et siamois qui commençaient à se regrouper et à se diriger vers la rive. Ils n'avaient donc pas tous été anéantis : Sorasak n'avait que partiellement réussi sa mission.

Il ne paraissait pas en rester beaucoup : peut-être le mandarin blanc était-il au nombre des rescapés ? Les troupes de Sorasak semblaient décimées et il n'y avait plus maintenant que des combats sporadiques. Il avait prévenu Sorasak que les farangs utiliseraient des armes à feu : celui-ci avait insisté pour les attendre en embuscade dans le méandre de la rivière. Apparemment, le général Petraja avait informé son fils que le mandarin blanc arriverait par là.

Une balle vint se ficher aux pieds du prince : il leva les yeux, furieux, pour apercevoir un grand farang dans un des bateaux de tête, son mousquet encore fumant. Comment cet homme osait-il utiliser contre lui une tactique aussi lâche ? Le soldat était vêtu avec plus de soin que les autres : il portait une lourde cuirasse et un ridicule chapeau à plumes. C'était peut-être le mandarin blanc, se dit le prince en brandissant aussitôt sa lance. Il visa et la lança de toute ses forces. C'était un jet puissant et l'arme vint frapper la cuirasse du farang avec une redoutable précision, faisant basculer l'homme dans l'eau. Il se débattit pour ne pas couler mais, malgré tous ses efforts, le poids de son armure l'entraînait vers le fond. Un certain nombre de ses compagnons s'efforcèrent de venir à son secours.

Phaulkon faisait partie de ceux qui essayèrent, trop tard hélas, de sauver le capitaine Udall. Furieux que l'émissaire du roi Charles fût mort avant d'avoir pu rencontrer son maître le roi de Siam, Phaulkon se retourna brusquement pour repérer l'assassin et il aperçut sur la rive le chef macassar, visiblement grisé par ce superbe coup.

Les canots approchaient rapidement de la berge : il vit le prince fourrer quelque chose dans sa bouche et se retourner pour leur faire face, tel un démon. De l'opium, sans doute ! Le ciel devenant de plus en plus clair, Phaulkon constata qu'à l'autre extrémité du campement, les Macassars, facilement reconnaissables à leur turban noir, étaient en majorité. Ils avaient manifestement remporté la victoire et allaient bientôt se regrouper pour faire mouvement vers le fleuve.

À une soixantaine de pieds de la berge, Phaulkon plongea dans l'eau. Il allait se laisser emporter par le courant et tendre une embuscade au chef macassar, avant que ses troupes victorieuses n'aient pu le rejoindre. S'il pouvait se débarrasser du prince, le moral des Macassars qui se rapprochaient allait peut-être en prendre un coup. Il n'y avait pas de temps à perdre.

Les mousquets qui, au début, avaient permis la victoire lors de l'embuscade étaient désormais pour la plupart inutilisables : la poudre était mouillée. Et les

Macassars étaient redoutables dans le combat au corps à corps.

Phaulkon sortit prudemment la tête pour aspirer une goulée d'air et vit Ivatt plonger derrière lui. Il s'éloigna légèrement de côté, parallèlement à la rive, retenant son souffle comme il l'avait fait maintes fois au cours de son enfance dans les eaux de la Méditerranée. Il se demandait si la voix qu'il avait entendue dans l'obscurité était bien celle de Sorasak, le boxeur au cou de taureau. Il était étrange que les soldats qui les avaient attaqués fussent siamois et non pas macassars. Maudits traîtres, songea-t-il. Ils avaient sapé son plan et, pis encore, retourné contre lui le cours de la bataille. Quel rôle jouait dans tout cela le général Petraja ? se demanda-t-il avec une méfiance qui ne faisait que croître.

Estimant qu'il avait nagé suffisamment loin, il se dirigea vers la berge et remonta à la surface pour respirer une nouvelle fois.

Il y eut un grand bruit d'éclaboussures, et il remarqua que quelqu'un nageait auprès de lui. Ivatt était un nageur rudement rapide pour l'avoir rattrapé, se dit-il. Cherchait-il à le protéger ? La berge ne devait plus être qu'à quelques pieds. Une main de fer lui empoigna alors la cheville. Maudit Ivatt, que diable faisait-il ? L'heure n'était pas à la plaisanterie. Une douleur lancinante lui traversa le corps : un instrument acéré venait de s'enfoncer dans sa cuisse gauche. Il se débattit de toutes ses forces, l'emprise autour de sa cheville se relâcha et une grosse tête carrée parut à la surface. À l'instant même où Phaulkon reconnaissait Sorasak, il aperçut le prince macassar qui courait le long de la rive pour les intercepter et Ivatt qui nageait vers la berge à quelques pieds sur la gauche, sans avoir aperçu Sorasak.

Une lame jaillit de l'eau et s'abattit sur Phaulkon, mais il se jeta sur le côté et replongea de tout son poids. La lame ne fit que lui effleurer l'épaule, éraflant la chair. Sa cuisse gauche, en revanche était engourdie par la douleur. Il refit surface pour apercevoir le regard fou de son adversaire à quelques pouces à peine de son visage. Le bras qui tenait le poignard s'éleva de nouveau, terriblement près cette fois. Phaulkon allait tenter une ultime esquive quand il entendit la détonation d'un mousquet : l'eau autour de Sorasak fut criblée de plomb. Elle prit bientôt une couleur d'un brun rougeâtre et Sorasak disparut sous la surface. Levant les yeux, Phaulkon aperçut White qui pagayait frénétiquement dans sa direction.

« Ça va ? cria-t-il.

— Je crois, dit Phaulkon.

— Heureusement que j'ai vu ce qui se passait. J'étais déjà presque arrivé au rivage. J'ai dû faire demi-tour afin d'être suffisamment proche pour pouvoir tirer. »

Phaulkon sentit un mouvement sur sa gauche : un homme nageait juste sous la surface de l'eau en direction des canots abandonnés. Il laissait dans son sillage une traînée rouge. Phaulkon vit le nageur se hisser non sans mal dans un canot et commencer à s'éloigner en pagayant vigoureusement. Malgré sa blessure, Sorasak s'échappait ! Phaulkon savait que ce redoutable adversaire lui en voulait à mort. Il savait qu'un jour ils allaient se retrouver : mais, pour l'instant, l'homme était vaincu. Phaulkon se demanda s'il devait se lancer à sa poursuite mais il inspecta d'abord le rivage. Le spectacle qu'il y aperçut le décida aussitôt. Ivatt était engagé dans une lutte au corps à corps avec le prince Daï et le reste de la tribu macassar convergeait rapidement vers eux. Devant les fanatiques au regard fou qui ne cessaient de déferler, bien supérieurs en nombre, les survivants de l'armée de Phaulkon hésitaient près de la berge, un pied dans les canots, l'autre dans l'eau.

« Décrochez ! hurla Phaulkon dans plusieurs langues, ignorant la nationalité des divers survivants. Vous allez vous faire massacrer. Ils sont bourrés d'opium. Samuel, vite ! Sortez Ivatt de là ! »

Au prix d'un immense effort, Phaulkon nagea en direction d'un canot retourné pour permettre à White d'approcher la berge avec le sien.

Samuel visa soigneusement. C'était fichtrement difficile : les deux combattants s'assenaient une série de coups d'épée et de kriss et se déplaçaient fréquemment. Un bref instant, il eut le Macassar en joue et il fit feu. Au moment de l'explosion le Macassar s'apprêtait à plonger son poignard dans le ventre d'Ivatt. Mais, en pénétrant le bras du prince, la balle brisa son élan et dévia son geste : la lame s'enfonça en diagonale dans la chair d'Ivatt.

Celui-ci revint en trébuchant vers la rive au moment où le canot de Samuel touchait terre : le capitaine bondit, empoigna Ivatt et le hissa sur son épaule au moment où le Macassar, serrant son bras blessé, se précipitait sur eux. White jeta Ivatt dans le canot et le petit homme poussa un hurlement en atterrissant sur le ventre, la lame lui labourant les chairs. Les jambes enfoncées dans la vase, White poussa le bateau dans le courant et se retourna pour faire face à son adversaire. Le Macassar se ruait sur lui en criant comme un démon.

White calcula soigneusement sa réaction. Il se pencha et, faisant un pas de côté au moment précis où le Macassar arrivait à sa hauteur, il lui décocha dans la mâchoire un puissant uppercut et lui lança son pied dans les jambes pour le faire trébucher. L'homme s'effondra et roula dans la boue.

Pendant ce temps, Phaulkon, haletant, s'était hissé sur la coque du bateau chaviré et observait la scène sans pouvoir rien faire : sa cuisse saignait abondamment.

White leva les yeux juste à temps pour apercevoir une horde de Macassars déchaînés qui s'approchaient de lui. Il se retourna, plongea la tête la première dans son canot et se mit à pagayer furieusement dans le courant. Plusieurs javelots furent lancés dans sa direction mais il faisait zigzaguer son embarcation et seules deux lances parvinrent à frapper la coque tandis que les autres s'enfonçaient dans l'eau.

« Venez ! Vite ! » cria Phaulkon d'une voix rauque. À son insu, un rameur solitaire se précipitait vers lui.

Plusieurs Macassars plongèrent à la poursuite de White et des farangs survivants mais, ne sachant nager, ils furent contraints de regarder les canots s'éloigner...

Un bateau vint se glisser près de Phaulkon. Un bras surgit de derrière et le fit basculer : le Grec était trop faible pour résister.

« Je vous ai cherché partout, Maître. Loué soit le Seigneur Bouddha, vous êtes sain et sauf. » Kukrit lui adressa un grand sourire et gagna le milieu de la rivière. Épuisé, White les suivit. Ivatt s'efforçait d'enrouler un lambeau de blouse déchirée autour de la plaie béante qu'il avait au ventre et qui saignait de façon inquiétante.

Au prix d'un dernier effort, Phaulkon se souleva sur un coude et cria aux survivants de sa petite troupe trempée : « Retour à Ayuthia. Tous ensemble. Allons-y ! »

Les moins blessés d'entre eux prirent les pagaies, au moment où des sonneries de trompettes assourdissantes emplissaient l'air. Regardant vers le camp, ils aperçurent le régiment royal des éléphants faisant mouvement vers l'ennemi. Les Macassars se retournèrent pour leur faire face. Le général Petraja venait d'arriver avec le gros de l'armée pour revendiquer sa part de la victoire.

39

Aarnout Faa jubilait. On venait de lui annoncer que, depuis Batavia, une armada de douze vaisseaux faisait route vers le Siam, sous le commandement du contre-amiral Jonas Van der Wamsen. Ils avaient quitté Java le 4 mai, il y avait dix-huit jours exactement, et ils atteindraient les eaux du Siam d'ici trois à quatre jours tout au plus. Dès qu'ils seraient parvenus dans l'estuaire du Menam, le commandant enverrait un messager en informer Faa à Ayuthia. Le premier courrier avait confirmé qu'il y avait à bord six cents soldats puissamment armés. Dans sa lettre, le *gouverneur-generaal* s'était dit scandalisé de l'accession de Phaulkon au mandarinat et avait exprimé son inquiétude sur les conséquences politiques d'une telle promotion. Ce Grec s'était manifestement attiré les faveurs du roi. Il était inadmissible qu'un membre de la Compagnie anglaise concurrente eût ainsi l'oreille de Sa Majesté de Siam. À quoi allaient aboutir des débuts aussi peu favorables aux Hollandais ? Dès l'arrivée de ses vaisseaux de guerre, Aarnout Faa était autorisé à présenter au Siam un ultimatum. Il devait non seulement exiger la libération de Potts, mais formuler également le maximum de revendications acceptables que l'on pourrait trouver : le gouverneur en laissait le choix à la discrétion d'Aarnout Faa. Si l'on refusait d'y accéder, il devait déclarer la guerre.

Depuis leur position au milieu du fleuve, face à la capitale, songea Aarnout Faa, les canons des navires pourraient faire feu sur la ville aussi longtemps qu'il faudrait pour la détruire ou obtenir une capitulation des Siamois. Les quelques centaines de soldats hollandais avec leurs mousquets suffiraient pour repousser les hordes qui viendraient rôder avec leurs petites embarcations autour des navires de guerre, en essayant vainement de les aborder. En raison du nombre limité d'armes à feu dont ils disposaient, les Siamois se battaient surtout avec des lances, des harpons et des épées : la cotte de mailles qui protégeait les Hollandais rendrait leurs flèches empoisonnées aussi inefficaces que les rangées d'éléphants de guerre alignées en vain le long du rivage.

Que pouvaient en effet obtenir des centaines, voire des milliers d'éléphants de guerre, contre l'artillerie des Hollandais ? Dans une bataille, tout était relatif, songea Faa. Qu'avaient pu faire un millier de Macassars contre les éléphants de guerre du général Petraja ? Et que pourrait faire demain un millier d'éléphants de guerre contre les canons de la Hollande ?

Faa sourit. Phaulkon pouvait être le héros du moment, sa gloire serait de courte durée. Que dirait le *gouverneur-generaal* s'il savait que l'on venait de nommer Phaulkon mandarin de première classe, en faisant ainsi de lui l'un des trente plus éminents dignitaires du pays ? Chao Praya Vichaiyen ! *Heer* Van Goens avait été déjà suffisamment furieux d'apprendre la nomination du Grec au mandarinat de troisième classe : mais de première classe... Quelle ironie, songea Faa, que ces pirates et contrebandiers anglais aient tous été honorés. Le petit Anglais, la jeune recrue qui avait été apparemment blessée au ventre, s'était vu décerner l'ordre de l'Éléphant blanc de troisième classe. Ce marchand rebelle, White, avait été confirmé comme Shahbandar de Mergui, capitaine général du port. Incroyable ! Sans oublier le chef du poste britannique, Burnaby, qui avait été nommé gouverneur de Mergui. C'était un véritable complot. Mais, pour eux aussi, ces honneurs allaient être éphémères, songeait Faa, parcourant de nouveau la missive du *gouverneur-generaal*.

Le paragraphe 3 confirmait que Madras avait lancé un mandat demandant l'arrestation immédiate de Phaulkon, de Burnaby, d'Ivatt et de White, accusés de contrebande, de détournements de fonds, de corruption et de trahison. Ils étaient révoqués sur-le-champ et devaient regagner immédiatement les bureaux de la direction. Même si les émissaires, porteurs du mandat, se trouvaient encore en haute mer, le détail de cette ordonnance était déjà parvenu à Batavia par la factorerie anglaise de Bantam et le directeur hollandais d'Ayuthia était autorisé à en faciliter l'exécution et à expédier les accusés à Madras, sous escorte armée si nécessaire.

Aarnout Faa décida qu'il allait d'abord attendre l'arrivée de l'armada hollandaise. Puis, avec le soutien de six cents soldats, il procéderait aux arrestations exigées. Une fois les Anglais écartés, il pourrait sans encombre satisfaire le projet auquel il tenait tant : mettre la main sur le Siam. Une fois l'opération pleinement réussie, lui-même serait tout désigné pour le poste de gouverneur. Un frisson d'orgueil le parcourut. Le paragraphe 6 de la lettre le précisait en toutes lettres : premier gouverneur du territoire hollandais du Siam.

Aarnout Faa consulta sa montre et se leva. Il était temps de se rendre au palais pour assister aux obsèques du Barcalon. Sa Majesté en personne devait être présente. Le Barcalon avait succombé trois jours plus tôt, alors que les Macassars étaient en pleine rébellion. Le docteur Kornfeldt avait été l'un des médecins traitants de Son Excellence : il avait confirmé qu'il était trop tard pour sauver le Barcalon, l'asthme l'avait emporté.

Qui serait le prochain Barcalon ? se demanda Faa. Le Hollandais sourit. Quel qu'il fût, ce serait le nouveau gouverneur hollandais qui le désignerait.

Maria s'agenouilla auprès de son oncle. Elle était manifestement désemparée.

« Qu'y a-t-il, ma chérie ? demanda *mestre* Phanik d'un air soucieux.

— Oh, mon oncle, je ne puis garder plus longtemps ces choses-là, il faut que je me confie à vous.

— J'attendais que tu me parles, ma chérie. Je ne voulais pas te bousculer. »

Elle hésita un moment, puis les mots sortirent comme un torrent.

« Constant me manque. Je ne l'ai pas vu depuis notre dispute de la semaine dernière. Maintenant, il est blessé, il souffre et je voudrais tant lui rendre visite. Mais cette femme est là-bas, constamment auprès de lui. »

Mestre Phanik l'observa un moment en silence. « Tu parles de Sunida, ma chérie ? » demanda-t-il d'un ton compatissant.

Maria hocha tristement la tête. « Oui. Et il ne veut pas renoncer à elle : il me l'a dit.

— Comme nous le savons, ma chérie, on l'a envoyée pour l'espionner, en pensant qu'elle constituerait pour lui une utile distraction. On a dû la choisir au Palais pour ses... talents, et il était inévitable que... pour finir... ma foi, tu connais les coutumes d'ici, ma chère.

— Mon oncle, comment pouvez-vous parler ainsi ? Et avec un tel calme ?

— Il ne s'agit pas de calme mais de résignation. J'ai tenté de te mettre en garde à propos de Constant quand j'ai découvert que tu étais tombée amoureuse de lui. Mais tu paraissais si décidée... Tu sais à quel point il est attiré par le mode de vie siamois. Tu n'ignorais pas qu'il approuvait leurs coutumes. Mais il a d'autres qualités.

— On dirait presque que vous prenez sa défense », lui reprocha Maria. Elle avait éprouvé tant de fierté à apprendre le rôle héroïque qu'il avait joué lors du soulèvement des Macassars et un tel soulagement à découvrir qu'il était en vie : mais il était terrible de ne pouvoir l'approcher, surtout en sachant qu'il était blessé.

« Pas du tout, ma chérie, je suis simplement réaliste. Tu étais au courant de sa liaison. Je sais que cela te fait mal, mais tu ne pouvais pas t'attendre à le voir changer complètement.

— Mais vous, mon oncle ? Vous seriez-vous conduit de cette façon avec votre épouse ? »

Mestre Phanik hésita.

« C'est l'une des raisons pour lesquelles je ne me suis jamais marié : éviter ce genre de problème. Évidemment, j'aurais souffert de ne pouvoir élever un enfant si je n'avais eu la chance de t'avoir. Je crois malheureusement, ma chérie, que le mâle humain est par essence polygame : seules les plus profondes croyances religieuses peuvent lui permettre de se contrôler. La foi de Constant, je regrette de le dire, n'a pas cette rigueur.

— Mais, mon oncle, est-ce que cela ne fait pas de lui un pécheur ?

— Certes, ma chère, mais ne sois pas trop sévère avec lui. Cela est d'autant plus difficile dans son cas que ses habitudes sont fortement enracinées. Mais, comme je te le disais, il a d'autres qualités. Dans la mesure où il te traitera bien et se montrera un bon père pour vos enfants, tu serais bien avisée de l'accepter. Tu pourrais remercier le Ciel de trouver en lui un meilleur mari que la plupart des autres hommes. »

Maria était stupéfaite de l'insouciance de son oncle.

« Mais, mon oncle, vous avez toujours été si strict et si honnête sur ce plan-là et voilà que, tout à coup...

— Nous nous efforçons d'élever notre progéniture dans un monde idéal, ma chérie, mais le moment venu il nous faut procéder à certaines concessions. » *Mestre* Phanik passa un bras consolateur autour des épaules de sa nièce. « Il en sera de même un jour avec tes enfants, tu verras. »

Maria observa attentivement son oncle. Sous cette apparente insouciance, quelque chose le troublait, elle le sentait. Et il ne lui manifestait pas la compassion à laquelle elle s'attendait.

« Mon oncle, mon père se serait-il comporté de cette façon ? Aurait-il osé insister pour garder deux femmes ? Vous m'en avez toujours tant dit sur ma mère et si peu sur lui. Je sais que c'était un marchand comme vous et qu'il est mort de la peste alors que je n'avais que deux ans, mais vous ne m'avez jamais donné plus de précisions. On aurait dit presque que vous évitiez mes questions. »

Mestre Phanik bougea sur son siège, embarrassé. Il garda le silence un moment, apparemment abîmé dans ses pensées. Puis il se leva de son fauteuil et se mit à arpenter la pièce. Il finit par poser les mains sur les épaules de Maria et plongea son regard grave dans le sien.

« Je ne t'ai jamais beaucoup parlé de ton père, Maria, car je ne pouvais pas trouver les mots qu'il fallait pour te le décrire. Car, vois-tu, il est maintenant debout devant toi. »

Maria examina tout d'abord sans comprendre le visage de l'homme qui venait de s'adresser à elle.

Ce fut *mestre* Phanik qui finit par rompre le silence. Une lueur venait de s'allumer dans ses yeux, un soulagement de se voir enfin déchargé d'un fardeau qu'il portait depuis longtemps.

« Tout ce que je t'ai dit de ta mère était vrai, Maria. Sauf qu'elle n'a jamais épousé ton père. Elle est restée bouddhiste jusqu'à la fin, heureuse de sa foi, n'éprouvant que joie à ta naissance. Elle ne voyait aucune raison de se convertir. Elle aussi est morte de la peste quand tu avais deux ans. En tant que catholique, je n'ai pas voulu que tu... ce stigmate... pardonne-moi. »

Mestre Phanik lui tendit les bras. Il était au bord des larmes.

Maria hésita, puis lentement elle vint se blottir contre lui. Tout d'abord elle se tint simplement là, immobile, puis elle le serra peu à peu avec plus de tendresse jusqu'à finir par l'étreindre avec passion.

« Tu vois, ma chérie, murmura-t-il, nul n'est parfait. Accepte Constant tel qu'il est. »

« Vous ne pouvez pas vous lever, mon Seigneur », lui reprocha Sunida.

Il était midi et le soleil entrait à flots par la fenêtre de la chambre de Phaulkon. Vous avez entendu les ordres du médecin. Même le docteur farang était d'accord. »

Chaque fois que Phaulkon s'était soulevé sur un coude, Sunida l'avait doucement repoussé sur les coussins. Il avait été soigné à la fois par les médecins de Sa Majesté et par le jésuite Le Moutier. Il risquait de perdre sa jambe, disaient-ils, s'il y prenait le moindre appui avant que la blessure fût convenablement cicatrisée. Le couteau de Sorasak avait pénétré profondément la cuisse. Phaulkon était tout endolori et pourtant il souhaitait désespérément se lever. Ce n'était pas le moment de rester au lit, il y avait beaucoup trop de choses à régler : l'invasion hollandaise, la condamnation des Maures survivants, l'alliance avec la France, son mariage avec Maria, la trahison de Sorasak. Cela faisait trois nuits qu'il ne dormait que par intermittence, s'éveillant chaque fois baigné de sueur pour se trouver entouré de navires de guerre hollandais ou prosterné devant Sorasak, couronné, qui le condamnait, lui et les autres farangs, à un lent trépas.

« Je sais que c'est Sorasak qui était sur cette rivière, affirma Phaulkon. Je l'aurais reconnu entre mille. »

Sunida le regarda avec compassion. Combien de fois n'avait-il pas répété ces paroles ? C'était devenu pour lui une obsession. Constant persistait à accuser Sorasak d'avoir dirigé l'embuscade contre sa troupe de farangs dans le méandre de la rivière et le général Petraja de ne pas être intervenu plus tôt avec le gros de ses forces pour permettre aux Macassars et à Sorasak de massacrer les farangs. Vingt-huit farangs avaient trouvé la mort dans la bataille et Constant sentait gronder sa colère. Le général Petraja avait été décoré de l'ordre de l'Éléphant blanc de première classe pour le rôle qu'il avait joué dans la répression du soulèvement et, officiellement, on avait accordé à Sorasak une citation royale du fait que tout son contingent avait été anéanti après avoir fort malheureusement confondu, à la lueur incertaine de l'aube, certaines des troupes combattant pour le roi avec des Macassars en embuscade.

« Vous vous occuperez de Sorasak quand vous vous sentirez mieux, mon Seigneur. À ce moment-là, il ne sera pas de taille à lutter contre vous. Mais, pour l'instant, il vous faut du repos. Je vais vous donner encore du thé. À propos, ajouta-t-elle avec fierté, pendant votre sommeil un messager est venu de la part de Sa Majesté s'enquérir de votre santé. »

Phaulkon eut un pâle sourire : il débordait d'amour pour elle. « Ne pars pas, Sunida. Reste avec moi. J'ai besoin de toi. Quelle bonté de Sa Majesté d'avoir envoyé quelqu'un ! Et Maria, est-elle venue me voir ? »

La nécessité d'une alliance avec la France se faisait pressante. Sa Majesté avait accepté toutes les conditions ; restait la question du mariage catholique de Phaulkon. Les Jésuites étaient fermes sur ce point.

« Non, mon Seigneur, mais elle a envoyé un mot pendant que vous dormiez. Je n'ai pas voulu vous réveiller. » Sunida s'approcha de la table basse près de la fenêtre pour y prendre une lettre. Il l'ouvrit rapidement et parcourut les mots en portugais.

Sunida lui caressa doucement le front, s'efforçant de dissiper la tension qui lui serrait les tempes. Comme elle aimait cet homme ! Même s'il avait besoin d'épouser cette chrétienne pour réaliser cette alliance avec l'autre puissance farang, il avait obstinément refusé de renoncer à elle. Il n'y avait donc rien qu'elle ne fût prête à accomplir pour lui. Elle vit un sourire de satisfaction s'épanouir sur son visage : la femme farang avait-elle capitulé ? Si cette fille voulait Constant, elle était stupide de ne pas lui accorder sa main, songea Sunida. Elle n'aurait peut-être pas une seconde chance.

« Sunida, je vais te lire ce billet. » Il traduisit : « Hâtez-vous de vous rétablir, mon Seigneur. Je préférerais ne pas épouser un invalide. »

Sunida se mit à rire. « C'est vrai pour moi aussi, mon Seigneur. Vous ne pourriez pas courir assez vite pour me rattraper. »

Phaulkon l'observa avec tendresse. « Sunida, préférerais-tu vivre ici ou au palais ? J'ai obtenu de Sa Majesté le roi la permission de te loger là-bas si tu le souhaites. »

Elle réfléchit un moment. « Maintenant que vous êtes un mandarin de première classe, mon Seigneur, je crois que je préférerais le palais. Après tout, vous assisterez chaque jour aux conseils de Sa Majesté. » Elle sourit. « Parfois deux fois par jour. Et j'ai le sentiment que, même si votre épouse farang pouvait m'accepter — car elle tient à vous épouser et comprend que vous ne voulez pas renoncer à moi —, elle pourrait changer d'avis si nous nous retrouvions ensemble sous le même toit. Elle pourrait m'en vouloir et essayer même de vous retourner contre moi. J'ai beau savoir que vous ne le ferez pas, mon Seigneur, je souhaiterais néanmoins vous épargner tout désagrément. »

En réalité, Sunida était ravie. Dès l'instant où elle serait installée au palais, le dernier obstacle à son bonheur aurait disparu. Elle n'aurait plus dès lors à espionner son Seigneur. Elle pourrait lui parler de n'importe quoi sans la crainte perpétuelle de le voir s'accuser lui-même. Leur amour serait total et sans entrave. Elle se pencha pour respirer profondément sa joue et ferma les yeux.

« Sunida, murmura-t-il, je passerai plus de temps au palais qu'à la maison.

— Mais pas trop, mon Seigneur, fit-elle pour le taquiner. Je veux avoir le temps que vous me manquiez. »

Phaulkon se mit à rire. « Sunida, je veux que tu ailles jusqu'à la mission jésuite et que tu leur montres la lettre de Maria. Dis-leur que le traité avec la France doit être immédiatement ratifié et proclamé. Il n'y a pas de temps à perdre. Fais vite, sinon je risque en ton absence de me lever pour marcher.

— Vous n'allez pas bouger, mon Seigneur. Je m'en vais laisser ici Tip et Sorn avec des consignes strictes. Et vous... » Elle s'interrompit car Tip faisait entrer dans la chambre Burnaby et White. « Mieux encore, ajouta Sunida. Ces deux-là seront assez forts pour faire respecter mes instructions. » Elle les salua et désigna le lit de Phaulkon expliquant par des gestes qu'il ne devait pas en bouger. White dévisagea Sunida fasciné, comme à chaque fois qu'il la voyait. Il la suivit des yeux quand elle quitta la pièce.

Burnaby acquiesça et s'approcha de Phaulkon. « Alors, comment se porte le malade ?

— Pas mal, merci, Richard, sauf que je me sens frustré, sous le poids de la vengeance et de la colère. Et comment va Thomas ?

— Il est en bonne voie de rétablissement, répondit Burnaby. On peut le deviner au fait que ses plaisanteries s'améliorent. Elles sont presque redevenues normales. Sa blessure à l'estomac est maintenant refermée.

— Il a prétendu que les brûlures qu'il ressentait étaient une bonne préparation pour la nourriture indienne épicée qu'il devra consommer à son nouveau poste », ajouta White.

Phaulkon eut un petit rire. « Et quelles nouvelles du monde extérieur ?

— Il se passe beaucoup de choses, répondit Burnaby, mais rien qui ne puisse attendre votre guérison, s'empressa-t-il d'ajouter en voyant Phaulkon prêt à se lever.

— Dites-moi, insista Phaulkon.

— Le gouverneur adjoint du Tenasserim a été décapité sur la place publique. Il s'appelait Oc-Ya Tannaw ou quelque chose comme ça. Il semble qu'un membre survivant de l'entourage proche du prince Daï ait été capturé et horriblement torturé. Il a révélé que le gouverneur adjoint s'était secrètement rendu à Ayuthia pour coordonner le coup d'État musulman, une fois le terrain préparé par les Macassars. » Burnaby marqua un temps, l'air écœuré. « La tête tranchée de l'Oc-Ya Tannaw se trouve maintenant suspendue au cou du prince Daï. Le chef macassar est contraint de porter ce pendentif en permanence. »

Phaulkon frémit. C'était le châtiment traditionnel des conspirateurs. Ceux qui complotaient ensemble étaient punis ensemble. Le prince allait sans doute conserver autour du cou la tête de l'Oc-Ya pendant trois bons jours, et contempler sans répit les yeux du Maure. Il aurait tout le temps de réfléchir à leur coupable complicité jusqu'au moment où il serait à son tour décapité.

« Y a-t-il eu d'autres survivants macassars ? » interrogea Phaulkon.

Cette fois, ce fut Samuel qui répondit.

« Seulement six, Constant. Les autres ont été tués ou se sont donné la mort. Malgré toute leur bravoure, les Macassars n'étaient pas de taille à résister aux éléphants de Petraja. » Si endurci qu'il fût, White baissa la tête. « J'ai assisté à leur exécution ce matin à l'aube. Ils avaient été condamnés à être dévorés par des tigres. On a gardé toute la nuit des bêtes affamées enfermées dans une cage. C'était un spectacle affreux. Pendant que les fauves se rassasiaient des membres des prisonniers, les jésuites français et portugais présents brandissaient leurs crucifix vers les Macassars suppliciés, les implorant de renoncer à leurs dieux pour être admis dans le royaume des cieux. Mais les prisonniers agonisants ricanaient devant eux, se faisant une gloire d'afficher leur stoïcisme.

— Tous les Maures ont été arrêtés pour être interrogés, observa Burnaby. On les a vus passer, la tête rasée, alors que d'autres ont eu le haut du crâne tranché d'un coup de sabre. On a dit que les anciens du Conseil de Tenasserim allaient être déchus de leurs charges et qu'on leur interdira de quitter leur demeure dès que l'on m'aura installé dans mes fonctions de gouverneur. »

C'en était fini du pouvoir des Maures, se dit Phaulkon. Mais il restait les Hollandais et leur menace était la plus sérieuse. Dès le retour de Sunida, il en saurait davantage sur le traité avec la France.

« Alors, Richard, demanda Phaulkon, êtes-vous résigné à travailler pour le Siam ? » Les hésitations de l'Anglais, il le savait, avaient été largement apaisées par sa nomination au poste de gouverneur. C'était un décret exceptionnel, pris uniquement pour qu'un farang puisse devenir gouverneur sans être mandarin.

Burnaby baissa la tête. « Il semble que le destin en ait voulu ainsi, Constant. Il n'y a pas grand-chose qui m'attende à Madras.

— Sauf une cour martiale, fit sèchement remarquer White. Mais, à propos de destin, Constant, j'ai assisté ce matin à des faits étranges en revenant des exécutions. Quelques hommes de l'*Hubert*, que commandait le capitaine Udall, sont venus lui rendre un dernier hommage au cimetière où les Jésuites avaient enterré les victimes chrétiennes. Les officiers ont été stupéfaits de trouver la tombe de leur capitaine vide : on avait exhumé son corps ! Ils ont fini par le retrouver, complètement nu et adossé à un arbre. Ils ont pris le corps et l'ont de nouveau enterré, en couvrant cette fois la sépulture d'un amas de lourdes pierres. Ce matin, en passant devant le cimetière, j'y ai trouvé les mêmes officiers. Ils étaient revenus pour trouver le corps une fois de plus adossé au même arbre. Horrifiés, nous avons soulevé ensemble le cadavre pour le porter jusqu'au fleuve puis nous l'avons lesté de pierres et laissé couler. »

Phaulkon écoutait d'un air intéressé. « J'ai déjà observé cette pratique. Sans doute des nécromanciens siamois, troublés par tous ces violents événements, cherchaient-ils à lire l'avenir. Le capitaine Udall, que

Dieu ait son âme, a été directement mêlé à ces événements et les nécromanciens — mi-sorciers, mi-spirites — ont dû utiliser son corps comme moyen de communiquer avec l'au-delà et d'interroger l'avenir. Les plus célèbres d'entre eux vendent leurs prédictions pour une fortune. Mais c'est intéressant qu'ils se soient servi du corps d'un farang mort. Cela doit indiquer que, selon eux, les farangs vont à l'avenir jouer un plus grand rôle. » Phaulkon s'interrompit. Ses yeux commençaient à se fermer.

« Messieurs, irez-vous ce soir aux funérailles du Barcalon ? demanda-t-il d'une voix faible.

— Assurément, répondit Burnaby. En qualité de futurs dignitaires du royaume, c'est notre devoir.

— Je ne manquerais ça pour rien au monde, ajouta White. Voilà plus de trois jours que retentissent de grands tambours de cuivre et des gens au crâne rasé arrivent de tous les coins du pays. Il y a eu des feux d'artifice ces deux dernières nuits et toute la population est vêtue de blanc. C'est le spectacle le plus grandiose auquel j'aie jamais assisté.

— Parle-t-on d'un nouveau Barcalon ? demanda anxieusement Phaulkon.

— Je n'ai rien entendu à ce sujet, répondit Burnaby.

— C'est bien », répliqua Phaulkon. Sa tête pencha de côté et ses yeux se fermèrent. Les autres échangèrent un bref regard et sortirent en silence.

Durant trois jours et trois nuits on purifia et on embauma la dépouille du Barcalon. On coula du mercure dans la bouche, les oreilles et les yeux du cadavre et on enduisit le corps d'onguents précieux pour le protéger de la décomposition. Des moines en robe safran psalmodiaient jour et nuit, leurs chants retentissant de plus en plus fort chaque nuit qui passait. Des roulements de tambours, des fracas de cymbales, des sonneries de trompettes. Des danseurs masqués tournaient autour du corps. Des milliers de moines et de nonnes en robes blanches, le crâne rasé, étaient accourus des bourgs et des villages voisins pour assister aux funérailles du Grand Barcalon.

Pour l'honorer tout spécialement, on annonça que le Seigneur de la Vie en personne allumerait le bûcher funéraire : cela assurerait au défunt toute l'assistance royale dans l'au-delà.

Au crépuscule du troisième jour, on plaça la dépouille dans un cercueil de bois décoré sur lequel on avait drapé les plus beaux vêtements du Barcalon. Toute la population d'Ayuthia, vêtue de panungs blancs, la couleur du deuil, et le crâne rasé, se dirigea vers le fleuve pour rejoindre la multitude de petits bateaux qui convergeaient déjà vers les grandes barques dorées. Ces dernières devaient transporter le corps du Barcalon, ses proches parents et les plus hauts mandarins, et constituer ainsi le cœur du cortège.

En tête de la grande procession fluviale il y avait plusieurs barques portant des offrandes à distribuer aux moines qui étaient venus de si loin, ainsi qu'aux pauvres et aux nécessiteux. Suivaient les parents, avec des troupes de danseurs masqués chargés de distraire le défunt. Ensuite venaient les grands prêtres et les mandarins de haut rang à bord de barques dorées dont la proue était en forme de tête de dragon et de garuda, l'oiseau mythique. Juste derrière eux se trouvait la barque du Barcalon dont le corps était exposé sur une estrade pyramidale surmontée d'un toit doré. Les gens du peuple, dans des milliers de petites embarcations éclairées par des chandelles qui recouvraient le large fleuve d'une rive à l'autre, constituaient la fin du cortège.

La procession, où figuraient Burnaby et White, descendit le cours du fleuve jusqu'au moment où elle arriva devant le vaste temple illuminé par des milliers de chandelles devant les murs du Grand Palais. Là, les embarcations gagnèrent le rivage et le peuple mit pied à terre. On plaça le corps au centre du bûcher funéraire somptueusement décoré, dans la cour de la grande pagode. Les danseurs commencèrent à défiler tout autour, tandis que les prêtres continuaient à chanter.

Sa Majesté le roi, observant la procession depuis les fenêtres de son palais, mit alors le feu au bûcher au moyen d'un cordon imprégné de soufre qui était tendu du palais jusqu'au temple, au bord du fleuve. Le bûcher, uniquement composé de bois parfumé, s'enflamma. Des fusées partirent, on se mit à jouer de la musique, les danseurs commencèrent à tournoyer de manière frénétique alors que les chants de prêtres allaient crescendo. Cela ne cessa que quand le corps eut été entièrement consumé par les flammes.

Les cendres furent recueillies avec le plus grand respect par les moines de rang supérieur et, à minuit, on les jeta dans le fleuve à l'endroit où le courant était le plus rapide.

La cérémonie s'était déroulée en grande pompe et ce fut un moment tout à la fois d'affliction et d'allégresse, car un grand homme était passé dans le cycle qui devait le mener à sa prochaine existence.

Le matin qui suivit les funérailles du Barcalon, les courtisans assemblés attendaient avec impatience l'arrivée du roi. Ce n'était pas une convocation ordinaire. Alors que la santé du Barcalon se détériorait, Sa Majesté avait fait rappeler dans la capitale tous les gouverneurs de province et maintenant les soixante principaux mandarins du royaume, ainsi que Richard Burnaby, étaient là, prosternés, en rangées silencieuses, à attendre les ordres de leur souverain. La plupart en avaient conclu que Sa Majesté nommerait aujourd'hui le nouveau Barcalon et rares étaient ceux qui doutaient que cet honneur allait revenir au général Petraja, le courtisan le plus accompli.

Le général en personne, plus que jamais tiré à quatre épingles, avec ses cheveux gris soigneusement taillés en brosse, sa boîte à bétel incrustée de diamants auprès de lui, était prosterné à la place d'honneur, la plus proche du balcon où allait apparaître Sa Majesté. Dès qu'il serait nommé Barcalon, songeait-il, il entamerait sa campagne pour discréditer les farangs et les évincer peu à peu du pouvoir. On avait déjà asséné aux Maures un coup fatal. Il risqua discrètement un coup d'œil autour de lui et son regard s'arrêta sur la seule place vide dans l'assemblée. Au dernier rang, là où étaient prosternés les mandarins de première classe récemment nommés, la place réservée à Vichaiyen était vide. Le farang se remettait encore de ses blessures de guerre. Toi, Vichaiyen, se dit le général, tu seras le premier à partir. Tu as peut-être échappé aux kriss des Macassars et au courroux de mon fils adoptif, mais à moi tu n'échapperas pas. Ton sort est scellé dès aujourd'hui. Quel sacrilège, songea Petraja, de laisser pénétrer des farangs dans ces lieux sacrés! Comme cela était avilissant pour le sanctuaire de l'antique empire de Siam!

Trompettes et cymbales vinrent interrompre le cours de ses pensées et, en l'absence de Barcalon, ce fut le roi en personne qui s'adressa directement à l'assistance.

« Loyaux mandarins, nous vous avons convoqués aujourd'hui pour évoquer des problèmes importants. C'est une période éprouvante pour notre nation que celle où des étrangers convoitent ouvertement la richesse de notre pays. Nous ne vivons plus une époque d'isolement ou de confortable solitude, car les habitants du monde occidental voyagent de plus en plus loin. Le monde se réduit et continuera de le faire. Ces nations de l'Occident sont mieux armées et mieux équipées que nous et, même s'il n'y a guère de domaine où nous souhaitions rivaliser avec elles, force nous est de reconnaître que la puissance grandissante de leur armement nous rend de plus en plus vulnérables à leurs attaques.

« Nous avons donc résolu de conclure un traité avec notre digne frère souverain, le roi de France, dont la nation a exprimé des sentiments amicaux à notre égard et avec qui nous avons échangé des ambassades et des présents à une échelle sans précédent. Ce sera la plus grande alliance que nous aurons signée en tant que nation et ce sera le premier lien important entre les mondes de l'Orient et de l'Occident. Auprès des farangs français, de leurs soldats, de leurs dessinateurs et de leurs ingénieurs, nous apprendrons ce qui touche à la science. Car, mes loyaux mandarins, c'est de la connaissance scientifique que va dépendre la stabilité future de notre antique pays. »

Le roi marqua un silence éloquent.

« Notre prochain Barcalon sera donc un homme de science. Et nous vous engageons tous, présentement, à résoudre l'énigme suivante. Celui qui en trouvera la solution — ou bien, si vous êtes plus d'un à réussir, celui qui y parviendra par les moyens les plus habiles —, cet homme sera notre prochain Barcalon. »

L'assemblée attendait avec une impatience silencieuse.

« Nous vous demandons, poursuivit Sa Majesté, de nous donner le poids précis de notre plus gros canon, celui que l'on appelle le Pra Pirun. Nous réclamons cette information le plus tôt possible et le premier à concevoir le moyen de calculer avec précision son poids se présentera aussitôt devant nous. Le concours se terminera dans une semaine. »

À peine l'ordre du roi lancé, les courtisans entreprirent tous de chercher la solution. Un mandarin décidé, le gouverneur de Phitsanulok, fit entreprendre la construction d'une énorme balance avec des chaînes de fer, mais ses efforts répétés pour mesurer le poids du canon géant avec un semblant d'exactitude échouèrent. Tout d'abord, on ne parvint pas à soulever la pièce comme il convenait. Quand enfin on y réussit, la balance se brisa. Le général Petraja, irrité de voir retardée sa nomination qu'il avait considérée comme assurée et inquiet à l'idée que l'un des mandarins puisse trouver une réponse, consulta les astrologues et alla voir son ami le Patriarche suprême. Mais aussi bien le chef du clergé bouddhiste que le plus célèbre astrologue du pays lui assurèrent que la tâche était impossible. Le problème demeurerait insoluble en raison des dimensions mêmes du canon. Soulagé, le général rentra chez lui pour attendre l'issue de la période de sept jours.

Sur ordre de Sa Majesté, un messager du palais vint annoncer la nouvelle du concours au domicile de Phaulkon, qui l'accueillit avec un mélange d'inquiétude et de détermination. Il n'était pas au mieux de sa forme, mais quelle merveilleuse occasion lui était offerte ! C'était la chance qu'il attendait. Mesurer le poids d'un tel canon et il pourrait devenir Barcalon ! S'il y parvenait, il n'aurait plus besoin de supplier les Jésuites de conclure un traité, ce serait lui qui leur annoncerait la nouvelle. Quant à Aarnout Faa, il allait... Non, se dit-il, il n'allait pas faire ce que l'on attendait de lui. Il n'allait pas chasser les Hollandais du Siam, car cela ne convenait pas aux intérêts de ce pays. Le Siam avait besoin de Batavia pour les revenus que lui rapportaient les exportations : les Hollandais avaient toujours été de prompts et honnêtes payeurs. Il allait montrer aux Hollandais qu'il était impartial et ne s'intéressait qu'à la prospérité du Siam. Il allait veiller à ce que l'alliance avec la France les dissuade de tout projet de conquête. Il allait utiliser tout à la fois la carotte et le bâton. Mais de combien de temps disposait-il ? Pourrait-il parvenir au résultat à temps pour prévenir l'invasion prévue ? Il donna à Sunida l'ordre de fermer la porte de sa chambre et la consigne qu'on ne le dérange en aucune circonstance. Pendant plusieurs heures, dans un isolement total, il réfléchit au problème du canon.

Ce soir-là, contre l'avis des médecins et les protestations de Sunida, il demanda à celle-ci de lui faire avancer une chaise à porteurs et ordonna aux nouveaux esclaves que lui avait offerts Sa Majesté de le conduire jusqu'au fleuve. Il s'arrêta en chemin pour réunir un petit groupe d'Européens et arriva à l'endroit où se trouvait l'énorme canon.

Dirigeant les opérations depuis sa litière, il demanda que l'on hisse le canon sur une barge ancrée le long du quai et fit tracer avec précision la ligne de flottaison de l'embarcation après qu'elle se fut enfoncée sous le poids. Puis il ordonna de décharger la pièce et de la remplacer par des briques et des rochers de taille égale. Lorsque la péniche eut atteint le niveau qui était le sien quand elle était chargée du canon, il fit peser avec soin les briques et les pierres et put déterminer avec une exactitude raisonnable le poids du Pra Prirun. Toute l'opération fut accomplie en sept heures.

40

Le matin qui suivit le concours du canon, de somptueux cadeaux — porcelaines chinoises, paravents japonais, soies et objets artisanaux en bois de sampang ou de santal, rubis, émeraudes et diamants, coffres en laque noire ou dorée de la première période d'Ayuthia, coffrets à manuscrits, portes en bois sculpté, ainsi qu'une reproduction en laque dorée du grand oiseau garuda de la barge royale — défilèrent dans les rues d'Ayuthia pour être chargés sur un gros vaisseau de deux cents tonneaux, l'*Alliance*. Ce cortège était suivi de trois éléphants au harnachement doré et de deux rhinocéros que l'on avait calmés au préalable avec de l'opium et des herbes, et qui portaient des colliers de clochettes en bronze autour du cou. La procession fit sensation dans les rues. On disait que les jeunes éléphants étaient destinés aux trois jeunes princes de France, les petits-fils de Louis XIV. On chuchota des conseils à l'oreille des éléphants tandis que les nobles qui les conduisaient, coiffés de leur chapeau conique, en prenaient respectueusement congé. On demanda aux éléphants de partir le cœur joyeux et on leur expliqua que, même s'ils devenaient des esclaves, ils seraient au service d'un des plus grands monarques de l'univers. Pra Pipat, un sexagénaire vétéran de trois ambassades siamoises en Chine, fut nommé premier ambassadeur de Siam en France. Il était accompagné du père Gayme, un jésuite français qui devait faire office d'interprète, de deux secrétaires siamois de l'ambassadeur et de trente serviteurs. Dans un grand tumulte, l'ambassade appareilla, porteuse d'une lettre royale adressant de chaleureuses salutations au roi français et le félicitant de l'heureux aboutissement du traité d'amitié entre les deux grandes nations. Le texte entier de la lettre était gravé sur une feuille d'or.

Ce même matin, un messager hollandais, le capitaine Cijfer, fut introduit dans les bureaux d'Aarnout Faa.

« Bienvenue, capitaine, déclara le directeur d'un ton joyeux. J'attendais avec impatience votre arrivée. » C'était peu dire. Faa était sur des charbons ardents et il comptait les minutes. Même si la chose lui semblait impossible, le bruit courait d'une alliance imminente entre le Siam et la France. Mais maintenant, Dieu merci, les navires de guerre étaient arrivés.

« Je suis désolé d'avoir tant tardé, monsieur, j'ai eu beaucoup de mal à vous atteindre. L'estuaire du fleuve est entièrement encombré de jonques et de barques siamoises, et vous n'avez aucune idée de la lenteur avec laquelle on progresse sur l'eau. Sur toute la route de l'estuaire à la capitale se déroulaient de somptueuses processions et il m'a fallu deux jours pour arriver ici.

— Comme c'est étrange, observa Faa, les funérailles du Barcalon, c'était il y a deux jours. Je me demande quelle peut être la cause de toute cette agitation.

— Un grand vaisseau siamois, portant le nom d'*Alliance* en caractères romains, est ancré dans l'estuaire du Menam, non loin de nos vaisseaux, monsieur. Peut-être cela a-t-il un rapport. Il semble que ces grandes processions, qui ont pratiquement immobilisé le trafic fluvial, ont quelque chose à voir avec une ambassade en partance pour la France. Je n'ai jamais vu des trésors aussi somptueux, ni un tel cérémonial. Savez-vous de quoi il s'agit, monsieur ? »

Aarnout Faa se sentit soudain mal à l'aise. De grandes processions, des présents somptueux, un grand vaisseau nommé *Alliance* ? Pourquoi ne l'avait-on pas informé ? Les préparatifs avaient dû se faire dans le plus grand secret pour que ses hommes n'aient entendu parler de rien. Les Siamois possédaient bien quelques navires au longs cours, mais jamais il n'avait entendu parler d'un bâtiment baptisé *Alliance*. Le nom était assurément inquiétant. L'un des vaisseaux avait-il été rebaptisé récemment ?

En tant que directeur de la Compagnie hollandaise, Faa était gêné de devoir avouer à son visiteur qu'il ignorait ce qui se passait exactement.

« Il y a tant de processions dans ce pays, capitaine, que j'ai cessé de demander ce qu'elles signifient. Mais je me ferai un plaisir de me renseigner pour vous. » Il se pencha sur son bureau et frappa un gong.

Un domestique apparut presque aussitôt. Faa n'eut pas le temps d'ouvrir la bouche que l'homme annonçait l'arrivée d'un mandarin de haut rang dans une chaise à porteurs, accompagné de dix esclaves ; le chef des esclaves n'avait pas indiqué son nom, mais seulement son rang. C'était un mandarin de première classe et il souhaitait parler immédiatement au directeur.

« Alors fais-le entrer », dit Aarnout Faa d'un ton affable. Il se tourna vers le capitaine. « Nous allons avoir bientôt la réponse à votre question. » Le capitaine inclina la tête.

Quelques instants plus tard, la porte s'ouvrit pour livrer passage à un personnage resplendissant, vêtu d'une blouse brodée d'or et allongé sur une litière en bois délicatement sculptée, portée par six esclaves. Faa ne reconnut pas immédiatement l'homme au chapeau conique entouré d'une horde d'esclaves. Mais dès l'instant où celui-ci le salua, un frisson le parcourut.

« Bienvenue, *heer* Phaulkon, dit le Hollandais en essayant de contrôler sa voix. On m'a dit que vous avez été blessé dans l'héroïque bataille contre les Macassars. J'espère que vous vous en remettez convenablement ? »

Les esclaves abaissèrent la litière et l'un d'eux se posta quelques pas en avant pour permettre à Phaulkon d'allonger la jambe sur ses épaules.

« Très rapidement, je vous remercie, *heer* Faa. Il y a tant de bonnes nouvelles pour me réconforter ces jours-ci. Il semble que cela aide aussi le corps. »

Le capitaine regardait avec des yeux étonnés cet Européen vêtu à l'orientale, qui parlait un hollandais parfait et que l'on traitait comme un éminent dignitaire local. Les cinq autres esclaves de Phaulkon étaient immobiles et prosternés à ses pieds.

« Mais permettez-moi de vous présenter le capitaine Cijfer, de la marine royale hollandaise. Voici... euh... Son Excellence le Seigneur Phaulkon, fit le directeur en avalant difficilement sa salive.

— Très honoré, mon Seigneur, dit le capitaine en s'inclinant. Mais je vais attendre dehors. Je suis certain que vous avez à discuter d'affaires qui...

— Tout au contraire, capitaine, dit Phaulkon en levant la main, votre présence ici est fort opportune. Ce que j'ai à annoncer vous concerne également. »

Le capitaine le regarda d'un air déconcerté.

Que voulait-il dire ? se demanda Aarnout Faa. Que savait-il de ce capitaine ou de sa mission ? Les navires hollandais avaient dû mouiller au large et il était peu probable que la nouvelle eût voyagé jusqu'ici plus vite que le capitaine Cijfer lui-même. Une vague d'appréhension l'étreignit.

« Vous m'intriguez, *heer* Phaulkon, fit le directeur hollandais en se forçant à sourire.

— Monsieur, commença Phaulkon, on va prochainement annoncer une importante alliance entre deux grandes nations. Étant donné les relations particulières que votre pays entretient de longue date avec le Siam, je voulais que vous soyez le premier à l'apprendre.

— Vraiment, *heer* Phaulkon. Et de quelles nations s'agirait-il donc ? »

Phaulkon prit son temps et le regarda longuement. Il eut un geste imperceptible vers sa boîte à bétel incrustée de diamants : un esclave aussitôt l'ouvrit et la lui tendit humblement. Phaulkon y prit une noix de bétel enveloppée dans une feuille et se mit à la mâcher. Aarnout Faa agitait ses pieds d'un air embarrassé sous son bureau tandis que le capitaine continuait à regarder la scène, comme abasourdi.

« Des négociations secrètes sont engagées depuis quelque temps entre Leurs Majestés le roi Louis de France et le roi Naraï de Siam, reprit Phaulkon. Ces négociations ont été discrètement entamées par l'intermédiaire des Jésuites, à l'époque de la visite de l'évêque d'Héliopolis, bien avant que vous et moi ne mettions le pied au Siam, *mijn heer*. » Phaulkon s'interrompit et désigna un éventail posé au pied d'un de ses esclaves. Celui-ci s'en empara aussitôt et se mit à éventer son maître. Machinalement, Aarnout Faa se passa une main sur le front. Consterné, le Hollandais écouta Phaulkon poursuivre.

« Ces longues négociations ont maintenant porté leurs fruits et ont abouti à une grande alliance entre la France et le Siam, que l'on va proclamer aujourd'hui. Ce traité coïncidera avec le départ d'une grande ambassade — la plus grande mission siamoise à quitter ces rives — à l'invitation du roi Louis en personne. Comme il a été convenu, une ambassade tout aussi importante du Roi-Soleil doit simultanément partir pour le Siam. L'ambassade en provenance de France sera accompagnée de cinq mille soldats, embarqués sur vingt vaisseaux de guerre. Ces troupes, envoyées par le roi Louis pour marquer l'estime dans laquelle il tient son souverain frère, constituera la garde personnelle de Sa Majesté siamoise. » Phaulkon s'interrompit. « Je suis sûr que vous lisez le français, *heer* Faa ? »

Le Hollandais s'obligea de nouveau à sourire. Il sentait peser sur lui le regard interrogateur du capitaine Cijfer. « Assez pour comprendre l'essentiel, *heer* Phaulkon. Avez-vous quelque chose à me montrer ? »

Phaulkon ouvrit sa bourse et en tira une lettre qu'il déposa avec soin sur le bureau de Faa. Elle portait le sceau royal de France et même Phaulkon n'en avait pas cru ses yeux lorsqu'il l'avait découverte pour la première fois. Elle était datée d'un peu plus d'un an et c'était un faux absolument parfait : il fallait en attribuer le mérite à l'ingéniosité des pères jésuites, en particulier le père Le Moutier à qui des années passées à copier les manuscrits bibliques lors de ses études de théologie avaient permis cet exploit. La lettre était adressée à Son Très Estimé Ami et Allié le roi de Siam. Elle exprimait la profonde satisfaction du grand monarque à constater que huit ans de négociations avaient abouti à un traité d'aussi bon augure. Le temps même qu'il avait fallu pour le conclure indiquait qu'il était conçu pour durer. La lettre continuait en énumérant les présents qu'il adressait à Son Estimé Collègue et expliquait en outre que les cinq mille soldats d'élite étaient destinés à constituer une garde personnelle « pour le protéger à tout moment et de tout ennemi, quel qu'il pût être ». Les soldats avaient pour instructions d'obéir à tous ses ordres.

À mesure qu'il lisait, on voyait pâlir le directeur hollandais.

« Mais pourquoi, *heer* Phaulkon, demanda-t-il, un document de cette importance serait-il tombé entre vos mains ? Je note qu'il est daté d'il y a onze mois. Il a dû arriver au Siam depuis environ quatre mois. »

C'était la question qu'attendait Phaulkon. Le moment d'assener son coup de grâce.

« Parce que ce type d'affaires se trouve maintenant entre mes mains, *heer* Faa. Voyez-vous, demain est pour moi un jour qui se présente sous les plus heureux auspices. » Il marqua un temps. « Je vais être nommé Barcalon de Siam. »

Aarnout Faa devint livide. Sa première réaction aurait dû consister à hurler et à lancer des injures, mais c'était un diplomate chevronné. Après une légère hésitation, il déclara avec calme :

« Eh bien, *heer* Phaulkon, je dois vous féliciter pour votre remarquable carrière. Votre ascension a été vraiment aussi fulgurante qu'un météore. »

Les pensées se bousculaient dans son esprit. Tout cela pouvait-il être réel ? Peut-être cette lettre était-elle un faux ? Pourtant, même le diabolique Phaulkon aurait-il osé bluffer sur un sujet aussi important que sa nomination au poste de Barcalon ! Seigneur Jésus, si c'était vrai, où allait-il se retrouver ? Et la Hollande ? Mais pourquoi diable bluffer ou falsifier une lettre pareille ? À moins... Il eut un sourire tandis qu'une lueur d'espoir commençait à poindre. À moins que Phaulkon n'eût, on ne sait comment, appris l'arrivée des vaisseaux de guerre hollandais. Mais par quel moyen ? Toutes les précautions avaient été prises et lui-même n'avait été mis au courant que quatre jours auparavant. Les préparatifs considérables évoqués par le capitaine Cijfer n'auraient pu se faire en quatre jours, même s'il y avait eu une fuite. Ce qui était impossible. Le premier courrier était un Hollandais : il n'avait adressé la parole à personne et était aussitôt reparti. Non, reconnut Faa avec rage, cette alliance avec la France devait être authentique. C'était cette fichue coïncidence qui était désastreuse. Il lui fallait envoyer une dépêche urgente à Batavia pour annoncer la nouvelle, mais prendre également sans tarder une décision fort déplaisante concernant les navires de guerre. Il ne pouvait en effet courir le risque d'une guerre avec la France. Il faudrait peut-être un an ou deux avant que le roi Louis puisse exercer des représailles contre la Hollande mais, au bout du compte, on en rejetterait la responsabilité sur le directeur de la Compagnie hollandaise et le capitaine Cijfer en serait le témoin.

Faa jeta un coup d'œil au calendrier posé sur son bureau. Si une flotte française avait vraiment pris la mer, elle pouvait parvenir au Siam en décembre : dans sept mois seulement. Comment pourrait-il prendre l'initiative d'un conflit avec la France, pas uniquement ici, mais peut-être aussi en Europe ? Il frissonna. Non, il reviendrait à *heer* Van Goens de prendre cette décision à Batavia. Il maudit de nouveau le sort et se sentit soudain au bord des larmes. Si l'histoire de ce diable de Phaulkon était vraie, comment pourrait-il maintenant arrêter le nouveau Barcalon de Siam et le jeter dans un bateau pour Madras ? Les relations avec le Siam en seraient à jamais compromises — si ce n'était déjà fait. Si Phaulkon n'avait pas été assis, là, devant lui, Aarnout Faa se serait pris la tête à deux mains et aurait pleuré comme un enfant. L'ambition de sa vie, de toute sa carrière, semblait s'écrouler d'un seul coup. Au prix d'un suprême effort, il s'obligea à considérer la situation sous un angle différent. Il restait encore à vérifier si cette canaille de Phaulkon allait vraiment être nommée Barcalon le lendemain. Il décida que son attitude dépendrait de la réponse. Il donnerait l'ordre à la flotte d'attendre un jour encore. Si Phaulkon était vraiment intronisé comme Barcalon, il renverrait les navires.

Phaulkon pouvait lire sur le visage de Faa le coup terrible qu'il venait de lui porter. C'était le moment de montrer un peu de compassion. En cet instant l'homme serait reconnaissant de la moindre charité qu'on lui témoignerait.

« *Heer* Faa, je suis venu ici cet après-midi non pas seulement pour vous annoncer confidentiellement l'alliance avec la France, mais pour vous informer que, en tant que Barcalon, j'ai bien l'intention de m'acquitter impartialement de mes devoirs. Je ne favoriserai pas un pays aux dépens d'un autre et j'accorderai tout mon soutien à ceux qui manifestent une amitié sincère pour le Siam. Vous ne devez plus me considérer comme attaché à la Compagnie anglaise mais comme un fonctionnaire siamois au service du Siam. » Il s'arrêta et dévisagea longuement Faa. « Je n'hésiterai pas à recommander pour un mandarinat honoraire tout farang ou tout Maure qui sache faire passer les intérêts du Siam avant les siens. »

Le capitaine Cijfer écoutait avec stupéfaction les propos de Phaulkon. Il avait l'impression d'être arrivé à un moment qui marquerait un tournant dans l'Histoire. Mais qui était cet extraordinaire personnage qui allait devenir Barcalon de Siam ?

Au prix d'un énorme effort, le directeur hollandais parvint à maîtriser l'émotion de sa voix et il ravala son orgueil.

« Le traité nous accordant le monopole du commerce des peaux resterait en vigueur ? demanda-t-il d'un ton hésitant.

— Certes, *mijn heer,* à moins qu'il ne donne lieu à des abus ou qu'il ne soit révisé par consentement mutuel.

— Et les Français se verront-ils accorder des concessions spéciales ?

— Pas plus que d'autres. Ils seront autorisés à construire une factorerie et à commercer ici comme toute autre puissance étrangère qui respecte les lois de ce pays.

— Et les Anglais ?

— Les Anglais, *heer* Faa, seront *personae non gratae* jusqu'au jour où ils pourront montrer une amélioration suffisante de leur attitude. Tant que je serai Barcalon, des gens comme Samuel Potts ne seront pas les bienvenus ici.

— Mais, *heer* Phaulkon, M. Potts ne faisait évidemment que son devoir?

— En mettant le feu à la factorerie anglaise?

— *Heer* Phaulkon, permettez-moi de n'être pas de votre avis sur ce point. C'est vous qui l'avez détruite.

— C'est votre opinion, et libre à vous de l'avoir, si erronée qu'elle puisse être. Je le tolérerai pour cette fois, mais je ne souhaite pas l'entendre exprimée de nouveau en ma présence. » Phaulkon avait dit tout cela d'un ton très ferme. « Et aujourd'hui est le dernier jour où vous pouvez m'appeler *heer* Phaulkon. »

Le Hollandais jeta un coup d'œil embarrassé au capitaine Cijfer et avala difficilement sa salive.

« Vous disiez, Excellence, que les relations entre le Siam et la Hollande se poursuivront comme avant?

— Absolument. Et, si la Hollande s'acquitte honorablement de ses devoirs, je prévois une période de fructueuses relations entre nous. Surtout que les Anglais ne sont pas près de revenir. » Phaulkon se tourna vers le capitaine. « Êtes-vous ici en mission commerciale, capitaine? »

Cijfer jeta un bref coup d'œil à Faa, puis balbutia : « Heu... oui..., monsieur, je veux dire Excellence.

— Dans ce cas, je vous serais reconnaissant de bien vouloir rester jusqu'à demain pour assister à mon investiture. » Il lui adressa un aimable sourire. « L'honorable Compagnie hollandaise aura une place qui lui sera spécialement réservée. »

Le capitaine s'inclina bien bas. « Ce sera un grand honneur, Excellence. »

Phaulkon tapa sur le montant de sa litière et les esclaves la reprirent sur leurs épaules. Il se tourna vers Aarnout Faa :

« Alors, puis-je compter sur votre coopération durant cette période... disons, de transition? »

Faa regarda Phaulkon avec un respect qu'il n'arrivait pas à contrôler. « Monsieur, vous avez ma parole. »

Le nouveau Barcalon fut installé en grande pompe au palais. Le gouverneur de Ligor se prosterna auprès des gouverneurs de toutes les autres provinces pour saluer Son Excellence Pra Vichaiyen. Aarnout Faa s'inclina très bas avec les représentants des autres nations qui faisaient commerce à Ayuthia. Le père Vachet en fit de même avec le reste des Jésuites qui avaient contribué à assurer la paix. Dans le fracas des cymbales et les sonneries des trompettes, Sa Majesté apparut au balcon et annonça qu'avec son nouveau Barcalon une ère nouvelle avait commencé en matière de politique siamoise.

Grinçant des dents, le général Petraja sourit d'un air affable tandis que Luang Sorasak, un bandage autour de la tête, assistait à l'investiture en rongeant son frein avant de partir pour la lointaine province du Nord de Phitsanulok, dont il avait été nommé gouverneur.

Phaulkon se maria au cours de la seconde cérémonie qui devait se dérouler ce jour-là dans la grande cour du palais, maintenant sous les auspices de l'évêque français d'Ayuthia, assisté du Patriarche suprême de la loi bouddhique : c'était la première fois que les deux chefs religieux officiaient à la même cérémonie. Sa Majesté offrit de somptueux présents aux jeunes mariés : à titre exceptionnel et en gage de suprême honneur. Elle fit une brève apparition montée sur son éléphant caparaçonné de joyaux et flanqué de l'éléphant blanc de Ligor.

Toutes les dames de la cour étaient présentes, resplendissantes dans leurs atours de cérémonie. Au milieu d'elles, prosternée, Sunida, reconnue par tous comme la concubine élue du ministre favori du Seigneur de la Vie : éperdue d'admiration, elle contemplait le beau Pra Klang dans son habit de brocart vermillon que Sa Majesté lui avait offert pour l'occasion. Tout au fond, au dernier rang, derrière les dames de la Cour et sur invitation spéciale, était accroupie Sri. Elle portait le sarong des provinces du Sud offert par le Palais et l'on pouvait lire sur son visage l'admiration que lui inspirait le maître farang.

Dame Maria, rayonnante dans une longue robe blanche de soie chinoise et coiffée d'un voile assorti, se tenait fièrement au côté de son mari. Promenant son regard sur les dames qui l'entouraient, ses yeux s'arrêtèrent sur Sunida : celle-ci était vraiment magnifique dans son corsage turquoise et son panung noir, ses doigts fins étincelants de joyaux. Maria se rappela soudain les paroles de son père, *mestre* Phanik. Elle reconnaissait qu'après tout, Sunida ne constituait pas pour elle une véritable menace. Ici, parmi la foule des concubines du palais, elle n'était qu'une Siamoise de plus qui se conduisait conformément aux principes de son éducation.

Maria éprouva une brusque envie de lui dire simplement combien elle la trouvait belle. Elle croisa son regard et lui sourit.

Bouleversée, Sunida lui répondit par un sourire radieux. Loué soit le Seigneur Bouddha, songea-t-elle avec gratitude : ses mains se crispèrent sur son ventre en sentant une fois encore un petit coup de pied.

Achevé d'imprimer en avril 2006 en Espagne par
LIBERDÚPLEX
Sant Llorenç d'Hortons (08791)
Dépôt légal 1re publication : mai 1998
Édition 5 : avril 2006
N° d'éditeur : 71616
LIBRAIRIE GÉNÉRALE FRANÇAISE - 31, rue de Fleurus – 75278 Paris cedex 06

31/4452/4